COLECCIÓN POPULAR

656

LA EPOPEYA DE MÉXICO

II

ARMANDO AYALA ANGUIANO

La epopeya de México

II

De Juárez al PRI

FONDO DE CULTURA ECONÓMICA

Primera edición, 2005

Ayala Anguiano, Armando
   La epopeya de México II. De Juárez al PRI / Armando Ayala Anguiano. – México : FCE, 2005
   830 p. ; 17 × 11 cm – (Colec. Popular ; 656)
   ISBN 968-16-7518-5 (obra completa)
   ISBN 968-16-7520-7 (tomo II)

   1. México – Historia I. Ser II. t

LC F1226   Dewey 972 A882e

Comentarios y sugerencias: editor@fce.com.mx
www.fondodeculturaeconomica.com
Tel. (55) 5227-4672 Fax (55) 5227-4694

Diseño de forro: Teresa Guzmán Romero

D. R. © 2005, FONDO DE CULTURA ECONÓMICA
Carretera Picacho-Ajusco, 227; 14200 México, D. F.

Se prohíbe la reproducción total o parcial de esta obra
—incluido el diseño tipográfico y de portada—,
sea cual fuere el medio, electrónico o mecánico,
sin el consentimiento por escrito del editor.

ISBN 968-16-7518-5 (obra completa)
ISBN 968-16-7520-7 (tomo II)

Impreso en México • *Printed in Mexico*

SUMARIO

Juárez • 9

Porfirio Díaz • 179

Elevación y caída de Madero • 259

Carranza • 371

Obregón • 463

Forja y desplome del PRI: los militares (1929-1946) • 489

Forja y desplome del PRI: los abogados (1946-1982) • 607

Forja y desplome del PRI: los tecnócratas (1982-2000) • 713

Primera Parte
JUÁREZ

I. EL PLAN DE AYUTLA

El Plan de Ayutla original fue proclamado el 1º de marzo de 1854 y sólo convocaba a derrocar a Santa Anna y sustituirlo por el jefe del movimiento, quien al triunfo de las armas sería declarado presidente interino de México y tendría como principal obligación la de instaurar un congreso encargado de redactar una nueva constitución. El documento apareció firmado por el coronel Florencio Villarreal y por el general Tomás Moreno, y la jefatura fue ofrecida al insurgente Nicolás Bravo, al cacique acapulqueño Juan Álvarez y al propio general Moreno.

Villarreal era un cubano con fama de sinvergüenza y el general Moreno era un ex santannista conocido por torpe y atrabiliario. El respetable general Bravo rechazó con indignación que se le pretendiera asociar a individuos de tan baja estofa y declinó la jefatura. Moreno estaba tan desprestigiado que nadie podía aceptarlo como jefe del movimiento, y su persona simplemente se eclipsó sin dejar huella, de modo que por eliminación, Álvarez se quedó con la jefatura.

El general Álvarez ya tenía el rostro, el cuello y las manos tan arrugadas como una ciruela pasa, y con su cabellera y sus largas patillas completamente blancas, representaba varios años más de los 66 que había vivido. Era cojo por efecto de una caída de caballo y para caminar necesitaba apoyarse en un bordón. Su mayor placer consistía en recordar los tiempos en que fue el principal colaborador de Vicente Guerrero, de quien había heredado el cacicazgo de sus tierras. Contó entre los personajes que mandaron embajadores a Colombia para suplicar a Santa Anna que regresara a México, y aunque protestó cuando Lucas Alamán fue convertido en eminencia gris de la dictadura, al cabo se sometió a las nuevas realidades, aceptó la capa pluvial de raso azul y las medallas de oro que lo acreditaban como comendador de la Orden de Guadalupe en versión santannista y hasta organizó en su feudo la farsa electoral que sirvió para conferir al caudillo las facultades omnímodas que exigía. Su amor por la libertad renació cuando Santa Anna, con el pretexto de enfrentar una imaginaria invasión filibustera, nombró un nuevo comandante militar en Guerrero y envió a la entidad tropas encargadas de recuperar los ingresos fiscales de la federación, que el cacique se había venido apropiando. Entonces proclamó el Plan de Ayutla.

Resultaba obvia la necesidad de buscar la adhesión de personas respetables para llevar adelante el plan, y entre los nuevos invitados descolló Ignacio Comonfort, quien en 1853 había obtenido la remunerativa jefatura de la aduana acapulqueña y al año siguiente fue obligado a renunciar bajo acusaciones de corrupción (en realidad, el dictador necesitaba disponer de los puestos ocupados por los liberales moderados, como Comonfort, para otorgárselos a sus incondicionales).

A la sazón de 43 años de edad, Comonfort era un poblano corpulento cuyo padre, un francés o catalán de recursos muy escasos, lo puso a trabajar desde los 11 años de edad. Con base en sacrificios y becas había logrado cursar la escuela primaria y hacer carrera burocrática: prefecto de Cuautitlán, coronel de las milicias poblanas, diputado y senador, hasta culminar con la aduana de Acapulco.

Comonfort aceptó unirse al movimiento de Ayutla con la condición de que el plan fuera reformado. La primera versión hacía pensar en la fórmula federalista que esgrimía la facción de los "puros" —como lo eran Álvarez, Moreno y Villarreal— y Comonfort consiguió que se modificara a efecto de proclamar un régimen republicano a secas, que no ahuyentaría a los moderados ni a los conservadores partidarios del centralismo.

De inmediato se convirtió Comonfort en el alma de la revuelta. Enterado de que Santa Anna marchaba sobre Acapulco con un ejército de 6 000 hombres, se refugió tras los muros del fuerte de San Diego y con sólo 500 reclutas resistió los embates del dictador, quien al ver que nada conseguía decidió proclamarse victorioso, declarar que la rebelión había sido sofocada y volver a la ciudad de México a recibir los homenajes de costumbre.

A pesar de la exitosa resistencia, los rebeldes ya no pudieron avanzar, pues carecían de recursos bélicos. Comonfort viajó entonces a California y Nueva York y allá consiguió 2 000 fusiles, 80 quintales de pólvora, 50 000 cartuchos, un obús de montaña con su dotación de cápsulas, un surtido de granadas entre las que figuraban 200 del tipo usado por el ejército de Estados Unidos, piezas sueltas y herramientas para fabricar cañones, etc. Parece que también reclutó a varios artilleros yanquis y europeos que contribuyeron en grado importante a los triunfos futuros.

Según Comonfort, el dinero para comprar los elementos bélicos lo obtuvo de un préstamo por 60 000 pesos que le hizo el agiotista español Gregorio de Ajuria contra la promesa de entregarle 250 000 pesos si la revolución triunfaba. No parece sensato que el gobierno de Washington permitiera la adquisición de pertrechos de guerra tan cuantiosos a menos que considerara necesario establecer en México un gobierno más manejable que el de Santa Anna, y como además se rumoreaba que el Plan de Ayutla había sido redactado por indicaciones del embajador James Gadsen, no resulta aventurado suponer que el gran impulso de la Revolución de Ayutla provino del norte.

Como quiera que haya sido, en diciembre de 1854, al regreso de Comonfort, las cosas mejoraron como por ensalmo para los sublevados. En Guerrero sólo controlaban algunos pueblos de la entidad, pero se les dejaron pertrechos para que aceleraran los avances mientras el ex aduanero se trasladaba a Michoacán, donde varios caudillos pueblerinos habían secundado la revolución pero no lograban nada importante porque pasaban riñendo la mayor parte del tiempo.

A la llegada de Comonfort se impuso el orden, se distribuyeron los nuevos pertrechos y gracias a esto fue posible resistir un nuevo ataque masivo santannista y luego tomar pueblos como Puruándiro, La Piedad y Ario; en esta etapa desertó el jefe santannista de Michoacán, el general Félix Zuloaga, y se pasó al bando de Ayutla.

Entonces, con fuerzas michoacanas, Comonfort avanzó triunfalmente hasta Zapotlán, Jalisco, para continuar después a Colima, una plaza de mediana importancia que sus hombres hallaron desguarnecida y que tomaron sin dificultad. Celebraban el triunfo cuando recibieron noticias de que Santa Anna había huido a Turbaco. Como hasta entonces sólo tenían en su poder una parte del estado de Guerrero sin las principales ciudades, media docena de pueblos michoacanos, dos o tres de Jalisco y la capital de Colima, comprendieron que necesitaban ubicarse en una posición de mayor fuerza y decidieron jugarse el todo por el todo lanzándose a conquistar Guadalajara, la segunda ciudad en importancia del país.

Cuando ya estaban a dos jornadas de la capital jalisciense, una comisión de tapatíos se acercó para informarles que la guarnición de Guadalajara se había adherido a un pronunciamiento de ex santannistas recién proclamado en la capital del país y abandonaron en masa sus puestos para trasladarse a la ciudad de México y participar en la distribución de ascensos y premios.

Comonfort tomó posesión de Guadalajara sin disparar un tiro. También él hubiera querido marchar hacia la capital, pero le fue necesario atender primeramente otros negocios. Desde que se hizo evidente que Santa Anna carecía de elementos para sofocar la rebelión, en varias facciones políticas se comenzaron a trazar planes para adelantarse a los seguidores del Plan de Ayutla y copar el gobierno en provecho propio. Los militares federales acantonados en San Luis Potosí proclamaron un plan revolucionario de tono conservador y que ofrecía el peligro de servir de núcleo para la reorganización del ejército santannista —casi intacto con sus 40 000 hombres— y lanzarlo a fondo contra los sublevados de Ayutla.

Y en Guanajuato, Manuel Doblado —un liberal moderado con fama de ser un tracalero muy simpático— derrocó a las autoridades santannistas de su ciudad, se hizo nombrar gobernador y proclamó un plan revolucionario independiente de todos los demás. Aunque la fuerza militar de éste era exigua, la ubicación estratégica de sus dominios le proporcionaba un importante elemento para hacer arreglos provechosos con el bando que acabara por imponerse.

Comonfort se echó a cuestas la tarea de negociar con los pronunciados de San Luis Potosí y Guanajuato. Las conferencias del caso iban a celebrarse en Lagos de Moreno, Jalisco, una ciudad neutral. Al llegar a ese punto Comonfort fue aclamado por el populacho como vencedor de Santa Anna y así encontró pocas dificultades para lograr que el guanajuatense Doblado se sometiera al Plan de Ayutla a cambio de respetarle su puesto de gobernador.

El representante de los potosinos resultó ser Antonio de Haro y Tamariz, el ex ministro de Hacienda de Santa Anna que, por sus juiciosas medidas para sanear el gasto público, no soportó las intrigas de los santannistas que lo tachaban de tacaño y desleal; tras la muerte de Lucas Alamán renunció a su ministerio y se dedicó a conspirar contra el dictador, por lo que se giraron órdenes de fusilarlo en caso de que se le aprehendiera. Luego de haber andado huyendo por medio país recaló en San Luis Potosí, donde los conservadores locales y los militares lo adoptaron como caudillo, pues su prestigio personal lo hacía aparecer hasta como presidenciable.

Haro provenía de una linajuda familia poblana. Había conocido a Comonfort desde la infancia, cuando ambos estudiaron en la misma escuela primaria, él como alumno de paga y el pequeño Ignacio como becario pobre. Ambos personajes siguieron siendo amigos mientras trabajaban en la burocracia; aparentemente, Haro influyó para que Santa Anna nombrase jefe de la aduana de Acapulco a su antiguo condiscípulo.

En Lagos de Moreno, Haro señaló que el Plan de San Luis Potosí ofrecía respeto a la propiedad y protección al clero y a los militares, mientras que el de Ayutla omitió tales cuestiones; pero cuando Comonfort le hizo ver que su bando prometía convocar a un Congreso Constituyente en el que serían tomados en cuenta todos los intereses, y de ribete, según se contaba, ofreció gestionar para Haro un alto puesto en el nuevo gobierno, el caudillo de los potosinos cedió.

Mientras tanto, luego de abrirse en la ciudad de México el sobre lacrado que —de acuerdo con sus atribuciones especiales— dejó Santa Anna para designar a quien debía sustituirlo en la Presidencia, se averiguó que el dictador prófugo había escogido un triunvirato formado por el anodino presidente de la Suprema Corte de Justicia, Ignacio Pavón, y por los mansurrones generales José Mariano Salas y Martín Carrera. Como el triunvirato no ofrecía seguridades de que pudiera gobernar el país, los militares capitalinos, azuzados por camarillas de liberales "puros" y moderados, dieron un "madruguete" mediante el cual, declarando adherirse al Plan de Ayutla, nombraron un Consejo de Representantes propio que, tras breves deliberaciones, designó como presidente provisional al general Carrera, un hombre conocido sobre todo porque usaba una larga barba dividida en tres espesos mechones y que, por su temperamento conciliador, parecía ser el más recomendable de los triunviros.

En el fondo obraba una maniobra de los "puros" más recalcitrantes, quienes veían en los rebeldes del Plan de Ayutla el peligro de que entregaran la revolución a los moderados de Comonfort. Pero Álvarez no iba a permitir que le escamotearan el triunfo, y en largas negociaciones logró que el general Carrera se fuera inclinando a entregarle incondicionalmente la Presidencia. Entonces los "puros", entre quienes figuraba Valentín Gómez Farías, presionaron a Carrera para que cediese su puesto al general Rómulo Díaz de la Vega, íntimo amigo de los extremistas.

Álvarez se conformaba con que los capitalinos le respetaran los fueros de su cacicazgo, pero ya tenía nuevos consejeros que lo empujaron a exigir el premio mayor. Se trataba de los liberales arrojados al exilio en Nueva Orleans por Santa Anna, los cuales por algún tiempo dudaron de que el Plan de Ayutla llegara a triunfar, pero finalmente enviaron al abogado oaxaqueño Benito Juárez con la misión de acercarse al cacique acapulqueño y tratar de guiarlo en el sentido conveniente. Poco después, por gestiones de Juárez, el intelectual michoacano Melchor Ocampo se incorporó también al cuerpo de nuevos asesores de Álvarez. (Más tarde se sumaría el inquieto poetastro Guillermo Prieto.)

Álvarez seguía negándose a salir de sus dominios pero, con el argumento de que al menos debía acercarse a la ciudad de México, se le convenció de trasladarse a Iguala y Chilpancingo, plazas que había evacuado el ejército federal y que ya hervían de aspirantes a subir al carro del triunfador: desde el clásico puñado de santones que anhelaban ofrendar la vida en aras de la ideología liberal, hasta las infaltables masas de abogados y periodistas empleomaniacos que afirmaban haber prestado invaluables servicios a la causa revolucionaria y esperaban ser recompensados con una "chamba" cualquiera, más los comecuras especializados en recitar sandeces anticlericales y jacobinos que exigían instalar guillotinas para reproducir en todos sus detalles la Revolución francesa. La "cargada" se había decidido a favor de los de Ayutla y los conspiradores capitalinos tuvieron que dejar libre el camino.

Los empleomaniacos daban a Álvarez el trato de monumento viviente; sólo él había librado al país de la tiranía santannista, mientras que Comonfort no pasaba de ser un útil colaborador que merecía ciertas consideraciones, pero no la confianza total pues —se rumoreaba— aparentemente había negociado con Haro y Tamariz la entrega de la revolución a los conservadores. Álvarez tenía que sacrificarse asumiendo la Presidencia. Si le repugnaba ir a la ciudad de México, al menos debía desplazarse a la cálida Cuernavaca, donde podría establecer la sede provisional de su gobierno.

En Cuernavaca estaba reunido ya un Consejo de Representantes encargado de designar presidente provisional y de convocar a elecciones para diputados constituyentes. Álvarez fue inducido a conferir la Presidencia del consejo nada menos que a Valentín Gómez Farías, a pesar de que éste había aceptado el puesto de administrador de Correos en el seudogobierno del general Carrera. Y fue Gómez Farías quien orquestó la designación de Álvarez —el nuevo Vicente Guerrero que los "puros" pretendían manipular— como presidente provisional.

El ministro norteamericano James Gadsen viajó hasta Cuernavaca para felicitar al viejo por su ascenso a la primera magistratura. Enfurecido contra Santa Anna por el ridículo que le había hecho pasar cuando aceptó recibir los 10 millones de dólares por el territorio de La Mesilla que le asignó el congreso de Washington, siendo que él había aprobado el pago de 15 millones, el embajador había suspendido las relaciones con el dictador y abiertamente proporcionaba ayuda a los "puros" más proyanquis que participaban en la Revolución de Ayutla. Seguro de que serían éstos quienes realmente iban a controlar el país, otorgó en Cuernavaca misma el reconocimiento diplomático al gobierno de Álvarez.

Comonfort sólo fue designado ministro de Guerra, pero con ello tuvo a su disposición toda la fuerza para dar un golpe de Estado cuando lo considerara conveniente. Sus amigos lo incitaban a rebelarse "y librar al pobre general Álvarez del ridículo en que le estaban haciendo caer los 'puros'". Comonfort se concretó a mantenerse alejado de Cuernavaca.

Tres meses antes de que huyera el dictador, el cacique neoleonés Santiago Vidaurri —un turbulento hombrón de oscuro origen, que afirmaba ser nativo (cosa negada por los lugareños) del pueblo de Lampazos y del que no se sabía si era vasco, apache o una mezcla de ambas explosivas etnias— se había rebelado bajo un plan federalista independiente del de Ayutla. Mandaba un ejército compuesto por miles de aguerridos fronterizos que vestían sombrero norteño, chaquetón de gamuza y pantalones de piel de venado con chaparreras de cuero de búfalo; que montaban briosos caballos mesteños, portaban los mejores rifles fabricados al norte del río Bravo y rápidamente dominaron los territorios de Nuevo León y Coahuila; y que permanecieron en un díscolo aislamiento para evitar tratos con "los mexicanetes", como llamaban a los individuos del centro del país.

El cacique neoleonés pasó parte de su juventud en la cárcel por haber dado muerte a un rival en una riña de taberna; en su rústico medio no le fue difícil rehabilitarse socialmente y al recobrar la libertad trabajó como escribiente en el gobierno de su estado, ascendió a oficial mayor y luego a secretario general, para luego adueñarse de la gubernatura convertido en cacique. Se había venido apropiando el producto de las aduanas del noreste. Álvarez pretendió enviar a Nuevo León un ejército que supuestamente auxiliaría al cacique en la tarea de enfrentar las incursiones de los comanches, pero que en realidad iría a someterlo. Vidaurri mandó decir que ya tenía bastantes soldados; lo que le hacía falta eran armas, municiones y dinero, y que si los partidarios del Plan de Ayutla no estaban en condiciones de ayudarlo económicamente, por lo menos no trataran de quitarle lo poco que tenía a su alcance. Remató su comunicación anunciando haber girado órdenes de fusilar a cuanto soldado federal osara presentarse en sus dominios.

Mientras tanto Álvarez seguía siendo azuzado por los aduladores, quienes lo incitaron a demostrar su espíritu revolucionario emitiendo una ley que, bajo determinadas circunstancias, sujetaba a sacerdotes y militares a la justicia civil, y ya no a sus tribunales propios, cuando se vieran envueltos en pleitos ajenos a su carácter ocupacional. Por último aceptó trasladarse a la ciudad de México, en cuyo Palacio Nacional se instaló el 15 de noviembre.

La experiencia resultó peor de lo que había temido el anciano: los barruntos de invierno lo hacían temblar de frío, la comida del altiplano le parecía intragable, la gente enlevitada de la capital lo miraba como si fuese un raro espécimen de la selva y se admiraba de que no fuese negro, como se decía, sino que tuviera la piel blanca del padre gallego, aunque también hubiese heredado los labios abultados de la madre, mulata acapulqueña. Se recordaba su comportamiento de 1847, cuando se abstuvo de enfrentarse a los invasores norteamericanos, y se decía que no obró por cobardía, sino porque vendió su pasividad a los yanquis. Se rumoreaba que en su feudo mandaba secuestrar mujeres y las hacía atar desnudas a un árbol para violarlas o someterlas a actos de sadismo.

Un día que asistió a una presentación teatral ofrecida en su honor tuvo que retirarse a su casa porque el público, para mostrarle su repudio, se levantó de sus asientos hasta dejarlo solo en el teatro. Los soldados que lo acompañaban desde Acapulco —quienes vestían sucios harapos, en muchos casos padecían mal del pinto y acostumbraban defecar en plena calle— eran tratados con desprecio hasta por los léperos capitalinos y se quejaban de que las prostitutas no querían prestarles servicio.

En el país empezaron a brotar sublevaciones, la más importante de las cuales fue la encabezada por el guanajuatense Manuel Doblado, quien proclamaba en su plan la necesidad de exterminar a los "pintos", destituir a Álvarez y colocar a Comonfort en la Presidencia, además de ofrecer garantías al clero y al ejército, "las clases más respetables de la población".

El anciano solicitó consejo a "don Nacho", pero éste se negó a tratar con él. Hasta los "puros", con sus ideas y sus adulaciones, acabaron por hartar al infeliz cacique. Por fin, el 9 de diciembre —menos de un mes después de haberse instalado en el palacio nacional y cuando estaba por cumplir dos meses en la Presidencia— abordó su carruaje y pidió al cochero que lo condujera al domicilio de Comonfort. Tocó a la puerta y cuando fue llevado a presencia del dueño de casa, le dijo:

—Vengo a pedirle que me dé un abrazo y a suplicarle que eche a sus espaldas el fardo con el que ya no puede su amigo. Vengo a rogarle que se haga cargo de la Presidencia porque yo no puedo seguir viviendo en esta maldita ciudad y voy a regresar a mi tierra.

Comonfort aceptó la reconciliación, pero señaló un obstáculo:

—Debemos recordar que, de acuerdo con el Plan de Ayutla, don Valentín Gómez Farías y su Consejo de Representantes son quienes deben designar al presidente sustituto y no creo que don Valentín se vaya a prestar para que me nombren a mí.

—A don Valentín y a los del consejo los nombré yo y yo puedo destituirlos. Ya los he destituido y bajo mi autoridad nombro a usted presidente sustituto de esta república. Ahora me retiro porque no quiero demorar mi regreso. Que Dios lo proteja, don Nacho.

La presidencia de Comonfort

Ignacio Comonfort asumió la Presidencia el 11 de diciembre de 1855.

Creía tener la fórmula más eficaz para enfrentar los problemas. Según él, la inestabilidad de México era producto de la exageración de los principios políticos: los conservadores habían exagerado al querer encadenar el pensamiento y las ansias de progreso a las tradiciones, en tanto que los liberales exageraban al pretender dejar las pasiones humanas sin freno ni valladar. Unos deseaban convertir el orden en instrumento de tiranía mientras los otros querían hacer de la libertad una protectora del libertinaje. La clave para la pacificación consistía en huir de las exageraciones y conciliar ambos principios, y esto se podría lograr con abrazos y apretones de manos más que con enfrentamientos armados.

A quienes le replicaban que lo que se necesitaba en México era dar apretones de pescuezo, Comonfort les pedía oportunidades para poner en práctica sus ideas. No aceptaba la generalizada creencia de que los moderados jamás hacían nada por temor a quedar mal con alguien, ni que su ineficacia se debía a que no eran capaces de matar a sus enemigos ni se resolvían a huirles.

Al día siguiente de haber llegado Comonfort a la Presidencia —12 de diciembre, fiesta de la virgen de Guadalupe— en Zacapoaxtla, Puebla, estalló una revuelta encabezada por el cura de la localidad, quien así protestaba porque en la convocatoria a elecciones para formar el Congreso

Constituyente, expedida unos días antes, los sacerdotes fueron inhabilitados para votar y ser votados.

El gobierno, con el propósito de evitar concentraciones peligrosas, y reducir y depurar al ejército, había dado de baja a miles de oficiales y jefes que, con sólo la tercera parte de su sueldo normal, habían sido desterrados a pueblecillos ubicados hacia los cuatro puntos cardinales, "donde sufrían carencias y menosprecios más atormentadores que la muerte misma", según los críticos. Buen número de estos elementos se adhirieron inmediatamente al movimiento encabezado por el cura.

Al principio el pronunciamiento no parecía ofrecer gran peligro, por lo cual Comonfort se limitó a movilizar algunas partidas militares que se encontraban a distancia relativamente corta de Zacapoaxtla y concentró su actividad en preparar la apertura del congreso. Pero las partidas militares enviadas contra el cura se unieron a la sublevación en lugar de combatirla.

El movimiento había encontrado ya un jefe de prestigio: su candidato a presidente provisional, Antonio de Haro y Tamariz. Resentido, según se decía, porque Comonfort no le confirió un puesto en el gabinete y quiso enviarlo a Europa como representante diplomático, Haro y Tamariz fue visto en íntimas pláticas con varios generales, y su fama de conspirador empedernido hizo pensar que estaba incitando a los militares a la rebelión. Lo arrestaron para enviarlo en seguida a Veracruz, donde sería deportado al extranjero, pero al pasar por las cercanías de Córdoba escapó a sus captores, se trasladó a Zacapoaxtla y al llegar allí lo nombraron por aclamación jefe del ejército —que llamaban "Legión Sagrada"— y presidente provisional de la República.

A mediados de enero los sublevados avanzaron sobre la ciudad de Puebla, cuya guarnición se les unió. El cura de Zacapoaxtla, crucifijo en mano, anduvo por calles y plazas convocando a la gente a participar en una nueva cruzada contra los herejes, mientras varias monjas obsequiaban a los sublevados escapularios, cruces y estampas de santos. A diario la Legión Sagrada acopiaba nuevos reclutas y el clero y los ricos locales le aportaban recursos económicos.

Sólo a mediados de febrero, cuando ya había entrado en funciones el Congreso Constituyente, Comonfort pudo hacerse cargo de la sublevación. Solicitó el auxilio de Doblado —cuyo pronunciamiento antialvarista ya había perdido su razón de ser— y éste le proporcionó 1 300 hombres de la milicia de Guanajuato. Con ayuda del general Félix Zuloaga —el jefe santannista que se adhirió al Plan de Ayutla en el último tramo de la guerra— incrementó sus fuerzas hasta reunir 10 000 hombres y el 8 de marzo libró su primera batalla en los terrenos que hoy ocupa la fábrica Volkswagen de Puebla. La Legión Sagrada se retiró para refugiarse en la ciudad y después de una lucha casa por casa se rindió el día 14. El cura de Zacapoaxtla huyó a la sierra y Haro y Tamariz enfiló hacia Veracruz, donde tomó un barco que lo llevaría a Europa.

Para demostrar que no era el hombre débil que se decía, Comonfort degradó a los oficiales y jefes derrotados y los mandó diseminarse en calidad de soldados rasos por medio país, aunque no los hizo fusilar como indicaba la ordenanza militar. Todavía así una nube de críticos, entre ellos no pocos liberales, dieron por presentar a los rebeldes como hombres extraviados pero honorables, que no merecían ser desterrados en pueblos remotos y de clima mortífero. La degradación quedó sin efecto y se concedió a los afectados licencia absoluta para separarse del ejército; entonces los críticos clamaron que la débil medida ocultaba una pérfida maniobra tendiente a inflamar a los militares para orillarlos a dar un golpe de Estado que culminaría con la entrega del poder a los conservadores.

Para castigar al clero por la ayuda prestada a los rebeldes, Comonfort mandó intervenir los bienes de la diócesis poblana y envió al exilio en Europa al obispo local, Antonio de Labastida y Dávalos. Los conservadores, quienes hasta entonces habían visto a "don Nacho" como un caballero razonable, pasaron a calificarlo de peligroso demagogo que, con refinada astucia, se proponía imponer al país el proyecto antirreligioso. Y el sutilísimo intrigante que era Labastida encontró en Roma oídos muy atentos en el papa Pío IX, un hombre que pasaría a la historia como el más intransigente defensor de los derechos de la Iglesia, según los concebía él. En un consistorio secreto celebrado en el Vaticano, la política de Comonfort fue enérgicamente reprobada y se expidió el equivalente de una declaración de guerra contra el gobierno mexicano.

Además, Comonfort estaba incapacitado para pagar los abonos de la deuda externa que reclamaban los europeos, y para colmo enfrentaba el asedio del ministro Gadsen, a quien indignaba el hecho de que los "puros" hubieran sido marginados en el gobierno. Como el presidente se negaba a darle el tratamiento de procónsul que creía merecer, Gadsen, en sus cartas al Departamento de Estado, presentaba al presidente mexicano como "otro Santa Anna [...] un autócrata usurpador, resuelto a falsificar el Plan de Ayutla y listo para venderse al postor más alto". Sugirió emplear la fuerza para someter al recalcitrante, abandonó su puesto y en octubre de 1856 regresó a su país.

En su desesperación, Comonfort trató de apaciguar a los liberales exaltados y confirió el puesto de ministro de Hacienda a uno de los "puros" más influyentes, Miguel Lerdo de Tejada. Éste lo convenció de que la mejor manera de salir de apuros económicos era aprovechar los bienes del clero, pero no confiscándolos, lo cual provocaría un cataclismo social, sino desamortizándolos mediante un procedimiento que aplaudiría el clero mismo.

Los modernos economistas habían demostrado que la libre y acelerada circulación de la propiedad raíz era la base de la riqueza pública, explicó Lerdo, y los juristas otorgaban a los gobiernos el derecho de imponer modificaciones a la propiedad siempre y cuando demostraran actuar por causas de utilidad pública y se indemnizara adecuadamente a los propietarios afectados. La Iglesia, poseedora de una cantidad incalculable de casas, edificios, haciendas y ranchos diseminados por todo el país, jamás vendía sus propiedades (por lo que se les llamaba "de manos muertas") y con esto privaba al gobierno de cobrar los impuestos de traslación de dominio que se obtendrían si las fincas fueran propiedad de particulares menos inclinados a conservarlas. Más aún, los bienes del clero estaban exentos del pago de contribuciones, al estilo feudal, y quienes los adquirieran tendrían que cumplir con las modernas obligaciones fiscales, lo que constituiría otro ingreso para el gobierno.

Si se obligaba por ley a las corporaciones de origen medieval subsistentes en el país —la Iglesia, y para ser parejos, también los ayuntamientos y las comunidades indígenas— a vender sus propiedades "de manos muertas" a los inquilinos, y si se asignaba como valor total del inmueble el de la renta anual multiplicada por 17, la Iglesia no podría decir que se le despojaba sin indemnización, y tal vez hasta agradecería el hecho de poder ir cobrando los abonos al tiempo que se le libraba de la confiscación lisa y llana que pretendían los exaltados; la tesorería nacional se enriquecería con el ingreso de elevadas sumas provenientes de los impuestos a las transacciones y los miles y miles de inquilinos que tendrían oportunidad de ascender a propietarios quedarían agradecidos al gobierno y se volverían sus mejores apoyos.

La Ley de Desamortización de Bienes de la Iglesia y de Corporaciones fue promulgada el 25 de junio de 1856 bajo las firmas de Comonfort y Lerdo. Durante el resto del año se llevó a cabo una gigantesca traslación de bienes eclesiásticos, pero al cabo resultó que la mayoría de los adquirientes no fueron los inquilinos, intimidados por las arengas del clero, sino una infinidad de especuladores con dinero e influencias para comprar los inmuebles a una pequeña fracción de su valor. El gobierno recaudó poco más de un millón en impuestos aplicados a las operaciones, pero tuvo que invertir lo doble en sofocar un sinnúmero de pequeños y medianos motines ocasionados por la aplicación de la ley. Una parte de las tierras de las comunidades indígenas se vendieron a precio vil y cayeron en poder de los latifundistas; por lo general, sin embargo, los indígenas lograron reducir a un mínimo la desamortización de sus tierras comunales.

Lo más preocupante vino el 5 de febrero siguiente (1857) cuando fue promulgada la constitución que, de acuerdo con la creencia de los liberales, encarrilaría finalmente a los mexicanos por la senda del progreso hasta colocarlos a la altura de los países más ilustrados del mundo. Los legisladores —abogados, periodistas y burócratas— parecían creerse una especie de profetas bíblicos; recopilaron las leyes más avanzadas de las principales naciones, las fundieron en su texto constitucional y asignaron al país la tarea de convertir en realidad sus utopías. Las opiniones de los intereses tangibles —las de los comerciantes, los agricultores, los trabajadores— no fueron solicitadas ni tomadas en cuenta, y por supuesto a nadie se le ocurrió someter el documento a un referéndum nacional.

Bajo el concepto de "garantías individuales", todos los derechos humanos proclamados por la Revolución francesa pasaron a formar parte de la constitución mexicana, con el añadido del juicio de amparo, un brillante hallazgo de los juristas nacionales que superó al *habeas corpus* inglés. Excepto Ignacio Ramírez "El Nigromante", quien se declaraba ateo, los legisladores eran católicos devotos que invariablemente iniciaban sus peroratas rindiendo pleitesía a "la santa religión que me inculcaron mis padres", pero algunos sostenían ideas anticlericales y plantearon la conveniencia de establecer la libertad de cultos; los ultramontanos armaron tal escándalo por ese planteamiento que se optó por omitir toda mención sobre cuestiones religiosas. (Después se descubrió que con esto se había autorizado la práctica abierta de todas las religiones sobre la base del principio jurídico de que lo que no está expresamente prohibido está permitido.)

El clero mexicano seguía considerándose con derecho a regir la marcha del país, e inclusive había prelados nostálgicos de la práctica inquisitorial. Declaró herética la constitución; quienes la juraran serían excomulgados, no podrían recibir auxilios espirituales en el momento de su muerte y ni siquiera se permitiría que sus cadáveres fueran inhumados en los cementerios parroquiales, a menos que renegaran de su juramento.

En contrapartida, el gobierno decretó el cese automático para los burócratas que no juraran la constitución, de modo que la burocracia se vio ante la disyuntiva de sufrir la excomunión o dejar a la familia sin comer. En el seno familiar se produjeron terribles divisiones entre los elementos liberales y los partidarios del clero. Por otra parte, el gobernador de Puebla mandó desterrar a un obispo que se negó a dar sepultura a un burócrata indispuesto a renegar de su juramento constitucional. En la ciudad de México se anunció el descubrimiento de un almacén de armas en el gigantesco convento de San Francisco. Como castigo fue suprimida la orden franciscana; los frailes fueron expulsados del inmueble, se derribaron las tapias del convento y en el terreno fueron abiertas las calles que ahora se llaman Independencia y Gante.

Los "puros" argumentaban que la oposición conservadora era producto exclusivo de las complacencias del presidente, y que si mandase ahorcar al arzobispo metropolitano, a los obispos y a los canónigos más influyentes, y al mismo tiempo ordenaba fusilar a medio centenar de generales y coroneles peligrosos, en un santiamén desaparecerían todos los perturbadores potenciales de la paz.

Comonfort, quien nunca se casó y siempre vivió pegado a las faldas maternas, era presionado por la madre en el sentido de que suspendiese las medidas anticlericales. Mientras tanto un centenar de filibusteros norteamericanos ocuparon Caborca, Sonora, y aunque todos fueron capturados y fusilados, en el ambiente flotaba el temor de que las invasiones se multiplicaran. Al escritorio de Comonfort llegaban informes sobre motines, combates y desórdenes registrados en lugares como Morelia, Calvillo, Toluca, Tenango del Valle, Acámbaro, Nochistlán, Sultepec, Cuencamé, Iguala, Maravatío, Huejotzingo, Tepeojuma, Huamantla, Villa del Carbón, Huehuetoca, Tequixquiac, Tulancingo, San José de Iturbide, Texcoco, Zacatlán, Tepeji, Tampico… En Puebla, San Luis Potosí y Querétaro hubo combates con docenas de muertos.

Comonfort había podido sofocar esas débiles revueltas gracias al empleo constante de las facultades dictatoriales que le confería su carácter de presidente sustituto. Pero la constitución comenzaría a regir el 1º de diciembre de 1857, y a partir de esa fecha el gobierno quedaría obligado a respetar las garantías individuales, lo cual imposibilitaría llevar a cabo la aprehensión arbitraria de oposicionistas, además de que no se podrían hacer las tradicionales levas y a corto plazo esto implicaría quedarse sin ejército. Tampoco sería legal imponer préstamos forzosos, de modo que faltarían recursos hasta para financiar las necesidades más elementales del gobierno. Lo peor era que el poder legislativo fue asignado a una cámara única con poderes rayanos en el absolutismo, una jacobinera facultada para cesar en sus funciones al presidente de la República mediante la votación de una mayoría de los diputados.

El 14 de julio debían celebrarse las elecciones para presidente constitucional. Comonfort caviló sobre la conveniencia de entregar el mando al desafortunado que resultase electo e irse a su casa a ver pasar la tormenta, pero al cabo no resistió la tentación de seguir ejerciendo el poder y él mismo, en su carácter de gran elector, orquestó las marrullerías tradicionales para hacer triunfar su propia candidatura.

Al acercarse el 1º de diciembre, cuando Comonfort debería ser designado presidente constitucional, el país era un hervidero de rumores disparatados. El carácter del hombre se agrió: a menudo levantaba la voz y profería regaños y amenazas en el trato con sus subordinados, pero ni aun este recurso le daba resultados, pues nadie creía que don Nacho fuera capaz de castigar a nadie.

Unos días antes de que entraran en vigor los cambios, Comonfort se reunió privadamente con el ex secretario de Hacienda, Manuel Payno, el general Félix Zuloaga (el ex santannista que se pasó a la Revolución de Ayutla) y con el gobernador del Distrito Federal, Juan José Baz, uno de los "puros" más furibundos. Al analizar la situación, todos ellos coincidieron en que sería imposible gobernar con la constitución y aceptaron sondear a sus amistades para derogarla por medio de un golpe de Estado.

Al enterarse de lo que se tramaba, el guanajuatense Manuel Doblado viajó a México para decir a Comonfort que lo que iba a hacer era una estupidez. Primero debería exigir al congreso que aprobara reformas acordes con la realidad del país o le otorgara facultades discrecionales para gobernar; sólo en caso de que se las negaran tendría justificación para llevar a cabo la revuelta. Pero ya había mucha gente comprometida con el movimiento y no fue posible suspenderlo.

El golpe de Estado de Comonfort contra su propio gobierno se inició el 17 de diciembre de 1857. Los soldados tomaron las principales instalaciones civiles y militares de la capital y escenificaron el añejo ritual de publicar un manifiesto en el que proclamaron presidente provisional a su caudillo. El movimiento consiguió las adhesiones de Veracruz, Puebla, Toluca, Cuernavaca, San Luis Potosí y otros puntos menos importantes. El guanajuatense Doblado no se manifestó ni a favor ni en contra y el neoleonés Vidaurri mantuvo un ominoso silencio. Varios miembros del gabinete se negaron a colaborar con los golpistas y renunciaron a sus puestos.

El presidente de la Suprema Corte de Justicia, Benito Juárez, mostró una sospechosa inactividad en el conflicto —abiertamente no se declaró en contra ni a favor— y por lo tanto fue aprehendido y confinado en el salón de embajadores del palacio nacional.

Los periódicos conservadores aplaudieron a los cerebros del golpe y los obispos levantaron la excomunión a los militares ejecutores. La constitución quedó sin efecto. Los periódicos liberales, aunque no se atrevían a atacar directamente a Comonfort o a Zuloaga, por miedo a la clausura, reflejaban una reacción uniforme de frialdad.

Con el paso de los días, lejos de aceptar incorporarse a un gobierno de unidad nacional, como el anhelado por los golpistas, las distintas facciones se prepararon para librar la batalla que, suponían, iba a ser la que les daría el triunfo definitivo. Como condición para apoyar a Comonfort, los liberales a ultranza exigieron la aplicación del programa "puro" en su integridad y el aplastamiento de los oposicionistas. Los conservadores reclamaban la derogación de la ley antifueros, la de desamortización y, en fin, de todos los ordenamientos legales que olieran a liberalismo. Por añadidura exigían que el gabinete se formara con elementos conservadores exclusivamente.

Un día de la segunda semana de enero de 1858, Comonfort se trasladó lo más discretamente que pudo hasta el salón donde Juárez cumplía su arresto. Reconoció su error al dar el golpe de Estado y pidió al preso que se trasladara a Guanajuato para pedir ayuda a Doblado. En unión con los elementos leales que conservaba el gobierno, dijo el presidente, el ejército guanajuatense ayudaría a dar el golpe de gracia a los conservadores, quienes ya habían pasado a ser la peor amenaza para el gobierno.

Juárez aceptó el encargo y marchó al Bajío sin encontrar obstáculos ni oposición en el camino. Zuloaga temió que él y Comonfort le estuvieran jugando una mala pasada.

—Mi compadre nos traiciona. Nos quiere entregar a los

"puros", pero yo no se lo voy a permitir —dijo, y en la madrugada del 11 de enero la mayor parte de las fuerzas que guarnecían la capital desconocieron a Comonfort "por no haber correspondido a la confianza que en él se había depositado".

En Guanajuato, Juárez se enteró de que Doblado y los gobernadores de Querétaro, Jalisco, Zacatecas, Michoacán, Colima y Aguascalientes, más el de Veracruz, que ya había renegado del apoyo que inicialmente prestó a los golpistas, habían formado una Liga Defensora de la Constitución, la cual destituyó a Comonfort y designó para sustituirlo al hombre señalado por los ordenamientos constitucionales, o sea el presidente de la Suprema Corte, Benito Juárez.

Al verse rechazado por todos, Comonfort negoció con Zuloaga un cese al fuego para que ambos decidieran de común acuerdo lo que se debía hacer. En principio propuso restablecer el orden constitucional entregando la Presidencia a Juárez. Zuloaga prometió renunciar y marchar al extranjero, pero a cambio exigió que el cargo presidencial fuera conferido a quien designasen sus partidarios.

No hubo arreglo, y los combates se reanudaron en el centro de la capital. Cuando vieron que el triunfo se alejaba cada vez más, la mayoría de los 5 000 hombres que apoyaban a Comonfort desertaron y el día 21, antes de que saliera el sol, los últimos leales convencieron al infeliz presidente de que abandonara la lucha.

Como condición Comonfort puso la de que se comunicaran a Zuloaga los detalles de su partida, para que nadie pudiera decir que había huido. Obviamente, deseaba que lo aprehendieran o morir como mártir. Pero Zuloaga comprendió que su compadre le ocasionaría más problemas como prisionero que en libertad, y lo dejó atravesar tranquilamente las calles de la capital, acompañado sólo por un par de ayudantes. El mismo día marchó a Veracruz y a la primera oportunidad tomó un barco con destino a Europa.

II. LA GUERRA DE TRES AÑOS

Cuando Zuloaga se rebeló contra Comonfort, muchos oficiales, castigados con el destierro por haber participado en la revuelta que inició el cura de Zacapoaxtla, aprovecharon la oportunidad para abandonar los pueblecillos y cerros donde vivían confinados y sumarse a la nueva rebelión. Entre éstos destacarían dos jóvenes oficiales, Luis G. Osollo, un potosino de 29 años de edad, alto y rubio; y Miguel Miramón, capitalino de 25, moreno, de estatura más bien baja y tan aguerrido como su compañero. Ambos arribaron a la ciudad de México en lo más movido de los combates y acabaron encabezando las fuerzas de Zuloaga.

Osollo y Miramón contaban entre los elementos más capaces egresados del Colegio Militar. Combatieron contra los invasores norteamericanos (Miramón anduvo entre los Niños Héroes) e, imbuidos de ideas caballerescas, estaban convencidos de que los militares constituían la parte más respetable de la sociedad mexicana, por lo cual debían gobernar al país eternamente. Como complemento, despreciaban a los letrados civiles que formaron el núcleo del liberalismo. Al clero lo habían visto como un útil auxiliar para mantener en la obediencia a la población civil, pero la alianza abierta entre militares y eclesiásticos sólo se produjo como consecuencia del avance liberal.

Ambos jóvenes empezaban a descollar en el ejército santannista cuando el triunfo del Plan de Ayutla les cortó la carrera. Después de que demostraron su valía en la lucha contra Comonfort, el ya presidente Zuloaga ascendió a Osollo a general y jefe del principal ejército conservador, llevando a Miramón como segundo en el mando.

Tuvieron su primera gran prueba a principios de marzo, cuando chocaron en las cercanías de Salamanca con el ejército de la Liga Defensora de la Constitución que comandaba el gobernador de Jalisco, general Anastasio Parrodi, un cubano de origen corso, y que llevaba como segundo en el mando al guanajuatense Doblado. Ambas fuerzas constaban aproximadamente de 6 000 hombres cada una. Parrodi fue derrotado y huyó a Guadalajara. Doblado rindió sus fuerzas y fue dejado en libertad bajo la promesa de que jamás volvería a tomar las armas en contra de los conservadores.

A fines de mes, Osollo envió a Miramón a Zacatecas, donde había surgido una nueva amenaza: el cacique neoleonés Santiago Vidaurri se había propuesto apoderarse del mando nacional y para el efecto envió hacia el sur un ejército de fronterizos magníficamente armados y jefaturados por su lugarteniente Juan Zuazua. Los fronterizos abandonaron Zacatecas cuando se acercaba Miramón y marcharon sobre San Luis Potosí, que estaba desguarnecida; la tomaron para luego evacuarla sin combatir cuando se acercaba Osollo, y a continuación volvieron sobre Zacatecas y la ocuparon sin dificultad.

Miramón había marchado con sus hombres a enfrentar un ataque liberal contra Guadalajara. Hizo huir al enemigo, lo puso en desordenada fuga y retornó a la ciudad de México para visitar a su novia, la bella Concha Lombardo, hija de un ex ministro santannista. En esas estaba cuando recibió la noticia de que Osollo había fallecido en San Luis Potosí, víctima de una tifoidea fulminante.

Nombrado jefe del ejército conservador, en sustitución de Osollo, Miramón rehusó inicialmente el cargo y dijo a Zuloaga: "Yo no sé hacer la guerra sin dinero y sin soldados".

Zuloaga estaba en la penuria completa. Antes, el bando que tomaba la ciudad de México y obtenía el reconocimiento diplomático de las principales naciones, como ya lo había conseguido Zuloaga, era aceptado automáticamente como el triunfador y los oposicionistas abandonaban la lucha. Antes, las revoluciones producían un corto número de muertos y en 1858 los cadáveres ya se contaban por millares y no se avizoraba el fin de la contienda.

Antes, los caciques y los curas habían compartido amistosamente la tarea de esquilmar a la población de su comarca, pero al aplicarse la Ley de Desamortización muchos politiquillos adquirieron bienes del clero, y cuando los sacerdotes clamaban desde el púlpito contra los que robaban los bienes de Dios, lo único que consiguieron fue convertir a los caciques en furibundos comecuras que reclutaban y armaban gavillas de soldados para incorporarlas al ejército liberal. Sólo unos cuantos, como el nayarita Manuel Lozada y el queretano Tomás Mejía, permanecieron leales a la Iglesia y al régimen de Zuloaga.

Antes, los comerciantes ricos del país habían prestado dinero indistintamente a los gobiernos liberales y conservadores, con tal de asegurarse el pago de elevados réditos. Con la Ley de Desamortización, los comerciantes ricos dieron por regatear el dinero a Zuloaga mientras lo facilitaban a los liberales que, se calculaba, iban a despejarles el paso para apoderarse de los bienes eclesiásticos. Zuloaga mandó encarcelar a varios de los principales ricos del país, con lo cual sólo obtuvo cortas sumas y se ganó la animadversión de los magnates.

A pesar de que decoraban sus cuevas con estampas milagrosas, los bandidos que infestaban los campos se declararon unánimemente a favor de los liberales; después de todo, ellos siempre habían visto a los ricos conservadores como sus enemigos, en tanto que los literatos liberales presentaban a los bandidos como luchadores instintivos por la libertad y contra la injusticia social, y no como delincuentes.

Así, el gobierno de Zuloaga quedó sin más financista que el clero, que podía dar muy poco: la mayor parte de sus capitales no estaban en efectivo o en metales preciosos, sino invertidos en préstamos de difícil cobro y en propiedades que pocos querían comprar por miedo a que los liberales triunfaran y declarasen nula la venta, o porque se esperaba que los liberales subastaran los bienes a precio muy reducido.

Con grandes trabajos, Zuloaga consiguió que Miramón marchase otra vez al norte, donde Zuazua había vuelto a tomar Zacatecas, mandado fusilar a los principales prisioneros y remitido el resto al norte, a trabajar como peones en las haciendas de Vidaurri. En seguida extorsionó a los ricos locales con un "préstamo forzoso" por 500 000 pesos y volvió sus pasos hacia la indefensa San Luis Potosí, donde obtuvo otro "préstamo forzoso" por 200 000 pesos e hizo desterrar a 27 sacerdotes.

Vidaurri en persona había llegado a la capital potosina con el plan de seguir avanzando hasta Querétaro y de allí continuar a la ciudad de México. Pero receloso del prestigio que estaba ganando Zuazua, le quitó el mando y se lo confió a Edward H. Jordan, uno de tantos mercenarios yanquis que se habían incorporado a las filas de los neoleoneses. El 29 de septiembre, Miramón, con 5 500 hombres, y Jordan, con 5 000, se enfrentaron en las inmediaciones del pueblo de Ahualulco. Al día siguiente Miramón escribió a Concha: "Ayer, cuando cumplí 26 años, he derrotado completamente a Vidaurri [y le tomé] 23 piezas de artillería, 130 carros de parque, armamento, vestuario y los objetos robados en San Luis Potosí. Se les hicieron más de 400 muertos, pocos heridos, por haberlos matado los soldados, y 170 prisioneros. Los cabecillas, como de costumbre, corrieron".

Vidaurri jamás volvió a incursionar por el sur, aunque envió hacia allá como auxiliares del jefe liberal a los después famosos Ignacio Zaragoza, Mariano Escobedo y otros, quienes reavivaron la lucha en Michoacán y Jalisco y no dieron tiempo a Miramón para disfrutar su luna de miel. (La rumbosa boda se celebró cuando el general volvió triunfante a la ciudad de México.) Miramón tuvo que marchar aceleradamente a Guadalajara para recuperar la ciudad, que otra vez habían tomado los liberales. Logró su objetivo y regresó a la capital, para enfrentar nuevos problemas.

A fines de enero de 1859, la guarnición conservadora que

controlaba una parte importante del territorio veracruzano depuso a Zuloaga e intentó instalar en la Presidencia al general Manuel Robles Pezuela, quien había servido como diplomático en Washington y, según se averiguó después, contaba con el apoyo yanqui para encumbrarse. La junta de notables formada por Zuloaga obligó a su protector a pedir licencia para separarse del cargo y nombró presidente sustituto a Miramón. Sin tiempo para solazarse en el ceremonial de la toma de posesión, el nuevo elegido se consagró a la tarea de formar un nuevo ejército y marchar hacia Veracruz, donde se hallaba Benito Juárez.

Juárez

Cuando marchaba a Guanajuato con la misión de gestionar ayuda para Comonfort en su lucha contra Zuloaga, Benito Juárez hizo el viaje con plena tranquilidad, ya que los sublevados no creían que representara algún peligro y no se molestaron en mandarlo aprehender. Todavía cuando llegó a la capital guanajuatense, un anónimo habitante de la ciudad escribió en su diario: "Por aquí anda un indio apellidado Juárez que dice ser presidente de la República". En su primer mensaje al país como presidente constitucional sustituto, el oaxaqueño mismo reconoció la escasa importancia que su persona tenía en esos momentos: "Llamado a este difícil puesto por un precepto constitucional y no por el favor de las facciones —dijo—, procuraré, en el corto periodo de mi administración, que el gobierno sea el protector imparcial de las garantías constitucionales".

Como recitarían los párvulos mexicanos de las posteriores generaciones, Benito Juárez, indio zapoteca, nació en el villorrio de Guelatao, Oaxaca, el 21 de marzo de 1806. Sus padres, campesinos paupérrimos, murieron cuando él tenía tres años, por lo que pasó a vivir con un tío que lo ponía a cuidar ovejas y le enseñó los rudimentos de la escritura. En la última quincena de diciembre de 1818 se fugó a Oaxaca para evitar que lo castigaran porque se le había perdido una oveja.

En Oaxaca localizó a su hermana Josefa —quien trabajaba como cocinera de un comerciante español o italiano, Antonio Maza— y unos días más tarde ingresó como mocito en casa del fraile lego Antonio de Salanueva, que se comprometió a permitirle asistir a la escuela en los ratos libres. Después de cursar la primaria pasó al seminario de Oaxaca; si el virreinato hubiera subsistido unos años más, probablemente habría terminado su vida como cura bilingüe en alguna comunidad indígena.

Cuando se estableció la República, los liberales crearon en Oaxaca el Instituto de Ciencias y Artes, de carácter laico. Juárez, carente de vocación sacerdotal, abandonó el seminario y pasó a estudiar en el instituto, donde en 1834 se recibió de abogado. Ya había comprado su primera levita. Tenía fama de ser "indio pero inteligente" y había desempeñado empleos modestos en el ayuntamiento local. En 1833, cuando Valentín Gómez Farías hizo el intento de debilitar y someter al clero, Juárez se definió como liberal. Patrocinó a los indígenas del pueblo de Loxicha, a quienes el cura de la localidad trataba de encarcelar porque se negaban a pagar las obvenciones parroquiales; pero cuando volvió a imponerse el centralismo, el abogado tuvo que exiliarse en Puebla, donde desempeñó empleos modestos, como el de administrar unos baños públicos.

De algún modo consiguió ser perdonado y al cabo de un par de años regresó a Oaxaca. Ya ni se le ocurría seguir representando el papel de apóstol de la nueva era, por lo que le permitieron desenvolverse en su profesión y en 1841 se le otorgó el empleo de juez de primera instancia. Tuvo por lo menos dos hijos con una anónima mujer del pueblo a la que puso "casa chica" y, para fundar un hogar respetable, al cabo casó con Margarita Maza, hija adoptiva (y por lo tanto difícilmente aceptable como esposa para los "jóvenes decentes") del patrón de María Josefa. Al celebrarse la boda, él tenía 37 años y ella 17.

En esa época Juárez fue un burócrata del montón, que sirvió por igual a los centralistas y a los santannistas. Como secretario del caciquil gobernador del estado, general Antonio de León, inclusive firmó una orden dirigida a la legislatura local y a los ayuntamientos para que colocaran en su sala de sesiones un retrato "del general presidente don Antonio López de Santa Anna, en testimonio de gratitud por los beneficios derramados sobre la patria", y más tarde pidió a los empleados públicos que "llevaran atado al brazo izquierdo un moño negro, sin lustre", en señal de duelo por el fallecimiento de la primera esposa del dictador. En 1844 lo premiaron con el nombramiento de fiscal del Tribunal Supremo de Justicia oaxaqueño.

En 1847 se trasladó a la ciudad de México como diputado federal y contribuyó con su voto a elegir presidente a

Santa Anna y vicepresidente a Gómez Farías. Jamás hizo uso de la palabra en el congreso, pero sí votó a favor del decreto de Gómez Farías que ordenaba hipotecar bienes del clero por valor de 15 millones de pesos. El 15 de enero de 1847 tuvo su iniciación masónica en el Rito Nacional Mexicano (parece que antes había estado afiliado a otros ritos) en una "tenida" que se desarrolló en pleno recinto del congreso, del cual se habían apropiado los "puros" para celebrar sus reuniones. Entre los invitados a la ceremonia se encontraban Gómez Farías y Miguel Lerdo de Tejada. Juárez adoptó como nombre masónico el de *Guillermo Tell*.

Al entrar los yanquis a la ciudad de México volvió a Oaxaca como gobernador interino y a él tocó prohibir al fugitivo Santa Anna que se internase en el territorio oaxaqueño, por lo que en 1853, cuando el dictador recobró el poder, lo encerraron en las tinajas de San Juan de Ulúa y al cabo de un tiempo lo deportaron a La Habana, de donde se trasladó a Nueva Orleans.

Se ha dicho que Juárez y otros desterrados mexicanos subsistían miserablemente en Nueva Orleans desempeñando empleos muy rudos. En realidad, contaban con importantes protectores, entre los que destacaba Emile La Sere, un rico comerciante de origen haitiano cuya familia lo llevó a Estados Unidos para escapar a la degollina de blancos que los esclavos independentistas hacían en su país. La Sere era protegido del *boss* político local, John Slidell; fue diputado estatal varias veces y llegó a ser director y propietario del principal periódico de Nueva Orleans. Como representante de una casa comercial había hecho varios viajes al norte de

México y a la capital del país y hablaba el español con bastante corrección. Era gerente y accionista de la Lousiana-Tehuantepec Co., una empresa interesada en construir un canal o un ferrocarril a través del istmo, paso de extraordinaria importancia en una época en que no se había abierto el canal de Panamá. Al prestar ayuda a los desterrados mexicanos, esperaba que éstos le retribuyeran el favor cuando ganaran el poder.

Entre algunos otros de escasa importancia, a la llegada de Juárez se hallaban en Nueva Orleans el potosino Ponciano Arriaga y el veracruzano José María Mata, "puros" recalcitrantes los dos, y el michoacano Melchor Ocampo, un hombre que coincidía ideológicamente con los "puros" pero que, por ser demasiado independiente, jamás se afilió a esa facción y se le clasificaba como moderado.

Con su rostro grisáceo, su ancha boca de labios finísimos, su melena de poeta romántico, su mirada febril y su naturaleza autoritaria, Ocampo presentaba una figura imponente. Por haber sido hijo de padres desconocidos, jamás se supo la fecha ni el lugar de su nacimiento. Pasó la niñez en la hacienda de Pateo, Michoacán, como hijo adoptivo de la dueña, quien al morir le dejó la propiedad en herencia. Cuando frisaba la veintena de años viajó a Europa pretextando que lo perseguían unos esbirros del gobierno y necesitaba huir, pero en realidad sólo escapaba a la responsabilidad que contrajo cuando embarazó a Ana María Escobar, una joven sirvienta que lo había atendido como nana. (La sirvienta se recluyó en un convento y tuvo una niña, que después fue adoptada por Ocampo como hija. El mismo procedimiento se siguió con otras dos hembritas nacidas años más tarde, a las que se hizo creer que tenían padre adoptivo y que Ana María, su madre, era sólo su nana.)

Ocampo pasó un par de años recorriendo a pie Francia e Italia. En París se apasionó por la Revolución francesa. Volvió a México hecho un jacobino y pronto destacó en la política. Su destierro a Nueva Orleans tuvo por origen un escandaloso pleito que, como gobernador de Michoacán, había librado con la jerarquía eclesiástica de la entidad, por haber querido reducir la tarifa para el cobro de bautizos, bodas, entierros, etcétera.

Los desterrados de Nueva Orleans vivían pendientes del momento en que Santa Anna cayera y ellos pudiesen regresar a México, pero cuando el general Álvarez les informó que había proclamado el Plan de Ayutla se abstuvieron de participar en el movimiento porque no creían que los rústicos guerrerenses fueran capaces de hacer gran cosa; y después, cuando Comonfort los invitó a unírsele, discretamente rechazaron ligarse a un moderado. Ocampo y otros prefirieron ir a Texas con la esperanza —al cabo frustrada— de que Vidaurri los acogiera en sus filas.

Juárez opinaba que no se debía subestimar a los guerrerenses, y después de mucho insistir le dieron el dinero para ir a Panamá, cruzar el istmo en ferrocarril y ya en el Pacífico tomar un barco que lo llevó a Acapulco. Arribó a su destino a fines de julio de 1855, cuando el triunfo empezaba a vislumbrarse, y como daba la impresión de que sólo pretendía sentarse a la mesa puesta, el general Álvarez le asignó un humilde empleo de escribiente.

Sólo al desarrollarse las negociaciones para que Álvarez ascendiese a la Presidencia, y no el general Martín Carrera, Juárez demostró su habilidad como asesor político e incorporó al efímero gabinete de Álvarez a sus compañeros Ocampo, como ministro de Relaciones Exteriores, y al escritor Guillermo Prieto como ministro de Hacienda. Juárez, nombrado ministro de Justicia, firmó el decreto que mutilaba el fuero de los eclesiásticos y los militares.

Al llegar Comonfort a la Presidencia, él se trasladó a Oaxaca como gobernador. Estaba tan pobre que necesitó pedir prestados 100 pesos para comprar una levita y pantalones nuevos. En su tierra pasó un año y medio delicioso, aposentado en la residencia del gobernador y adueñado ya de un capitalito que le permitió comprar una casa de las que salieron a la venta cuando entró en vigor la Ley de Desamortización. Regresó a México en septiembre de 1857, llamado por Comonfort, quien por la fama de hombre juicioso que tenía Juárez, lo hizo elegir presidente de la Suprema Corte de Justicia y lo nombró ministro de Gobernación. El oaxaqueño rechazó adherirse al golpe de Estado que se preparaba, pero como no se opuso abiertamente a él, se le mandó a Guanajuato en busca de ayuda y allí Juárez acabó viéndose investido con el cargo de presidente sustituto de la República.

Guanajuato, demasiado cercano a los dominios de Zuloaga, era un sitio poco seguro para un gobierno liberal, de modo que Juárez se trasladó a Guadalajara, y cuando el gobernador Parrodi abandonó la plaza, se vio precisado a proseguir su viaje a la tranquila Colima. Lo acompañaban algunos partidarios que se le habían unido en Guanajuato:

Melchor Ocampo, Guillermo Prieto, y los oaxaqueños Manuel Ruiz y Matías Romero, el primero ex secretario de Juárez y el segundo un joven que había emigrado a la capital para que el entonces ministro de Justicia patrocinase su ingreso al Ministerio de Relaciones Exteriores como meritorio sin sueldo.

Los fugitivos hicieron el viaje de Guadalajara a Colima en una aparatosa y desvencijada diligencia de color oscuro, que llevaba las ventanillas tapadas con tela negra para evitar que los curiosos pudieran averiguar la identidad de quienes iban en el interior. Cuando la gente que encontraban en el camino trataba de hacer indagaciones, el cochero les decía que transportaba a una familia de enfermos, por lo cual los periódicos conservadores dieron el apodo de la "familia enferma" a los fugitivos.

Para los conservadores parecía evidente que ya no tendrían que preocuparse de Juárez y sus acompañantes. No pudieron haber estado más equivocados. De Colima la "familia enferma" pasó a Manzanillo, donde se les unieron el michoacano Santos Degollado, lugarteniente de Comonfort en las últimas fases de la lucha abanderada por el Plan de Ayutla, y José María Mata, otro ex desterrado de Nueva Orleans.

De escaso metro y medio de estatura, enclenque y miope, por lo que usaba unos anteojitos azules, Degollado era nativo de Guanajuato pero desde que tuvo uso de razón vivió en la casa del cura de Cocupao, Michoacán, a cuya protección se había acogido su madre, prima o concubina del sacerdote. En la adolescencia trabajó como escribiente en la catedral de

Morelia. Deseoso de superarse, estudió taquigrafía y francés. Frecuentaba los círculos en que refulgía la figura de Ocampo; se convirtió en un ardiente liberal y fue de los primeros michoacanos en adherirse al Plan de Ayutla. Católico devoto, aunque anticlerical, todas las tardes obligaba a sus soldados a rezar el rosario. Juárez le asignó el puesto de ministro de Guerra y dejó a su cargo los restos del ejército liberal.

Ocampo, nombrado ministro de Relaciones Exteriores, encomendó a Mata la misión de viajar a Washington para gestionar un empréstito por 25 millones de dólares garantizado por los bienes eclesiásticos que se confiscarían cuando los liberales recuperaran el gobierno. Se planeaba usar parte de ese dinero en abrir campos de concentración en Baja California o en alguna isla desierta, para confinar allí a los clérigos, militares y burócratas conservadores.

De Manzanillo tomaron un barco a Panamá, cruzaron el istmo y continuaron a Nueva Orleans para conferenciar con Domingo de Goicuría, un cubano traficante de armas que se pasó la vida tratando de lograr que los yanquis invadieran Cuba para librarla de los gachupines y civilizarla. No se han precisado los detalles del arreglo celebrado entre los exiliados y Goicuría. El agente que éste envió a México, Pedro Santacilia, acabó convirtiéndose en yerno y secretario de Juárez.

A Veracruz llegaron el 4 de mayo de 1858. Protegidos por las gruesas murallas que rodeaban el puerto, por los cañones de San Juan de Ulúa y por las milicias del gobernador liberal Manuel Gutiérrez Zamora, que controlaban el puerto y una tercera parte del estado, Juárez y sus compañeros pasaron muchos meses sin experimentar sobresaltos hasta que supieron que Miramón iba a atacar.

Los dos frentes

En Veracruz corría el rumor de que una parte de los 4 000 hombres de que constaba la guarnición jarocha había sido sobornada al efecto de pasarse al bando conservador tan pronto como se generalizara el ataque, pues los liberales disponían de gran fuerza: contaban con 160 piezas de artillería, 10 lanchas cañoneras y un pequeño barco de guerra con 14 cañones, además de los emplazados en el fuerte de San Juan de Ulúa. La muralla había sido reforzada en toda su extensión y los puentes de acceso al puerto habían sido volados y los caminos destruidos u obstruidos con grandes rocas. Las fuerzas conservadoras que habían ocupado gran parte de la entidad veracruzana ya andaban en otras partes como resultado del frustrado cuartelazo roblespezuelista.

Pero además del frente interno, a Juárez le preocupaba el diplomático. Desde 1858, James C. Buchanan, un testaferro de los negreros surianos, había asumido la Presidencia de Estados Unidos por un corto margen de sufragios sobre el candidato antiesclavista y todo parecía presagiar que en las elecciones de 1862 triunfaría el partido rival de los negreros.

Los territorios arrebatados a México en 1847 fueron una especie de bocado atravesado en el pescuezo de los esclavistas. Si bien Texas adoptó la esclavitud, California y Kansas se habían declarado estados libres y con ello se bocetó la posibilidad de que los antiesclavistas ganaran la mayoría del Senado e impusieran la abolición de la monstruosa práctica. Los negreros necesitaban apoderarse de más territorios mexicanos para convertirlos en estados esclavistas. Buchanan ordenó a su ministro plenipotenciario en México, John Forsyth, que ofreciera a Zuloaga 12 millones o 15 millones de dólares por Baja California, Sonora y la mitad de Chihuahua; o bien ocho millones por Sonora y parte de Chihuahua, o en última instancia cuatro millones por Baja California sola.

El ministro de Relaciones de Zuloaga era Luis G. Cuevas, un jurisconsulto tan arrogante como un grande de España y que sólo con reservas concedía a los yanquis la calidad de seres humanos. Contestó con una diplomática censura al ministro por andar proponiendo indecencias.

El 21 de junio Forsyth rompió relaciones con Zuloaga pero se quedó en el país y durante cuatro meses prestó su palacete de Tacubaya a los "puros", que permanecían en la ciudad como quintacolumnistas. En la residencia imprimían y almacenaban propaganda subversiva; en terrenos del palacete hicieron enterrar 47 barras de plata enviadas por el cacique de Michoacán, Epitacio Huerta, como participación del botín obtenido en un escandaloso saqueo a la catedral de Morelia.

Durante esos cuatro meses, Miguel Lerdo de Tejada vivió como huésped en la residencia del embajador. Proclamaba abiertamente su anhelo de que Estados Unidos se apoderara de todo México, de que se impusiera en el país el uso del idioma inglés y se prohibiera la religión católica; de que México se "americanizara" con la inmigración masiva de yanquis y de algunos miles de oficiales y sargentos que enseñaran a las tropas nativas lo que es la disciplina militar. Veracruzano, hijo de un abarrotero español, de buen porte y con conocimientos de economía, Lerdo siempre había impresionado favorablemente a los norteamericanos que llegaban al país.

Con Forsyth trabó una estrecha amistad. Lo convenció de que los mexicanos herederos del delirio de grandeza español jamás consentirían en entregar su territorio al vecino del norte, pero que en cambio se dejarían regir por medio de "un protectorado con otro nombre", el cual podría establecerse mediante la firma de tratados en los que se concediera a Estados Unidos el derecho de tránsito libre a través de amplias zonas del país y el de fijar los impuestos aduanales. Forsyth propuso al Departamento de Estado el proyecto de Lerdo, pero sus gestiones quedaron en el aire cuando Buchanan resolvió que a él no le interesaban los protectorados con otro nombre sino la adquisición abierta de territorio.

Según Lerdo y sus amigos "puros", la población de la capital ya no aguantaba a Zuloaga y bastaría con la aparición de un pequeño ejército liberal para que el pueblo entero se levantara en defensa de la constitución. A mediados de octubre de 1858, aprovechando la circunstancia de que Miramón andaba ausente y la capital estaba desguarnecida, un millar de soldados liberales procedentes de Michoacán se apoderó sorpresivamente de Tacubaya y al día siguiente tomó el castillo de Chapultepec, la plaza de toros y la garita de San Cosme, pero los "puros" que habían prometido ofrendar la vida en defensa de su causa permanecieron en sus casas y no se produjo el levantamiento. Tres días más tarde Zuloaga pudo reagrupar fuerzas y los liberales tuvieron que volver a sus tierras.

Tras este fracaso, Forsyth regresó a Estados Unidos y Lerdo se trasladó sucesivamente a Michoacán, a Guadalajara y a Zacatecas, plazas en las que anduvo intrigando y tuvo que abandonar cuando el enemigo se acercaba. Luego quiso ir a Monterrey para conferenciar con el cacique Vidaurri, pero antes de llegar a su destino cambió abruptamente su ruta para dirigirse a Veracruz, a donde llegó el 2 de enero de 1859.

Tal vez alguien —que pudo haber sido Forsyth— había avisado a Lerdo que un agente investigador de la absoluta confianza de Buchanan iba camino a México para ver con cuál de los bandos en pugna era más conveniente restablecer las relaciones diplomáticas, y Lerdo recibió la indicación de trasladarse a Veracruz para estar presente en el sitio clave. Juárez asignó al influyente advenedizo los cargos de ministro de Hacienda y Fomento.

William H. Churchwell, un político negrero de Tennessee, desembarcó en Veracruz un par de semanas después. Apresuradamente saludó a los gobernantes liberales y prosiguió hacia la ciudad de México. En Washington seguían pensando que los conservadores acabarían por entrar en razón o que Robles Pezuela ganaría la Presidencia, pero Churchwell se convenció muy pronto de la escasa valía de ese general y de que Miramón jamás vendería ni un metro cuadrado de territorio, por lo cual regresó a palpar el terreno en Veracruz.

Churchwell se entusiasmó por Lerdo y sus tendencias *All American*. El ministro de Relaciones, Ocampo, también le pareció un buen elemento, sobre todo después de que firmó una carta en la que manifestaba su aceptación para negociar la venta de Baja California. En ese entendimiento y aclarando que en breve sería enviado a México el diplomático facultado para otorgar el reconocimiento, Churchwell regresó a su país.

Ocampo sabía que la carta en cuestión iba a servir para que se le exhibiese como discípulo de Lorenzo de Zavala. Lo mismo a Juárez. Pero lo que más pesaba en el ánimo de ambos era la inquietud provocada por el avance de Miramón.

Tales temores no podían haber estado menos justificados. Por la infinidad de detalles que necesitó atender con motivo de su ascenso a la Presidencia, Miramón sólo pudo iniciar la marcha a la costa a mediados de febrero. Por la obstrucción de los caminos, demoró 24 días en pasar de Orizaba a Córdoba y de allí a las afueras de Veracruz, donde estableció su campamento. Le faltaba artillería para atacar una plaza tan fuerte y carecía de una escuadra naval para caer sobre San Juan de Ulúa. Si en efecto Miramón había sobornado a algunos militares juaristas, como se decía, las deserciones no se materializaron y lo único que el jefe conservador pudo hacer fue lanzar algunos inefectivos cañonazos contra las murallas.

Tan escasos eran los daños causados que el 21 de marzo, día del cumpleaños de Juárez, un grupo de liberales llevó *Las mañanitas* al presidente y lo agasajó con un banquete celebrado a la vista del enemigo. Terminó el invierno, volvieron el calor, los mosquitos, las alimañas y las fiebres, y al cabo fueron los atacantes los que empezaron a desertar. Para colmo, Miramón recibió aviso de que un ejército liberal amenazaba la desguarnecida ciudad de México. Tragándose la humillación ordenó levantar el sitio y volver al altiplano.

Cuando Miramón llegó a México, el ejército liberal ya se había dado a la fuga abandonando 30 cañones, muchas armas, parque y hasta la casaca de general usada por el general en jefe, Santos Degollado, la cual fue colgada en un palo de escoba y exhibida frente a Palacio Nacional para diversión del populacho.

El triunfador de esta jornada fue el general Leonardo Márquez, un militar profesional muy bajo de estatura, de enorme cabeza y cuerpo obeso con piernas cortas, que hacía pensar en un jabalí; con mirada fiera, mandíbulas de *bulldog* y un bigote de escobetilla que velaba sus dientes grandes y desiguales. Había participado en innumerables acciones bélicas, distinguiéndose siempre por su temeridad y por la disciplina que imponía a sus hombres. Al terminar la lucha en la capital había mandado fusilar a una treintena de civiles acusados de simpatizar con el enemigo.

Por supuesto, el triunfador Márquez empezó desde entonces a ser visto como el hombre más apropiado para sustituir en la jefatura del ejército conservador al general fracasado en Veracruz.

McLane-Ocampo y Mon-Almonte

El 7 de abril de 1859, en el engalanado edificio del ayuntamiento veracruzano, Robert M. McLane —otro suriano negrero, y de ribete socio de la Louisiana-Tehuantepec Co.— presentó las credenciales que lo acreditaban como ministro plenipotenciario de Estados Unidos ante el gobierno liberal.

Juárez y sus ministros, seguros de que el reconocimiento diplomático facilitaría obtener el empréstito que José María Mata gestionaba en Estados Unidos, no cabían en sí de júbilo. Pero la alegría se les estropeó pocos días más tarde, cuando recibieron los periódicos conservadores de la ciudad de México y vieron que éstos revelaban detalladamente las gestiones realizadas por el ministro Forsyth ante el gobierno de Zuloaga, así como la tajante negativa conservadora a entablar pláticas sobre la venta de territorio. Los caudillos liberales fueron tapizados de denuestos y presentados como traidores dispuestos a traficar con la integridad del país. El gobierno de Miramón declaró nulos y sin ningún valor cualquier tipo de tratados, convenios o arreglos que llegaran a celebrarse entre McLane y Juárez.

La noticia de la proyectada venta causó alarma sobre todo entre los caciques liberales del norte, quienes sabían que el paso de sus satrapías al dominio yanqui implicaba la pérdida de las facilidades que disfrutaban para ejercer el contrabando, y que bajo la bandera de las barras y las estrellas no se les permitiría robarse los ingresos fiscales de la federación ni tiranizar a sus pueblos. Desde luego declararon su oposición irreductible a la venta de cualquier porción de territorio.

Cumplir en esas condiciones la promesa hecha a Churchwell de vender Baja California equivalía a cometer un suicidio. Así trató de explicárselo Ocampo a McLane en largas y tediosas pláticas, pero el ministro siguió insistiendo en que se cumpliera lo pactado. Como premio de consolación, el michoacano ofrecía el "protectorado con otro nombre": someter la política aduanera de México a los dictados de Washington y conceder amplios derechos de tránsito. El negrero insistía en la venta de Baja California, algo que adquirió más y más urgencia a medida que crecían en Estados Unidos los conflictos que presagiaban el estallido de la guerra civil. Como atractivo adicional, Ocampo ofreció los derechos de tránsito solicitados por la Lousiana-Tehuantepec Co., pero McLane tenía instrucciones muy estrictas de Buchanan de no aceptar otra cosa que no fuera la venta de territorios.

Mientras tanto, Mata escribía de Washington para informar que sólo lo habían traído dando vueltas infructuosas en sus gestiones para obtener el empréstito por 25 millones de dólares; que ya había reducido la cifra a dos millones y ni con eso lograba nada. Una atmósfera fúnebre invadía el salón donde celebraba sus juntas el gabinete juarista.

Con su arrogancia y su soberbia, Lerdo daba al altivo Ocampo y al anodino ministro de Justicia Manuel Ruiz el trato de inferiores, en tanto que a Juárez ni siquiera parecía tomarlo en cuenta. Lerdo argumentaba que todos los males se derivaban del hecho de que no le habían permitido publicar el programa del Partido Liberal, especialmente lo relacionado con la confiscación —"nacionalización", se decía en el lenguaje burocrático— de los bienes eclesiásticos.

El programa había sido discutido y aprobado en el secreto de las logias masónicas. Buscaba "conjuntar todas las codicias", es decir, lograr que los ricos y los caciques del país se ilusionaran con adquirir a muy bajo precio algunas casas, haciendas o hipotecas de las que poseía el clero, y así se convirtieran en el apoyo más firme del bando liberal, pues éste, por su propia seguridad, tendría que protegerlos de los rivales que pudiesen intentar la devolución de las propiedades. Además, el dinero que se obtuviera de la venta de los bienes serviría para formar un ejército lo suficientemente poderoso como para conseguir el triunfo definitivo en el espacio de unas cuantas semanas. Por supuesto, se había evitado hacer del conocimiento público el programa, ya que los ciudadanos comunes y corrientes de seguro defenderían a sus venerados clérigos. Sólo cuando controlaran todo el gobierno los liberales dejarían ver sus verdaderas intenciones.

Una vez publicado el programa, Lerdo se comprometía a ir a Estados Unidos, obtener de sus amigos el famoso empréstito de 25 millones de dólares, y con ese dinero contratar generales y oficiales yanquis que aplastaran al ejército conservador.

Antes de tomar una determinación tan importante, el gabinete resolvió consultar al ministro de Guerra Santos Degollado. Cuando recibió la orden de trasladarse a Veracruz, "don Santitos" andaba por Colima y la Tierra Caliente de Jalisco, sin avanzar gran cosa en su intento por formar un ejército que remplazara al que le desbarató Márquez en Tacubaya.

La llegada del ministro produjo sensación en el puerto. El hombrecillo de los anteojos azules y apariencia insignificante daba la impresión de ser un pordiosero por la brillosa levita rabona y otros harapos que llevaba puestos. Ya casi no tenía soldados merecedores de tal nombre. Sólo continuaban a su lado las gavillas de bandidos a quienes, para no ponerse en ridículo cuando lo desobedecieran, Degollado había dejado hasta de ordenarles que no robaran, ni asesinaran, ni incendiaran casas o violaran mujeres. Aceptaba la colaboración de los bandidos porque defendían la causa liberal, pero procuraba distinguirse de ellos reafirmando su inmaculada honradez. Rechazaba las alcobas que le preparaban los vecinos cuando entraba a un pueblo y se echaba a dormir en el suelo para no ensuciar las sábanas. Apenas comía.

Reunido con el gabinete en pleno, Degollado apoyó la publicación inmediata del programa liberal y la promulgación de los decretos respectivos. Adujo tres razones:

—Primera, porque necesito sentirme hombre al ver que hemos tenido el valor de decir abiertamente el término a donde queremos ir. Segunda, porque nuestros soldados se mueren de hambre y la ley de nacionalización nos debe proporcionar los recursos para triunfar; y tercera, porque Miramón también está en graves aprietos y el día menos pensado se nos puede adelantar vendiendo los bienes del clero para hacerse de recursos.

Don Santos consideraba indigno que los liberales ocultaran sus intenciones y sólo las diesen a conocer cuando hubieran tomado el gobierno; esa actitud le parecía similar a la de los bandidos que se quitan la careta hasta que tienen a la víctima a su merced. Acerca del proyectado viaje de Lerdo a Estados Unidos para contratar generales y oficiales destinados al ejército liberal, apoyó la propuesta y añadió:

—Por mi parte estoy dispuesto a prestar mi nombre de jefe mexicano y a dejarme conducir como un guaje por un general más capaz que yo, en una escuadra yanqui, y me dejaría fusilar como fusilaron a López en las costas de Cuba o daría el golpe que anhelamos aunque sea con manos postizas.

Degollado se refería a Narciso López, un cubano que luchó por anexar su patria a Estados Unidos y participó en una expedición de filibusteros yanquis que literalmente fue exterminada por las autoridades españolas de la isla. Domingo de Goicuría, el traficante de armas que surtía a los liberales desde Nueva Orleans, contó entre los subordinados de López.

La intervención de Degollado aseguró el triunfo de la propuesta de Lerdo. El programa liberal fue publicado el 7 de julio. Se anunció la confiscación lisa y llana de los bienes del clero y, para delicia de los agiotistas, se especificó que los compradores podrían pagar las tres quintas partes del valor convenido en títulos de la deuda pública (que, por lo depreciados, se usaban hasta para envolver pellejos en las carnicerías), liquidando las restantes dos quintas partes en abonos mensuales durante 40 meses. Para "conjuntar todas las codicias en apoyo del partido liberal", como alguna vez dijo Ocampo, los caciques quedaron liberados de la obligación de contribuir con una parte de sus ingresos a los gastos del gobierno federal. A la burocracia del común se le prometió pagarle puntualmente las quincenas.

La Ley de Nacionalización de los Bienes Eclesiásticos fue publicada el 12 de julio, y seguidamente las demás que serían conocidas como Leyes de Reforma: la del registro civil, que quitó a la Iglesia el monopolio de celebrar matrimonios y registrar los nacimientos y los decesos (ésta con el añadido de la famosa *Epístola de Ocampo*, una monumental demostración de la hipocresía del autor, un hombre que ensalzó en la epístola la excelsitud del matrimonio al tiempo que nunca tuvo el valor de unirse legalmente con la "nana" Ana María ni de reconocerse como padre de las hijas supuestamente adoptivas); la que creó los cementerios laicos, y la que prohibía a los sacerdotes vestir sus hábitos en la calle y hacer demostraciones de culto público; además la que ordenaba clausurar los conventos de varones, aunque permitía que subsistieran, restringidos, los de monjas. Como en las guerras entre moros y españoles, el vencido quedaría a merced del vencedor.

Mientras tanto McLane siguió exigiendo la venta de Baja California. Hubo que entretenerlo con dilatorias a la espera de que Lerdo, quien ya se encontraba en Estados Unidos, consiguiera el empréstito y contratara los generales y oficiales anhelados. A mediados de agosto Ocampo se reconoció incapaz de seguir resistiendo los apremios del negrero, por lo cual presentó su renuncia y fue remplazado por el coahuilense Juan Antonio de la Fuente, un mayordomo de los caciques norteños que sin rodeos se negó a discutir con McLane la venta de territorios pero mostró buena disposición para crear el "protectorado con otro nombre", que ofrecía a los caciques nuevas oportunidades de hacer productivos negocios desde su puesto.

McLane se resignó a seguir el juego de los mexicanos. Sabedor de que los liberales cederían sólo cuando perdieran la esperanza de recibir ayuda, escribió a Washington pidiendo que se sabotearan las gestiones de Lerdo y, para hacer menos desagradable la espera, se fue de vacaciones a Estados Unidos.

En Veracruz siguieron recibiendo malas noticias. A mediados de noviembre, en terrenos de la estancia de Las Vacas, de Apaseo, Guanajuato, Miramón derrotó a un ejército formado por las fuerzas de Degollado y Doblado (este último, violando su promesa de no tomar las armas contra los conservadores, había vuelto a combatir) y ambos jefes acabaron dándose a la fuga y dejando a Miramón como dueño de todo el Bajío, Jalisco y Colima. Por esas mismas fechas otros jefes conservadores tomaron Oaxaca, Zacatecas y Tepic. Apenas se podría dudar de que su siguiente paso estaría encaminado a marchar sobre Veracruz.

Entonces regresó Lerdo y el gabinete juarista se reunió para ver el resultado que habían tenido sus cuatro meses de gestiones en Nueva York. Sin rodeos dijo que ni los financieros ni los hermanos masones habían querido prestar un solo centavo, y achacó el fracaso a que los neoyorkinos no veían clara la disposición del gobierno liberal, toda vez que la Ley de Nacionalización de los Bienes del Clero abundaba en frases ambiguas que podían prestarse a múltiples interpretaciones.

McLane regresó unos días después diciéndose dispuesto a hacer un último esfuerzo por concluir las negociaciones del tratado. Para facilitar el intercambio de puntos de vista, De la Fuente renunció y fue sustituido por Ocampo en el Ministerio de Relaciones.

En realidad, McLane había comprendido que la venta forzada de Baja California implicaría provocar la caída de Juárez, tanto por la oposición de los caciques norteños como por el desprestigio generalizado que sufriría el gobierno. Era mejor ir paso a paso: aceptar lo que proponían los liberales y ayudar a Juárez a instalarse en México; una vez que el gobierno adquiriera firmeza se podría volver a la cuestión de la venta territorial. Sobre esta base consiguió la ayuda del influyente senador Judah P. Benjamin, uno de los principales accionistas de la Louisiana-Tehuantepec Co. para que persuadiera a Buchanan de que aceptase el "protectorado con otro nombre", que por lo pronto representaría un triunfo con el que Buchanan se podría adornar en las inminentes elecciones, y a continuación vendría la venta abierta.

En concreto, McLane pidió que se autorizara a Estados Unidos para fijar las tarifas aduanales de México, la cesión de derechos de tránsito de Nogales a Guaymas vía Hermosillo, y de otra ruta que iba de Matamoros, Tamaulipas, a Mazatlán, Sinaloa, por Monterrey y Saltillo, amén de la concesión para abrir la vía de paso por el istmo —la codiciada por el haitiano La Sere y su socio el senador Benjamin—, en el entendimiento de que Estados Unidos quedaría facultado para enviar sus tropas a través de esas rutas siempre que considerara amenazados sus intereses, corriendo los gastos de la expedición por cuenta de México. Por todo ello ofreció una compensación de cuatro millones de dólares, de los cuales quedarían dos en Estados Unidos para garantizar el pago de las reclamaciones norteamericanas a México y sólo dos se entregarían en efectivo.

Ocampo sabía que en 1847 Estados Unidos había ofrecido 15 millones de dólares sólo por la concesión del paso por Tehuantepec, pero también estaba al tanto de que Miramón preparaba un nuevo ataque contra Veracruz y temía que en esta ocasión no cometiese los mismos disparates que en la anterior. Aceptó las exigencias de McLane con la sola condición de que, junto con el tratado respectivo, se firmara una convención secreta "de alianza", mediante la cual ambos gobiernos podrían solicitar el auxilio del aliado en caso de alteraciones del orden o peligro para la seguridad del país solicitante. Tras aclarar que esto no implicaría defender al gobierno juarista de un ataque como el que podrían efectuar las potencias europeas para cobrar los adeudos que México tenía con ellas, ni tampoco serviría para que el ejército de Estados Unidos combatiera contra los conservadores para instalar a Juárez en la ciudad de México —Estados Unidos sólo proporcionaría ayuda discreta en empréstitos y armas para este último fin—, McLane dio por concluida la negociación.

El tratado que llevaría el nombre de McLane-Ocampo se firmó el 14 de diciembre de 1859. El *Times* de Londres opinó: "De ratificarse definitivamente el tratado que se dice concluido en Veracruz, México pasará virtualmente al dominio americano", y la *Weekly Gazette*, una publicación de Ohio, afirmó: "Este extraordinario tratado [...] coloca a México bajo el pupilaje de Estados Unidos y nos proporciona los beneficios de la conquista y la anexión sin el costo, los riesgos y los perjuicios políticos que resultarían de anexarnos a siete millones de individuos de una raza afeminada, sin dignidad y miserablemente ignorante".

La prensa conservadora emitió los comentarios que es fácil imaginar, calificando de vendepatrias a sus rivales. Pero desde 1858 Zuloaga había girado instrucciones a sus diplomáticos en Europa para que gestionasen ante cualquier nación el envío de un monarca y de un ejército que metiera al orden a los mexicanos "y a mí primero que a nadie". Sólo consiguieron el reconocimiento diplomático de España, y a cambio de esto tuvieron que aceptar como válidos los cálculos españoles sobre la deuda entre ambos países, con lo cual adquirieron legitimidad algunas reclamaciones fraudulentas. El tratado respectivo lo firmaron en París el comisionado español Alejandro Mon y el ministro plenipotenciario de los conservadores, Juan N. Almonte.

Los periódicos liberales trataron de presentar el tratado Mon-Almonte como una traición mayor que la implícita en el tratado McLane-Ocampo, pero muy pocas personas juiciosas compartieron tal punto de vista.

Principio del fin

Después de haber aniquilado al principal ejército liberal en la estancia de Las Vacas, Miramón inició los preparativos para emprender en enero el gran ataque contra Veracruz. Quería aprovechar el fresco del invierno, cuando el clima resulta menos agobiante para los soldados del altiplano y cuando se suaviza el efecto de las plagas endémicas de la costa, como el paludismo y las fiebres. Un hecho imprevisto lo obligó a aplazar el proyecto: el comandante de la plaza de Guadalajara, y segundo en el mando del ejército conservador, general Leonardo Márquez, había cometido un acto que parecía de locura: incautarse de una fuerte cantidad de metales preciosos de propiedad extranjera.

Semidesnudos y hambrientos, los pocos hombres que Márquez había podido conservar en su llamada "división" estaban a punto de desertar en masa. Para alimentarlos impuso primero un préstamo de 100 000 pesos al clero, el cual argumentó que no sólo carecía de efectivo sino que ni siquiera podía encontrar compradores para las joyas y los utensilios de oro y plata que atesoraban las iglesias, pues los agiotistas no querían arriesgarse a adquirir propiedades que Juárez ya había nacionalizado. Creyendo que le mentían, amenazó con abandonar la ciudad y dejarla a merced de los bandidos que pululaban en la comarca, y cuando los clérigos le respondieron que entonces no les quedaría más remedio que acogerse a la misericordia del Señor, Márquez comprendió que debía buscar recursos en otra parte.

Por Guadalajara pasó entonces una caravana de mulas cargadas con 700 000 pesos en barras de oro y plata que los comerciantes extranjeros mandaban a puertos del Pacífico para su remisión a Europa y Estados Unidos. Ninguno de los bandos en pugna había osado violar la especie de inmunidad diplomática de que gozaban aquellas "conductas", pero en su desesperación Márquez se incautó de los metales, aclarando que los afectados recibirían la correspondiente indemnización una vez que, con su ejército reforzado, infligiese a los liberales la derrota definitiva.

Miramón tuvo que viajar a Guadalajara para dar una fuerte reprimenda al general, quitarle los metales y devolvérselos a los propietarios. Éste renunció al mando de sus tropas e insistió en ser juzgado por un tribunal militar, con lo cual el jefe conservador se vio privado de su lugarteniente más valioso y tuvo que sufrir las hablillas de quienes afirmaban que había obrado por envidia profesional.

Regresó a México a mediados de enero de 1860. En su

desesperación por lanzarse cuanto antes sobre Veracruz, aplicó al clero y a los agiotistas las presiones habituales, pero sólo obtuvo 200 000 pesos, que no alcanzaban para nada. Así cayó en las garras del suizo Jean Baptiste Jecker, quien le facilitó dinero, armas y pertrechos por un valor total de millón y medio de pesos a cambio de títulos de la deuda pública por 15 millones.

Por fin, el 1º de marzo, Miramón estableció su campamento una veintena de kilómetros al sur de Veracruz. A tiro de cañón del puerto, en la cúspide del elevado médano del Perro mandó levantar varias horcas destinadas a Juárez, Ocampo y demás miembros del gabinete, los cuales —siguiendo las sugerencias de un periódico conservador— debían ser ahorcados en ese punto tras grabarles a fuego en el carrillo izquierdo la inicial T de traidor.

No convenía que las fuerzas liberales siguieran jefaturadas por "el campeón de las derrotas", como llamaban a Degollado. Con el pretexto de confiarle el puesto de ministro de Relaciones, al que después de firmar el tratado con McLane renunció Ocampo "por la impopularidad accidental de mi persona", Juárez retiró a Degollado de su campo de operaciones habitual.

Por la ineptitud de Degollado, uno de sus auxiliares michoacanos más fieles, Epitacio Huerta, había intentado adjudicarse el cargo de comandante en jefe de las fuerzas liberales, y aunque no logró su objeto, su destitución desató una paralizante guerra de hablillas. Peor aún, Degollado tuvo fricciones con los oficiales que Vidaurri había mandado como auxiliares, entre ellos el lugarteniente Juan Zuazua y los después famosos Ignacio Zaragoza, Mariano Escobedo y José Silvestre Aramberri.

Zuazua pretendió tratar como subordinado a un prominente juarista, el gobernador de Zacatecas Jesús González Ortega, y como Degollado reconfirmó la máxima autoridad del zacatecano, el fronterizo abandonó su puesto para volver a Monterrey. Vidaurri se negó a disciplinarlo, por lo que Degollado asignó la gubernatura de Nuevo León a Aramberri, quien estaba apoyado por Zaragoza y Escobedo. El truculento cacique se replegó a Texas por un par de semanas, al cabo de las cuales volvió y depuso a Aramberri tras un combate en el que Zuazua perdió la vida. Zaragoza y Escobedo huyeron al sur para reincorporarse a las fuerzas de Degollado, el cacique recobró su ínsula y desde ese momento suspendió las relaciones con el bando juarista. Más aún, brindó asilo a Comonfort, quien había vuelto al país con ánimo de recuperar la Presidencia.

Para el ataque a Veracruz, Miramón se había provisto de cañones de largo alcance e inclusive poseía dos barquichuelos comprados en Cuba, el *General Miramón* y el *Marqués de La Habana;* ambos carecían de potencia para decidir la lucha por Veracruz, pero sí podían surtir de alimentos y pertrechos al atacante, además de obstruir a los defensores el abastecimiento por mar.

Veracruz presentaba defensas mejores que las del año anterior. La muralla había sido protegida por un ancho y profundo foso circundado por una cerca de alambre de púas y una tupida nopalera. Los defensores contaban además con pertrechos y alimentos en abundancia, así como con dos barquichuelos, el *Wave* y el *Indianola,* el último de los cuales había sido entregado personalmente por el cubano Domingo de Goicuría.

Fondeada frente a Veracruz se encontraba además una docena de barcos franceses, españoles, ingleses y yanquis. Los de las primeras dos naciones cumplían la misión de cobrar puntualmente los abonos de la deuda externa en la aduana de Veracruz. Los ingleses, además de apoyar a sus cobradores, perseguían un objetivo diplomático que pronto iba a descubrirse. La escuadra norteamericana estaba allí para mostrar su bandera en aquellos días en que el Senado de Washington deliberaba sobre la ratificación o el rechazo del tratado McLane-Ocampo.

El jefe conservador tenía intuiciones y noticias vagas de que el ministro plenipotenciario inglés quería ofrecer sus buenos oficios para poner punto final al conflicto, y decidió aprovecharlas. (Ignoraba que, entre sus planes, el ministro acariciaba el de instalar a Comonfort en la Presidencia y deshacerse de Miramón y de Juárez por igual.) Al cabo, Miramón recibió en su campamento la visita del comandante de la escuadra inglesa, quien le presentó una nota en que ofrecía concertar una tregua para que se celebraran negociaciones encaminadas a lograr un arreglo pacífico entre los beligerantes. La misma nota había sido entregada ya a Degollado.

La tregua fue aceptada por ambas partes. Se decidió negociar un armisticio general en toda la república y confiar a un organismo adecuado la aceptación o el rechazo de los tratados McLane-Ocampo y Mon-Almonte. Pero Juárez insistió en que la resolución sobre los tratados fuese tomada por un congreso electo bajo los términos de la constitución de 1857 y Miramón se empeñó en que la decisión definitiva la tomara una junta de notables, por lo cual naufragaron las negociaciones.

Al mismo tiempo Miramón dio otra prueba de su incapacidad como político y como diplomático. Recibió la visita del comandante de la escuadra yanqui y al preguntarle éste como de pasada cuál era su opinión sobre el tratado McLane-Ocampo, ingenuamente respondió que estaba dispuesto a morir antes que a aceptar un documento tan indigno, por lo cual el comandante pasó a visitar a Juárez y le pidió firmar un decreto en el que declaraba piratas a los barcos de Miramón y solicitaba ayuda al comandante yanqui para aprehenderlos. Encantado de la vida, Juárez firmó, y los dos barquichuelos conservadores, que se hallaban anclados en Antón Lizardo, fueron fácilmente sometidos por los norteamericanos. En esta operación también participó Goicuría en persona.

Reducido a confiar su suerte al triunfo de las armas, Miramón inició un terrible cañoneo sobre Veracruz, causando gran destrucción y muertes, sobre todo entre los civiles. Una bomba estalló cerca de la casa donde vivía Juárez y el pánico cundió entre los liberales. El presidente y los miembros del gabinete, junto con sus familias, se refugiaron en la casamata de San Juan de Ulúa, cuyos muros eran a prueba de cañonazos. Sólo Degollado permaneció en Veracruz, haciendo llamados a la calma y sin atreverse a contratacar.

El cañoneo duró una semana entera. Miramón emprendió tres asaltos por la parte sur sin lograr que los defensores salieran de las murallas. El 21 de marzo se resignó a levantar el sitio.

El frágil triunfo de Juárez

Mientras tanto, en Washington, Buchanan hacía esfuerzos desmedidos por conseguir la ratificación del tratado McLane-Ocampo. Pero el conflicto sobre la esclavitud ya estaba alcanzando la masa crítica para hacer el estallido. El Partido Democrático se dividió en una facción ultraesclavista, a la que pertenecía Buchanan, y una moderada. Con esto, lo previsible era que las inminentes elecciones presidenciales las ganase el republicano Abraham Lincoln, un enemigo declarado de absorber territorios mexicanos. La ratificación del tratado fue rechazada por el voto de 27 senadores republicanos y demócratas moderados, contra 17 de los esclavistas. Si esto libró a Juárez de pasar a la historia como un vendepatrias es una cuestión que a la fecha se sigue discutiendo en los círculos burocráticos.

Tampoco el jefe conservador estaba en un lecho de rosas. Tras el fracaso de Veracruz, hasta el general Zuloaga empezó a dudar de él, por lo que el 9 de mayo expidió un decreto para cesar a Miramón como presidente sustituto y reasumir él mismo la Presidencia. El afectado tomó prisionero a Zuloaga y dio por llevarlo consigo a las campañas "para enseñarle cómo se ganan las presidencias". Los diplomáticos declararon que ya no existía gobierno en México y cerraron sus legaciones. Pero la junta de notables aprobó el proceder de Miramón y lo nombró presidente por derecho propio.

Liberales y conservadores estaban equilibrados en su debilidad: ningún bando tenía capacidad para ganar, aunque sí para seguir combatiendo. Con la llegada de las lluvias, los caminos, hechos un mar de lodo, obstaculizaban la marcha de la soldadesca. Los carromatos se atascaban y había que dejarlos abandonados. Las decenas de miles de combatientes, además de las soldaderas y sus críos, eran bocas a las que urgía alimentar, y no había qué darles, por lo que se temía que los infelices se desbandaran para convertirse en otros tantos bandidos que acabasen con los restos del país. Los campos estaban devastados, los pueblos y las ciudades en ruinas, la economía paralizada, y los ricos a quienes antes se podía imponer "préstamos forzosos" ya estaban quebrados. En ambos bandos se abrió paso gradualmente la idea de tomar recursos de donde los hubiera, sin reparar en las consecuencias.

Hasta "don Santitos", quien había dejado el Ministerio de Relaciones a Ocampo y establecido su cuartel general en San Luis Potosí, acabó por adoptar esa idea. En Guanajuato Manuel Doblado se incautó de 1 100 000 pesos que los comerciantes europeos remitían a Tampico para ser reexpedidos al extranjero. Rindió cuentas de su proceder al jefe y se declaró dispuesto a comparecer ante cualquier tribunal y aceptar el veredicto por la responsabilidad en que había incurrido. Degollado aprobó tales actos.

Juárez también convalidó la incautación, y Miramón, sin pretenderlo, hizo lo mismo: al ver que los agiotistas ya no se dignaban a contestar los apremios del gobierno conservador para facilitar dinero, ordenó violar los sellos de la legación británica y se apoderó de 400 000 pesos que los comerciantes habían depositado allí para su traslado a Inglaterra.

También se abrió paso la solución diplomática. Miramón

pidió al ministro plenipotenciario español que hiciera arreglos para concertar nuevas negociaciones de paz sobre una base similar a la ideada por el ministro inglés, con el añadido de que Lerdo sustituiría a Juárez en la Presidencia, lo cual aceptó el primero y el segundo rechazó con indignación.

Degollado mismo escribió al ministro inglés solicitándole promover la apertura de negociaciones encaminadas a designar un presidente provisional reconocido por ambos bandos, lo que eliminaría tanto a Juárez como a Miramón. El oaxaqueño respondió destituyendo al michoacano y ordenándole presentarse en Veracruz para ser juzgado como desertor.

Al cabo el conflicto fue decidido por las armas. Los caciques liberales siempre encontraban la manera de proveer de carne de cañón a sus generales y ya para septiembre éstos contaban con un total calculado de 20 000 hombres. Surgieron nuevos caudillos entre los que descolló el general y gobernador zacatecano Jesús González Ortega, un seudoabogado y pésimo poeta que primero ganó fama por haber promulgado su propia ley de nacionalización de los bienes eclesiásticos y la estrenó mandando saquear la catedral de Zacatecas y haciendo fundir un admirable altar de plata maciza que pesaba un cuarto de tonelada.

Mientras se discutía el tratado McLane-Ocampo, González Ortega recibió armas y artilleros de Estados Unidos y a mediados de agosto derrotó a las fuerzas de Miramón en una batalla que tuvo lugar en los campos de Silao. Seguidamente marchó sobre Guadalajara, que tomó sin grandes dificultades.

González Ortega ya había sido rodeado por los aduladores, quienes le decían que la Presidencia de México corresponde a los generales victoriosos. Por ningún motivo debía guardársela al zapoteca que permaneció muy a la segura en Veracruz, sin jamás haber ayudado con dinero o armas a los combatientes, y sin haber tenido siquiera la hombría de acercarse a un campo de batalla para infundir ánimo a sus soldados, pero eso sí, habiendo estado siempre muy atento para cobrar los 100 pesos diarios de su sueldo, que se tomaban del escaso dinero ingresado en la aduana de Veracruz. Lerdo de Tejada, el favorito de los "puros", escuchaba insinuaciones de género parecido.

En noviembre Miramón logró reunir algunos miles de hombres y marchó contra las partidas rivales que ya realizaban ataques a pueblos vecinos del Distrito Federal, como Ixtacalco, Tlalnepantla y Tlalpan. En seguida marchó sobre Toluca, derrotó al comandante liberal y tomó prisioneros a Santos Degollado y a su secretario, Benito Gómez Farías, hijo de don Valentín, los cuales daban un rodeo para aplazar la presentación de Degollado en Veracruz.

Luego, con 8 000 hombres acobardados, Miramón salió a enfrentar a González Ortega, quien desde Querétaro avanzaba sobre la capital con 25 000 efectivos. El choque de ambos ejércitos tuvo lugar el 21 de diciembre en las inmediaciones del pueblo de Calpulalpan, Estado de México. Tras dos horas de combate, los soldados conservadores se pasaron al bando enemigo gritando vivas al general zacatecano. Sólo unos cuantos jefes, entre quienes contaban Miramón y Márquez, pudieron huir. Degollado y Gómez Farías también aprovecharon la confusión para escabullirse sin ser detectados por ninguno de los bandos.

Para asombro del país entero, el general victorioso que jefaturaba 25 000 hombres anunció en su entrada triunfal a la ciudad de México su buena disposición para entregar el poder al burócrata que seguía tan tranquilo en Veracruz. Sólo que, al desfilar por las calles capitalinas, descubrió en un balcón a Santos Degollado, quien presenciaba el acto como un hombre más entre la multitud. González Ortega lo invitó a bajar y ponerse al frente de las tropas, con lo cual hizo ver que Juárez era implacable con los hombres dóciles y fieles como "don Santitos", pero no se había atrevido a censurar a individuos como González Ortega y Lerdo de Tejada, que también consideraban a Juárez como un elemento indigno de ocupar la Presidencia.

En fin, la cuestión se resolvería en breve plazo, cuando tuvieran lugar las elecciones previstas por la constitución. En Veracruz se daba por sentado que el principal candidato de los veracruzanos sería Lerdo de Tejada y que el grisáceo Juárez no podría hacer otra cosa más que cederle el paso.

III. LA CRUDA
DE LOS BIENES CONFISCADOS

Después de la de González Ortega, la entrada triunfal de Benito Juárez a la ciudad de México resultó un anticlímax: el público y las demostraciones de entusiasmo escasearon porque la mayoría de la gente veía en las Leyes de Reforma una obra del demonio, y de ribete porque una fuerte lluvia impidió la concentración de gente. Desfiló una caravana compuesta por una docena de coches de caballos, en el primero de los cuales —una carretela abierta— iba Juárez vestido de negro con levita y sombrero de copa, apoyando las manos en un bastón y con Melchor Ocampo frente a él. En la última carretela abierta, acompañado de Guillermo Prieto, desfiló el caudillo zacatecano. De esta manera hizo saber el presidente que se iniciaba la era de los gobiernos civiles y que los militares quedarían relegados al cumplimiento de sus labores castrenses.

La caravana pasó frente a varios conventos clausurados unos días antes y que los frailes habían desocupado sin ofrecer resistencia. También habían sido clausurados 13 conventos de mujeres, aunque por las atenciones especiales debidas al sexo débil se permitió que siguieran funcionando otros ocho. Algunas superioras acataron la orden de evacuar, pero otras reunieron a sus pupilas para que, de rodillas y rezando, mostraran a los burócratas encargados de aplicar las nuevas leyes su resolución de permanecer en sus amados edificios. La resistencia se desmoronaba en cuanto el jefecillo burócrata hacía ver que la azotea del convento estaba ocupada por soldados, los cuales, en caso de permitírseles bajar al patio, podrían cometer atrocidades con las vírgenes jóvenes o viejas que se negasen a ser exclaustradas.

Los tesoros de los templos habían sido retirados ya y todo el mundo hablaba de las joyas que eran robadas y de la forma como desaparecían grandes estatuas de santos, además de candelabros y candiles hechos de plata maciza; unos riquísimos copones de oro con tapa rematada por una cruz de brillantes, que usaban los arzobispos para dar la comunión el jueves santo; y sobre todo la custodia de la copa de la catedral metropolitana, que medía más de un metro de alto y estaba adornada con 5 872 diamantes, 2 653 esmeraldas, 544 rubíes, 106 amatistas y 28 zafiros. Por actos de vandalismo desaparecieron innumerables cuadros pintados por El Greco, Murillo, Zurbarán y otros grandes artistas europeos, para no hablar de las obras de los novohispanos que decoraron las iglesias.

Los sacerdotes habían clamado que si alguien osaba atentar contra los tesoros de Dios llovería fuego del cielo, la tierra se abriría, las montañas se desmoronarían y México quedaría sumido en el caos. Cuando el saqueo se realizó sin que pasara nada, los sacerdotes quedaron tan desprestigiados como sus colegas totonacas cuando Cortés mandó impunemente derribar los ídolos; por su parte, los mexicanos de 1860, al igual que los indígenas de tiempos de la Conquista, permanecieron azorados y sin hacer nada cuando vieron que los nuevos amos del país profanaban su mundo religioso.

Terminado el desfile, Juárez se dirigió al sitio que había escogido para residencia familiar: un tapanco del palacio nacional, cavernoso pero bastante amplio, que si bien no era muy cómodo, ofrecía la ventaja de ahorrar el pago de rentas de casa. En cuanto terminaron las enfadosas ceremonias de la recepción se encerró con Ocampo en una oficina para analizar los problemas pendientes.

Ocampo había llegado a la capital unos días antes que Juárez para tomar provisionalmente las riendas del gobierno e iniciar la aplicación de las Leyes de Reforma. Ya había impuesto a los clérigos una multa equivalente a 20% de sus emolumentos como reparación por los estragos causados durante la guerra; había mandado intervenir los diezmatorios y declarado nulos y sin ningún valor todos los actos jurídicos del gobierno conservador; además de haber iniciado la confiscación y venta de los bienes del clero, había preparado la documentación para tomar diversas medidas que requerirían la firma de Juárez: expulsión del nuncio apostólico y de los ministros plenipotenciarios de España, Guatemala y Ecuador, acusados de complicidad con el gobierno derrotado (lo del ecuatoriano resultó ser una falsedad); destierro del arzobispo de México y cinco obispos más, así como cárcel y destierro para el principal secretario de Miramón.

El cese en masa de los burócratas conservadores y su remplazo por liberales había resultado contraproducente en gran medida: los liberales que obtuvieron empleo consideraban que no se les había remunerado adecuadamente por los eminentes servicios que prestaron a la causa, y los que quedaron sin puesto estaban formando clubes políticos como los de la Revolución francesa y exigían la erección de guillotinas para ejecutar a quienes ellos tildaban de traidores, o sea a todo aquel que les impedía recibir su parte del botín.

Apoderada de los periódicos más escandalosos, la chusma insatisfecha había adoptado como su candidato para las elecciones presidenciales en puerta a Miguel Lerdo de Tejada, y en el empeño de "quemar" al principal adversario —casi nadie consideraba presidenciable a Juárez— estaba cubriendo de lodo a Ocampo y amenazaba con sacar a la luz sus tratos con McLane. Ocampo se reconoció incapaz de enfrentar la tormenta, dijo haber tomado ya la decisión de irse a descansar a su hacienda de Michoacán y presentó renuncia irrevocable a sus cargos. Juárez le ofreció como consuelo el puesto de director del Monte de Piedad, el cual era de los pocos que tenían en caja suficiente dinero para pagar a sus empleados.

Ocampo terminaba de hacer sus maletas cuando llegó a sus manos un periódico que lanzaba la candidatura presidencial de Lerdo de Tejada, presentándolo como el verdadero autor de las Leyes de Reforma, y a Juárez y su gabinete como simples estorbos. Ocampo no resistió la tentación de mandar publicar un artículo de respuesta en el que Lerdo figuraba como un intrigante nulo para captar la esencia civilizadora de la Reforma; que se la pasó conspirando contra Juárez, y que, por considerar a los soldados liberales incapaces de imponerse al enemigo, pretendió contratar mercenarios extranjeros y hasta propuso transar con los conservadores.

Cuando los periódicos respondieron con la clásica oleada de denuestos, Ocampo ya se encontraba viajando a Michoacán. Lerdo abandonó su residencia en Veracruz para ir a la ciudad de México a hacerse cargo personalmente de su defensa. En la polémica periodística que siguió los liberales en conjunto se exhibieron ante toda la nación como una pandilla de ambiciosos, mentecatos, intrigantes y traidores. Sólo un suceso inesperado puso fin a la rebatiña: Lerdo enfermó repentinamente de tifo y a las pocas semanas, el 22 de marzo, falleció. En los suntuosos funerales, por supuesto, Juárez dedicó las más elogiosas palabras al rival.

Simultáneamente se conocieron los resultados de la venta total de los bienes del clero. El ministro de Hacienda Guillermo Prieto, quien por haber trabajado alguna vez como escribiente aduanal tenía fama de financiero, tuvo a su cargo la operación. Angustiado informó a Juárez que ya había concluido la venta de todas las principales propiedades y que ésta apenas había producido un millón de pesos, que se gastaron en resolver los mil y un apuros del momento.

Juárez sabía que los bienes eclesiásticos habían mermado mucho desde la guerra de Independencia, cuando se les atribuía un valor de cientos de millones de pesos, pero confiaba en que siguieran siendo lo bastante cuantiosos como para solventar sus necesidades. Prieto explicó que le había sido preciso respetar los traspasos de bienes que, durante la guerra, hacían los jefes militares a los individuos que les facilitaban pertrechos y dinero para pagar los haberes de la tropa. Sin duda se habían realizado también muchos traspasos ilegítimos, en que el nuevo propietario no dio más que un soborno al burócrata que le adjudicó la propiedad, pero esos casos eran tan numerosos que resultaba imposible investigar cada uno de ellos.

Lo más ruinoso había sido el sistema de pagos adoptado, en que 60% del valor de la propiedad se liquidaba con títulos depreciados de la deuda pública, que el gobierno recibía a la par, y el 40% restante se cubría con pagarés a plazos de cinco o más años. Ante la necesidad inmediata de recursos, el mismo Prieto había vendido esos pagarés a los agiotistas con descuentos hasta de 80 por ciento.

Para colmo, los documentos hipotecarios confiscados de las arcas eclesiásticas, cuyo valor ascendía a decenas de millones de pesos, también se habían vendido a los agiotistas con descuentos descomunales, y como era natural, una legión de burócratas sinvergüenzas decían no saber qué pasó con los objetos de oro o plata o las joyas retiradas de las iglesias. El gobierno arrastraba un déficit mensual de 400 000 pesos, sólo para cubrir los gastos más indispensables.

Prieto reconoció su incapacidad para hacer frente a la situación y renunció al ministerio. Ni los más activos calumniadores se atrevieron a decir que se hubiera robado un centavo —sólo afirmaban que el hombre era tan torpe que ni para robar servía—, por lo cual Juárez lo recompensó asignándole el puesto de administrador de correos.

La amenaza conservadora crecía mientras tanto. Aunque Miramón huyó a Europa, en el país quedaron el temible Leonardo Márquez y el ex presidente Félix Zuloaga, que seguía alegando derechos para retornar al poder. Ambos gozaban de la protección de dos caciques conservadores: Manuel Lozada, amo de Nayarit y parte de Jalisco, y Tomás Mejía, señor de la sierra Gorda queretana, quien en una incursión a Río

Verde, San Luis Potosí, había derrotado al caudillo liberal Mariano Escobedo con los 1 200 hombres que comandaba y hasta se dio el lujo de perdonarle la vida. Márquez andaba a sus anchas con los restos de su ejército por casi todo el Estado de México, había saqueado Cuernavaca, Texcoco, Tlalnepantla y Tlalpan y hasta incursionó en la Ribera de San Cosme, una calle que desemboca en la catedral metropolitana.

Juárez solicitó al congreso facultades extraordinarias para enfrentar la emergencia. Los lerdistas en masa ya habían designado como nuevo candidato al general Jesús González Ortega, y por lo tanto preguntaron cómo era posible que, después de haber librado una sangrienta guerra para colocar al país bajo el imperio de la constitución, Juárez pretendiera violar el espíritu constitucional solicitando facultades que lo convertirían en virtual dictador. Desde la tribuna, el diputado orteguista José María Aguirre rugió:

—El presidente Juárez no merece el voto de confianza que implicaría concederle facultades extraordinarias, pues basta recordar que ha olvidado el decoro nacional hasta el punto de ponerlo a los pies de los norteamericanos por medio del tratado McLane-Ocampo, en que se permitía la introducción de tropas extranjeras al territorio nacional y se autorizaba al gobierno de Washington para el arreglo de los aranceles mexicanos.

Sólo un hecho imprevisto determinó que se suspendieran los debates sobre el tratado con McLane: una gavilla conservadora tomó prisionero a Ocampo en su hacienda de Michoacán y el 3 de junio lo hizo fusilar. (Antes de morir, el hombre redactó un testamento en el que reconoció como verdaderas a sus hijas supuestamente adoptivas. La "nana" Ana María ya había muerto; Ocampo había embarazado a Clara Campos, la joven hija de un empleado de la hacienda y, para que recibiese una parte de la herencia, en el testamento la declaró hija adoptiva. Clarita tuvo un hijo que recibió el nombre de su padre y jamás destacó en ninguna actividad.)

Con esto, en el congreso ya sólo se habló de exterminar a los conservadores. A Juárez se le concedieron las facultades extraordinarias solicitadas y además se le autorizó para allegarse dinero por cualquier medio.

Santos Degollado exigía ser juzgado legalmente por su supuesta deserción y Juárez había venido dando largas al asunto, para evitar que trascendieran los detalles del caso. Al discutirse en el congreso la muerte de Ocampo, "don Santitos" subió a la tribuna en solicitud de autorización para ponerse al frente de la fuerza encargada de castigar a los asesinos. El permiso le fue concedido por aclamación, y una semana más tarde, el 15 de junio, la muerte libró a Juárez de otra molestia: Degollado fue aprehendido cerca de Lerma, México, y fusilado en el acto.

El general Leandro Valle, un simpático egresado del Colegio Militar que se pasó a los liberales, fue puesto al frente de la partida de soldados encargada de vengar la muerte de los dos próceres. Una semana más tarde también él cayó prisionero y lo fusilaron.

Después de la muerte de Ocampo, las turbas liberales asaltaron las cárceles en un intento por asesinar a los presos conservadores, destruyeron las instalaciones de un periódico rival y metieron en prisión a los parientes más cercanos de

Márquez y Zuloaga, entre quienes había varias mujeres. Docenas de curas de provincia fueron fusilados, ahorcados o enviados al destierro. Nada parecía saciar la sed de venganza liberal. En cambio, después de la muerte de Valle, en el congreso menudearon las intervenciones de diputados que sugerían negociar la paz.

En ese ambiente se realizaron las elecciones, en las que se cometieron las chapuzas habituales con la imprudente ayuda del clero, que prohibió a los fieles votar, incrementó el abstencionismo y con ello hizo más fácil la tarea de llenar las urnas con votos ilegítimos. Juárez ganó la Presidencia por 5 289 votos contra 1 988 emitidos a favor de Lerdo cuando aún se ignoraba la noticia de su muerte y 1 846 para González Ortega. En su calidad de segundo beneficiario vivo de la votación, el general fue nombrado presidente de la Suprema Corte de Justicia en funciones de vicepresidente de la República.

Por esas fechas un diplomático inglés escribió: "Las facciones luchan por adueñarse del poder a fin de satisfacer su codicia o su deseo de venganza, mientras la población se ha embrutecido hasta un punto que causa horror contemplarla".

Juárez mandó a González Ortega en persecución de Márquez, sin duda para que lo mataran, ya que no le proporcionó elementos ni remotamente suficientes para la campaña. El zacatecano esquivó el cumplimiento de la orden, con tan mala suerte que en esos días su segundo en el mando, un general oaxaqueño que apenas comenzaba a destacar, Porfirio Díaz, derrotó en un sangriento combate a las fuerzas de Márquez. Pero ni por eso cesaron los orteguistas sus maniobras para llevar a la Presidencia a su caudillo. Cincuenta y un diputados firmaron una carta en la que pedían formalmente a Juárez la renuncia; éste, haciendo uso de los recursos propios de su cargo, reunió 52 diputados que, por el contrario, lo instaron por el bien del país a permanecer en su puesto.

En agosto surgió otro pretendiente a la Presidencia: Ignacio Comonfort, quien contaba con el apoyo de Vidaurri y de los masones de Lousiana. Y unas semanas antes, cuando las cajas del gobierno ya estaban literalmente sin un solo peso, Juárez se había visto obligado a suspender el servicio de la deuda externa a los acreedores europeos. Pero en fecha reciente se habían librado en Estados Unidos los primeros combates de la Guerra de Secesión; los liberales mexicanos daban por seguro que los norteños derrotarían en muy corto plazo a los surianos y acrecentarían su poderío de tal manera que los europeos no se atreverían a violar la Doctrina Monroe atacando a México.

Por añadidura, para aumentar el interés que pudieran tener, Juárez ofreció a Estados Unidos los derechos mineros de Baja California, Chihuahua, Sonora y Sinaloa como garantía para obtener cinco millones de dólares en un préstamo que debía ser pagado al término de seis años, y de no saldarse los cuatro estados pasarían al dominio absoluto de Estados Unidos. Pero en Washington consideraron poco confiable la oferta —se pensaba que Juárez iba a ser incapaz de conservar la Presidencia— y ni siquiera se amoldaron a discutir el asunto a fondo.

El 15 de diciembre del mismo 1861, un ejército español de 6 000 hombres ocupó Veracruz, que la guarnición liberal había entregado sin resistencia. El 9 de enero siguiente (1862) desembarcaron 3 000 franceses y poco después llegó un contingente inglés compuesto por 800 infantes de marina. El objetivo declarado de la intervención tripartita era cobrarse los adeudos y dar un coscorrón al gobierno mexicano, exclusivamente.

Nadie quiso en Estados Unidos oír hablar de la Doctrina Monroe, que Juárez esgrimía con el objeto de asegurarse el apoyo norteamericano. Para ganar tiempo mientras se desarrollaban unas pláticas de paz, Juárez permitió que los invasores trasladaran sus campamentos a las frescas y salubres tierras de Córdoba y Orizaba. Pero los franceses sabotearon tan abiertamente las pláticas que, sospechando que sus compañeros traían designios ocultos, ingleses y españoles optaron por regresar a sus países sin haber logrado sus objetivos. En efecto, el emperador Napoleón III acariciaba secretamente el proyecto de establecer un Imperio mexicano

En cambio Leonardo Márquez se incorporó a los franceses con 2 000 desarrapados que comandaba, y que sólo fueron considerados dignos de prestar servicios auxiliares. El comandante francés creía que los liberales iban a huir ante la sola presencia de su ejército; marchó al altiplano, el 5 de mayo atacó Puebla, y para sorpresa del mundo entero, empezando por los mexicanos, fue obligado a regresar a Orizaba tras sufrir fuertes pérdidas. Los defensores estuvieron jefaturados por el ex vidaurrista Ignacio Zaragoza.

Aquella derrota convirtió a los franceses en la irrisión de Europa. Como era de esperarse, al año siguiente llegaron 25 000 más, que el 17 de mayo de 1863 tomaron Puebla tras combatir 63 días casa por casa. Los jefes del ejército mexicano,

González Ortega y Porfirio Díaz, cayeron prisioneros. Comonfort, quien había sido perdonado por Juárez y tuvo el mando de un ejército auxiliar, no pudo pasar las líneas de los invasores y huyó, sólo para caer en una emboscada que le tendieron los conservadores y ser fusilado cerca de Celaya. (En su testamento legó a las hijas que tuvo con varias amantes seis haciendas, así como casas y edificios valuados en 82 000 pesos, más 112 000 pesos en efectivo, equivalentes a millones de dólares en la actualidad.)

El 31 de mayo de 1863 Juárez abandonó la capital "para llevar consigo la bandera de la legalidad", según sus partidarios, y para no dejar de cobrar el sueldo, según los enemigos, se trasladó a San Luis Potosí, donde trató de rehacer su gobierno. A fines de año prosiguió la fuga hacia Saltillo. Por increíble que parezca, aun en esas condiciones González Ortega y el guanajuatense Manuel Doblado se confabularon para forzar a Juárez a cederles la Presidencia. La explicación de este fenómeno la conocen los políticos mexicanos, quienes saben que sus gobiernos —aun en medio de la miseria del país— siempre encuentran dinero para pagar los sueldos y financiar el costo de los honores que se rinden a sus presidentes.

IV. EL NUEVO QUETZALCÓATL

Al pisar tierra mexicana por primera vez, el 28 de mayo de 1864, en Veracruz, Maximiliano de Habsburgo leyó la siguiente proclama: "Mexicanos: ¡vosotros me habéis deseado! Vuestra noble nación, por una mayoría espontánea, me ha designado para velar de hoy en adelante sobre vuestros destinos. Yo me entrego con alegría a ese llamamiento".

Maximiliano apoyaba sus palabras en montones de actas firmadas por los notables de una infinidad de ciudades, pueblos y rancherías del país, en las que se le rogaba aceptar la corona de México. Pero los ricos veracruzanos, temerosos de que Maximiliano les quitara los bienes eclesiásticos que habían adquirido durante la administración juarista, se abstuvieron de organizar una buena recepción, y fue muy escaso el público que dio la bienvenida al flamante emperador.

El desaire hizo llorar a Carlota y reafirmó a ojos de los soberanos la impresionante fealdad del primer puerto de México. No tenía objeto detenerse en un lugar así, de manera que la pareja real y su séquito abordaron el ferrocarril que los llevaría una treintena de kilómetros adelante, donde terminaba la vía. Allí subieron a una espléndida carroza rococó —que había venido en una góndola— para proseguir el viaje, pero el lujoso vehículo no tardó en perder una rueda al dar en uno de los incontables hoyancos del camino, y sus majestades tuvieron que cambiarse a una destartalada diligencia que los depositó finalmente en la capital del país.

Maximiliano mismo ignoraba los detalles de la increíble secuencia de acontecimientos que lo arrojaron en el atolladero de México, en los cuales desempeñaron el papel estelar un individuo apellidado Hidalgo, un hijo del cura José María Morelos y un fanático monarquista mexicano. Todo comenzó en septiembre de 1861, cuando se recibió en el balneario de Biarritz la noticia de que Juárez había suspendido el pago de la deuda externa.

El primero que conoció la noticia fue José Manuel Hidalgo y Esnaurrizar —"Pepe" para sus amigos—, un individuo con tipo de parisiense exagerado, que por entonces contaba con 36 años de edad. Había sido escribiente en la aduana de la ciudad de México, y como sabía comportarse a la mesa, vestía bien y hablaba francés, se le escogió para ir a Madrid a trabajar en la embajada. Divertido, adulador y discreto, consiguió introducirse en la tertulia de la condesa viuda de Montijo, una de cuyas hijas, Eugenia, casó más tarde con Napoleón III y se convirtió en soberana de los franceses.

Pepe Hidalgo logró intimar con la emperatriz al grado de que ésta lo invitaba a las grandes fiestas y aun a pasar temporadas de vacaciones en los distintos palacios imperiales de Francia. Eugenia estaba atrozmente aburrida por el abandono en que la tenía el mujeriego marido y porque sus cortesanos se empeñaban en afrancesarla y hasta trataban de impedirle hablar español.

A menudo recordaba Hidalgo a la emperatriz las delicias de España, y siempre que podía le relataba las desdichas de

México y de las legiones de monjitas, españolas muchas de ellas, que habían sido criminalmente exclaustradas por los liberales. De vez en cuando Eugenia lo ponía en contacto con el emperador e Hidalgo aprovechaba la ocasión para deslizarle insinuaciones de que hiciera algo por suavizar el drama patrio, pero el emperador señalaba que no estaba en condiciones de hacer gran cosa.

Hidalgo veraneaba en el palacio de Biarritz cuando supo lo de la suspensión de pagos. Seguro de que esa noticia tan poco importante aún no había sido comunicada al emperador, consiguió que Eugenia lo llevase a la presencia del personaje, y ya frente a él, además de la noticia, le transmitió las hablillas que circulaban en el mundo diplomático acerca de que España estaba organizando una escuadra encargada de dar una lección a los tracaleros mexicanos. Añadió creer que Inglaterra iba a hacer lo mismo, y que en ese caso Francia tal vez debía participar en una expedición punitiva tripartita.

Según Hidalgo, en cuanto la multitud de mexicanos monarquistas vieran ondear la bandera francesa en la costa, cobrarían bríos para sublevarse, derrocar a sus opresores liberales y proclamar una monarquía. Bastaba para esto con que un corto ejército francés se presentara en tierras de México.

A sabiendas de que Napoleón III padecía una chifladura por lo que él llamaba "la cultura latina" y de su animadversión hacia los anglosajones, Hidalgo había incitado al emperador a cavilar sobre la posibilidad de que los liberales, como podía suponerse por el tratado McLane-Ocampo, entregaran su patria a los bárbaros del norte y éstos, una vez dueños de México, continuaran devorando territorios hasta llegar a los confines de Argentina y Chile. El soberano anhelaba legitimar su dinastía realizando una obra de gran trascendencia histórica, y ésta podría consistir en establecer en México una monarquía brillante, para que, siguiendo tal ejemplo, las naciones situadas al sur del Suchiate solicitaran sus propios monarcas a las cortes europeas, con lo que la cultura latina se reforzaría enormemente. A Napoleón le agradaba la idea, pero no había querido trazar proyectos en firme porque intervenir en México significaba desafiar la Doctrina Monroe y despertar la desconfianza de Inglaterra, pero en septiembre de 1861 la guerra civil norteamericana cobraba una violencia cada vez mayor, y no era sensato pensar en que los yanquis se ocuparan de México. Esta circunstancia determinó que Napoleón pidiera a Hidalgo más elementos de juicio para decidir.

Así, Hidalgo puso a Napoleón en contacto con el general Juan Nepomuceno Almonte —el hijo de José María Morelos, que había sido el último embajador de los conservadores en Francia— y con José María Gutiérrez de Estrada, el riquísimo yucateco que, movido por sus delirios monarquistas, llevaba años y años implorando infructuosamente ante las cortes europeas el envío de un príncipe a su país.

Napoleón preguntó a ambos individuos con qué recursos se podría contar para sostener la monarquía en caso de que llegara a establecerse. Éstos le aseguraron que en años normales la recaudación fiscal del país no debía bajar de 50 millones de pesos; que el funcionamiento normal del gobierno podría financiarse con 20 millones, y que por lo tanto sobrarían 30 millones para pagar los costos de la expedición intervencionista y hasta para promover el aprovechamiento de los recursos naturales mexicanos, los cuales consideraban Napoleón y muchos otros estadistas europeos como los más ricos del mundo. Lo único que se necesitaba era implantar un gobierno honesto y eficiente.

Para corroborar tales afirmaciones, Napoleón llamó a un consejero de la mayor confianza, su hermanastro el duque de Morny, quien por una fantástica coincidencia estaba asociado con el agiotista Jean Baptiste Jecker, el suizo que había facilitado millón y medio de pesos a Miramón a cambio de títulos mexicanos de la deuda por valor de 15 millones. Juárez no quería ni podía pagar, de manera que Jecker ofreció a Morny 30% de lo que se obtuviera en caso de que Francia, por medio de presiones, consiguiera satisfacer el adeudo. Para este fin, Morny había logrado que se confiriese a Jecker la ciudadanía francesa y hasta había hecho que se enviara a México como ministro plenipotenciario a uno de sus testaferros, Dubois de Saligny. Por supuesto, el duque hermanastro aconsejó entusiastamente llevar a cabo la intervención.

El emperador dijo no tener candidato para ocupar el trono y encomendó la tarea de escogerlo a Hidalgo y Eugenia. Después de descartar a varios príncipes, la emperatriz y el seductor Pepe resolvieron que el mejor de los monarcas posibles era el archiduque Maximiliano de Habsburgo y designaron a Gutiérrez de Estrada para sondear la disposición del personaje. Por principio de cuentas, Gutiérrez de Estrada escribió a Maximiliano una carta en la que con prosa ampulosa relató las desgracias que sobrecogían a la sociedad mexicana, hizo una reseña de la belleza y las riquezas de su patria, y sin más pidió al joven Habsburgo hacer la caridad de aceptar instalarse en lo que los periodistas darían por llamar "el trono de Moctezuma". La misiva sacó a Maximiliano y a Carlota del aburrimiento que los consumía en su jaula de oro, el espléndido castillo de Miramar, ubicado a las afueras de Trieste, a 200 kilómetros de Venecia. Casados cuatro años antes, su matrimonio había sido muy apasionado en los primeros tres, pero desde el año anterior pasaban la noche en alcobas separadas y no tuvieron hijos.

El enfriamiento conyugal parecía ser producto de la frustración política del príncipe, quien estaba ubicado prominentemente en la línea de sucesión a la corona del imperio austro-húngaro, por ser hermano del emperador Francisco José, pero que presentía que nunca iba a reinar porque no congeniaba con el soberano. Sólo se le habían concedido empleos menores, de relumbrón, y estaba seguro de que nunca le darían un cargo de alta responsabilidad.

Carlota, hija del rey Leopoldo de Bélgica, había mostrado desde niña su vocación para reinar. A los 12 años escribía ya disertaciones sobre los clásicos romanos, y a los 16 hablaba francés, inglés, alemán, italiano y latín. Amaba desaforadamente a su marido, y la invitación de Gutiérrez de Estrada la llevó a ilusionarse con la idea de que reverdeciera el amor del príncipe si ambos cruzaban juntos el océano y fundaban un reino como de cuento de hadas en un país tan bello y rico en dones naturales como pintaban a México el barón de Humboldt y otros admirados escritores.

Gutiérrez de Estrada fue invitado a pasar en Miramar la

navidad de 1861 y quedó deslumbrado por la bella pareja. Les dio a entender que estaba en contacto directo con el emperador de Francia, y cuando un enviado especial corroboró el dato, el archiduque detalló las condiciones bajo las cuales aceptaría el trono: que Francia se comprometiera a proporcionarle apoyo político, militar y económico; que Inglaterra apoyase o al menos no se opusiera al establecimiento del régimen monárquico; que Francisco José aprobara el proyecto, y que la mayoría del pueblo mexicano manifestara libremente en unas elecciones su voluntad de tener a Maximiliano por monarca. Inmediatamente después, la joven pareja empezó a estudiar español y a leer la *Historia de México* de Lucas Alamán, además de que mandaron poner en su capilla un altar a la virgen de Guadalupe.

El padre de Carlota, Leopoldo de Bélgica, aprobó el traslado a México y hasta se comprometió a proporcionar a la hija una guardia personal de 2 000 soldados belgas. Paso a paso se fueron cumpliendo las principales condiciones impuestas por Maximiliano. Después de que partieron los primeros soldados franceses hacia Veracruz, Almonte visitó al archiduque para presentarle una carta en que Napoleón III lo felicitaba por su buena disposición y para participarle que en breves días partiría a México un refuerzo de 4 000 hombres más, y que entre éstos iría el propio Almonte para ponerse al frente de las fuerzas monarquistas mexicanas, que ya debían haberse sublevado para dar la puntilla al régimen republicano y formar un gobierno provisional que proclamase la monarquía.

Maximiliano ya se consideraba emperador, pues al despedirse de Almonte le otorgó facultades para conferir grados en el futuro ejército imperial mexicano y hasta para otorgar títulos de nobleza.

Ni siquiera el hecho de que no se hubiera materializado el levantamiento monarquista en México y que los franceses del primer contingente hubieran sido derrotados en Puebla el 5 de mayo de 1862 bastaron para desengañar a Maximiliano; sus creencias se reforzaron cuando se enteró de que Napoleón, sintiéndose obligado a restaurar el honor de la bandera, iba a enviar otros 25 000 hombres que, sumados a los 7 000 que ya estaban en México, indudablemente acabarían por adueñarse del país.

Napoleón III, en cambio, comenzaba a desconfiar de los mexicanos, que ni se habían sublevado en masa contra Juárez ni habían recibido a los franceses con lluvias de flores y confeti, como le aseguraron. Precavidamente, informó al general Elías Federico Forey —nuevo comandante en jefe de las fuerzas intervencionistas— que su interés no consistía en favorecer a ningún partido político mexicano, y cuando el monarca vio que la resistencia de González Ortega en Puebla se prolongaba semanas y semanas, de plano escribió al general una carta en la que daba a entender que se conformaría con que encontrara un sustituto para Juárez y le entregase el poder a cambio de algunas concesiones que sirvieran de puente de plata para el retorno de los invasores a Europa. Pero la carta llegó demasiado tarde. Forey ya había reunido en la capital una junta de notables, forzó la proclamación de la monarquía e hizo que se formaran juntas similares en las ciudades y pueblos dominados por los franceses, las que por voto unánime suplicaron a Maximiliano aceptar el trono.

Forey recibió órdenes de regresar a Francia y entregar el mando al general Aquiles Bazaine, quien había sido segundo jefe de las fuerzas intervencionistas. Como Maximiliano reiteró que sólo aceptaría el trono cuando emitiera su voto la mayoría de la nación, y no únicamente las poblaciones situadas a lo largo del camino de México a Veracruz, o sea las que estaban en poder de los franceses, Bazaine incrementó el avance territorial y formó nuevas juntas de notables que supuestamente dieron a Maximiliano el voto universal solicitado.

El archiduque ya intuía que el viaje a México era una locura, pero Carlota lo convenció de que siguieran adelante con los planes. Así se trasladaron a París, donde se les agasajó con una fastuosa recepción en Las Tullerías, el palco de honor para las funciones de gala en la Ópera y la Comedia Francesa, visitas de gran ceremonial a los principales museos y otros actos calculados para hacer sentir a los archiduques las delicias y los honores que se reservan para los monarcas y alentarlos a partir.

Napoleón III y Maximiliano negociaron el tratado de rigor, el cual se llamaría "de Miramar" para que no se dijese que le había sido impuesto al archiduque en París. En esencia, el Habsburgo aceptó pagar el equivalente de 55 millones de pesos en compensación por los gastos hechos por el ejército intervencionista; reconoció la validez de los bonos Jecker y otras reclamaciones ilegítimas y aceptó pagar 250 pesos anuales por cada soldado francés que permaneciese los años siguientes en México. Es un misterio de dónde pensaba sacar esas sumas, que de un golpe duplicaban el valor de la deuda externa mexicana, pero por el momento no iba a tener dificultades económicas, ya que Napoleón III se comprometió a facilitar la colocación de un empréstito con cuyos productos podría hacer el archiduque los gastos de instalación en su nueva patria.

En las cláusulas secretas, Maximiliano aceptó que los 38 000 soldados del ejército francés existentes en México se redujeran a 28 000 en 1865, a 25 000 en 1866 y a 20 000 en 1867; a partir de entonces sólo quedarían 8 000 elementos de la Legión Extranjera. También se obligó a respetar la venta de bienes del clero llevada a cabo bajo las Leyes de Reforma, una buena parte de cuyos compradores habían sido ciudadanos franceses. El general Forey había manifestado públicamente que aceptaría como válidas tales operaciones a reserva de que el emperador resolviera en definitiva sobre el asunto.

Los archiduques llegaron a Viena el 19 de marzo, y no tardaron en ser informados de que, antes de partir a su nueva patria, Maximiliano debía firmar un pacto de familia mediante el cual renunciaba para siempre, por cuenta propia y la de sus herederos, si los llegase a tener, a todos los derechos de sucesión sobre el trono de Austria. En caso de no firmar, Francisco José negaría el consentimiento para que aceptara la corona de México.

Tras una semana de violentas discusiones, los esposos abandonaron Viena, decididos a no ceder a las exigencias de Francisco José. Maximiliano incluso jugó con la idea de decir a los mexicanos que lo sentía mucho, pero al final de cuentas no aceptaba el famoso trono de Moctezuma.

Informado de lo que ocurría, Napoleón III envió a Maximiliano el siguiente telegrama: "Vuestra Alteza Imperial tiene un compromiso de honor conmigo, con México, con los suscriptores del empréstito […] Vuestra Alteza debe pensar en su propia gloria. Una negativa, hoy, me parece imposible".

Tras el telegrama llegó un enviado especial del emperador francés, un general que señalaba en público la imposibilidad de que Maximiliano se desdijese a última hora, cuando ya se habían sacrificado tantos hombres y se había gastado tanto dinero para entronizarlo. Hasta insinuó que la negativa podría ser considerada por Francia como un *casus belli*. Francisco José tuvo que trasladarse a Miramar para enfrentar al hermano, hasta que éste no pudo resistir más y firmó el pacto.

Un Maximiliano pálido y con los ojos enrojecidos por el llanto, pero en uniforme de almirante y llevando al cuello el vellocino de oro, prestó por fin el 10 de abril, frente a una mesa en la que estaban amontonadas las actas de adhesión al imperio, el juramento de procurar por todos los medios a su alcance el bienestar y la prosperidad de su nueva patria, defender su independencia y conservar la integridad de su territorio. Carlota repitió el juramento en un español casi perfecto. Gutiérrez de Estrada, cabeza de la docena de testigos mexicanos, se arrodilló para dar gracias a Dios.

El 14 de abril partió de Trieste la fragata *Novara* llevando a bordo a la pareja imperial. Primero los llevó a Roma, para que recibiesen la bendición papal; el pontífice les dispensó las atenciones reservadas a los reyes y les dio de propia mano la comunión. También tuvieron conversaciones en privado, sin que se llegase a abordar el asunto de los bienes eclesiásticos: el papa tenía la seguridad de que el joven monarca se los devolvería, y éste creyó que el sumo pontífice era incapaz de esperar de él semejante indignidad.

Durante el largo viaje a México, Maximiliano se dijo que la tranquilidad en su nueva patria sólo podría conseguirse mediante la conciliación de las dos facciones enemigas. Pensaba que la labor sería difícil, pero consideró posible realizarla con ayuda de la Providencia y el despliegue de la simpatía personal de los archiduques.

La tétrica llegada a Veracruz pareció confirmar los peores temores de los soberanos. Pero en los siguientes tramos del camino empezaron a toparse con agradables sorpresas: tupidos bosques de hermosos árboles; nopaleras, magueyales, manchas de biznagas y otras cactáceas; parvadas de guacamayas, colibríes y gran variedad de extraños pájaros; mantos de hortensias silvestres, orquídeas y olorosas flores de color encendido; ríos y arroyuelos de aguas transparentes; nubes de mariposas recortándose sobre la nieve del Pico de Orizaba, y más adelante las siluetas del Popocatépetl y el Iztaccíhuatl.

Al salir de Veracruz, los soberanos se vieron ante el primero de los 1 500 arcos triunfales erigidos a lo largo su ruta y se encontraron con una multitud de indígenas engalanados con su traje regional. El cacique hizo cesar las ruidosas aclamaciones para pronunciar un discurso en el que comparó a Maximiliano con Quetzalcóatl y asignó al monarca la misión de reparar tanto los excesos de la Conquista como las infamias cometidas en perjuicio de los indígenas por el régimen republicano. La pareja imperial hasta encontró deliciosos el mole, las enchiladas y el pulque que les dieron a probar en el inevitable banquete.

Las jubilosas manifestaciones populares de Orizaba, Córdoba y Puebla fueron como un magnífico preludio para la apoteósica recepción de la ciudad de México: el país abundaba en elementos con los cuales podrían reverdecer las glorias de los Habsburgo que rigieron a la Nueva España por espacio de dos siglos. Y a Maximiliano correspondería el honor de revivir esa gloria.

Por fin, el 12 de junio de 1864 los soberanos abordaron en la villa de Guadalupe el carruaje dorado y con decoraciones en rojo, que ya había sido reparado para que hiciesen su entrada triunfal en la ciudad de México. La caravana inició su marcha entre el estruendo de cañonazos y el repique de campanas. Al frente marchaban los lanceros de la emperatriz, jefaturados por un coronel mexicano y seguidos por los cazadores de África en sus vistosos uniformes, así como los húsares, con uniformes más vistosos aún; tras la carroza imperial avanzaban 200 carruajes con lo más granado de la sociedad capitalina y 600 charros en traje de gala, montados en magníficos caballos.

En las orillas de la capital, las calles habían sido tapizadas con imaginativas alfombras de flores hasta parecer un jardín. El gentío formaba fila compacta a lo largo del trayecto de la caravana; muchas damas se acercaban al carruaje para ofrecer floridos ramos a los soberanos y a cada paso brotaban los vítores y llovía el confeti. Hasta las casas más pobres aparecían adornadas con papel de china y las residencias de los ricos desplegaban coronas, tapices, banderolas, estandartes y macetas cuajadas de flores. Algunos dueños de casa hicieron el gran negocio alquilando los balcones bien ubicados para presenciar el desfile.

En el atrio de catedral aguardaban a los soberanos el arzobispo Pelagio Antonio de Labastida y Dávalos, y los obispos de Michoacán, Oaxaca, Querétaro y Tulancingo. Tras asistir al reglamentario *Te Deum,* los emperadores pasaron bajo dosel y sobre alfombra roja al palacio imperial (antes palacio nacional, antes palacio de los virreyes y antes palacio de Cortés) para sentarse por primera vez en el trono. Por la noche hubo verbena popular en el zócalo; todas las casas y los edificios visibles estaban iluminados y Maximiliano tuvo que salir varias veces al balcón central para agradecer las aclamaciones.

Pero en México nada podía salir completamente bien. La cama destinada a Maximiliano en el palacio imperial estaba tan llena de chinches que el soberano tuvo que pasar la noche acostado sobre una mesa de billar. En su alcoba, contigua a la del marido, Carlota también dormitó sobre un incómodo sillón.

V. FUGITIVOS EN EL NORTE

Cuando Maximiliano hizo su entrada triunfal a la ciudad de México, Juárez andaba por Monterrey "en ignominiosa fuga", según decían sus rivales, y aun aquella remota y polvosa población de 15 000 habitantes y casas de adobe descarapeladas empezaba a parecerle insegura.

Al abandonar la ciudad de México con rumbo a San Luis Potosí, Juárez había acariciado la idea de que, enardecida al ver a los extranjeros hollando el suelo patrio, la población entera del país procedería a incendiar las ciudades, destruir las siembras, arrasar los montes, envenenar los depósitos de agua, matar los ganados y hacer una guerra de guerrillas implacable hasta arrojar a los intrusos al mar por el que habían venido.

Desde el 25 de enero de 1862 había expedido una ley en la que declaraba traidor no sólo a quien tomara las armas en apoyo de los invasores, o les aceptara puestos en el gobierno, sino aun a los que simplemente pidieran la abolición o la reforma de las instituciones creadas por la constitución de 1857. Como refuerzo, el 29 de enero de 1863 decretó la pena de confiscación de sus bienes, por considerárseles traidores, a todos los mexicanos que continuaran residiendo en un punto cualquiera del territorio nacional que ocupasen las fuerzas invasoras.

En otras palabras, Juárez declaró traidores a nueve de cada 10 mexicanos. A muy pocos les preocupó. Por el imperio se declararon no sólo los conservadores y las clases aristocratizantes, sino también la mayoría de los indígenas —casi la mitad de la población del país—, quienes vieron en la monarquía un retorno a las prácticas paternalistas de la época colonial y una defensa contra la despiadada burocracia que se adueñó del México independiente. Los indios de Nayarit y el norte de Jalisco, acaudillados por el cacique Manuel Lozada, se pusieron desde el primer momento al lado del imperio, y tras ellos se declararon imperialistas los mayos, los pimas, los ópatas y un núcleo indígena tras otro, muchos de los cuales acostumbraban prender veladoras a la efigie de Maximiliano.

Igualmente se declararon devotos imperialistas los convenencieros de siempre, los católicos fanatizados por sus confesores y la inmensa mayoría de la morralla burocrática, liberal y conservadora, que presentó cientos de miles de solicitudes de empleo, fascinada al ver en el país un gobierno que pagaba a tiempo las quincenas. Todos se cobijaban bajo la tesis de que el imperio era un remedio heroico o una camisa de fuerza para establecer por fin la paz, el progreso y la decencia en México. José Fernando Ramírez, tal vez el más culto de los intelectuales liberales, aceptó el puesto de ministro de Relaciones del Imperio, y el también renombrado liberal Jesús López Portillo (bisabuelo del presidente de los mismos apellidos) se convirtió en prefecto político imperial del departamento de Jalisco. Tomás Mejía, cacique de la sierra Gorda, puso sus fuerzas a disposición de los invasores, y lo mismo hizo el general Leonardo Márquez, que comandaba a 4 000 desertores surgidos en la batalla de Puebla.

Antes de iniciar la evacuación de la ciudad de México, el congreso se reunió por última vez para conferir a Juárez facultades extraordinarias, sin más limitación que la de preservar la integridad del territorio nacional. Junto al ejecutivo viajarían los poderes legislativo y judicial, pues el presidente deseaba establecer en San Luis Potosí un gobierno en toda forma. A la Caravana de la República, como se le llamó, también se incorporaron centenares de burócratas menores, interesados en conservar sus empleos, pero cuando se enteraron de que los franceses habían entrado a la ciudad de México sin disparar un tiro y sin que hubieran surgido las legiones de héroes anónimos que supuestamente iban a sublevarse para expulsar a los invasores, y a medida que experimentaban las incomodidades del viaje, la mayoría se fueron quedando por el camino.

La Caravana de la República abandonó la ciudad de México a fines de mayo de 1863 y entró a San Luis Potosí el 9 de junio. Hasta allá llegó el general Jesús González Ortega junto con el general José María Patoni; ambos habían caído prisioneros después de la derrota de Puebla y de algún modo lograron escapar antes de que los enviaran presos a Francia. González Ortega seguía siendo presidente de la Suprema Corte y parece haber tenido la intención de ocupar el cargo, pero al cabo se sintió incómodo de que lo vieran como general derrotado y prefirió seguir su viaje a Zacatecas, donde le aguardaba la gubernatura. Patoni tampoco se sintió a gusto en San Luis Potosí y prefirió marchar a su natal Durango a organizar la resistencia.

En el camino se acercaron otros militares, como Porfirio Díaz, quien fue enviado a Oaxaca con el encargo de formar el Ejército de Oriente, y el general José López Uraga, un ex santannista que pasó a Michoacán como jefe de las fuerzas liberales que subsistían en ese estado y el vecino Jalisco. El principal apoyo militar de Juárez era Manuel Doblado, con los 5 000 hombres de la milicia cívica guanajuatense, quien fue nombrado ministro de Relaciones.

Los diputados periodistas Francisco Zarco y Manuel María de Zamacona se enemistaron con el cacique guanajuatense, por lo cual éste les dio un plazo de tres días para abandonar San Luis Potosí. Como Juárez hizo ver a Doblado que los legisladores gozaban de fuero y no podía prohibírseles la estancia en ningún lugar del país, Doblado abandonó su puesto sin renunciar formalmente o despedirse, pero diciendo que regresaba a Guanajuato para exponer el pecho a las balas del invasor en vez de consumir sus energías en ruines intrigas.

La gradual disgregación de la Caravana de la República constituyó, por otra parte, un proceso de selección natural mediante el cual adquiriría Juárez un par de colaboradores de primera línea: Sebastián Lerdo de Tejada y José María Iglesias, nuevos ministros de Relaciones y Justicia, respectivamente.

Sebastián Lerdo de Tejada, hermano del tormentoso Miguel, era en 1863 un hombrecillo de 40 años de edad. En el seminario palafoxiano de Puebla y en el colegio jesuita de San Ildefonso, en la ciudad de México, ganó fama de estudiante aprovechado, empeñoso y pedantillo. Luego de titularse como abogado fue rector de San Ildefonso e incursionó en la política, campo en el que sería opacado por el hermano famoso, aunque no dejó de tener actuaciones de alguna importancia.

José María Iglesias era capitalino y también contaba con 40 años en 1863. Cursó estudios de ingeniería minera y al cabo se recibió de abogado y se distinguió como periodista en el famoso diario *El Siglo XIX*. Al triunfo de la Revolución de Ayutla entró a trabajar en el Ministerio de Hacienda y ganó prestigio como financiero. Iglesias también absorbió más tarde las funciones de ministro de Hacienda.

Ni Lerdo de Tejada ni Iglesias se habían labrado hasta entonces una personalidad política de primera línea. Carecían de méritos para pretender la Presidencia, y esto parece haber sido lo que les ganó el favor de Juárez. "Estas chambas [de presidente] no se sueltan, Manuelito", le dijo a otro acompañante el ex secretario Manuel Ruiz.

Mientras duró la temporada lluviosa, los caminos estuvieron convertidos en lagunas de lodo, por lo que el enemigo no pudo avanzar. En el otoño las lluvias amainaron y el sol empezó a secar el lodo de los caminos, por lo cual el ya mariscal Bazaine reanudó el avance, que fue casi un paseo. Querétaro cayó sin resistencia a fines de noviembre y, viendo que los invasores se acercaban a su feudo, el guanajuatense Doblado huyó hacia Zacatecas con los 2 500 hombres que le quedaban. En las primeras semanas de diciembre los invasores se apoderaron de todo Guanajuato y derrotaron en Morelia al ex santannista y ex juarista López Uraga, quien se pasó al bando imperial.

Como precaución, Juárez mandó a su familia hasta Saltillo, unos 500 kilómetros al norte, a pesar de que Margarita y su hija Nela —la cual había casado con el cubano Pedro Santacilia poco antes de salir de la ciudad de México— estaban embarazadas. Al enterarse de que Mejía avanzaba sobre San Luis Potosí, Juárez y su menguada caravana burocrática enfilaron por los huizachales, las nopaleras y los campos de yuca que bordean el desértico camino del norte.

Saltillo permanecía bajo el dominio del cacique Santiago Vidaurri. Juárez sabía que no le esperaba una buena acogida en ese sitio, pero no estaba preparado para recibir la sorpresa que lo asaltó al llegar, cuando una comisión de zacatecanos lo felicitó por su decisión de renunciar a la Presidencia y le pidió afinar los detalles para transmitir el mando al sustituto legal, el presidente de la Suprema Corte, González Ortega.

Juárez rechazó cortésmente la petición, haciendo ver las divisiones que se crearían si la Presidencia cambiaba de titular en aquellos momentos. Los caciques de Sinaloa, Sonora y Chihuahua lo felicitaron por su actitud, mientras que Vidaurri guardó silencio.

Por esos días los invasores acababan de ocupar Guadalajara. Tomás Mejía ya dominaba todo el territorio potosino, y perdidos así los ingresos fiscales de esa entidad, Juárez se propuso financiar su gobierno con las entradas de la aduana de Piedras Negras, Coahuila.

En Estados Unidos se recrudecía la guerra civil. Los norteños habían establecido un eficaz bloqueo de los puertos surianos, por lo cual los esclavistas de Texas enviaban su algodón a Piedras Negras y de allí lo transportaban a través del Bravo hasta Matamoros, de donde el producto se exportaba a Europa. Por supuesto, a los norteños les hubiera sido muy fácil bloquear también Matamoros y Brownsville, pero se abstenían de hacerlo por temor a la reacción de Inglaterra y Francia, cuya industria textil pararía si se le privaba de algodón. El tráfico provocó un pequeño auge comercial en Piedras Negras, por lo que la aduana local recaudaba de 50 a 60 000 pesos mensuales, que Vidaurri se había venido embolsando.

El 20 de enero de 1864 Juárez ordenó al jefe aduanal de Piedras Negras remitir a Saltillo todo el dinero que tuviese en caja más el que recaudara en cada jornada. El aduanero contestó que no enviaría ni un solo peso, ya que sólo reconocía como jefe a Vidaurri, y el propio cacique pidió a los capitalinos reflexionar, pues si daban un paso adelante, él daría dos.

Doblado ya se encontraba en Saltillo con sus 2 500 hombres. Juárez decretó la conversión de Monterrey en sede de los poderes federales y anunció su mudanza a esa ciudad. Las tropas guanajuatenses fueron enviadas por delante; Vidaurri mandó aprehender a los artilleros, difundió la noticia de que intentaban atacarlo a traición y se refugió con sus hombres en un macizo edificio colonial conocido como la ciudadela o el obispado. Al mismo tiempo, mañosamente, se declaró dispuesto a negociar e insinuó que los problemas se resolverían en un santiamén si Juárez conferenciaba a solas con él.

El presidente ya había entrado a las polvosas y desiertas calles de Monterrey, donde permaneció un par de días de gran tensión hasta reunirse finalmente con el cacique, quien exigía que las tropas de Doblado volvieran a Saltillo y Juárez permaneciese en Monterrey bajo la exclusiva protección de los regiomontanos, o sea en calidad de rehén. Al ver que el rival se negaba a acceder, un hijo del cacique sacó la pistola y colmó de insultos al presidente.

A Juárez no le quedó más que regresar a Saltillo con las desartilladas fuerzas de Guanajuato. Cayó enfermo del coraje, pero inmediatamente ordenó al general José María Patoni que acudiera en su auxilio con las tropas de Durango. El día 26 expidió un decreto mediante el cual Coahuila fue independizada de Nuevo León y otro para declarar en estado de sitio a la entidad neoleonesa.

Como respuesta, Vidaurri hizo pública una carta enviada por un general francés en la que invitaba a los neoleoneses a aceptar la intervención extranjera. Para que los ciudadanos del estado pudieran decidir si preferían la paz con los franceses o la guerra al lado de Juárez —explicó el cacique— se estaban instalando en los lugares públicos unas mesas con libros en que los votantes podrían registrar su opinión.

Esto sirvió a Juárez para exhibir al cacique como un traidor y anunciar que quienes participaran en aquella especie de plebiscito incurrirían en el delito de traición a la patria. El acto no tuvo lugar por falta de votantes. Los alcaldes del sur neoleonés desconocieron a Vidaurri y pronto entró a Monterrey una columna de 4 000 o 5 000 hombres jefaturada por Doblado y Patoni. Vidaurri huyó a Texas con el tesoro estatal y los últimos 300 hombres que le permanecían fieles.

El 3 de abril, el gobierno de la República quedó instalado en Monterrey. Del sur llegaban noticias de que los invasores habían restablecido la seguridad en los principales caminos y los ricos les confiaban grandes conductas de plata, como hacía mucho tiempo no se veía. Aparentemente, los mexicanos seguían siendo los mismos de siempre, acostumbrados a someterse y obedecer a cualquier audaz que se proclamara su gobernante. Los periodistas Zarco y Zamacona, ganados por el desánimo, emigraron a Nueva York. Lo mismo hizo Doblado, después de fracasar en un ataque estúpido contra las fuerzas de Matehuala que comandaba el general Mejía.

En agosto Juárez tuvo noticias de que los invasores preparaban un avance sobre Monterrey y decidió mandar a la familia a Nueva York, bajo el cuidado de Santacilia. El día 15, él mismo salió de la capital neoleonesa, acompañado por unas decenas de colaboradores y un centenar de soldados con el uniforme hecho jirones. Fue despedido por tiroteos lanzados por una gavilla de vidaurristas envalentonados por el vuelco de la situación. Los franceses ocuparon Monterrey al día siguiente de la partida de Juárez. Saltillo cayó inmediatamente después.

En su carretela negra y con su escasa compañía, Juárez atravesó durante penosos días el paisaje lunar —tierra pelada sin brizna de hierba ni gota de agua— del Bolsón de Mapimí hasta llegar a la tranquilizante comarca lagunera de Coahuila. Allí se formó un deslucido Ejército de Occidente, jefaturado por González Ortega y con Patoni como segundo en el mando, que fue enviado en busca del enemigo adueñado ya de casi todo el estado de Zacatecas y parte de Durango. Los republicanos fueron sorprendidos por una partida imperial en el cerro de Majoma, ubicado en las cercanías de Sombrerete, Zacatecas, y derrotados de manera tan completa que el flamante ejército se disolvió.

Juárez se encontraba en el pueblo de Nazas cuando recibió la noticia del desastre. No había decidido si permanecer en la comarca o trasladarse a Sinaloa o Chihuahua, y cuando se vio sin más opción que la de ir al norte, apresuradamente se puso en marcha hacia la capital chihuahuense. Llegó allí el 12 de octubre; algunos historiadores juaristas aseguran que fue objeto de un jubiloso recibimiento, pero un observador menos parcial, el cónsul norteamericano Reuben Creel, informó a sus superiores en Washington: "No oí ni un grito a favor de Juárez o a favor de la República".

Los fugitivos habilitaron como nuevo palacio nacional un caserón donde comían, dormían y pasaban los días haciendo conjeturas. Disponían en conjunto de apenas cinco escribientes. Sólo Juárez tenía un mozo propio, un zapoteca llamado Camilo que lo seguía desde Oaxaca. El lúgubre ambiente se hacía más opresivo porque el magistrado Manuel Ruiz y el administrador de Correos, Guillermo Prieto, desplazados por Lerdo e Iglesias, estaban ya marginados de la marcha de los negocios importantes, y los consumía la amargura.

Un día se presentó por sorpresa en el palacio nacional de Chihuahua el general González Ortega, quien sin ceremonia alguna tomó posesión del escritorio destinado al presidente de la Suprema Corte de Justicia. En un rincón de la misma oficina tenía su propia mesa el magistrado Manuel Ruiz. Prieto fue llamado a unírseles y los tres hombres pasaron horas conversando. González Ortega sólo había saludado fríamente a Juárez y sus ministros, sin rendir siquiera el parte reglamentario sobre el desastre de Majoma.

El 30 de noviembre, González Ortega irrumpió en el despacho del ministro de Relaciones y jefe del gabinete, Lerdo de Tejada, y tras dejar en la mesa de éste un oficio, especificó: "Hoy termina el periodo para el que fue electo don Benito. En este oficio solicito a usted que me informe si la Presidencia me la van a entregar hoy o me la entregarán mañana, ya que la constitución no es muy clara al respecto".

Al salir de su estupefacción, Lerdo repuso que Juárez había asumido el cargo de presidente constitucional el 1º de diciembre de 1861 —antes había sido presidente interino—, por lo cual su cuatrienio sólo terminaría un año más tarde, el 1º de diciembre de 1865. González Ortega aceptó el planteamiento: después de todo, un año pasaba rápido.

Soportar la presencia diaria del zacatecano en el palacio nacional y en conciliábulos perpetuos con Prieto y Ruiz resultaba insufrible para Juárez y sus ministros. El problema se solucionó a fines de diciembre, cuando González Ortega solicitó permiso como militar para trasladarse a un punto del país donde pudiese combatir de nuevo, y como presidente de la Suprema Corte de Justicia pidió autorización para hacer el mismo viaje, por mar o a través de territorio extranjero, a cualquier punto de la República no ocupado por el enemigo donde pudiese seguir defendiendo la independencia de México. De inmediato Lerdo le concedió las autorizaciones, que serían "por tiempo indefinido, hasta que se presente usted en la residencia del gobierno o hasta que el gobierno lo llame para conferirle alguna comisión".

Los republicanos dieron a 1865 el título de "el año terrible", y con razón. Mientras Juárez permanecía en Chihuahua, los franceses se adueñaron de Oaxaca y de los puertos principales del Pacífico, lo que privó al presidente de los ingresos aduanales. En Michoacán, el estado donde la defensa había sido más tenaz, el general republicano José María Arteaga y los guerrilleros Nicolás Régules y Manuel García Pueblita fueron derrotados y fusilados. La mayor parte de los estados se habían sometido ya a la intervención.

Aislada y sin posibilidad de recibir ayuda, Chihuahua era una presa fácil, y nunca se ha sabido a ciencia cierta por qué no la ocuparon los franceses. El ministro de Guerra republicano era el general Miguel Negrete, un ex santannista que se pasó al bando juarista por aversión al invasor. Tenía órdenes de atacar al enemigo donde lo encontrara, pero apenas conservaba bajo su mando 2 000 hombres completamente desmoralizados y no pudo hacer otra cosa que rehuir una y otra vez los enfrentamientos, por lo cual fue destituido.

Lo remplazó el general oaxaqueño Ignacio Mejía, quien había caído preso en la batalla de Puebla en 1863 y fue conducido a Francia, para ser dejado posteriormente en libertad. Juárez se alegró al verlo recalar en Chihuahua: Mejía era una nulidad como militar, pero como intrigante político era insustituible.

Mariano Escobedo, un neoleonés de 49 años de edad, larguirucho y desgarbado, de frente estrecha, ojos pequeños con antiparras de notario y orejas elefantiásicas, quedó al frente del puñado de hombres que seguían a Negrete en el momento de su destitución. Escobedo había sido arriero y pequeño agricultor; Vidaurri, de quien fue auxiliar, lo envió al centro del país para que colaborase con los liberales en la lucha contra los conservadores. Al cabo riñó con Vidaurri y se pasó al juarismo. Era un hombre afortunado, pues lanzó un atrevido ataque contra las fuerzas del general Tomás Mejía, y aunque fue derrotado y capturado, se le perdonó la vida a cambio de que prometiera no volver a combatir contra los imperialistas. (Escobedo violó su promesa; algún tiempo después derrotó a Mejía y lo hizo fusilar.)

Aunque ya habían palpado que los norteamericanos no se distinguían por lo caritativos, Juárez y su gabinete aún alentaban esperanzas de que su ministro plenipotenciario en Washington, Matías Romero, consiguiese alguna ayuda.

Romero contaba a la sazón 26 años de edad; ya hablaba inglés con alguna facilidad y se había yanquizado al extremo de que vestía como pastor protestante, de traje negro con levitón y pantalones acampanados, sombrero aquesadillado y camisa blanca a medio planchar. El trabajo parecía ser su única pasión, y con la audacia de su juventud había logrado relacionarse con los principales políticos y empresarios de Estados Unidos, pero no logró que le prestaran ni un peso o le dieran ni un rifle, a pesar de que en dos o tres ocasiones ofreció —sin autorización expresa de su gobierno— entregar territorio mexicano a cambio de ayuda.

En su desesperación, Juárez comisionó a tres generales —Plácido Vega, Gaspar Sánchez Ochoa y José María de Jesús Carbajal— para que se trasladaran a Estados Unidos y trataran de conseguir algún dinero empeñando los futuros ingresos de algunas aduanas o repartiendo concesiones mineras y de colonización, que se harían efectivas en el momento del triunfo republicano. Los tres generales cayeron en manos de embaucadores que les sacaban dinero dizque por gestionar empréstitos y nada se consiguió.

Ya se avizoraba el triunfo norteño en la guerra civil, pero Juárez y su gabinete no creían que los yanquis se apresuraran a aplicar la Doctrina Monroe, por lo cual, el 29 de marzo de 1865 autorizaron a Romero para que gestionase la venida a México de un ejército norteamericano mandado por un general de la misma nacionalidad y compuesto de 20 000 a 50 000 hombres. Este ejército recibiría el eufemístico nombre de auxiliar y podía ser formado tanto por particulares como por el gobierno de Estados Unidos, el cual debería garantizar formalmente que sus soldados no atentarían contra la integridad territorial de México o contra su independencia, pero en caso de que esto se dificultara, bastaría con una garantía moral (que, en términos prácticos, tendría el mismo valor que la formal, o sea ninguna). El ejército auxiliar debería traer armas y municiones propias así como dinero para el pago de haberes durante seis meses. Los gastos se reembolsarían con el producto de "los bienes confiscados a los traidores" o con terrenos u otros recursos del gobierno una vez obtenido el triunfo.

La carta en que Romero fue autorizado a gestionar el envío del ejército auxiliar fue remitida tres días antes de que terminara oficialmente la guerra civil en Estados Unidos. Por otra parte, en Texas quedaban dos generales surianos apellidados Smith y Magruder que ofrecieron a Maximiliano trasladarse a México con los 40 000 o 50 000 hombres que continuaban bajo sus órdenes, los que se comprometerían a restablecer el orden en el país a cambio de que les proporcionaran asilo y tierras para la colonización.

Bazaine advirtió que la incorporación de los surianos a su bando sería interpretada en Washington como una artimaña para reanudar la guerra civil, lo que desataría irremisiblemente la guerra de Estados Unidos contra Francia. Incapaz de controlar la frontera, optó por retirar sus fuerzas hasta Durango y San Luis Potosí, donde en caso necesario podría esperar la llegada de las fuerzas de Smith y Magruder, tomarlas debilitadas por el cruce del desierto y quitarles las armas, que serían devueltas a Estados Unidos como prueba de que Francia no participaba en la maniobra. El asunto no pasó a mayores porque ambos generales fueron derrotados por los norteños en Galveston, el 2 de junio. Al liquidarse el incidente los franceses se vieron nuevamente en condiciones de volver al norte de México.

Mientras tanto, Romero ya había logrado convencer al general norteño J. M. Schofield, quien había sido desmovilizado y andaba sin empleo, de que organizara el ejército auxiliar juarista y se pusiera al frente de él. Como condiciones, Schofield pidió un adelanto de 100 000 pesos y que el ejército auxiliar se rigiera con apego a las leyes de Estados Unidos, además de que, en caso de que le asignaran tropas mexicanas, el mando de todas ellas quedase en poder del propio Schofield. Romero aceptó.

Poco antes Lincoln había sido asesinado por un fanático suriano y en remplazo suyo llegó a la Presidencia Andrew Johnson, un político partidario de sujetar a México al dominio yanqui. Pero tenía como secretario de Estado a William H. Seward, un hombre de ideas diferentes; éste maniobró para hacer que Schofield desistiera de participar en los proyectos de Romero; para ello le bastó con ofrecer al general un viaje a París con todos los gastos pagados, en una larga misión para averiguar cuáles eran las verdaderas intenciones de Napoleón III respecto a México. En seguida mandó llamar a Romero para sermonearlo de la manera siguiente:

—Convénzase usted, señor Romero: si el ejército de Estados Unidos marcha a México, jamás regresará. Cada millón de pesos que les preste hoy el gobierno de Estados Unidos les costará después el territorio de un estado, y cada rifle que les demos tendrán que pagarlo con una hectárea de concesiones mineras. A México no puede convenirle el auxilio material de Estados Unidos; confórmense con la ayuda moral. Ustedes podrían arrojar a los franceses de su país, pero con nosotros jamás podrán, y siempre sería más honroso para los mexicanos que se salven por sus propios esfuerzos, pues así tendrían más probabilidades de estabilidad en el orden de cosas que se llegue a establecer.

Político extraordinario, Seward era uno de esos *gringos* que experimentan hacia México una mezcla de lástima y simpatía. Alguna vez esbozó proyectos para forjar una sola nación con la totalidad del continente americano, pero al palpar las dificultades de consumar la tarea, se conformó con comprar a los rusos el territorio de Alaska. En cuanto a México, ya se había convencido de que absorber las masas de mestizos ignorantes y las purulentas facciones políticas del país era un precio demasiado alto por adquirir el dominio territorial. Los recursos naturales de México eran ciertamente codiciables, pero para explotarlos bastaría con poner en práctica el viejo proyecto de "protectorado con otro nombre", o sea una nación independiente pero gobernada por individuos que deberían al apoyo yanqui la conservación de su puesto y no se atreverían a contradecir las indicaciones de Washington por miedo a quedar a merced de sus incontables rivales. Tal ha sido la esencia del moderno imperialismo yanqui, y Seward fue su creador.

A medida que llegaba el tiempo de poner punto final a la intervención francesa. Seward decidió escoger gobernante para México. Juárez distaba mucho de parecerle un candidato ideal, pero el poetastro González Ortega —quien no había perdido oportunidad de hacérsele presente en Washington— le resultaba menos aceptable. Quizá Santa Anna fuese mejor. En 1861 el caudillo se había declarado partidario del imperio, y en febrero de 1864 se había presentado sorpresivamente en Veracruz para jurar fidelidad a Maximiliano, pero los franceses sospecharon algo malo de él y lo mandaron de regreso a St. Thomas, la isla de las pequeñas Antillas, ubicada a corta distancia de Puerto Rico, donde residía.

Santa Anna no era un hombre precisamente recomendable, pero constituía una tercera opción y nada se perdería con echarle un vistazo. Aprovechando las vacaciones de la navidad de 1865 Seward viajó a St. Thomas y, tras platicar con el caudillo en su palacete, lo encontró avejentado —tenía 72 años— y nada digno de confianza. Por lo tanto, Seward decidió apoyar a Juárez.

En agosto del "año terrible" los franceses recuperaron los

territorios que habían evacuado en el norte y continuaron adelante hasta ocupar la ciudad de Chihuahua. Juárez y su gabinete ya habían huido a Paso del Norte (actualmente Ciudad Juárez), un deprimente caserío de adobe habitado por unos cuantos pastores de cabras y vaqueros de escuálidos rebaños, pero que se encontraba a orillas del Bravo, un río que bastaría cruzar para ponerse bajo la protección de los norteamericanos que patrullaban la frontera.

Más que a los franceses, Juárez temía a la llegada de González Ortega para reclamar la Presidencia prometida para el 1º de diciembre. A principios de octubre caviló sobre la conveniencia de prorrogar su permanencia en el cargo presidencial con base en las facultades extraordinarias que le había concedido el congreso y como refuerzo añadir el dicharajo de que no conviene cambiar de caballo a mitad de la corriente. Pero la medida ofrecía graves peligros: muchos generales eran orteguistas y podían desatar una guerra de facciones republicanas. En Paso del Norte mismo, Guillermo Prieto y Manuel Ruiz dejaron saber que protestarían contra la prórroga, el primero por ser orteguista y el segundo porque, al no presentarse González Ortega en Paso del Norte el 1º de diciembre, como creyó que ocurriría, el cargo presidencial recaería en él —Ruiz— por ser el único ministro en funciones de la Suprema Corte de Justicia.

En septiembre González Ortega andaba en Nueva York, rodeado de politicastros y especuladores que ya lo consideraban presidente y le prometían empréstitos, armas y hasta ejércitos completos. Acompañado de Romero inclusive visitó al presidente Johnson en la Casa Blanca. Se preparaba para regresar a México cuando un juez lo arraigó en Nueva York para responder a la demanda interpuesta por un sedicente coronel llamado William H. Allen, quien reclamaba a González Ortega siete mil dólares como pago por sus trabajos encaminados a obtener recursos económicos para el gobierno de México. (El sedicente coronel era un borrachín que vivió el resto de sus días sacándole dinero a Romero, ya que también era padre de Lucretia ["Lulla"] Allen, una discreta jovencita con la que Romero se casó en 1868.)

Mientras González Ortega permanecía inmovilizado, Lerdo de Tejada —"Loyolita", como le llamaba Prieto— envió a los gobernadores estatales una diabólica circular en la que ordenaba aprehender a los generales, jefes u oficiales que hubieran permanecido en el extranjero durante más de cuatro meses, con autorización del gobierno o sin ella.

Algunos días más tarde Juárez expidió dos decretos: uno en el que extendía sus funciones como presidente de la República hasta que la situación del país permitiera celebrar elecciones, y otro en el que ordenaba aprehender a González Ortega, en caso de presentarse en México, por haber permanecido en el extranjero sin permiso y sin comisión del gobierno. (Por supuesto, negaba validez a los permisos otorgados por Lerdo.)

El 13 de noviembre, aprovechando que los franceses, en uno de sus repliegues tácticos, habían desocupado la capital de Chihuahua, Juárez y su gabinete regresaron a la ciudad. Se pretendía extender el territorio que los separaba de González Ortega, y al llegar el 1º de diciembre sin que el general compareciera a reclamar la Presidencia, Juárez añadió este hecho a la lista de argumentos para justificar la prórroga de su mandato.

Entonces, el 9 de diciembre se recibieron noticias de que los franceses retornaban a Chihuahua, por lo que Juárez y sus ministros tuvieron que volver disparados a Paso del Norte. Antes de partir, Manuel Ruiz reclamó en efecto la Presidencia, por encontrarse ausente González Ortega, y como lo tacharon de mentecato, huyó hacia el sur para entregarse a un oficial francés diciendo que abandonaba la lucha por no querer formar parte de un gobierno usurpador.

Mientras tanto, tras vencer muchos obstáculos, González Ortega había llegado a Eagle Pass, Texas, vecina de Piedras Negras, Coahuila, por haber sido informado falsamente de que Juárez se había ido a ese lugar. Allí se enteró de que algunos intelectuales, como Zarco, Zamacona y Prieto, apoyaban la causa orteguista, pero muy pocos generales lo seguían, ya que la mayoría de los militares y gobernadores se habían "ido a la cargada" aprobando la prórroga de quien les pagaba el sueldo.

Tras publicar un manifiesto en el que declaró usurpador a Juárez y precisó que, aun cuando fuese válida la acusación de que había abandonado la presidencia de la Suprema Corte, al presidente de la República no le correspondía dictaminar sobre la cuestión, sino al congreso, González Ortega regresó a Nueva York. Juárez comentó: "Como dijo el gachupín que le torció el pescuezo al pollo: 'Tarde piashteis, amigo pollo'".

VI. EL "EMPEORADOR"

Durante los lejanos días en que Juárez cavilaba en Nazas sobre la conveniencia de proseguir la huida a Sinaloa o Chihuahua, Maximiliano salió de la ciudad de México para ir a conocer sus dominios. El 15 de septiembre de 1864 llegó a Dolores Hidalgo, inaugurando así la tradición de que los jefes de Estado mexicanos vayan alguna vez a dar el Grito y tocar la campana de Hidalgo en la cuna de la Independencia. Días más tarde se trasladó a Guanajuato, donde se hospedaría en la magnífica casona que Manuel Doblado había usado como residencia particular.

Luego viajó a León, Morelia y otros puntos. El aspecto de las tierras le pareció bastante bueno y sólo le disgustó el pésimo estado de los caminos y el hecho de no poder trasladarse de un punto a otro sin guardia de soldados, pues las guerrillas operaban en todas partes. El viaje se prolongó dos meses y medio, y todavía cuando fue recibido de regreso en un espléndido paraje de Toluca por la emperatriz, el mariscal Bazaine y un escuadrón de tropas francesas cobijado por sus banderas y la mexicana, de pronto apareció, a un par de kilómetros de ahí, una gavilla montada de guerrilleros que, tras colmar de voces y chiflidos insultantes a los emperadores y a los "gabachos" (franceses), huyó a ocultarse en los impenetrables bosques cercanos.

Bazaine aseguró al emperador que la pacificación estaba casi terminada. Los franceses ocupaban la totalidad de las regiones central y noreste del país; Campeche y Yucatán se habían declarado voluntariamente por el imperio, y si bien Guerrero, Tabasco y Chiapas continuaban insumisos, su importancia dentro del territorio nacional era muy reducida: con sólo dejarlos donde y como estaban, en corto tiempo acabarían dándose por vencidos. Juárez, fugitivo y aislado en el norte, representaba un peligro insignificante, por lo que no valía la pena hacer el leve esfuerzo requerido para sacarlo de su refugio. En cuanto a los guerrilleros, ya estaba en operación una contraguerrilla jefaturada por el coronel Aquiles Dupin e integrada por mercenarios procedentes de medio mundo, a los cuales se eximió de observar las leyes de guerra.

Cierto que en la costa del Pacífico los puertos de Manzanillo, Mazatlán y Guaymas seguían en poder de los republicanos, pero ya estaban en marcha los preparativos para ocuparlos, y también para atender el caso de Oaxaca, donde Porfirio Díaz había derrocado y sustituido a un gobierno simpatizante del imperio.

Bazaine añadió que ya estaba iniciando la formación del Ejército Imperial Mexicano que, según el Tratado de Miramar, debía crearse para sustituir gradualmente a las tropas francesas. Se había pensado que los elementos más idóneos para encabezar este ejército eran los generales Miguel Miramón y Leonardo Márquez, pero Bazaine apuntó que los había estado observando y le parecía que, por lo ambiciosos y por sus ligas con el clero, estos individuos podrían crear dificultades y aconsejó a Maximiliano deshacerse de ellos.

Tras la derrota sufrida en la Guerra de Tres Años, Miramón se había ido a Europa, donde los monarquistas de viejo cuño, mal dispuestos a compartir los honores y las utilidades que podía conllevar el establecimiento del imperio, se cuidaron de mantenerlo marginado. Al ocupar Veracruz la Expedición Tripartita, Miramón se presentó en el lugar de los acontecimientos, pero el comisionado inglés le impidió quedarse en el puerto y ordenó apresarlo para que respondiera por la incautación de los 600 000 pesos sustraídos de la legación británica en 1860. El frustrado general huyó a La Habana para luego volver a Europa con las manos vacías.

Después quiso beneficiarse con el triunfo mexicano del 5 de mayo de 1862 y la toma de Puebla por los franceses en 1863. Al parecer, primero ofreció sus servicios a Manuel Doblado para participar en una conjura antijuarista, y sólo tras el fracaso de la intriga se presentó ante el mariscal Forey para ponerse a sus órdenes. El nuevo jefe francés, Bazaine, fue informado de tales maniobras y procuró deshacerse diplomáticamente del caudillo. Primero lo mandó a Querétaro como jefe de una exigua guarnición y en seguida lo trasladó a Guadalajara como subordinado de un coronel francés. Miramón no pudo soportar esas humillaciones y presentó solicitud de retiro.

Esperaba que el emperador apreciara mejor sus merecimientos. Al regreso de su viaje por el Bajío y Morelia, Maximiliano le dijo que los altos jefes del Ejército Imperial Mexicano deberían de estar lo mejor preparados posible y en consecuencia Miramón recibió la orden de trasladarse a Berlín para hacer estudios de estrategia.

Unido a los franceses desde el primer momento, Leonardo Márquez había prestado servicios tan valiosos como participar en el sitio de Puebla y comandar las fuerzas que derrotaron al entonces juarista López Uraga en Morelia. Pero tenía fama de ser santannista y se le consideraba como el general favorito del alto clero; por lo tanto lo enviaron a Constantinopla como ministro plenipotenciario ante el sultán de Turquía, encargado de gestionar el establecimiento de un monasterio para franciscanos mexicanos en Jerusalén.

Maximiliano presentía que iba a tener dificultades con los hombres que orquestaron su llegada a México. Desde un principio, tanto él como Carlota habían encontrado antipáticos a los conservadores, en quienes veían una especie de gachupines de segunda, convencidos de que en pleno siglo XIX era todavía posible tener monarquías de corte medieval. Algunos hasta parecían creer que el emperador les debía el trono y estaba obligado a recompensarlos, como si la monarquía fuera equiparable a los gobiernos de politicastros vulgares y los monarcas no fuesen seres escogidos por la Divina Providencia para hacer la felicidad de sus pueblos. Sólo a Dios debía Maximiliano su trono y sólo a Él le rendiría cuentas en el otro mundo.

Por lo tanto, formó su gabinete con base en liberales, cuyas ideas eran similares a las del propio Maximiliano. Mediante la ayuda divina y el empleo de la simpatía personal de los archiduques, confiaba en poder reconciliar a las dos facciones enemigas, pues sólo entonces podría restablecerse la tranquilidad en el país.

El emperador dio plena libertad para celebrar las ceremonias públicas prohibidas por las Leyes de Reforma; autorizó con leves restricciones la reinstalación de los conventos clausurados por Juárez, y sacerdotes y monjas pudieron volver a salir a la calle vistiendo sus hábitos; inclusive, Maximiliano había respetado personalmente la ridícula costumbre mexicana de quitarse el sombrero, arrodillarse y persignarse cuando pasaba el carruaje rodeado de monaguillos y sacristanes que oraban en voz baja y hacían sonar campanillas para anunciar que llevaban el viático a un moribundo.

Pero en las sacristías se consideraba que todos estos desplantes eran un artificio diabólico para causar la ruina de la verdadera fe. Al clero lo que más le importaba era recuperar las propiedades confiscadas por Juárez. La tercera parte de adquirientes de tales bienes habían sido ciudadanos franceses, por lo cual el mariscal Forey, al entrar a la ciudad de México, anunció que la cuestión se mantendría en el estado en que la dejaron los liberales. Tanto el papa como el nuevo arzobispo de México, Pelagio Antonio de Labastida y Dávalos, creyeron que el católico Maximiliano jamás actuaría como los masones empeñados en privar a la Iglesia de sus tesoros materiales y pensaron que el asunto se arreglaría con la instalación del Imperio mexicano.

El papa y el arzobispo ignoraban que Maximiliano se había comprometido ante Napoleón III a mantener vigentes las disposiciones dictadas por Forey. Cuando Labastida se convenció de que las miras del emperador diferían de las del clero, escribió al Vaticano en solicitud de ayuda. Ésta llegó a la ciudad de México el 7 de diciembre de 1864 en la persona del nuncio Pedro Francisco Meglia, un alto dignatario al que jamás se vio sonreír y que tenía fama de ser más rígido aún que Pío IX. Desde su primera entrevista con Maximiliano, el nuncio exigió la vuelta a la situación que existía antes de la promulgación de las Leyes de Reforma. La Iglesia no estaba dispuesta a contentarse con concesiones insustanciales. El emperador propuso resolver el conflicto por medio de un concordato similar al impuesto por Napoleón en 1802 —cuando el Vaticano aceptó la confiscación de los antiguos bienes eclesiásticos en gran parte de Europa—. El nuncio respondió que no había venido a negociar sino a exigir respeto para los privilegios de la Iglesia en México.

Las disputas prosiguieron a lo largo de semanas enteras. Maximiliano parece haber temido que lo excomulgaran desde Roma, pues en las primeras semanas de 1865 restableció el "pase real" acostumbrado en tiempos del virreinato, sin el cual las bulas papales no podían darse a conocer en los templos del país. A las protestas del nuncio respondió promulgando una Ley de Nacionalización de los Bienes Eclesiásticos igual en esencia a la de Juárez, y otra que declaraba religión de Estado a la católica pero establecía la tolerancia de todos los demás cultos. Los conservadores tuvieron que aceptar la decisión imperial, y de esta manera la Reforma se impuso finalmente en el país.

Como para demostrar que no estaba dispuesto a someterse a las exigencias clericales, en abril se trasladó Maximiliano a la hacienda de Jalapilla, cerca de Orizaba, y allí permaneció un mes dedicado a cazar mariposas e insectos, uno de sus pasatiempos favoritos. Las negociaciones con Meglia quedaron a cargo de la altiva emperatriz, y por los días en que se cumplía el primer año de estancia de los emperadores en el país, el frustrado Meglia marchó a Veracruz sin despedirse de los soberanos y tomó el primer barco con destino a Roma.

El conflicto trascendió a las sacristías y los conventos. Los sacerdotes redoblaron la celebración de desagravios para implorar la protección divina, pues aseguraban que los males que sacudían a la nación eran un castigo de Dios por los sacrilegios que cometían sus malos hijos. También propiciaban la difusión de impresos anónimos en los que se denostaba por igual al emperador y a los franceses. Así Maximiliano, quien sólo había logrado captarse la simpatía de una parte de los liberales, quedó privado del apoyo de quienes lo convencieron de venir a México.

Tenía además otros problemas, el peor de los cuales quedó planteado durante los días en que se estudiaba la posibilidad de establecer el imperio y Napoleón III preguntó a Gutiérrez de Estrada, Hidalgo y Almonte con qué recursos se podría contar para financiar la aventura. Como se recordará, los mexicanos aseguraron que en México era posible recaudar ingresos fiscales por 50 millones de pesos al año; una buena administración, como la que estableciera Francia, se podría financiar con 20 millones, de modo que sobrarían 30 millones para pagar los gastos del ejército expedicionario, liquidar deudas pendientes con nacionales y extranjeros, y todavía disponer de un sobrante.

Ni Napoleón III, ni Maximiliano, ni siquiera los prestamistas que facilitarían el dinero para la puesta en marcha de la empresa, tuvieron la precaución de mandar verificar las cifras dadas por los monarquistas mexicanos. Se dio por sentado que México era, en efecto, el proverbial cuerno de la abundancia, y todo el mundo quiso sacar la mayor tajada del pastel que se le ofrecía.

En su primer año como monarca, Maximiliano colocó en Francia empréstitos por un total de 145 millones de pesos (el doble de lo adeudado por la República en 1861); de esta suma se retiraron, por principio de cuentas, 12 millones para pagar comisiones y gastos de los corredores que efectuaron la colocación; 40 millones para pago adelantado de réditos y para integrar un fondo destinado a garantizar los abonos siguientes, y 51 millones que se distribuyeron en calidad de bonificación especial para los suscriptores del empréstito. Total de estos descuentos: 103 millones de pesos, de manera que el Imperio mexicano sólo recibió 42 millones.

De la suma recibida, Maximiliano empleó 14 millones en cubrir adelantos y pagar réditos vencidos de la deuda inglesa; 12 millones para el pago de las reclamaciones hechas por ciudadanos franceses (como las de Jecker, y otras igual de fraudulentas); cerca de tres millones en el reclutamiento y transporte de 2 000 soldados belgas enviados por Leopoldo y 8 000 austriacos que proporcionó Francisco José; más ocho millones para sueldos y gastos de los emperadores. En teoría quedaba un remanente de cinco millones, pero como se necesitaba pagar 27 millones para compensar los gastos efectuados por el ejército francés, a fines de 1865 el imperio había caído ya en la bancarrota.

Lo más que llegó a recaudar en un año el fisco imperial

fueron 15 millones de pesos, en vez de los 50 millones esperados. Maximiliano y los franceses atribuían la exigüidad de las recaudaciones a la corrupción de la burocracia mexicana, que en efecto siguió practicando las mismas raterías de siempre. Para supervisarlos, fueron importados burócratas europeos e inclusive se formó con éstos un gabinete particular, que imponía sus decisiones al formal y que, por desconocer el país en que actuaba, cometió los disparates que eran de esperarse y algunos más.

Los franceses tenían sus corruptelas propias: los jefes de escuadrón robaban parte de las sumas asignadas para la atención de la campaña, y otros oficiales importaban fardos y cajones de artículos finos que llegaban a la aduana con el letrero: "Mercancías destinadas al servicio de Sus Majestades" y que por lo tanto no pagaban impuestos. Era del dominio público que estos artículos se vendían en una gran tienda llamada Los Precios de Francia, popularmente conocida como Los Precios de Bazaine, pero Maximiliano no se atrevió a impedir que se siguieran realizando estos negocios.

El emperador se asignó un sueldo de millón y medio de pesos anuales más 200 000 para Carlota, en contraste con los 36 000 pesos que ganaban los presidentes mexicanos. Gastó además sumas enormes en importar muebles estilo Luis XV, finísima cristalería, cubiertos de plata y otros artefactos para adornar el castillo de Chapultepec. Una suma considerable se invirtió en abrir el Paseo de la Emperatriz, que quedó medio terminado y acabaría llamándose Paseo de la Reforma.

Para reducir los gastos, Maximiliano ordenó despedir a 1 000 burócratas y recortarles el sueldo a los restantes. Inevitablemente todos éstos, imperialistas a ultranza un año atrás, acabaron por transformarse abierta o secretamente en republicanos. Los emperadores quisieron ganar simpatías haciendo ostentación de su gusto por las enchiladas y salían a la calle vestidos con trajes típicos. Sólo a los zoquetes de la clase alta lograron embobar invitándolos a las fiestas que daban en Chapultepec y entregándoles títulos nobiliarios y condecoraciones.

Maximiliano olvidó muy pronto sus propósitos de servir de catalizador para la unión de liberales y conservadores, a quienes llegó a considerar igualmente ineptos y rapaces. "Es necesario que uno destruya al otro", dijo Carlota, y el consorte hablaba de gobernar con mano de hierro. Ni siquiera se refería ya al tema de formar la legislatura y el poder judicial que debían moderar su monarquía "constitucional". Expedía decretos y daba órdenes como si fuera dueño de México y pronto se dijo de él que superaba en lo arbitrario y caprichoso al mismo Antonio López de Santa Anna.

Aparentemente Maximiliano creía que sus únicas obligaciones consistían en exhibir en público su imponente figura, dejarse admirar y ser aclamado por la multitud; el pueblo debía corresponder a tan elevada gracia evitándole problemas y absteniéndose de murmurar que el país estaba en igual o peor grado de postración que cuando gobernaban los juaristas.

Al año justo de que Maximiliano diera el Grito en Dolores, Hidalgo, los únicos gritos que se oyeron en la verbena popular del zócalo capitalino fueron los de "Muera *el empeorador* y mueran los gabachos". Lo lógico habría sido que tras esto los emperadores abdicaran y regresasen a su país, pero el deseo de seguir reinando, aunque fuera a un pueblo al que despreciaban y los despreciaba, pesó más en su ánimo y optaron por quedarse.

Aún conservaban simpatías en algunos sitios, y quisieron comprobarlo. Carlota viajó a Veracruz, donde fue recibida con un júbilo que contrastaba con la frialdad encontrada el día que llegó al puerto por primera vez: los adquirientes de bienes eclesiásticos ya estaban seguros de que el emperador no se los iba a quitar, por lo cual organizaron una gran recepción. Luego continuó por barco hasta Yucatán, tierra que llamaría "la perla del imperio" por la alegría con que la acogieron los mayas, siempre esperanzados en que alguien los rescate del yugo mestizo.

Bazaine tenía la cabeza puesta en cuestiones distintas a las de su cargo. Viudo, rechoncho, de cuello corto y rostro hinchado, a sus 54 años de edad se enamoró como adolescente de Pepita Peña, una pizpireta mexicana de 17 años, y su principal preocupación consistía en llevar flores a la amada, pasear con ella del brazo por los jardines públicos y quedarse tardes y noches en casa de la familia Peña, donde al igual que a cualquier novio mexicano, se le sujetaba a la tiránica vigilancia de la madre.

Sólo al despuntar el año de 1865 salió Bazaine a la campaña de Oaxaca, llevando consigo 9 000 franceses y 1 000 mexicanos. Apoderarse de la ciudad capital y capturar a Porfirio Díaz le requirió un sitio de tres semanas y la inversión de dos millones de pesos. En México se decía que para una campaña tan fácil habría bastado con llevar 1 000 hombres y gastar cuando mucho 100 000 pesos, pero Bazaine quería brindar a Pepita un triunfo espectacular como regalo de bodas y no reparaba en pequeñeces.

El matrimonio del mariscal y la adolescente se celebró en junio. Para residencia particular, el emperador regaló a la pareja un palacete que había sido de unos aristócratas y que en un tiempo habitó Antonio López de Santa Anna.

Un escuadrón francés había tomado Mazatlán en febrero, y a fines de marzo cayó Guaymas. En la ocupación de Sonora se distinguió el cacique de los ópatas y los pimas, Refugio Tánori. Los yaquis y los pimas luchaban por igual contra mexicanos y franceses, pero el campo parecía estar ya libre de enemigos organizados. Como Juárez había marchado hacia Paso del Norte, Maximiliano creyó que había huido a Estados Unidos, y que por lo tanto la lucha de los republicanos carecía de justificación, por lo que expidió un decreto ordenando fusilar en un plazo de 24 horas a los disidentes cogidos con las armas en la mano.

Este decreto tenía mucho en común con los expedidos por Juárez a la llegada de las fuerzas intervencionistas, pero los de éste, como buenas leyes mexicanas, no se interpretaban al pie de la letra. En cambio, los franceses habían realizado fusilatas desde el momento de su llegada, y en Maximiliano fue sobre todo una estupidez dejar constancia escrita de intenciones sanguinarias que ya se estaban cumpliendo sin necesidad de sanción legal.

Bazaine mandó publicar en Francia la noticia de que la pacificación de México se había concluido, y manifestó intenciones de iniciar cuanto antes la repatriación de la segunda brigada de su ejército. Ignorante de lo que estaba por venir, Maximiliano reprochó al mariscal su actitud triunfalista, la cual sólo serviría para azuzar al público francés que, harto ya del elevado costo en dinero y sangre que arrojaba la aventura mexicana, estaba exigiendo a sus legisladores que suspendieran el subsidio al ejército expedicionario y promovieran el retorno de las tropas.

Además del acoso de la opinión pública, en el ánimo de Napoleón III obraba el temor de que Prusia, cuyo poderoso ejército había sido incrementado y reorganizado por Bismarck, iniciara en un plazo no muy largo la guerra contra sus enemigos tradicionales, como Francia. (En efecto, en 1872 los franceses fueron aplastados por los prusianos.)

Por añadidura, del suave apremio con que en los días que terminaba la Guerra de Secesión Seward había comenzado a solicitar el retiro de las tropas francesas de México, hacia fines de 1865, cuando Estados Unidos ya estaba recuperándose de los estragos bélicos, tajantemente exigió fijar fecha precisa para la evacuación. Era poco probable que Estados Unidos mandara su ejército a expulsar de su patio trasero a los franceses, pero le sería fácil proporcionar a los republicanos cantidades importantes de armas y municiones, además de oficiales, para que los invasores se viesen forzados a volver a su patria.

Acosado así en tres frentes, Napoleón III anunció en el parlamento que, cumplida su generosa misión civilizadora en México, las tropas francesas serían repatriadas en el plazo más breve posible. En carta a Maximiliano explicó que la repatriación se llevaría a cabo en etapas sucesivas, para evitar que se perturbara la tranquilidad pública y se pusiera en peligro el imperio. Al final sólo quedaría al servicio del emperador la Legión Extranjera, con 8 000 hombres.

Maximiliano se refugió en Cuernavaca, donde tenía por amante a la bella hija de un jardinero. En el tratado de Miramar, Napoleón III se había comprometido a mantener en México 28 000 hombres en 1866 y 20 000 en 1867. Ahora sólo prometía los 8 000 de la Legión Extranjera, pero éstos, sumados a los 9 000 del contingente austro-belga, más los que se reunieran cuando quedara organizado el Ejército Imperial Mexicano, más 8 000 austriacos que Maximiliano había pedido a Francisco José y ya estaban siendo reclutados, formarían un ejército más que respetable para oponerlo a los 16 000 hombres en total que militaban en el bando republicano.

Maximiliano reprochó a Napoleón III en una carta su poca seriedad. Como respuesta se le dijo que el primero en violar los convenios había sido él, por no pagar las sumas que adeudaba al gobierno francés, y porque no se vislumbraban probabilidades de que en un plazo razonable llegase a estar en condiciones de solventar sus compromisos. Napoleón III aprovechó la coyuntura para dar por terminado el Convenio de Miramar.

Mientras tanto, en una guerra relámpago, los prusianos obtuvieron en la batalla de Sadowa un triunfo aplastante sobre Austria-Hungría. Las tropas austriacas destinadas a México ya estaban en Viena listas para partir, pero el embajador norteamericano informó a la cancillería austriaca que si partía uno solo de esos soldados, él pediría sus pasaportes, lo que equivalía a crear un *casus belli*. Francisco José prohibió la salida de las tropas.

Bañado en lágrimas, Maximiliano reconoció la conveniencia de abdicar. Carlota se enardeció. ¿Abdicar, para volver a Europa fracasados y sufrir la conmiseración y las burlas de la gente? Los grandes monarcas no abdicaban sino cuando el enemigo tomaba posesión de sus reinos; la abdicación era indigna de un Habsburgo. La emperatriz, con su ardor de soberana que defiende su corona, se declaró dispuesta a viajar a Europa para hacer que el amo de Francia revocara su decisión.

El 9 de julio de 1866, cuando acababan de cumplirse dos años de la entrada triunfal de los emperadores, Carlota se puso en marcha. Sólo a grandes rasgos conocería el marido los detalles sobre aquella terrible experiencia: la fría recepción que le dieron los franceses y la manera insultante con que Napoleón III y Eugenia rehuyeron entrevistarse con ella hasta que ya no les fue posible escabullirse y enfrentaron a la mujer enfebrecida que, recurriendo al llanto, a las súplicas y hasta a las palabras duras, les imploró y exigió que siguieran ayudando a Maximiliano; la forma como el interpelado, nervioso y avergonzado, se negó a modificar su posición y se limitó a sugerir que abdicasen y retornaran a Europa; el desenlace, cuando Carlota prosiguió su viaje a Roma, en un fallido intento por conseguir el apoyo del papa para hacer recapacitar al emperador francés y negociar un concordato que pusiera fin al conflicto eclesiástico en México. Maximiliano ni siquiera fue informado de que, después de salir de París, Carlota había empezado a tener arranques de locura: decía estar rodeada de espías franceses y padecía terrores de que la envenenaran. Sólo a mediados de octubre, por telegrama, el emperador recibió aviso de que su mujer había sufrido en Roma una congestión cerebral, por lo que la habían trasladado a Viena.

A las cuatro de la mañana del 21 de octubre, escoltado por 300 húsares austriacos, avanzando por las orillas de la capital y procurando no hacer ruido, Maximiliano, salió de la ciudad de México con rumbo a Orizaba. A los miembros del gabinete mexicano y a sus súbditos en general les dijo que su viaje obedecía al propósito de acercarse a la costa para poder recibir más rápidamente las noticias de Europa, pero Bazaine y los principales asesores extranjeros fueron informados de que el hombre había decidido abdicar y que sus efectos personales ya iban camino a Veracruz, donde esperaba al dueño un barco austriaco.

Los orizabeños tributaron una jubilosa recepción al emperador, creyendo que llegaba a disfrutar de los paisajes de la región. Maximiliano se hospedó en una bella hacienda, donde estuvo varios días cazando mariposas, montando a caballo vestido de charro y bebiendo el vino y fumando los puros que tanto le gustaban. Al cabo se tranquilizó lo suficiente para trazar su curso de acción.

Los franceses lo apremiaban a continuar hasta Veracruz, entregar la abdicación a cualquier autoridad local y embarcarse. Claro, reflexionaba Maximiliano, con eso podrían anunciar en Europa que, por la abdicación, la presencia de las tropas francesas había dejado de tener objeto, y Napoleón se ahorraría la vergüenza de exhibirse ante el mundo como el político desleal que abandona al socio en peligro.

Pronto se unieron a Maximiliano en Orizaba los integrantes del nuevo gabinete, santannistas tan desprestigiados que los miembros del cuerpo diplomático protestaron por su incorporación al gobierno: Teodosio Lares, Manuel Diez de Bonilla, Ignacio Aguilar y Marocho y Joaquín Velázquez de León. Habían tenido noticia de que el emperador pretendía irse de México, dejándolos abandonados y a merced de los republicanos. Ya no creían en la viabilidad del proyecto imperial, pero necesitaban al soberano por un tiempo, como parapeto para ir estableciendo los fundamentos de una nueva república conservadora que librara la batalla definitiva contra la liberal.

Maximiliano les salió con que ya no deseaba que se derramase por su causa más sangre mexicana; Lares aseguró que el pueblo amaba a su emperador, y que la impopularidad del gobierno era debida exclusivamente a los franceses, pero que, cuando éstos acabaran de marcharse, el pueblo de México cerraría filas en torno a su amado soberano, la pacificación se lograría en plazo breve, y Maximiliano podría convocar el anhelado congreso nacional y aun abdicar ante él para regresar a Europa con el honor intacto; mientras que, si se marchaba en aquellos momentos, siempre habría gente malévola dispuesta a murmurar que un Habsburgo había huido ante el peligro.

En seguida se presentaron en Orizaba los generales Leonardo Márquez, quien por instrucciones del gabinete había dejado la legación en Constantinopla, y Miguel Miramón, quien había desertado del puesto como observador militar en Berlín, donde había vivido trinando contra Maximiliano y llegado al extremo de solicitar al representante de Juárez en Europa su incorporación al ejército republicano para luchar contra los franceses, y si no consumó el proyecto fue solamente porque no fue posible enviarle fondos para hacer el viaje. Entonces embarcó hacia Veracruz, convencido de que el emperador iba a abdicar y los conservadores lo escogerían a él como jefe para librar la última de las batallas.

Miramón y Márquez convencieron a Maximiliano de que la situación distaba mucho de estar perdida. El Ejército Imperial Mexicano conservaba cerca de 15 000 hombres, y muchos austriacos y belgas manifestaban deseos de permanecer al lado del emperador. Los republicanos contaban con recursos similares, pero sus jefes eran improvisados que conocían poco del arte militar. Con recursos mucho menores, el ejército conservador había estado a punto de vencer al liberal en la Guerra de Tres Años. Rehuir la lucha en tales condiciones sería deshonroso.

Los ministros prometieron reunir 15 millones de pesos para mantener 30 000 hombres en armas. En consecuencia, Maximiliano emitió una proclama en la que, tras fustigar a los franceses "que han destrozado al ejército mexicano y las finanzas de la nación", anunció que no abdicaría y que al consumarse el triunfo convocaría al famoso congreso nacional encargado de decidir si subsistía el imperio o se adoptaba la forma de gobierno republicana.

Las tropas francesas prosiguieron la evacuación de las plazas, dejando el campo libre a los republicanos, y para intimidar a Maximiliano y obligarlo a irse con ellos, comenzaron a vender a los rancheros los caballos; mojaron y quemaron enorme cantidad de pólvora, inutilizaron incontables cañones, rifles y otras armas, y hasta ofrecieron a los caudillos republicanos venderles el armamento a precio de regalo.

El 5 de febrero de 1867, décimo aniversario de la proclamación de la constitución liberal, la bandera francesa que ondeaba sobre el cuartel de Buenavista fue arriada y las tropas, con Bazaine al frente, desfilaron frente al palacio imperial, seguidas por gran número de mexicanos y extranjeros temerosos de la venganza republicana, entre ellos el arzobispo Labastida. Iban rumbo a Veracruz para embarcarse. Sólo unos cuantos curiosos los miraron partir con indiferencia; las ventanas del palacio estaban cerradas, pero tras una cortina Maximiliano vio cómo se alejaban sus antiguos protectores y, reacomodándose el sombrero de charro que ya no se quitaba, exclamó: "Henos al fin libres de franceses".

El 11 de marzo se embarcaron en Veracruz los últimos expedicionarios, que sumaban 32 000 y dejaron en México 8 000 compatriotas muertos en combate o víctimas de las enfermedades. Fuentes más confiables harían ascender el número de bajas francesas a 20 000. Un periodista anónimo hizo el siguiente recuento: "Habían venido a frenar el avance de Estados Unidos en América Latina y dejaban a México enteramente a merced del país del norte; habían venido a garantizar los intereses europeos y los dejaban más desprotegidos que antes; habían venido a dar brillo a la influencia francesa y dejaban despreciado y desprestigiado hasta el nombre de francés".

El 12 de junio de 1867, tercer aniversario de la entrada triunfal de los emperadores a la ciudad de México, Maximiliano de Habsburgo se encontraba preso en una celda del convento de Capuchinas, en Querétaro, pendiente del juicio que se le seguía e ignorante de que una semana después iba a ser fusilado.

Le parecía increíble que apenas cuatro meses antes hubiera alimentado la ilusión de conseguir la victoria. Miramón, con su atrevimiento habitual y sin recibir órdenes expresas, había ido al Bajío y reunido a 2 500 hombres, con los que avanzó sobre Zacatecas, plaza a la que acababa de llegar Benito Juárez. Maximiliano giró a su general la orden de someter a juicio sin demora al presidente y ministros que lo acompañaban, pero sin ejecutar la sentencia —la de muerte, según correspondía bajo la ley imperial— hasta recibir nuevas instrucciones.

Efectivamente, Miramón tomó Zacatecas por sorpresa, pero Juárez y sus ministros se le escaparon. Y unos días más tarde el general imperialista fue interceptado en la hacienda de San Jacinto por un fuerte ejército republicano; sufrió una derrota estrepitosa, dejando en manos del enemigo todas sus armas, municiones, dinero y equipaje, además de 100 muertos y medio millar de prisioneros.

El cacique indio Tomás Mejía se encontraba en Querétaro tras haber evacuado Matamoros y San Luis Potosí. Se declaró incapacitado para combatir, argumentando que lo agobiaban las reumas. Leonardo Márquez, por su parte, se había ido a las inmediaciones de Toluca y, después de dictar feroces medidas para obtener dinero y llevar a cabo una leva con la que formó una pequeña columna, fue derrotado en el primer combate que sostuvo.

Las noticias de lo ocurrido hicieron que Maximiliano pasara varios días llorando. Al cabo montó en cólera y escribió al ministro Lares una carta con párrafos como el siguiente:

> Mucho se prometía de la habilidad, de la lealtad y del prestigio de los generales Mejía, Miramón y Márquez. El primero ha dejado el servicio so pretexto de su estado de salud; el segundo ha sacrificado, casi sin combatir, en la primera batalla que ha dado, todos los elementos que se le habían confiado; el tercero, después de haber arrancado todo por los medios más violentos a los ciudadanos laboriosos y pacíficos, ha ordenado una expedición mal calculada, cuyos sangrientos resultados no se deplorarán nunca lo bastante.

En junta con Lares, el ministro reconoció que, en efecto, no había sido posible reunir todavía los 15 millones de pesos prometidos, pero en cambio había esperanzas de reunir 11 millones o por lo menos 10 millones. Y cuando Maximiliano preguntó qué debía hacer en esas circunstancias, Lares dijo sin parpadear:

—Ir a Querétaro, tanto para evitar a la capital los horrores de un probable sitio, como para concentrar allí las tropas del imperio, tomar usted el mando en jefe y evitar así las fricciones que previsiblemente surgirán entre Miramón y

Márquez. Mientras tanto, el gabinete se ocupará de hacer acopio de recursos para dar al enemigo el golpe final.

Maximiliano sabía que Querétaro, a tiro de cañón desde los cerros que la rodean por todas partes, menos por el camino de Celaya, era una plaza inadecuada para resistir un ataque prolongado. Pero Lares le hizo ver que los queretanos eran gente aguerrida y fanáticamente conservadora, que defendería a su emperador hasta el último extremo. En Querétaro operaba incluso una brigada de mujeres del pueblo especializada en castigar a los prisioneros republicanos quebrándoles macizas ollas de atole caliente en la cabeza.

El 19 de febrero Maximiliano entró a Querétaro aclamado por la población en masa. Sus principales acompañantes eran Márquez, con 2 000 hombres sacados de la guarnición capitalina, más los húsares austriacos, que se negaron a partir con Bazaine, y el ex cacique neoleonés Santiago Vidaurri, quien se las había ingeniado para ingresar al círculo íntimo del emperador.

También llegaron a Querétaro 2 500 michoacanos que habían recibido órdenes de evacuar Morelia. Con éstos, con los traídos por Márquez y con los que reunieron Mejía y Miramón, se formó un ejército de 9 000 hombres.

Sobre Querétaro avanzaban, por el norte, Mariano Escobedo con 9 000 hombres, y por el oeste Ramón Corona con 7 500. Tanto Miramón como Márquez aconsejaron poner en práctica la elemental estrategia de evitar que se reunieran los dos ejércitos, atacando primero a Escobedo, el más fuerte por contar con abundantes armas y varios oficiales que le proporcionó el gobierno de Estados Unidos; y tras derrotarlo caer sobre Corona, la presa más fácil. Mejía se opuso afirmando que las familias de la ciudad le imploraban que no saliesen los defensores para no exponerlas a las atrocidades de los republicanos, y prometió que traería de su feudo, la sierra Gorda, un mínimo de 8 000 hombres armados y municionados. Maximiliano hizo privar la opinión de Mejía.

Cuando pasaron los días sin que llegaran los refuerzos prometidos, Maximiliano tuvo que volver a pedir consejo a sus generales. Para entonces ya se habían reunido las tropas de Escobedo y Corona, e incluso rodeaban Querétaro por todos lados, menos por el camino de Celaya. Miramón propuso lanzar un ataque general, a degüello y con todos los recursos, para de una vez triunfar o morir todos. Márquez aconsejó abandonar Querétaro por la ruta celayense hasta alcanzar la cercana estancia de Las Vacas, que por las facilidades que ofrecía para la defensa era un lugar magnífico para esperar a Escobedo y a Corona. Las probabilidades de conseguir el triunfo eran considerables, y aun en caso de derrota podrían retirarse a la ciudad de México y establecer en ese lugar una nueva línea defensiva.

La estrategia propuesta por Márquez era la más militar y sensata, pero Miramón amenazó con dejar de tomar parte activa en los consejos de guerra si no se seguían sus recomendaciones. Él, Márquez y sus respectivas camarillas andaban a la rebatiña por el mando supremo, y Maximiliano no podía inclinarse por un bando sin enemistarse con el otro. Por lo tanto, decidió separarlos.

Márquez, con 1 000 soldados de caballería, fue enviado a la ciudad de México para hacer acopio de recursos y enviarlos cuanto antes a Querétaro. Con él marchó Vidaurri, nombrado ministro de Hacienda y encargado de meter en cintura al gabinete, que no enviaba ni un solo fusil y ni un solo peso. Sin que lo supiera Miramón, Maximiliano también nombró a Márquez lugarteniente del imperio, o sea segundo en el mando.

La columna imperial salió de Querétaro sin encontrar resistencia de sus inexpertos rivales. Pero al llegar a la ciudad de México el general se enteró de que el republicano Porfirio Díaz, después de ocupar Oaxaca, había puesto sitio a la ciudad de Puebla. Márquez marchó inmediatamente al auxilio de esa ciudad, y en el camino se enteró de que Díaz la había tomado el 2 de abril. Al imperialista no le quedó más recurso que regresar a México, a donde llegó con un puñado de hombres, ya que en el trayecto fue atacado y desbaratado por las fuerzas republicanas.

Inmediatamente Márquez se puso a organizar la defensa de la capital, sobre la que marchaban ya los vencedores de Puebla. Intentó mandar refuerzos a Querétaro, pero sólo tenía consigo 4 000 hombres y debió limitarse a remitir 30 000 pesos con un mensajero que, a la postre, no pudo pasar las líneas establecidas ya por Díaz en torno a la capital.

Maximiliano tuvo conocimiento del percance y ocultó la noticia a sus generales. Cuando pasaban los días sin que llegaran los auxilios de México y el derrotismo empezó a cundir entre los imperiales, el soberano mandó publicar en su *Boletín Oficial* del 4 de mayo dos falsas comunicaciones firmadas por Márquez y Vidaurri, en las que se informaba sobre la pronta llegada a Querétaro de un poderoso ejército abundantemente dotado de cañones, fusiles, parque y provisiones de boca.

Miramón ya sólo tenía 5 000 hombres y las tropas enemigas superaban los 30 000. No sólo había repelido varios ataques masivos de los republicanos, sino que en ocasiones había tomado la ofensiva.

Los imperiales se parapetaban en los conventos de Querétaro, donde eran casi invulnerables, y seguían contando con el apoyo total de los queretanos, los cuales, a diferencia de los habitantes de otros lugares, no salían de su ciudad para dar o vender al atacante informes sobre el estado que guardaban los sitiados. Mariano Escobedo llegó a pedir a Porfirio Díaz que levantara el sitio de México y fuese a auxiliarlo en Querétaro. Díaz lo tranquilizó mandándole parte de los pertrechos que había capturado en Puebla.

En total, el sitio duró 72 días. Al final los defensores ya sólo comían carne de caballo o de mula y para fabricar municiones tenían que fundir las campanas de las iglesias, las tuberías y hasta el techo del teatro local, que era de plomo. Pero cuando cundió la creencia de que Márquez los traicionaba y empezaron a producirse las deserciones, Miramón impuso la decisión de abrirse paso entre los sitiadores e ir a refugiarse en la sierra Gorda. Permanecer inactivos equivaldría a quedarse esperando la muerte o la captura por hambre. Para la escapatoria se escogió inicialmente la noche del 14 al 15 de mayo; y luego, por gestiones de Maximiliano, la operación se pospuso para la noche del 15 al 16.

A las seis de la tarde del día 14, el coronel Miguel López, comandante de la guardia de la emperatriz, llegó a las filas republicanas y dijo a Escobedo que el emperador ya no quería que se siguiera derramando sangre mexicana por su causa y deseaba negociar la capitulación.

López pidió que se permitiera a Maximiliano trasladarse a Veracruz, donde había un barco listo para llevarlo a Europa. A cambio ofreció franquear el paso a las tropas republicanas para que ocuparan el convento de La Cruz, cuya caída haría que se desmoronase toda resistencia. También es probable que, aprovechando la ocasión, el gestor obtuviera de Escobedo una recompensa de 30 mil pesos y la libertad a cambio de su participación en la maniobra.

A la sazón de 40 años, López era un militar poblano con largo historial de cambios de chaqueta en los múltiples cuartelazos en que le tocó participar, y que, en pago de las muchas distinciones con que lo favorecieron los emperadores, les había entregado una fidelidad perruna.

A Maximiliano le convenía dejarse aprehender, pues esto le permitiría presentarse en Europa como general desafortunado de una plaza que resistió heroicamente un sitio de 72 días. Seguía creyendo en la inviolabilidad de su real persona y tal vez pensó que Juárez lo dejaría libre, vencido por las presiones que seguramente se desatarían desde todos los países civilizados una vez que corriera la noticia de su captura.

Poco antes de las tres de la mañana del día 15, López y un cómplice, un oficial apellidado Jablonski, llegaron al convento de La Cruz, retiraron a los centinelas y los sustituyeron por hombres de confianza o engañados, quienes poco después, sin que se disparase un tiro, permitieron la entrada al convento de un sinnúmero de soldados republicanos.

Maximiliano se trasladó al cerro de las Campanas, que ofrecía un teatral escenario para la rendición. Los republicanos ya montaban guardia en todas las habitaciones del convento, menos en la de él, y cuando atravesó los corredores y los patios se le dejó continuar avanzando, como si su majestuosa figura pudiese pasar inadvertida para los soldados. Evidentemente, había órdenes de dejarlo salir.

Así avanzó el emperador desde el convento de La Cruz —ubicado en el extremo oriental de la ciudad— hasta el cerro de las Campanas, que se encuentra en el extremo occidental, sin que nadie lo aprehendiera. En el cerro se encontraba el general Mejía con un centenar de soldados paralizados por la sorpresa. Después de resistir un breve tiroteo que no causó bajas, cuando ya despuntaba el sol fue enviado hasta las filas republicanas un soldado con bandera blanca. En seguida, Maximiliano y Mejía fueron llevados ante Escobedo y se declararon sus prisioneros. Por haber perdonado la vida al nuevo triunfador en dos ocasiones, aparentemente el cacique pensó que el general republicano iba a corresponderle el favor dejándolo en libertad.

Miramón, herido en un encuentro con un piquete republicano, alcanzó a llegar hasta la casa de un médico llamado José Licea, que se había significado como ardoroso conservador y aceptó proporcionarle escondite. Poco después, previa denuncia hecha por el mismo médico, el general fue aprehendido.

Maximiliano, Miramón y Mejía fueron fusilados en el cerro de las Campanas el 18 de junio, después de una grotesca farsa judicial montada para suavizar las críticas en Europa.

El ex monarca consiguió que su cadáver fuera embalsamado para su remisión a Europa. La tarea fue encomendada al doctor Licea, quien por no disponer de los líquidos adecuados inyectó algunos sustitutos que dejaron el cuerpo en un estado horroroso. Fue necesario conseguir otros médicos que colgaron el cadáver por los pies varios días, hasta que se le salieron los líquidos inadecuados y pudieron hacer un embalsamamiento correcto. Para entonces Licea ya había realizado un brillante negocio: rasuró la barba y los cabellos de Maximiliano y los vendió metidos en unos relicarios que atesorarían amorosamente como recuerdo varias generaciones de imperialistas queretanos.

Juárez sintetizó en una carta la experiencia vivida por el archiduque de Habsburgo: "El mundo mexicano es capaz de atarantar al mismo Luis Napoleón si viniera a vivir unos días en México. Es singular esta gente nuestra. Al que no la conoce y es fatuo, sus ovaciones y adulaciones lo embargan, lo tiran y lo pierden; y si es débil, sus injurias y maldiciones lo desalientan, lo tiran y lo pierden también".

El coronel López quedó en libertad y fue visto como el más execrable de los Judas. Un mes después de muerto Maximiliano publicó un folleto en el que aseguraba haber obrado por órdenes del emperador, pero nadie le creyó, y hasta su esposa y sus hijos lo repudiaron. Sólo 20 años más tarde, cuando vivía miserablemente en la ciudad de México, Escobedo reconoció en una carta dada a la publicidad el papel que desempeñó López en la entrega del convento de La Cruz, lo cual implicaba que, después de todo, Querétaro no había sido tomada "a viva fuerza", como dice la versión oficial de los hechos.

VII. LA REBATIÑA POLÍTICA

A principios de 1866, Juárez y su gabinete recibieron la noticia de que Napoleón III había anunciado el retiro de sus tropas de México. Por los mismos días el presidente Johnson y el secretario Seward ofrecieron en Washington una lucida recepción a Margarita Maza de Juárez, y para no dejar duda de quién era el hombre escogido para hacerse cargo de su patio trasero, anunciaron el envío de un representante diplomático oficial ante los republicanos. Felices en la creencia de que a continuación vendría la entrega de pertrechos bélicos y dinero, los ex fugitivos ordenaron a Romero que gestionase un empréstito por 100 millones de dólares, y cuando en Washington se rieron de la solicitud, el embajador fue autorizado para reducir la cifra a 50 millones, que tampoco obtuvo; ni siquiera un millón.

Pronto los franceses empezaron a retirarse al sur y abandonaron Chihuahua. Monterrey fue evacuada en julio. Las tropas extranjeras se reconcentraron en San Luis Potosí y en agosto prosiguieron a la ciudad de México, dejando la capital potosina a cargo del general Tomás Mejía. Juárez y su gabinete ya habían salido por última vez de Paso del Norte para instalarse en la ciudad de Chihuahua.

A medida que proseguían la evacuación, los franceses quisieron entregar la Presidencia al general Jesús González

Ortega, ya que lo consideraban el hombre más adecuado para desembarazarse tanto de Juárez como de Maximiliano y permitir la salida de las tropas sobre una base más o menos decorosa.

En Nueva York se habían declarado a favor de González Ortega y en contra de la "usurpación" más de medio centenar de prominentes exiliados mexicanos, entre ellos 17 generales, y en Washington varios legisladores pedían al congreso que realizara una investigación sobre la legitimidad de la investidura presidencial de Juárez. En el mes de octubre —eran los días en que Maximiliano se inclinaba por abdicar e irse a Europa— González Ortega expidió desde Nueva Orleans una proclama para anunciar su retorno a México.

El general P. H. Sheridan, comandante militar de Nueva Orleans, comunicó a González Ortega que tenía instrucciones de impedirle viajar a la frontera, pero el mexicano burló la vigilancia y pudo llegar a las cercanías de Brownsville y por lo tanto de Matamoros, donde el cacique tamaulipeco Servando Canales tenía organizada una revuelta orteguista. Cuando ya estaba cerca del río Bravo, González Ortega fue encarcelado por órdenes de un capitán llamado John Paulson; simultáneamente el comandante militar de Brownsville, Thomas D. Sedwick, invadió Matamoros con sus fuerzas e hizo huir al cacique Canales y a sus tropas orteguistas para luego entregar la plaza a un lugarteniente del juarista Mariano Escobedo.

Sólo el 26 de diciembre González Ortega pudo cruzar la frontera en compañía del general Patoni y un puñado de fieles. Sin encontrar oposición llegó el 8 de enero a Zacatecas, donde tenía muchos partidarios y esperaba encontrar la protección del gobernador Miguel Auza, quien le había jurado fidelidad hasta la muerte. Al final Auza se fue "a la cargada" y aprehendió tanto a su ex amigo como a Patoni para luego trasladarlos a la lejana cárcel de Monterrey.

A fines de 1866 Juárez y su gabinete se mudaron a Durango, donde las autoridades les prepararon una recepción tan entusiasta que, al recordar la resignada sobriedad con que lo recibían en sus tiempos de fugitivo, hizo exclamar al presidente:

—Bien decían en tiempo de los españoles: "No es lo mismo virrey que te vas que virrey que te vienes".

Escobedo, quien había ocupado San Luis Potosí cuando la abandonó Tomás Mejía, recibió instrucciones de avanzar hacia el centro de la República. Juárez y su gabinete llegaron a Zacatecas el 22 de enero de 1867, y cinco días después, mientras se reponían de los festejos de bienvenida, tuvieron que huir precipitadamente, pues Miramón había entrado por sorpresa a la ciudad. (Poco después Miramón, por carecer de fuerzas para sostenerse, abandonó Zacatecas y fue derrotado días más tarde en la hacienda de San Jacinto.)

El 21 de febrero Juárez llegó a San Luis Potosí. Maximiliano, Miramón y Mejía estaban sitiados en Querétaro por Escobedo y las fuerzas jaliscienses del general Ramón Corona. Las únicas plazas importantes que conservaba el imperio eran Veracruz y México; Porfirio Díaz avanzó hasta Tacubaya para amenazar la capital, que defendía Leonardo Márquez.

A medida que pasaba el tiempo sin que sucumbiera

Querétaro, el gobernador de Guanajuato, el republicano León Guzmán, se negó a seguir proporcionando alimentos a Escobedo, pues alegó que el general vendía en el mercado negro, con alta utilidad, la carne y los cereales que le mandaban. Sobre el campamento republicano de Tacubaya cayó una nube de chambistas partidarios de que Porfirio Díaz tomara la Presidencia e hiciese a un lado a Juárez, o bien, para evitar choques entre los ejércitos triunfadores, que Díaz, Escobedo y Corona se rifaran entre sí la primera magistratura.

En los primeros días de mayo Juárez ordenó a Díaz que levantara el sitio de México y marchase a Querétaro en calidad de auxiliar de Escobedo, quien disponía de 30 000 hombres, más de los necesarios. Con diversos pretextos, el general permaneció en Tacubaya. Se produjo entonces la caída de Querétaro y Ramón Corona fue enviado a la ciudad de México con su ejército e instrucciones de contener las ambiciones políticas de Díaz.

Maximiliano, Miramón y Mejía pasaron a ser el principal problema para Juárez. Había que fusilarlos, tanto para hacer en ellos un escarmiento general como para anunciar que, satisfecha la vindicta pública con la muerte de los tres, la terrible ley de 1862 quedaba derogada como un acto de magnanimidad del régimen triunfante. Los ojos de medio mundo estarían puestos en Querétaro, y para que no se siguiera hablando de la barbarie de los mexicanos, se sometió a los tres prisioneros principales a una farsa de juicio.

Personajes como el emperador de Austria-Hungría, la reina de Inglaterra y el emperador de Francia —por intermedio del secretario de Estado, Seward— pidieron el indulto para Maximiliano, y lo mismo hicieron por cuenta propia el patriota italiano Giuseppe Garibaldi y el literato Victor Hugo, así como las principales damas de la sociedad potosina. Juárez negó el perdón "por oponerse a este acto de clemencia las más graves consideraciones de justicia y la necesidad de asegurar la paz de la nación".

Aún después del fusilamiento de Maximiliano y sus generales, Márquez siguió resistiendo en la ciudad de México, que ya era presa del hambre.

Al cabo entregó la plaza a su lugarteniente, el general Ramón Tavera, quien mandó izar la bandera blanca y formalizó la capitulación incondicional. Márquez logró ocultarse en la capital y al cabo de un tiempo huyó a Cuba. Vidaurri, escondido en la casa de un amigo norteamericano, fue delatado por otro norteamericano y finalmente fue fusilado en la plazuela de Santo Domingo, por la espalda y arrodillado sobre una capa de excremento.

Para sondear el ánimo de Díaz, Juárez le ordenó encarcelar al representante diplomático de Napoleón III ante Maximiliano y poner a disposición del gobierno triunfante los archivos de la legación francesa. Con este acto el general se exhibiría ante el mundo como un soldadote arbitrario, y a su debido tiempo el presidente mostraría su ecuanimidad dejando libre al diplomático y devolviendo los archivos. Díaz tachó de imprudente la orden y pidió que se le eximiera de cumplirla, para lo cual ofreció entregar el mando de su ejército. Como no le contestaron, publicó en los periódicos su renuncia y anunció que dejaba en caja, a disposición del gobierno, 115 000 pesos que le habían sobrado después de vestir bien a la tropa y pagarle puntualmente sus haberes, lo cual hacía un fuerte contraste con los latrocinios que se atribuían a Escobedo.

Acompañado de sus ministros y de una pequeña comitiva, Juárez salió de San Luis Potosí el 1º de julio y llegó el día 12 a Tlalnepantla, donde lo esperaba Porfirio Díaz para darle la bienvenida. Mucho se comentó la mirada gélida que dirigió Juárez al general en el momento de saludarlo, un gesto que parecía subrayar el hecho de que no lo invitara a tomar asiento junto a él en el carruaje.

El día 15, Juárez subió a una carretela abierta que, seguida por numerosa comitiva, avanzó por la actual avenida Chapultepec, dobló por la calle de Bucareli y al llegar a la intersección con la avenida que actualmente lleva su nombre se detuvo para depositar una ofrenda floral ante el altar de la patria erigido en ese punto. Dieron la bienvenida a los recién llegados las autoridades municipales y un conjunto de niñas vestidas de blanco, que entregaron al presidente un laurel de oro. Después de los discursos, la comitiva enfiló hacia la actual avenida Madero, para llegar al zócalo.

En la alameda central estaba preparada una comida para 3 000 personas, pero el acto se estropeó porque, en el momento en que empezaban a servir los platillos, un furioso aguacero imposibilitó la permanencia de la gente en sus mesas. Tampoco fue prendida al caer la tarde la fastuosa iluminación preparada por la Junta Patriótica, debido a que la fuerte lluvia siguió cayendo hasta la noche. Sólo hubo un banquete en el palacio de Minería. Díaz asistió al acto, mostrando una cara larga.

Por fin, al siguiente día, Juárez pudo pronunciar su célebre discurso en el que llamó a restablecer la concordia y pronunció la frase: "Entre los individuos, como entre las naciones, el respeto al derecho ajeno es la paz".

Desde que Napoleón III anunció el retiro de sus tropas, Margarita Maza de Juárez —quien permanecía en Estados Unidos— manifestó deseos de irse a Paso del Norte, primero, y luego a Chihuahua, pero lo peligroso e incómodo del viaje la obligó a permanecer en Washington. Seward sugirió a la familia que viajara por tren a Nueva Orleans y allí abordara el guardacostas *Wilderness*, que el gobierno de Estados Unidos le facilitaba para transportarla a Veracruz. Poco tiempo antes el mismo barco había sido usado para llevar de regreso a su tierra a otra distinguida visitante, la reina de las islas Sandwich.

La familia Juárez, compuesta por Margarita, Pedro Santacilia y su esposa Nela, y la hijita de ambos; seis hijos solteros y los cadaveritos de Pepe y Toño, dos chiquillos que murieron en el exilio y fueron embalsamados y adornados al estilo oaxaqueño para ser enterrados en México, salió de Washington el 29 de junio. Pudo haber llegado a Nueva Orleans en un par de días, pero se desvió para hacer escalas en Baltimore, Cincinatti y Louisville, y llegar a Nueva Orleans la noche del 9 de julio. Se dijo que el largo rodeo obedeció al propósito de admirar los paisajes de la ruta, pero en realidad tuvo algo que ver con Antonio López de Santa Anna.

Engañado por los embaucadores que lo tenían cercado en St. Thomas, y que inclusive falsificaron una carta supuestamente firmada por Seward, en la que le invitaba a participar en la pacificación de México, en mayo Santa Anna se había trasladado a Nueva York.

Como no hablaba inglés ni tenía relaciones que lo orientaran, tardó mucho tiempo en darse cuenta del engaño. Cuando la familia Juárez preparaba su regreso a México, Santa Anna fletó el barco *Virginia* para ir a Veracruz.

Aunque sitiada por fuerzas rivales, Veracruz seguía en poder de los imperialistas, y los incontables partidarios del decrépito caudillo ya habían acordado ponerlo al frente de los restos del ejército imperial que, con ayuda de los republicanos enemistados con Juárez, formarían una facción lo suficientemente poderosa como para influir en la integración del nuevo gobierno. Santa Anna llegó al puerto el 3 de junio, mientras los cónsules de Estados Unidos e Inglaterra discutían lo que iban a hacer con él.

Frente a Veracruz estaban anclados varios barcos de guerra norteamericanos e ingleses. El 7 de junio el comandante F. A. Roe, del *U. S. S. Tacony*, acompañado por el comandante del barco inglés *H. M. S. Jason*, abordaron el *Virginia* para exigir la entrega del hijo predilecto de la ciudad. Al día siguiente devolvieron su presa al *Virginia* y ordenaron al capitán que se lo llevara a La Habana. Para asegurarse del cumplimiento de las órdenes, el *Tacony* escoltó al *Virginia* a lo largo de 20 millas.

Al pasar por la costa yucateca, el *Virginia* hizo escala en Sisal. Allí descendió Santa Anna, aparentemente en la creencia de que el puertecillo continuaba en poder de los imperiales. Pero los republicanos acababan de ocuparlo, detuvieron al caudillo y lo llevaron primero a Campeche y luego a San Juan de Ulúa, hasta que finalmente se decidió regresarlo al exilio en La Habana.

Después de la partida de Santa Anna, los imperiales entregaron Veracruz a los juaristas y el 10 de julio, al recibir noticias de que el puerto estaba en poder de amigos, la familia Juárez salió finalmente de Nueva Orleans. Llegaron a Veracruz en los momentos en que Juárez hacía su entrada triunfal a la ciudad de México.

VIII. EL SEÑOR PRESIDENTE

Al consumarse el triunfo liberal en 1867, el clero quedó reducido a la impotencia, sin recursos económicos y sometido a las Leyes de Reforma; mientras que los militares del régimen caído, vistos como traidores, simplemente dejaron de representar peligro alguno. Juárez no tuvo que sacrificarse para pagar la deuda externa, pues las relaciones con los gobiernos europeos estaban interrumpidas y los acreedores guardaron para otra época la presentación de sus viejas exigencias. Por añadidura, la intervención francesa había volcado gruesas cantidades de dinero que por breve tiempo activaron la economía del país.

Pareció, pues, que en 1867 México había quedado en buenas condiciones para hacer efectivo el programa liberal: establecer un gobierno con perfecto equilibrio de los tres poderes, en el que se respetaran escrupulosamente las garantías individuales y la libertad de prensa. Con esto se podrían poner en marcha actividades como llenar el país de escuelas; construir caminos, puertos y ferrocarriles; sanear las regiones insalubres y crear una pujante agricultura de medianos propietarios; apoyar el desarrollo de las bellas artes y desatar las energías de la nación, tanto tiempo reprimidas por un paralizante conservadurismo ciego a los adelantos del siglo.

La realidad no pudo haber sido más horrible, ya que al

verse libre de los contrapesos que, bien o mal, les había presentado el clero, los ricos conservadores y los militares, la triunfante burocracia juarista creó un régimen de la burocracia, por la burocracia y para la burocracia, o sea el peor que se puede concebir, con excepción tal vez del de los militares pretorianos.

Los únicos buenos negocios que quedaron en el país eran los de adueñarse de los bienes del clero o extorsionar a los ricos, y con esto la cultura del robo social, heredada de la Colonia, adquirió mayores fuerzas. El principal exponente de los nuevos magnates fue el cacique chihuahuense Luis Terrazas, quien capitalizó el apoyo prestado a Juárez durante la guerra adueñándose de inmensos latifundios. Otros politicastros hicieron grandes fortunas absorbiendo los bienes del clero. Muy pocos individuos quisieron echarse a cuestas la tarea de poner a producir una fábrica o un comercio, y la falta de empleos en el sector productivo estimuló el desarrollo de una clase media burocrática y parasitaria.

Lo que sí debe acreditársele a Juárez es la creación del régimen presidencialista-caciquil que estuvo vigente en México hasta el año 2000, y que tendría como cualidad principal la de ser preferible al sistema santannista.

A diferencia de Comonfort, quien consideró imposible gobernar con apego al orden constitucional de 1857 y por lo tanto lo repudió, Juárez cantaba frecuentes loas a la constitución al paso que se abstenía de aplicarla, considerándola como un sublime programa de mejoras sociales destinado a realizarse no en el presente sino en un futuro impreciso. Lo mismo hacía Napoleón III en Francia con su llamado imperio democrático; si Juárez no se inspiró en este ejemplo, al menos puede pensarse que obró guiado por la fórmula: "Se acata pero no se cumple" tan usada por las autoridades coloniales.

Los constituyentes, temerosos de que resurgiera una dictadura tipo santannista, crearon un poder legislativo con amplios recursos para mantener en un puño al ejecutivo, pues el voto mayoritario de los diputados bastaba para destituir al presidente. Sólo que al mismo tiempo facultaron al ejecutivo para nombrar y destituir a todos los empleados del gobierno cuando juzgase conveniente hacerlo, y Juárez, distribuyendo habilidosamente los empleos, logró afianzar el principal soporte del presidencialismo mexicano: la "cargada".

El poderío de la "cargada" se manifestó desde octubre del mismo 1867, cuando tuvieron lugar las elecciones para presidente de la República, magistrados de la Suprema Corte y diputados; los comicios se ajustaron al sistema constitucional, en que el derecho de voto fue demagógicamente conferido a la totalidad de los ciudadanos; pero éstos no designaban a los funcionarios, sino a varios miles de electores que eran los facultados para escoger a quienes debían ocupar los altos puestos. Ocurría entonces que los votantes primarios —quienes en su ignorancia de analfabetos ni siquiera sabían lo que era el voto—, salvo raras excepciones, se abstenían de asistir a las casillas electorales y así dejaban el campo libre para que los burócratas del barrio o del pueblo rellenaran las urnas a su gusto y por lo general se autonombraran electores; después, con darles algunos pesos o prometerles un ascenso, se conseguía que éstos declararan triunfantes a los elementos gratos al gobierno. Así, Juárez obtuvo alrededor de 6 000 votos contra algo más de 2 000 que recibieron los otros dos candidatos a la Presidencia: Sebastián Lerdo de Tejada y Porfirio Díaz. Entre los dos últimos, los legisladores escogieron a Lerdo como presidente de la Suprema Corte, ya que éste, por ser ministro de Relaciones, ejercía fuerte influencia sobre las legislaturas de los estados.

En cambio en Oaxaca, donde los empleados públicos debían su puesto a Porfirio Díaz, el general recibió casi todos los votos para presidente y su hermano Félix resultó electo gobernador, mientras que Juárez y su candidato a la gubernatura, Miguel Castro, sufrieron una derrota aplastante. (Furioso, Juárez puso a la venta un par de casas que poseía en Oaxaca y parece que desde entonces decidió que jamás regresaría a su tierra natal.)

Cuando se instaló la nueva Cámara de Diputados, el general Jesús González Ortega comunicó a los legisladores, por medio de un escrito, que permanecía preso en Monterrey sin que se le sometiera a juicio ni se le precisara de qué se le acusaba, algo que no sólo violaba sus derechos como ciudadano sino su fuero como presidente de la Suprema Corte, puesto que seguía ocupando porque el periodo para el que fue electo terminaba el 31 de mayo de 1868. Si había cometido alguna falta, argumentó, quien debía juzgarlo era la Cámara de Diputados, y no el ejecutivo.

El alegato era irreprochable, pero los diputados sabían que, si condenaban a Juárez, ellos mismos quedarían en situación incómoda por haber participado en unas elecciones convocadas por el presidente acusado. De hecho, según les hizo ver Lerdo, los diputados hasta habían ratificado ya los decretos emitidos contra González Ortega, toda vez que permitieron la instalación del gobierno juarista en la ciudad de México sin ordenarle que entregara la Presidencia al sustituto preso, y más tarde legitimaron la siguiente elección presidencial. Los intelectuales Guillermo Prieto, Manuel María de Zamacona y Francisco Zarco dijeron que el caso del general preso debía ser estudiado cuidadosamente, pero se abstuvieron de insistir en que así se hiciera: ellos también esperaban conseguir "chamba" y se fueron a la "cargada".

Al ver cómo habían cambiado las cosas, González Ortega reconoció su derrota y renunció a sus pretensiones presidenciales. Al cabo lo pusieron en libertad junto con el general Patoni, que también continuaba preso. El aspirante presidencial tuvo miedo de ir a Zacatecas y se avecindó en una modesta casa de Saltillo, donde murió medio loco y olvidado en 1881. Patoni se trasladó a Durango y fue cobardemente asesinado por un general y diputado llamado Benigno Canto, quien declaró haber obedecido órdenes del ministro de Guerra, general Ignacio Mejía; después se desdijo, alguien pagó un impresionante equipo de abogados que lo defendió y logró conmutar la pena de muerte por la de 10 años de prisión. Canto falleció en 1873 en circunstancias poco claras.

Si la constitución hubiera sido verdaderamente observada, el poder judicial habría intervenido para hacer que sus cogobernantes de los otros dos poderes se condujeran con decencia, pero los jueces también debían la conservación de sus empleos a Juárez, se fueron a la "cargada" y nadie chistó.

Ya por último, según la teoría, los electores debieron haber castigado con su voto a los malvados; en realidad, la mayoría de los mexicanos no sabía ejercer el voto, ni lo justipreciaban, y esto, sumado a la oposición clerical a legitimar el sufragio popular, dio como único resultado que se incrementara la apatía pública y el abstencionismo, con lo cual se facilitó la tarea de producir una generación tras otra de burócratas encargados de hacer las elecciones.

Los juaristas quisieron atraer capitales extranjeros para desarrollar económicamente al país —faltaban hasta fábricas de hielo, por lo que el producto se importaba de La Habana—, pero pocos empresarios quisieron correr la aventura de invertir en una nación con fama de turbulenta y tracalera, además de miserable. En cierta ocasión un diputado propuso cerrar los comercios el domingo, para que los empleados de las tiendas pudiesen tener un día de descanso, y la propuesta provocó motines populares, ya que eran poquísimos los individuos con dinero suficiente para comprar los artículos requeridos para alimentarse dos días. Los liberales también pretendían "mejorar la raza" alentando la inmigración de trabajadores europeos; el proyecto fracasó porque los salarios que se pagaban en México eran inaceptablemente bajos.

(Juárez casó a toda su prole con blancos, aunque para lograrlo le fue necesario ser exageradamente nepotista: el cubano Pedro Santacilia cobraba sueldo como secretario presidencial y fue electo diputado por distritos en los que jamás puso un pie; el español Delfín Sánchez Ramos casó con Felícitas Juárez y como premio se convirtió en el principal proveedor del Ministerio de Guerra, asociado con su hermano José, quien se casaría con María de Jesús. El español Pedro Contreras Elizalde tomó por esposa a Margarita, y además de conseguir una diputación obtuvo un alto empleo en una comisión encargada de reorganizar la educación pública. Soledad se casó con el poeta Ignacio Luchichi, de ascendencia italiana; Josefa se unió a Eduardo Dublán, oaxaqueño de ascendencia francesa, y Benito, el único hombre de la familia, famoso por su tontería pero a quien nunca faltó buen dinero, se casó con la francesa María Klerian. Detalle curioso: todas las muchachas Juárez se casaron por la Iglesia, aunque en ceremonias celebradas en secreto, para evitar la crítica de los jacobinos.)

La aplicación de las Leyes de Reforma produjo un elevado número de cesantes: los miles de carpinteros, albañiles, herreros y demás artesanos que prestaban servicio en los conventos; los sacristanes, campaneros y mozos de las iglesias suprimidas; los administradores de bienes eclesiásticos confiscados; los directores y empleados de las escuelas, los hospitales y los asilos que había sostenido el clero; el sinnúmero de abogados, oficinistas y mozos que habían trabajado en los tribunales eclesiásticos, etc. Sólo una minoría consiguió empleo en el gobierno después de pedir perdón.

A la caída del imperio el ejército republicano sumaba 60 000 hombres. Resultaba imposible mantenerlos a todos en la nómina, y por lo tanto 40 000 fueron dados de baja y arrojados al desempleo. Muchos de ellos, especialmente los oficiales y jefes, se lanzaron al campo convertidos en bandidos.

Las efemérides del Calendario Galván correspondiente a esos años abundan en frases del siguiente corte: "El país se ha enladronado como nunca", "Casi diariamente se tiene noticia de crímenes que espantan". Tan grande era el número de bandoleros en los caminos que los viajantes asaltables llegaron a escasear y los malhechores trasladaron su campo de actividades a los pueblos y las ciudades, por lo que los últimos años de Juárez en la Presidencia fueron conocidos como "la época de los plagios". En respuesta se reforzó la célebre policía de "los rurales", inspirada en la Guardia Civil española, y una ley de 1869 aprobó los juicios sumarios y la aplicación inmediata de la pena de muerte para los declarados culpables, pero aun así, según el Calendario Galván, "los asaltos y los plagios son más frecuentes acaso que antes de expedirse la famosa ley".

La Ley de Desamortización expedida en 1856 y suspendida por Maximiliano se puso en vigor con las corruptelas habituales e intensidad inusitada; en consecuencia, una infinidad de indígenas perdió sus propiedades comunales y emprendieron constantes revueltas. En el norte se recrudecieron las incursiones de apaches y comanches, por lo que fueron organizadas unas gavillas de cazadores profesionales de indios en las que abundaban los aventureros norteamericanos: ganaban 350 pesos por cada cuero cabelludo de indígena que presentaban en las tesorerías estatales, sin que por ello retornara la tranquilidad.

Como obra material importante, la administración juarista sólo tuvo la de haber mandado construir 5 000 kilómetros de líneas telegráficas. Juárez decretó la educación primaria gratuita y obligatoria pero no construyó las escuelas necesarias ni adiestró maestros suficientes para atender a millones de analfabetos.

En noviembre de 1869 William H. Seward, quien poco antes había dado por terminadas sus funciones como secretario de Estado, fue objeto de una calurosa recepción por parte de los liberales que lucharon por establecer en México "un protectorado con otro nombre". El gran zorro quedó muy complacido al ver el aspecto que presentaba la geografía del país cuya tutela él había asegurado para el imperialismo yanqui y pidió que se acelerara la "americanización" de México a fin de que el país pudiera incorporarse formalmente a Estados Unidos para después extenderse hacia el sur. Inclusive, como detestaba los seis meses de invierno y los seis de infierno que se registran en Washington, Seward dijo que a él en lo personal le complacería que la capital del nuevo país se estableciera en el centro de México.

"Los Inmaculados", como burlonamente eran llamados Sebastián Lerdo de Tejada, José María Iglesias y el general Ignacio Mejía, conservaron sus puestos en el gabinete. Sólo al acercarse las elecciones de 1871, cuando se convenció de que Juárez jamás le cedería la Presidencia, Lerdo de Tejada renunció al Ministerio de Relaciones —pero conservó la presidencia de la Suprema Corte— para lanzarse por la libre como candidato. Porfirio Díaz, apoyado por una infinidad de burócratas y periodistas desempleados, fue un tercer candidato, lo cual movió a Juárez para trinar contra la ingratitud de los hombres a quienes él había conferido altos puestos y sin embargo trataban de remplazarlo.

Margarita Maza de Juárez murió el 2 de enero de 1871, dejando al marido en un desconsuelo desgarrador. Las elecciones presidenciales tuvieron lugar en el verano. Juárez adeudaba trece quincenas a la burocracia federal y al poder judicial, cuatro a los poderes ejecutivo y legislativo y 45 días de haberes al ejército, por lo cual había perdido muchos partidarios: inclusive se había alejado de los masones, pues a la llegada de los franceses se restablecieron las logias escocesas debidamente aceptadas y el Rito Nacional Mexicano prácticamente desapareció cuando la mayoría de sus afiliados se pasaron al bando imperialista.

En la primera semana de octubre de 1871 la comisión escrutadora del congreso informó que Juárez había obtenido 5 837 votos contra 3 555 de Díaz y 2 864 de Lerdo de Tejada. Tras declararse víctima de un fraude, Díaz encabezó una revuelta armada, que el ejército juarista sofocó con alguna dificultad. Juárez murió el 18 de julio de 1872, a los 66 años de edad —de un infarto al miocardio, según el certificado médico—, cuando Díaz andaba fugitivo por Nayarit. El presidente de la Suprema Corte, Lerdo de Tejada, asumió la Presidencia.

El testamento reveló que Juárez no dejó de beneficiarse con la corrupción, pues sus bienes y los que había puesto a nombre de Margarita alcanzaban un valor de 151 233.81 pesos, equivalentes a varios millones de dólares actuales, mientras que cinco años antes de que ocurriera su muerte, cuando se desplomó el imperio, estaba en la miseria. Había desempeñado la Presidencia durante 14 años y medio, mientras que Santa Anna no llegó ni a seis.

La sacralización de Juárez, vigente hasta el siglo pasado, se inició a fines del xix y fue obra de políticos insatisfechos con lo que les daba Porfirio Díaz, pero que no se atrevían a censurarlo directamente; con base en discursos y artículos periodísticos convirtieron a Juárez en modelo de gobernantes para criticar así, de manera oblicua, la conducta poco liberal que desplegaba el dictador.

Tras los sacralizadores aparecieron los críticos que denostaban a Juárez por su adicción a la empleomanía, al nepotismo, a la hipocresía que lo llevó a celebrar el 5 de febrero, aniversario de la constitución como si fuera una fecha equiparable a la navidad, siendo que la violaba cuantas veces lo consideró necesario, como hizo con el general González Ortega cuando le disputó la "chamba" presidencial, y sobre todo por haber consumado la conversión de México en "protectorado con otro nombre" de Estados Unidos.

A la distancia de más de un siglo se puede decir que Juárez desempeñó la Presidencia con la máxima eficacia que humanamente se podía esperar en las angustiosas circunstancias en que la asumió, y que en resumen no puede calificársele de mal gobernante. Al menos, su gobierno fue mucho mejor que el de Santa Anna.

También se puede apreciar ahora que las guerras entre las dos grandes facciones políticas del siglo XIX en México fueron de naturaleza similar a las libradas en los años sesenta del siglo XX por los caudillos Chombe y Lumumba, quienes pretendían hacer del Congo Belga un apéndice del mundo occidental, en el primer caso, o un satélite de la Unión Soviética, en el segundo caso. Los primeros liberales pretendieron que Estados Unidos se anexara el territorio mexicano y Juárez consumó la aplicación del "protectorado con otro nombre", actitudes que de ninguna manera pueden enorgullecer a los nacionalistas; por su parte, los conservadores importaron a Maximiliano y habrían estado felices de que México quedase como protectorado de Francia. Ambos bandos rivales fueron "traidores por amor a la patria", ya que sinceramente creían beneficiar al país colocándolo bajo la tutela de una potencia extranjera.

IX. LERDO, UN PUENTE ENTRE DOS OAXAQUEÑOS

Sebastián Lerdo de Tejada nació el 24 de abril de 1823 en Jalapa, ciudad a la que su padre, el abarrotero español Juan Antonio Lerdo de Tejada, trasladó la tienda que por muchos años había operado en Veracruz. Sebastián era un hombrecito de metro y medio de estatura, excesivamente atildado, muy blanco, casi calvo, carirredondo y de ojos saltones; que siempre andaba erguido para verse más alto; que usaba camisas blanquísimas de cuello alto, traje negro y zapatos siempre lustrados, y que gustaba de hacer gala de erudición, pues había sido estudiante distinguido en el seminario palafoxiano de Puebla y en el colegio de San Ildefonso de la ciudad de México, del que inclusive llegó a ser rector.

Solterón involuntario —mientras acompañaba a Juárez en el exilio de Chihuahua se enamoró de una jovencita que no quiso casarse con él—, tenía fama de mujeriego y se decía que todas las noches entraban en su casa carruajes con mujeres de mala nota. Era también un *gourmet* y gustaba de hacerse servir los mejores vinos y los platillos más refinados que preparaba el más famoso cocinero capitalino, *monsieur* Porraz.

Por su tipo humano, Lerdo de Tejada resultaba antipático para muchas personas. Tenía fama de indolente porque rara vez empezaba a trabajar antes de las 11 de la mañana y dedicaba las tardes a rondar por el paseo de Bucareli. En realidad, por su inteligencia y el conocimiento que tenía de los asuntos públicos, le bastaba con prestar atención unos cuantos minutos a los problemas más complicados para hallarles solución.

La Presidencia la asumió con carácter de interino a la muerte de Juárez, pero inmediatamente convocó a elecciones extraordinarias y, como era candidato único, puesto que Porfirio Díaz continuaba en Nayarit en calidad de rebelde, obtuvo una aplastante mayoría de votos que le permitió declararse electo por el pueblo y no por las facciones, a las que decía nada deber.

Entre sus méritos, Lerdo tuvo el de haber permitido una libertad de prensa sin límites. En la ciudad de México funcionaban 47 publicaciones periódicas, de las que Lerdo sólo controlaba el *Diario Oficial* y otras dos o tres a las que subsidiaba secretamente; las demás lo atacaban con saña y sin detenerse ante la calumnia, pero él ni siquiera se daba por aludido, considerando que los atacantes eran tan ruines que sólo merecían un desprecio olímpico. Sus peores críticos fueron el general Vicente Riva Palacio, director del periódico *El Ahuizote*, y Filomeno Mata, quien dirigía el *Diario del Hogar;* en cambio, Lerdo contestó a quienes lo apodaban "Loyolita" expulsando del país a las monjas que seguían alojadas en unos cuantos conventos y elevando a rango constitucional las Leyes de Reforma. Estas medidas servían de muy poco en el terreno práctico pero acentuaron la animadversión con que el clero y los conservadores veían a Lerdo.

El gobierno carecía de dinero para pagar las pensiones de los mutilados en la guerra y no había recursos para combatir la delincuencia, que siguió desbordada; sin embargo Lerdo aprobó el gasto de sumas importantes para erigir la Rotonda de los Hombres Ilustres y para establecer en México una corresponsalía de la Real Academia de la Lengua Española, así como para financiar una expedición de seudocientíficos mexicanos que viajaron a Japón nada menos que a observar el paso de Venus por el disco solar.

En el terreno político, Lerdo puso fin al régimen unicameral creando el Senado, el cual servía de contrapeso a los turbulentos diputados y, con su facultad para declarar desaparecidos los poderes de los estados, permitía mantener en un puño a los gobernadores.

A Lerdo le tocó inaugurar el primer ferrocarril que hubo en México, el de la capital a Veracruz. Aunque Juárez fue quien inició la obra, el que cosechó los aplausos fue el sucesor, pero por supuesto no faltaron críticos que acusaran a Lerdo de abulia y de obstaculizar la construcción de más ferrocarriles; tenía fama de ser antiyanqui y de haber acuñado —sin que se sepa dónde ni cómo— la célebre frase: "Entre nosotros y ellos, el desierto". Esto resulta más que improbable si se toman en cuenta las condescendencias que el personaje tuvo hacia Estados Unidos mientras residió en Paso del Norte y desempeñó el puesto de ministro de Relaciones.

El gabinete lerdista estuvo formado durante la mayor parte de su administración por los mismos hombres que habían servido a Juárez. Tal cosa enardeció a muchos lerdistas de la primera hora, que al ver sin recompensa sus trabajos empezaron a buscar un candidato más dadivoso y lo encontraron en Porfirio Díaz; éste había aceptado una amnistía decretada por Lerdo y se había retirado a preparar una revuelta que estallaría en caso de que el hombre intentara reelegirse. A Díaz se le sumaron también los militares desmovilizados, los periodistas indignados porque el presidente no les prestaba atención y hasta algunos elementos del clero, en venganza por los desplantes jacobinos del personaje.

Los nuevos comicios se celebrarían en 1876 y, en efecto, desde principios del año se apreció que el presidente pretendía reelegirse. Cuatro meses antes de que tuvieran lugar los comicios, los porfiristas se declararon en rebelión como protesta por un fraude que ni siquiera se había cometido aún, pero Lerdo contaba con el apoyo de militares muy capaces que en breve tiempo controlaron la revuelta.

Las elecciones se celebraron en el verano y el congreso las declaró válidas en septiembre, otorgando a Lerdo un triunfo arrollador. Con lo que no contaba éste era con su viejo amigo y compañero José María Iglesias, a quien le había cedido la presidencia de la Suprema Corte y, consecuentemente, la vicepresidencia de la República. En su calidad de magistrado jefe de la Suprema Corte, Iglesias declaró ilegal la calificación emitida por el congreso, y anunció que Lerdo debía entregar el puesto a su sucesor legal, o sea al vicepresidente.

Varios generales y políticos tomaron el partido de Iglesias, el gobierno quedó dividido y con esto se facilitó a los seguidores de Díaz la tarea de imponer el triunfo de su caudillo. Iglesias huyó a San Francisco, California, y Lerdo a Nueva York, donde vivió hasta 1888 en una modesta casa de huéspedes, sin dignarse a escribir sus memorias para contestar los cargos de sus numerosos críticos y permitir a los historiadores evaluar con mayores elementos su paso por la vida pública del país. (Las supuestas *Memorias de Lerdo* que todavía se encuentran en las librerías de viejo son apócrifas.) En esencia, Lerdo sólo desempeñó el deslucido papel de puente entre la época de Juárez y la de Díaz.

Segunda Parte
PORFIRIO DÍAZ

X. CON Y CONTRA JUÁREZ

Porfirio Díaz nació el 15 de septiembre de 1830, en un cuartucho del mesón de la Soledad, en Oaxaca. Su padre, José de la Cruz, administraba el establecimiento en el que alquilaba pesebres y rincones donde dormir a los arrieros que pasaban por la ciudad. Para completar el gasto, trabajaba en un banco de herrería y ofrecía sus servicios de veterinario práctico proporcionando atención a las bestias enfermas de sus huéspedes.

Cuando el futuro gran personaje tenía tres años de edad, don José de la Cruz murió en una epidemia de cólera que asoló al país. Doña Petrona Mori, la madre viuda, no pudo administrar eficientemente el mesón; tuvo que abandonarlo e instalarse en una casa de las orillas de la ciudad, donde ganaba una miseria tejiendo rebozos en compañía de sus tres hijas. Porfirio se vio en la necesidad de trabajar desde que tuvo uso de razón; además de él, su madre debía mantener a tres hijas y a otro hijo, Félix, el benjamín de la familia.

Don José de la Cruz y doña Petrona eran indios mixtecas con levísima mezcla de español. Ambos representaban el prototipo del mexicano "luchón" que se las ingenia para sobrevivir aun en la más espantosa de las adversidades. Como herencia única e inapreciable, Porfirio recibiría el carácter indomable de sus progenitores.

Mientras estudiaba la primaria, Porfirio fue aprendiz de carpintero y de zapatero. Cuando llegó a la adolescencia consiguió ser admitido en el seminario de Oaxaca, y para ayudar a doña Petrona aprendió a reparar carabinas y pistolas. Jugando con pólvora, un día le produjo serias quemaduras en la nariz a su hermanito Félix, el cual fue conocido a partir de entonces por el apodo de "El Chato".

Del joven Porfirio Díaz se decía en Oaxaca que era "un chayote" por el modo como espinaba a cuanta persona hacía contacto con él. Alto y fortachón, con base en golpes y pedradas se hizo respetar en un medio que lo menospreciaba por pobre. Se dice que llegó a portar machete bajo la capa de seminarista, y que muy pronto se convirtió en el terror de sus compañeros.

Cierto día, un prominente abogado de Oaxaca llamado Marcos Pérez lo empleó para que diera clases de latín elemental a su hijo. Pérez era un zapoteca que se había encumbrado en la sociedad oaxaqueña gracias a sus actividades como dirigente del embrionario partido liberal. Cobró afecto a Porfirio, y en las frecuentes visitas de éste a su casa le transmitió los rudimentos de su doctrina política, que el joven abrazó con ardor porque representaba el mejor recurso para abrirse paso en un ambiente dominado por los conservadores. Cuando le faltaba apenas un año para ordenarse, comunicó a doña Petrona su deseo de abandonar el sacerdocio e inscribirse en el Instituto de Ciencias y Artes de Oaxaca —un organismo gubernamental del que surgieron Juárez y otros dirigentes políticos— para seguir la carrera de abogado.

Tras lloriquear tres días, doña Petrona cedió. Porfirio fue

alumno del instituto entre 1849 y 1854. En los últimos meses desempeñó trabajos de bibliotecario y pasante de abogado. Es falsa la idea que se tiene de él en el sentido de que era casi analfabeto; todo lo contrario, sabía expresarse vigorosamente por escrito (pero con muchas faltas de ortografía), y su hablar era claro y agradable, aunque hasta el fin de sus días siguió pronunciando incorrectamente "máiz" por maíz, "páis" por país, etcétera.

No alcanzó a recibirse de abogado porque en octubre de 1854 Antonio López de Santa Anna, en su último y peor periodo presidencial, convocó a un plebiscito para que todos los ciudadanos declararan si aprobaban o no su gestión. El votante debía escribir su nombre en un libro cuyas páginas estaban encabezadas con un "sí" y un "no". Por supuesto, la negativa se castigaba con la cárcel o con la incorporación del díscolo al ejército.

Todos los maestros y empleados del instituto recibieron orden del director en el sentido de votar afirmativamente. Porfirio fue obligado a presentarse en la casilla, pero una vez allí dijo que no deseaba votar. Cuando los funcionarios santannistas encargados de la casilla le preguntaron si tenía miedo de expresar sus opiniones, el aludido se encendió, tomó la pluma y ante los desorbitados ojos de los presentes escribió en la columna encabezada por el "no" el nombre de Juan Álvarez, el caudillo de la revuelta cobijada por el Plan de Ayutla.

La estupefacción que produjo en los funcionarios santannistas el atrevimiento de Porfirio determinó que por el momento no dieran orden de aprehenderlo. La girarían unas horas más tarde, cuando el joven ya había huido a la Mixteca para incorporarse a la gavilla liberal que encabezaba un tal Francisco Herrera.

Al lado de este cabecilla Porfirio tomó parte en sus primeros combates, acciones de poca importancia que no vale la pena reseñar. Una vez derrocado Santa Anna obtuvo el puesto de jefe político del distrito oaxaqueño de Ixtlán.

Por esas fechas Benito Juárez llegó a Oaxaca como gobernador. El triunfo de los liberales tenía fuera de sí a los militares del ejército federal. Para desalentar sublevaciones, Juárez y otros gobernadores establecieron academias estatales donde la milicia, sujeta al mando de los gobernadores, recibía adiestramiento especial para ponerla en condiciones de hacer frente a cualquier sublevación federalista.

En su carácter de comandante de las milicias del distrito de Ixtlán, Porfirio Díaz asistió a los cursos de la academia, y cuando lo pusieron a escoger entre regresar a su puesto de jefe político o quedarse en la milicia con el grado de capitán, optó por lo segundo a pesar de que el cambio significaba una reducción de sueldo de 160 pesos mensuales a sólo 50. Las labores oficinescas del jefe político le repugnaban, y la satisfacción de ejercer el mando militar ya se había convertido en una especie de droga que necesitaría en adelante para vivir con plenitud.

En los primeros días de 1858 estalló la Guerra de Tres Años (véase el capítulo II de la primera parte). Benito Juárez ascendió a la Presidencia y, perseguido por el gobierno militar-conservador que se apoderó de la capital de la República, estableció su gobierno en Veracruz. Durante tres años consecutivos, el país estuvo envuelto en la guerra sin cuartel de los bandos rivales.

Esta terrible lucha dio ocasión a Porfirio Díaz de ganar varios ascensos. A mayor, el 12 de abril de 1858, por haber deshecho a una gavilla conservadora. A teniente coronel, dos años más tarde, y a coronel poco después, como premio por otra serie de triunfos de mediana importancia obtenidos en la región de Tehuantepec. En un combate sufrió el impacto de una bala que trajo clavada dos años, por falta de un médico competente que se la sacara.

Félix Díaz se unió al hermano en la lucha. El 20 de octubre de 1860 ambos derrotaron a los conservadores que ocupaban Oaxaca. Porfirio quiso continuar su marcha victoriosa hasta el centro de la República, pero sus soldados se negaron a seguirlo más allá de los límites de su entidad. Sólo un puñado de fieles lo acompañó a la ciudad de México, donde participaría casi anónimamente en el desfile del 1º de enero de 1861 con el que los liberales festejaron el triunfo.

A mediados de 1861 Porfirio Díaz fue electo diputado federal y debió establecer su residencia en la capital de la República. Para nada intervino en los explosivos debates parlamentarios de la época; sólo cuando llegó al congreso la noticia de que una gavilla conservadora había matado al caudillo liberal Santos Degollado, tomó la palabra en solicitud de licencia para separarse de su curul y marchar en persecución de los asesinos. La licencia fue concedida; en premio a su destacada y valiente intervención en varias acciones bélicas, fue ascendido a general brigadier. Tenía entonces 31 años de edad.

Al comenzar 1862 llegaron a Veracruz las fuerzas inglesas, españolas y francesas, que pretendían obligar al gobierno mexicano a pagar diversas deudas para cuya liquidación no había un solo centavo en la tesorería. Ingleses y españoles no tardaron en darse cuenta de la inutilidad de su esfuerzo y dejaron solos a los franceses, quienes secretamente habían entrado en tratos con los conservadores mexicanos para arrojar a los juaristas del gobierno e instalar a Maximiliano de Habsburgo en el trono del Imperio mexicano.

El 5 de mayo siguiente un ejército francés de 5 000 hombres inició el ataque a la guarnición mexicana de Puebla, comandada por el general Ignacio Zaragoza. Confiados en su superioridad bélica y en el hecho de que hasta entonces no habían encontrado resistencia, los franceses fueron rechazados el mismo día del ataque y puestos en fuga. El más asombrado por los resultados de la acción fue Zaragoza, quien de lo contento que estaba no pensó en perseguir a los fugitivos hasta aniquilarlos. Porfirio Díaz, comandante de la sección que defendía el fuerte de Guadalupe, fue el único jefe que salió tras los invasores, aunque el daño que alcanzó a causarles fue escaso.

Al año siguiente otro ejército francés, ahora formado por 27 000 europeos y 2 000 mexicanos imperialistas, intentó restaurar el honor de la bandera francesa y el 18 de marzo puso nuevamente sitio a la ciudad de Puebla. El ya general de brigada Porfirio Díaz se encontraba entre los defensores, a quienes comandaba el general Jesús González Ortega. Puebla resistió dos meses el ataque y capituló el 17 de mayo. Veintisiete generales mexicanos, entre ellos Díaz, cayeron prisioneros.

Los generales presos debían ser trasladados a Veracruz y de allí conducidos a Francia. Díaz aprovechó un descuido de sus guardianes y escapó. Por caminos apartados fue hasta la ciudad de México, donde encontró a Benito Juárez abrumado por la deserción general y preparándose para abandonar la capital e instalar su gobierno en el norte. Porfirio acompañó al presidente hasta Toluca, y allí recibió el encargo de trasladarse a Oaxaca para organizar el Ejército de Oriente. No le pudieron dar más que 2 800 hombres y unos cuantos cientos de pesos, pero en cambio fue ascendido a general de división.

De Toluca marchó Díaz hacia Taxco a través de la áspera sierra y sus caminos en los que ni siquiera se podía ir a caballo. Sin comida, casi desnudos, sus hombres morían o caían al suelo desfallecidos. El general los reanimaba a sablazos; para sustituir las bajas, tomaba en leva a cuanto hombre mayor de 12 años lograba capturar. Así y todo, logró vencer a la guarnición conservadora de Taxco; levemente repuesto, prosiguió hacia las márgenes del Mezcala y poco después se internaba en territorio oaxaqueño.

En la capital del estado observó que el gobernador liberal negociaba secretamente con los imperialistas. Díaz lo obligó a renunciar y durante dos meses desempeñó la gubernatura. Como secretario tomó a Justo Benítez, un abogado oaxaqueño amigo suyo desde la infancia, quien se reveló como hábil administrador de los asuntos civiles y llegó a convertirse en su cerebro político, mientras el general hacía milagros para alimentar a sus soldados sin abusar de los préstamos forzosos que desprestigiaban a otros jefes liberales.

Maximiliano llegó a México en junio de 1864. A continuación el ejército francés ocupó el país entero excepto partes del norte y del sur, así como el territorio que dominaba Porfirio Díaz: Oaxaca.

La situación oaxaqueña era comprometida. Varios oficiales liberales fueron inducidos a desertar y el Ejército de Oriente se redujo a unos cuantos centenares de hombres. Al mismo Díaz trataron de corromperlo con dinero, pero rechazó las ofertas y se convirtió en un factor de irritación para los franceses, quienes redoblaron sus esfuerzos por capturarlo. A principios de 1865 lo acorralaron en Oaxaca; el 8 de febrero se vio en la necesidad de rendir la plaza y fue llevado prisionero a Puebla.

Dos meses lo tuvieron en el fuerte de Loreto, contiguo al que había defendido el 5 de mayo de 1862. Luego lo trasladaron al convento de Santa Catarina. Su celda era una capilla en la que había un pozo de agua bendita; Díaz comenzó a abrir un túnel hacia la calle y arrojaba al pozo la tierra que sacaba. Para su desgracia, a los cuatro meses de estar escarbando, sus captores decidieron trasladarlo al monasterio carolino.

La noche del 20 de septiembre de 1865, cuando ya tenía nueve meses en prisión, Porfirio Díaz recibió en su celda un puñal y cuatro reatas que le hicieron llegar sus correligionarios. Con una de las reatas lazó una canal de piedra que sobresalía de la azotea, y subió escalando. El edificio es de proporciones colosales; Díaz pasó horas enteras deslizándose por las cúpulas y las azoteas hasta ver un corralón donde había un chiquero de puercos. Ató una reata a una estatua de

San Vicente Ferrer, luego ató las demás una con otra, y deslizándose por ellas logró llegar al chiquero. Permaneció inmóvil hasta que los puercos dejaron de chillar. Con el alba pudo acercarse al muro exterior, escalarlo y salir finalmente a la calle.

En una casa cercana lo aguardaba un mozo con dos caballos. Díaz marchó al pueblo de Tehuitzingo con 12 seguidores y en el camino sorprendió a una partida imperialista de 20 hombres, que huyeron abandonando los rifles. Con éstos pudo armar una guerrilla de 40 soldados; días después, tras apoderarse de las armas y el dinero de otras partidas imperialistas pequeñas, se vio al frente de un centenar de individuos.

Marchó a Guerrero con el propósito de solicitar ayuda al cacique Juan Álvarez. Éste le proporcionó 200 hombres de su guardia y 800 rifles. Así empezó a rehacer en serio su ejército. La tarea era particularmente difícil porque sólo podía pagar 12 centavos diarios a los soldados y nada a los oficiales, y porque prohibía los saqueos bajo penas severísimas. Con todo, 1866 sería para él un año de triunfos que culminaron con dos victorias importantes.

En septiembre se sintió lo bastante fuerte como para combatir en grande y con la ofensiva como táctica fundamental. Había encontrado dos magníficos auxiliares en las personas de su hermano Félix, quien tenía el grado de coronel, y en la del coronel Manuel González, un corpulento tamaulipeco barbón que originalmente había sido coronel del ejército conservador, pero al ver que sus correligionarios se entregaban a los invasores cambió de bando. (Antes de que se librara la batalla del 5 de mayo se presentó en el cuartel del general Zaragoza a pedir que se le concediera el honor de combatir al lado de los patriotas aunque fuera como recluta. En esta refriega resultó herido y fue necesario amputarle un brazo.)

Las fuerzas de Díaz atacaron la guarnición imperialista de Oaxaca y fueron repelidas. Los liberales se retiraron hacia el sur, al pueblo de Miahuatlán. El enemigo se disponía a aplastarlos cuando el general ordenó lanzarse a la ofensiva; Manuel González, en una furiosa carga de caballería, rompió las líneas imperiales y las obligó a dispersarse. Cayeron prisioneros 1 000 imperialistas, dos cañones de montaña y gran cantidad de municiones.

El día 8 del mismo octubre, los hermanos Díaz sitiaron Oaxaca, donde el enemigo se refugió en cuatro conventos. Mientras se desarrollaba la lucha, Porfirio fue informado de que por el camino de México se acercaban 1 500 franceses y austriacos en auxilio de los sitiados. Dejó una débil fuerza que mantuviera el sitio y se encaminó al encuentro del enemigo. Lo esperó en el cerro de La Carbonera, y después de una de las batallas más feroces de la guerra de Intervención, las fuerzas liberales obtuvieron una victoria contundente, una de las pocas que se anotarían los mexicanos frente al poderoso ejército napoleónico. Dueño del magnífico armamento de los invasores, Díaz no tuvo ya ningún problema para ocupar Oaxaca. Al finalizar el año había limpiado de imperialistas todo el estado.

Durante las primeras semanas de 1867, Porfirio Díaz recibió un enorme cargamento de armas que le mandaba Juárez, quien a su vez las recibió de Estados Unidos. Con un ejército que crecía incesantemente avanzó hasta Acatlán, Puebla, a tiempo para darse el gusto de permitir el paso de las tropas francesas, que marchaban hacia Veracruz para tomar los barcos en los cuales volverían a su patria por órdenes de Napoleón III. Maximiliano quedó sin más apoyo que el de los mexicanos imperialistas y un puñado de oficiales y mercenarios europeos que aceptaron seguir a su lado. El 12 de febrero el gobierno y la mayoría de las fuerzas imperialistas se refugiaron en Querétaro.

En el norte, los liberales de Mariano Escobedo, abundantemente dotados de armas que les proporcionaban los norteamericanos, habían marchado de triunfo en triunfo. Otro tanto ocurría con las fuerzas de Ramón Corona, un joven jaliciense que con base en ingenio y audacia había formado un gran ejército con el que obtuvo una serie de sonadas victorias en todo el occidente y noroeste del país. Cientos de guerrilleros liberales liquidaban en otras partes los últimos focos de resistencia. Escobedo sitió Querétaro el 9 de marzo.

Antes de trasladarse a Veracruz, el comandante francés, mariscal Aquiles Bazaine, tuvo la maquiavélica idea de entregar la ciudad de México no a Juárez, sino a algún general liberal que, a cambio de ese favor que lo pondría en condiciones de suplantar la autoridad presidencial, tal vez aceptaría adoptar medidas que atenuaran la humillación de los invasores. Díaz contó entre los entrevistados por emisarios de Bazaine. Rechazó la oferta, pero lo hizo con lentitud tal que Juárez, enterado de lo que ocurría, sospechó que su paisano iba a ser un competidor en la persecución del empleo presidencial.

El 9 de marzo Porfirio Díaz sitió Puebla. El 2 de abril tomó —por asalto, según los porfiristas, o porque sobornó al general defensor, según otros— la plaza, adelantándose a la llegada de un ejército conservador que marchaba en auxilio de los sitiados. Díaz pensó que había llegado el momento de ocuparse de sus asuntos personales. Poco después de la victoria poblana firmó un poder para que un abogado de sus confianzas contrajera matrimonio a su nombre con la señorita Delfina Ortega, en Oaxaca. El general estaba por cumplir los 37 años y hasta entonces sólo había tenido fugaces amasiatos con campesinas con quienes engendró alguno que otro hijo. También tuvo un romance con una hermosa tehuana llamada Juana Catalina Romero ("Juana Cata"), que con el tiempo se convertiría en cacica de su terruño.

Por el momento, Díaz no pudo disfrutar la dicha conyugal. Después de la victoria de Puebla, Benito Juárez ni siquiera se molestó en enviarle la felicitación reglamentaria; sólo su ministro de Guerra, el general Ignacio Mejía, le escribió para informarle que el presidente ya se había enterado de su triunfo.

Puebla ofreció a Díaz la oportunidad de tomar la capital de la República, que estaba defendida por apenas 4 000 soldados imperialistas, en tanto que el Ejército de Oriente ya contaba con 25 000. Juárez sabía esto muy bien, y no podía escapársele el detalle de que si Porfirio tomaba la capital se convertiría en el general más famoso del país y en un candidato natural para ascender a la Presidencia; por ello ordenó al paisano que mandara refuerzos a Escobedo, cuyas energías seguían absorbidas por el sitio de Querétaro.

Díaz se sintió víctima de la tortuosidad juarista y desobedeció la orden. El 13 de abril el Ejército de Oriente inició el ataque a las posiciones imperialistas de Tacubaya y a la villa de Guadalupe. El 15 de mayo los liberales ocuparon Querétaro y tomaron prisioneros a Maximiliano y a sus generales, sin que el oaxaqueño hubiera logrado aún adueñarse de la capital. Entonces, mañosamente, Juárez le envió desde Querétaro a Ramón Corona con 14 000 hombres, no como ayuda sino para restar brillo al triunfo inevitable del paisano.

Porfirio Díaz entró en la capital el 21 de junio. Ese mismo día cometió el error de enfrentarse a Juárez en el terreno de la política. Posando de Cincinato, anunció su propósito de volver a la vida civil, renunció a su cargo y entregó al gobierno 115 000 pesos que le habían sobrado después de pagar todos los gastos de su ejército. Con esto último buscaba evidentemente hacer quedar mal a otros jefes liberales, quienes en su mayoría eran poco escrupulosos.

Por supuesto, un general no puede renunciar al mando de sus tropas antes de que se establezca un gobierno capaz de conservar el orden. Juárez ni siquiera se dignó contestar la carta de renuncia; sólo prosiguió lentamente su viaje hasta la capital, donde haría su entrada triunfal el 15 de julio.

Porfirio tuvo que encargarse de organizar la recepción popular. El gran día se trasladó hasta Tlalnepantla para dar allí la bienvenida al presidente. El carruaje de Juárez encabezaba el convoy gubernamental. El general oaxaqueño se paró frente al vehículo, pensando que el presidente le invitaría a subir, de modo que ambos recibieran la ovación popular. Pero Juárez se limitó a pronunciar un glacial "¡Hola, Porfirio!" y ordenó a su cochero que siguiera adelante, mientras el general se quedaba parado en el camino, con el rostro encendido por el bochorno. Salvó la situación el ministro Sebastián Lerdo de Tejada, quien viajaba en el carruaje de atrás e invitó al general a subirse. Así, como personaje de segunda, Porfirio Díaz entró en la urbe que había ganado para los juaristas.

El 15 de octubre del mismo 1867 hubo elecciones presidenciales. Lanzado como candidato por sus partidarios, Porfirio Díaz sólo obtuvo 2 709 votos contra más de 6 000 de Juárez y cerca de 3 000 de Lerdo. La influencia del presidente en aquellos momentos convenció a Díaz de que debía abandonar por un tiempo la escena política; se refugió así en la hacienda de La Noria, una extensa propiedad situada a corta distancia de la capital oaxaqueña, que el gobierno estatal le había regalado como premio a sus servicios.

En La Noria, donde aparentó dedicarse a las labores agrícolas, nacieron sus primeros dos hijos legítimos, Porfirio Germán y Camilo, muertos a poco de nacer, igual que la primera hija, Luz, nacida en 1871. Delfinita, la esposa, era hija de una hermana de Porfirio y de un abogado oaxaqueño que la sedujo y la abandonó. El matrimonio entre parientes cercanos era bastante usual en la época, pero la consanguinidad de Porfirio y Delfinita parece haber causado taras notables a su descendencia.

Mientras esperaba el momento propicio para volver al escenario político, Porfirio Díaz fabricaba pólvora y fundía cañones en los talleres secretos que construyó en La Noria.

Félix, su hermano, había ascendido a gobernador del estado y tenía 2 000 hombres bajo su mando.

Azuzaban a Porfirio Díaz enjambres de políticos y militares despechados porque Juárez no les daba los puestos que creían merecer. El principal de todos era el oaxaqueño Justo Benítez. Entre los demás destacaban el escritor Ignacio Ramírez "El Nigromante", el periodista Ireneo Paz y los licenciados Protasio Tagle y Manuel M. de Zamacona; los generales caciques del noroeste Jerónimo Treviño y Francisco Naranjo (a quienes Juárez estaba rompiendo el monopolio del contrabando que ejercieron durante la guerra), y los generales caciques Trinidad García de la Cadena, de Zacatecas, y Donato Guerra, de Durango. Ninguno de estos individuos veía en Díaz a su caudillo: en el fondo lo consideraban un simple instrumento para satisfacer sus propias ambiciones.

Los resentidos constituían terreno abonado para las prédicas de rebelión. Por falta de fondos para pagar los haberes, Juárez anunció que el ejército se reduciría de 60 000 a 20 000 hombres (al final quedaron como 30 000). Los soldados rasos se mostraron encantados de que los dejaran irse a su casa, pero muchos oficiales fueron desmovilizados de un día para otro, a veces mutilados y sin que se les diera más de 50 o 100 pesos para reincorporarse a una vida civil en la que sencillamente no había empleo. Acosados por el hambre, a menudo cayeron en el bandolerismo o quedaron a la espera de cualquier caudillo que les ofreciera la esperanza de volver a vestir el uniforme militar.

También había muchos miles de oficiales imperialistas que, además de soportar el estigma de traidores, estaban desempleados y más que dispuestos a pelear por cualquier causa, lo mismo que miles y miles de burócratas hambrientos, tanto imperialistas cesados como liberales que no encontraban acomodo.

A favor de Porfirio Díaz actuaron los vaivenes de la opinión pública. La popularidad que tenía Juárez cuando volvió a la capital se esfumó a medida que la gente se daba cuenta de que la victoria liberal sólo había servido para cambiar de altos funcionarios y poner en vigor nuevas fórmulas jurídicas, pero no para crear empleos o hacer obras públicas o siquiera festejos que entusiasmaran a la multitud.

La imagen que proyectaban los altos funcionarios liberales era lamentable. Juárez, vestido siempre con su traje oscuro, daba la impresión de ser un abogado sin clientela. Fuera de unos cuantos letrados con aspecto de aspirantes a caballero francés, los funcionarios juaristas parecían pordioseros.

Porfirio Díaz tampoco era precisamente un *dandy*. Según Francisco Bulnes, entró en la capital "a la cabeza de la invicta división de Oriente con traje de encargado de tlapalería, mostrando un tipo verdaderamente infeliz". Cuando se ponía levita, su aspecto era ridículo; se limpiaba los dientes con buches de agua que arrojaba a las alfombras, y con su voz cavernosa soltaba a cada paso expresiones de cuartel. Pero representaba a una generación más joven que los apolillados funcionarios juaristas, que anhelaba disfrutar los adelantos de la civilización y arrumbar para siempre las miserias en que se había debatido México desde el inicio de la guerra de Independencia. Parece que nadie se imaginó que llegaría a convertirse en amo del país, pero sí se pensó que podría ser útil para precipitar un cambio.

En 1871 se celebraron las nuevas elecciones presidenciales. Participaban como candidatos Benito Juárez, el ministro de Relaciones Sebastián Lerdo de Tejada y Porfirio Díaz. Ninguno de los tres obtuvo mayoría absoluta; la decisión final corrió a cargo del congreso, que declaró a Juárez presidente y a Lerdo presidente de la Suprema Corte de Justicia y vicepresidente.

"¡Fraude!", gritaron los porfiristas. En noviembre de 1871 publicaron su "Plan de La Noria" en el que rechazaban el resultado de las elecciones y lanzaban la célebre frase: "Que ningún ciudadano se imponga y perpetúe en el ejercicio del poder, y ésta será la última revolución". Para terminar acuñaron el lema de "Sufragio efectivo, no reelección", que entonces no era la frase hueca y sin sentido en que se convirtió durante los últimos dos tercios del siglo xx, sino la expresión de anhelos muy profundos: por el disparatado sistema electoral imperante, Juárez encontraba fácil reelegirse y dar a su camarilla los empleos; mientras no hubiera alternancia, la camarilla adherida al Plan de La Noria no podría aspirar a que la mantuviera el gobierno.

Pero la fortuna favorecía a Juárez. Sus militares cobraban sueldo con relativa puntualidad y agradecían el hecho de no padecer las angustias económicas que flagelaban a los rivales y, surgidos de la guerra patriótica, no habían tenido tiempo de adquirir los hábitos pretorianos que guiaban a sus antecesores santannistas e imperiales. A la hora de la hora, los porfiristas escasearon al estallar la revuelta. Entre botella y botella de coñac, el general juarista Sóstenes Rocha aplastó en el norte a Treviño, Naranjo y García de la Cadena, los rebeldes más peligrosos. En Oaxaca Félix Díaz tuvo la ocurrencia de meterse a la sierra de Ixtlán, el terruño de Juárez, y los indios de la comarca lo tomaron preso y lo torturaron horriblemente hasta matarlo.

Porfirio Díaz anduvo a salto de mata, disfrazándose de arriero y de cura, hasta refugiarse nada menos que en Nayarit, el feudo del cacique ex imperialista Manuel Lozada, quien al frente de sus coras y sus huicholes pretendía restaurar el imperio azteca. Díaz imploró a Lozada que lo apoyara. El cacique lo trató con frialdad, aunque sin contestar negativamente. Luego, el 18 de julio de 1872 Juárez murió y Lerdo ascendió automáticamente a la Presidencia. Lozada hizo las paces con Lerdo y expulsó a Díaz de sus dominios.

En Sinaloa, y luego en Chihuahua, Durango y Zacatecas, Porfirio Díaz se unió a Donato Guerra y anduvo haciendo esfuerzos desesperados por reavivar las revueltas. Lerdo decretó una amnistía general, y poco a poco Díaz se quedó solo. En octubre de 1873 él mismo se acogió a la amnistía.

El fracaso sumió al personaje en el desprestigio. Quiso mitigar su desdicha refugiándose en La Noria, pero la hacienda había sido saqueada y destruida por las tropas juaristas. Un amigo de Tlacotalpan, Veracruz, le facilitó dinero para alquilar un terreno a orillas del Papaloapan, y allí pasó Díaz un buen tiempo dedicado a cultivar caña de azúcar. En Tlacotalpan nacieron Porfirito (1873) y Aurora Victoria Luz (1875), los primeros hijos de Delfinita que lograron sobrevivir.

En 1874 Díaz volvió al congreso como diputado. En diciembre de 1875 abandonó en secreto la ciudad de México para reaparecer en Texas, donde aparentemente anduvo gestionando con los "coyotes" de contratos ferroviarios la entrega de fondos a cambio de favorecer sus pretensiones cuando triunfara la nueva revuelta que había organizado.

Hacia la primera mitad de enero de 1876 se publicó el "Plan de Tuxtepec", igual en el fondo al de La Noria, con un agravante: las elecciones presidenciales debían celebrarse en julio; era seguro que Lerdo tratara de reelegirse, pero todavía no lo había hecho y por lo tanto resultaba una desvergüenza total rebelarse contra la reelección antes de que ésta ocurriera.

Al principio pareció que el Plan de Tuxtepec correría la misma suerte que el de La Noria. En varias partes hubo levantamientos aislados que no llegaron a preocupar al gobierno. El 2 de abril de 1876 Porfirio Díaz regresó al país, ocupando Matamoros. Lo acompañaban unos cuantos centenares de partidarios. Prosiguió su viaje hacia Monterrey, donde lo esperaban Treviño y Naranjo, quienes habían sobrevivido a la derrota del plan anterior, y antes de llegar a la capital neoleonesa, en el rancho de Icamole, fue atacado y puesto en fuga por los soldados lerdistas. Se cuenta que Porfirio quedó tan deprimido que lloró en presencia de sus hombres, por lo cual le quedaría el apodo de "El Llorón de Icamole". Llorar en público por las causas más variadas fue una característica del caudillo.

Díaz regresó a Estados Unidos. En Nueva Orleans se disfrazó de médico y tomó un barco que lo condujo secretamente a Tampico y Veracruz. El 6 de julio llegó a sus dominios de Oaxaca. Para entonces Naranjo ya había sido derrotado en el norte y Donato Guerra había muerto en una balacera. La noticia no tardó en llegar a Oaxaca y Díaz encontró terriblemente difícil reclutar partidarios. Inclusive tuvo que pedir dinero al arzobispo oaxaqueño.

Se trasladó después a la sierra de Puebla, donde los caciques aliados mantenían con dificultad la lucha. Allí se le unió el compadre Manuel González, quien había tenido poca fortuna por la Huasteca. La mayoría del ejército continuaba fiel al gobierno.

Paradójicamente, la novedosa actitud legalista del ejército acabaría por dar el triunfo a Díaz. El 26 de octubre el congreso declaró reelecto a Lerdo de Tejada. El presidente de la Suprema Corte, José María Iglesias, tachó de ilegal la reelección, pues pretendía asumir interinamente la primera magistratura por estar en funciones de vicepresidente. Así el país tuvo en cierto momento un presidente reelecto (Lerdo), uno interino (Iglesias) y uno provisional designado por el Plan de Tuxtepec (Díaz). El enredo confundió a los hombres de armas. Unos creyeron que la ordenanza les mandaba seguir a Lerdo y otros a Iglesias, y Porfirio aprovechó la confusión.

Mientras los militares lerdistas e iglesistas se preparaban para luchar entre sí, un ejército lerdista atacó a Díaz en Tecoac, Puebla. El rebelde estaba a punto de ser derrotado cuando, a las cuatro horas de lucha, Manuel González llegó con refuerzos, atacó por sorpresa y dio a los porfiristas el primer triunfo significativo de su campaña. Lerdo de Tejada se vio sin posibilidades de combatir, y antes que entregar la capital al oportunista Iglesias prefirió dejarla en manos de los rebeldes.

Porfirio Díaz entró en la capital el 6 de diciembre. Poco después hacía huir a lerdistas e iglesistas por igual. El 12 de febrero del siguiente 1877 se celebraron las elecciones presidenciales que dieron a Díaz las riendas del poder.

XI. LA PRIMERA PRESIDENCIA

Los amantes de hacer predicciones creyeron que Porfirio Díaz pasaría a la historia como otro soldadón ambicioso y torpe cuyo papel iba a reducirse a servir de mano de gato para sacar del fuego las castañas del botín presupuestal, que a fin de cuentas, cuando se libraran de su instrumento militar, disfrutarían Justo Benítez y demás promotores del Plan de Tuxtepec.

Desde luego, la situación del país era poco propicia para alentar esperanzas de crear un gobierno estable. Por los gastos extraordinarios que hizo para combatir la rebelión, Lerdo dejó la tesorería en bancarrota. No había dinero para pagar el sueldo completo ni siquiera al ejército; los caminos hervían de bandidos y más que nunca abundaban los militares deseosos de participar en cualquier aventura que les ofreciera la esperanza de obtener un ingreso.

Peor aún, el país que Porfirio Díaz comenzó a gobernar el 23 de noviembre de 1876 distaba mucho de merecer el nombre de nación, pues los gobernadores mantenían aduanas propias en las que cobraban ruinosas alcabalas a cuanta mercancía procedente de otras entidades entraba a sus dominios, lo cual encarecía catastróficamente los precios e imposibilitaba el desarrollo de una industria nacional.

Los caminos se hallaban peor que en la época colonial,

ya que el México independiente no había construido nuevas rutas, y ni siquiera había hecho reparaciones a las heredadas. Cada pueblo y hasta cada ciudad debía producir los alimentos y las ropas que consumía; en época de buenas cosechas, los productos se echaban a perder por falta de compradores y de medios de transporte para enviarlos a otra parte, y cuando las cosechas eran malas el hambre flagelaba a la población.

La situación internacional tampoco era tranquilizadora. Juárez había roto relaciones con los países europeos que apoyaron la intervención francesa y apenas en 1878 otorgó Estados Unidos el reconocimiento diplomático al gobierno surgido del Plan de Tuxtepec. América Latina veía en México a un pariente molesto con el que era preferible no tener tratos. Y sin embargo, apenas cabe dudar de que la principal preocupación de Porfirio Díaz al asumir la Presidencia era la de eternizarse en el puesto. Esto requería imponer la paz a toda costa, y como medio para alcanzar tal objetivo encontró el de desarrollar económicamente al país, ya que la creación de fuentes de trabajo generaría una corriente de simpatías hacia su persona y así se crearían elementos interesados en conservar la estabilidad. El intelectual porfirista Ignacio Luis Vallarta acuñó el lema fundamental del nuevo gobierno: "Poca política y mucha administración".

Un centenar de magnates estadunidenses aceptó la invitación de visitar México y observar de primera mano el país. Díaz los colmó de atenciones y fiestas. "¡Qué inteligente es el general! Apenas acaba de relacionarse con los gringos, y ya aprendió a decir *yes* a todo", comentó un periódico satírico.

Pero el hombre sabía lo que estaba haciendo. Por falta de lazos diplomáticos con Europa, necesitaba a los ricos vecinos más que nunca.

Siempre se acusó a Díaz de haber entregado el país a los extranjeros. Lo que nadie explicó es quiénes más podrían haberlo ayudado a superar la catastrófica situación que le tocó enfrentar, pues ya casi no quedaban ricos nacionales y los pocos que continuaban actuando no tenían interés en crear empresas modernas ni sabían manejarlas, por lo que se concretaban a practicar el agio cobrando intereses hasta de 100% anual.

Zamacona en Relaciones Exteriores, Justo Benítez en Gobernación, y Manuel González en Guerra y Marina, fueron los principales colaboradores de Díaz en su primera incursión presidencial. En Hacienda tuvo que cambiar ocho veces de ministro en menos de cuatro años que duró el primer periodo, pues ninguno de ellos fue capaz de introducir un principio de orden en el caos de las finanzas públicas. Así, la actividad del presidente en el terreno económico se redujo inicialmente a entregar 26 concesiones ferroviarias, las cuales usualmente se expedían a nombre de caciques y políticos influyentes para que ganasen una comisión por cedérselas a los verdaderos inversionistas y así quedaran en deuda de gratitud con su benefactor. En la realización de estas obras cifró las mejores esperanzas no sólo de comprar partidarios sino también de desarrollar la economía, según lo sugieren las palabras que pronunció Zamacona: "Los caminos de hierro resolverán todas las cuestiones políticas, sociales y económicas que no han podido resolver el patriotismo, la abnegación y la sangre de dos generaciones […] El vandalismo y la miseria huirán ante la locomotora […] El trabajo tomará más vuelo y crecerán con él la riqueza y la moralidad".

El general Escobedo acaudilló dos revueltas lerdistas, pero fracasó por falta de apoyos y acabó aceptando su reincorporación al ejército, con lo cual la mayoría de sus partidarios se sintió traicionada y abandonó la lucha.

En el campo, Díaz emprendió una ofensiva relámpago para combatir el bandidaje. Su principal instrumento fue el cuerpo de guardias rurales, una creación juarista en lo que encontraron empleo cientos de militares desmovilizados y bandidos con deseo de rehabilitarse, quienes llevaron a cabo redadas de bandoleros y sospechosos de serlo. Miles de individuos, entre ellos una infinidad de inocentes, fueron ahorcados y ejecutados, pero los rurales justificaban su actitud diciendo: "No importa; allá en la otra vida, el Señor acogerá a los buenos". Este método permitió establecer un grado aceptable de seguridad en el corto plazo de dos años.

En junio de 1879 el gobernador de Veracruz comunicó a Díaz que las tripulaciones de dos barcos de la Armada conspiraban para iniciar una revuelta lerdista. El presidente le contestó telegráficamente con una orden histórica: "Mátalos en caliente". A fin de cuentas, los conspiradores no llegaron a atacar, aunque el gobernador se puso a detener a los supuestos cómplices e hizo fusilar a nueve. El crimen sacudió al país. Díaz apoyó a su secuaz y evitó que se le sometiera a juicio político, pero el infeliz acabó rematadamente loco. En última instancia, los fusilamientos hicieron del conocimiento de todo mundo que el gobierno no estaba dispuesto a tolerar revoltosos.

En 1878, en observancia del Plan de Tuxtepec, Díaz promovió dos reformas a la constitución. La primera restó al presidente de la Suprema Corte de Justicia la función de vicepresidente de la República y, como tal, adversario en potencia del jefe. La segunda prohibió la reelección presidencial, con un añadido: "Excepto después de un periodo de cuatro años". Era obvio que trataría de reelegirse una vez transcurrido ese tiempo.

Quedó entonces la interrogante de quién sería el sucesor. Desde luego se pensó en Justo Benítez, quien además de estar considerado como el cerebro del presidente, controlaba a la mayoría de los diputados, y por lo tanto era el más poderoso de los porfiristas. Como Díaz se negó a comprometer su apoyo, los benitistas intentaron dar un "madruguete" y postularon la candidatura del cabecilla con la esperanza de crear una corriente de opinión lo suficientemente poderosa como para imponer al caudillo máximo el hecho consumado. Entonces Díaz convenció a Benítez de que su postulación era prematura: faltaba más de un año para las elecciones y en ese lapso se podría "quemar". Por lo tanto, debería irse de paseo a Europa y a su regreso se le daría el apoyo buscado.

Benítez estuvo feliz de irse a Europa, pero mientras se hallaba fuera del país estalló una diabólica campaña de prensa para achacarle todos los errores del gobierno y presentarlo como una influencia nefasta para el caudillo. Furioso, el agraviado regresó a México, sólo para enterarse de que Díaz ya había lanzado la candidatura de su compadre y ministro de Guerra, el general Manuel González.

—Manuel es el candidato del ejército. Tuve que apoyarlo porque representa la única garantía de paz. A ti sólo te apoyan los civiles; pero si aguantas un poco, a la próxima llegará tu turno —le dijo Porfirio.

Benítez le reprochó la traición e inició su campaña como candidato independiente, pero la mexicana institución de la "cargada" dejó sentir sus efectos y en breve plazo se quedó sin partidarios. El 1º de diciembre de 1880 Manuel González asumió la Presidencia.

XII. INTERLUDIO GONZALISTA

Aseguraba haber nacido en el rancho de El Moquete, en el municipio de Matamoros, Tamaulipas en 1833, aunque muchos afirman que vio la primera luz en España y siendo niño fue llevado por sus padres españoles al ranchito. Era un hombrón simpático y de gran inteligencia natural que compensaba sobradamente su falta de estudios. Desde la infancia lo sedujo la carrera de las armas: en 1847 se dio de alta en el ejército y combatió contra los norteamericanos; adherido al santannismo, peleó contra Comonfort y todavía en 1859 participó como oficial en el fracasado ataque de Miguel Miramón contra los juaristas refugiados en Veracruz.

Cuando el ejército intervencionista francés llegó a México, González se reconoció incapaz de hacer causa común con los invasores y se incorporó al ejército republicano. Como subordinado de Porfirio Díaz le tocaría desempeñar un papel destacado en los combates contra los franceses y participar en el sitio de Puebla, donde perdió un brazo y aun así contribuyó a la toma de la ciudad de México. Para entonces ya se había hecho íntimo amigo y compadre del jefe.

Al culminar la revuelta de Tuxtepec, González llegó por sorpresa al paraje de Tecoac, donde sus correligionarios estaban a punto de ser derrotados por el ejército lerdista, y atacando la retaguardia aseguró el triunfo de los suyos. Una vez en la Presidencia, Díaz lo nombró ministro de Guerra y Marina, y en 1880 le cedió la silla presidencial.

González cosechó los frutos de la siembra de concesiones ferroviarias hecha por Díaz, de manera que al terminar su cuatrienio el país tenía 5 731 kilómetros de vías contra 640 que dejó Lerdo. La gente quedó fascinada por el rugido de las locomotoras y la rapidez con que se llevó a cabo la construcción. Millares de hombres encontraron trabajo. Abundó el dinero para pagar puntualmente a militares y burócratas, y aun así en su primer año el gobierno tuvo un superávit de un millón de pesos.

Díaz había soltado habladurías en el sentido de que González no pasaba de ser su pelele. Entonces se inauguró el ferrocarril México-Cuautla, cuya concesión había sido dada por el oaxaqueño a su amigote el general Carlos Pacheco y al habilidoso prestanombres Delfín Sánchez; éstos la vendieron a los inversionistas extranjeros que en verdad realizaron la obra. La vía estaba pésimamente construida, y a los tres días de funcionar el flamante ferrocarril sufrió un pavoroso accidente con saldo de 300 muertos.

Ya se había formado una poderosa camarilla gonzalista que pretendía desplazar a los porfiristas, y sus diputados iniciaron una investigación para determinar si el desastre era atribuible a corruptelas de Díaz. Para hacer saber a su compadre que los tratos entre ellos iban a ser al tú por tú, y que él no era ningún pelele, González dejó que la investigación permaneciera abierta a lo largo de todo un año.

Mientras pasaba la tormenta, Díaz se alejó del escenario político nacional refugiándose en Oaxaca. Sólo a mediados de octubre de 1883 volvió a la capital, cuando la situación financiera había dado un vuelco espectacular: el superávit había desaparecido y González experimentaba una angustiosa necesidad de fondos.

En un país impreparado para recibir fuertes inyecciones de dinero, la inflación hacía estragos en las capas más pobres de la población. Se necesitaba además pagar los subsidios concedidos a las empresas ferroviarias, y el gobierno no tenía con qué hacerlo. Los periódicos porfiristas contrastaban el desbarajuste con la relativa honestidad que privó durante el cuatrienio de Díaz.

Ingenuamente, González solicitó el consejo del compadre acerca de lo que debía hacer para salir de la penuria. Éste le recomendó que reconociera la deuda inglesa y prometiera pagarla; con ello se abriría nuevamente para los valores mexicanos la bolsa de Londres, se obtendrían empréstitos a intereses razonables y se solventaría la situación hasta en tanto la economía tonificada por los ferrocarriles rendía frutos propios que permitieran seguir adelante.

Poco después González enviaba al congreso un proyecto de ley en este sentido y la prensa de oposición comprada tachaba al presidente de traidor a la patria por reconocer una deuda que, en honor a la verdad, era irreprochablemente legítima. Los diputados gonzalistas fueron abucheados, estallaron disturbios populares y estudiantiles, y el proyecto de ley naufragó. El presidente hizo el gran berrinche al enterarse de que Porfirio había aceptado cínicamente la felicitación de unos estudiantes que le aplaudieron cuando se mostró ante ellos como contrario al reconocimiento de la deuda.

Nerviosa, la gente comenzó a atesorar sus monedas como protección contra la crisis cuyo estallido presentía. Faltaba plata para acuñar otras nuevas, y González optó por hacerlas de níquel, un metal que en México daba a la gente la impresión de ser plata mezclada con plomo. Despreciadas por carecer de valor intrínseco, el comercio sólo las recibía con descuento. Brotaron los motines populares, y no tardó en llegar el día en que el populacho lapidara el carruaje presidencial con las monedas de níquel.

Los periódicos seguían atacando al presidente. En un arranque de ira, éste hizo aprobar una ley para suspender diversas garantías a la libertad de expresión. Hasta en eso trabajaría González para su compadre: pasado el coraje inicial se olvidó de la ley, en tanto que, con el paso del tiempo, Díaz se apoyó en ella para hostilizar a los periodistas.

Al llegar a su clímax la campaña electoral, corrió el rumor de que el presidente había contratado pistoleros para que mataran a su compadre. Se asegura que Díaz se escondió en un cuarto cuyo interior estaba tapizado de colchones destinados a absorber las balas, y que al enterarse de lo que pasaba, González se valió de un intermediario para dejar constancia de su reacción:

—Dígale por favor a Porfirio que no lo crea tan cobarde; que me avergüenzo de que un día fuera mi jefe y que no se preocupe: que yo soy hombre de palabra y le entregaré la Presidencia en el momento preciso.

El 1º de diciembre de 1884 ocurrió el cambio de gobierno. La tesorería estaba exhausta, el descontento crecía y los gonzalistas, empeñados en recuperar la Presidencia en el siguiente cuatrienio, aprovecharon la coyuntura para agudizar las críticas a Díaz.

Como respuesta, el congreso porfirista estableció un comité encargado de estudiar la posibilidad de entablar juicio político por malversación de fondos a Manuel González. Infinidad de pasquines pagados por el gobierno sacaron a la luz pública las malversaciones de los gonzalistas, que fueron muchas. Se publicó que el ex presidente mantenía un harem con una hermosa circaciana como favorita; la ofendida esposa abandonó el hogar y en seguida hizo a los periódicos unas revelaciones tan escandalosas que el marido quedó hecho papilla.

González declaró públicamente su oposición a que se reeligiera Díaz y por momentos pareció inminente el estallido de una guerra entre los partidarios de ambos personajes. Al final el primero se reconoció vencido y aceptó hacerse cargo de la gubernatura de Guanajuato, pero aun entonces siguió en funciones el comité investigador del congreso, que sólo desapareció en 1889, cuando Díaz pudo sentirse instalado firmemente en la Presidencia.

González permaneció en la gubernatura hasta 1893, año en que fue a descansar a su espléndida hacienda de Chapingo, Estado de México, y allí falleció.

XIII. AVE, CÉSAR

Poco antes de reasumir la Presidencia, una noche de 1884, durante una cena de amigos en la que, como era de costumbre, abundaron los brindis a la constitución y la libertad, Porfirio Díaz sentenció:

—Los mexicanos estarán contentos siempre que se les permita comer desordenadamente antojitos, levantarse tarde, ser empleados públicos con padrinos influyentes, asistir al trabajo sin puntualidad, enfermarse con frecuencia y obtener licencias con goce de sueldo… Los mexicanos de las clases directivas no temen a la opresión, ni al servilismo, ni a la tiranía. A la falta de pan, de casa, y de vestido, y a la necesidad de no comer o sacrificar su pereza, es a lo que temen los mexicanos.

En otras palabras, Díaz había descartado los ideales democráticos y de respeto a la ley que lo conmovieron en la juventud. "Sin amores y sin odios", como acostumbraba decir, se propuso reforzar la "cargada" incorporándole a todos los oposicionistas que se dejaran cooptar a cambio de prebendas; de Santa Anna adoptaría la "mano de hierro" para suprimir motines, aunque procediendo con discreción, pues conocía la ineficacia del recurso cuando se abusa de él; de Juárez imitaría el presidencialismo caciquil. Todos sus pasos estarían encaminados a pacificar el país a fin de que se pudiesen explotar las cacareadas riquezas naturales de la nación y se crearan empleos para mantener a la gente tranquila.

Díaz había perdido ya su aspecto montaraz y comenzaba a adquirir porte de estadista, cortado su pelo por peluqueros que no lo trasquilaban y ataviada su figura por los mejores sastres franceses. Comía con cubiertos, se hacía lustrar los zapatos diariamente y no traía las uñas mugrientas ni se limpiaba los dientes con buches de agua que arrojaba al piso. Ni siquiera daba órdenes a gritos, sino con voz pausada.

El cambio fue obra de Manuel Romero Rubio, un abogado con inclinaciones aristocratizantes, barrigón y calvo, que gozaba de prestigio entre los liberales por su cultura y porque, según se contaba, fue el principal saqueador de la catedral metropolitana en 1867. Había sido uno de los principales consejeros de Lerdo de Tejada y, empeñado en seguir al nuevo astro en ascenso, se ganó la confianza de Díaz prestándole servicios como el de delatar a los coludidos en la conspiración de Veracruz que fusiló Mier y Terán.

En 1880, ocho meses antes de que la Presidencia quedara a cargo de González, la abnegada Delfinita había fallecido dejando al esposo en la condición del viudo más solicitado de México. Como estaban llegando al país muchos inversionistas extranjeros, Romero Rubio señaló a Díaz la conveniencia de que aprendiera inglés, y al respecto añadió que su bella hija Carmelita, quien había estudiado en Estados Unidos y hablaba inglés y francés, seguramente se sentiría muy honrada de tener por discípulo al señor general.

Primero dos veces por semana, luego todas las tardes sin

excepción, Díaz acudió a la residencia de Romero Rubio a tomar las clases. Hasta entonces las mujeres no habían sido para el militarote más que objetos que se colocaban sobre petates mugrientos y servían para satisfacer necesidades biológicas. La delicadeza de la joven, su voz dulce y armoniosa y sus interpretaciones al piano de *La Traviata* enloquecieron como adolescente al discípulo, quien no aprendió ni a decir *good morning* pero en cambio pidió a Carmelita que se casara con él.

Se cuenta que Carmelita pasó días enteros llorando para implorar a su padre que no la casara con "ese viejo" —él tenía 51 años y ella 17— pero lo único que se sabe acerca de las relaciones entre la pareja es que el matrimonio civil tuvo lugar el 5 de noviembre de 1881 (cinco meses antes el novio había renunciado a la cartera de Fomento, que le confiara González) y que la boda religiosa la celebró días después el obispo oaxaqueño Eulogio Gillow en la capilla particular del arzobispo de México, Antonio Pelagio de Labastida y Dávalos, el mismo que tanto se esforzó por traer a México a Maximiliano. El matrimonio no tuvo hijos.

La pareja se fue de luna de miel a Nueva York e, increíblemente, el suegro se las arregló para acompañar a los esposos y mostrar al yerno los sitios más elegantes, comprarle ropa y presentarlo a empresarios y políticos. De regreso en México, Díaz pasó a Oaxaca un tiempo como gobernador antes de volver a la capital para reasumir la Presidencia.

Apenas cabe dudar de que el suegro contribuyó a elaborar la novedosa política que guiaría al gobierno porfirista, la cual fue popularmente llamada "de pan y palo" porque ofrecía recompensas a quienes se sometían y castigo inexorable a los díscolos. Nombrado ministro de Gobernación, a Romero Rubio le tocó implementar una importante parte de esa política.

Primero, el "palo". El país seguía "enladronado", y Romero Rubio encaró el problema reforzando la policía rural, que le estaba subordinada. Para esto dotó de trajes de charro con botonadura de plata a los rurales, los dejó aplicar a voluntad la "ley fuga" y los árboles del campo aparecieron con racimos de colgados —bandidos o sospechosos de serlo—, pero en un plazo asombrosamente breve el país pudo disfrutar de una seguridad equiparable a la de Suiza o a la de Japón.

Casi nadie protestó por las violaciones a los derechos humanos cometidos en la erradicación del bandidaje. Todo el mundo estaba de acuerdo con Díaz cuando dijo: "A veces hay que derramar sangre mala para salvar a la buena". Por otra parte, el dictador no actuó con crueldad indiscriminada: siempre que podía perdonaba a los enemigos y procuraba ser generoso. "El general Díaz gobernó con un mínimo de terror y un máximo de benevolencia", dijo Francisco Bulnes. "Don Porfirio aprieta, pero no ahorca", solía decir la gente.

Los periodistas y los literatos, a quienes Díaz despreciaba por corruptos y temía por su influencia en la opinión pública, recibieron el "pan" que confirmaría la validez de una frase célebre: "Perro con hueso en la boca, ni ladra ni muerde". El ministro de Gobernación distribuía "embutes" entre los redactores y subsidios entre los propietarios de los periódicos, con lo cual éstos adquirieron un interés personal por defender al gobierno, ya que de otro modo perderían sus ingresos ilegítimos. Nada de censura abierta, al estilo sudamericano, sino autocensura instigada por el "bozal de oro" que casi todos los periodistas se complacieron en dejarse poner. A los recalcitrantes se les metía a la cárcel o se les mandaban hampones que los retaban a duelo y los mataban. En cuanto a los literatos más exquisitos, bastó con darles una curul de diputado, un empleo diplomático o un puesto de asesor en el gobierno para amansarlos por completo. A fin de crear una ilusión de pluralidad y de cierta libertad de prensa, se permitía atacar hasta a los ministros, pero la persona de Díaz era inviolable.

Aparentemente, Romero Rubio también ejecutó la fácil tarea de terminar la domesticación de los poderes legislativo y judicial iniciada por Juárez. Durante el periodo 1884-1888 los legisladores tuvieron plena libertad para pronunciar discursos incendiarios en las cámaras, pues esto sirvió para identificar a los oposicionistas más tercos y borrar sus nombres en la lista de candidatos a las elecciones siguientes; luego, quienes conservaban o recibían un puesto legislativo sabían que no era posible criticar a su benefactor y se deshacían en prodigarle adulaciones. Los magistrados de la Suprema Corte, los jueces y los agentes del Ministerio Público, que en tiempo de Juárez y Lerdo habían conservado bastante independencia, acataron hasta las más inmundas consignas del ejecutivo mediante simples promesas de ascenso o amenazas de cese.

La doma y castración de los caciques estatales y militares fue obra personal de Díaz, quien alguna vez dijo:

—Hasta cuando le rezan a Dios, los hombres no proceden

desinteresadamente, sino que esperan como recompensa un milagro, un consuelo, seguridad en recibir el pan de cada día, o por lo menos perdón. ¿Cómo no van a esperar de mí alguna recompensa los que me ayudaron a ganar la Presidencia?

Jamás se engañó pensando que sus partidarios le serían fieles tan sólo por lealtad o apego a su persona: siempre supo que le servirían exclusivamente en la medida de lo que pudiera darles o quitarles.

La doma de los caciques fue una tarea larga, paciente y minuciosa. Al triunfo de la revuelta de Tuxtepec, Díaz dejó que sus generales se apoderaran de las gubernaturas de sus estados, para lo cual tuvieron que renunciar al mando de las fuerzas federales que tenían a su cargo. Cuando González asumió la Presidencia, los gobernadores dejaron sus puestos en acatamiento al precepto de la no reelección, y al regresar a filas descubrieron que sus cuerpos habían sido reducidos a unidades diminutas; que los oficiales adictos habían sido trasladados a regimientos distantes y sustituidos por elementos hostiles al jefe que retornaba.

Los generales estallaron de indignación al ver lo que les había pasado, y como podían ser peligrosos, se les apaciguó dándoles permisos para abrir cantinas o garitos, contratos ferroviarios que podían vender a quienes realizaban las obras, facilidades para adueñarse de terrenos federales o, a menudo, prometiéndoles no dar curso a acusaciones sobre los robos y arbitrariedades que habían cometido desde las gubernaturas. Como broche de oro, Díaz asignó a la jauría periodística el encargo de detallar y aumentar los desmanes de los desbancados para dejarlos en condición de sabandijas sociales y políticas, de manera que no pudiesen defenderse.

Al recobrar la Presidencia en 1884, Díaz ya encontró de gobernadores a una mayoría de militares mansos o civiles dóciles. Quedaban, sin embargo, los caciques más turbulentos, participantes en la revuelta de Tuxtepec y en consecuencia seguros de que merecían tratamiento especial. Entre éstos descollaban los generales Jerónimo Treviño y Francisco Naranjo, amos del noreste. Para neutralizarlos, Díaz les envió como comandante militar de su feudo al joven general Bernardo Reyes, quien los sometió amenazándolos con quitarles sus riquezas o privarlos del monopolio del contrabando si continuaban actuando con independencia. En 1886 el cacique zacatecano Trinidad García de la Cadena quiso lanzar su candidatura a la Presidencia y fue asesinado. Esto bastó para que sus colegas de Hidalgo y Puebla se declararan porfiristas hasta la muerte.

Luego, uno por uno, Díaz logró que los gobernadores desmovilizaran sus "guardias nacionales" y con el ahorro de los haberes respectivos pudiesen pagar puntualmente a sus empleados civiles. Además, suprimió las alcabalas para que los estados se convirtieran en pedigüeños del gobierno federal, además de facilitar los flujos del comercio.

También procuraba repartir juiciosamente el pan. Desde luego, acabó con la vieja costumbre de que las camarillas que tomaban el poder arrojaran a la calle a los hombres del bando contrario, quienes viéndose sin empleo, difamados y perseguidos, invariablemente se entregaban a la tarea de organizar una revuelta vengadora. Además del suegro lerdista, Díaz encumbró en los altos círculos del gobierno a un antiguo servidor de Maximiliano —el oaxaqueño Manuel Dublán— como ministro de Hacienda, y proporcionó acomodo a cuanto juarista se le acercaba. El problema de la empleomanía lo enfrentó elevando de ocho millones de pesos en 1868 a 70 millones en 1909, la partida presupuestal destinada a pagar los sueldos de una burocracia cada vez más numerosa. En esto se evaporó buena parte de los cuantiosos ingresos nuevos del gobierno, pero la mayoría de los agitadores perdieron sus arrestos belicosos.

A la seudoaristocracia del país, Díaz la coptó asignándole puestos de relumbrón pero sin poder y empleos diplomáticos en el extranjero. El apoyo clerical fue obtenido mediante un trato de caballeros: el gobierno frenaría a los jacobinos que acosaban a los eclesiásticos, permitiría extraoficialmente la reapertura de conventos y se haría el desentendido cuando la Iglesia organizara peregrinaciones públicas y volviera a adquirir propiedades; a cambio el clero se abstendría de financiar revueltas y renunciaría a continuar exigiendo la derogación de las Leyes de Reforma. Para no enfurecer a los jacobinos, las leyes seguirían apareciendo en los códigos, aunque sin tener vigencia real.

Tal vez a Díaz le hubiera gustado repartir desde el principio más pan en forma de dinero, pero el compadre Manuel dejó la tesorería exhausta y por lo pronto hubo que hacer sacrificios hasta para pagar —con descuento— las quincenas a la burocracia. Como paliativo especial, los porfiristas recibieron concesiones para abrir casas de juego o de prostitución, permisos para practicar el contrabando, autorizaciones veladas para que los generales traficaran con los haberes de la tropa y los fondos destinados a alimentar la caballada, patentes de impunidad, etcétera.

Después de los contratos de construcción de vías férreas y obras públicas que los generales y políticos agraciados revendían con elevada utilidad a los empresarios extranjeros que ejecutaban realmente los trabajos, vinieron las concesiones de aserraderos, minas, pesquerías, etc., lo que produjo centenares de millonarios a quienes enorgullecía declararse "partidarios incondicionales del señor general Díaz". Otro rico filón fue la apropiación de terrenos públicos destinados a formar haciendas o revender las tierras aprovechando el hecho de que subían de valor al construirse los ferrocarriles.

Sin previo aviso y sin discusiones públicas, Díaz reconoció la deuda externa, lo cual determinó que Inglaterra y Francia empezaran a invertir sumas muy considerables en México.

Los apaches y los comanches que asolaban el norte fueron definitivamente sometidos hacia 1885 y el ejército ya tenía en jaque a los mayas de Yucatán y a los yaquis de Sonora. En 1887 las vías férreas estaban por alcanzar una longitud de 10 000 kilómetros, y para colmo de felicidad, el gobierno obtuvo ingresos fiscales por 40 millones de pesos, el doble de siete años atrás, cuando Díaz recuperó la Presidencia.

Con asesoramiento del suegro, Díaz destinó 200 000 pesos para redecorar al estilo Luis XVI el castillo de Chapultepec, donde al cabo el presidente estableció su residencia, como Maximiliano. Mandó traer de Europa lujosos muebles, hizo que le construyeran a Carmelita un *boudoir* estilo

Pompadour y dotado de un diván de Watteau y un tocador estilo duquesa; cubrió los baños de porcelana francesa y mármoles belgas; los salones fueron decorados con pinturas románticas y sus muros cubiertos con gobelinos y tapices de seda; se construyó un comedor estilo Enrique II y un salón de billares estilo reina, etc. La gente quedó embobada al saber que se podían desplegar esos lujos en el país.

El suegro presidencial se daba vuelo promoviendo proyectos como supervisar el diseño de la vestimenta de la servidumbre presidencial y fundar un Jockey Club "como en París", que finalmente fue instalado en la hermosa Casa de los Azulejos de la calle capitalina de Plateros. Pero un día se le fue la lengua y dijo a un amigo que él era el cerebro de Porfirio.

Díaz repuso:

—¡Qué va! A don Manuel lo tengo para echarle mis pulgas. Es mi pararrayos, mi segundo Justo Benítez: lo tengo para que a él le achaquen todo lo que hago mal y a mí me aplaudan por todo lo bueno.

Un testigo presencial del proceso, Francisco Bulnes, anotó:

> Desde 1886 se temía más ser señalado como candidato presidencial que ser acusado de parricidio, incendio o traición a la patria [...] Se llegaba a los altos puestos por la humildad, el disimulo profundo de la ambición, por la comedia de un poco de cretinismo, por una fisonomía de estupefacto, afirmada con voz débil de plegaria. Bastaba con que la opinión pública señalara a determinada persona para determinado cargo para que el general Díaz se considerara lastima-

do en su fiera divinidad [...] El país era suyo, como una cosa, y las cosas no hablan, ni proponen, ni manifiestan deseos, ni sienten ni perturban con impertinencias la augusta tranquilidad de sus dueños.

Así y todo, a Romero Rubio le dio por formar camarillas con la esperanza de llegar a la Presidencia en las elecciones de 1888. Díaz lo enfrentó con el ministro de Hacienda Dublán, que también se creía presidenciable, pero el ambicioso suegro sólo dejó de politiquear cuando el yerno le mandó decir "que se fijara en lo que le pasó a don Trino" —es decir, al asesinado cacique Trinidad García de la Cadena—. Entonces Romero Rubio se concretó a la atención de sus negocios particulares y a disfrutar de la cocina y las bebidas del Jockey Club.

En 1887 el congreso aprobó la reelección de Díaz por un periodo adicional de cuatro años "a fin de premiar su gran obra y permitir que siga impulsando el progreso del país". Asegurada así la Presidencia para el periodo 1888-1892, en 1890 los legisladores aprobaron la reelección indefinida haciendo que el artículo 78 constitucional dijera simplemente: "El presidente entrará a ejercer sus funciones el 1º de diciembre y durará en su encargo cuatro años". Fue ése, palabra por palabra, el texto primitivo de la constitución de 1857 para cuya reforma se habían emprendido las revueltas de La Noria y Tuxtepec, pero nadie se atrevió a criticar tal demostración de cinismo.

Romero Rubio murió en 1895 con la conciencia tranquila por haber entregado a la Iglesia limosnas suficientes para lavar sus pecados de saqueador de la catedral. Dublán falleció en 1891. Con la muerte de estos personajes concluyó la etapa en que Díaz se condujo como un habilidoso pero vulgar dictador latinoamericano y comenzó a adquirir prestigio como estadista de talla universal.

XIV. LA APOTEOSIS

Al finalizar el año fiscal 1894-1895, el país recibió la asombrosa noticia de que el gobierno había operado con un superávit de dos millones de pesos. En el periodo 1895-1896 el sobrante fue todavía mayor: cinco millones. También en los años posteriores, sin excepción, el régimen porfirista tuvo superávit.

El autor de semejante hazaña había sido el ministro de Hacienda José Yves Limantour, y para realizarla no necesitó aumentar los impuestos ni reducir los gastos importantes. Bajo su dirección se introdujeron sistemas modernos y racionales que dieron mayor eficiencia al aparato burocrático; las alcabalas cobradas por los gobiernos de los estados fueron suprimidas, lo cual revitalizó al comercio; la industria y la agricultura recibieron fuertes inversiones y la deuda exterior se renegoció de manera que México pagara réditos menores por los adeudos pendientes de liquidar o los nuevos empréstitos que se contrataran. Lo anterior y la existencia de condiciones internacionales bastante favorables dieron una sólida base financiera que permitió al país adquirir patente universal de respetabilidad.

José Yves Limantour nació en la ciudad de México en 1854. Su madre fue una francesa llamada Adela Marquet, y su padre, según se decía, un ricachón que se negó a reconocerlo como hijo. Después del nacimiento del chiquillo, Adela se casó con otro francés, José Limantour, quien había tenido líos en la California de la "fiebre de oro" porque surtía de armas a los mexicanos; al ser expulsado de San Francisco por los "vigilantes", recaló en México para asociarse al juarismo y siguió actuando como proveedor de armas. Al triunfo liberal, Juárez lo premió facilitándole adquirir varias propiedades eclesiásticas que con el tiempo lo convertirían en archimillonario.

Limantour dio su apellido al pequeño José Yves. Lo matriculó en los mejores colegios y lo envió a Europa a perfeccionar sus estudios. Así adquirió el caballerito una sólida educación, porte elegante y gustos refinados que, una vez de vuelta en México, lo harían brillar en las tertulias del Jockey Club. Además fue un brillante profesor de economía y tomó por esposa a una amiga íntima de Carmelita de Díaz, María Cañas, con lo cual aseguró su prominencia social y política.

Limantour liquidó el periodo porfirista en que el robo fue descarado, el mangoneo burdo y la administración una cloaca. Bajo su gestión desapareció casi por completo la "mordida" en los niveles inferiores de la burocracia, aunque para los elevados se introdujeron sistemas refinados de saqueo y las corruptelas de los militares siguieron sin modificación.

Como auxiliares en esta tarea tuvo a "los científicos", una camarilla política formada por Romero Rubio, quien reclutó colaboradores jóvenes e inteligentes para utilizarlos en adecentar la farsa de lanzar la candidatura de Díaz para la reelección de 1888. Con esto pretendía evitar que la postulación la hiciera otra vez el Círculo de Amigos del General Porfirio Díaz, la grotesca camarilla hasta entonces encargada de realizar la tarea. Para comenzar, Romero Rubio incitó a los jóvenes a erigir una asociación política con fachada respetable que adoptó el nombre de "Unión Liberal".

La Unión Liberal celebró una asamblea en la que los reclutas cumplieron en lo esencial con el encargo de Romero Rubio, pero queriéndose pasar de listos redactaron un embrión de programa de gobierno y un proyecto de ley para restablecer la vicepresidencia y asegurar la independencia del poder judicial mediante la inamovilidad de los funcionarios del ramo. Díaz aceptó la reelección y dejó que el proyecto de ley elaborado por la Unión Liberal se aprobara en la Cámara de Diputados, pero naufragara en la de Senadores, y a fin de evitarse problemas reasignó a su círculo de amigos la realización de la farsa electorera en 1892, 1896 y 1900. Los jóvenes de la Unión Liberal se encogieron de hombros resignadamente. Después de todo ellos la pasaban bien, y el gobierno de Díaz les resultaba preferible a la inestabilidad de épocas anteriores. "Por recogimiento patriótico", según dirían, siguieron colaborando con el dictador, aunque sin renunciar a sus vagas aspiraciones democráticas. Ya cuando desapareciera el dictador —pensaban— se podría instrumentar la transmisión pacífica del poder a individuos capaces de dirigir al país sabia y civilmente; individuos como ellos mismos, por ejemplo.

Con estas ideas como aglutinante se formó una camarilla a la que el público apodaría de "los científicos", por la tendencia de sus miembros a recalcar en cuanta oportunidad se les presentaba que el gobierno debía abandonar los métodos empíricos y organizarse científicamente. Parecían enamorados de la palabra "científico", la cual en aquella época y lugar sonaba a pedantería pura; el mote les fue dado en son de mofa, pero ellos se enorgullecieron de que se les llamara así. Soberbios, vanidosillos y pagados de sí mismos, se sabían colocados muy por encima de la mayoría de los mexicanos en ilustración e inteligencia, y no ocultaban el menosprecio que les inspiraban las clases inferiores. Ni qué decir que con esto se ganaron el odio general.

Al morir Romero Rubio, en 1891, la jefatura de la camarilla pasó al ministro de Hacienda Limantour, el "científico" de más alta categoría. Como una especie de subjefe quedó el oaxaqueño Rosendo Pineda, quien había empezado a figurar como secretario privado del suegro presidencial y luego ascendió a subsecretario de Gobernación encargado de controlar la Cámara de Diputados. Otros "científicos" prominentes fueron los hermanos Pablo y Miguel Macedo, brillantes abogados y financistas; los escritores Justo Sierra y Francisco Bulnes; Joaquín D. Casasús, financiero y abogado; Rafael Reyes Spíndola, dueño del diario *El Imparcial* y creador del periodismo moderno en México; Fernando Pimentel y Fagoaga, banquero; Guillermo de Landa y Escandón, aristócrata venido a menos que rehízo su fortuna como jefe del gobierno del Distrito Federal, y unos cuantos más. Para cimentar su influencia en los estados reclutaron a semicaciques como el chihuahuense Enrique Creel, el yucateco Olegario Molina, el sonorense Ramón Corral y el oaxaqueño Emilio Pimentel.

Porfirio Díaz advirtió la utilidad de estos hombres para la buena marcha de su administración, y para premiar el "recogimiento patriótico" los nombró abogados consultores de diversos ministerios y jefes de comisiones de estudio de proyectos de ley, lo que les permitió desenvolverse como gestores de contratos para explotar los recursos naturales o la construcción de obras públicas. Casi todos se enriquecieron de manera escandalosa. Las excepciones fueron Pineda, cuya ambición estaba orientada no a la riqueza, sino al poder, y los escritores Sierra y Bulnes, quienes murieron pobres porque el dinero nunca les interesó.

Típica de las provechosas operaciones que idearon los "científicos" fue la compra de los ferrocarriles. Hacia 1898 Limantour presentó un inteligente plan para ampliar la red ferroviaria, retrazarla de acuerdo con los intereses propios de México y no del mercado de exportación de las naciones dueñas de la red, y procurar que las empresas pasaran a poder del gobierno mexicano.

En 1908 se presentaron condiciones favorables para llevar a cabo la adquisición, pues la empresa que operaba el ferrocarril a Ciudad Juárez estaba al borde de la quiebra, y la de Laredo preveía malos tiempos para un futuro cercano; ambas, las más importantes del país, estaban ansiosamente dispuestas a vender sus acciones a precio razonable.

Fue necesario conseguir fondos para cerrar la operación, y con este fin el gobierno mexicano emitió bonos que se colocarían en los mercados de Europa. Lo honesto habría sido que el gobierno vendiera directamente la emisión, para ahorrarse el pago de intermediarios, pero Limantour la entregó al Banco Nacional —en cuyo consejo de administración figuraban varios "científicos"— a fin de que la vendiera con un fantástico 10% de utilidad.

Por otra parte, en el momento en que se llevó a cabo la compra, las acciones de los ferrocarriles se cotizaban a precio muy bajo. El gobierno pudo haberlas adquirido directamente en las bolsas de valores, pero la operación fue encomendada a una casa de corretajes propiedad de un hermano de Limantour, quien además obtuvo un préstamo sin garantía para adquirir las acciones. Luego el hermano las revendió al gobierno con fuerte recargo. Se calcula que en esta operación se defraudaron 50 millones de pesos.

Los "científicos" promovieron la realización de algunas de las obras públicas más útiles y llamativas del régimen porfirista, aunque tras cada proyecto reptaba el afán de lucro. Limantour, quien adquirió por herencia u oportuna compra terrenos enormes en el centro de la capital, ganó fortunas revendiéndolos al gobierno para que construyera el palacio de Bellas Artes, el del Correo y el de Telégrafos, así como para que realizara la ampliación de la avenida 5 de Mayo.

Se llegó al extremo de crear una Compañía Bancaria y de Bienes Raíces cuya función consistía en monopolizar los contratos de obras públicas para después revenderlos, con la comisión de rigor, a las empresas extranjeras o a las constructoras ligadas a los científicos que en realidad llevaban a cabo las obras. Esta empresa provocó gran indignación entre los contratistas ajenos a la camarilla, los cuales se quejaban de que Limantour había implantado una política "de carro completo". Hasta el dictador tuvo que intervenir personalmente para que su hijo Porfirito (apodado "El Chaz" por su propensión a estornudar constantemente) obtuviera el contrato para erigir el manicomio de La Castañeda y el Palacio de Justicia.

Díaz conoció con detalle estos chanchullos, pero no se atrevió a deshacerlos. Ignorante de todo lo referente a finanzas, pensaba que su ministro de Hacienda era un mago y se ponía feliz cuando le señalaba los superávit acumulados en las arcas nacionales (65 millones de pesos en 1910), los cuales jamás debieron quedar improductivos, sino invertidos en promover el desarrollo del país o, por lo menos, en reducir la deuda exterior de 440 millones de pesos que dejó el porfiriato; en el fondo, el mágico sistema limantourista se reducía a conseguir préstamos para fabricar un superávit que complaciera al dictador.

Hacia 1896 ya se adjudicaba a Limantour la calidad de presidenciable. Las próximas elecciones se realizarían en 1900. Para esas fechas Porfirio Díaz cumpliría 70 años y no era improbable que decidiera tomar un merecido descanso. En cambio el ministro estaría en la flor de los 46 años, y el país entero aplaudiría que se premiara su actuación instalándolo en la Presidencia de la República.

Limantour se apresuró a jurar que él era ajeno a las murmuraciones y jamás cometería el crimen de aspirar a la primera magistratura, ya que se consideraba sólo un técnico anheloso de servir lealmente a Porfirio Díaz en la tarea de forjar un México de maravilla. Paralelamente, sin embargo, hizo propalar otra versión: alcanzada ya la cúspide de su carrera, quería renunciar a su cargo y consagrarse al disfrute de su fortuna.

Díaz necesitaba retenerlo en su gabinete, tanto por su eficiencia como porque los inversionistas extranjeros habían llegado a ver en el ministro de Hacienda la garantía más sólida de sus intereses. A medida que se acercaba el fin del siglo XIX, indicó a Limantour que se preparara para tomar a su cargo la Presidencia, pues él se sentía cansado y necesitaba liberarse de la obligación de seguir conduciendo los destinos del país. Se trataba de una orden amistosa, de una decisión convenientemente madurada que el ministro debería acatar en beneficio de la patria.

Díaz manifestó que no preveía dificultades para que Limantour pudiera desempeñar convenientemente el cargo presidencial, excepto su falta de apoyos en el ejército. Para subsanar esto había pensado dejarle un buen ministro de Guerra: el general Bernardo Reyes, jefe militar y gobernador de Nuevo León y cacique del noreste.

Bernardo Reyes tenía 50 años de edad en 1900. Era nativo de Guadalajara e hijo de un inmigrante nicaragüense y de una tapatía de estirpe liberal. Luchó contra los franceses en el ejército de Ramón Corona y a los 28 años obtuvo el grado de coronel. Aunque combatió contra el Plan de Tuxtepec, Díaz lo perdonó para después enviarlo a Sonora con el encargo de llevar a cabo diversas operaciones pacificadoras. Una vez demostrada su capacidad, en 1885 fue nombrado comandante militar de Nuevo León, lo que implicaba tener en jaque a los caciques Treviño y Naranjo.

Reyes cumplió con su cometido y en premio fue nombrado gobernador de su territorio. Hombre excepcionalmente dinámico y que supo ganarse la simpatía de sus gobernados, realizó obras públicas notables y dio facilidades para que floreciera la industria, lo que determinó que Monterrey dejase de ser un poblacho para convertirse en una ciudad de 80 000 habitantes reconocida como centro industrial del país.

Aconsejado por Díaz, el ministro de Hacienda viajó a Monterrey para trabar amistad personal con Reyes. Éste había tenido choques con Romero Rubio, y Limantour había heredado la tensión. En su feudo el gobernador ofreció al ministro una recepción extraordinariamente cordial, y los políticos dieron por hecho que el binomio Limantour-Reyes empezaría a gobernar muy pronto el país.

Poco después el dictador en persona hizo el viaje a Monterrey. Reyes le organizó una recepción delirante. Le mostró los progresos de la ciudad y de su industria, y en un concurrido banquete Díaz declaró: "Señor gobernador, ¡así se gobierna".

Por supuesto, con esa frase creó un segundo presidenciable, un elemento necesario para enfrentarlo a Limantour en caso de que el ministro de Hacienda pretendiera que se le hiciese efectiva la promesa de elevarlo a la cúspide.

Reyes fue trasladado a la capital de la República como ministro de Guerra y Marina. En ese cargo adquirió proyección nacional por haber eliminado algunas de las corruptelas más burdas que se cometían en su dependencia y por emprender batidas militares para poner fin a las viejas rebeliones de los yaquis y los cruzoob mayas. Además despiojó a los soldados y creó una "segunda reserva" integrada por voluntarios de todas las clases sociales, que complementaba al ejército profesional y permitía avizorar la liquidación del degradante reclutamiento mediante levas.

Los militares apoyaban en bloque a Reyes y desconfiaban del ministro de Hacienda, por lo cual surgieron súplicas de que el dictador entregara la Presidencia al general en vez del hacendista. Uno de los funcionarios civiles ajenos al "carro completo", el maquiavélico ministro de Justicia e Instrucción Pública, Joaquín Baranda, proporcionó a Díaz el pretexto que necesitaba para renegar de sus promesas.

Baranda señaló al dictador que Limantour, por ser hijo de extranjeros y no haber solicitado la ciudadanía mexicana sino hasta que alcanzó la mayoría de edad, estaba incapacitado para ascender a la Presidencia, toda vez que un artículo de la constitución de 1857 señalaba como requisito para obtener tal cargo el de ser mexicano por nacimiento. Díaz no ignoraba esto, pero también sabía que Comonfort, Lerdo de Tejada y Manuel González, hijos de extranjeros, habían llegado a la Presidencia sin que nadie objetara su origen. Además, con sólo expresar un deseo hubiera podido lograr que la constitución se reformara en el sentido de librar de obstáculos legales a Limantour. Pero siendo otro su designio, se hizo reelegir sin previo aviso y para que el ministro de Hacienda no renunciara le aseguró que lo había hecho sólo con el fin de evitar polémicas estériles, pero que en breve solicitaría al congreso una licencia para ausentarse del país, pretextando que necesitaba tomar un descanso, y que propondría como sustituto al ministro de Hacienda.

Los porfiristas excluidos del "carro completo" limantouriano se apresuraron a sondear las verdaderas intenciones del dictador. Les dijo éste que él era hombre de palabra, ya había prometido entregar la Presidencia a Limantour y lo haría en el momento debido. Lo único que podría disuadirlo de su firme propósito era que se levantara un clamor nacional de repudio contra el ministro de Hacienda.

Y naturalmente, el clamor nacional se levantó. Los reyistas empezaron a publicar pasquines en que se atacaba vilmente a Limantour, calumniándolo inclusive en su vida privada. Los "científicos" contratacaron en sus periódicos magnificando los defectos de Reyes y su tendencia a conducirse con arbitrariedad militar. Ambos personajes acabaron enemistándose. El ministro de Hacienda recortó los presupuestos de Guerra y vetó cuanta medida proponía el rival.

Un hijo de Reyes, Bernardo, hábil y ambicioso abogado, trabajó para acrecentar el círculo de los partidarios de su padre. Consiguió muchos entre los abogados sin clientela, los periodistas sin embute jugoso, los maestros de escuela a quienes se les hizo creer que el general los sacaría de la miseria, y los masones enardecidos porque la camarilla limantourista los había despojado de su influencia tradicional y además los había convertido en objeto de burla pública con artículos periodísticos en los que se hacía mofa del ritual masónico. (En cambio, Reyes era cumplido masón.) Los universitarios, entre quienes Bernardo hijo distribuyó dinero y prodigó promesas de becas y empleo, también pasaron a engrosar en bloque la corriente reyista. Huelga decir que el general fue en todo momento el candidato natural de los militares.

Inclusive, Reyes se convirtió en ídolo de las plebes urbanas, que sentían aversión hacia los "catrines" como Limantour y sus "científicos". El mismo financiero dio pretexto para que la plebe lo rechazara, cuando al organizar el Quinto Congreso Panamericano que se reuniría en México en 1900, ordenó que sólo se contratara como meseros, mozos, ujieres y conserjes a europeos o individuos con color y aspecto de serlo.

De pronto Díaz advirtió el inconveniente de permitir que siguiera la pugna y consideró llegado el momento de liquidar a los dos presidenciables. Un día Limantour presentó al dictador pruebas de que Reyes dirigía personalmente la campaña de prensa contra él y ofreció renunciar si el ofensor permanecía en el gabinete. El dictador, fingiéndose obligado por las circunstancias, llamó al general a su despacho, le pidió su renuncia y le ordenó volver a la gubernatura de Nuevo León. Díaz nunca leyó a Maquiavelo, pero en cambio devoraba las novelas de Alejandro Dumas y de ellas había tomado como maestro al cardenal Mazarino.

En 1903 Limantour viajó a Europa a negociar un nuevo empréstito, y después de sondear al mundo financiero comunicó al dictador que la buena disposición para prestar dinero a México ya había desaparecido, pues a los banqueros les preocupaba el hecho de que Díaz hubiera rebasado los 70 años y careciera de un sucesor visible y capaz de garantizar la paz y los intereses de los prestamistas. Después de todo, señaló el ministro, México había sido un país turbulento, y aunque era de esperar que la obra civilizadora del dictador se perpetuara, los banqueros tenían la obligación de proteger a quienes les confiaban sus fondos y sólo se tranquilizarían si se nombraba un vicepresidente que tomara a su cargo el gobierno cuando le llegara a Díaz el momento de pasar a la inmortalidad.

El dictador había hecho suprimir la vicepresidencia desde su primera reelección por haber comprobado que los vicepresidentes sólo servían para organizar sublevaciones, pero ante la exigencia de los banqueros se resignó a restablecerla. Por lo pronto aprovecharía la coyuntura para atenuar la humillación infligida a los "científicos" en la persona de Limantour; a fin de que se sintieran otra vez importantes y siguieran colaborando a gusto con el gobierno, les encomendó revivir la Unión Liberal, discutir la sexta reelección y lanzar su candidatura a la Presidencia en los comicios de 1904.

De acuerdo con los deseos del caudillo, la segunda convención de la Unión Liberal se reunió en la ciudad de México en junio de 1903. Los "científicos", estaban furiosos con Limantour por su falta de nervio. Les repugnaba pensar que Díaz fuera sustituido por otro general cuyos partidarios estropearían inexorablemente los negocios de los "científicos" y para dificultar este proceso decidieron iniciar "una decente y patriótica rebelión", como la llamó Francisco Bulnes. Éste pronunció el discurso principal de la convención, incluyendo frases que sacudieron al país.

> Jamás un pueblo demócrata ha votado una sexta reelección; pero si se prueba que la sexta reelección es necesaria para el bien del país, hay que deducir serena y tranquilamente que todavía no hemos logrado ser un pueblo democrático y

buscar los argumentos de la reelección en el terreno de las conveniencias.

Desgraciadamente el principal argumento de la reelección, recogido en el campo de las conveniencias, aterra más bien que alienta. Se dice al pueblo: "La conservación del general Díaz en el poder es absolutamente necesaria para la conservación de la paz, del crédito y del progreso material". Nada más propio para acabar pronto con el crédito que anunciar al orbe que después del general Díaz caeremos en el insondable abismo de miserias de donde hemos salido […]

La reelección debe ser más que una cuestión de gratitud para un esforzado guerrero y colosal estadista; debe ser algo nacional, y sólo es nacional lo que tiene porvenir. Si la obra del general Díaz debe perecer con él, no hay que recomendar la reelección: hay que recomendar el silencio como una escena siniestra; hay que recomendar el dolor como un espectáculo de muerte; hay que proverse de escepticismo y resignación, para ver y saber que el destino de la patria está hecho ya: que es la ruina inevitable […]

¡La nación tiene miedo! La agobia un escalofrío de duda, un vacío de vértigo, una intensa crispación de desconfianza, y se agarra a la reelección como una argolla que oscila en las tinieblas. El país está profundamente penetrado del peligro de su desorganización política. El país quiere, ¿sabéis, señores, lo que verdaderamente quiere el país?, pues bien, quiere que el sucesor del general Díaz se llame: ¡la ley!

¡Para después del general Díaz, el país ya no quiere hombres! La nación quiere partidos políticos, quiere instituciones, quiere leyes efectivas, quiere la lucha de ideas, de intereses, de pasiones [...] La reelección debe servir para que el general Díaz complete su obra, para que cumpla con un sagrado deber organizando nuestras instituciones; con el objeto de que la sociedad, en lo sucesivo y para siempre, dependa de sus leyes y no de sus hombres.

Nadie presenció el gesto iracundo que Porfirio Díaz debe haber hecho al enterarse de que los "científicos", esa gentecilla útil, pero no indispensable, a quien él había elevado a los cargos importantes, le permitía reelegirse por sexta vez únicamente para que descartase el régimen personalista y encaminara al país por la senda institucional. Pero ya verían que él, y sólo él, determinaría el momento y la manera de resolver el problema de la sucesión.

En cambio, para calmar a los banqueros era indispensable aceptar la vicepresidencia y así ordenó a los legisladores que la restablecieran. Para suavizar el trance al dictador, los diputados aprobaron asimismo que el periodo presidencial se extendiera de cuatro a seis años, de manera que el nuevo mandato concluyese en 1910, cuando Porfirio Díaz cumpliría 80 años.

Con lujo de perfidia, Díaz pidió a Limantour que designara candidato a vicepresidente. Seleccionó éste a Ramón Corral, un sonorense de 50 años de edad en 1904, que había iniciado su vida pública como periodista y formaba con los políticos Rafael Izábal y Luis Torres un triunvirato caciquil que regía la vida de su entidad. Corral formaba parte de la camarilla científica y había ocupado los puestos de jefe del gobierno del Distrito Federal y ministro de Gobernación.

Díaz aceptó, pero únicamente confiaba a Corral misiones insignificantes, como la de representarlo en actos públicos de poca monta los días lluviosos, y bajo cuerda lanzó a los periodistas más calumniadores para que emprendieran una campaña de prensa contra el infeliz sonorense, presentándolo como bandido, sifilítico, cobarde, codicioso y un tanto cuanto retrasado mental. Un hombre de tales características no podía hacer sombra al presidente. De nuevo, Díaz había ganado la partida; él y sólo él era el amo del país.

Los "científicos" fueron los primeros en celebrar con sonrisitas hipócritas la "ocurrencia" de Díaz. La política de "pan y palo" había conseguido privar de virilidad a todo el mundo. El propio Bulnes reconoció:

¡Nada ni nadie escapó al agachamiento general! Los escasos disidentes ocultaban su descontento, tragaban a pasto cobardía, tartamudeaban protestas de sumisión, se proclamaban inofensivos y dejaban entender claramente que pasaban por todo, para que nadie pasara sobre ellos […]

Cayeron a los pies del César igualmente las viejas, los niños, los adultos, las mujeres, las damas, los civiles, los militares, los eclesiásticos. Todos los humildes y todos los soberbios aspiraban a ser esclavos absolutos del príncipe […] En los discursos, arengas, brindis, polémicas, libros, folletos, los intelectuales de todo tamaño y prostitución […] gritaban la frase básica de la ortodoxia de larvas estercoleras: "Me honro en ser amigo incondicional del señor general Díaz".

Pero Díaz nunca advirtió que su nueva jugarreta iba a constituir lo que los futbolistas llaman "un autogol". Los banqueros no iban a aceptar por garante de sus intereses a un ser patibulario como se presentaba a Corral, y entre los ciudadanos libres algunos empezaron a cavilar sobre la mejor manera de remplazar al dictador, que de todos modos no podría tardar muchos años en morir.

XV. EL OCASO

Ante la facilidad con que imponía su voluntad, Díaz comenzó a desentenderse cada vez más de lo que pasaba por la opinión pública, y su actitud no tardó en contagiar a gobernadores y jefes políticos (estos últimos eran funcionarios municipales que recibían órdenes del gobierno federal directamente y se comportaban como caciquillos). Con frecuencia llegaban al dictador quejas contra tales individuos, pero no sólo las desoía sino que, al decir de Bulnes, "nada le complacía más como saber que alguno o algunos de los gobernadores que había impuesto eran abominablemente impopulares […] A éstos no les quedaba más recurso, para no ser linchados, que ser fieles a su Creador hasta la ignominia".

La autosuficiencia del dictador se acrecentaba al contemplar el desarrollo del país, gracias al cual los optimistas empezaban a dar a México el título de "Nuevo Japón". Con orgullo se hacía ver que bajo el régimen de Díaz se puso en funcionamiento el primer alto horno de América Latina, el de Monterrey, inaugurado en 1903, y que para 1910 ya producía la nada despreciable cantidad de 85 000 toneladas de acero (el segundo fue el de Volta Redonda, Brasil, inaugurado durante la segunda Guerra Mundial). Otro caso único en América Latina era la producción anual de 75 000 toneladas de cemento. México parecía estar en camino de convertirse en potencia productiva.

Cuando Díaz llegó al poder, las industrias más importantes de la nación se reducían a unos cuantos talleres donde se fabricaban velas, jabón, tela burda, zapatos corrientes y poco más. En 1910 se contaba ya con fábricas enormes de calzado, telas de algodón de buena calidad, de cigarrillos, de cerveza, y hasta se empezaba a organizar una de carros de ferrocarril y tranvías. El comercio, formado por oscuros tendajones y puestos del mercado en la época de Lerdo, se había enriquecido con la aparición de grandes y lujosos almacenes "como en París". Las exportaciones habían crecido de 40 millones a 288 millones de pesos durante la dictadura.

De 640 kilómetros de vías férreas que dejó Lerdo, la red llegó a tener 19 280. Gracias al ferrocarril, Torreón pasó de tener un puñado de habitantes en 1883 a 43 000 en 1910, y su vecina Gómez Palacio, de otros pocos a 42 000. El ferrocarril hizo posible producir a precios adecuados el algodón y otros cultivos industriales, como la caña de azúcar y el henequén, mientras que en la época de Lerdo sólo se cultivaba maíz, frijol y muy pocas cosas más.

También gracias al ferrocarril, la minería sextuplicó su producción durante el régimen porfirista, y en 1910 la mayor parte estaba formada por minerales industriales como cobre y hierro; anteriormente sólo se explotaban los metales preciosos. El cobre hizo que Cananea dejara de ser una ranchería de 100 habitantes para transformarse en una ciudad de 14 000.

La vida urbana registró notables avances, como lo demostraban la gran cantidad de edificios y palacetes de estilo francés que engalanaban los barrios elegantes de México, Guadalajara, Puebla, Mérida y otras ciudades, donde sólo habían existido descuidadas construcciones del viejo estilo español. Y sin embargo, a medida que se acercaba la celebración del primer centenario de la Independencia no faltaron escépticos que se preguntaran: ¿era legítimo vanagloriarse por los logros realizados por el país independiente? La tutela colonial había sido tan afrentosa que resultaba fácil contestar en sentido afirmativo. Pero sólo en términos generales.

El territorio heredado de la Colonia se había reducido a la mitad. Las guerras extranjeras y los incesantes cuartelazos habían causado estragos de pavor. La paz impuesta por Díaz, una paz forzada, era en algunos aspectos tan degradante como la virreinal. También el paso de colonia española a colonia económica de Estados Unidos distaba mucho de ser totalmente satisfactorio, aunque el dictador no se sometió al "protectorado con otro nombre" que se impuso en las épocas de Juárez y Lerdo, pues siempre procuró enfrentar a los inversionistas yanquis con los ingleses para sacar provecho de la competencia.

Al separarse de España, el país era predominantemente indígena (65% de la población) y tenía grupos raciales muy separados el uno del otro: 10% de blancos, cerca de 25% de mestizos y una cantidad apreciable de negros y mulatos. Para 1910 la mayoría de los negroides habían sido absorbidos por la población mestiza, que pasó a ser la más cuantiosa (50% del total, según el cálculo más aceptado). Los indios ya sólo formaban el 30 o 35%, y los que pasaban por blancos el resto.

Hacia 1810, sólo 10% de la población podría ser clasificado como "gente decente" (es decir, con un modo de vida parecido al europeo), en tanto que el porcentaje restante sufría las terribles privaciones de "la indiada" y "el peladaje". Para 1910 se podría calcular en 20% la "gente decente" y en 80% los demás grupos. El cambio ocurrió a lo largo de todo un siglo, pero su mayor aceleración se registró durante el porfiriato gracias al surgimiento de mayores oportunidades económicas y educativas. (La Nueva España tenía 95% de población analfabeta contra 75% en el México de 1910.)

La "gente decente" más destacada llegó a ver en el gobierno de Díaz una versión bastante aceptable del Paraíso Terrenal. Centenares de ministros, gobernadores, generales, "coyotes", etc., amasaron fortunas de uno o varios millones de pesos a la sombra de la corrupción oficial; millares de comerciantes e industriales audaces, en su mayoría inmigrantes extranjeros, aprovecharon las oportunidades del desarrollo económico para adquirir grandes capitales, y numerosos hacendados podían llevar una vida cómoda sin trabajar. La "gente decente" de menor categoría englobaba a cientos de miles de individuos que la pasaban desahogadamente desempeñando sus profesiones o trabajando como empleados de nivel medio y alto en el gobierno o la actividad privada.

Había surgido asimismo una nueva clase media formada por elementos provenientes del peladaje que, después de haber estudiado para oficinistas, abogados, maestros de escuela o agrónomos, habían logrado ascender en la escala social, sólo para descubrir que el ascenso les reportaba muy pocas comodidades y en cambio les imponía obligaciones como la de comprar levita y llevar un tren de vida que no los expusiera al temible "qué dirán".

El peladaje y la indiada aventajaron muy poco, si es que no retrocedieron. Durante el virreinato, el jornal que ganaban los peones alcanzaba para comprar 33 litros de maíz, y hacia 1910 apenas alcanzaba para nueve litros. Entre seres semimonófagos y sin mayores necesidades de casa y vestido, el cambio tuvo que resultar catastrófico, a pesar de los derechos políticos que teóricamente les confirió la Independencia.

Si eran peones agrícolas, se les sometía a un régimen parecido al de un campo de concentración. Si escapaban de las haciendas —y no tenía caso hacerlo, pues no había sitios mejores dónde trabajar—, los gendarmes los aprehendían con el viejo cuento de que debían dinero a sus amos y los regresaban a la hacienda después de tenerlos en la cárcel: en otras palabras, un asunto que cuando mucho era de deudas, o sea civil, y que, por lo tanto, no ameritaba prisión, se transformaba para los peones en delito penal con cárcel. (Estas monstruosidades suelen achacarse a la dictadura de Díaz, aunque en realidad provenían de la Colonia y también se practicaron sin recato en la época de Juárez.)

Los empresarios se quejaban amargamente de la falta de brazos. Para conseguirlos empleaban arbitrios de traficante de esclavos. Los jefes políticos y policiacos vendían a los "enganchadores" de mano de obra a los ebrios o vagos que capturaban, y los infelices eran enviados a los mortíferos campos tabaqueros de Valle Nacional, Oaxaca, o a los madereros de Quintana Roo. Miles de yaquis capturados en Sonora murieron en las plantaciones henequeneras de Yucatán; por años se les había hecho una guerra incesante, hasta que en 1904 fueron sometidos.

Si eran obreros, lo común era que trabajaran hasta 14 horas diarias por un salario de hambre. A menudo no les pagaban con dinero, sino con vales que sólo podían canjear por mercancías en la "tienda de raya" operada por la empresa, que vendía todo a precios muy altos. Se les podía despedir en cualquier momento sin indemnización, y en muchos casos se les prohibía leer periódicos "comunistas". A principios del siglo una fábrica aumentó de 12 a 14 horas la jornada, sin incrementar los salarios. Un periódico aplaudió la medida señalando que así los obreros tendrían menos tiempo para derrochar su salario en las pulquerías.

En general, se pensaba que la miseria, el alcoholismo y el embrutecimiento de los trabajadores eran una especie de justo castigo divino por sus vicios. Los sindicatos estaban prohibidos. Aun así, durante el Porfiriato hubo por lo menos 250 huelgas, que fueron sofocadas por hambre más que por la fuerza. Los mineros de Cananea, Sonora, en junio de 1906, y los textileros de Río Blanco, Veracruz, en enero de 1907, llevaron a cabo huelgas revolucionarias que fueron aplastadas a sangre y fuego. El total de huelguistas asesinados ascendió a varios centenares. Los líderes fueron enviados a los calabozos de San Juan de Ulúa.

Para los ideólogos del porfiriato —así como para los de todos los gobiernos del México independiente, sin descartar al de Juárez— el problema social podía resolverse "mejorando la raza" mediante la importación de inmigrantes europeos, especialmente trabajadores fornidos que dieran mayor dinamismo a la actividad agrícola e hicieran funcionar las nuevas fábricas.

Además de las de índole moral, este propósito adolecía de fallas de orden práctico. Por supuesto, a los europeos no les convenía abandonar sus países para trabajar de peones en una hacienda o de obreros en una fábrica mexicana; sólo unos miles de chinos y coreanos aceptaron inicialmente la suerte del paria mexicano, pero en la primera oportunidad que se les presentó abandonaron su trabajo para dedicarse a lavanderos, fonderos, abarroteros y hasta tamaleros. Sólo en Veracruz y Puebla arraigaron algunas pequeñas colonias agrícolas de franceses o italianos.

A pesar de todos los esfuerzos encaminados a atraer inmigrantes, en 1910 apenas residían en el país alrededor de 120 000 extranjeros. La mayoría eran estadunidenses y europeos y provenían de la clase media baja de sus naciones. A ellos sí les resultaba provechosa la vida en México, pues con su disciplina, su dedicación y sus mayores conocimientos aplicados al comercio y a la industria, en breve tiempo se transformaban en capitalistas. Hacia 1910 los franceses eran propietarios de las mejores tiendas, hoteles, restaurantes y empresas textiles del país; los alemanes poseían las principales ferreterías; los españoles eran dueños de las tiendas de abarrotes y de una infinidad de establecimientos comerciales e industriales importantes; los libaneses y los sirios empezaron a formar lo que con el tiempo se convertirían en grandes almacenes de comercio.

Los inmigrantes juzgaban a los mexicanos incapaces de ocupar trabajos de responsabilidad, y así ocurrió que en los ferrocarriles, por ejemplo, no sólo eran estadunidenses o europeos los maquinistas, los jefes de estación y los telegrafistas, sino hasta los capataces de los maleteros.

Además, Díaz colocó a los extranjeros por encima de las leyes del país, y éstos solían recibir mayor salario que los nacionales por trabajo igual. Ésta fue una de las causas principales del estallido de la huelga de Cananea, donde los mineros estadunidenses ganaban cinco pesos diarios y los mexicanos sólo tres. El gobernador sonorense trató de justificar la situación diciendo que también los extranjeros debían gastar más, y al efecto señaló que en los prostíbulos de Cananea cobraban cinco pesos a los inmigrantes y sólo tres a los nacionales. De todas maneras cundió la impresión de que los mexicanos habían pasado a ser ciudadanos de segunda en su propio país, y la xenofobia heredada de la Colonia se agudizó de manera explosiva y en ciertos aspectos justificada.

Hombre de mentalidad abrumadoramente pragmática, Porfirio Díaz jamás se inquietó por este tipo de consideraciones. A él que no le vinieran con "profundismos" y que mejor le contestaran: ¿quién era el hombre que más había hecho por el país?

Realmente, lo que inquietaba al país no era que Porfirio Díaz siguiera gobernando, sino la incógnita de la sucesión. La inquietud aumentó a medida que avanzaba el tiempo. Los estadunidenses, quienes tenían invertidos más de mil millones de dólares en México, se transtornaban al pensar que un octogenario sin sucesor aceptable no podía garantizarles sus intereses.

Un periodista de la revista *Pearson's*, James Creelman, se hizo eco de esta inquietud, y en 1908 solicitó y obtuvo del dictador una histórica entrevista en la que Díaz soltó una bomba política: finalmente, dijo, el pueblo mexicano estaba preparado para ejercer la democracia. Su presidente en funciones no aceptaría otra reelección ni aunque se lo imploraran todos sus partidarios; más aún, vería con buenos ojos el surgimiento de partidos políticos de oposición y entregaría el poder a quien el pueblo eligiera libremente en 1910.

Tal vez tuvo simplemente un arranque de lirismo senil y quiso exhibirse como un hombre desinteresado y generoso que, después de haber pacificado y engrandecido a su patria, renunciaba a los oropeles del poder para legar a sus compatriotas un bien más: la libertad. Semejante actitud sería aplaudida y vista con admiración por el mundo entero.

Pero apenas publicada la entrevista, cuando meditó fríamente lo que había dicho, el anciano convocó a sus incondicionales para que repitieran la farsa de exigirle en bien de la patria que permaneciera en la Presidencia. Mientras llegaba el momento de lanzar la candidatura a la reelección, habría que tolerar que funcionaran los partidos políticos que invitó a formar en la entrevista, pues impedir abiertamente que surgieran, o suprimirlos mediante la violencia, sería excesivo y acabaría con la última gota de prestigio que podía quedarle al dictador en "las naciones extranjeras".

Tímidamente empezaron a esbozarse los nuevos partidos. El primero en aparecer fue un "Partido Democrático" que integraban jóvenes rechazados por el "carro completo" de los "científicos", al cual les hubiera gustado incrustarse, y que proponía leves reformas a la ley electoral y otras insignificancias. No presentaba candidato presidencial, pero todo mundo sabía que éste era el viejo dictador. Ni siquiera se atrevió a lanzar candidato a vicepresidente, aunque se sospechaba que éste era el general Bernardo Reyes o en su defecto el gobernador de Veracruz, Teodoro A. Dehesa.

Sobre todo aparecieron "clubes reyistas", que se manifestaban partidarios a ultranza del dictador y de toda su política, pero pedían como vicepresidente al general Reyes. Actuaron atrevidamente organizando manifestaciones estudiantiles y populares en apoyo de su candidato vicepresidencial. Los guiaba el propósito de crear una corriente de opinión tan poderosa que el dictador, sintiéndose incapaz de dominarla, acabara por transar aceptando la compañía del general. Personas bastante sensatas y conocedoras han calculado que 75% de la clase submedia y el peladaje del país llegaron a ser entusiastamente reyistas.

El dictador quiso mostrar una vez más que a él nadie le imponía candidatos: privó a Reyes de la jefatura militar y para sustituirlo nombró a un archienemigo de éste, el general Jerónimo Treviño. Por añadidura, puso al antiguo favorito ante la disyuntiva de marchar a Europa "en viaje de estudios" o atenerse a las consecuencias. Reyes abandonó el país sin ocuparse siquiera de implorar piedad para sus partidarios. Díaz seguía ganando batallas políticas, pero nunca advirtió que sus victorias eran pírricas.

Dejados como en la orfandad, los reyistas se afiliaron en masa a una agrupación dirigida por el coahuilense Francisco I.

Madero, que de Centro Antirreeleccionista se convirtió en Partido Nacional Antirreeleccionista y proclamaba el mismo lema utilizado por Díaz en sus revueltas contra Juárez y Lerdo: "Sufragio efectivo, no reelección". Al principio los maderistas eran tan pocos y parecían tan inexpertos que el dictador no les prestó atención; gracias a esto el movimiento pudo crecer hasta alcanzar grandes proporciones.

Los "científicos", creyéndose libres de los reyistas, quienes de haber llegado al gobierno les habrían estropeado sin duda las grandes corruptelas, recorrieron el país para promover la reelección, no sólo de Díaz sino también la de Corral. El hecho de que se pretendiera imponer como sucesor presidencial a un hombre tan repudiado sobrepasó los límites de tolerancia de la gente, y como consecuencia las muchedumbres lapidaron, abuchearon y estuvieron a punto de linchar a los organizadores de mítines reeleccionistas que se celebraron en Guadalajara y en otras ciudades. Pero el dictador pensó que sólo se trataba de las últimas "patadas de ahogado" de los reyistas, y no concedió importancia a los hechos.

Al respecto escribió Limantour: "En sus conversaciones sobre estos asuntos el general Díaz afectaba no tener la menor alarma, y poco antes de las elecciones me dijo [...] que se hallaba bastante satisfecho del ensayo de prácticas republicanas que se estaba haciendo en el país, y que si desgraciadamente las cosas tomaban un mal giro, él sabría combatir a tiempo los abusos que se cometieran".

Las elecciones se celebraron en julio de 1910 y por supuesto fueron fraudulentas de origen, ya que Díaz actuó como juez y parte. Paradójicamente, no es difícil que haya obtenido la mayoría de votos, tanto por su firme arraigo entre los ciudadanos como por el miedo al cambio que experimentaba la gente. Para mayor seguridad, Madero fue encarcelado en San Luis Potosí.

A partir del 1º de septiembre, el dictador no tuvo tiempo de ocuparse más que de inaugurar obras públicas y monumentos, de asistir a bailes y recepciones diplomáticas o de presidir desfiles y actos culturales en los que literalmente se le equiparaba con los estadistas más geniales de la historia del mundo. Treinta y seis naciones enviaron embajadas especiales a estos actos, con los que se celebraba el primer centenario de la Independencia mexicana. Para evitar molestias a los invitados, la policía efectuó redadas de menesterosos y prohibió a éstos acercarse a los barrios donde se hospedaban los distinguidos visitantes.

Los banquetes se servían en vajillas de oro y plata. La champaña y los vinos se importaron por furgones, y el caviar y el paté de Estrasburgo por arrobas. Los festejos costaron 20 millones de pesos, o sea más de lo que recaudaba el fisco en todo un año cuando Díaz asumió la Presidencia por primera vez, pero se dijo que gracias a tal derroche el mundo podría admirar los progresos del país.

Francisco I. Madero huyó de la cárcel potosina para ir a San Antonio, Texas, e invitar a sus partidarios a iniciar la revolución el 20 de noviembre de 1910. Las autoridades norteamericanas le dieron amplias facilidades para actuar, pues en los últimos años Díaz había desplegado lo que los partidarios de la política del garrote consideraban excesiva independencia: negó el permiso para que la marina yanqui estableciera una base carbonera en Baja California; proporcionó asilo político a un ex presidente nicaragüense que había sido derrocado por los *marines* y, sobre todo, había venido demostrando preferencia por los ingleses sobre los norteamericanos en la asignación de concesiones para explotar el petróleo. En Estados Unidos se concluyó que el octogenario ya no podría prestarles servicios por tiempo largo, y fríamente se decidió dejar que Madero le metiera un susto, por lo menos.

Un día antes del 20 de noviembre, la policía hizo abortar en la ciudad de Puebla un levantamiento maderista. En Valladolid, Yucatán, y en Tlaxcala, Tlaxcala, hubo manifestaciones de repudio al dictador, pero el gobierno las sofocó con facilidad. Por el resto de 1910 hasta se creyó que la sublevación había fracasado. Sólo en los primeros meses de 1911 se recrudeció la actividad revolucionaria en Chihuahua, y en el primer trimestre de 1911 Madero se anotó un triunfo espectacular con la toma de Ciudad Juárez. Entre tanto surgieron bandas guerrilleras en 18 estados.

De pronto Díaz comprobó que no era omnipotente, como había creído, y peor aún, constató que no tenía quién le ayudara a enfrentar la crisis: para evitar el surgimiento de nuevos caudillos militares había impedido el ascenso de los oficiales jóvenes y como resultado en 1910 sólo disponía de generales en su mayoría octogenarios —a uno de ellos le llamaban "Caclito"—, carentes de iniciativa y que no servían más que para cobrar sus haberes. Por la corrupción tradicional, el ejército carecía de caballos bien alimentados y sus efectivos estaban incompletos. Y los funcionarios civiles no sabían hacer más que "irse a la cargada".

Reyes, desterrado en Europa, recibió órdenes de volver a México para hacerse cargo de la represión, pero a última hora Díaz le ordenó quedarse en La Habana a esperar nuevas instrucciones. Limantour, queriendo ponerse a salvo del cataclismo que veía venir, había pretextado una enfermedad de su esposa y la necesidad de arreglar ciertos detalles de la deuda externa para irse a Europa también; cuando regresó a México por orden de Díaz, lo único que hizo fue doblegarse a las exigencias revolucionarias.

Los ricos, aunque sabían que ellos eran los que más iban a perder con el triunfo revolucionario, no se atrevieron a enfrentar al dictador para exigirle que impusiera el orden o dejara el cargo: no eran burgueses dispuestos a defender una fortuna amasada con el esfuerzo personal, sino despreciables burócratas, lambiscones y favoritos encumbrados por obra y gracia del dictador, que como todos los de su clase carecían de fibras viriles hasta para defender sus propiedades mal habidas. Sus mayores esperanzas las depositaron en la posibilidad de que el ejército de Estados Unidos interviniera en México para restablecer el orden y la paz.

Por otra parte, sin proponérselo, Díaz había propiciado el surgimiento de nuevos elementos humanos que darían fuerza incontenible a la revolución: las legiones de maestros de escuela y agrónomos que había preparado el sistema educativo del gobierno, y que por lo general eran individuos provenientes de las capas pauperizadas de la población, ilusionados con la idea de ascender en la escala social y que al recibir el título se daban cuenta de que los salarios que estaban destinados a ganar de por vida apenas superaban a los de un barrendero; de pronto externaron su resentimiento, tomaron las armas y aprovecharon su ilustración para ocupar muchos puestos directivos del movimiento revolucionario.

Ocho meses y 25 días después del centenario, Díaz reconoció el triunfo de la revolución maderista y renunció a la Presidencia. En Veracruz abordó el barco alemán *Ypiranga* que lo condujo al exilio en París. "Ya soltaron a la caballada; a ver ahora quién la encorrala después", decía. El octogenario llamaba "caballada" a la "cargada".

Mucho se ha reprochado a Díaz que no haya tomado medidas para suavizar la miseria de la mayoría de la población. Esto es tan injusto como reprocharle que no haya introducido el uso de computadoras, pues en su época no se adjudicaba a ningún gobierno del mundo la responsabilidad de combatir la miseria, que a la sazón hacía estragos hasta en Europa. (Los europeos elevaron su nivel de vida gracias al desarrollo de sus países, no a la magnanimidad de sus gobernantes.) A Díaz habría que criticarle más bien el que haya prohibido la subsistencia de una sociedad burocrática que entorpeció el crecimiento de una sociedad burguesa como la de las naciones adelantadas, la cual, en primer término, no lo habría dejado ejercer el gobierno durante 34 años.

Hasta su muerte, causada por la arterioesclerosis y registrada a las 6:30 de la tarde del 2 de julio de 1915 en su discreto apartamento de la avenida del Bosque, en París, Porfirio Díaz resistió las incitaciones de sus partidarios para encabezar una nueva rebelión. Sabía que ya le faltaban energías y tiempo para volver a encorralar, organizar y castrar a "la caballada".

En su último mensaje al congreso para presentar su dimisión había dicho:

> El pueblo mexicano [...] se ha insurreccionado [...] manifestando que mi presencia en el ejercicio del Supremo Poder Ejecutivo es causa de su insurrección.
>
> No conozco hecho alguno imputable a mí que motivara ese fenómeno social; pero permitiendo o admitiendo, sin conceder, que pueda ser un culpable inconsciente, esa posibilidad hace de mi persona la menos a propósito para raciocinar y decidir sobre mi propia culpabilidad.
>
> En tal concepto [...] vengo ante la Suprema Representación de la Nación a dimitir sin reserva el encargo de Presidente Constitucional de la República [...] Espero, señores diputados, que calmadas las pasiones que acompañan a toda revolución, un estudio más concienzudo y comprobado haga surgir en la conciencia nacional, un juicio correcto que me permita morir llevando en el fondo de mi alma una justa correspondencia de la estimación que en toda mi vida he consagrado y consagraré a mis compatriotas.

Realmente, si Porfirio Díaz hubiera muerto cuando cumplió 75 años, o hubiese dejado el país organizado para que alguien más lo pudiera gobernar, hoy tendría estatuas dedicadas a homenajearlo en todas las ciudades mexicanas. Pero no lo hizo, a sabiendas de que debió hacerlo, y por lo tanto se merece una buena parte de los denuestos con que tapizaron su figura histórica quienes lo sucedieron en el ejercicio del poder.

Tercera Parte
ELEVACIÓN Y CAÍDA DE MADERO

XVI. MADERO Y LOS ESPÍRITUS

La Revolución mexicana comenzó a incubarse en París una mañana de 1891 en que Francisco I. Madero, rico joven mexicano de 18 años de edad que estudiaba administración de empresas en Francia, leyó por casualidad un ejemplar de *La Revue Espirite*, célebre publicación fundada por Allan Kardec.

En esa época hacía furor en Europa y Estados Unidos el espiritismo, doctrina basada en el dogma de que los seres de ultratumba se comunican con los vivos a través de médiums o golpes en los muebles. Francisco I. Madero, ex alumno de una escuela jesuita de Saltillo y otra de Baltimore, Estados Unidos, había renunciado a sus creencias católicas al grado de que cambió su segundo nombre (Ignacio, en referencia a Loyola) por el de Indalecio, y necesitaba encontrar una nueva fe para restablecer la perdida paz interior. Las doctrinas de Kardec lo entusiasmaron.

En la gran librería espiritista de París adquirió varios volúmenes sobre el tema. "No los leí: los devoré", escribiría años más tarde. Deseoso de profundizar sus conocimientos, concurrió a varios centros espiritistas franceses, donde le dijeron que tenía facultades de "médium escribiente", o sea que era uno de los seres privilegiados mediante cuya mano los espíritus comunican sus mensajes a la humanidad. El joven Francisco hizo ejercicios para desarrollar su facultad —concentración, lanzamiento de "emanaciones magnéticas", etc.—, pero fracasó en los intentos de escribir alguna frase significativa.

En 1892, después de estudiar cinco años en París, el joven Francisco regresó a su nativa Parras, Coahuila, y al año siguiente se trasladó a San Pedro de las Colonias, donde administraba algunas haciendas de su familia. Introdujo el cultivo del algodón en la zona baja del Nazas, construyó sistemas de riego, importó maquinaria y semillas e implantó tantas innovaciones que algunos lo consideran como el principal promotor de la hasta entonces marginada comarca lagunera. Se hizo notable además por pagar salarios generosos a sus peones y empleados, por las diversas obras de caridad que mantenía y por las becas que instituyó para que los hijos de sus peones estudiaran carreras técnicas y comerciales.

Algunas versiones señalan que los Madero eran de origen español, mientras que otras les atribuyen ascendencia judíoportuguesa. Poseían haciendas, industrias, viñedos, bancos, plantaciones de guayule, casas, edificios y muchos otros bienes más. Al patriarca de la familia y abuelo de Francisco, don Evaristo, se le calculaba una fortuna de 30 millones de pesos. En el corto periodo (1880-1884), correspondiente a la Presidencia de Manuel González, fue gobernador de Coahuila, pero no desempeñó puestos políticos bajo Porfirio Díaz. Don Francisco, el padre de "Panchito", como llamaban familiarmente al futuro apóstol, había amasado por su propia cuenta otra fortuna no inferior a los 15 millones de pesos de la época.

Las mujeres de la familia Madero eran altas y guapas. Los hombres eran gigantones y fornidos. "Panchito", quien apenas levantaba 1.60 del suelo y durante su infancia fue muy enfermizo, constituía la excepción. Desde chico mostró tendencias al misticismo y un fuerte deseo de servir a la humanidad. En los años de su adolescencia, alguien llevó a su casa una tabla uija —un artefacto de origen espiritista muy común en los hogares al finalizar el siglo XIX— y cuando le llegó el turno de interrogarla Panchito le preguntó si de grande llegaría a ser presidente de la República. Obtuvo una respuesta afirmativa y parece que desde entonces comenzó a forjar proyectos que redundarían en beneficio del pueblo mexicano.

El gusto por el buen vino y la equitación permitían a Madero mitigar el tedio de vivir en San Pedro de las Colonias. Además, leía cuanto libro de espiritismo encontraba a su alcance. Acabó por hacerse abstemio, se convirtió en vegetariano y aprendió medicina homeopática para atender a sus conocidos.

Un día enfermó "de mal amarillo y fiebre gástrica" un tío suyo llamado Manuel. Madero pasaba largas horas a solas con el paciente, administrándole medicinas. Para entretenerse hacía los ejercicios de concentración que le recomendaron en París, los cuales debían permitirle desarrollar sus facultades de médium escribiente. Entonces:

A los pocos experimentos empecé a sentir que una fuerza ajena a mi voluntad movía mi mano con gran rapidez —escribió—. Como sabía de qué se trataba, no sólo no me alarmé, sino que me sentí vivamente satisfecho [...] A los pocos días escribí con una letra grande y temblorosa: "Ama a Dios sobre todas las cosas y a tu prójimo como a ti mismo". Esa sentencia me causó gran impresión [...] Después seguí desarrollando mi facultad al grado de escribir con gran facilidad.

Los sicólogos modernos explican el fenómeno de los médiums escribientes como un caso de desdoblamiento de personalidad: una parte de su propio cerebro los impulsa a escribir cosas que ellos, sin saberlo conscientemente, quieren decirse. Fuera de esa peculiaridad, los "médiums escribientes" son personas normales. Madero no era más "anormal" que cualquier creyente de cualquier religión. Además, su fortaleza de carácter, su dinamismo y su honradez a toda prueba hacían de él un hombre excepcional.

En el ánimo de Madero obraban una bonhomía a prueba de todos los desengaños y una fe semirreligiosa en las prácticas democráticas, según las había observado en Francia y Estados Unidos. Entre 1905 y 1908 esta fe lo llevó a participar en campañas políticas de candidatos independientes que pretendían alcanzar la presidencia municipal de San Pedro de las Colonias o la gubernatura de Coahuila. El gobierno, mediante fraudes, impuso a sus incondicionales. La experiencia hizo ver a Madero que sólo una fuerte presión popular, de dimensiones nacionales, sería capaz de hacer que Porfirio Díaz modificara sus procedimientos.

El primer espíritu que se puso en comunicación con Madero firmaba sus mensajes con el nombre de Raúl. Aparentemente, se trataba de un hermano que murió de muy corta edad en un terrible accidente que impresionó a Panchito. Los espíritus, aunque sean de niños, razonan como adultos en ultratumba; Raúl le transmitía empalagosos mensajes moralistas; lo reprendió por seguir atado al vicio de fumar y le recomendó que se casara, con lo que ya no tendría que seguir perdiendo el tiempo en fugaces encuentros con mujerzuelas.

Madero dejó rápidamente el cigarrillo y pidió la mano de Sarita Pérez, la agraciada hija de un rico hacendado de Querétaro y el Estado de México, a quien conoció en una escuela para señoritas de California, donde fue condiscípula de una de sus hermanas. La boda de Francisco y Sarita se celebró el 26 de enero de 1903.

Después de Raúl, diversos espíritus entraron en contacto con el futuro prócer: otro hermano difunto llamado José Ramiro, la prima Luisa Ángela, una pariente llamada doña Nemesia, Atanasio el mecánico, un tal Florencio Lira, un doctor apellidado Noriega, y muchos más. Docenas de estas comunicaciones, escritas con letra de Madero, se encuentran en el archivo del personaje. En ellas le describían las bellezas de ultratumba, donde no existen ricos ni pobres y la única superioridad es la del espíritu.

Un día Raúl le dijo: "Ustedes [Francisco y Sarita] van a ser los instrumentos de que se vale la Providencia para socorrer a sus hijos". Madero le pidió consejos y Raúl prometió presentarle a un espíritu "que sabe mucho de política", y que se identificaría sólo con el nombre de "José".

El 16 de mayo de 1907 se comunicó por vez primera con Francisco I. Madero. "Soy José, tu guía, tu maestro y hermano que tanto te ama, que ha sido atraído por tu ferviente plegaria", le dijo a manera de presentación. Sus comunicaciones fueron cada vez más frecuentes, y en ocasión de cumplir Madero 35 años le dio el siguiente mensaje:

> Tú has sido elegido por el Padre Celestial para cumplir una gran misión en la Tierra. Para que puedas cumplir debidamente con tu cometido, es menester que a esa causa divina sacrifiques todo lo material, lo terrenal, y dediques tus esfuerzos todos a su valorización […] Ten fe, ten valor, ten constancia y vencerás. Dios siempre estará contigo; nosotros te protegeremos constantemente en tu derredor.

Para que no se distrajera en su misión, José recomendó a Madero una completa abstinencia sexual. Modelo de abnegada esposa mexicana, Sarita accedió a secundar al marido pese a que ansiaba tener un hijo que nunca tuvo. Varias veces Madero violó la vigilia, pero el 30 de abril de 1908, cumplido un mes entero de abstinencia absoluta, José le dijo: "¡Al fin triunfaste! ¡Al fin logró tu espíritu dominar a la materia y sacudir la secular cadena con la que lo aprisionaba! Una vez obtenida tu libertad […] lo principal es que nunca pierdas tu calma; que recurras con frecuencia a la oración; que no te olvides de practicar seguido tus emanaciones magnéticas".

Por esas fechas, Porfirio Díaz había concedido una entrevista al reportero estadunidense James Creelman, en la que el dictador anunció al mundo que los mexicanos ya estaban preparados para ejercer la democracia; que vería con buenos ojos el surgimiento de partidos de oposición, y que no aceptaría reelegirse en 1910 aun cuando se lo imploraran sus amigos y partidarios. José, quien a menudo hacía comentarios sobre el despotismo porfirista, aconsejó a Madero tomarle la palabra al dictador y escribir un libro sobre el tema que conmovía al país: la sucesión presidencial.

Guiado paso a paso por José, Madero escribió las primeras páginas de su libro en abril de 1908. La obra contiene un análisis de la organización política mexicana y concluye diciendo que Porfirio Díaz debe dar por terminado su "régimen absolutista" y encauzar al pueblo mexicano en la práctica de la democracia. En vista de la unánime aprobación que el pueblo daba a la persona de Díaz, se le podría reelegir para el periodo 1910-1916, pero a cambio él debía permitir la libre elección de un vicepresidente que lo pudiese suceder en caso de muerte o retiro. Esto implicaba el descarte del candidato vicepresidencial auspiciado por Díaz, el impopular Ramón Corral. En caso de que el dictador persistiera en su absolutismo, profetizó Madero, la violencia revolucionaria podría devorar nuevamente al país.

El 16 de noviembre de 1908, cuando terminaba de redactar el libro, Madero recibió otra comunicación de ultratumba:

Principiaré por felicitarle muy cordialmente por los triunfos que ha obtenido sobre Ud., los cuales lo ponen en condiciones de emprender con éxito la obra colosal de restablecer la libertad en México [...] Ya le hemos dicho que al general Díaz le va a causar una impresión tremenda [el libro], le va a infundir verdadero pánico, y su pánico paralizará o desviará todos sus esfuerzos [...] Ud. ha de comprender que si trajo esa misión habíamos acordado desde antes que Ud. viniera al mundo con los medios necesarios para que la lleve a cabo con éxito […] Ud. tiene que combatir a un hombre astuto, falso, hipócrita. Pues ya sabe cuáles son las antítesis que debe proponerle: contra astucia, lealtad; contra falsedad, sinceridad; contra hipocresía, franqueza […] Con gusto volveré a hablar con Ud. cuando me llame, pues formo parte del grupo de espíritus que lo rodean, lo ayudan, lo guían para llevar a feliz coronamiento la obra que ha emprendido.

La comunicación está firmada "B. J.", las iniciales de Benito Juárez. "José", según opinan algunos entendidos, era José María Morelos y Pavón.

El mayor obstáculo que encontró para publicar su libro fue la oposición de su familia, la cual veía claramente el peligro que representaba el hecho de que un Madero demostrara excesiva independencia política. El hombre, a pesar de que ya había cumplido 35 años, obedecía cuanto le ordenaban sus mayores, y antes de publicarlo pidió autorización a su padre.

Alarmado, el padre negó repetidamente su consentimiento. Pero por fortuna para Madero, don Francisco padre también tenía inclinaciones espiritistas. Panchito le escribió:

Usted debería saber que entre los espíritus […] hay algunos que se preocupan por el progreso de la humanidad […] Y yo, que debo desempeñar un papel de importancia en esa lucha, pues he sido el elegido por la Providencia para cumplir la noble misión de escribir este libro; yo, que en el entusiasmo y en la fe que siento reconozco la ayuda de ella [...] sentirme detenido en medio de mi carrera, sentir que una fuerza poderosa detiene mi brazo y me inutiliza para el combate, ¿podrá usted imaginarse cuál es mi angustia? Ansiosamente espero su respuesta [...] A pesar de mi edad, no deseo desobedecer a ustedes.

Para lograr que desistiera de sus propósitos, el padre se había apoyado en el patriarca de la familia, don Evaristo, y Panchito envió a éste un ejemplar del libro para que lo juzgara. El abuelo le contestó: "Te diré la verdad: que no te considero capaz de escribir tal libro, y quiero saber quién te ayudó a escribirlo [...] Cada vez que reflexiono sobre tu conducta creo que has perdido la razón, ya que no consultas las opiniones de las personas sensatas [...] Debes saber que los redentores terminan crucificados". Pero después de recibir la carta en la que hablaba de los espíritus, el 22 de enero de 1909 el padre envió a Madero un telegrama en el que lo bendecía y lo autorizaba a publicar el libro.

La primera edición, de 3 000 ejemplares, se agotó en breve tiempo. Rápidamente se publicaron otras dos. El libro fue "ninguneado" por los críticos y los políticos importantes, pero gracias a él Madero empezó a ser conocido en buena parte del país. Desde el principio aparecieron críticos del idealismo que impulsaba al autor, pero sólo un individuo con su fe podía creer en la posibilidad de salir ileso en un enfrentamiento contra Díaz.

XVII. LOS POLVORINES SOCIALES

Francisco I. Madero —un individuo rico y excéntrico, que en lo personal no tenía motivos de queja contra la dictadura— fue la chispa que hizo estallar el polvorín revolucionario. Pero le favoreció encontrar un ambiente propicio: a la realización de la improbable hazaña —que concluyó con inesperada rapidez— contribuyeron dos factores: las divisiones internas que resentía la administración porfirista y la labor de unos activistas sociales que pretendían ganar el poder incitando a la violencia.

En el seno de la dictadura libraban una pugna feroz dos camarillas: la aristocracia burocrática de los "científicos" y la lumpenburocracia, a la que se conocía por el nombre de "reyista". Como hijos a quienes la codicia por la herencia se les agudiza al llegar el padre a la senectud —el dictador cumpliría 80 años en 1910— las dos poderosas camarillas no escatimaban recursos para quedarse con el botín presupuestal cuando muriera el dictador.

Los "científicos" eran los funcionarios mejor preparados del gobierno. Se creían el producto más refinado de la nación, y como solían criticar a cada paso las carencias de México y de ponderar las excelsitudes de Europa, acabaron siendo vistos como una pandilla de descastados y ganándose el odio de la rústica y xenofóbica población del país. Para servirse de ellos, el dictador les había permitido enriquecerse como gestores de contratos y concesiones destinadas a las grandes empresas extranjeras, o como operadores financieros que obtenían enormes comisiones por la colocación de empréstitos destinados al gobierno mexicano. Sobre todo, les había permitido que en 1904 le instalaran como vicepresidente al "científico" Ramón Corral.

La camarilla encabezada por el gobernador de Nuevo León y ex ministro de Guerra, general Bernardo Reyes, englobaba a los militares, al medio pelo burocrático, a los abogados sin clientela, a los periodistas sin "embute" jugoso, y a los estudiantes que aspiraban a incrustarse en el gobierno, además un amplio sector de los artesanos, quienes admiraban al general por ser "muy macho" y muy capaz de aplastar a los antipáticos "científicos". Para las elecciones de 1910 anhelaban elevar a su caudillo a la vicepresidencia —nadie se atrevía a pretender el primer puesto—, lo que requeriría eliminar a Corral. Por su parte, los "científicos" temblaban de sólo pensar que triunfasen sus rivales, pues estaban seguros de que éstos les arrebatarían las "chambas" y corruptelas que venían disputando.

Movido por el proverbial "divide y vencerás", Díaz permitió que ambas camarillas libraran una prolongada campaña de calumnias mutuas a cuyo término los reyistas habían convertido a Corral en una piltrafa política. Creían que, tras esto, el dictador se vería obligado a descartar al "científico" y remplazarlo por Reyes, pero al amo del país le disgustaba que sus partidarios quisieran pasarse de listos imponiéndole candidatos, y no sólo eliminó a Reyes en la justa sino que ratificó a Corral como candidato a la vicepresidencia.

Díaz no advirtió que la sucia campaña de las camarillas lo dañaba, ya que ambas se autoproclamaban porfiristas incondicionales y el cieno que se arrojaban ensuciaba a la persona del propio dictador que consentía rodearse de semejantes colaboradores. Luego, el hecho de que en 1910 reconfirmara en la vicepresidencia al individuo más despreciado de México —Corral— determinó que, como en las tragedias clásicas, el hombre que había forjado una nación se ganara el rechazo de quienes vieron que empujaba nuevamente al país al abismo de donde lo había sacado.

Antes que Madero, también otros hombres habían luchado por derrocar a la dictadura. Descollaban entre éstos los anarcosocialistas acaudillados por Ricardo Flores Magón.

Este personaje se inició en la política en 1902, cuando era estudiante de leyes y participó en disturbios que tuvieron por objetivo protestar contra la tercera reelección de Porfirio Díaz. El régimen aplacó la agitación distribuyendo "becas" y "chambitas" entre los líderes estudiantiles, pero el joven Ricardo no se dejó corromper y, lejos de convertirse en instrumento del gobierno, juró dedicar su vida a impulsar las causas populares.

Los Flores Magón vivían en una de las vecindades más inmundas de la ciudad de México. El jefe de la familia era un indígena oaxaqueño que siguió a Porfirio Díaz como coronel en la "revolución" de Tuxtepec, cuando el caudillo ensangrentó al país pretextando que ansiaba dar plena vigencia a la constitución de 1857 e implantar el principio del sufragio efectivo y la no reelección. Al ver que Díaz hacía exactamente lo contrario de lo prometido, el coronel pidió su baja del ejército y prefirió ganarse la vida realizando labores miserables.

Casi analfabeto, pero dotado de una notable inteligencia natural, el coronel se sacrificó para que sus hijos cursaran estudios superiores. En los ratos de ocio los hacía escuchar peroratas contra la injusticia. Su ideal, según escribió uno de sus hijos, era el de difundir por todo México el comunismo primitivo de su tribu oaxaqueña, "donde todo es de todos, menos las mujeres".

Ricardo encontró en el periodismo político un excelente vehículo para desenvolverse. Trabajó como redactor en el notable periódico oposicionista *El Demócrata*, y luego fue director de *Regeneración*. Sus artículos eran vitriolo puro. A veces el gobierno ejercía represalias contra él encarcelándolo por periodos breves, pero luego lo dejaba libre y en condiciones de seguir agitando. Los mexicanos de principios del siglo XX estaban embobados ante los progresos materiales que impulsaba el porfirismo; no prestaban oídos a la prédica de la oposición, y el gobierno se daba el lujo de tolerar ataques de volumen tan alto que sería inconcebible en épocas posteriores.

En su lucha contra la apatía general, Ricardo Flores Magón buscaba coyunturas para entusiasmar a la gente exhibiendo un valor suicida. En 1901 se le presentó una magnífica oportunidad, al reunirse en San Luis Potosí una convención de liberales comecuras que creyeron necesario señalar las desviaciones ideológicas del porfirismo, pero concretándolas a la política de conciliación hacia la Iglesia, un tema que no perturbaba el sueño del dictador.

Ricardo asistió a la convención como delegado por el

Distrito Federal, y cuando le tocó tomar la palabra dijo abruptamente que las críticas no debían reducirse a lo religioso, sino abarcar todos los vicios del porfirismo. Al ver que sus oyentes se inquietaban, tronó:

—Señores, la administración de Porfirio Díaz es una cueva de bandidos.

En la sala se hizo un silencio absoluto, que fue interrumpido por los siseos de los más prudentes. Ricardo Flores Magón repitió:

—Sí señores: ¡La administración de Porfirio Díaz es una cueva de bandidos! —hubo nuevo silencio seguido de siseos más fuertes, pero el orador repitió a gritos la misma frase—: ¡Y sí! ¡La administración de Porfirio Díaz es una cueva de bandidos!

Entonces consiguió por fin aplausos atronadores. El desplante fue castigado con el encarcelamiento de Ricardo y la clausura de *Regeneración*. En abril de 1902 lo pusieron nuevamente en libertad, y Porfirio Díaz le hizo saber que, si bajaba el volumen de sus críticas, podría aspirar a recibir subsidios u obtener un puesto productivo en el gobierno. Como respuesta, Ricardo se convirtió en director del furibundo periódico *El Hijo del Ahuizote* y redobló sus ataques.

El periódico fue clausurado y Ricardo y sus redactores pasaron otra temporada en la cárcel. Se prohibió a todos los diarios del país que publicaran artículos de cualquiera de los Flores Magón. En 1904 Ricardo y un hermano menor, Enrique, huyeron a Texas, donde esperaban encontrar un ambiente propicio para sus actividades políticas. En noviembre, desde San Antonio, reanudaron la publicación de *Regeneración*.

Gracias a la ineptitud de las autoridades mexicanas, el periódico llegaba por correo a miles de suscriptores de todo el país. Pero el régimen porfirista, sobornando policías y jueces texanos, logró que los rebeldes fueran hostilizados, golpeados y encarcelados varias veces. Los quijotes vivían a salto de mata: inclusive se trasladaron con todo y periódico a Canadá. Aun allá los alcanzó la influencia porfirista, por lo que regresaron a Estados Unidos.

Al iniciarse julio de 1906, Ricardo tuvo un momento de respiro y junto con varias docenas de exiliados mexicanos fundó en San Luis, Missouri, el Partido Liberal Mexicano, un organismo que pugnó por realizar cambios sociales profundos. Ricardo Flores Magón fue designado presidente. Para entonces se había convertido en fanático de las doctrinas anarcosocialistas en boga, y el cambio quedó nítidamente reflejado en el programa del partido, entre cuyos puntos básicos destacan la no reelección; la clausura de las escuelas del clero; la jornada de trabajo máxima de ocho horas (aun en Estados Unidos era de 12); el salario mínimo (que hasta entonces, con excepción de Nueva Zelanda, era desconocido en todo el mundo); la abolición de las deudas de los peones agrícolas; la recuperación por el Estado de los terrenos de las haciendas cuyos dueños no las tuvieran en producción, para cedérselos a campesinos desposeídos (pero no saqueo de haciendas productivas ni robo de terrenos sembrados, como hicieron los revolucionarios de la época posterior); la prohibición de la inmigración de chinos y, finalmente, la confiscación de los bienes de los políticos enriquecidos en el poder.

A continuación, Ricardo desató las actividades sediciosas

en México. En 1908, partidas de guerrilleros floresmagonistas atacaron, desde Estados Unidos, Viesca y Villa Acuña (Las Vacas), Coahuila, y Palomas, Chihuahua, pero fácilmente fueron puestos en fuga por el ejército porfirista.

Para desesperación de los floresmagonistas, su prédica sencillamente no hallaba eco entre el pueblo, y sus acciones jamás desbordaron el terreno de lo romántico, aunque algunas de sus frases reivindicadoras se filtraron para arraigar en la conciencia nacional. El lenguaje violento que usaban en sus escritos —ponían en duda hasta la virtud de las esposas de sus enemigos— repelía a la mayor parte de la población mexicana.

Francisco I. Madero contó entre los primeros suscriptores de *Regeneración* e inclusive entregó pequeñas sumas de dinero a los agitadores para que pagaran fianzas y salieran de la cárcel en Estados Unidos, pero cuando les sugirió que moderaran su lenguaje y desistieran de insultar a las damas, y cuando reprobó los ataques a Viesca y Villa Acuña, diciendo que era un crimen ensangrentar al país y que la única vía era la lucha política pacífica, obtuvo como respuesta el ser tachado de burgués asqueroso, rico explotador, reaccionario, etcétera.

XVIII. REVOLUCIÓN Y SOBRESALTOS

Simultáneamente a la publicación de su libro, Francisco I. Madero inició la búsqueda de un personaje destacado para invitarlo a presidir una agrupación política independiente que pensaba formar. Descubrir a ese hombre era importantísimo, pues Madero reconocía su falta de renombre para ocupar el cargo. Ninguno de los invitados aceptó, y uno de ellos, el periodista Victoriano Agüeros, reflejó el sentimiento general al decir que no veía la utilidad de lanzarse a la lucha en un México donde sólo se palpaba "servilismo y miedo".

—Ya no tengo fe en nuestros hombres ni en nuestro país. Trabajo sin esperanza, solamente por llenar una obligación —precisó.

Sólo mostraron simpatía por Madero algunos ancianos liberales a ultranza —como el periodista Filomeno Mata— que no habían perdonado a Porfirio Díaz la burla de que los hizo víctimas en el comienzo de su carrera política, cuando los atrajo a su lucha prometiendo implantar el sufragio efectivo y la no reelección, para hacer todo lo contrario cuando la revuelta de Tuxtepec le dio el poder. Pero a medida que la campaña avanzaba los ancianos reconocieron su falta de vigor y se eclipsaron.

Sin desanimarse, Madero continuó buscando y en mayo de 1909 logró fundar en la ciudad de México un "Centro

Antirreeleccionista", al que llamó "centro" porque "habría sido pretencioso llamarle partido". Sólo anunció que el organismo perseguía la "gradual realización del principio del sufragio efectivo y la no reelección" y que limitaría su lucha al terreno político porque consideraba criminal lanzar al país a una revuelta armada.

Para presidir el centro, Madero reclutó a un astuto político porfirista, el licenciado Emilio Vázquez Gómez. Según se sabría más tarde, el licenciado trabajaba en realidad por el gobernador de Veracruz, Teodoro Dehesa, de quien muchos esperaban que fuese escogido por Díaz para ocupar la vicepresidencia, pues en aquellos días Corral aún no había sido favorecido con "el dedazo". Los antirreeleccionistas, convenientemente manipulados, según el plan de Vázquez Gómez, serían un apoyo más para el veracruzano.

La familia Madero se dividió ante los progresos del apóstol en ciernes. Sus hermanos Gustavo, Raúl, Mercedes y Ángela lo apoyaron entusiastamente, pero el resto de la familia persistió en el escepticismo. El abuelo, quien moriría en 1911, alcanzó a escribir al nieto una carta en la que le dijo que sus actividades políticas lo hacían pensar en "la rivalidad de un microbio con un elefante", sin reparar en que un microbio puede matar no sólo a un elefante, sino a una manada completa.

Poco después de fundado el centro, Madero inició una gira para exponer los temas contenidos en su libro. En México eran desconocidas las giras políticas y llamaba la atención que el personaje anduviera acompañado en todas partes por su esposa, doña Sara. Aun así, el éxito distó mucho de merecer el calificativo de "clamoroso". Visitó Orizaba, Veracruz,

Progreso, Mérida, Campeche, Tampico y Monterrey; el público que reunió era tan escaso que las autoridades dejaban en paz al agitador.

Sólo a fines de año, en Guadalajara, Madero fue aclamado por 5 000 personas. En Colima el gobierno le impidió celebrar su mitin en la zona urbana, aunque no en las afueras de la ciudad. Al iniciarse 1910 llegó a Sinaloa y fue recibido por un público numeroso, pues Díaz acababa de imponer como gobernador del estado a un individuo muy impopular, y los descontentos manifestaron su rechazo ovacionando al visitante. Cuando llegó a Sonora, feudo de Ramón Corral, lo único que las autoridades consideraron necesario hacer fue dificultarle la tarea de conseguir buenos cuartos de hotel. Los mítines antirreeleccionistas resultaron muy deslucidos en todo Sonora. En Chihuahua, a donde se trasladó a continuación, Madero reunió en cambio públicos multitudinarios de gente perjudicada por el cacicazgo de los Terrazas. Pero el científico chihuahuense Enrique Creel siguió sin conceder importancia al personaje.

—Van a verlo como quien va a ver a un payaso —afirmó.

De Chihuahua Madero pasó a Coahuila, con el éxito que era de esperarse en un estado donde su popularidad estaba bien asentada, y en marzo pasó a Durango, Zacatecas, San Luis Potosí, Aguascalientes y Guanajuato. Sus mítines ya se veían más concurridos y las autoridades comenzaron a aplicar breves arrestos a uno que otro "revoltoso".

Más que a las prédicas de Madero, el explosivo crecimiento que experimentó el maderismo en los primeros meses de

1910 fue producto del exilio del general Reyes y la designación del científico Ramón Corral como candidato a la vicepresidencia.

Dejados en la orfandad y sin protección por la huida de su jefe, a fines de 1909 los reyistas empezaron a afiliarse en masa al maderismo —algunos para resistir luchando la venganza "científica", otros con la esperanza de que el gobierno los comprara para desincrustarlos de la oposición, según táctica habitual de la dictadura, y una minoría porque simpatizaban con Madero—.

Entre estos nuevos maderistas destacaba el doctor Francisco Vázquez Gómez, hermano del licenciado Emilio —el presidente del centro— y uno de los principales reyistas de la República.

Los "científicos" describían al doctor Vázquez Gómez como "un prietito muy feo". Nativo de Tamaulipas, era de origen tan misérrimo que se costeó los estudios trabajando como sereno en la capital y, según anotó uno de sus condiscípulos, ni siquiera tenía para comprar zapatos nuevos: los adquiría de segunda mano en Tepito, uno de un color y otro de otro, que se vendían más baratos. Con base en sacrificios, lucha terrible e inteligencia por encima de lo normal, el doctor se abrió paso en la sociedad porfiriana con tal éxito que llegó a convertirse en médico de cabecera del dictador.

En lo físico el licenciado Emilio se parecía a su hermano, y la historia de los dos era casi igual, cosa que les había creado un terrible resentimiento social. Obviamente, al apoyar uno a Dehesa y otro a Reyes, los hermanos realizaban una maniobra habitual en las familias burocráticas mexicanas: la de que un miembro trabaje por un candidato y otro por el contrario, de manera que el triunfador pueda proteger al hermano derrotado y así ninguno de los dos quede fuera del presupuesto. El chasco que se llevaron cuando Díaz escogió a Corral para vicepresidente obligó a los Vázquez Gómez a refugiarse en el antirreeleccionismo.

Al iniciar sus trabajos políticos, Madero consideró disparatado lanzar un candidato propio a la Presidencia. Sólo ambicionaba promover la candidatura vicepresidencial, y deseaba ofrecérsela a uno de los políticos más prestigiados del régimen, pues pensaba que si éste era elegido por el pueblo y no impuesto por Díaz, la democracia habría realizado por ese solo hecho un gran avance. Personalmente simpatizaba con Limantour, amigo íntimo de su familia, y en cambio sentía repugnancia por Reyes, de quien estaba convencido que "haría un gobierno más despótico que el de Díaz".

Ni Limantour ni ningún otro funcionario importante mostró interés en aceptar el apoyo de Madero para la vicepresidencia; pero cuando los reyistas en masa se sumaron al antirreeleccionismo, el prócer se vio en la posibilidad de avanzar solo y decidió transformar el centro en partido y participar en la elección con candidatos propios a la vicepresidencia y a la Presidencia. Para lograrlo tuvo que vencer la oposición del licenciado Vázquez Gómez, quien ya propugnaba la tesis de que la manera más eficaz de implantar la no reelección era apoyar la reelección de Pofirio Díaz.

La convención constitutiva del Partido Antirreeleccionista inició sus trabajos en la ciudad de México el 15 de abril de 1910. Madero —el único que tenía tiempo y dinero para participar en la campaña— resultó electo candidato presidencial. Por sugerencia de él mismo, el doctor Francisco Vázquez Gómez fue designado para la vicepresidencia. A pesar de la aversión que le inspiraba Reyes, el prócer establecía una diferencia entre el general y "los reyistas de buena fe". Además, el doctor podría atraer un importante contingente reyista al antirreeleccionismo y, en el momento oportuno, podría servir de útil conducto para llegar a una transacción honorable con Porfirio Díaz. Madero seguía consciente de sus limitaciones, pensaba que jamás podría ganarle al dictador y se conformaba con obtener de éste alguna concesión para las prácticas democráticas.

El licenciado Emilio constituía otro útil conducto, pues logró que su jefe Teodoro Dehesa concertara una reunión entre el flamante candidato antirreeleccionista y Porfirio Díaz. La reunión se celebró el 16 de abril. No se tiene constancia documental de lo acontecido, pero se cree que Madero prometió retirar su candidatura a cambio de que Díaz permitiera la elección libre del vicepresidente. Desde la cumbre de su soberbia, el dictador sintió desprecio por la figura ridícula del hombrecillo. Se negó a hacer promesa alguna y al retirarse el visitante, dijo a uno de sus allegados:

—Ahora ya tengo dos rivales: éste y Zúñiga y Miranda (un chiflado que se presentaba como candidato presidencial en todas las elecciones).

Madero salió de la reunión convencido de que el dictador estaba acabado y sólo abandonaría el poder por la fuerza. El hecho lo inquietaba, pues seguía considerando criminal ensangrentar el país con una revuelta. Se tranquilizó al pensar que, de todos modos, él todavía carecía de fuerza para llegar a esos extremos. Y en última instancia, los espíritus decidirían desde el más allá lo que conviniera hacer.

Madero, siempre acompañado por doña Sara, inició su campaña electoral el 5 de mayo con una manifestación en el Distrito Federal a la que acudieron unas 7 000 personas. Pasó por segunda vez a Guadalajara, donde reunió a 10 000 y luego se trasladó a Puebla para ser aclamado por 25 000 almas que lo vitorearon al tiempo que lanzaban mueras contra el universalmente odiado gobernador estatal; en Orizaba, repleta de ex huelguistas humillados y desesperados, la muchedumbre ascendió a 25 000. Cuando celebró un segundo mitin en la ciudad de México, 30 000 almas ovacionaron al candidato.

El mesías de la barba puntiaguda fascinaba a las multitudes. Su voz chillona que clamaba contra la injusticia y su figurilla que desafiaba abiertamente a la dictadura hacían que las masas sintieran vergüenza de su mansedumbre ciudadana. El gobierno comenzó a inquietarse al grado de que fueron encarcelados centenares de oposicionistas.

Lejos de disminuir con la represión, el entusiasmo siguió en aumento. Multitudes enormes aplaudieron al candidato oposicionista en San Luis Potosí y Saltillo; en Monterrey la ciudad entera tomó la calle, burlándose de la policía que antes prohibiera el mitin. Para el gobierno esto rebasó los límites. Al día siguiente de su llegada a Monterrey, Madero fue arrestado bajo el cargo de haber impedido en San Luis Potosí el arresto de un partidario suyo. Secretamente lo trasladaron a la capital potosina, donde quedó radicada la causa.

El primer domingo de junio, dos días después del arresto

de Madero, tuvieron lugar las elecciones primarias, en las que de acuerdo con el sistema imperante la ciudadanía nombró 20 145 electores que, el 10 de julio, deberían elegir al presidente. A plena luz del día se cometieron los fraudes más desvergonzados y tal vez miles de maderistas fueron puestos en prisión. Paradójicamente, según algunas opiniones desapasionadas, el dictador tal vez hubiera ganado la elección jugando limpio, pues la mayoría de los ciudadanos seguían mirándolo con una mezcla de miedo y veneración.

Limantour y el obispo de San Luis Potosí, monseñor Ignacio Montes de Oca, obtuvieron del dictador, a instancias de la familia Madero, que el candidato antirreeleccionista fuera puesto en libertad una semana después de celebradas las elecciones secundarias. Madero salió libre bajo fianza y con San Luis Potosí por cárcel. Para el dictador y la mayoría de sus allegados, el problema del antirreeleccionismo había terminado.

Madero daba largas caminatas diarias por San Luis Potosí, acercándose cada vez más a la estación ferroviaria, y el 5 de octubre se ocultó en la casa de un partidario, se disfrazó de rielero y huyó hasta Laredo, Texas, escondido en un vagón de carga.

Se trasladó luego a San Antonio, y desde allí expidió un plan declarando fraudulentas las elecciones e ilegítimo al gobierno de Díaz, y convocando a la revolución armada para el 20 de noviembre próximo. El plan fue fechado en San Luis Potosí el 5 de octubre (último día que Madero permaneció en esa ciudad), por considerar indecoroso lanzar proclamas revolucionarias desde el extranjero.

El prócer invirtió cantidades importantes de su fortuna personal y la de su hermano Gustavo para refaccionar a varios correligionarios que necesitaban adquirir armas y municiones. Al llegar la hora de prueba aparecieron los inevitables desertores, entre los que destacarían los hermanos Vázquez Gómez. El doctor, a quien correspondía el puesto de vicepresidente en el gobierno provisional, rechazó la invitación de trasladarse a Texas y advirtió que no se le comprometiera mencionándolo en las proclamas, pues de lo contrario el propio doctor declararía a la prensa que Madero había dejado de ser su amigo. Otro reyista prominente, el ex senador Venustiano Carranza, también renegó durante un tiempo de su militancia maderista.

Sin preocuparse demasiado, Díaz ordenó hacer preparativos para sofocar la sublevación. Dos días antes de la fecha clave, la policía de Puebla cercó la casa del comerciante zapatero Aquiles Serdán, un fervoroso maderista auténtico que había reunido armas para distribuirlas el día de la revuelta; se produjo una terrible balacera en la que don Aquiles, su familia y algunos correligionarios se defendieron heroicamente y mataron a muchos soldados y policías, pero la sublevación abortó con la muerte de los atacados. Decenas de poblanos habían prometido secundar la sublevación pero al cabo se arrepintieron.

Excepto en Chihuahua, donde hubo levantamientos de poca monta, el país estuvo en calma el día fijado para la sublevación nacional. Madero planeaba iniciar sus acciones armadas con un ataque a Piedras Negras, Coahuila —llamada en aquella época "Ciudad Porfirio Díaz"—, en el que emplearía un ejército de centenares de hombres que prometió reunir un tío llamado Catarino.

Cruzó la frontera a las ocho de la mañana del día 20 en un paraje desértico. Al tío Catarino lo seguían únicamente 10 hombres; cuatro traían carabinas y los seis restantes, pistolas, sin que ninguno hubiera logrado abastecerse de municiones. Después de dos días de infructuosa espera de refuerzos, Madero regresó a Estados Unidos. A fin de evitar encuentros con la policía texana se trasladó a Nueva Orleans, donde pensaba embarcarse hacia Veracruz para promover desde allá la revuelta.

La familia Madero fue hostilizada al grado de verse en la necesidad de huir en masa a Estados Unidos. Sus propiedades fueron confiscadas o intervenidas, lo que equivalía a dejar sin fondos a la revolución. Casi todos los Madero, con el padre a la cabeza, presionaban a "Panchito" para que se dejara de locuras y se marchara a Europa.

Pero Madero nunca perdió la fe. En Nueva Orleans vivía en hoteluchos y se alimentaba de bazofia por carecer de dinero, y sin embargo, un día que estaba remendando sus calcetines y meditaba, de pronto se levantó de su asiento y dijo a un hermano que estaba con él:

—¡Ya lo tengo! ¡Ya sé cómo voy a integrar mi gabinete!

El optimismo de Madero no tardó en encontrar justificación, pues en Chihuahua un puñado de hombres había logrado sostener el foco revolucionario. Los acaudillaba Abraham González, quien en 1911 cumpliría 47 años de edad.

Más que antiporfirista, Abraham González era enemigo

de los Terrazas, los amos de Chihuahua. Hijo de una familia de hacendados de Ciudad Guerrero que un día tuvo la mala fortuna de enfrentarse a los caciques, estudiaba administración de empresas en la Universidad de Notre Dame cuando le avisaron que tenía que regresar a su tierra porque su familia estaba arruinada.

El joven Abraham trató de resolver la situación explotando una mina, pero las desventuras, que él achacaba a maquinaciones de los Terrazas, lo hicieron fracasar y así cayó a la condición de empleado modesto: cajero de un banco, inspector de una línea de tranvías, traductor en un periódico pequeño y mecanógrafo del consulado estadunidense en Chihuahua. Cuando estalló la revolución trabajaba como agente de compras para una empresa ganadera de Kansas.

Movido por su hostilidad hacia los Terrazas, González estaba predispuesto a escuchar cualquier grito de rebelión. En un tiempo fue inclusive floresmagonista, pero abandonó el movimiento por no simpatizar con su filosofía ni con sus métodos. En cambio se identificó plenamente con Madero. Fundó los clubes antirreeleccionistas de Chihuahua e hizo una eficaz propaganda política que los Terrazas, en su autosuficiencia, no consideraron necesario bloquear.

Cuando se proclamó el Plan de San Luis Potosí, González fue de los primeros en secundarlo. Para la lucha armada reclutó varias docenas de vaqueros, mineros, artesanos, pequeños comerciantes y aventureros. Madero le proporcionó los fondos que le permitieron armar a los principales cabecillas: Pascual Orozco en Ciudad Guerrero; Guillermo Baca en Parral; Toribio Ortega en Cuchillo Parado; José de la Luz

Blanco en Temósachic, y Cástulo Herrera en San Andrés. Bajo las órdenes de este último militaba el después legendario Pancho Villa.

El cabecilla más importante de esa etapa, Pascual Orozco, era en 1910 un gigantón correoso y huesudo de 28 años de edad, 1.90 de estatura y fuerza que le permitía levantar costales de mineral como si estuvieran rellenos de plumas. Originario de un rancho de Ciudad Guerrero, poseía una pequeña mina y trabajaba de arriero con su propia recua, lo cual le permitió conocer la sierra a la perfección.

Parecía en camino de labrarse una fortuna modesta cuando un capitán llamado Joaquín Chávez, protegido de los Terrazas, empezó a hacerle una competencia desleal y estuvo a punto de hundirlo en la quiebra. Al igual que don Abraham, Orozco se dejó entusiasmar en un tiempo por las prédicas de Flores Magón, pero acabó por pasarse al maderismo, cuya ideología se adaptaba mejor a su temperamento.

Pancho Villa, otro hombrón, tenía 32 años de edad en 1910. Era originario de la hacienda de Gogojito, Durango, y según contaría años más tarde, abandonó el solar nativo por haber dado muerte al hacendado en cuya propiedad él trabajaba de mediero, debido a que el individuo trató de seducir a una hermana suya. Otras fuentes rechazan la versión, señalando que Villa era desde los 12 años un consumado ladrón de gallinas y que a los 17 mató a un compañero de juegos, por lo que huyó de Gogojito.

Como quiera que haya sido, en la adolescencia el fugitivo se incorporó a una banda capitaneada por Pancho Villa, un legendario bandido. (El futuro guerrillero revolucionario, se llamaba originalmente Doroteo Arango, pero a la muerte de su jefe adoptó, por razones sentimentales, el nombre de éste.)

El segundo Villa reunió una fortuna considerable en el abigeato. Deseoso de librarse de la explotación de los intermediarios y de obtener el máximo beneficio de sus robos, abrió en Chihuahua su propio expendio de carnes donde vendía directamente al público las reses robadas. Lo que no alcanzaba a vender en la carnicería lo traspasaba a tratantes de ganado que no preguntaban por el origen de los animales.

Al parecer uno de esos tratantes era el fogoso Abraham González. Lo cierto es que don Abraham platicaba a menudo con Villa, y para atraérselo le hizo ver que su vida había tomado el curso que tomó sólo por la injusticia del régimen porfirista: la sociedad era la culpable de los delitos cometidos por el bandolero, pero la revolución lo rehabilitaría a cambio de que contribuyera con decisión al triunfo de Madero.

Villa anhelaba convertirse en persona respetable y las peroratas de don Abraham lo entusiasmaron. Su habilidad como jinete y tirador sería extremadamente útil, pero como su persona podía desprestigiar el movimiento, González lo llevó a segundo plano, poniéndolo bajo las órdenes de Cástulo Herrera, el caudillo de San Andrés.

El 20 de noviembre los cabecillas llevaron a cabo sus ataques respectivos. Orozco, al frente de un puñado de hombres, tomó el pueblecillo de Miñaca y asaltó la casa de su enemigo el capitán Chávez, quien tenía una guardia personal de 40 tarahumaras. Las armas de los indios engrosaron el arsenal rebelde. Al día siguiente sitió Ciudad Guerrero, defendida por 65 federales. Después de cinco días, el gobierno mandó refuerzos y Orozco —avisado por los lugareños— salió a interceptarlos, les puso una emboscada y los derrotó. Volvió sobre Ciudad Guerrero y la tomó a principios de diciembre.

El gobierno envió una columna de 1 200 hombres a recapturar Ciudad Guerrero. Orozco, quien ya tenía 300 guerrilleros a su mando, decidió enfrentar al enemigo en un lugar llamado Cerro Prieto. Antes de que se iniciaran las hostilidades se le unió Pancho Villa con una veintena de hombres, ya que el ex bandolero había tomado la jefatura de la gavilla de San Andrés por haber visto que Cástulo Herrera "no mandaba nada".

Los rebeldes fueron derrotados y huyeron tras un combate de tres horas. Los federales tomaron 20 prisioneros y los fusilaron. Esto agudizó el odio que sentían los chihuahuenses hacia los militares porfiristas. Mientras que los rebeldes eran bien recibidos en los ranchos, los militares sólo encontraban hostilidad.

Días después, los cabecillas chihuahuenses celebraron una junta para elegir jefe, y el nombramiento recayó en Orozco, quien a pesar de la derrota de Cerro Prieto seguía destacando entre sus compañeros. El acierto de tal nombramiento pudo apreciarse el 2 de enero de 1911, cuando el cabecilla sorprendió en el cañón de Mal Paso a un poderoso contingente federal. Orozco dejó que los federales se internaran en la barranca, y desde las alturas, a ambos lados, sus hombres los acribillaron. Para celebrar la victoria Orozco ordenó reunir las gorras y los uniformes de los federales muertos y, según se cuenta, se los envió a Porfirio Díaz con una nota que decía: "Ahí te devuelvo las hojas. Mándame más tamales".

Un asalto al tren Kansas City, México y Oriente, reportó a Orozco abundantes provisiones. El gobierno federal pretendió ganárselo destituyendo al gobernador terracista de Chihuahua, quien fue sustituido por un individuo independiente y moderado que se mostró conciliador y ofreció amnistiar a los sublevados. Orozco rechazó el ofrecimiento e hizo preparativos para atacar Ciudad Juárez el 5 de febrero, aniversario de la constitución y fecha en que se esperaba el regreso de Madero al país. Pero Madero no llegó, el gobierno reforzó su guarnición y el ataque fue suspendido.

De Nueva Orleans, Madero se había trasladado a Dallas y luego a El Paso. Frecuentemente cambiaba de residencia, pues recibía informes de que se habían girado órdenes para su aprehensión bajo el cargo de violar las leyes estadunidenses de neutralidad. Finalmente el 14 de febrero se internó en territorio mexicano por una ranchería situada 26 kilómetros al este de Ciudad Juárez.

A diferencia de la saña con que fueron hostilizados los floresmagonistas, el gobierno estadunidense trató con relativa benevolencia a Madero, atendiendo con desgano burocrático las denuncias en contra de los revolucionarios que vivían en Texas. Washington deseaba dar una lección a Porfirio Díaz, haciéndole ver que ningún gobierno mexicano se puede sostener sin el apoyo del coloso norteño, y la actividad de Madero se prestaba de maravilla para hacer esa demostración sin correr un peligro serio, pues en Estados Unidos nadie dudaba de que el dictador aplastaría la revuelta.

Los maderistas aprovecharon la coyuntura para reclutar combatientes y abastecerse de armas y parque en Texas.

Cuando Madero cruzó la frontera lo acompañaban 130 hombres, 50 de los cuales eran aventureros estadunidenses y europeos a quienes encabezaba Giuseppe Garibaldi, descendiente del libertador italiano.

La columna cruzó el desierto y a fines de febrero llegó a Villa Ahumada sin encontrar resistencia. A principios de marzo entró en el pueblo de San Buenaventura, cuyos habitantes la recibieron con una lluvia de flores. Confiándose demasiado, el 6 de marzo Madero ordenó atacar Casas Grandes. La plaza estaba casi desguarnecida, pero al iniciarse el combate llegaron refuerzos federales y los revolucionarios se vieron obligados a huir.

Convencido de que no servía para general, Madero y su columna se retiraron a la hacienda de Bustillos. Orozco y Villa se le unieron allí con poco más de un millar de hombres. En seguida comenzaron a planear el ataque a Ciudad Juárez.

El gobierno había enviado 6 000 soldados a Chihuahua. Los rebeldes planearon lanzar un falso ataque contra la capital del estado, para que el gobierno concentrara allí sus fuerzas y desprotegiera Ciudad Juárez. No fue necesario llevar a cabo la maniobra. Porfirio Díaz se había encargado de dirigir personalmente la campaña desde la ciudad de México. No conocía Chihuahua, y en vez de reunir sus fuerzas para un ataque demoledor las dividió en pequeños destacamentos; engañado por los rumores de que los rebeldes se proponían atacar la capital chihuahuense, ordenó concentrar allí las guarniciones de Casas Grandes, Jiménez y Ojinaga, con lo cual dejó a los revolucionarios el campo libre en la frontera.

Los triunfos de Orozco y la evidente incapacidad del gobierno para sofocar la rebelión habían dado ánimos a los indecisos, y para marzo ya operaban guerrillas maderistas en Coahuila, Sonora, Sinaloa, Durango, Zacatecas, Aguascalientes, Jalisco, Veracruz y Morelos. Los floresmagonistas habían tomado algunas rancherías de Sonora, Chihuahua y Veracruz, y después de apoderarse de Mexicali quedaron dueños de Baja California, pero Ricardo Flores Magón prohibió a sus correligionarios hacer causa común con "el enano politicastro y vulgar ambicioso que desea elevarse sobre las espaldas de la gente pobre para cobrar por supuestos servicios". El gobierno aplastó esos movimientos en unas cuantas semanas.

A fines de marzo Madero y sus hombres abandonaron Bustillos y sin encontrar resistencia poco después ocupaban Casas Grandes. Prosiguieron la marcha hacia la frontera. En el camino se les unían cientos de rancheros. Sumaban ya 2 500 el 15 de abril, cuando ante la impotencia de los 700 federales que guarnecían Ciudad Juárez rodearon la plaza por todos lados, excepto por el norte, delimitado por el río Bravo. Para asegurarse de que el gobierno no enviara refuerzos, los revolucionarios cortaron las vías férreas hacia el sur.

Aunque Ciudad Juárez era un pueblo de pequeñas casas de adobe y apenas 8 000 habitantes, su posesión reportaría a Madero ventajas como una base segura de aprovisionamiento, un territorio inmejorablemente situado para solicitar a Estados Unidos que se le reconociera como beligerante, etc. Pero cuando la plaza inerme estuvo rodeada, el caudillo ordenó suspender el ataque.

En el ánimo de Madero obraba el hecho de que Washington había declarado no estar dispuesto a sufrir perjuicios por la guerra entre vecinos, y para reforzar la declaración había concentrado 20 000 soldados en la frontera de Texas y enviado su flota a patrullar los litorales mexicanos del Golfo y el Pacífico. Poco antes, un grupo revolucionario había atacado Agua Prieta, Sonora, y en la refriega murieron por balas perdidas dos ciudadanos de la vecina Douglas, Arizona. El ataque a Ciudad Juárez probablemente causaría estragos en El Paso; esto ofrecía el peligro de que el ejército estadunidense penetrara a México, y Madero decidió evitarlo.

Además, la dictadura daba señales de reconocer su incapacidad de aplastar por la fuerza las sublevaciones y buscaba un arreglo pacífico. Limantour, llamado de Europa, donde se hallaba atendiendo asuntos financieros, había recibido amplios poderes para reorganizar el gobierno con miras a restarle atractivos a la causa revolucionaria, y al efecto convenció a Corral de que solicitara licencia y se ausentara del país; se deshizo fríamente de sus amigos "científicos" y formó un nuevo gabinete con individuos menos impopulares; obligó a renunciar a los odiados gobernadores de Chihuahua, Puebla y Yucatán, y logró que Porfirio Díaz se comprometiera a implantar la no reelección, respetar la soberanía de los estados, iniciar una reforma judicial que suprimiera las injusticias más indignantes, e inclusive que promoviera una nueva legislación para dotar de parcelas a los campesinos sin tierra.

Simultáneamente, el gobierno entabló negociaciones con los revolucionarios. Al buscar quién lo representara en esta tarea, Madero advirtió sus limitaciones. La revolución tenía apenas meses de iniciada y los individuos "ilustrados" que se le habían unido no sumaban una docena. Así, Madero se vio obligado a nombrar negociadores a su padre, a un hermano y a un primo.

Para diluir un tanto el forzado nepotismo, nombró negociador también al doctor Vázquez Gómez, a pesar de que la elección de este individuo no era precisamente ideal: aunque él y su hermano Emilio se trasladaron a Estados Unidos antes del 20 de noviembre, en cuanta oportunidad se les presentó proclamaron que su huida obedecía al temor de la persecución de los científicos, pero que ellos no eran rebeldes en absoluto. Sólo cuando la revolución daba señales de afianzarse, el doctor aceptó el cargo de agente diplomático.

En las negociaciones de paz los parientes de Madero se mostraron ansiosos de llegar a un acuerdo con la dictadura, lo cual les permitiría volver al país y recuperar cuanto antes sus propiedades. La intervención de Vázquez Gómez impidió un acuerdo precipitado. El gobierno aceptó que la revolución nombrara 14 gobernadores y cuatro ministros de Estado, así como decretar la no reelección y ordenar que las fuerzas federales evacuaran Chihuahua, Sonora y Coahuila. Esto pareció más que suficiente a los Madero, quienes se esforzaron por convencer a "Panchito" de que aceptara la oferta. Pero el doctor, quien conocía la proclividad de Díaz a violar hasta las promesas más solemnes, maniobró para que se exigiera la renuncia del dictador como condición absoluta para firmar la paz.

Con esto las pláticas se estancaron. Los soldados revolucionarios, aburridos mortalmente por la prolongada espera, seguían rodeando Ciudad Juárez y esperando el momento de lanzarse sobre su fácil presa. Pero Madero, obsesionado por la posibilidad de una invasión estadunidense, ordenó a Orozco levantar el sitio y retirarse al sur con todos sus hombres.

El 8 de mayo los sitiadores empezaron a cumplir el mandato, que les parecía el mayor disparate del mundo. De pronto, a eso de las 10 de la mañana se desató un tiroteo entre las fuerzas rivales. Madero exigió explicaciones a Orozco, el cual ofreció investigar.

Minutos después el fuego se generalizaba. Todo se había debido a una maniobra de Orozco, quien deseaba presentar a Madero hechos consumados para forzarlo a tomar la plaza. Había ocupado la ribera del Bravo y desde allí avanzó sobre la ciudad: de esta manera las balas que cayeran en El Paso provendrían de los federales y ellos serían los responsables de cualquier represalia yanqui.

Cuando Madero volvió a localizar entre los combatientes a Orozco, éste pretextó que sus muchachos ya estaban "muy enchilados" y que no los podía contener. El caudillo se resignó a dejar que el ataque prosiguiera. Por el sur, Villa avanzaba tomando manzana por manzana. El día 10 la totalidad de Ciudad Juárez estuvo en poder de los revolucionarios.

Los federales se rindieron incondicionalmente. Los jefaturaba el general Juan Navarro, el mismo que había ordenado el fusilamiento de prisioneros revolucionarios en Cerro Prieto. Orozco y Villa querían ejecutarlo, pero Madero se les interpuso argumentando que las leyes de la guerra prohibían ese género de venganzas. Luego acompañó al sanguinario militar hasta El Paso y lo puso en libertad bajo promesa de no volver a luchar contra los revolucionarios.

¿Qué clase de loco les había tocado por jefe?, se preguntaban aquellos hombres rudos, que no conocían más ley que la arbitrariedad porfirista. ¿Y por qué los humillaba dándoles órdenes absurdas? Además, les enfurecía ver a los personajes que integraban el gabinete del gobierno provisional, todos ellos civiles que nunca arriesgaban la vida y en cambio pretendían acaparar los honores. En particular los irritaba el ex senador Venustiano Carranza, a quien se nombró ministro de Guerra, a pesar de que sólo se incorporó a la revolución cuando empezaban a vislumbrarse posibilidades de triunfo. Poco a poco el rencor dominó a los combatientes, y un día Orozco, al frente de un escuadrón en el que Villa era segundo jefe, se presentó en el cuartucho donde Madero tenía sus oficinas para comunicarle que debía darse preso.

A manotazos Madero impidió que los guerrilleros lo sujetaran; a gritos les hizo ver que él era el jefe y ellos unos insubordinados. Les dijo que la revolución debía dar muestras de generosidad, de limpieza y disciplina y, poco a poco, los sublevados se tranquilizaron. El valor a toda prueba del hombrecillo desarmado y la potencia de los regaños hicieron que Villa llorara y Orozco pidiera perdón. Poco después ambos juraban a Madero fidelidad eterna.

En el terreno estrictamente militar, el valor de Ciudad Juárez era reducido, y la caída de la plaza distaba mucho de ser un mal irreparable para el gobierno. El ejército federal todavía estaba casi intacto y la tesorería de la nación tenía 65 millones de pesos para sostener una guerra prolongada. Pero la caída de la plaza fronteriza infundió ánimos a los timoratos, alentó a los oportunistas y muy pronto se multiplicaron las sublevaciones en diversas partes del país.

Las fuerzas morelenses de Emiliano Zapata tomaron Cuautla, y las guerrerenses de los hermanos Figueroa, Cuernavaca. Al ver que los revolucionarios se encontraban a las puertas del Distrito Federal, los hombres del régimen se convencieron de que habían perdido la partida. Lo único que les quedaba era procurar una rendición decorosa, no una capitulación incondicional.

Entre el 20 de noviembre de 1910 —la fecha que fijó Madero para que estallase la rebelión armada— y el 21 de mayo de 1911, cuando se firmó el convenio de paz de Ciudad Juárez, habían trascurrido apenas seis meses y un día. El dictador firmó su renuncia el 25 y poco tiempo después abandonó el país. En un plazo asombrosamente corto, Madero había realizado la hazaña de derrocar a un gobierno que parecía invencible.

De acuerdo con el convenio de paz, el dictador entregó el gobierno a un presidente interino constitucional, el ministro de Relaciones Francisco León de la Barra, un diplomático de carrera que se comprometió a convocar a elecciones presidenciales en un plazo breve. Madero aceptó licenciar las bandas revolucionarias a medida que se fuesen restableciendo la seguridad y el orden. Los aparatos militar, legislativo y judicial de la federación y los estados quedaron intactos. A cambio de esto, Madero ganó el derecho de nombrar cuatro ministros y sustituir a la mayoría de los gobernadores por revolucionarios de confianza. Se buscaba que el paso de la dictadura al régimen democrático fuera lo menos brusco posible.

La firma del convenio de Ciudad Juárez implicó desistirse de imponer revolucionariamente los cambios que preconizaba el Plan de San Luis Potosí, para encauzarlos a través del orden constitucional. Madero renunció a la Presidencia provisional que le confería el plan y quedó sometido a la autoridad del presidente interino De la Barra. Nadie dudaba que Madero sería llevado a la Presidencia en las próximas elecciones, y entonces podría convertir en realidad plena los ideales del Plan de San Luis.

Tal vez pensó Madero que el compás de espera le sería muy útil para integrar un gobierno más sólido de lo que presagiaban las circunstancias. Pero la transacción dejó insatisfechos a los revolucionarios que deseaban obtener la rendición incondicional del gobierno. Entre los partidarios de la línea dura se encontraba Venustiano Carranza, quien, mientras se celebraban las negociaciones de paz, había sentenciado: "Revolución que transa, revolución que se pierde".

El dilema de Madero era angustioso. Si continuaba la lucha lo menos que podía esperarse era que la dictadura decidiera seguir luchando hasta el fin. El general Bernardo Reyes había sido llamado de Europa a México para hacerse cargo de la represión y si Díaz le ordenó permanecer en La Habana había sido únicamente porque Madero así lo exigió. No parecía imposible que Reyes, con el prestigio que seguía teniendo entre los militares mexicanos, reorganizara el ejército, ahogara en sangre la rebelión y, tras deponer al ya decrépito Díaz, se erigiera en nuevo dictador.

Además, de seguro trataría Reyes de introducir divisiones en el bando revolucionario. Antes de abandonar Europa había puesto un telegrama dirigido a su amigo el ex senador Venustiano Carranza. El documento dice: "Iré México con facultades. Procuraré paz. Ayúdeme. Prepare Vázquez Gómez". Carranza, de quien se sospechaba que fuese espía reyista, inclusive abordó al doctor para leerle el telegrama, pero éste ya había dejado de confiar en Reyes e informó a Madero de las maquinaciones que se hacían a sus espaldas. Cuando se le interrogó al respecto, Carranza eludió la culpabilidad diciendo que aun en el caso de que Reyes salvara al gobierno "no podría sofocar la revolución". Tal actitud no tranquilizó al prócer, y menos aún cuando pensó que iba a gobernar el país con hombres como el habilidoso ex senador, por no disponer de mejores elementos. La transacción, con el interinato de De la Barra, podría darle por lo menos un respiro para buscar colaboradores más confiables.

De prolongarse, y aun cuando se ganara, la guerra amenazaba también con producir una nueva generación de caudillos militares que podían hacer retroceder al país a la época de Santa Anna. La abortada sublevación de Orozco y Villa era una muestra de lo que podía esperarse con el crecimiento del caudillismo militar. El peligro aumentaba con cada día que se prolongaran las hostilidades. Al producirse la caída de Ciudad Juárez los revolucionarios armados ya sumaban 30 000. En los días siguientes el número se duplicó, y entre los de nuevo cuño abundaban los oportunistas sin más ideal que medrar al amparo del cambio.

El desbordamiento de las multitudes constituía otro peligro aterrador. Sin que Madero pudiera evitarlo, varios agitadores callejeros hacían toda clase de promesas demagógicas para atraer gente al bando revolucionario. Inclusive se habían apropiado de algunos puntos del programa floresmagonista, como el referente a prohibir la inmigración de chinos. El 15 de mayo, una multitud xenófoba azuzada por agitadores asesinó de manera cruel y horripilante a cerca de 300 chinos indefensos que residían en Torreón.

El gobierno de transición, con De la Barra al frente, ofrecía la posibilidad de conjurar las situaciones anárquicas. Madero creyó que sus partidarios entenderían esto y lo considerarían como justificación plena para descartar el Plan de San Luis Potosí a cambio de la transacción de Ciudad Juárez.

De manera particular preocupaba a Madero el abandono de una parte de la cláusula tercera del plan, que decía: "Tan pronto como la revolución triunfe se iniciará la formación de comisiones de investigación para dictaminar acerca de […] leyes, fallos de tribunales y decretos que hayan sancionado las cuentas y manejos de fondos de todos los funcionarios de la administración porfirista". A fines de abril escribió que la transacción ofrecía la desventaja de que "no se podrán exigir cuentas a Díaz y a muchos de los suyos que han defraudado grandes cantidades a la nación, pero esto verdaderamente no compensa, ni en pequeña parte, los sacrificios tan grandes que significaría para la nación la prolongación de la guerra".

No se sabe de alguien que reclamara a Madero por el abandono de esa parte de la cláusula tercera: los que pretendían llegar a convertirse en altos funcionarios públicos, como los hermanos Vázquez Gómez y Carranza, no podían tener interés en establecer precedentes peligrosos.

Feliz con sus logros, el apóstol regresó a la ciudad de México y en cada estación del camino era recibido con lluvias de flores, confeti y ovaciones que le tributaba el pueblo. El 7 de junio llegó a la capital, donde lo aclamaron 100 000 almas.

Para entonces ya había recapacitado en otro punto de la cláusula tercera del Plan de San Luis Potosí, que se había omitido al firmar los convenios de Ciudad Juárez. Dice ésta:

> Abusando de la Ley de Terrenos Baldíos, numerosos pequeños propietarios, en su mayoría indígenas, han sido despojados de sus terrenos. Siendo de toda justicia restituir a sus antiguos poseedores dichos terrenos, se declaran sujetas a revisión tales disposiciones y fallos, y se exigirá a los que hayan adquirido terrenos de modo tan inmoral, o a sus herederos, que los restituyan a sus primitivos propietarios, a quienes pagarán también una indemnización por los perjuicios sufridos.

Se ignora por qué razón incluyó Madero esta cláusula revolucionaria en un plan esencialmente político como el de San Luis Potosí. Si lo que pretendía era atraerse apoyo popular, debió haber ofrecido beneficios concretos también a los obreros, y a éstos ni siquiera se les menciona en el plan. En todo caso, la promesa había resultado ineficaz: los campesinos que participaron en la lucha armada no formaron ni siquiera el 10% del ejército maderista. Pero la promesa había sido hecha, y para apaciguar a los campesinos defraudados Madero prometió: "Por los medios constitucionales procuraremos satisfacer los legítimos derechos conculcados".

Al día siguiente de su llegada a la capital de la República, Madero recibió en su casa al taciturno caudillo revolucionario de Morelos, Emiliano Zapata. Según la historia oficiosa, Zapata manifestó que el único móvil que había llevado a sus hombres a participar en la lucha armada era la promesa de reintegrarles las tierras usurpadas por los poderosos de su estado. ¿Con qué cara se les iba a decir que a fin de cuentas no se las devolverían de inmediato? El caudillo ofreció visitar la zona del conflicto antes de una semana para explicar lo ocurrido y comprometerse ante los campesinos de que se les haría justicia en cuanto la revolución llegara al gobierno.

Zapata había sido conducido primero a presencia del licenciado Vázquez Gómez, quien gestionó la entrevista con Madero, algo nada fácil de lograr en aquellos días en que todo el mundo quería "presentar sus respetos" y solicitar favores al prócer. El licenciado regaló al morelense 20 000 pesos para que los distribuyera entre sus hombres. El introductor de Zapata ante Vázquez Gómez fue un controvertido michoacano llamado Gildardo Magaña, quien militaba en una facción socialistoide tachada de oportunista por los Flores Magón. Magaña y varios correligionarios suyos habían emigrado a Morelos para convertirse en asesores políticos de los sublevados locales, y la habilidad con que desempeñaron su tarea puede apreciarse por el hecho de que ya estaban convirtiendo a Zapata en un caudillo de primera importancia, siendo que fue uno de los últimos en lanzarse a la revolución, y aun en Morelos no todos los revolucionarios lo reconocían como jefe.

XIX. LA REBATIÑA BUROCRÁTICA

Para Francisco I. Madero, los cinco meses y 10 días que abarcó el interinato de De la Barra (25 de mayo al 6 de noviembre de 1911) fueron un periodo de sobresaltos constantes. Circula, con carácter de dogma burocrático, la versión de que esto tuvo su origen en la transacción de Ciudad Juárez, ya que la revolución perdió su momento en el forzado interludio delabarrista, y que por añadidura, ya en la Presidencia, Madero fue incapaz de escuchar el clamor nacional por la reforma agraria y quedó a merced del ejército porfirista y de los "científicos".

Como tantos otros dogmas burocráticos, el anterior constituye una falsedad. De la Barra era efectivamente reaccionario, pero en su breve interinato fue muy poco lo que pudo hacer de perjudicial. En cuanto a lo demás, el propio Madero escribió:

> El partido científico, al que se pretende ver como una amenaza para la revolución triunfante y como poseído de una actividad y una astucia diabólicas, no existe. Los miembros más prominentes, más activos y que forman las personalidades políticas más salientes de aquel partido, han huido al extranjero y se han quedado únicamente los que nunca tomaron una parte muy activa en la pasada administración […] [Éstos] se contentan con conservar los puestos públicos que ocupaban.

En efecto, los "científicos" auténticos no presentaron obstáculos importantes para la buena marcha de la administración de Madero. Pero los reyistas ya daban el nombre de "científicos" a los latifundistas, a los grandes comerciantes, a los financieros y a los magnates extranjeros. Éstos se limitaban a dar dinero y corromper a los revolucionarios díscolos para entorpecer las labores del prócer. Y el ejército federal, como institución, fue más leal al presidente Madero que muchos revolucionarios armados, para no hablar de los burócratas civiles.

Los peores enemigos de Madero fueron sus partidarios.

Al producirse la caída de Porfirio Díaz, la inmensa mayoría del pueblo mexicano era partidaria entusiasta de la revolución, según lo reconocen hasta los reaccionarios. Esto se debió, al parecer, a que la gente estaba harta de la dictadura. Se deseaba acotar la arbitrariedad gubernamental, pero aparte de eso no existía un consenso sobre el sistema político que debía implantarse en los nuevos tiempos.

El lema: "Sufragio efectivo, no reelección", enarbolado por Madero, apenas entusiasmaba a un puñado de liberales tradicionales. La gente común no lo entendía o lo interpretó a su manera. Se dice que durante la entrada triunfal de Madero a la ciudad de México un individuo de levita gritó: "¡Viva la democracia!"; que entonces un obrero a su lado preguntó a un amigo qué era eso de democracia, y que el amigo contestó: "Es la señora que va con el señor Madero". Los chistes reaccionarios que circulaban al respecto parecen contener un fondo de verdad: para los pobres el lema maderista significaba: "Comida efectiva, no desnutrición", y para los bandidos: "Saqueo efectivo, no devolución". Los obreros urbanos cantaban una reveladora cancioncilla que decía: "Poco trabajo / mucho dinero / pulque barato / ¡Viva Madero!"

A los individuos que tomaron las armas para lanzarse a la revolución, especialmente a los de última hora, les parecía injusto que de pronto se les ordenara desmovilizarse diciéndoles: "Ya ganamos. Ahora regresen a su casa y muchas gracias". En las revoluciones anteriores, lo usual era que los triunfadores recibieran empleos públicos o corruptelas como recompensa por los esfuerzos realizados o imaginarios.

Para los guerrilleros norteños de posición relativamente desahogada, como Orozco y Villa, así como para su jefe Abraham González, la revolución había tenido por objeto liquidar el cacicazgo de los Terrazas. Y para los reyistas, el gran lema de la revolución era simplemente un artilugio para disfrazar la empleomanía y la búsqueda de corruptelas.

Por su origen familiar, el prócer se prestaba de maravilla para que los demagogos lo acusaran de disfrazar con la careta de la democracia un supuesto propósito de gobernar en beneficio de los ricos explotadores. El hecho de que aplazara la aplicación de la promesa contenida en el Plan de San Luis Potosí, relativa a restituir a los legítimos propietarios las tierras comunales usurpadas a los campesinos, pronto se convirtió en un arma muy poderosa para minar su prestigio.

Poco más de un mes después de la entrada triunfal de Madero a la ciudad de México, un grupo de oficiales revolucionarios capitaneados por Juan Andrew Almazán, publicaron un manifiesto en el que declaraban su propósito de "poner todos los medios que estén a su alcance para hacer que se cumpla en todas sus partes el denominado Plan de San Luis

Potosí", y exigieron a De la Barra que formase un gabinete a gusto de los firmantes del manifiesto.

Madero dominó la insubordinación con un mensaje que dirigió a su hermano Gustavo y decía:

> Reúne a jefes insurgentes y en mi nombre diles que desapruebo su conducta, que no tienen ningún derecho para dirigirse al señor De la Barra para que deje de cambiar ministros ni para formar una agrupación de jefes insurgentes con fines políticos. Que si ellos desean hacer política, que se retiren del ejército para que lo hagan como simples particulares, pues el gobierno no puede permitir que parte del ejército sea quien imponga al presidente los ministros que ha de tener.

Temerosos del apoyo popular que conservaba el caudillo, los rebeldes se doblegaron.

Almazán y sus correligionarios obraban por iniciativa de Emilio Vázquez Gómez, según se vería más tarde. De manera asombrosa, el licenciado que resistió hasta el último minuto incorporarse a la revolución, y que en medio de la campaña electoral de 1910 había dicho que la mejor manera de asegurar la no reelección era apoyar la reelección de Díaz, se convirtió en el momento del triunfo en abanderado de la justicia social.

A petición de Madero, el licenciado fue incorporado al gabinete de De la Barra como ministro de Gobernación, y su hermano el doctor recibió el puesto de ministro de Instrucción Pública. El prócer no ignoraba que tanto uno como el otro eran unos oportunistas, pero la revolución había terminado en un tiempo demasiado corto como para que surgieran revolucionarios con capacidad para desempeñar cargos en el gabinete presidencial, y por falta de elementos Madero tuvo que nombrar a los Vázquez Gómez. Inclusive, a sabiendas de que iban a acusarlo de nepotismo, gestionó que su tío Ernesto Madero recibiera la cartera de Hacienda y su primo Rafael Hernández la de Justicia. "Con mis parientes tengo al menos la seguridad de que no van a robar", se disculpó.

Los conocedores no tardaron en descubrir el juego de los Vázquez Gómez. El doctor, candidato a la vicepresidencia en la campaña contra Díaz, se consideraba destinado a desempeñar el mismo papel en las elecciones en puerta. El licenciado podía prestarle un apoyo invaluable, pues como ministro de Gobernación le correspondía jefaturar a los regimientos de irregulares que se estaban integrando. Y en México lo usual había sido que los vicepresidentes intentaran dar golpes de Estado para ganar la Presidencia.

Los Vázquez Gómez, quienes acabaron como agentes a sueldo de la Standard Oil, fueron los primeros protectores de los campesinos sin tierra que produjo la revolución mexicana. Sus prédicas las apoyaron en un libro publicado en 1908, *Los grandes problemas nacionales*, del escritor, abogado y etnógrafo Andrés Molina Enríquez, quien demostró la injusticia y la ineficiencia del régimen latifundista y proclamó la necesidad de dividir legal y juiciosamente las haciendas y emprender una reforma agraria con vistas a multiplicar las pequeñas propiedades.

La tesis distaba mucho de ser nueva, pues desde los últimos decenios del siglo XVIII había tenido sus partidarios. Igual que en el México independiente, en tiempos del virreinato la miseria de las masas en contraste con la riqueza de las clases altas causaba horror y remordimientos a quienes observaban el fenómeno. Para apaciguar su conciencia, los privilegiados del siglo XVIII convirtieron en chivo expiatorio a los miembros más débiles de la plutocracia: los hacendados.

En 1787, en ocasión de haberse producido una hambruna terrible, el obispo de Puebla ordenó pegar en las puertas de todas las iglesias de su diócesis un edicto que decía: "En nombre de Dios y según el Santo Evangelio les anunciamos [a los latifundistas], para descargo de nuestra conciencia, que ciertamente hallarán cerradas las puertas del cielo y que oirán de boca del mismo Jesucristo esta terrible sentencia: 'Tuve hambre y no me disteis de comer. Id pues malditos al fuego eterno'". Por supuesto, el obispo no habló en absoluto de las riquezas de la Iglesia, que bien utilizadas podrían haber mitigado el hambre de los pobres.

Inclusive Porfirio Díaz, poco antes de renunciar y con el propósito de ganar apoyo entre las masas, envió al congreso un proyecto de ley para dotar de tierra a los campesinos desposeídos. Madero reconocía la existencia del problema del campo y la necesidad de resolverlo, pero no se obsesionó por él al grado de erigir la reforma agraria en panacea universal.

El 23 de agosto de 1911 —tres meses después de la firma del convenio de Ciudad Juárez— los periódicos anunciaron la proclamación del Plan de Texcoco, en el que se aseveraba que si bien la revolución había servido para derrocar al régimen porfirista, en realidad su principal objetivo había sido mejorar las condiciones económicas del pueblo, y con base en esto se decretaba la expropiación parcial de los latifundios de más de 2 000 hectáreas, para distribuir las tierras resultantes entre los campesinos.

Asimismo, el Plan de Texcoco desconocía al gobierno de De la Barra, declaraba disuelto el Congreso de la Unión y depositario de los poderes ejecutivo y legislativo al escritor Molina Enríquez; nombraba además un "consejo especial" revolucionario integrado por los generales Pascual Orozco, Emiliano Zapata y otros, así como por el licenciado Emilio Vázquez Gómez. Molina Enríquez fue aprehendido poco después de que se promulgara el plan y la conspiración abortó. El principal efecto del documento fue mostrar a Madero que sus antiguos partidarios se estaban convirtiendo en un peligro.

A Madero también le preocupaban las actividades del general Bernardo Reyes. Después de haber permanecido en La Habana mientras tuvieron lugar las negociaciones de Ciudad Juárez, el ambicioso general solicitó autorización para volver a México. El 4 de junio llegó a Veracruz, donde fue recibido por un corto número de personas. El 7 —día en que Madero hizo su entrada triunfal en la ciudad de México— pasó a Orizaba y pronunció ante un público reducido un discurso en el que ofreció colaborar para el restablecimiento de la paz y para eliminar a "nuestros enemigos comunes, los 'científicos'". (En esencia, pretendía que los puestos públicos fueran dados a los reyistas.) El día 9 llegó a la ciudad de México, donde lo aclamaron miles de personas, entre ellas varios militares.

Al siguiente día, sin que nadie le preguntara, Reyes declaró que no contendería como candidato en las próximas elecciones presidenciales. Madero, desesperado por la falta de colaboradores, creyó posible utilizar la experiencia del general y le ofreció el nombramiento de ministro de Guerra, que se haría efectivo en cuanto se iniciara la nueva administración. Reyes comenzó a ser rodeado por sus partidarios recalcitrantes, tanto civiles como militares, y entre todos le hicieron creer que él era el favorito del pueblo mexicano y la única esperanza de evitar que la anarquía devorara al país.

El día 16 se celebró en la capital una "fiesta reyista", que fue agredida por una nutrida banda de rufianes; no se sabe si los agresores eran partidarios de Madero o individuos alquilados por los reyistas mismos para presentarse como víctimas de una agresión. El día 20, al final de un viaje a Toluca, el general se quejó de que su vehículo había sido interceptado en el camino por una partida de revolucionarios armados que lo trataron irrespetuosamente.

A mediados de julio Reyes pidió a Madero que lo liberara de su promesa de no participar como candidato en las elecciones. El prócer le contestó que, en el régimen democrático que él se proponía establecer, todos los ciudadanos tenían la libertad de presentar su candidatura a cualquier tipo de elecciones. El 3 de agosto, "accediendo a las insistentes peticiones" de sus partidarios, el general aceptó contender en los próximos comicios.

Madero sabía que Reyes era visto con desprecio por la inmensa mayoría de los mexicanos, y creyó que esto bastaría para nulificarlo. Ni siquiera le preocupó la posibilidad de que el vanidoso general pudiera inducir a los militares a un cuartelazo. Los problemas que iban a causarle los reyistas fueron, en efecto, de otro género: volvieron a su vieja táctica de comprar periódicos y periodistas para que atacaran a su rival, y de esta manera la propaganda tildó a Madero —el único mexicano que había tenido la entereza de enfrentarse a Porfirio Díaz y derrotarlo— de individuo falto de carácter; en tanto que su propósito de preparar para el ejercicio de la democracia a un pueblo secularmente acostumbrado al sometimiento y la abyección, se convirtió en sólo delirios de enajenado.

Muchos maderistas se alarmaron por la forma con que tales ataques minaban la popularidad de su candidato. Querían que éste aprovechara su fuerza política para aplastar a los rivales, pero Madero se resistió a emplear arbitrios que significarían un degradamiento de sus ideas. Como se lo aconsejaron los espíritus, a la vileza enfrentó la generosidad, y así escribió a uno de sus partidarios:

> Cuando llegué a México era ídolo indiscutible de un pueblo ebrio de entusiasmo, y ahora soy el candidato a la Presidencia de la República de un pueblo democrático que conoce sus derechos, y que […] examina serenamente los méritos de su probable futuro gobernante. No se alarme usted pues, por mi desprestigio, puesto que a fin de cuentas lo que resulta es debido a la libertad de que disfruta actualmente la nación.

El "problema de Morelos" fue hábilmente explotado. De todas las bandas revolucionarias, la de Zapata era la que más preocupación causaba a los individuos de la clase alta y algunos de la media, pues agrupaba exclusivamente a individuos de calzón blanco que, según las conciencias intranquilas, al verse sin freno iban a vengar siglos de atropellos y explotación saqueando las grandes residencias, violando a las mujeres y degollando a los explotadores.

La vecindad de Morelos con el Distrito Federal agudizaba la inquietud. Los periódicos publicaban incontables noticias exageradas o falsas acerca de los desmanes que estaban cometiendo los zapatistas. *El Imparcial* dio a Zapata el mote de "El Atila del Sur", y decía que el caudillo, lejos de desbandar a sus hombres, como el gobierno le había ordenado, continuaba reclutando más. Un coro de voces histéricas exigían proceder enérgicamente en defensa del principio de autoridad.

Fiel a su promesa, Madero viajó a Cuernavaca pocos días después de celebrar su primera entrevista con Zapata. Éste le hizo ver que el licenciamiento de sus fuerzas lo dejaría inerme frente a sus enemigos, entre los cuales se contaba al gobernador provisional Juan C. Carreón, un ex funcionario bancario que había sido nombrado directamente por De la Barra. Madero, tras prometer que no se olvidaría del problema agrario y ofrecer a Zapata el nombramiento de jefe de un cuerpo estatal de policía integrado por 400 revolucionarios, obtuvo del caudillo el consentimiento para llevar a cabo la desmovilización.

Zapata había hecho presenciar a Madero, desde el balcón de su hotel, un desfile de las fuerzas zapatistas "que parecía interminable porque las tropas habían formado un circuito en su afán de pasar varias veces frente al líder", según escribió un historiador zapatófilo, "y no para hacerle creer que eran numerosas". Sólo que la treta fue descubierta porque en las filas morelenses marchaba una guerrillera ataviada con ropa y adminículos de los colores más chillantes, que destacaba entre la multitud como un semáforo en una noche oscura. Cinco o seis veces pasó por el balcón ocupado por Madero y todo el mundo soltaba la carcajada cuando la veía desfilar y desfilar.

Por la noche Madero asistió a un banquete en el palacio de Cortés que le ofrecían el gobernador y los ricos de Morelos. Zapata no estuvo presente, ya sea porque no lo invitaron o porque no quiso ir por sentirse incómodo entre tanto personaje.

Pero más tarde Gildardo Magaña y un hermano suyo, llamado Rodolfo, le ofrecieron otro banquete en el que los oradores presentaron a Zapata como el más sublime de los redentores del pueblo. El caudillo pidió a Rodolfo que le recitara *La sinfonía de combate*, un cursilísimo poema socialistoide escrito por un tal Santiago de la Hoz, que canta las desdichas de los proletarios y ensalza a sus libertadores. Zapata escuchó al declamador conmovido hasta las lágrimas.

El 13 de junio, en una fábrica de las afueras de Cuernavaca, los zapatistas entregaron a representantes del gobierno 3 500 armas de fuego, por cada una de las cuales se les pagaron cinco pesos. Como premio, los 2 500 guerrilleros desmovilizados recibieron de 10 a 15 pesos por cabeza. Por un momento pareció que el problema estaba resuelto.

* Pero Zapata no llegó a ocupar el puesto de jefe policiaco. El licenciado Emilio Vázquez Gómez, fingiendo un olvido por

exceso de trabajo, se abstuvo de extender el nombramiento respectivo y, haciendo notar que tal jefatura implicaba contraer la obligación de someter a los rebeldes, lo que le haría perder popularidad ante su gente, consiguió que el caudillo se abstuviera de reclamar el puesto. A continuación, secretamente, hizo llegar armas nuevas a los zapatistas para repartirlas entre los hombres cuya desmovilización acababa de anunciarse.

En aquellos días Zapata tenía 32 años de edad. Había pasado la mayor parte de su vida en Anenecuilco, distrito de Ayala, pueblo cercano a Cuautla, donde su familia tenía modestas extensiones de tierras y donde él había ganado fama de ser uno de los mejores domadores de caballos de la región. Su situación era lo bastante desahogada como para permitirle adquirir magníficos trajes negros de charro y excelentes caballos.

Había surgido a la vida pública el 12 de septiembre de 1909, cuando el consejo de ancianos de su pueblo lo nombró representante de los 400 pobladores de Anenecuilco, para reclamar la devolución de los terrenos comunales que, desde hacía 40 años, los hacendados de la comarca les habían hurtado con la complicidad de las autoridades porfiristas. Desde luego se contrató un abogado para presentar el caso ante los tribunales, pero éste se limitó a estafar a los campesinos y no hizo ningún trámite. El asunto causó revuelo bastante como para que Zapata fuera llevado ante Porfirio Díaz para presentarle sus quejas. El dictador prometió estudiar el problema y al cabo emitió un fallo favorable para los campesinos.

En febrero de 1910, acusado de seducir a una jovencita, Zapata fue enganchado forzosamente en el noveno regimiento de infantería, con sede en Cuernavaca. De seguro lo habrían trasladado a un lugar insalubre de la costa si Ignacio de la Torre y Mier —rico hacendado morelense, homosexual a quien se señalaba como jefe de la célebre banda de "Los 41", y yerno de Porfirio Díaz— no hubiera gestionado y obtenido su liberación. (Parece que este personaje también gestionó ante el suegro la entrevista en que se le planteó el conflicto de tierras de Anenecuilco.)

La campaña electoral maderista no entusiasmó a los morelenses. Sólo cuando Madero se perfilaba ya como triunfador en Ciudad Juárez, el 11 de marzo de 1911 y en un mitin celebrado en la plaza de Villa de Ayala, Zapata se sumó a la revolución.

Varios cabecillas del rumbo —como el célebre Genovevo de la O y el temible Gabriel Tepepa— llevaban algunas semanas de andar en la revuelta. Desde el vecino estado de Guerrero los hermanos Figueroa habían hecho varias incursiones en Morelos. Pero el 4 de abril un ex estudiante poblano llamado Juan Andrew Almazán, quien se autoproclamaba "embajador de Madero", nombró a Zapata jefe de Morelos y varios cabecillas se le sometieron. Poco después el caudillo tomó Jonacatepec y, a punto de caer Díaz, Tepepa se apoderó de Cuautla, que saqueó e incendió al tiempo que los guerrerenses ocupaban Cuernavaca. Los Figueroa, rancheros de la clase media y maderistas auténticos, eran considerados por los de Anenecuilco como advenedizos en su territorio.

Un día Zapata, en su pugna con el gobernador Carreón, recogió 400 rifles que se guardaban en los almacenes del estado. Algunas gavillas de guerrilleros, aparentemente sin conexión con el morelense, comenzaron a invadir terrenos, y los clamores de la prensa ex porfirista abultaron los hechos. Madero llamó a Zapata a la ciudad de México; ambos celebraron una nueva conferencia tras la cual el morelense se declaró dispuesto a colaborar en el restablecimiento del orden y a conservar sólo una guardia personal de 50 hombres.

Por un momento pareció que la calma había sido restablecida. Pero el 12 de julio Abraham Martínez, jefe del estado mayor zapatista y agente de Emilio Vázquez Gómez, hizo arrestar a dos legisladores estatales y a un diputado federal, pretextando que tramaban asesinar a Madero en ocasión de su próxima visita a la ciudad de Puebla. Para castigar la violación a los fueros, el ejército federal aprehendió a Martínez y tomó a sangre y fuego una plaza de toros donde se acuartelaban los zapatistas. En la refriega murieron medio centenar de civiles, entre ellos varias mujeres y niños.

La ley estaba del lado de los federales, por lo que Madero tuvo que darles la razón. Zapata se sintió ofendido y en Morelos aumentó la actividad de los bandoleros. Viendo la urgencia de intervenir, Madero invitó a Zapata a reunirse con él en Tehuacán, donde se encontraba descansando, pero el caudillo se limitó a enviar como representantes a su hermano Eufemio y a su socio Jesús Morales. Todavía entonces el morelense reiteró su lealtad al gobierno y aceptó desbandar definitivamente sus tropas después de las elecciones a la gubernatura, las cuales se celebrarían el próximo 7 de agosto.

Asediado por quienes le recalcaban la inconveniencia de tolerar que le impusieran condiciones, De la Barra pasó por alto el sesgo favorable y ordenó a Zapata proceder a la desmovilización sin demora. Como éste reiteró sus condiciones para cumplir la orden, el gobierno declaró que no estaba "dispuesto a negociar con bandidos" y despachó a Morelos un ejército de 1 000 hombres comandado por el general Victoriano Huerta. Además, las elecciones fueron suspendidas y el guerrerense Ambrosio Figueroa fue designado gobernador provisional.

Por entonces el general Bernardo Reyes iniciaba su campaña electoral. Huerta era un conocido reyista, al igual que su secretario, Flavio Maldonado, y no resultaba dudoso que ambos sentirían la tentación de favorecer a su candidato. Alarmado, Madero solicitó autorización para trasladarse a Morelos y negociar un arreglo pacífico. De la Barra se la concedió, tal vez porque pensaba que Zapata asesinaría a Madero en cuanto lo tuviera a su merced.

La valentía del prócer se impuso al grado de que el caudillo morelense acabó aceptando nuevamente la desmovilización total a cambio de que Figueroa fuera sustituido en la gubernatura por el maderista Eduardo Hay, y la jefatura de la policía estatal fuera confiada a Raúl Madero, hermano del prócer. Aun cuando De la Barra objetó los términos del arreglo, Madero logró obtener el asentimiento del caudillo local. Luego abrazó a Zapata, lo llamó "intergérrimo general" y pronunció un revelador discurso:

> Las calumnias de nuestros enemigos habían hecho parecer que en Morelos había efervescencia, que el ejército libertador no guardaba el orden debidamente. Ya que era el único reproche que le querían hacer a la revolución, al partido nuestro, dije: "Voy, pues, a arreglar esa cuestión…"

Nuestros enemigos querían hacer parecer que yo no tenía prestigio sobre los mismos jefes que me ayudaron en la revolución, y decían que yo era un gran patriota y un hombre sincero, pero que me faltaba energía, que me faltaban dotes para gobernar, porque no había mandado fusilar al general Zapata, y ustedes comprenderán, señores, que para eso no se necesita valor ni energía: se necesita ser asesino y criminal para fusilar a uno de los soldados más valientes del ejército libertador...

Ayer, nada menos, grandes cartelones aparecieron en la capital de la República donde se dice que una nación que tiene 25 000 hombres sobre las armas y 70 millones de pesos de reservas no debe tratar con Zapata. Eso dice Reyes. ¿Por qué? Porque Reyes nunca ha acostumbrado tratar con los enemigos cuando son menos fuertes que él, y Reyes, que siempre se ha humillado ante los poderosos, anda haciendo alardes de valor y dice que con 25 000 hombres y 70 millones de reservas no trata con un pueblo, porque éste necesita todavía un tirano, una mano de hierro que lo gobierne...

Nuestros enemigos lo que desean es traer a la República la anarquía, a fin de demostrar que yo soy impotente para dominar la situación, a fin de desprestigiarme. Eso quieren ellos para decir: "Madero no puede gobernar al país, necesitamos una mano de hierro". Quieren provocar la anarquía para justificar la dictadura.

Los zapatistas iniciaban ya la nueva desmovilización cuando Madero observó que Huerta, en vez de retirarse con sus hombres, como debía hacerlo para evitar enfrentamientos, aprovechaba la coyuntura para tomar mejores posiciones y reforzar su artillería. El prócer se trasladó a México; quiso hablar con De la Barra, pero éste se negó a recibirlo pretextando que estaba en una reunión de gabinete. Entonces responsabilizó a De la Barra por el desenlace que tuvieran los acontecimientos y se marchó a Yucatán para proseguir su campaña electoral.

El 31 de agosto De la Barra ordenó a Huerta "la persecución más activa y la aprehensión de Zapata". Los federales atacaron Cuautla y el caudillo huyó hacia la cercana hacienda de Chinameca. Allí lo atacó un lugarteniente de Figueroa, quien cometió el error de no cubrir la parte trasera del edificio de la hacienda; por ese lugar, a través de unos cañaverales, la presa escapó. Tres días más tarde, en un desolado paraje montañoso de Puebla, Juan Andrew Almazán encontró a Zapata solo, hambriento y montado en un burro. El gobierno anunció que el problema del zapatismo había sido resuelto.

Uno de los pocos puntos en que Madero y De la Barra estuvieron de acuerdo en los meses del gobierno provisional fue en la necesidad de deshacerse de Emilio Vázquez Gómez. El siniestro licenciado no había hecho otra cosa desde el Ministerio de Gobernación que intrigar contra el presidente interino y contra el jefe de la revolución, por lo cual desde el 2 de agosto había sido obligado a renunciar.

El doctor Francisco se agazapó en su puesto de ministro de Instrucción Pública, a pesar de la suerte que corrió el licenciado Emilio. Un alto número de maderistas pretendía que se conservara al médico como candidato a la vicepresidencia, y Madero se vio obligado a provocar una escisión para deshacerse de él: hizo fundar un Partido Progresista Constitucional —señalando que no tenía caso conservar al Partido Antirreeleccionista, puesto que la no reelección ya había sido establecida— y el nuevo organismo fue el encargado de lanzar la candidatura a la Presidencia. Como compañero de fórmula, por gestiones de Madero, se escogió al oscuro pero fiel caudillo maderista de Yucatán, José María Pino Suárez.

Con los descontentos y algunos aliados nuevos, Emilio Vázquez Gómez revivió el Partido Antirreeleccionista que lo proclamó su candidato a la Presidencia y tildó a Madero de ambicioso y traidor a los ideales democráticos por haber impuesto la candidatura de Pino Suárez. Asimismo, surgió un Partido Católico que apoyaba al prócer para la Presidencia y a De la Barra para la vicepresidencia. La participación de Reyes dio mayor animación.

Emilio Vázquez Gómez fue repudiado por casi todo el país. Reyes contaba con unos cuantos miles de partidarios que el 3 de septiembre realizaron una deslucida manifestación en la ciudad de México. Al mismo tiempo salió a la calle una multitud de supuestos maderistas que se encontraron con los reyistas en la esquina de San Juan de Letrán y Madero y se produjo una zacapela intrascendente, aunque el propio Reyes resultó apedreado.

Con base en este incidente y en otros similares, pero de menor envergadura, el general empezó a quejarse de la falta de garantías para llevar a cabo su campaña. Le hicieron eco varios diputados reyistas, y en el congreso fue presentado un proyecto de ley para aplazar las elecciones: se tenía la certeza de que la popularidad de Madero continuaría disminuyendo a medida que avanzara el tiempo, y que el aplazamiento iba a favorecer a Reyes. Para que el proyecto fuera rechazado Madero tuvo que amenazar a los diputados con la acción popular si aplazaban las elecciones.

Dos días antes de la votación, Reyes se disfrazó de anciano inválido y abordó en Veracruz un barco que lo condujo a Nueva Orleans. Escenificaba la farsa de que se había visto obligado a huir en esa forma para proteger su vida, pero aun el reaccionario embajador norteamericano Henry Lane Wilson reconoció en un reporte oficial que para esas fechas Reyes "ya se había convertido en un objeto de burla y un hazmerreír". Poco después Emilio Vázquez Gómez esgrimió un pretexto similar al de Reyes y también se autoexilió en Estados Unidos.

Las elecciones primarias se celebraron el 1º de octubre y las secundarias el día 15. Según lo reconocieron todos los observadores imparciales, los comicios habían sido los más limpios de la historia de México. Madero obtuvo 19 997 votos contra 89 de De la Barra y 16 de Emilio Vázquez Gómez. Reyes, habiéndose autoeliminado, no recibió ninguno. Para la vicepresidencia Pino Suárez ganó 10 245 votos contra 5 564 de De la Barra y 3 373 de Francisco Vázquez Gómez. Entre la aclamación popular, Madero asumió la Presidencia el 6 de noviembre de aquel agitado 1911. Para esas fechas el zapatismo había resurgido en Morelos, al grado de que los zapatistas atacaban algunas aldeas del sur del Distrito Federal.

XX. EMPIEZAN LAS REBELIONES

Además de espiritista, Francisco I. Madero era un devoto lector del *Bhagavad-Guita*, un libro que entre los hindúes es tan venerado como la Biblia en las sociedades cristianas. El fervor con que estudiaba la obra puede apreciarse por el hecho de que, mientras se encontraba exiliado y en la miseria en Texas, tomó unos dólares de su corto capital para alquilar una máquina de escribir y redactar unos *Comentarios al Bhagavad-Guita*.

En el libro, el divino Krishna revela al guerrero Aryuna el camino del comportamiento correcto: el de que cada ser cumpla con la misión que lo ha traído al mundo (en el caso de Aryuna, matar a sus rivales, aunque él sentía horror de hacerlo) pero sin buscar los frutos del acto, sino más bien renunciando a ellos, pues en esa renuncia se obtiene como suprema recompensa la autorrealización que alcanza el hombre cuando llega a asemejarse a Dios. Guiado por el *Bhagavad-Guita*, que tenía por libro de cabecera, Gandhi consiguió arrojar de la India a los colonialistas ingleses. En el medio burocrático mexicano, nada acogedor para las actitudes místicas, el mismo recurso determinó que Madero diera la impresión de ser "muy raro" o, como decían algunos, de estar loco.

Con esta desventaja, Madero se lanzó a implementar las

promesas revolucionarias según las concebía él: como medidas de justicia limpia y generosa, y no como un episodio más en la rebatiña de perros de tianguis en que se convertiría el movimiento.

Aunque recalcó que él sólo había prometido devolver a los campesinos las tierras usurpadas, y que de ninguna manera se comprometió o planeaba expropiar los latifundios, Madero estaba consciente de que el cambio de régimen había incubado anhelos de que se realizara una especie de reforma agraria y quiso satisfacerlos.

A los tres meses de tomar posesión de la Presidencia ya funcionaba una comisión encargada de restituir a sus dueños primitivos las tierras usurpadas, distribuir terrenos nacionales entre los desposeídos, comprar tierras privadas para venderlas en lotes pequeños y abonos fáciles, y en fin, promover el desarrollo de la pequeña propiedad. En unos cuantos meses la comisión recuperó 21 millones de hectáreas que habían invadido los "coyotes", los políticos y los latifundistas, e hizo los preparativos para comenzar la distribución a corto plazo.

La mayor parte de esas tierras era de cultivo muy difícil, por lo cual se pensó comprar terrenos privados foraces para fraccionarlos, pero el solo rumor de lo que se planeaba desató una ola de especulaciones y los terrenos triplicaron su precio en unas cuantas semanas. Madero se negó a legitimar el timo y ordenó a la comisión que buscara la forma de "aumentar los medios legales" para adquirir buenas tierras y repartirlas. Entre esos medios estaba el de expropiar por razones de utilidad pública, a precios cercanos al valor catastral, los terrenos que los latifundistas tuvieran ociosos por un tiempo largo.

Una autoridad en la materia, Andrés Molina Enríquez, opinó: "El gobierno de Madero debería ser reconocido como el más agrarista que hemos tenido [...] Si hubiese durado los cuatro años de su periodo, la cuestión agraria probablemente hubiese sido resuelta".

En su campaña electoral, Madero había dicho a un público de obreros: "Ustedes no quieren pan. Ustedes lo que quieren son derechos políticos que les permitan ganarse en abundancia ese pan". Según el prócer, en cuanto funcionara un congreso atento a las necesidades del pueblo y una vez que se establecieran juzgados donde la ley se aplicara igualmente a pobres y a ricos, el problema de la miseria nacional comenzaría a resolverse.

Sin embargo, la revolución había incubado anhelos de mejoría entre los asalariados, quienes no mostraban gran disposición a esperar que funcionaran un congreso y juzgados empeñados en hacer justicia, y Madero comenzó por darles total libertad para organizarse en sindicatos. Inclusive facilitó la instalación en la ciudad de México de una especie de semillero sindical anarquista llamado Casa del Obrero Mundial. Así estallaron cientos de huelgas y los patrones, ya sin la protección gubernamental, tuvieron que ceder en buena medida a las pretensiones obreras. Los dueños de 150 fábricas textiles, los más duros del sector patronal, aceptaron contractualmente establecer un salario mínimo, reducir de 12 a 10 horas la jornada de trabajo y otorgar diversas prestaciones. La empresa ferroviaria recibió órdenes de contratar más mexicanos para los puestos de responsabilidad, que venían monopolizando los estadunidenses y los europeos.

La ignorancia constituía el problema principal de México, y para combatirla Madero aumentó en 50% el presupuesto destinado a la instrucción pública. No tuvo tiempo de hacer más, como tampoco tuvo tiempo de realizar sus ambiciosos planes de construcción de caminos y obras de riego. Y a pesar de las erogaciones que hizo, cuando le arrebataron el poder la tesorería de la federación tenía una buena parte de los fondos que la revolución heredó del gobierno de Porfirio Díaz.

Pero excesivamente vulnerable a la presión y a las súplicas familiares, Madero incorporó a las nóminas del gobierno a más de medio centenar de parientes, que ocuparon cargos desde ministros hasta administradores del Timbre. La orgía de nepotismo se incrementó por las actividades de Gustavo, un hermano del presidente que, según él mismo lo proclamó por todas partes, estaba convencido de que el único método de gobernar a México era el desarrollado por Porfirio Díaz.

Gustavo A. Madero contrató gran número de maleantes, rufianes y pistoleros para formar una banda popularmente conocida como "La Porra", que cometió muchos desmanes para atemorizar a los oposicionistas. Madero quiso deshacerse de él nombrándolo presidente de una comisión encargada de ir a Tokio "a dar las gracias al emperador por su participación en las fiestas del centenario de la Independencia". Pero Gustavo —a quien apodaban "Ojo Parado" por tener un ojo de vidrio— no llegó a salir del país.

En el gabinete, caóticamente formado por elementos progresistas, conservadores y centristas, las pugnas por motivos políticos o personales eran constantes. Madero tuvo que hacer repetidos cambios de personal, y los renunciantes a menudo lo atacaban. A diario ocurría algo que minaba la autoridad presidencial.

Por supuesto, la labor de Madero también fue obstaculizada por los grupos de individuos que gozaron del favor de Porfirio Díaz: los latifundistas, los magnates del comercio y la banca, los inversionistas extranjeros y una parte del ejército. La contraofensiva de los ricos consistió en distribuir cortas sumas entre los caudillos militares y los periodistas de oposición para que atacaran constante y duramente al gobierno.

Además buscaron la protección del embajador norteamericano Henry Lane Wilson, un ex empleado de los plutócratas Guggenheim que empezó a intrigar contra Madero en cuanto se convenció de que éste no pensaba respetar a los estadunidenses sus privilegios tradicionales. Lane Wilson, con base en informes calumniosos, logró que el presidente mexicano fuese visto con desconfianza por el gobierno de Washington, pero no consiguió realizar su proyecto de que el ejército norteamericano interviniera en México.

Igualmente natural, aunque más condenable y poderosa, fue la oposición que emprendió la lumpenburocracia. La dictadura porfirista había impedido el desarrollo y la capacitación de hombres dignos, y a falta de mejores elementos Madero tuvo que cargar con los que le dejaron. Muchos burócratas profesionales habían sido reyistas, y sólo por eso se consideraban con derecho a ocupar los mejores puestos. Como no lo conseguían, pasaban el tiempo urdiendo intrigas.

Madero quiso aplicar el principio democrático de la división de poderes, y creyó que para hacerlo bastaría con liberar al judicial y al legislativo del dominio ejercido por el ejecutivo durante la dictadura. El resultado fue un nuevo desequilibrio de poderes, esta vez en perjuicio del ejecutivo.

El presidente se abstuvo de dictar al poder judicial las consignas habituales en tiempos de Porfirio Díaz, pero los jueces siguieron vendiendo sus fallos al mejor postor, especialmente en casos en que perjudicaban al ejecutivo. El legislativo, integrado durante la dictadura por eunucos que jamás osaron contrariar la voluntad del dictador, fue dejado también en absoluta libertad. Aunque los partidarios del gobierno obtuvieron mayoría de escaños en las elecciones de 1912, resultaban impotentes para lograr la pronta aprobación de las leyes reformistas promovidas por Madero: su inexperiencia en las tácticas parlamentarias y las divisiones en que se fragmentaron por falta de conciencia política fueron aprovechadas por la habilidosa minoría oposicionista, y el programa presidencial naufragó en el caos.

También el llamado "cuarto poder" fue liberado de la tutela del ejecutivo, pero como Madero suprimió al mismo tiempo los "embutes" que distribuía la dictadura, los periodistas respondieron "mordiendo la mano que les quitó el bozal", como dijo un crítico. La mayoría de los periódicos estaban consagrados a difundir calumnias y rumores alarmantes, al mismo tiempo que ocultaban o deformaban las noticias que podían favorecer al gobierno. Amante de la libertad de prensa, Madero inclusive dejó circular un pasquín consagrado a hostigar a doña Sara P. de Madero, el cual llevaba como título *El sarape de Madero*. Doña Sara era presentada por los caricaturistas como un perrito que no se separaba de su amo.

Los gobernadores de los estados representaron un problema más, y no sólo los cuatro que surgieron de elecciones libres, sino también los que alcanzaron el poder con apoyo directo de Madero. Destacó entre ellos el coahuilense Venustiano Carranza, quien inclusive pretendió formar una "liga de gobernadores" como las que fueron la pesadilla de los presidentes del siglo XIX y que supuestamente debía servir "para salvar a la revolución".

El régimen presidencial de Madero duró 15 meses y dos semanas, tiempo que se antoja extraordinariamente largo si se toman en cuenta los obstáculos que el prócer encontraba a cada paso. "Madero sólo ha cometido un crimen: no haber traído a su gobierno a todos los buitres y charlatanes que durante la dictadura lamieron los pies del tirano", dijo uno de los pocos políticos que defendían al gobierno a principios de 1913.

Desde septiembre de 1912, Madero dejó entrever que ya había advertido las dificultades de implantar la democracia en un pueblo habituado desde siempre a obedecer y callar, pues en un discurso dijo: "Si un gobierno tal como el mío [….] no es capaz de durar en México, deberíamos deducir que el pueblo mexicano no está preparado para la democracia y que necesitamos un nuevo dictador".

En otras palabras, Madero temía que tal vez él no fuera

otro Aryuna dirigido por el divino Krishna, sino solamente un aprendiz de brujo que desató un conjunto de fuerzas malignas a las que no podía controlar, y que después de liberar al país de un tirano con mucho de encomiable iba a dejarlo a merced de una turba de tiranejos. Y así ocurrió.

De Nueva Orleans, Reyes se trasladó a Texas para organizar en territorio estadunidense una revuelta armada. El 13 de diciembre entró a México al frente de un puñado de partidarios. Algunos grupos reyistas se levantaron en armas en Ramos Arizpe, Coahuila; Teapa, Tabasco, y Ameca, Jalisco, pero fueron derrotados por el ejército maderista.

Reyes pensaba que su ingreso a México haría que grandes masas se insurreccionaran para instalarlo en la Presidencia. Anduvo vagando algunos días por Nuevo León, y el 25 del mismo diciembre, hambriento, en harapos y abandonado, se entregó a un cabo de rurales en el pueblo de Linares y escribió al comandante militar del estado: "Llamé al pueblo y al ejército, pero ni un solo hombre vino en mi apoyo [...] Declarando la imposibilidad de hacer la guerra, me pongo a su disposición". Posteriormente fue trasladado al Distrito Federal, a la prisión de Santiago Tlatelolco.

Emilio Vázquez Gómez, quien también conspiraba desde Texas, inició su revuelta antes de que se pronunciara Reyes. En febrero se autoproclamó presidente provisional, pero sólo en algunos poblados de Chihuahua estalló la actividad armada.

Más preocupante fue la rebelión de Emiliano Zapata. Poco antes de asumir la Presidencia, Madero anunció que en cuanto ejerciera el poder entablaría pláticas para acabar con la rebelión. Inclusive envió un emisario a Morelos con el encargo de negociar el sometimiento de los zapatistas sobre bases similares a las aceptadas por Madero antes de que De la Barra ordenara aplastar al rebelde. Pero una semana después de su toma de posesión ya no se mostraba tan tolerante, como lo sugiere una carta enviada al emisario en Morelos, la cual dice: "Zapata debe someterse incondicionalmente al gobierno junto con sus hombres. Entonces perdonaré a sus soldados por el crimen de rebelión y a Zapata se le darán pasaportes para radicarse temporalmente fuera del estado".

Se ignora por qué cambió tan abruptamente de idea. Los historiadores oficialistas presentan la conjetura de que el prócer quería hacer una demostración de fuerza para que no siguieran considerándolo un débil los reyistas y los vazquezgomistas, pero que en privado dio instrucciones de tratar con suavidad al insurrecto. Lo más probable es que haya decidido actuar con dureza por haber averiguado que Zapata era un instrumento de los Vázquez Gómez y de su ex patrón, el hacendado Ignacio de la Torre y Mier.

En efecto, Madero tenía informes de que los hacendados proporcionaban dinero a los insurrectos para adquirir armas, pretextando que las sumas entregadas eran el pago de la "protección" que les imponía Zapata en vista de que el gobierno se mostraba incapaz de restablecer el orden, y desde luego se pensó que lo que pretendían era usar al caudillo de Anenecuilco para librarse de Madero, pues una vez logrado esto, De la Torre sabría dominar a su protegido.

Sea lo que haya sido, el 25 de noviembre de 1911 —cuando Madero tenía apenas dos semanas de haber asumido la Presidencia— Zapata proclamó su histórico Plan de Ayala, en el que se acusaba al presidente de "eludirse del cumplimiento de las promesas que hizo en el Plan de San Luis Potosí" y de no tener "otras miras que satisfacer sus ambiciones personales, sus desmedidos instintos de tirano y su profundo desacato al cumplimiento de las leyes". Tras desconocer la autoridad del prócer se nombraba jefe de la Revolución Libertadora a Pascual Orozco, o en caso de no aceptar éste el puesto, a Emiliano Zapata. (Orozco no aceptó ni rechazó el nombramiento.)

El Plan de Ayala autorizaba a los campesinos a ocupar los terrenos usurpados por los hacendados, corriendo por cuenta de estos últimos la tarea de demostrar su propiedad sobre dichos terrenos, y hacía la promesa de "expropiar previa indemnización" la tercera parte de la superficie de las haciendas para dotar de tierras a los desposeídos. El documento resultaba potencialmente menos gravoso para los hacendados que el programa agrario anunciado por Madero.

El mes de enero de 1912 fue de triunfos para Zapata, cuyas fuerzas llegaron inclusive a tomar Cuernavaca y amenazar desde allí el Distrito Federal. Madero contratacó nombrando comandante militar de Morelos al implacable coronel Juvencio Robles, famoso por las matanzas de indios que llevó a cabo en el norte durante el régimen de Porfirio Díaz.

Por principio de cuentas, Robles tomó presas como rehenes a la suegra, la hermana y dos cuñadas de Zapata. Fusiló a un centenar de sospechosos y puso en práctica el sistema de "recolonización" inventado por los españoles durante la guerra de independencia de Cuba, que consiste en obligar a la gente a evacuar sus pueblos y ranchos y concentrarse en corrales bien vigilados en las afueras de las ciudades. Después, cuanto individuo era encontrado por los caminos se consideraba hostil, y se le mataba.

De este modo fueron incendiados San Rafael, Ticumán, Los Hornos, Elotes y Villa de Ayala, así como Nexpa, una población en la que sólo quedaban 136 habitantes, cinco de ellos ancianos impedidos y 131 mujeres y niños. Un reportero testigo de la escena escribió: "Los vecinos lloraban rogando que no se destruyera el pueblo que los había visto nacer […] En medio del espanto y consternación mayores, las llamas hacían su tarea y una columna negra y densa de humo, arrastrándose trabajosamente por los flancos de la sierra, anunció a los zapatistas allí ocultos que ya no tenían hogar".

Al iniciarse el mes de mayo, medio estado de Morelos estaba en ruinas pero el zapatismo se encontraba en retirada total. El caudillo se vio obligado a refugiarse en la sierra de Guerrero. El gobierno restableció las garantías constitucionales, celebró elecciones de gobernador y se creyó que la revuelta había sido sofocada.

Robles fue trasladado a Puebla y sustituido por un militar de inclinaciones revolucionarias, el general Felipe Ángeles. Una de las primeras medidas de éste fue poner en libertad a los parientes del caudillo, suspender la quema de pueblos, combatir los desmanes que la soldadesca cometía contra la población civil y amnistiar a los rebeldes que depusieran las armas. Años después Zapata reconocería que el zapatismo estuvo a punto de morir en esa ocasión.

Mucho más grave que la rebelión de Zapata fue la encabezada en el norte por Pascual Orozco, quien se había convertido en un ídolo popular, el soldado revolucionario que había luchado por el pueblo. Le compusieron corridos, un cerro de Chihuahua fue bautizado monte Orozco, en El Paso los comerciantes vendían "Orozco souvenirs" y hasta en Alemania un industrial del Rhin sacó al mercado un vino Orozco especial. Legiones de mujeres se le ofrecían al caudillo y el pueblo lo ovacionaba por cuanto lugar pasaba.

En el afán de neutralizarlo, Madero lo nombró jefe de los rurales de Chihuahua, con sueldo de ocho pesos diarios. Los amigotes no tardaron en hacerle ver la injusticia con que era tratado. Lo alentaron a contender como candidato a gobernador de Chihuahua, contra el favorito Abraham González. Los gonzalistas respondieron con una campaña de prensa en la que presentaban a Orozco como un ignorante, un semisalvaje y un asesino. Además, descubrieron que le faltaban unos meses para cumplir 30 años, la edad legal mínima para ser elegido gobernador, y ante la embestida el inexperto caudillo tuvo que retirar su candidatura y volver a su puesto de comandante de rurales.

Mientras tanto, con discursos en los que lo colmaban de elogios, reyistas y vazquezgomistas se esforzaban por atraerse a Orozco. De la Barra le sospechaba inclinaciones reyistas y para alejarlo de la frontera lo trasladó a Sinaloa como jefe de los rurales. El caudillo no pareció haber entendido la maniobra; por el contrario, se puso feliz de que el cambio le reportara un aumento de sueldo a quince pesos diarios.

Madero lo devolvió a Chihuahua como comandante de

la guarnición de Ciudad Juárez. Durante noviembre y diciembre de 1911, así como en enero y febrero de 1912, Orozco combatió contra los vazquezgomistas levantados en armas y estuvo a punto de acabarlos, pero entre éstos tenía muchos antiguos compañeros, como José Inés Salazar, Emilio P. Campa, Lino Ponce, etc., quienes a menudo le pedían que se les uniera. El 3 de marzo ya se les había unido. Inicialmente aceptó la jefatura de Emilio Vázquez Gómez, pero luego hizo a un lado al ambicioso abogado y tomó la dirección del movimiento.

No fueron, sin embargo, las súplicas de los antiguos compañeros de armas las que decidieron a Orozco a rebelarse, sino las intrigas de los magnates chihuahuenses, quienes halagándolo y recalcándole la ingratitud del presidente, lo empujaron a la lucha, y para que se sintiera fuerte le entregaron sumas importantes de dinero. A semejanza de los hacendados de Morelos, los chihuahuenses —entre ellos los miembros del clan Terrazas-Creel— dijeron al gobierno que el rebelde les había quitado esas sumas a título de préstamo forzoso.

El plan revolucionario de Orozco era más ambicioso que el de Zapata: decretaba la repartición entre los campesinos desposeídos de todas las tierras nacionales y las no cultivadas de las haciendas, así como la supresión de las tiendas de raya y la implantación de una jornada máxima de trabajo de 10 horas, lo que favorecía a los obreros, que no fueron tomados en cuenta en el plan zapatista. La reducción de horas de trabajo tenía sin cuidado a los magnates chihuahuenses, quienes sabían que en México las leyes "se acatan pero no se cumplen". Por lo pronto, la revuelta los libraría de Madero; más tarde abundarían las oportunidades para deshacerse del caudillo o de aprovechar su influencia para manipular a las masas.

La rebelión orozquista causó pánico en el gobierno. Para restarle apoyo moral, Madero ofreció implantar todas las reformas que propugnaba el plan del movimiento a cambio de que los rebeldes depusieran las armas. La oferta fue rechazada; Orozco tenía fuertes sumas de dinero a su disposición, y con el señuelo de pagarles el entonces fabuloso sueldo de dos pesos diarios, en pocos días reunió un ejército de 8 000 hombres.

Tan grave era la situación que el ministro de Guerra, el intachable general José González Salas, renunció a su puesto para hacerse cargo personalmente de la campaña punitiva. Los orozquistas se habían apoderado de la casi totalidad del estado de Chihuahua, e inclusive avanzaron sobre Mapimí, Durango, y varios poblados de la sierra de Sonora. El 23 de marzo, el ejército federal libró su primera gran batalla con los insurrectos en Rellano, un punto situado pocos kilómetros al sureste de Ciudad Jiménez. Los rebeldes se anotaron un triunfo total y los federales se retiraron deshechos. Incapaz de soportar la vergüenza de la derrota, el general González Salas se suicidó.

Orozco tenía libre el camino hacia el sur. Pero no avanzó más: los diplomáticos maderistas habían logrado que el gobierno norteamericano decretara un embargo al tráfico de armas por la frontera; el caudillo se sintió sin recursos suficientes para seguir adelante y optó por permanecer en Chihuahua.

Ante la necesidad de encontrar sustituto de González Salas, el presidente convocó a su gabinete a sesión de emergencia, y por recomendaciones del general Ángel García Peña, nuevo ministro de Guerra, aceptó designar al general Victoriano Huerta. Madero no había olvidado la actitud sospechosa del mílite en la primera campaña contra los zapatistas, pero la firme recomendación de García Peña, quien conocía mejor que nadie la capacidad estratégica y táctica del designado, lo obligó a ceder. Solamente, para que vigilase al sospechoso, nombró a su hermano Raúl comandante de la Cuarta Brigada de Irregulares que se incorporó a la División del Norte.

Raúl ya se encontraba en Chihuahua. Pancho Villa, cuya fidelidad hacia don Abraham González y Madero era total, fue sacado de su retiro en San Andrés y desde antes que Huerta llegara a Chihuahua, ya combatía a Orozco al frente de 400 irregulares.

Tres espectaculares batallas fueron suficientes para que Huerta liquidara la rebelión: Conejos (12 de mayo), segunda de Rellano (22 y 23 de mayo) y Bachimba (3 de julio). Privado de las armas que conseguía en Estados Unidos antes del embargo, Orozco huyó a Arizona y sus hombres se desbandaron o quedaron reducidos a guerrillas. El jefe de los federales se convirtió en el héroe del momento.

A Madero llegaron informes de que Huerta había intentado unir sus fuerzas con las de Orozco, para después marchar los dos juntos a la toma de la capital. Además, los magnates chihuahuenses que financiaron la revuelta orozquista habían comenzado a granjearse al jefe federal con regalos y adulaciones. Madero ascendió al hombre a general de división, pero le ordenó regresar a la capital, donde se le tuvo sin mando de fuerzas.

Por un momento pareció que el gobierno se había salvado. Madero mismo se confió demasiado; el 16 de octubre estalló en Veracruz una nueva rebelión encabezada por el general Félix Díaz y comentó: "Mejor que mejor: así acabaremos con todos los sediciosos y podremos trabajar en cosas benéficas".

Félix Díaz era sobrino del dictador depuesto y padecía una especie de locura dinástica que lo llevó al convencimiento de que le correspondía suceder a su tío en la silla presidencial. Había sido diputado y embajador en Chile, país al que por un tiempo lo desterraron como castigo por algunos enredos políticos en que se metió debido a la costumbre que tenía de hacer uso abusivo de su prestigioso apellido. Reyista a ultranza, Félix fue sin embargo perdonado por el tío y cuando se produjo el triunfo revolucionario ocupaba el puesto de jefe de la policía del Distrito Federal.

En las elecciones de 1912 para gobernador de Oaxaca, Félix Díaz participó como candidato en oposición a Benito Juárez Jr., y salió derrotado. Atribuía su fracaso a maquinaciones de Madero, y por ello gestionó y obtuvo su retiro del ejército y se trasladó a Veracruz, donde se dedicó a conspirar.

En el plan revolucionario proclamado el 16 de octubre de 1912 declaró: "Prometo sólo paz [...] Todos los beneficios materiales y el ejercicio de la libertad vendrán por sí mismos, como el fruto natural de la paz y el orden". Con semejante programa el apoyo popular que logró tenía que ser mínimo, pero había distribuido generosas sumas de dinero entre varios oficiales y esperaba ser secundado por el ejército en masa.

A último momento, sin embargo, sólo se le unieron 1 000 hombres del vigesimoprimer batallón y parte del decimonoveno. Logró controlar la ciudad de Veracruz, pero la marina, mandada por el comodoro Manuel Azueta, siguió fiel a Madero y apuntó sus cañones contra el cuartel de Díaz.

Madero envió 2 000 hombres contra los sediciosos. Los "felicistas" dirían más tarde que el comandante de la fuerza oficial renegó de sus promesas de sumarse a la rebelión debido a que lo compraron mediante un soborno de 50 000 pesos, muy superior a lo que podía darle el sobrino de su tío. De cualquier modo, tras un ataque por sorpresa, los maderistas capturaron Veracruz y aprehendieron a Félix y a sus correligionarios.

Así como Aryuna, aconsejado por Krishna, llegó a convencerse en cierto momento de que el deber de los guerreros a veces consiste en matar, Madero creyó que su misión en la Tierra exigía de él una demostración de su capacidad para proceder severamente con los traidores. Comunicó al consejo de guerra que juzgó a Félix Díaz sus deseos de que aplicaran la pena capital al traidor, y el veredicto de los jueces militares se ajustó a ese deseo.

Pero la "culta sociedad" se escandalizó de que fuesen a fusilar a uno de sus miembros más ilustres y Madero fue sometido a fuertes presiones para que lo perdonara. El prócer se mantuvo firme en su decisión. En cambio, los magistrados de la Suprema Corte de Justicia, los mismos que durante decenios habían acatado hasta las consignas más inmundas del dictador depuesto, suspendieron la ejecución en juicio de amparo, argumentando que el reo se encontraba en situación de retiro como militar y, por lo tanto, no debió ser juzgado por un consejo de guerra. Félix Díaz fue trasladado a la penitenciaría civil del Distrito Federal. Madero se resignó a apartarse del ejemplo de Aryuna.

XXI. LA TRAICIÓN

Al iniciarse 1913 sólo unas cuantas guerrillas dispersas de zapatistas y orozquistas se oponían con las armas al gobierno. ¿Sería posible que Madero lograra consolidar su régimen y adecentar la política mexicana? El pensamiento llenaba de indignación a quienes consideraban urgente "restablecer el principio de autoridad". Cada nueva victoria de Madero, lejos de desmoralizarlos, acentuaba en los rivales la determinación de perfeccionar sus métodos para que la siguiente revuelta fuera la definitiva.

Entre los nuevos conspiradores estaba un general llamado Manuel Mondragón, quien tenía fama de ser un genio militar por haber plagiado ciertas mejoras ideadas por los artilleros franceses en la fabricación de cañones, y por haber logrado que Porfirio Díaz le pagara regalías por utilizar los supuestos inventos. Convencido de que las revueltas con llamamientos al pueblo estaban condenadas al fracaso, Mondragón resolvió organizar un cuartelazo puro y simple, y darlo en la capital, pues una vez tomada la ciudad de México, en toda la República surgirían elementos dispuestos a seguirlo.

Uno de los primeros aliados de Mondragón fue el licenciado Rodolfo Reyes, hijo del general preso, quien se encargó de conseguir "el dinero que es el nervio de la guerra". Jamás reveló la identidad de quienes financiaron el movimiento, pero ahora se sabe que entre éstos destacaba el hacendado Ignacio de la Torre y Mier.

Mondragón reconocía su falta de prestigio para encabezar el movimiento, de manera que asignó el papel preferente al general Reyes, y el segundo a Félix Díaz, primo político de De la Torre y Mier. El hacendado tenía el apoyo de los grandes magnates y del embajador norteamericano Henry Lane Wilson; sin duda también aprovechó su influencia personal sobre Zapata para sumarlo al cuartelazo. Orozco, errante y perseguido en los desiertos norteños, no tendría más remedio que adherirse a los golpistas.

Mediante promesas de ascenso se obtuvo la colaboración activa o pasiva de docenas de jefes militares. Paradójicamente, Victoriano Huerta se negó a participar en la conjura, expresando a un enviado de Mondragón que el momento era inoportuno. Sólo se abstuvo de informar a "la superioridad" lo que le propusieron.

Gracias a sobornos, a plena luz del día y ante los ojos de medio mundo, los conspiradores entraban y salían de las cárceles para ponerse de acuerdo con Reyes (en la prisión militar de Santiago Tlatelolco) y con Díaz (en la penitenciaría de Lecumberri). El más ansioso por actuar era el primero: su debilidad frente a Porfirio Díaz le había dado fama de cobarde, y el fracaso de la revuelta organizada en Texas lo dejó en calidad de inepto; anhelaba demostrar al país entero que por lo menos seguía siendo "muy macho".

En la madrugada del 9 de febrero de 1913, mientras el presidente dormía en su alcoba del castillo de Chapultepec, la revuelta estalló. Madero había recibido informes precisos de lo que se tramaba, pero no quiso hacerles caso o pensó que, al fracasar inevitablemente, el cuartelazo le proporcionaría la coyuntura que necesitaba para cortar algunas cabezas.

Iniciaron el movimiento 300 jóvenes corrompidos —en premio obtendrían ascensos— que estudiaban en la Escuela de Aspirantes, una especie de colegio militar de segunda. De sus cuarteles en Tlalpan marcharon hacia el palacio nacional, que tomaron sin resistencia porque la guardia había sido comprada. Simultáneamente, del cuartel de Tacubaya salieron 700 soldados rumbo a Santiago Tlatelolco. Mondragón los jefaturaba. En el camino se les unieron otros 100 militares.

Al llegar al presidio, Mondragón obtuvo del carcelero en jefe la libertad de Reyes, quien había comprado a la guardia y desde varios días antes realizaba preparativos minuciosos para lanzarse a la lucha e inclusive para morir. Exigió a su hijo Rodolfo que le llevara ropa interior fina, lo que le permitiría desechar la que le daban en la prisión. Explicó:

—Mi general Rocha decía, y decía muy bien, que era bueno que cuando lo levantaran a uno muerto en el campo de batalla se viera en todos los detalles que era persona decente.

Como a las siete de la mañana Reyes salió a la calle vestido con traje negro sport, botas militares, pequeño sombrero de fieltro gris verde y un capote de general español. Montó un caballo de gran alzada, colorado oscuro, y rodeado por Mondragón y otros oficiales enfiló hacia Lecumberri.

Gracias a la abundante distribución de sobornos, Félix Díaz también recuperó la libertad. Y juntos, los conjurados prosiguieron la marcha hacia el palacio nacional.

Aunque gran parte del ejército sabía del cuartelazo y sólo esperaba que la situación se aclarara para "irse a la cargada", un elevado número de oficiales y jefes —en proporción tal vez mayor que la de los civiles que servían al gobierno, según se apreciaría poco después— eran leales a Madero. Entre estos hombres, que en mucho diluyeron la horrorosa mancha que cayó sobre las fuerzas armadas, se encontraba el comandante militar de la plaza, general Lauro Villar.

En los momentos en que Díaz era liberado, Villar llegó al palacio nacional con escasos 60 hombres e imponiendo su autoridad penetró al edificio sin que nadie osara interceptarlo. Luego, con una arenga en que les reprochó su traición, logró que los jóvenes aspirantes se le rindieran y recuperó el punto antes de que Madero supiese que había caído.

La noticia del acontecimiento llegó a oídos de Reyes, Díaz y Mondragón mientras marchaban al edificio presidencial. Pensaron que se trataba de un rumor infundado, pero como precaución decidieron enviar un cuerpo exploratorio comandado por otro general traidor, Gregorio Ruiz. Villar dejó que éste entrara al palacio nacional, y una vez adentro lo hizo prisionero. Minutos después, con autorización presidencial, Ruiz y 15 aspirantes fueron fusilados.

Aunque le informaron lo ocurrido, Reyes se negó a creerlo y no modificó sus planes. "Estaba como fascinado", escribió Rodolfo Reyes. El horror de hacer nuevamente el papel de cobarde, tonto o fracasado se impuso a su instinto de supervivencia.

—Que se detenga la columna. ¡Yo no lo haré! —rugió, y espoleando el caballo prosiguió junto con algunos soldados hacia la llamada puerta Mariana, donde los hombres de Villar aguardaban tras las ametralladoras que pronto empezaron a disparar.

Eran las 8:45 de la mañana cuando Reyes cayó muerto sobre el piso del zócalo. Sus cómplices huyeron en todas direcciones.

El general Villar, herido en el combate, no pudo darse a la persecución de los traidores. Éstos se refugiaron en el cuartel de la Ciudadela, un macizo edificio colonial donde tenían más cómplices. La muerte de Reyes había dejado un vacío de autoridad, que de inmediato llenó Félix Díaz.

En tiempos de Benito Juárez otros militares traidores se habían refugiado en la Ciudadela y bastó un cañoneo para abrir grandes boquetes en los muros de 1.20 metros de grosor; los soldados juaristas penetraron por los boquetes y en breve tiempo sofocaron la revuelta. Para hacer más vulnerable aún el edificio, en previsión de que otros desleales volvieran a sentir la tentación de usarlo, Porfirio Díaz mandó abrirle grandes ventanales. Además, en la Ciudadela había poco alimento; bastaría con cortar a los sublevados las fuentes de abastecimiento para rendirlos por hambre. Los traidores se habían metido en una ratonera.

Al ser informado de que las fuerzas leales se habían anotado los primeros triunfos, Madero abandonó su residencia de Chapultepec y se trasladó al palacio nacional, para demostrar con su presencia que el gobierno estaba firme. Montado en un caballo y sin más escolta que su guardia y un grupo de cadetes del Colegio Militar, avanzó por Paseo de la Reforma entre aplausos del pueblo asombrado ante la nueva demostración de valor inconmovible —por esas calles merodeaban pelotones dispersos de golpistas— que daba el devoto del *Bhagavad-Guita*.

Victoriano Huerta también fue enterado de los sucesos. Todo parecía indicar que el cuartelazo había fracasado y quiso apresurarse a demostrar lealtad, por lo que enfiló en su automóvil a la comandancia militar a ofrecer sus servicios. Por una fatal coincidencia se cruzó con Madero en el trayecto al palacio nacional y respetuosamente se puso a sus órdenes. El presidente se dejó impresionar e invitó al general a sumarse a su columna. Continuaron hacia el zócalo y después de salvarse de un ataque sorpresivo llevado a cabo por francotiradores, llegaron a la plaza, que estaba cubierta por centenares de cadáveres, la mayoría de civiles curiosos.

En el palacio nacional, el heroico general Villar seguía imposibilitado por las heridas para moverse. Urgía nombrarle sustituto, y sin reflexionarlo Madero designó a Victoriano Huerta nuevo comandante militar de la plaza.

Varios oficiales hicieron ver la poca confiabilidad del general, pero el ministro de Guerra aprobó el nombramiento y el presidente creyó posible volver a utilizar la indudable habilidad militar del hombre, aunque instalando cerca de él a un elemento de confianza que lo vigilara. Animado por este propósito, a las tres de la tarde del mismo día 9 salió a Cuernavaca en busca del general Felipe Ángeles.

La ausencia de Madero fue aprovechada por los traidores. Un enviado de Félix Díaz visitó al embajador Henry Lane Wilson con la sugerencia de que exigiera al presidente la renuncia "para evitar mayor derramamiento de sangre". El embajador consideró imprudente llegar a semejante extremo y se limitó a convocar una reunión del cuerpo diplomático para presentarle una versión alarmista de los sucesos. Después preguntó altaneramente al ministro de Relaciones Exteriores si el gobierno estaba capacitado para dar las adecuadas garantías a los extranjeros.

El siguiente día, lunes, continuaron las exhibiciones de un descaro apenas creíble. La ciudad había amanecido desierta, con tiendas y oficinas cerradas. Félix Díaz atravesó el sector central para llegar a la pastelería El Globo, situada en el primer cuadro, y celebrar allí una conferencia con un compadre de Huerta. Como lo sugería el hecho de que no hubiese atacado la Ciudadela —lo que dio a los sublevados la oportunidad de reforzar sus posiciones— Huerta quería trabar una alianza que dejara sin sustento al gobierno de Madero.

Por el momento no se llegó a ningún acuerdo; Huerta exigía la Presidencia como premio, y Félix Díaz, sintiéndose afectado en sus derechos dinásticos, rechazó el trato.

Madero regresó a México la tarde del mismo lunes, acompañado de Ángeles y un millar de hombres de tropa. Ya habían llegado a la capital varios escuadrones de rurales enviados por los gobernadores leales de estados vecinos. El presidente fue informado de la escandalosa entrevista de Félix Díaz con el compadre de Huerta y quiso nombrar comandante de la plaza a Felipe Ángeles, pero como éste era de menor graduación que el ya designado, los asesores militares se opusieron.

Tal vez Madero pensó que sería fácil para Ángeles vigilar

a Huerta; pero éste ordenó al subordinado que se situara en una posición desde la cual no podía hacer daño a los rebeldes ni estaba en condiciones de observar bien a bien las maniobras del comandante. Se ignora por qué se abstuvo Ángeles de poner este asunto en conocimiento del presidente.

Toda la semana fue de pesadilla para los habitantes de la ciudad. Huerta lanzaba ataques calculados para no aplastar al enemigo e inclusive dejó que los sublevados se surtieran de provisiones. Por lo menos dos veces se reunió secretamente con el general adversario. Mientras tanto, su compadre entraba y salía de la Ciudadela, esforzándose por llegar a un acuerdo, pero como Díaz continuaba rechazando las pretensiones de Huerta, la lucha prosiguió.

Huerta lanzaba a los irregulares, los más fieles a Madero, en cargas suicidas de caballería para que fuesen exterminados por los cañones y las ametralladoras de la Ciudadela. Además, con el propósito de aterrorizar a la población, disparaba sus propios cañones de tal manera que no afectaran a la fortaleza rebelde sino a edificios cercanos.

La matanza de civiles alcanzó grandes proporciones y los cadáveres se pudrían en el piso o eran apilados para luego empaparlos de petróleo y prenderles fuego. Muchas bandas de ladrones saqueaban las tiendas y las residencias particulares. Por las calles desiertas corrían desbocados los caballos sin dueño. La población civil clamaba por la paz.

Madero llamó a Huerta a su presencia y le preguntó la causa de que no hubiera tomado aún la Ciudadela. El traidor pretextó que, si bien podía destruir el edificio a cañonazos, el ataque devastaría una amplia zona de la ciudad y morirían muchos inocentes. Pero en un plazo máximo de 48 horas terminaría con el problema lanzando un ataque general.

Madero no acababa de convencerse de la traición, a pesar de que varios colaboradores se la detallaron. En la tarde del día 17, desesperado, Gustavo A. Madero tomó la iniciativa de invitar al general a su oficina y hacerlo aprehender. Enterado de lo que ocurría, el presidente ordenó que los rijosos fueran llevados a su presencia. El general juró lealtad eterna y Madero cayó víctima otra vez de lo que el mílite llamaba sus "tanteadas". El presidente ordenó a ambos personajes que hicieran las paces, y para sellar la reconciliación, hasta quedaron de reunirse a comer al día siguiente.

Lane Wilson, aliado a los embajadores de Inglaterra, Alemania y España, hizo llegar a Madero una petición de que renunciara para evitar el derramamiento de sangre "y posibles complicaciones internacionales", lo que implicaba una amenaza de invasión por parte de Estados Unidos. (Lane Wilson actuó por cuenta propia, ya que el gobierno estadunidense adoptó una actitud neutral.)

También movidos por Lane Wilson, 30 senadores felicistas intentaron presentar a Madero otra petición de que renunciara. El presidente se negó a recibirlos, y contratacó movilizando a sus amigos diputados para que le solicitaran permanecer en su puesto.

El día 18 terminó por fin el periodo que los historiadores conocen como "La Decena Trágica". Por la mañana de ese día Huerta hizo que sus tropas —supuestamente listas para iniciar el ataque general— desfilaran frente al palacio nacional. Cuando el presidente terminó de pasarles revista, el general convocó a una junta de funcionarios del gobierno, ante quienes los senadores felicistas repitieron que el sentir de su cámara se orientaba a exigir la renuncia de Madero. Seguidamente Huerta se trasladó al restaurante Gambrinus, donde se había citado con Gustavo A. Madero para la comida de reconciliación.

Gustavo esperaba sentado a la mesa. Los dos se abrazaron. Empezaban a comer cuando Huerta se levantó diciendo que tenía que hacer una llamada urgente. Por teléfono le informaron que Madero, Pino Suárez, Ángeles y la mayoría de los miembros del gabinete ya estaban presos. El general salió a la calle, hizo una señal y un pelotón de soldados procedió a aprehender al otro comensal. Una hora después, las campanas repicaban para anunciar que el país tenía nuevos amos.

El hermano del presidente, con la cara ensangrentada y deforme por los golpes y culatazos que recibió, fue llevado a la Ciudadela, donde el general Mondragón lo entregó a una chusma de soldados y civiles borrachos. La víctima imploró piedad recordando que tenía mujer e hijos. "¡Maricón!" le gritó un soldado, y con la bayoneta le sacó el ojo bueno. Le dieron "pamba" de culatazos y bayonetazos hasta que alguien le disparó un tiro y lo mató. Luego le quitaron el ojo de vidrio y los asesinos se pusieron a jugar con él, usándolo como pelota.

Por la tarde del mismo día, Huerta lanzó un manifiesto en el que anunciaba a la nación que había asumido el poder ejecutivo. El asalto había tenido éxito, pero sólo a medias. Félix Díaz se negaba a colocarse en un segundo término, y por un momento pareció que la lucha entre los dos bandos renacería con mayor fuerza.

Lane Wilson hizo acudir a su embajada a los dos generales para ajustarles cuentas, y a la sombra del pabellón de las barras y las estrellas ambos firmaron un histórico pacto mediante el cual se acordó que Huerta asumiría interinamente la Presidencia, tendría un gabinete con mayoría de felicistas y, en un plazo breve, convocaría a unas elecciones en las que Félix Díaz sería el candidato oficial a recibir el codiciado puesto.

Para llenar las formalidades del caso sólo faltaba que renunciaran Madero y Pino Suárez, y ambos se negaban a hacerlo. El congreso fue convocado a sesión de emergencia para que legitimara de alguna manera la usurpación. El principal ejecutor de la artimaña fue el diputado Querido Moheno, un bribón que había sido desairado en sus esfuerzos por afiliarse a la camarilla científica y por desquite se convirtió en traidor.

—Cuando en un hogar ocurre una desgracia que conmueve hasta el sollozo y el espasmo los corazones —dijo Moheno desde la tribuna—, la hora no es propicia para hacer recriminaciones a nadie; en la hora del dolor, los hijos de una misma familia no tienen sino un supremo deber: olvidar, echar al abismo del olvido todos sus rencores, todas sus diferencias y estrecharse en un abrazo. Esta hora suprema, señores diputados, es la hora a que estamos asistiendo…

"Hemos llegado a una situación anormal —prosiguió—, en la cual el poder completo de la nación ha desaparecido de manera irremediable. La cuestión ahora es definir si en este inesperado evento, para el cual no están hechas nuestras leyes constitucionales vigentes, el poder legislativo de la nación es el llamado y tiene facultades para reconstituir por cualquier medio ese poder [...] Yo sostengo, señores diputados, que nuestras facultades son innegables..."

Moheno quería que los diputados invistieran a Huerta con la primera magistratura, a pesar de que Madero seguía negándose a renunciar. Probablemente notó que en la sala flotaba cierta oposición, porque en seguida hizo uso del último recurso de la lumpenburocracia mexicana: el antiyanquismo falso. Mentirosamente dijo:

—Hoy mismo las quillas de los barcos americanos han profanado las aguas veracruzanas, trayendo a bordo 6 000 hombres de desembarque, listos para profanar ya no las aguas tranquilas, sino el mismo suelo sagrado de la Patria, si la anarquía, como parece, se asienta en nuestro país... Yo pido a todos los señores diputados que acudamos con una suprema buena voluntad a llegar a una solución práctica... al nombramiento de un presidente interino que salve la situación...

Moheno no pensó que hubiera un valiente en aquella Cámara de Diputados, pero sí lo había: se trataba del jalisciense Francisco Escudero, quien propuso disolver las cámaras y retirarse a casa. Sólo se resolvió continuar en sesión permanente.

En su cárcel del palacio nacional, Madero era sometido a fuertes presiones para que firmara su renuncia. Inclusive se la pidieron los miembros de su gabinete, quienes a cambio de este servicio recobraron la libertad.

De común acuerdo, Madero y Pino Suárez aceptaron renunciar bajo la condición de que los gobernadores estatales siguieran en sus puestos, que sus amigos y partidarios no fuesen molestados, y que el presidente, el vicepresidente, Ángeles y sus familias fueran transportados hasta Veracruz en tren especial bajo la custodia de los embajadores de Chile y Japón.

Luego el embajador de Cuba, Manuel Márquez Sterling, ofreció proporcionar un barco que trasportara a los prisioneros a La Habana. Huerta aceptó.

Madero aún ignoraba el asesinato de su hermano. Abrigaba esperanzas de organizar desde el exilio una nueva revolución. El presidente y el vicepresidente firmaron las renuncias la noche del mismo 19 de febrero, y con este documento los legisladores pudieron consumar una farsa jurídica.

Bajo las nuevas condiciones, la Presidencia provisional recayó, de acuerdo con la constitución, en el ministro de Relaciones Exteriores, un burócrata llamado Pedro Lascuráin. Éste nombró a Huerta ministro de Gobernación, a quien correspondía la primera magistratura en caso de que faltara el de Relaciones Exteriores. Luego Lascuráin —fue jefe de la nación 56 minutos en total— renunció a su puesto y a las 23:20 horas del 19 de febrero de 1913 la Presidencia recayó en Victoriano Huerta.

Una vez que los legisladores legitimaron la usurpación, la Suprema Corte de Justicia envió sus felicitaciones a Huerta. Con esto los militares neutrales pudieron jurar lealtad al nuevo amo de México, sin incurrir jurídicamente en el delito de traición.

Huerta renegó del compromiso contraído ante el embajador Márquez Sterling de entregar a Madero y a Pino Suárez para su traslado a Cuba. Ambos prisioneros fueron sacados de Palacio Nacional la noche del 22 de febrero y asesinados poco después en las inmediaciones de la penitenciaría de Lecumberri.

Por lo que se sabe, sólo una olvidada mujer del pueblo a quien apodaban "María Pistolas" protestó en público por los asesinatos. Al sepelio prácticamente sólo acudieron los familiares del prócer, en tanto que las celebraciones por el triunfo de los traidores Huerta y Díaz congregaron multitudes de individuos felices por la terminación del ensayo democrático y la vuelta de la dictadura.

XXII. CRIMEN Y CASTIGO DE HUERTA

Sólo por la traición cometida, Huerta se hizo acreedor de la fama de monstruo con que pasó a la historia mexicana. Sin embargo, no todo lo que se le achaca es cierto. Por ejemplo, no hay pruebas de que él haya ordenado el magnicidio, y en cambio abundan las evidencias de que los autores intelectuales del crimen fueron el hacendado morelense Ignacio de la Torre y Mier y un rufián llamado Cecilio Osón, quienes formaban parte destacada de la camarilla felicista y ajustaron su proceder a lo que ellos consideraban los mejores intereses de su caudillo. Por supuesto, al abstenerse de castigar a los asesinos, Huerta quedó como cómplice y encubridor del magnicidio.

Tampoco es cierto que la traición de Huerta haya levantado una ola de indignación por todo México, como afirman algunos historiadores. La muerte del prócer puso felices a los ricos del país y a los inversionistas extranjeros, quienes pensaron que el usurpador poseía la "mano de hierro" indispensable para restablecer la calma social. Varios cabecillas zapatistas felicitaron al traidor por su triunfo y le ofrecieron colaboración. También lo apoyó la inmensa mayoría de los burócratas civiles y militares, además de casi todos los seudointelectuales, empezando por el escritor Federico Gamboa, quien desempeñó el puesto de ministro de Relaciones Exteriores en el gobierno espurio. En Chihuahua, Pascual Orozco se adhirió entusiastamente al huertismo.

En cuanto la situación pareció tranquilizarse, una multitud de capitalinos de todas las clases sociales participó en una manifestación "en honor del ejército y de los defensores de la Ciudadela, vitoreando a la paz y a los líderes de la revolución triunfante", según se publicó en un periódico. A la cabeza de la muchedumbre se colocaron unos crespones de luto como homenaje al general Bernardo Reyes, al general Gregorio Ruiz y a otros muertos en combate. Abundaban las mantas con letreros que decían: "Loor a la prensa independiente", "¡Viva Félix Díaz!", "¡Viva Huerta!", "¡Viva la paz!" Huerta, Díaz y dos de sus principales compinches, los generales Manuel Mondragón y Aureliano Blanquet, presenciaron el desfile desde el balcón central del palacio nacional.

El resto del país quedó simplemente asustado y, en su impotencia, no hizo más que prepararse para soportar las nuevas tribulaciones que se veían venir.

De 58 años de edad en 1913, nacido en un jacal de Colotlán, Jalisco, e hijo de padre mestizo, agricultor muy pobre, y madre huichola, Victoriano Huerta se inició en la carrera militar por un golpe de suerte: en 1869 el famoso general Donato Guerra pasó por el pueblo, y como necesitaba los servicios de un secretario, rescató de su ocupación de lustrador de calzado al joven Victoriano, quien era uno de los pocos lugareños que sabían leer y escribir. En premio a sus buenos servicios, Guerra influyó para que el joven ingresase al Colegio Militar.

Hacia 1890, después de graduarse como cadete distinguido, y tras haber participado en una serie de tareas como la de ayudar a la reorganización del estado mayor y hacer un reconocimiento topográfico de la República, así como pasar una corta temporada en Sinaloa (donde conoció al general Bernardo Reyes), Huerta obtuvo ascenso tras ascenso hasta alcanzar el coronelato.

En 1893 lo trasladaron a Guerrero para que ayudara a sofocar la rebelión encabezada por el general Canuto Neri contra el gobernador porfirista. Neri se rindió al poco tiempo y el gobierno decretó una amnistía para sus partidarios. También muchos de éstos se rindieron y Huerta ordenó fusilarlos a todos para hacer un escarmiento. En premio lo nombraron comandante militar de Guerrero, puesto en el que permaneció hasta 1895.

Luego pasó a ser jefe del Departamento Topográfico y Astronómico, y en 1900 fue enviado por corto tiempo a Sonora como jefe de un batallón de infantería, de donde su antiguo jefe en Sinaloa, Bernardo Reyes, quien acababa de ser nombrado ministro de Guerra, le ordenó regresar al turbulento estado de Guerrero.

Varios guerrerenses se habían rebelado contra la imposición de un gobernador. Obligados a desbandarse, formaron una veintena de guerrillas y llegaron a dominar la mayor parte de la sierra. Cinco meses de fusilar sospechosos, incendiar pueblos y torturar rehenes bastaron para que Huerta acabara con la rebelión. Como premio lo ascendieron a general brigadier.

Meses después fue trasladado a Yucatán, donde el gobierno

experimentaba serias dificultades para someter a los mayas insurrectos. Al frente de las operaciones estaba un general apellidado De la Vega, partidario de utilizar tácticas convencionales completamente ineficaces en una lucha de guerrillas. Huerta escribió a su protector Reyes acusando a De la Vega de incompetencia; fue puesto al frente de las fuerzas, y en lugar de marchar en línea de combate, como lo ordenaba el antecesor, empezó a operar por zonas: esto obligó a los mayas a evacuar sus casas y a refugiarse en los montes, mientras el ejército cortaba las fuentes de abastecimiento y los perseguía sin reposo. En octubre de 1902 Huerta pudo anunciar que la península estaba en paz.

Feliz con el comportamiento de su protegido, Reyes lo ascendió a general de brigada y pensaba nombrarlo viceministro de Guerra. Pero en esos momentos hizo crisis la pugna con los "científicos"; el ministro se vio obligado a renunciar, volvió al gobierno de Nuevo León y Huerta quedó desamparado.

Huerta obtuvo licencia para separarse del ejército y se trasladó a Monterrey, donde el gobernador lo protegía dándole contratos de pavimentación. En cierto momento los dos generales se distanciaron por causas desconocidas. Mientras Reyes partía rumbo al exilio en Europa, el protegido regresó a la ciudad de México, donde complementaba su raquítico sueldo de general dando clases particulares de matemáticas; sin amigos y sin esperanzas, públicamente externaba su amargura en las cantinas donde solía refugiarse.

La rebelión de Madero le dio ocasión de volver al ejército: Díaz necesitaba buenos militares, Huerta presentó solicitud de reincorporarse al servicio activo y la gestión fue aprobada. De nuevo lo enviaron a territorio guerrerense, pero no alcanzó a combatir a los revolucionarios, pues cuando iba rumbo a su nuevo destino se produjo la caída de Ciudad Juárez. Finalmente le tocó jefaturar la escolta que acompañó a Díaz hasta Veracruz y el exilio.

Cuando De la Barra le encomendó combatir a los zapatistas de Morelos, Huerta tronaba al decir que, si Madero no le hubiera atado las manos, en el plazo de unas cuantas semanas habría aplastado la sublevación. Luego, cuando marchó a combatir contra los orozquistas en el norte, el grado de general de división que se le confirió como premio por sus triunfos tuvo que parecerle una recompensa mezquina, ya que también lo dejaron sin mando de fuerzas. En esa condición se hallaba cuando Madero tuvo la mala fortuna de ordenarle someter a los rebeldes de la Ciudadela.

De acuerdo con el Pacto de la Embajada, Huerta debía ser sólo una figura transitoria en la Presidencia, destinada a servir de puente para organizar unas elecciones en las que Félix Díaz figuraría como candidato oficial y ganador seguro. El usurpador firmó el pacto sólo porque el rival contaba con el apoyo de la mayor parte del ejército, pero una vez apoltronado en la silla presidencial ganó multitud de aliados militares y astutamente se deshizo de los felicistas.

Los términos del pacto permitieron a Félix Díaz nombrar la totalidad de los integrantes del primer gabinete de Huerta. Se pretendía rodear al habilidoso general para que no hiciera otra de las suyas, pero él se las ingenió para librarse de sus guardianes. Comenzó atizando la ambición de sus ministros, fabricándoles tentaciones por medio de los contratos de obras públicas y embajadas que les ofrecía a cambio de que desertaran de su bando. Procuraba enemistarlos entre sí, para que se despedazaran mutuamente, y al mismo tiempo los aterrorizaba haciéndolos vigilar por matones que observaban todos sus pasos.

Huerta daba a los ministros el título de "Su Ilustración", pero los trataba como si fueran mandaderos. Tenían que andarlo buscando por cantinas y piqueras para que firmara algún documento o tomara alguna resolución. En ocasiones pasaba días enteros a bordo de su automóvil, recorriendo la ciudad, y los secretarios tenían que seguirlo a todas partes. Cuando al fin lo encontraban no les hacía caso por estar intoxicado con coñac o marihuana.

A escasos dos meses de haber asumido su puesto renunció el anciano ministro de Gobernación Alberto García Granados. El jefe lo mandaba despertar a altas horas de la noche con el pretexto de consultas urgentes y luego lo obligaba a hacer antesalas de varias horas de duración. Al renunciar fue sustituido por el doctor Aureliano Urrutia, incondicional y compadre de Huerta.

En seguida sucumbió el ministro de Guerra, general Manuel Mondragón, quien además de inepto era de una voracidad incontenible. Actuaba como agente del Mercure, un consorcio de banqueros franceses que trataban de colocar un fuerte empréstito a elevado interés, proporcionando al ministro de Guerra una comisión en cuanto el gobierno mexicano cerrara las operaciones. El negocio fue rechazado por la Cámara de Diputados, pero Huerta convenció al general de que el fracaso era producto de las intrigas de Félix Díaz. Mondragón rompió con su ex correligionario y renunció al ministerio. Fue sustituido por el siniestro general Aureliano Blanquet, ex felicista recién seducido por Huerta.

El ministro de Justicia, Rodolfo Reyes, era un hombre de vanidad monumental, y para nulificarlo bastó con desautorizar estridentemente algunas de sus declaraciones a los periódicos y hacerle desaires en público. Huerta tuvo 32 ministros para los nueve ministerios en los 17 meses que ocupó la Presidencia. En poco tiempo el gabinete quedó libre de rivales.

Pero los felicistas no se iban a dar por vencidos tan fácilmente, y parecen haber contratacado por una vía insospechada. Al triunfar el cuartelazo de la Ciudadela, Emiliano Zapata llevaba muchos meses de andar fugitivo en la sierra y sin esperanzas firmes de recuperación. Cuando cayó Madero, varios cabecillas zapatistas secundaron el cuartelazo por considerar que, después de todo, los usurpadores eran tan antimaderistas como ellos.

En el Plan de Ayala original se había asignado la jefatura del movimiento a Pascual Orozco, y cuando éste reconoció la autoridad de Huerta, los usurpadores enviaron una comisión encargada de obtener la adhesión de los rebeldes morelenses. Como prueba de buena voluntad, la comisión estuvo encabezada por el padre del propio Orozco. Después que las negociaciones se prolongaron a lo largo de 100 días, Zapata les puso punto final desconociendo la autoridad del chihuahuense y mandando fusilar al padre.

Los historiadores zapatistas afirman que su héroe alargó las pláticas para ganar tiempo y rehacer sus fuerzas. Las pruebas documentales de la negociación han desaparecido, por lo que se puede conjeturar que en el fondo podría haber obrado una venganza de los felicistas: éstos habían venido usando tanto a Orozco como a Zapata para desprestigiar a Madero, y cuando el chihuahuense trabó su alianza con Huerta y contra Félix Díaz, los felicistas ordenaron a Zapata castigarlo fusilando al padre. El ejecutor de la maniobra podría haber sido el hacendado Ignacio de la Torre y Mier, quien era primo político de Félix Díaz y bien pudo hacer valer su ascendiente sobre su caballerango consentido para ordenarle que asesinara a Orozco padre. Por lo demás, la amenaza que representaba Zapata jamás preocupó a Huerta.

Para forjarse una camarilla política propia, de la cual carecía cuando asumió la Presidencia, Huerta se atrajo a los diputados Querido Moheno, Nemesio García Naranjo, José María Lozano y Francisco M. Olaguíbel, integrantes de un "cuadrilátero parlamentario" que ganó celebridad por su destreza para manipular las discusiones del congreso por medio de verborrea y triquiñuelas de leguleyo.

Los políticos convencieron a Huerta de la utilidad de tomar algunas medidas populistas para atraerse simpatías. De este modo se puso en marcha un programa para construir 5 000 escuelas destinadas a la población pobre —sólo se construyeron 131— y se decretó un aumento de 25% en los sueldos de los maestros de primaria y secundaria. Durante todo 1913 y los primeros meses de 1914 Huerta permitió el funcionamiento de la Casa del Obrero Mundial, un organismo anarcosindicalista instituido durante la administración de Madero, y al principio no sólo no reprimió las huelgas, sino que influyó para que muchas fueran resueltas en favor del los obreros. Pero al final los líderes acabaron por irritarlo con sus exigencias y temiendo lo peor algunos se fueron al campo zapatista —el más destacado era Antonio Díaz Soto y Gama— y otros al de Carranza.

Inclusive, queriendo mostrar preocupación por el problema del campo, Huerta creó un Ministerio de Agricultura que duplicó las sumas destinadas a préstamos al agro, devolvió algunos ejidos a sus propietarios legítimos y anunció planes para la repartición de terrenos nacionales. Simultáneamente se propuso aumentar los impuestos a las haciendas y reducirlos a la pequeña propiedad, como un estímulo para que los hacendados fraccionaran sus latifundios.

El Pacto de la Embajada no especificó fecha para celebrar las elecciones, pero se sobrentendía que iban a realizarse en el menor tiempo posible. Con diversos pretextos los comicios fueron aplazados hasta el último domingo de octubre de 1913. Participaban en la campaña 26 partidos que lanzaron media docena de candidatos, entre quienes no se contaba Félix Díaz, porque Huerta lo mandó primero a una misión diplomática a Japón y luego lo rodeó de obstáculos que lo obligaron a retirar su candidatura. Muy pocos votantes se prestaron a participar en la farsa electoral; ninguno de los candidatos obtuvo el 51% de los sufragios exigidos por la constitución de 1857 para triunfar, y por falta de remplazante Huerta permaneció en la Presidencia.

Para entonces los felicistas ya militaban entre los enemigos del gobierno en funciones. Inclusive los legisladores que legitimaron la usurpación comenzaron a desligarse. El diputado Serapio Rendón y el senador Belisario Domínguez emitieron declaraciones en que atacaban al general traidor, y fueron asesinados. En la Cámara de Diputados protestaron varios felicistas, antiguos reyistas, maderistas acomodaticios y "renovadores" (oportunistas), y 110 fueron puestos en prisión. Poco después, hasta el Senado —compuesto casi enteramente por felicistas— se disolvió.

A partir de junio de 1913, cuando Blanquet se hizo cargo del Ministerio de Guerra, Huerta dedicó sus mejores esfuerzos a la cuestión militar. Su plan básico consistía en formar un ejército de 200 000 hombres —el mayor de la historia de México— para usarlos contra los revolucionarios. Queriendo entusiasmar a los oficiales, entre junio y septiembre de 1913 nombró cientos de generales y un sinnúmero de oficiales de menor grado. Los ascensos se ganaban intrigando en las cantinas y prostíbulos o haciendo gala de huertismo gritón en la calle.

A cada gobernador se le fijó un "contingente de sangre", o sea una cuota de reclutas tomados en las levas. Sacaban maleantes de la cárcel, esperaban a los vagos que salían de las cantinas, prostíbulos, pulquerías y corridas de toros, y sin más ni más les daban un rifle y los enrolaban en el ejército. Mil curiosos fueron reclutados entre la multitud que presenció un espectacular incendio registrado en la tienda capitalina El Palacio de Hierro.

El país parecía en camino de convertirse en un cuartel.

Los burócratas, desde los empleados de ventanilla del correo hasta los ministros, fueron obligados a vestir uniforme militar. Los ministros recibían además el título y el trato de generales. Medio centenar de oficiales fueron enviados a estudiar aviación en Europa y parece que se les utilizó para efectuar vuelos de reconocimiento en aparatos que han desaparecido y cuya existencia no quieren aceptar los triunfadores porque esto haría de Huerta el padre de la aviación militar en México. Financiar este aparato requirió grandes cantidades de dinero. Los 33 millones de pesos dejados en la tesorería por Madero desaparecieron pronto, se contrataron empréstitos, se emitieron bonos sin respaldo, algunos impuestos se duplicaron y para fabricar billetes se redujo el respaldo en metálico del papel moneda. Así la cotización del peso mexicano bajó de 45 a 14 centavos de dólar entre junio de 1913 y marzo de 1914.

Las levas provocaron escasez de mano de obra y muchas cosechas se estropearon por falta de brazos que las levantaran, en tanto que la desarticulación de las comunicaciones impedía enviar los productos al mercado. Los ricos no tardaron en perder su entusiasmo por el usurpador y sacaron del país gran parte de sus capitales.

La guerra civil que seguiría fue inicialmente un conflicto librado entre la burocracia de los estados y la federal, como se verá en el siguiente capítulo. Acaudillados por el gobernador de Coahuila, Venustiano Carranza, varios norteños saquearon los bancos, se apoderaron de los recursos fiscales de sus entidades y formaron ejércitos propios. Conseguir reclutas les resultaba fácil, ya que pagaban a los soldados de uno a 1.50 pesos diarios, un salario lo bastante atractivo para que se alistaran de voluntarios en las filas carrancistas varios cientos de aventureros norteamericanos y europeos. Como aliciente adicional, los norteños pagaban los haberes en oro y Huerta en papel moneda.

Los huertistas reclutados en la leva no mostraban deseos de combatir y desertaban a la primera oportunidad. Los oficiales, improvisados muchos de ellos, tampoco se distinguían por sus arrestos bélicos y empleaban la mayor parte de su tiempo en hacer los típicos "negocios" del ejército mexicano: reportar como vivos a los soldados desertores o muertos para seguir cobrando sus haberes, lucrar con los alimentos, los uniformes, las armas y el forraje, etcétera.

En estas condiciones, a fines de 1913 los rebeldes pudieron dominar casi toda la frontera con Estados Unidos. Eran dueños del estado de Chihuahua y habían avanzado hasta Durango, causando pérdidas aniquilantes a los federales. Huerta tuvo que desplazar al norte los efectivos que tenía en Morelos y tras esto Zapata tuvo manos libres para apoderarse de todas las ciudades de la entidad. Durante los primeros meses de 1914, los carrancistas terminaron de organizar dos grandes ejércitos que marcharían desde el norte hasta la ciudad de México, uno por el noreste y el otro por el noroeste.

Estaba por estallar la primera Guerra Mundial. Inglaterra, cuya flota marítima necesitaba desesperadamente el petróleo que las empresas inglesas explotaban en México, se apresuró a reconocer a Huerta, y lo mismo hizo la mayoría de los países europeos y latinoamericanos. Pero Estados Unidos presentó un serio problema al usurpador desde que asumió la Presidencia Woodrow Wilson, el 4 de marzo de 1913.

Moralista con mucho de fariseo, a diferencia de su cínico antecesor William H. Taft, Wilson negó el reconocimiento diplomático al usurpador y retiró de México al embajador intervensionista Henry Lane Wilson. El presidente Wilson quería dar clases de moral a los corruptos del sur de la frontera; vagamente simpatizaba con el anhelo libertario de los pobres, y sin medir las consecuencias envió a México un emisario encargado de presentar al gobierno un ultimátum que, en síntesis, exigía el cese de hostilidades y la convocatoria a unas elecciones presidenciales en las que Huerta no podría participar como candidato.

El ultimátum fue rechazado invocando el principio de la autodeterminación de los pueblos. En respuesta el presidente Wilson reafirmó la prohibición de vender armas a México, una medida decretada desde 1912 que apenas afectaba a los revolucionarios —ya que éstos controlaban la mayor parte de la frontera norte y podían introducir las armas de contrabando— en tanto que debilitaba al ejército huertista equipado con pertrechos norteamericanos y alejado de la línea fronteriza. Además, los revolucionarios disfrutaban de amplias facilidades para vender en Estados Unidos el ganado y los objetos valiosos que confiscaban o robaban en México.

Huerta hizo publicar un proyecto de ley en que se le autorizaba a nacionalizar el petróleo y se le otorgaban facultades para favorecer a los ingleses en perjuicio de las empresas norteamericanas. Pensó que los ingleses le pagarían el favor proporcionándole armas, pero los diplomáticos de Washington hicieron prometer a los de Londres que no negociarían con el gobierno mexicano sin antes consultar y obtener de ellos autorización para cualquier arreglo y la maniobra fracasó.

Huerta tenía que valerse de triquiñuelas para obtener armas norteamericanas. Adquirió 200 ametralladoras y 15 millones de cartuchos por intermedio de un agente ruso que envió el cargamento de Estados Unidos a Odessa y de allí lo hizo reexpedir a Hamburgo, donde fue puesto a bordo del barco alemán *Ypiranga* que debía transportarlo finalmente hasta Veracruz. Para evitar que el cargamento fuese desembarcado, a las 11 de la mañana del 21 de abril de 1914 los *marines* norteamericanos atacaron Veracruz por sorpresa y se apoderaron de la plaza tras un par de horas de lucha que les opusieron un puñado de civiles veracruzanos y algunos jóvenes cadetes de la escuela naval. En el combate murieron 300 patriotas y 19 *marines;* el ejército huertista no sufrió bajas, ya que "se retiró estratégicamente" al cercano pueblo de Tejería.

Bastó con hacer que el *Ypiranga* continuara su viaje hasta Coatzacoalcos para que allí se pudieran descargar sin problema las municiones, las cuales en breves días fueron entregadas al usurpador. Pero la invasión enardeció al país y multitudes de hombres se alistaron en el ejército para combatir contra los intrusos. Por un momento pareció que Wilson iba a unificar a los mexicanos en torno a Huerta; sólo cuando éste empezó a remitir a los voluntarios hacia el norte para que pelearan contra los carrancistas, y además se vio que los yanquis no pensaban avanzar de Veracruz hacia el interior del país, el entusiasmo patriótico decayó hasta desaparecer.

Mientras tanto, los carrancistas siguieron acometiendo

contra las desmoralizadas filas federales. Huerta reconoció su derrota el 15 de julio —llevaba 17 meses en la Presidencia— al presentar su renuncia y ceder las riendas del gobierno al anodino ministro de Relaciones Exteriores Francisco Carvajal. Un mes más tarde, Carvajal entregó la plaza de México a los carrancistas y firmó la rendición incondicional.

El usurpador eligió España para exiliarse. Primero estuvo de visita en el pueblecillo vasco de donde era originaria la familia de su esposa, la discreta veracruzana Emilia Águila, y luego pasó a radicar en Barcelona. Como entre sus malas costumbres no figuraba la de ser ladrón —sus principales bienes de fortuna eran una modesta casa de la colonia San Rafael, en la capital, y otra en el vecino pueblo de Popotla, que usaba para vacacionar— sólo pudo pagarse un hotel pobretón. A menudo era visitado por periodistas que lo presentaban en sus notas como "el general azteca", pues Huerta nunca logró hacerles entender que él no era azteca, sino huichol.

También llegó a verlo el "científico" Enrique Creel, que le ofreció apoyo para encabezar una nueva revuelta contra los carrancistas. En seguida se le acercó un espía alemán llamado Franz von Rintelen, quien le ofreció poner a su disposición dinero, armas y municiones para que fuese a México a reanudar las hostilidades: la Guerra Mundial estaba en su apogeo y los alemanes querían crear un grave conflicto en México para que Estados Unidos se viera obligado a intervenir en el país con grandes ejércitos y de esta manera encontrase más difícil seguir abasteciendo de alimentos y pertrechos a los aliados.

Pascual Orozco, quien estaba exiliado en Texas, se incorporó a esta conjura. Por él y otros descontentos supo Huerta que Texas hervía de mexicanos dispuestos a participar en una nueva sublevación, ya que cientos de miles se habían visto obligados a emigrar para librarse de las arbitrariedades, robos y asesinatos que cometían los carrancistas a nombre de la libertad del pueblo, o sea las mismas atrocidades que el usurpador cometió para restablecer la paz y el orden. Huerta y Orozco quedaron de verse en el pueblecillo de Newman, Nuevo México, el 27 de junio de 1915, donde afinarían los últimos detalles de una incursión a Chihuahua. Al llegar al sitio convenido fueron aprehendidos por las autoridades norteamericanas, que así procedían a petición de Carranza.

Ambos generales fueron llevados a la cercana cárcel de El Paso y a los pocos días salieron en libertad bajo fianza, aunque se les prohibió rebasar los límites de la ciudad. El 3 de julio Orozco escapó. El 30 de agosto él y cuatro de sus partidarios acamparon en el fondo del cañón de Río Verde; en lo alto, a ambos lados del río, apareció una partida de *rangers*, *marshalls* y soldados federales, quienes luego de identificar a los mexicanos "los venadearon" muy a su salvo y los dejaron muertos en el sitio.

Huerta fue trasladado a la prisión militar de Fort Bliss y luego se le permitió reunirse con doña Emilia en una casita de El Paso. Se entregó más que nunca a la bebida y en diciembre se le declaró una cirrosis fulminante. Murió el 12 de enero de 1916 y fue enterrado en el cementerio de Concordia, a un lado de la tumba ocupada por los restos de Orozco.

Cuarta Parte

CARRANZA

XXIII. EL ÉMULO DE DON PORFIRIO

AL PROCLAMAR su rebelión, Venustiano Carranza era un hombre de elevada estatura y 53 años de edad, de tupida barba blanca con destellos rojizos, adusto —jamás sonreía— y dueño de una tenacidad invencible que muchos calificaban de tozudez. Trataba de imitar el imponente porte de Porfirio Díaz, y muchas veces fue tachado de fatuo, arrogante y narcisista.

Había nacido el 29 de diciembre de 1859 en el pueblo coahuilense de Cuatro Ciénegas, hijo de Jesús Carranza, un caudillo regional, y de doña María de Jesús Garza, ama de casa. La familia Carranza poseía varios terrenos en los que, curiosamente, se utilizaban camellos para atender problemas de abastecimiento y transporte. Don Jesús había obtenido las tierras en premio a su actuación como coronel juarista en la Guerra de Reforma y luego por haber organizado y equipado por cuenta propia uno de los primeros núcleos de soldados coahuilenses que lucharon contra la intervención francesa.

Venustiano Carranza hizo sus primeros estudios en Cuatro Ciénegas. Luego cursó dos años de instrucción superior y dos de latinidad en el Ateneo Fuente de Saltillo. Como correspondía a un muchacho de la clase acomodada, pasó al Colegio de San Ildefonso, en el Distrito Federal. Pensaba estudiar medicina, pero desistió a causa de lo que sus biógrafos llaman "una afección de la vista".

En México, según se dice, fue novio de una hermana del prócer cubano José Martí, cuya familia vivía por entonces en el Distrito Federal. Al regresar a Coahuila después de abandonar los estudios se hizo novio de la discreta Virginia Salinas, con la que se casaría poco después. En 1887, cuando tenía 26 años de edad, resultó electo presidente municipal de Cuatro Ciénegas. Por ese tiempo gobernaba Coahuila José María Garza Galán, quien al decir de un opositor "se caracterizó por la arbitrariedad, el despotismo, la infamia y los escándalos estentóreos".

Varios políticos menores, entre ellos Venustiano Carranza, se rebelaron contra el gobernador. La revuelta fue local; lo primero que hicieron los rebeldes fue refrendar su lealtad a Porfirio Díaz y anunciar que acatarían sin discusiones el fallo del dictador en el conflicto, cualquiera que fuese. Garza Galán era protegido de Manuel Romero Rubio; éste venía mostrando a últimas fechas demasiada independencia y excesivas ambiciones, por lo que Díaz encargó a su procónsul del noreste, el general Bernardo Reyes, la resolución del problema. Desde luego, Reyes opinó contra Romero Rubio y propuso la separación del gobernador.

Durante el conflicto Carranza trabó amistad con Reyes, cuyo padrinazgo le sirvió para volver a la presidencia municipal de Cuatro Ciénegas, de 1894 a 1898. Luego fue diputado local, diputado federal y senador de la República. En 1908, durante un par de meses desempeñó interinamente la gubernatura de Coahuila, por licencia que obtuvo el titular.

A lo largo de todos esos años Carranza se portó tan dócil como cualquier otro burócrata porfirista. Se distinguió en cambio por su moderada avidez. Sólo llegó a adquirir media docena de casas y a poseer, tanto por compra directa como por haberlos recibido en herencia él o su esposa, varios terrenos agrícolas que en conjunto sumaban menos de 10 000 hectáreas, una bicoca en la desértica Coahuila.

Su vida hubiera sido más tranquila si un día del álgido 1909 no lo hubiese visitado en la ciudad de México una comisión de ciudadanos coahuilenses que le propusieron lanzar su candidatura a gobernador.

Por las mismas fechas Carranza había escrito al dictador una carta en la que informaba haber maniobrado para que se retirase a Francisco I. Madero una representación que le confirió el sindicato de usuarios del agua del río Nazas, a fin de que defendiera sus intereses contra una medida adversa decretada por el gobierno de Díaz. Gracias a la maniobra, puntualizó la carta, Madero ya no podría

> aprovechar [la representación] para agregar un nuevo elemento a la campaña que contra el gobierno de usted tiene emprendida, y que se ha hecho pública por su libro titulado *La sucesión presidencial*. Espero que esta labor será de la respetable aprobación de usted, a la vez que servirá como prueba de mi invariable adhesión a la buena marcha de su gobierno, hoy criticado por personas de ninguna significación política. Reitero a usted las seguridades de mi particular aprecio e incondicional adhesión. Venustiano Carranza.

En esa coyuntura el dictador aprobó sin reservas la candidatura del servil coahuilense. Pero cuando se acercaban los comicios y decidió acabar políticamente con su procónsul del noreste, y neutralizar a sus partidarios, llamó a Carranza a la ciudad de México y le dijo que su colaboración le resultaría más útil en otros puestos, por lo que debería aplazar sus aspiraciones de llegar a la gubernatura.

De la entrevista Carranza salió sintiéndose despechado, airado y sabedor de que su postergación iba a servir de incentivo para que sus enemigos políticos tomaran venganzas. En su enfado viajó hasta el pueblo de Galeana, donde se encontraba el general Reyes, a fin de incitarlo para que encabezase una revuelta contra Díaz.

El general rechazó las insinuaciones y se exilió en Europa. Carranza quedó como un reyista más, abandonado por el jefe y dejado a merced de los "científicos". La desazón lo empujó a refugiarse en el Partido Antirreeleccionista, que lanzó su candidatura para gobernador de Coahuila, pero el 20 de noviembre de 1910, inicios de la revolución convocada por Madero, se negó a cruzar la frontera para unirse a los rebeldes. Como los espías del gobierno lo vigilaban, en marzo de 1911 se trasladó finalmente a San Antonio, Texas; aún entonces tardó un tiempo en conectarse con los rebeldes, a quienes mandaba decir que estaba con ellos, pero que por razones de alta política no convenía que se supiera.

La revolución se extendió; Madero necesitaba colaboradores con experiencia política, y tras ofrecerle el puesto de ministro de Guerra, Carranza se le unió por fin en El Paso.

Los rebeldes de la primera hora veían al recién llegado como espía reyista; él se consideraba un político de altos vuelos y en todo pretendía imponer sus opiniones. Durante los días en que se celebraban las pláticas de paz y Madero se mostraba inclinado a aprobar un arreglo general insatisfactorio, Carranza se opuso diciendo: "Revolución que transa es revolución perdida […] Las grandes victorias sociales se llevan a cabo por medio de victorias decisivas". Estas frases las repiten a menudo los historiadores carrancistas, sin aclarar que para su héroe "revolución" significaba vulgar revuelta y "victorias sociales" el cambio de un burócrata enemigo por un compañero de facción.

Por los mismos días el general Reyes envió a Carranza desde París un telegrama anunciando que regresaría a México por órdenes del dictador y que recibiría facultades para negociar con los rebeldes. Se ha pensado que el receptor del mensaje saboteaba las negociaciones de paz para dar tiempo a que el general pudiera intervenir en el arreglo y, a su debido tiempo, recompensara a su fiel servidor incrustado en el bando maderista. Al triunfo de la revolución Madero lo envió a participar en las elecciones para gobernador de Coahuila, y aunque el hombre triunfó en los comicios, se sintió relegado porque no se le incorporaba al gabinete presidencial. Todos los revolucionarios sabían que aspiraba a obtener la cartera de Gobernación.

Durante todo el año de 1912 Madero y Carranza sostuvieron un agrio intercambio de cartas sobre el destino de las fuerzas irregulares o milicias de Coahuila, que sumaban unos 2 500 hombres y consumían alrededor de 250 000 pesos mensuales en su manutención. Como el gobierno coahuilense carecía de fondos para pagar dichas fuerzas, el federal le había proporcionado dinero durante un plazo razonable. Luego, sospechando que se pudiera hacer mal uso del aparato militar, el presidente puso al gobernador en la disyuntiva de incorporar sus milicias al ejército federal o pagarlas con fondos propios.

Carranza replicó que sólo él estaba capacitado para mandar a los irregulares coahuilenses, ya que éstos no eran soldados comunes y corrientes, sino revolucionarios armados que se alistaron por lealtad a él, tratándose de los jefes, y por lealtad a los jefes, en el caso de los soldados. Además, las milicias de Coahuila servían para proteger sobre todo al gobierno federal. El argumento era el mismo que había esgrimido en el siglo XIX el cacique de Coahuila y Nuevo León, Santiago Vidaurri, antes de rebelarse contra Benito Juárez. Como Madero reiteró sus exigencias, Carranza lo tildó de débil e inepto.

Las diferencias entre ambos personajes persistieron a lo largo de 1912. Más aún, pocas semanas antes de que se iniciara el cuartelazo de la Ciudadela, Carranza invitó a los gobernadores de San Luis Potosí, Aguascalientes, Chihuahua y Sonora a participar en "una cacería" que iba a celebrarse en la ciénega del Toro, cerca de Saltillo. El pretexto parecía ingenuo y recordaba las maniobras que se realizaban comúnmente en el siglo XIX, cuando se formaron diversas "ligas de gobernadores" para enfrentarlas a los presidentes de la República.

Algunos historiadores opinan que los gobernadores sólo trataban de unificarse para negociar desde una posición de fuerza cualquier arreglo que necesitasen celebrar con quienes derrocaran a Madero. Según sus partidarios, el coahuilense era todo un clarividente que previó la traición de Huerta y necesitaba disponer de sus fuerzas irregulares para defender al ingenuo Madero, quien no se daba cuenta de los peligros que corría.

La clarividencia de Carranza es tan improbable como el carácter de reformador social que con los años le adjudicaron. En efecto, durante su larga actuación como burócrata porfirista, jamás dio ni la menor señal de condolerse por la suerte de los pobres, y ya de gobernador maderista nunca hizo uso de su facultad constitucional para enviar al Congreso de la Unión una iniciativa de ley en que impulsara, por ejemplo, la puesta en marcha de la reforma agraria, y es muy difícil que adquiriese preocupaciones por la justicia social después de rebasar el medio siglo de edad.

El 18 de febrero de 1913 Victoriano Huerta telegrafió a los gobiernos de los estados la noticia de que el presidente Francisco I. Madero, el vicepresidente Pino Suárez y la totalidad de los miembros del gabinete eran sus prisioneros. Como corolario añadió: "Autorizado por el Senado, he asumido el Poder Ejecutivo".

Este mensaje se recibió en Saltillo, Coahuila, el mismo 18 de febrero. El gobernador lo leyó con inquietud pues conocía perfectamente bien al general Huerta por haber sido compañero suyo cuando ambos militaron en la camarilla reyista, y sabía lo difícil que iba a resultarle llevar una buena relación con el nuevo amo de México.

Mientras sopesaba el problema, optó por ganar tiempo tomando una salida burocrática. El congreso local se había reunido en sesión extraordinaria para discutir los acontecimientos; desde luego se advirtió que el Senado carecía de facultades legales para autorizar a nadie a hacerse cargo del poder ejecutivo, y que por consiguiente la situación de Huerta se apartaba de la legitimidad constitucional. Los legisladores telegrafiaron este punto de vista a los demás estados con una invitación a secundar su actitud. Tal medida los haría aparecer como legalistas pero no los colocaba en oposición abierta al gobierno surgido del cuartelazo.

Mientras tanto, en México, Huerta lograba obtener las renuncias de Madero y Pino Suárez, y el poder legislativo las aprobaba abyectamente, para después nombrar presidente provisional al usurpador. Con igual servilismo, la Suprema Corte de Justicia aprobó la farsa jurídica, y el camino de la usurpación quedó despejado.

Según un testigo, Carranza opinó que el hecho de haber renunciado revelaba en Madero y Pino Suárez debilidad o cobardía, y que en tal caso Huerta era el presidente legítimo y había que reconocerlo. Aunque los "historiadores" carrancistas niegan esta versión, al día siguiente, el 22 de febrero, Carranza envió un telegrama dirigido al "C. General Victoriano Huerta, presidente de los Estados Unidos Mexicanos" en el que anunciaba el envío de dos representantes a la ciudad de México para que celebrasen pláticas de avenimiento. El hecho de que diera a Huerta el título de "presidente de los Estados Unidos Mexicanos" implica que lo reconocía como tal.

Los usurpadores no daban señales de conferir importancia especial al gobernador de Coahuila. A Carranza le convenía negociar desde una posición de fuerza, y para esto ordenó que volvieran a su base las milicias coahuilenses que se encontraban fuera del estado: unos centenares de hombres que jefaturaba su hermano Jesús y acampaban cerca de Torreón, y otros más que comandaba el coronel Pablo González y combatían en Chihuahua contra las gavillas de Pascual Orozco.

Carranza sabía que le faltaba estatura política para encabezar una rebelión nacional. Por ello intentó ponerse a las órdenes del anciano general Jerónimo Treviño, comandante militar de la región de Monterrey, quien en los primeros momentos demostró intenciones de enfrentarse a los usurpadores. Pero en el último instante Treviño flaqueó y Carranza tuvo que maniobrar solo, aprovechando las divisiones que resentían los principales autores del cuartelazo.

El general Félix Díaz esperaba que el gobierno convocara en plazo breve a unas elecciones en las que él participaría como candidato oficial a la Presidencia. No se necesitaba mucha agudeza para adivinar que Huerta trataría de obstruirle el paso y esto ofreció a Carranza la oportunidad de pescar a río revuelto.

Los coahuilenses enviados a la ciudad de México negociaron con Félix Díaz. Para cerrar el trato definitivo, Carranza concertó una cita con el ministro de Justicia, licenciado Rodolfo Reyes, en un lugar llamado el cañón de Arteaga. Allí esperó Carranza tres días hasta convencerse de que el licenciado no iba a aparecer y regresó a Saltillo. Huerta parece haber tenido noticias de lo que se tramaba, por lo que hizo fracasar la reunión. "Dispuesto el tren especial que debía llevarme [al cañón de Arteaga], Huerta urgentemente me mandó llamar y me ordenó que aplazara la entrevista", escribió Reyes.

Aparte de Coahuila, sólo Chihuahua y Sonora se habían abstenido de someterse a los traidores. El problema de Chihuahua fue enfrentado aprehendiendo y mandando asesinar al gobernador maderista, Abraham González, e instalando en su lugar a un partidario de la usurpación. Sonora daba señales de querer negociar la paz. A Huerta le convenía inclusive que Carranza se rebelara, pues esto le ofrecería un pretexto para aplazar las elecciones.

El asesinato de Madero y Pino Suárez, llevado a cabo el 22 de febrero, cinco días después de consumado el cuartelazo, manchó para siempre a los usurpadores. Con cada día que pasaba, a Carranza iba resultándole menos y menos atractiva la transacción con el gobierno de la ciudad de México. Inclusive el panorama internacional aconsejaba tender el proverbial compás de espera. En Washington estaba por subir a la Presidencia el idealista Woodrow Wilson, cuya aversión por los usurpadores mexicanos era conocida. Aunque casi todos los gobiernos europeos y latinoamericanos habían otorgado ya el reconocimiento diplomático a Huerta, faltaba el más importante, el de Estados Unidos, y no parecía improbable que Wilson lo negara.

Varios jóvenes coahuilenses, la mayoría ligados a la milicia estatal, asediaban al gobernador pidiéndole que se declarara en rebelión. Carranza los contenía con el argumento de que era necesario esperar el momento oportuno. Según un periódico coahuilense, en aquellos días el gobernador "era una veleta, pues tan pronto conocía como desconocía al gobierno". Un militar carrancista escribió: "Parecemos máquinas de hacer planes. El gobernador oye y calla. A las 10, de repente manda ensillar. Después de dos horas de silencio, con la misma enérgica voz que ordenó que se ensillara, nos manda desensillar".

En Coahuila había sólo un puñado de fuerzas federales. Únicamente Torreón, cabecera de La Laguna, estaba bien guarnecida. Los federales de Múzquiz se pasaron al bando carrancista y los de Piedras Negras huyeron al acercarse un pequeño contingente jefaturado por Jesús Carranza. El día 7 de marzo, en el rancho de Anhelo, se libró el primer combate entre una columna federal de 800 hombres y medio millar de carrancistas. Los revolucionarios se retiraron sin sufrir bajas.

Carranza recorría Coahuila con plena libertad. El día 21 atacó Saltillo, creyendo que la plaza estaba desguarnecida. Pero ya se habían concentrado allí 1 000 federales, y el atacante se retiró con fuertes pérdidas hasta la cercana hacienda de Guadalupe. Para restablecer el entusiasmo entre sus hombres proclamó el plan revolucionario que lleva el nombre de la hacienda.

El Plan de Guadalupe se limita a desconocer a Huerta, a los poderes legislativo y judicial y a los gobernadores que se adhirieron al cuartelazo; propugna la vuelta al orden constitucional y otorga a Carranza el nombramiento de "Primer Jefe del Ejército Constitucionalista", con obligación de asumir la Presidencia provisional y convocar a elecciones nacionales una vez pacificado el país.

Por principio de cuentas, el plan violaba el orden constitucional vigente en 1913, pues de acuerdo con la constitución, el sucesor de Huerta tendría que ser el ministro de Relaciones Exteriores y no un presidente electo en comicios convocados por un "Primer Jefe" que no tiene lugar alguno en la carta fundamental. Firmaron el documento apenas un puñado de hombres cubiertos por el polvo que levantaron en su huida a través del desierto.

El título de "Primer Jefe del Ejército Constitucionalista" que se adjudicó Carranza pudo haber pasado a engrosar la colección de extravagancias anecdóticas que abultan la historia mexicana. El "ejército" que trató de formar en Coahuila nunca sobrepasó el millar de individuos. Pero por la escasa importancia que Huerta atribuía a la sublevación coahuilense, la entidad permaneció largo tiempo libre de federales —excepto la comarca lagunera—, de modo que el gobernador y su ejército podían trasladarse sin problemas de un lado a otro del estado.

"En uso de las facultades extraordinarias de que me hallo investido", Carranza expidió diversos decretos para cobrar impuestos federales como los aplicables a la exportación de minerales y ganado, y ordenó la confiscación de varias propiedades de individuos señalados como huertistas. Aunque pidió a sus comandantes que expidieran recibo por los objetos confiscados, para que los perjudicados recibieran indemnización al restablecerse la paz, pocas veces se cumplía con esta formalidad. Al norte de la frontera aparecieron pronto grandes cantidades de muebles finos, pinturas y alhajas que se ponían a remate. El producto de las ventas debía emplearse en comprar armas y pagar sueldos a los soldados, pero usualmente el vendedor se quedaba con todo o con una parte del dinero.

Según Carranza, era deber "de todos los mexicanos contribuir en forma proporcional a financiar el Ejército Constitucionalista hasta que vuelva el orden constitucional", y para tal efecto el 26 de abril de 1913 autorizó la emisión de billetes sin respaldo, los famosos *bilimbiques* que provocarían el mayor desastre financiero de la historia mexicana. Sólo en 1913 el coahuilense emitió por su cuenta 30 millones de pesos en bilimbiques. Varios otros jefes revolucionarios lanzaron emisiones propias por un monto que nunca se precisará.

En las guerras europeas, los contendientes han pretendido varias veces arruinarse mutuamente lanzando a la circulación billetes falsificados del enemigo. Carranza hizo algo similar con su propio país, y en perjuicio sobre todo de los pobres, a quienes se aplicaban penas de cárcel por rechazar los bilimbiques, en tanto que los ricos tenían recursos para librarse de los castigos o en último caso pudieron exportar o acaparar las monedas de oro y plata, al grado de que casi desaparecieron de la circulación.

El 14 de mayo de 1913 Carranza declaró vigente una ley expedida por Benito Juárez el 25 de enero de 1862, en la que se decretaba la pena de muerte para todos aquellos individuos que colaborasen con los invasores franceses. Los huertistas fueron equiparados a los partidarios de Maximiliano de Habsburgo y los líderes revolucionarios tradujeron el decreto a la popular frase: "Primero mátalos y después viriguas". Como resultado vino una gran fusilata de enemigos reales o supuestos, ya sea tras un juicio sumarísimo o sin juicio. Los usurpadores no necesitaron de ningún decreto para llevar a cabo sus propias matanzas de carrancistas, y así la guerra adquirió tintes de salvajismo espeluznante.

A diferencia de Huerta, quien encontró muy trabajoso recrudecer la leva para incrementar su ejército, Carranza siempre tuvo abundancia de soldados. En los agrupamientos sujetos a su mando directo, los reclutas ganaban un sueldo de 1.50 pesos diarios, lo bastante atractivo como para atraer un número considerable de mercenarios norteamericanos y europeos, y los mexicanos encontraban alicientes irresistibles para incorporarse a las filas constitucionalistas, aunque no tuvieran ni la más remota idea de lo que era la constitución que decían defender.

Un caso muy común de militar carrancista era el del bravucón de un pueblo o un rancho que unía a media docena de amigos para irse "a la bola, a ver que nos toca", y que luego de asaltar la cárcel lugareña aumentaba su gavilla con la incorporación de los presos. Sólo por eso el iniciador solía asignarse el grado de capitán. Si se unía a un grupo más grande, lo nombraban coronel, y si llegaba a mandar 100 hombres, tranquilamente podía ascenderse a general, lo que le facilitaba incrementar sus fuerzas mediante el recurso de asignar atractivos grados militares a sus compinches. Para un pelagatos pueblerino, elevarse a la categoría de capitán, coronel o general era como pasar de humanoide a semidiós.

Más aún, los generales carrancistas tenían autoridad para disponer de los ingresos fiscales de sus territorios; estaban facultados para imponer "préstamos forzosos" a los "enemigos de la Revolución"; cobraban rescate por dejar en libertad a quienes mandaban secuestrar, y podían "avanzarse" las propiedades del enemigo, todo ello sin tener que rendir cuentas, por lo cual muchos se enriquecían al cabo de unos cuantos meses de actividad. Parece que Pancho Villa se apoderó de tres millones de pesos sólo en la toma de Torreón.

Carranza jamás fue codicioso de riquezas. Pero entre sus hombres corrió la voz de que "el viejo no roba pero deja robar", y el resultado fue que se acuñara el verbo "carrancear" como sinónimo de hurtar, mientras que a los constitucionalistas se les llamaba "consusuñaslistas". Así, bajo el carrancismo se robusteció la cultura del robo social nacida al amparo de la "nacionalización" de los bienes eclesiásticos durante la Guerra de Reforma.

XXIV. SURGEN PANCHO VILLA Y OBREGÓN

El 10 de julio de 1913 un reducido número de federales sorprendió a la guarnición de Monclova, donde los carrancistas habían establecido su cuartel general. Los atacados se dieron a la fuga. En abril anterior se habían reunido con Carranza en ese lugar varios políticos de Chihuahua y Sonora, integrantes de varias juntas revolucionarias que surgieron tras el asesinato de Madero. La necesidad de unificarse resultaba obvia para todos y no opusieron resistencia para adherirse al Plan de Guadalupe. Por ser Carranza el político de mayor prestigio, lo reconocieron como Primer Jefe.

Así, la dirigencia del principal núcleo rebelde quedó integrada por burócratas estatales, cuyo Ejército Constitucionalista tenía por objetivo suplantar al ejército y la burocracia federales. Independientemente, en Chihuahua surgió otra fuerza revolucionaria formada por individuos procedentes del peladaje, que no iban a encuadrar con facilidad en el esquema de los coahuilenses y sus aliados.

Enardecidos por el asesinato del gobernador Abraham González, los maderistas chihuahuenses —hombres rudos, valerosos y guiados por impulsos que iban del idealismo a la codicia bandolera— organizaron guerrillas propias para atacar los pueblos de su comarca. Tomás Urbina y Manuel Chao tomaron Santa Rosalía desde el 28 de febrero; Maclovio Herrera se apoderó de Namiquipa el 3 de marzo; para el 5 del mismo mes Chao ya había reunido miles de hombres y atacó la importante ciudad de Parral, y aunque fue rechazado, causó a los huertistas daños de consideración.

Pancho Villa se incorporó a la lucha el 8 de marzo, tras cruzar la frontera desde Texas, donde vivía exiliado. Además de querer vengar a sus venerados Francisco I. Madero y Abraham González, lo impulsaba el odio hacia Victoriano Huerta.

Desde 1912, al estallar la sublevación de Pascual Orozco, el entonces coronel Villa había reafirmado su lealtad a Francisco I. Madero incorporándose al ejército federal jefaturado por Victoriano Huerta, que llegó a Chihuahua con la misión de aplastar al rebelde. Villa participó en un par de batallas dirigidas por Huerta mismo, y se maravilló al observar la organización de un ejército en forma: la distribución de los combatientes, los sistemas de apoyo, la selección de lugares ventajosos para iniciar la lucha, etc. Adquirió de este modo algunos conocimientos de militar profesional y fue ascendido a general honorario.

Huerta despreciaba a todos los revolucionarios, y al ex forajido Villa más que a ningún otro. Para deshacerse de él, lo acusó con o sin razón de haberse robado un caballo y le ordenó devolverlo. El hombre se le insubordinó y tras ser sometido a un juicio militar lo condenaron a muerte. Por gestiones de Madero la sentencia fue conmutada por la de cárcel y el reo pasó a ocupar una celda en la prisión de Santiago Tlatelolco, en el Distrito Federal.

Durante su confinamiento Villa aprendió a leer y escribir. A la primera oportunidad se fugó disfrazándose de abogado, con bombín y abrigo negro. Se fue a Toluca, luego a Manzanillo, después a Mazatlán y finalmente a Estados Unidos. Don Abraham González consideró imprudente que regresara a México por el momento y le ordenó continuar en el exilio. Se encontraba en Texas cuando recibió la noticia del asesinato de don Abraham; allá mismo se relacionó con los maderistas sonorenses José María Maytorena y Adolfo de la Huerta, quienes le proporcionaron 900 dólares para que volviese a Chihuahua y se sumara a la lucha. Al cruzar la frontera lo acompañaban sólo ocho hombres reclutados entre los exiliados.

Pancho Villa contaba entonces con 35 años de edad y era sólo un guerrillero más entre muchos. No ofreció reparo alguno cuando le informaron que Venustiano Carranza había sido reconocido como Primer Jefe del Ejército Constitucionalista.

La fiebre revolucionaria de Chihuahua se contagió al vecino estado de Durango, gracias a la actividad de los guerrilleros independientes Orestes Pereyra, Calixto Contreras, y Domingo y Mariano Arrieta. Luego llegó a Zacatecas, el territorio de Pánfilo Natera. A fines de junio los duranguenses tomaron la capital de su entidad y prosiguieron hacia la comarca lagunera.

Entre el 21 y el 23 de julio los duranguenses atacaron Torreón y Carranza, recién expulsado de Monclova, se les unió. Los federales rechazaron el ataque; el Primer Jefe se replegó hasta el pueblo de Pedriceña y luego tomó el tren para llegar a la ciudad de Durango. La impetuosidad de los guerrilleros chocaba con la pachorra de Carranza, por lo que éste decidió trasladar su cuartel general al apartado pueblo de Canatlán, Durango.

En este lugar recibió noticias de que, salvo Ciudad Juárez y la capital, los chihuahuenses controlaban ya todo el territorio de su estado. Con júbilo se trasladó a Parral, donde Herrera y Chao lo recibieron cortés pero secamente. Por fortuna para él, los revolucionarios de Sonora ya controlaban toda su entidad, con excepción del puerto de Guaymas, al que habían puesto sitio, y lo invitaron a unírseles.

Como en Coahuila, en Sonora el gobierno federal tenía pocos soldados y encontraba muy difícil enviar refuerzos por lo deficiente de las comunicaciones. Los sonorenses inclusive avanzaron sobre Sinaloa, que —excepto Mazatlán y Culiacán— ocuparon en la primera semana de septiembre.

Dos camarillas sonorenses se disputaban los puestos públicos y las sumas que ingresaban a las arcas estatales desde que los revolucionarios se hicieron cargo de cobrar los impuestos de la federación, así como de vender al otro lado de la frontera los objetos confiscados a los enemigos. Por momentos los dos bandos parecieron querer dirimir a tiros la disputa, pero se daban cuenta de que la rebatiña podía anular los triunfos militares sin beneficiar a ninguno de los dos, y llamaron a Carranza en calidad de árbitro.

Ya se podía viajar sin peligro, aunque con terribles incomodidades, de Parral al Pacífico. Carranza tomó una escolta de 100 hombres para hacer el escalofriante cruce de la Sierra Madre con sus portentosas montañas y sus precipicios de vértigo. La mayor parte del recorrido lo realizó a caballo, pues sólo en cortos tramos era posible utilizar el tren. Un mes después de abandonar Parral llegó a El Fuerte, Sinaloa, donde lo esperaba una comitiva de sonorenses encabezada por un hombre de 31 años de edad: el sociable y apuesto coronel Álvaro Obregón.

La rebatiña que llevó al Primer Jefe hasta Sonora fue subproducto del telegrama en que Huerta comunicó su ascenso a la Presidencia "autorizado por el Senado". Al igual que Carranza, el gobernador sonorense José María Maytorena titubeó antes de declararse en rebelión, y fue acosado por los elementos estatales que le exigían iniciar inmediatamente las hostilidades.

Maytorena —un hombre rechoncho y bajo de estatura que contaba con 46 años en 1913— era hijo de una familia de latifundistas de Guaymas y, siguiendo sus ideas democráticas, se adhirió entusiastamente al maderismo desde la primera hora. Tales antecedentes no impresionaban a sus militares, quienes planearon derrocarlo por indeciso, y como resultado Sonora estuvo al borde de una guerra local. Entre los rivales de Maytorena destacaban Salvador Alvarado, Juan G. Cabral y Benjamín Hill.

Alvarado, de 33 años en 1913, había sido comerciante. Recién salido de la adolescencia abrió una tiendita en el pueblecillo de Potam, luego estableció una botica en Guaymas y por último atendió una tienda más en Cananea. Las mudanzas se debían a que los raquíticos comercios apenas dejaban para mal vivir, especialmente el último, donde la poderosa empresa minera que dominaba la vida económica de la región mantenía tiendas propias que hicieron una competencia ruinosa al fuereño.

En ese lugar se relacionó con Juan G. Cabral, hombre muy discreto, hijo de un portugués pobretón y que trabajaba de cajero en una maderería. Ambos amigos se indignaron por el aplastamiento de la famosa huelga de mineros en 1908 y se afiliaron al maderismo. Perseguido por las autoridades, Cabral emigró a Arizona, donde volvió a encontrarse con el también exiliado Alvarado. Maytorena se encontraba en la misma entidad organizando la revolución y les proporcionó fondos para que auxiliaran a los pequeños grupos armados que operaban en Sonora. En febrero de 1911 Cabral ya mandaba una guerrilla propia que tomó el pueblo de Fronteras. En mayo, conjuntamente con Alvarado, se apoderó de Cananea y Agua Prieta.

Hill, de 40 años en 1913, nativo de Sinaloa y avecindado desde niño en Navojoa, era un personaje novelesco que fue enviado por su familia a estudiar música a Europa y en el viaje adquirió ideas romántico-socialistas. (Era nieto de un célebre "Doc" Hill —uno de tantos confederados norteamericanos que se refugiaron en Sonora después de la Guerra de Secesión— e hijo de un legendario "Güero" Hill que amasó una fortuna considerable regenteando juegos de azar en las principales ferias de la República.)

Benjamín Hill no avanzó mucho en sus estudios artísticos, pero de Europa se trajo como esposa a una bella italiana, dizque condesa, la cual falleció poco después de avecindarse en la desolada Sonora. A pesar de que durante el régimen porfirista fue síndico del ayuntamiento de Navojoa, dueño de un molino de trigo y de un rancho de 400 hectáreas, Hill proclamaba sus ideas políticas en violentos discursos y escribía artículos antigubernamentales en los periódicos de la comarca. Se afilió al maderismo y lo encarcelaron a principios de 1911, cuando organizaba una guerrilla. En mayo lo dejaron en libertad, creyendo que ya lo habían asustado, pero lejos de sosegarse reagrupó a sus hombres y alcanzó a tomar Navojoa antes de que renunciara Porfirio Díaz.

Los tres personajes tenían mando de tropas cuando se produjo la caída de Madero: Alvarado era jefe de la línea del Yaqui, Cabral jefaturaba la gendarmería fiscal con sede en Magdalena y Hill era prefecto de Arizpe. Maytorena no podía desentenderse de las exigencias de ellos ni tampoco se atrevía a romper con Huerta. Con el fin de evitar un enfrentamiento armado se estructuró una farsa legalista: Maytorena pediría licencia con el pretexto de que necesitaba trasladarse a Estados Unidos para recibir atención médica, y el congreso local nombraría un gobernador interino que se echaría a cuestas la responsabilidad de lidiar con el usurpador.

Antes de marcharse, Maytorena tomó una pequeña venganza al expedir nombramiento de coronel —y por lo tanto superior jerárquico de los mayores Alvarado, Cabral y Hill— a un advenedizo en las filas revolucionarias: Álvaro Obregón.

En una nota autobiográfica, Obregón anotaría años más tarde la vergüenza que sintió al presenciar en su pueblo la entrada triunfal de los maderistas y pensar que él en nada les había ayudado. Sus enemigos dirían, en cambio, que lo que sintió fue envidia al ver que se integraba una nueva casta gobernante de la que él estaba perdiendo la oportunidad de formar parte.

Como quiera que haya sido, Obregón se afilió al maderismo y se le acogió con gusto: los maderistas necesitaban captar más dirigentes locales. En 1911 lo eligieron presidente municipal de Huatabampo gracias al apoyo que le proporcionó el Chito Cruz, *cobanahuac* o cabecilla de los indios mayo, y al respaldo de varios hacendados que mandaron a sus peones a votar por él. Pero los revolucionarios originales siguieron sin aceptarlo plenamente.

—Tú no eres más que un caciquillo —le decía Benjamín Hill.

La oportunidad de reivindicarse se le presentó en 1912, cuando Pascual Orozco amenazaba con llevar su rebelión hasta Sonora. El gobernador Maytorena pidió hombres a todos los presidentes municipales de su entidad y Obregón presentó 250 reclutas, en tanto que los demás munícipes ofrecieron —y, por lo general, no presentaron— cuando mucho 100. Como premio Obregón recibió el grado de teniente coronel de las milicias estatales, con sueldo de 6.60 pesos diarios.

Tras recibir un breve entrenamiento militar Obregón fue enviado a la sierra limítrofe entre Sonora y Chihuahua. Se le nombró jefe de la caballería de un ejército de 2 700 hombres compuesto por 600 sonorenses y el resto por soldados federales. A fines de julio combatió contra una columna orozquista que fue obligada a desbandarse, y posteriormente se trasladó a Casas Grandes, Chihuahua, a unirse a los federales de Victoriano Huerta que acababan de triunfar en Rellano y Bachimba.

Al pasar cerca de Nacozari, cuando iba de regreso a Sonora, Obregón se enteró de que una columna de orozquistas acampaba en el cercano pueblo de San Joaquín. En la madrugada del 20 de septiembre de 1912 les cayó por sorpresa. Los orozquistas huyeron dejando sobre el campo 33 muertos, 228 caballos y 150 armas. Obregón empezó a convertirse en héroe.

Al recibir a Carranza en El Fuerte, el 14 de septiembre de 1913, Obregón se apresuró a dar su versión sobre el conflicto que sacudía a Sonora. El Primer Jefe estaba enterado de algunos detalles, pero no de todos; lo que no ignoraba era que iba a resultarle muy provechoso servir de árbitro, pues además de que esto reforzaba su autoridad, le permitiría manejar los impuestos federales que venían cobrando los sonorenses.

Por nombramiento del congreso local, el diputado Ignacio L. Pesqueira actuaba como gobernador interino. Desde un principio éste se había rodeado de una camarilla que no quiso soltar el botín burocrático-revolucionario ni cuando Maytorena, al terminar los seis meses de licencia que le concedieron, volvió a Sonora y reclamó la gubernatura. Además de la letra de la constitución, apoyaba su demanda en el hecho de que los secundaban varios rivales de Pesqueira. También contaba con el respaldo de los temibles indios yaquis, de quienes su familia había sido amiga tradicional.

Carranza falló a favor de Maytorena y Pesqueira tuvo que retirarse a intrigar por otro lado. Pero el Primer Jefe aplicó la fórmula del "divide y vencerás" nombrando como sus colaboradores a varios amigos de Pesqueira, en tanto que los de Maytorena quedaban marginados. Por su parte, Obregón rompió con ambos caudillos sonorenses para declararse carrancista puro; esto le valió el grado de general comandante del Ejército del Noroeste.

Después de una breve estancia en Hermosillo, el Primer Jefe trasladó la sede de su gobierno a Nogales. En sus viajes utilizaba tres vagones de ferrocarril especiales: un pullman para él, un carro para sus ayudantes y un furgón para sus caballos. Estableció sus oficinas en el Hotel Escobosa de Nogales, y pronto fue asediado por legiones de chambistas y traficantes de armas y contratos. Usaba anteojos oscuros, tanto de día como de noche, y un uniforme gris o café de gabardina, sin insignias.

Carranza esperaba el momento de levantar la cosecha definitiva, pues los revolucionarios marchaban de triunfo en triunfo. Por esos días llegó a Nogales el joven escritor Martín Luis Guzmán, quien observó que, por las mañanas, el Primer Jefe daba un paseo a caballo y luego tomaba un abundante desayuno norteño. Por las tardes dormía siesta. Sus comidas eran "una función casi palaciega" en la que los meseros servían "excelentes manjares" adquiridos en Arizona y rociados con vinos europeos.

"Para ir al refectorio salíamos en apretado grupo del cuartel general, don Venustiano a la cabeza... En tales momentos, siempre había cornetas y tambores que tocaban la marcha de honor. Era, por lo visto, de gran interés lanzar al viento la noticia de que el jefe supremo de la causa revolucionaria y sus elegidos abandonaban la mesa de trabajo para ir a la del almuerzo o la cena...", anotó Guzmán.

El joven escritor cuidaba de no acercarse demasiado a

Carranza "pues nada inquietaba tanto a los más inmediatos servidores del Primer Jefe como la presencia de revolucionarios nuevos desprovistos de funciones propias; les sobrecogía el terror de verse arrancados, como por escamoteo, de los puestos que desempeñaban, para ellos importantísimos y prometedores".

Durante las comidas Carranza imponía sus puntos de vista, inclusive absurdos propios de su condición de ignorante. Opinaba sobre cuestiones militares o jurídicas acerca de las que apenas tenía nociones muy vagas, y nadie se atrevía a contradecirlo. "Don Venustiano [...] saboreaba a pequeños tragos el placer de mandar hasta en nuestras ideas; acaso se recreara en nuestro servilismo, en nuestra cobardía", escribió Guzmán y se preguntó si todo aquello no sería porfirismo. En efecto lo era, y del más corriente: el reyista.

Un prestigiado ex maderista, Luis Cabrera, obtuvo el título de "cerebro de la Revolución" por la influencia que ejercía sobre Carranza. En los días anteriores a la caída de Porfirio Díaz, Cabrera había mencionado a don Venustiano como vicepresidenciable en un gobierno de transición y gracias a esto jamás se le reprochó que, después de producido el asesinato de Madero y Pino Suárez, hubiese hecho publicar en *El Imparcial* un llamamiento a "aceptar los hechos consumados, sin tratar de enmendarlos, tomando la situación actual como punto de partida para sus futuros trabajos [de los diputados] dentro de las vías constitucionales".

En cambio los maderistas de la primera hora, como los hermanos Roque y Federico González Garza, eran humillados y tratados con desdén cuando se presentaron en Sonora a ofrecer sus servicios. Carranza no ocultaba su desprecio por el presidente mártir. Al rechazar una iniciativa para que se declarase luto nacional el aniversario de la muerte de Madero y Pino Suárez, Carranza contestó: "No seré yo quien contribuya a glorificar a quienes no lo merecen".

Notable de manera especial fue el caso del ex general federal Felipe Ángeles, quien fue aprehendido por los huertistas junto con Madero y después deportado a Europa. Allá se le vio en charla con Limantour y una vez que obtuvo dinero viajó a Sonora para ponerse a las órdenes de Carranza; inicialmente se le encargó el despacho del Ministerio de Guerra, pero las intrigas de Obregón lo obligaron a renunciar, por lo que solicitó y obtuvo autorización para trasladarse a Chihuahua, quedando bajo las órdenes de Pancho Villa. Raúl Madero, hermano del presidente asesinado, y muchos otros maderistas de la primera hornada también buscaron refugio en territorio chihuahuense. Así empezó a gestarse la pugna entre las facciones villista-maderista y carrancista-reyista.

La revolución atrajo gran número de periodistas extranjeros al norte de México. Venustiano Carranza, con su séquito de politicastros intrigantes y untuosos, inspiraba una repugnancia instintiva a los periodistas, y este sentimiento nunca dejó de transparentarse en los artículos que escribían. En cambio Pancho Villa los fascinó con su primitivismo, su valentía y su astucia. Los reporteros se solazaban describiendo cómo el guerrillero se colocaba al frente de las espectaculares cargas de caballería que eran el sello personal de sus hazañas bélicas, cómo se acercaba en el campamento a los soldados y tomaba una tortilla de la canasta para aderezarla con una cucharada de frijoles de la olla común —temía ser envenenado con alimentos, y el recurso le servía de protección— y, en fin, cómo encarnaba el machismo al cien por ciento.

Consecuentemente, a principios de 1914 Villa se había convertido ya en una figura de fama mundial, en tanto que el Primer Jefe era un don nadie para la mayor parte del público extranjero. Cuando Villa cruzaba la frontera, los altos militares y las autoridades texanas se desvivían por atenderlo y hacerse retratar en su compañía. Washington consideraba tan importante al guerrillero que mandó un agente diplomático dedicado a negociar sólo con él.

Por aclamación de todos los jefes chihuahuenses, Pancho Villa había sido nombrado comandante de su ejército estatal, llamado División del Norte. Mientras en Sonora los revolucionarios malgastaban su tiempo en las intrigas, Villa había dado brillantes batallas para expulsar a los federales de Ciudad Juárez, Chihuahua y Ojinaga. A principios de 1914, la totalidad del estado se encontraba ya en poder de las fuerzas villistas.

Carranza consideró necesario hacerse cargo personalmente de Chihuahua. En marzo tomó el tren de Nogales a Agua Prieta y allí, con una guardia de honor integrada por 100 sonorenses, montó a caballo para cruzar la Sierra Madre por el famoso cañón del Púlpito y llegar por fin a Ciudad Juárez. Antes de hacer su entrada triunfal se bañó, se recortó la barba, se puso un uniforme bien planchado y botas recién lustradas. Pero al llegar a su destino descubrió que nadie lo esperaba, ni nadie lo aclamó al paso de su comitiva. Más aún, la gente del pueblo lo veía con indiferencia absoluta.

Para entonces, Villa estaba cruzando el desierto rumbo a Torreón, al frente del ejército más poderoso que existía en México. Con asesoría de Ángeles, las bandas de guerrilleros habían sido disciplinadas y aprendieron a manejar un magnífico armamento que incluía cañones y ametralladoras. El caudillo vestía uniforme y había dotado a sus tropas de sombreros y zapatones adquiridos en Texas. Disponía de un excelente servicio médico. Le sobraba el dinero, ya que además de poseer su propia fábrica de bilimbiques, tomó a su cargo el cobro de impuestos, obtenía préstamos forzosos de los ricos y controlaba la exportación de ganado y objetos robados o confiscados.

A fines del año anterior, Villa había tomado y perdido Torreón. Huerta envió sus mejores hombres y elementos a esta plaza, que en la estrategia del gobierno venía a ser una especie de dique para contener el avance de los norteños. El ataque villista se inició el día que se celebraba el primer aniversario de la promulgación del Plan de Guadalupe. La resistencia cesó después de una batalla muy sangrienta.

Villa informó a Carranza por telégrafo acerca del triunfo obtenido y le pidió ordenar a los revolucionarios de Coahuila que cortasen la retirada de los federales expulsados de Torreón, los cuales se replegaron a Saltillo. "Yo no le ordené que atacara Torreón, así que no veo por qué debo felicitarlo", dijo Carranza a uno de los licenciadillos que lo rodeaban, y que le había pedido enviar el telegrama de felicitación rutinario. Y por supuesto, el Primer Jefe se abstuvo de girar a los coahuilenses las órdenes que solicitaba Villa.

En eso se produjo la invasión yanqui a Veracruz. Carranza

protestó ante Washington por la violación del territorio y la intromisión en los asuntos internos de México. Villa se puso feliz por la ventaja momentánea que representaba para los revolucionarios la invasión, y aprobó la medida ante el agente diplomático norteamericano que lo acompañaba. Reiteró su amistad hacia los norteamericanos y dijo: "Por mi parte no vamos a pelear por un borracho", refiriéndose a Huerta.

Carranza desautorizó tal actitud y dijo a un periodista:

—Villa carece de autoridad para opinar. Yo soy su jefe, él es mi subordinado y me tiene que obedecer como el último de los soldados rasos.

Aparte de la cuestión internacional, Villa estaba en desacuerdo con el nombramiento del gobernador civil de Chihuahua, que Carranza dio a un enemigo de los villistas. En un esfuerzo por suavizar la tirantez, el caudillo invitó al Primer Jefe a visitar Torreón, donde fue recibido con fiestas y desfiles, e inclusive obtuvo de Villa la promesa de enmendarse: Carranza le recomendó moderación en el trato a las poblaciones conquistadas, ya que los villistas habían cometido innumerables actos de crueldad y salvajismo contra los torreonenses.

Dócilmente, Villa reiteró su buena disposición para desempeñar el papel de soldado y solicitó permiso de proseguir hacia el sur y atacar la plaza fuerte de Zacatecas. Además de negar el permiso, Carranza le ordenó que se trasladara a Saltillo para auxiliar al comandante del Ejército del Noreste, general Pablo González.

El general González contaba con 34 años en 1913. Era un hombre con tendencia a la obesidad, que usaba anteojos de notario y unos bigotes de cepillo que hacían la delicia de los caricaturistas. Nativo de Lampazos, Nuevo León, desde los tres años quedó huérfano de padre y madre y estuvo al cuidado de una tía que pasaba estrecheces económicas. Después de cursar el cuarto de primaria solicitó una beca para ingresar al Colegio Militar; como se la negaron, él se convenció de que lo habían menospreciado para favorecer al hijo de algún influyente, y desde entonces adquirió un marcado resentimiento social.

Luego trabajó de aprendiz de mecánico en un molino, de obrero en Chihuahua y de peón de vía en los ferrocarriles texanos. Seguía alentando deseos de superación, así que por las noches estudiaba inglés, matemáticas y telegrafía Morse. En Estados Unidos oyó las prédicas anarquistas de los hermanos Flores Magón y empezó a volverse revolucionario. En enero de 1911, respondiendo al llamado de Madero, tomó Cuatro Ciénegas, el pueblo de Carranza. Al triunfo del maderismo ingresó a las milicias estatales de Coahuila, y en la etapa constitucionalista llegó a comandante del Ejército del Noreste por haber muerto Jesús Carranza y haber sido eliminado por intrigas políticas el hábil general Lucio Blanco, que inicialmente fue superior jerárquico de Pablo González.

Sus rivales pusieron a González el apodo de "Pablo Carreras". En realidad, su principal defecto era una incapacidad absoluta para defenderse de los intrigantes. Desde el 24 de abril había tomado Monterrey, principal punto de acceso ferroviario al centro de la República, y a continuación ocupó Nuevo Laredo y el territorio norte de Tamaulipas, o sea que se había anotado varias de las más importantes victorias obtenidas por el carrancismo.

Las fuerzas de González atacaban Saltillo cuando llegó Villa para derrotar a los federales "en menos que la minuta", como él acostumbraba decir. La hazaña ensoberbeció al chihuahuense. Había enseñado al Primer Jefe y a sus "politiquillos", "perfumados" y "chocolateros" que ni siquiera de la capital de su propio estado de Coahuila habían sido capaces de apoderarse sin la ayuda de él. Ahora marcharía al sur, con la autorización de Venustiano Carranza o sin ella.

Antes de que Villa estuviera en condiciones de ponerse en marcha, el Primer Jefe ordenó a los duranguenses Pánfilo Natera y a los hermanos Arrieta —enemigos de Villa los últimos— que procedieran a la ocupación de Zacatecas, plaza que ya habían tomado y desocupado el año anterior. Una vez que alcanzaran este objetivo, según los planes de Carranza, se formaría una División del Centro que avanzaría hasta la ciudad de México sin participación de Villa.

Natera y los Arrieta contaban apenas con 6 000 hombres. Huerta había concentrado en Zacatecas 12 000 con 11 poderosos cañones y 90 ametralladoras. Naturalmente, los duranguenses fueron rechazados con fuertes pérdidas. Huyeron a Fresnillo, 60 kilómetros al norte, y desde ese punto lanzaron un angustioso llamado de auxilio.

Carranza telegrafió entonces a Villa ordenándole que enviase 3 000 hombres de su división en auxilio de los duranguenses. Villa desoyó la orden y Carranza la repitió añadiendo que mejor enviase 5 000 hombres. Sarcásticamente, el aludido le preguntó si no quería que él también se pusiese bajo el mando de los Arrieta. Presentó a continuación su renuncia, y el Primer Jefe la aceptó para luego solicitar a los demás generales villistas que propusiesen candidatos a comandante de la División del Norte, de modo que él pudiera escoger entre ellos al elegido. Los receptores del mensaje contestaron con un telegrama repleto de insultos al que uno de ellos hizo añadir —como posdata y bajo su firma— una "mentada de madre".

Villa lanzó sobre Zacatecas no 5 000 hombres, sino la totalidad de sus fuerzas, con Ángeles como jefe. Natera se le incorporó y el 23 de junio 25 000 revolucionarios con 50 cañones iniciaron la batalla más sangrienta de aquella etapa. Los huertistas fueron aplastados y la población civil fue víctima de una orgía de violaciones, asesinatos, saqueos y desmanes en escala descomunal. El triunfador anunció que proseguiría hacia el sur, hacia Aguascalientes, y de allí hasta la capital de la República.

Para el avance necesitaba recibir un cargamento de municiones que le había llegado a Tampico y, sobre todo, el carbón imprescindible para alimentar sus locomotoras. El carbón provenía de las minas de Coahuila, que controlaba González. Asimismo González controlaba el puerto de Tampico; Villa tuvo que quedarse en Zacatecas por falta de elementos para proseguir su avance.

Mientras tanto, Obregón había iniciado su marcha hacia el sur por la costa del Pacífico y Pablo González, después de la toma de Saltillo, continuó por el este hacia la capital de la República.

Al principio el avance de Obregón fue como un paseo. A diferencia de la línea central, la costa occidental estaba casi libre de federales. Sólo al llegar a Jalisco, en la hacienda de Orendáin, y luego en Guadalajara, las desmoralizadas fuerzas federales ofrecieron resistencia importante. En el Ejército Constitucionalista destacaban por su bravura los guerreros yaquis, a quienes el caudillo se atrajo con la promesa de devolverles sus tierras en litigio. Los federales fueron destrozados. Tras ocupar Guadalajara, los sonorenses avanzaron hasta Irapuato sin encontrar resistencia.

Pablo González también marchaba de victoria en victoria. Sin luchar había ocupado San Luis Potosí y Guanajuato, y luego derrotó en una sangrienta batalla a los orozquistas que ocupaban León. En seguida avanzó hasta la desprotegida Querétaro, mientras Obregón terminaba de ocupar Irapuato.

Huerta renunció a la Presidencia el 10 de julio de 1914. Obregón impuso al presidente interino, Carvajal, la rendición incondicional de los restos del ejército huertista, el cual fue desbandado. El 15 de agosto el triunfador entró a la capital al frente de sus yaquis, que tocaban en sus tamborcillos monótonas canciones tradicionales. Los obregonistas se posesionaron de las mansiones más lujosas y cometieron saqueos y violaciones sin cuento. En medio de la confusión reinante, nadie parece haber concedido importancia al hecho de que se entregaran a la Casa del Obrero Mundial, para instalar sus oficinas, la iglesia de Santa Brígida y el Colegio Josefino.

Cinco días más tarde, Carranza llegó desde Saltillo para hacer su entrada triunfal en la ciudad de México. Villa se había quedado en el norte, jurando vengarse del burócrata que se había burlado de él.

Desde Xochimilco, los zapatistas contemplaban pasivamente los acontecimientos. Poco después de romper con Huerta, Zapata había sido atacado por los federales y obligado a refugiarse en las montañas de Guerrero. Para su fortuna, los triunfos de Villa obligaron al usurpador a enviar rumbo al norte la mayor parte de los federales, y con esto desproteger Morelos. Zapata había recuperado sus antiguos territorios cuando avanzó hasta el sur del Distrito Federal.

Con sus guerrilleros harapientos y desnutridos, Zapata no fue tomado muy en cuenta. Carranza le mandó decir únicamente que se adhiriera al Plan de Guadalupe, y el morelense contestó que, por el contrario, el Primer Jefe debía someterse al Plan de Ayala. Así, "la indiada" zapatista introdujo un punto de conflicto más en la pugna que libraban los clasemedieros carrancistas con el peladaje villista.

Semanas antes, al ver el abismo que se estaba abriendo en las filas revolucionarias, varios generales villistas y gonzalistas advirtieron la urgencia de restablecer la paz entre el Primer Jefe y el comandante de la División del Norte. Al efecto celebraron pláticas en Torreón y redactaron un documento que, como bases para la reconciliación, contenía las siguientes: *1)* Villa reconocería a Carranza como Primer Jefe y conservaría la jefatura de la División del Norte, a la que los carrancistas se comprometerían a proporcionar carbón y pertrechos; *2)* Carranza asumiría interinamente la Presidencia de la República, formaría su gabinete con carrancistas y villistas en igual número y reuniría una convención para fijar la fecha de las elecciones y formular un programa de gobierno; *3)* Carranza conservaría la facultad de nombrar y cesar a los funcionarios de los estados que controlaban los constitucionalistas, y *4)* Carranza implantaría un régimen democrático encargado de favorecer a los trabajadores y de atender el problema agrario mediante la distribución de tierras a los campesinos desposeídos.

Villa aceptó en su totalidad los términos del documento. Los generales gonzalistas se trasladaron a Saltillo, donde se encontraba Carranza (aún no había sido ganada la ciudad de México), y tras presentar los resultados de la junta de Torreón le pidieron que Villa fuese ascendido a general divisionario, como ya lo habían sido Obregón y González, y que se otorgara a la División del Norte el rango de ejército, como ya se había hecho con las antiguas divisiones del noreste y el noroeste. Para garantizar la paz con mayor firmeza, los jefes constitucionalistas debían comprometerse a no participar como candidatos en las elecciones presidenciales.

Todo esto, señalaron los generales conciliadores, reflejaba nítidamente el espíritu del plan de Guadalupe. Pero el Primer Jefe se había erigido en intérprete único del plan, y la vaguedad con que se redactó el documento le permitía atribuirle el significado que le viniese en gana. Contestó que aceptaba las disculpas ofrecidas por Villa, pero que no podía atender las demás cuestiones, ya que éstas eran de tal trascendencia que sólo podían ser discutidas y resueltas en una conferencia de jefes a la que en breve se proponía convocar.

Mientras Obregón avanzaba hacia la ciudad de México, Villa palió su resentimiento comprando en El Paso enormes cantidades de pertrechos militares y carbón para sus locomotoras. Por lo pronto permaneció en Chihuahua "como los gavilanes: volando muy alto y sin hacer ruido, pero listo para caer sobre la gallina", según frase de uno de sus allegados.

Hasta entonces la guerra contra Díaz y contra Huerta había producido tal vez 50 000 muertos. Lo peor estaba por venir.

XXV. LA REBATIÑA DE LAS FACCIONES

El día posterior a la entrada de Carranza a la ciudad de México, Obregón solicitó permiso para trasladarse a Chihuahua y hacer un intento por apaciguar a Villa. Así el Primer Jefe no tendría que rebajarse a negociar con el díscolo; el viaje se haría bajo el pretexto de liquidar otra peligrosa rebatiña burocrática que, como nueva pesadilla, había brotado en Sonora, y de paso serviría para que Obregón pudiese observar personalmente los elementos con que contaba el caudillo chihuahuense.

En Sonora, el gobernador Maytorena se disputaba los frutos del poder con el comandante del estado, el coronel Plutarco Elías Calles. Aprovechándose de que contaba con el apoyo de casi todos los jefes castrenses de Sonora, Calles había establecido en su territorio lo que el cónsul norteamericano de Nogales calificó de "un régimen militar". Maytorena, aunque impedido para ejercer la autoridad efectiva, se defendía con el concurso de la mayor parte de los burócratas civiles de la entidad y de numerosos guerreros yaquis que lo obedecían ciegamente. Las paredes de Sonora estaban tapizadas de letreros en los que se insultaba hasta a la madre de Carranza.

Por órdenes del Primer Jefe, Calles había llegado al extremo de sitiar el palacio de gobierno en Hermosillo, en un intento por obligar a Maytorena a rendirse. El general yaqui

Francisco Urbalejo, con el concurso de sus tropas, hizo huir a Calles hacia la frontera e instalar allí todas las dependencias federales, tan productivas en impuestos. Brevemente Calles se estableció en Cananea, pero los mineros —maytorenistas en su mayoría— lo obligaron con una huelga a replegarse al pueblo de Agua Prieta, único territorio que controlaba en los días que Obregón ocupó la ciudad de México.

Obregón fue bien recibido en Chihuahua, aunque el anfitrión pretendió amedrentarlo exhibiéndole la abundancia de hombres y armamento que tenía a su disposición. Él y Maytorena se habían aliado; reunidas sus fuerzas, parecía fácil que expulsaran a Calles de Agua Prieta y se apoderaran de todo Sonora para después marchar al sur y aplastar a los carrancistas. Obregón tenía que ganarse a Villa haciéndose el simpático, y para este fin empezó por darle la noticia de que ya había sido aprobado su ascenso a general de división. Luego, con zalemas y prodigios de labia, convenció al rival de que lo acompañase a Sonora para resolver pacíficamente el conflicto.

Ambos generales lograron que Maytorena suspendiera un ataque contra Agua Prieta; a cambio se le daría mando sobre todas las fuerzas armadas del estado, aunque nacionalmente quedaría subordinado en lo militar a Obregón. Poco después el gobernador renegó del trato y los generales le impusieron otro arreglo: entregaría la gubernatura a Juan G. Cabral, en tanto que Calles se trasladaría a Chihuahua y quedaría bajo las órdenes del jefe de la División del Norte.

De regreso en Chihuahua, Villa y Obregón firmaron una carta en la que reiteraban sus respetos a Carranza y le pedían que asumiera cuanto antes el cargo de presidente interino y convocase a unas elecciones en las que los interinos estarían incapacitados para participar como candidatos. Se le pedía además establecer en cada estado comisiones encargadas de estudiar a fondo el problema agrario.

Obregón fue recibido fríamente en México por Carranza. Arguyó éste que de ninguna manera podía asumir el cargo de presidente interino, ya que ello implicaría sujetarlo a los frenos constitucionales y le impediría poner en marcha un ambicioso programa de reformas sociales; el poder dictatorial que le confería el cargo de Primer Jefe resultaba indispensable para asegurar el triunfo efectivo de la revolución. (Las únicas "reformas sociales" de las que entonces habló se referían a reorganizar el servicio de Correos y mejorar los sistemas de control presupuestario.)

Por su parte, añadió Carranza, él no tenía inconveniente en asumir la Presidencia interina como lo deseaban sus subordinados. Mas la cuestión revestía una importancia tan grande que no debía ser resuelta solamente por tres individuos. Por ello había convocado ya a una junta encargada de discutir el problema; se reuniría el 1º de octubre en la ciudad de México —es decir, en territorio carrancista— y participarían en ella los jefes militares y la totalidad de los gobernadores de los estados —todos carrancistas, ya que sin excepción debían su nombramiento al Primer Jefe—.

De algún modo Carranza logró que Obregón regresara a Chihuahua para convencer a Villa de que asistiera a la junta de la ciudad de México. Cuando llegó a su destino, Obregón se topó con una fiera. Juan G. Cabral no había sido enviado a Sonora y Calles aprovechaba la tregua para atacar nuevamente a Maytorena. En un arranque de ira Villa tomó preso a Obregón y estuvo a punto de hacerlo fusilar; se salvó únicamente por la intervención de Ángeles, Raúl Madero y otros generales villistas civilizados, quienes hicieron ver a su jefe lo impropio de privar de la vida a un emisario inerme.

Tal vez aún habrían bastado unas cuantas palmaditas al hombro de Villa, junto con algunos honores, para que el ex bandido, que por encima de todas las cosas deseaba rehabilitarse ante la sociedad, se apaciguara y dejase de ser un problema. Pero los autócratas no se rebajan a tanto, y el Primer Jefe se negó a tener un gesto conciliador.

La famosa junta de generales se reunió en la capital en la fecha prevista, con Villa ausente, por supuesto. Carranza la inauguró con un golpe teatral: presentó su renuncia al cargo de Primer Jefe. Los convencionistas no la aceptaron ni la rechazaron, y en cambio decidieron celebrar otra convención que tendría lugar en Aguascalientes —a medio camino entre los territorios de ambos adversarios— para buscar la forma de acabar con las dificultades. Obregón asistiría al acto como representante del constitucionalismo.

La Convención de Aguascalientes se reunió a mediados de octubre. Los participantes iniciaron los debates declarando que la convención era soberana, es decir, que no obedecía órdenes de Carranza. Anhelosos de liquidar la pugna entre el Primer Jefe y Villa, así como de trazar la política que debía seguir el futuro gobierno constitucional, quisieron dar máxima solemnidad al compromiso que iba a negociarse, y para tal efecto se consiguió una bandera tricolor y todos los generales firmaron en la franja blanca como constancia de la promesa empeñada de acatar las órdenes que emanasen de la convención. Villa firmó sin titubear. Obregón, después de estampar su firma, en un arranque de lirismo declaró:

—Todos los que hemos firmado en esta bandera someteremos al que se declare rebelde. Y no sólo eso: yo prometo que me quitaré los galones de general e iré de sargento a batir al que se rebele contra esta convención.

Mientras tanto, los principales facciosos procuraban exhibir su poderío. Villa instaló 11 000 hombres en Guadalupe, Zacatecas, a menos de 200 kilómetros de Aguascalientes, y Carranza mandó que Pablo González acampara en Querétaro con 20 000. Por gestión de Ángeles, Zapata también fue invitado a la reunión, aunque sólo envió a un grupo de observadores sin facultades para aceptar compromisos.

Los zapatistas exigieron que la convención adoptase el Plan de Ayala; sólo después se someterían ellos. Villa, nativo de una entidad donde no existía problema de tierras como el denunciado por el plan suriano, aceptó inmediatamente la exigencia. Los carrancistas hicieron notar lo incongruente de que Zapata, sin comprometerse a nada, comenzase por imponerles condiciones, pero decidieron evitar el enfrentamiento abierto.

Carranza mismo había hecho esfuerzos por ganarse al caudillo. En agosto había enviado a Morelos una comisión de lujo integrada por "el cerebro de la Revolución" Luis Cabrera, por un respetable floresmagonista, Antonio I. Villarreal, y por Juan Sarabia, un periodista que desde los primeros tiempos había escrito artículos elogiosos para Zapata. Los enviados encontraron al hombre rodeado por una nube de licenciados, literatos y ex líderes de la Casa del Obrero Mundial que, mediante una especie de "cultivo" yucateco, le habían hecho creer que era una especie de mesías de quien dependía el destino del país; aceptaron adoptar el Plan de Ayala, pero el caudillo insistió en que Carranza en persona viajara a Morelos a sometérsele. Los enviados corrieron peligro de ser fusilados "como el padre de Orozco", y de regreso en México informaron que Zapata sólo disponía de unos cuantos millares de hombres sin disciplina ni buen armamento, por lo que no representaba un peligro militar. "Es un imbécil. Aunque parece que de buena fe desea mejorar al pueblo humilde, en la práctica resulta un ciego instrumento de bribones hábiles", informó Sarabia.

Aunque no reconocía autoridad a la convención, Carranza le envió una carta en la que dijo estar dispuesto a renunciar a la primera jefatura si se establecía un gobierno preconstitucional que llevase a cabo las reformas políticas y sociales necesarias, y si al mismo tiempo que se separaba él, Villa y Zapata renunciaban al mando de sus ejércitos. Finalmente, si la convención ordenaba al Primer Jefe marchar al extranjero, los otros dos caudillos debían recibir igual orden.

Para implementar esta propuesta se tropezó desde luego con el problema de Zapata, cuyos observadores carecían de facultades para concluir negociaciones. A fin de avanzar en las pláticas se decretaron las destituciones de Villa y Carranza, y sólo se resolvió pedir al morelense su renuncia.

Villa recibió estoicamente la noticia de que debía separarse de su división.

—Es más —dijo—, propongo que nos fusilen a mí y al viejo barbón, para acabar ahora sí con las dificultades.

Lamentablemente no se le tomó la palabra.

Obregón fue comisionado para trasladarse a la ciudad de México y comunicar a Carranza su destitución. Pero el Primer Jefe, en vez de esperar al enviado, de cuya fidelidad ya tenía motivos para dudar, abandonó la capital, que se había vuelto insegura, y se escabulló primero a Toluca, luego a Tlaxcala y Puebla, y después a Orizaba. Obregón anduvo rastreándolo por todos esos lugares hasta que el 8 de noviembre lo alcanzó en esta última ciudad y pudo platicar con él. Después de la entrevista, lejos de arrancarse los galones para combatir como sargento contra quien desafiara las órdenes de la convención, el caudillo sonorense salió a hacer los preparativos para luchar contra los convencionistas. Carranza prosiguió su viaje a Veracruz para establecer allí la sede de su gobierno.

Con el paso del tiempo, los obregonistas impondrían la leyenda de que el trato de Orizaba fue producto de las dotes de clarividencia que poseían Carranza y Obregón, las cuales les permitieron adivinar que Villa no iba a someterse a nadie y seguiría matando gente hasta apoderarse del gobierno nacional. Efectivamente Villa haría algunas de estas cosas, pero no porque obedeciera a un plan preconcebido, sino como efecto del giro que tomaban los acontecimientos.

Obregón ya era otro hombre. Durante la estancia en Aguascalientes, en charlas de amigos, había escuchado múltiples quejas acerca de que el Plan de Guadalupe pertenecía al género "quítate tú para ponerme yo", pues en esencia sólo buscaba remplazar a Huerta por Carranza. Muchos revolucionarios no veían en qué les beneficiaba el cambio, y varios de ellos habían llegado a la convicción de que se debían otorgar mejoras específicas tanto a ellos como a la población en general que padecía los estragos de la guerra. Carranza tuvo noticia de lo que se decía, pero ni por asomo pensó en convertir la guerra interburocrática que había iniciado en una revolución social.

Los críticos inclusive bocetaron una Confederación Revolucionaria encargada de formar un comité compuesto por 10 generales y 10 civiles que elaborara una lista de los 10 principios fundamentales que debían incorporarse al programa revolucionario. El promotor de estas ideas fue el pintor jalisciense Gerardo Murillo, más conocido por su seudónimo de Dr. Atl.

Hacia 1900, becado por el gobierno de Díaz para perfeccionar su técnica pictórica, Murillo se había trasladado a Europa, pero lo que más hizo en los cuatro años siguientes fue imbuirse de las doctrinas políticas que sacudían al mundo. Le fascinaron sobre todo las prédicas de los anarquistas, cuyo objetivo principal era abolir los gobiernos por medio de actos terroristas como el estallido de bombas en lugares públicos y el asesinato de personajes influyentes. Una variedad de esta doctrina era el anarcosindicalismo, que pretendía provocar una huelga general a escala planetaria para derrocar a las autoridades y luego entregar todas las empresas industriales y comerciales a los sindicatos de proletarios, quienes así se convertirían en dueños de los medios de producción.

Atl regresó a México en 1904 y durante varios años se consagró a las actividades culturales. En 1910 volvió a Europa, donde reafirmó sus ideas políticas; al regresar a México —por entonces se libraba la guerra contra Huerta— se enteró de que un puñado de inmigrantes catalanes y franceses había fundado una Casa del Obrero Mundial para difundir su ideología, hacer circular propaganda y adiestrar a líderes sindicales capacitados para el estallido de la revolución mundial con la que desde el siglo XIX soñaban los luchadores sociales europeos.

Tras la caída de Huerta, la Casa del Obrero Mundial comenzó a dividirse; originalmente se resolvió que la agrupación jamás colaboraría con gobiernos burgueses, como consideraban por igual a los de Madero, Huerta y Carranza; que se apartaría de la acción política y sólo perseguiría sus objetivos a través de la acción directa, o sea por medio de huelgas violentas, sabotaje y actos terroristas. Los mexicanos consideraron que tal programa era impracticable en un país donde siempre había sido más provechoso trabar alianzas con las autoridades; por lo tanto hicieron a un lado a catalanes y franceses y formaron dos grandes facciones: una, en la que destacaba el quijotesco potosino Antonio Díaz Soto y Gama, que se afilió al zapatismo; y otra, que al principio tuvo como principal figura al Dr. Atl, quien la incorporó a los carrancistas por intermedio de Álvaro Obregón y como primer beneficio había conseguido la entrega del templo de Santa Brígida y el Colegio Josefino de la ciudad de México, además de dotaciones especiales de alimentos y dinero para repartir entre los pobres y ganar popularidad.

XXVI. TODOS CONTRA TODOS

La convención declaró rebelde a Carranza y reinstaló a Villa en la jefatura de la División del Norte, con órdenes de ocupar la capital, que fue evacuada el 23 de diciembre de 1914. El caudillo avanzó al sur como si diera un paseo. Ni siquiera se molestó en bajar de su vagón cuando su columna fue interceptada por los escasos hombres de Pablo González que se le oponían; encargaba a subordinados la tarea de poner en fuga a los carrancistas, cuyas fuerzas se redujeron muy pronto a sólo 3 000 hombres, por las deserciones. González mismo huyó hacia la sierra. Villa pasaba el tiempo en su vagón comiendo cantidades prodigiosas de nueces, un alimento al que atribuía poderes afrodisiacos que necesitaba procurarse ahora que iba a conocer a las mujeres capitalinas.

La evacuación carrancista había dejado inerme a la ciudad. Zapata aprovechó la coyuntura para que los guerrilleros morelenses entraran a las calles antes de que llegase Villa.

El pánico sacudió a la población cuando vieron aparecer "las hordas del Atila del Sur", como les llamaban. Si los soldados de Carranza que, por lo menos, eran mestizos o blancos, habían cometido una orgía de saqueos, balaceras, borracheras, violaciones y robos, ¿qué desmanes no cometería la indiada zapatista? Y ocurrió lo que nadie imaginaba: los zapatistas no se apoderaron de las mansiones de la seudoaristocracia porfiriana, abandonadas por los carrancistas, sino que se conformaron con alojarse en sórdidos mesones: el propio Zapata se hospedó en un hotelucho cercano a la estación ferroviaria de San Lázaro.

Los zapatistas "se engentaron" en la gran ciudad. Un día vieron circular un camión de bomberos y, creyendo que se trataba de una máquina de guerra, mataron a sus ocupantes, disparándoles. Comían en fondas del mercado y pagaban su consumo. Ocuparon el palacio nacional, pero dejaron el sitio escrupulosamente limpio. El único incidente violento que se registró allí fue protagonizado por Eufemio Zapata, hermano de Emiliano, quien anduvo buscando la silla presidencial para quemarla. Le habían dicho que la silla en cuestión había causado la desgracia de incontables generaciones de mexicanos y quiso deshacerse de ella por considerarla un objeto mágico cuyo maleficio cesaría en cuanto fuese destruida. Como no la encontró, ni siquiera la silla sufriría daños.

Villa acampó en el suburbio de Tacuba el 1º de diciembre. No quiso entrar hasta el centro de la ciudad sin su "hermanito" morelense, que había vuelto a su tierra después de una breve estancia en la capital. Ardía en deseos de conocer a Zapata y solicitó una entrevista, que el requerido aceptó con la condición de que el encuentro tuviese lugar en Xochimilco, o sea en territorio limítrofe con Morelos.

La reunión se celebró el día 4. Los amos de México se cohibían uno en presencia del otro, no se atrevían a proferir palabra, ni sabían qué decir, hasta que el norteño comenzó a expresarse soezmente en contra de Carranza. El suriano duplicó los improperios y la comunicación se estableció por fin. Para celebrar el entendimiento, Zapata ofreció a su colega un trago de aguardiente, ignorando que era abstemio. Por no despreciar al compañero, Villa bebió unas gotas que luego escupiría entre juramentos de no volver a probar licor.

En seguida los dos caudillos se trasladaron al palacio nacional. A instancias de los fotógrafos y carcajeándose, Villa se sentó en la silla presidencial, con Zapata a su izquierda. Allí estaban el norteño y el suriano rústicos, mofándose y despreciando el símbolo del poder que transtornaba a los politicastros. No, ellos no querían la Presidencia, declararon; reconocían su falta de capacidad intelectual para desempeñar el puesto.

Pero el maleficio de la silla de cualquier manera los afectó. En las filas zapatistas militaban algunos individuos a quienes el norteño deseaba ajustar cuentas, y entre los villistas había enemigos del suriano. Tras breve negociación, según versiones creíbles, se acordó hacer un trueque siniestro: Zapata entregó al periodista Paulino Martínez, quien había disputado con los villistas en las deliberaciones de Aguascalientes, y Villa entregó a Guillermo García Aragón, un desertor del zapatismo que se había transformado en convencionista. Los dos fueron asesinados poco tiempo después.

La Convención de Aguascalientes eligió como presidente —y por lo tanto, jefe político de Villa y de Zapata— al zacatecano Eulalio Gutiérrez, un hombre rechoncho y con bigotes y rostro que le podrían haber dado buenos ingresos si se hubiese dedicado a cómico teatral. "Eulalio", como le llamaba todo mundo, había sido capataz de una mina y presidente municipal del pueblo de Concepción del Oro. En la Revolución había dado pruebas de valor y entereza, aunque no lo eligieron por tales virtudes, sino porque daba la impresión de ser fácilmente manejable.

Villa y Zapata instalaron a Eulalio Gutiérrez en el palacio nacional, pero el hombre fue incapaz de dominarlos. Villa reiteraba a cada paso su subordinación a éste, y al mismo tiempo trataba directamente con los diplomáticos extranjeros sin consultar a nadie; hacía declaraciones que comprometían al gobierno de la convención y conservaba el control de los ferrocarriles y los telégrafos. Hizo fusilar sin previo juicio a 150 personas por lo menos y permitió que sus hombres secuestraran a muchos individuos para cobrar rescate.

Los villistas robaban automóviles que no sabían manejar y continuamente chocaban o atropellaban peatones. Se metieron en las mansiones invadidas antes por los obregonistas y las dejaron hechas un asco. A diario había balaceras en cantinas y prostíbulos. Villa ponía el peor ejemplo, pues se apoderaba por la fuerza de las mujeres que le gustaban. Eulalio le dijo que la población estaba al borde del pánico, y que si no controlaba a sus hombres y no le hacía efectivo el respeto prometido lo orillaría a buscar otra salida.

Villa prometió enmendarse. La situación siguió igual. Un día le dijeron que el presidente hacía preparativos para huir de la capital. El caudillo fue a verlo y a punta de pistola le anunció que no le permitiría desertar. Eulalio no negó la acusación pero nuevamente exigió al agresor que se comportase con un mínimo de decencia.

El 5 de enero de 1915 Villa regresó al norte, pues maytorenistas y callistas habían vuelto a enfrentarse en Agua Prieta, algunos tiros cruzaron el otro lado de la frontera, y el general Hugh L. Scott pidió a su amigo Pancho Villa que fuese a restablecer el orden.

Eulalio aprovechó la ausencia del caudillo para huir de la capital llevándose más de 10 millones de pesos que había en el tesoro. Al llegar a Pachuca lanzó un manifiesto lleno de recriminaciones para Villa, Zapata y Carranza por igual. Destituyó de sus comandancias al norteño y al suriano e invitó a los carrancistas a unirse a la convención. Llegó a San Luis Potosí, donde creía tener partidarios y no encontró ninguno; se trasladó a Ciénega del Toro, Nuevo León, y como no tenía ante quién presentar su renuncia, simplemente declaró disuelta la convención.

Fugitivo y sin elementos para defenderse, Carranza trasladó su gobierno a Veracruz, donde al igual que Juárez, su ídolo, podría cobrar los derechos de importación y recibir armas para emprender un contrataque. El puerto seguía ocupado por los invasores norteamericanos, pero la suerte estaba del lado de él. La Guerra Mundial parecía interminable en Europa y Estados Unidos podría verse orillado a intervenir en el conflicto; necesitaba proteger sus intereses en México, país del que obtenía muchas materias primas, y de pronto en Washington se decidió que Carranza podía ser mejor cuidador que Villa, por lo que apresuradamente los invasores evacuaron la plaza y el Primer Jefe pudo entrar a ella sin problemas el 23 de noviembre.

Días después, Carranza decidió adelantarse a quienes estaban elaborando proyectos de acción social para presentárselos. El hombre no era enemigo de mejorar la vida de los campesinos y los asalariados, pero sí habría querido otorgar tales beneficios como si fueran una merced real o un acto de generosidad de los que solía desplegar Porfirio Díaz. Inclusive había mandado gente de confianza a recorrer el mundo para que recopilara las leyes obreras y agrarias más avanzadas, con el fin de estudiar hasta qué punto podrían aplicarse en México y para que no se dijera que había cedido a las exigencias de los radicales, el 12 de diciembre expidió un decreto de adiciones al Plan de Guadalupe, cuyo artículo 2º dice:

> El Primer Jefe […] expedirá y pondrá en vigor, durante la lucha, todas las leyes, disposiciones y medidas encaminadas a dar satisfacción a las necesidades económicas, sociales y políticas del país […] Leyes agrarias que favorezcan la formación de la pequeña propiedad, disolviendo los latifundios y restituyendo a los pueblos las tierras de que fueron injustamente privados […] legislación para mejorar la condición del peón rural, del obrero, del minero y, en general, de las clases proletarias.

En seguida, el 5 de enero de 1915, mientras Villa y Eulalio Gutiérrez abandonaban la capital, dio a la luz otro decreto que incorporaba íntegramente el Plan de Ayala, ampliándolo al programa social del constitucionalismo, aunque sin mencionar por su nombre el documento zapatista.

Por añadidura, en febrero Carranza recibió al Dr. Atl y a otros líderes de la Casa del Obrero Mundial, quienes le ofrecieron hacer propaganda a favor del constitucionalismo y organizar unos "batallones rojos" formados por obreros y artesanos que combatirían bajo el mando de Obregón. El Primer Jefe aprobó la transacción, pero trató a los líderes con frialdad.

Mientras se entrevistaba con Carranza en Orizaba, Obregón había planeado trasladarse a Salina Cruz, Oaxaca, para embarcar allí los restos de su ejército hasta Manzanillo y reunirse después con las tropas carrancistas que seguían activas en Jalisco. Carranza le ordenó que reforzara primero las defensas de Jalapa y Perote, en previsión de un ataque combinado de villistas y zapatistas contra Veracruz. La lógica rudimentaria hacía ver como seguro tal ataque, el cual difícilmente resistirían las tropas carrancistas.

Pero Villa había negociado con Zapata dividirse el país en dos zonas, la norte para él y la sur para los morelenses. Fiel a su compromiso, dejó al suriano la tarea de liquidar a Carranza, desoyendo la opinión expresada por Ángeles en el sentido de que los morelenses carecían de capacidad para realizar operaciones bélicas de gran envergadura.

Al tiempo que reforzaba las defensas de Jalapa y Perote, Obregón se enteró de que Villa marchaba al norte con su ejército. Luego recibió un mensaje en el que Eulalio Gutiérrez le pedía unirse a la convención para aplastar al suriano y al norteño por igual; como prueba de buena voluntad, le informó que las armas y las municiones que debían recibir los zapatistas, de acuerdo con el compromiso adquirido por Villa, no serían entregadas a sus destinatarios. Obregón conoció por esto las divisiones que resentían sus rivales y decidió aprovecharlas. Desde luego lanzó su renovado ejército sobre la ciudad de Puebla, que la guarnición zapatista abandonó sin combatir. El carrancismo había resurgido.

Los capitalinos llamaron "el año del hambre" al de 1915. El 28 de enero Obregón entró a una ciudad que acababa de abandonar la convención y que parecía muerta. Los vehículos no circulaban por falta de combustible. Los zapatistas habían destruido el sistema de bombeo de Xochimilco y la población carecía de agua. Tampoco había comida, pues debido a la interrupción de las comunicaciones la ciudad no recibía abastecimientos; los perros, los gatos y hasta las ratas desaparecieron, devorados por la gente famélica. No había carbón, hacía frío y pronto surgieron individuos que derribaban a hachazos los ahuehuetes de Chapultepec para convertirlos en leña. Circulaban 26 tipos diferentes de bilimbiques, que en el mejor de los casos se recibían a centavo por peso.

Carranza exportaba la producción agrícola de Veracruz para comprar armas. Los miembros de las colonias extranjeras importaron cargamentos de comida para socorrer a los pobres de la capital, y Obregón no sólo se negó a prestar trenes para el transporte, sino que confiscó los alimentos, que luego vendieron en el mercado negro los cabecillas obregonistas. De manera truculenta convirtió a los abarroteros españoles en chivos expiatorios de la ira popular, encarcelándolos y sacándolos a barrer las calles porque supuestamente ocultaban sus existencias de alimentos y no querían venderlas por bilimbiques.

El clero se negó a entregar medio millón de pesos que se le

impuso como "préstamo". En represalia Obregón aprehendió a 168 sacerdotes, y les ordenó marchar con el ejército constitucionalista en calidad de rehenes. Surgieron protestas en el sentido de que algunos sacerdotes estaban enfermos, y el general respondió presentando certificados médicos en los que se consignaba que la única enfermedad que padecían era gonorrea.

A pesar de que los soldados de Obregón eran los únicos relativamente bien alimentados de su entorno, muy pocos capitalinos aceptaron la invitación de enrolarse en el ejército del sonorense. Tras permanecer seis semanas en aquella ciudad que lo rechazaba, Obregón decidió abandonarla y salir en persecución de Villa. Requisó todas las vendas y medicinas que había en los hospitales; se dejó crecer la barba y juró que no se rasuraría hasta derrotar a su enemigo.

XXVII. LAS AMENAZAS VILLISTA Y ZAPATISTA

Todavía el 26 de enero anterior, cuando el enemigo se hallaba a las puertas de la capital después de haber tomado Puebla, el intelectual zapatista Antonio Díaz Soto y Gama impidió que se discutieran las medidas para enfrentar la emergencia, pues ocupó la tribuna con una larguísima perorata sobre la etimología de la palabra boicot, que otro orador había usado incorrectamente. Exigía que la convención se rigiera por el sistema parlamentario y a menudo pronunciaba inacabables discursos con citas de Robespierre, Marx, Bakunin, Kropotkin, etc. Al fin huyeron, y después, en cuanto Obregón evacuó la ciudad, los escombros convencionistas volvieron a ocuparla.

La convivencia del peladaje con la indiada en la ciudad de México había sido difícil, pues los robustos norteños trataban condescendientemente a los famélicos morelenses, mientras que éstos veían con recelo a los hombres ataviados con buenas botas y uniforme de caqui, pues querían que todo México vistiera como "los probes", o sea, de calzón blanco y huarache.

Tras la deserción de Eulalio Gutiérrez, los zapatistas tomaron brevemente el control del Distrito Federal, Morelos, el Estado de México y partes de Guerrero, Puebla y Michoacán. La presidencia de la convención fue asignada al maderista Roque González Garza, y el "parlamento" del organismo fue escenario de hechos desquiciantes. Zapata puso en libertad al hacendado Ignacio de la Torre y Mier, a quien los carrancistas habían encerrado en la penitenciaría del Distrito Federal, y secretamente se lo entregó al gobernador del Estado de México, el joven y futuro médico Gustavo Baz, con la recomendación de que se lo llevara a Toluca y lo atendiera de la mejor manera posible.

Baz desayunaba, comía y cenaba con De la Torre y Mier, quien ostentaba el grado de general del ejército zapatista y se puso a acaparar maíz en una de sus haciendas y a enviar el grano de contrabando al Distrito Federal, para venderlo a precios de usura entre la población hambrienta. El 14 de mayo de 1915, encontrándose de paseo en la ciudad de México, Baz se enteró de que en el "parlamento" convencionista se le había declarado cómplice de los acaparadores de maíz, como De la Torre y Mier, y se discutía la posibilidad de mandarlo fusilar.

Baz logró que se le permitiera subir a la tribuna para defenderse y causó estupor al revelar que había procedido como lo hizo por órdenes directas de Zapata. Dejado provisionalmente en libertad, el gobernador corrió a aceptar la amnistía que estaban ofreciendo los carrancistas.

González Garza se reconoció incapaz de seguir al mando de aquella casa de dementes y renunció. Como sustituto fue escogido Francisco Lagos Cházaro, un zapatista muy manejable cuya frente mostraba arrugas permanentes de preocupación. De vez en cuando, los convencionistas eran desalojados por los carrancistas de Pablo González y tenían que irse a deliberar hasta Cuernavaca o Toluca, pero siempre volvían y la capital llegó a cambiar de autoridades hasta cinco veces en un mismo día. Sólo en agosto, cuando los carrancistas tomaron Toluca, Lagos Cházaro y sus correligionarios huyeron a varias ciudades de la República hasta que el presidente terminó exiliándose en América Central. Nadie volvió a ocuparse de él ni de la convención.

A principios de abril Obregón estableció su campamento en Celaya, y a los pocos días Villa llegó a Irapuato, distante 50 kilómetros. El chihuahuense había restablecido el orden en el norte y regresó al centro de la República con la intención de liquidar a los rivales. Había desoído los consejos de Ángeles, quien le hizo ver lo peligroso que era extender demasiado su línea de abastecimiento y le indicó que lo mejor sería esperar al enemigo más al norte, donde la división pudiera recibir pronto auxilio en caso de necesitarlo y para los rivales fuera difícil reabastecerse de pertrechos. Pero Villa estaba tan seguro de que "el perfumado" Obregón huiría en cuanto se viera atacado por los villistas, que no prestó oídos al consejo.

Obregón había estudiado las tácticas de su rival. Sabía que iba a mandarle una carga de caballería tras otra, las que "muy machamente" avanzarían sobre las líneas de fuego enemigas sin preocuparse por la cantidad de bajas que sufrieran. En lugar de trincheras colectivas, el defensor ideó abrir líneas de "loberas" (agujeros cavados en el suelo para que se protegieran sus hombres) con ametralladoristas que dispararían sobre cada oleada de jinetes. El 6 de abril tuvo lugar el primer encuentro. Villa disponía de 10 000 a 12 000 hombres, contra otros tantos del rival; sus hombres avanzaron hasta el centro de Celaya e hicieron repicar las campanas de una iglesia, pero al día siguiente hubo contrataque y tuvieron que replegarse a Irapuato.

Para el día 13 Villa había recibido abundantes refuerzos hasta sumar 30 000 hombres, según los carrancistas. Por espacio de 24 horas, tanto a la luz del día como en la oscuridad de la noche, el caudillo chihuahuense envió cargas de caballería que los ametralladoristas escudados en sus "loberas" derribaban una tras otra. Luego de sufrir tal vez 14 000 bajas, Villa se replegó más allá de Irapuato, hasta León.

Todavía entonces Ángeles quiso convencerlo de que carecía de elementos para continuar luchando. Lo indicado en aquella situación era retirarse a Chihuahua, ocupar Sonora y bajar por la costa del Pacífico hasta Guadalajara, como antes lo había hecho Obregón. Pero Villa no estaba para escuchar consejos, y ordenó avanzar desde León hasta el campamento carrancista de Silao.

La batalla de León duró 40 días y arrojó decenas de miles de muertos por ambas partes. En el transcurso de la lucha Obregón perdió el brazo derecho, destrozado por una granada; con la mano restante sacó una pistola dispuesto a suicidarse, pero un oficial lo detuvo. El mando del ejército pasó a manos de Benjamín Hill. Dos días más tarde la línea de los atacantes fue rota y los carrancistas ocuparon León. Villa tuvo que retroceder hasta Aguascalientes y luego a Zacatecas, Torreón y Chihuahua.

El compadre Tomás Urbina, uno de los villistas más temibles, también había sido derrotado por Pablo González en El Ébano, San Luis Potosí, y se había refugiado en su hacienda de Las Nieves, donde estaba enterrando el tesoro que acumuló con sus robos, según rumores. Se sospechaba además que intentaba pasarse al bando de Carranza. Villa ordenó al multiasesino Rodolfo Fierro —quien a la sazón había pasado a ser su hombre de confianza— que matara al compadre. El propio Fierro moriría poco después de cumplir la orden: cuando cruzaba un pantano cerca de Casas Grandes, Chihuahua, se cayó del caballo y al no poder incorporarse por el peso del oro que llevaba en las bolsas —según cuentan— se ahogó.

Privado del auxilio de Urbina y Fierro, e inclusive del de Ángeles, quien, convencido de que su jefe era incorregible lo abandonó para trasladarse a Estados Unidos, Villa se empezó a tambalear. El 2 de agosto de 1915, bajo las órdenes de Pablo González, el Ejército Constitucionalista había recuperado definitivamente la ciudad de México, y el 19 de octubre Washington otorgó a Carranza el reconocimiento como gobierno "de facto", lo cual significaba que la División del Norte no podría abastecerse ya legalmente de pertrechos de guerra en Estados Unidos.

Hasta unos días antes, Villa había creído ser el favorito de los yanquis. El 1º de noviembre llegó a las afueras de Agua Prieta con 6 000 desharrapados. Intentaba expulsar de la plaza a Plutarco Elías Calles, para apoderarse de Sonora y remprender las hostilidades por la costa del Pacífico, como lo aconsejó Ángeles. Pero ya habían llegado a la plaza 6 500 soldados que Carranza pudo enviar como refuerzos gracias a que los norteamericanos les permitieron el paso a través de Texas. Villa atacó, era de noche y, según se quejaría más tarde, desde el lado norteamericano enfocaban fuertes reflectores sobre sus tropas, a fin de deslumbrarlas y al mismo tiempo facilitar a los hombres de Calles la localización de sus blancos.

Villa tuvo que suspender el ataque y trasladarse a Hermosillo, de donde los carrancistas lo expulsaron poco después para obligarlo a regresar a Chihuahua con un puñado de seguidores. Sonora quedó en manos de los carrancistas, quienes luego ocuparon Chihuahua y recibieron la rendición de 44 generales, 347 jefes, 3 648 oficiales y 11 118 soldados villistas.

Para Villa los estadunidenses habían sido los principales causantes de su derrota. En sus cavilaciones llegó a convencerse de que, para obtener un apoyo tan abierto y decidido, Carranza tenía que haber hecho promesas muy importantes al gobierno de Washington. Sopesando las diversas propuestas que los yanquis habían hecho a los principales revolucionarios mexicanos —inclusive algunas que le hicieron a él mismo— tuvo la certeza de que Carranza había accedido ni más ni menos que a transformar a México en colonia norteamericana. Decidió entonces desbandar su ejército y ocultarse en la sierra durante seis meses, un plazo en el que, según sus cálculos, forzosamente saldrían a la luz pública hechos que demostraran la traición de Carranza.

He dividido a mi ejército en bandos guerrilleros, y cada jefe irá a aquella parte del país que considere apropiada por un periodo de seis meses. Ése es el tiempo que hemos fijado para reunirnos en el estado de Chihuahua con todas las fuerzas que hayamos reclutado [...] Hemos decidido no disparar una bala más contra los mexicanos, nuestros hermanos, y prepararnos y organizarnos para atacar a los norteamericanos en sus propias guaridas,

dijo Villa en una carta dirigida a Emiliano Zapata.

Mientras tanto, se acercaba el momento en que Estados Unidos tendría que entrar a la primera Guerra Mundial. Para evitar esto, o al menos para reducir la ayuda que proporcionaban a los aliados, los alemanes trataron de hacer que los estadunidenses intervinieran militarmente en México. Primero tomaron contacto con Victoriano Huerta y sus ex correligionarios, también exiliados, Pascual Orozco y Félix Díaz. (Félix Díaz estaba en La Habana y debía atacar por Veracruz.) El gobierno estadunidense mandó matar a Orozco. Huerta, reducido a la impotencia, moriría el 13 de enero de 1916 en El Paso.

Un día, las autoridades estadunidenses descubrieron que frecuentemente pasaba de El Paso a Ciudad Juárez gran número de sospechosos ataúdes, los cuales, al ser revisados, aparecieron llenos de armas alemanas destinadas a Pancho Villa. Los germanos también le proporcionaban sumas importantes de dinero.

Villa deseaba provocar una invasión norteamericana a México, pues si Carranza permitía la entrada de las tropas invasoras sin oponer resistencia, automáticamente quedaría desenmascarado como títere de Washington. Con esto, según el cálculo villista, brotaría un fuerte sentimiento patriótico que impulsaría a los generales carrancistas a rebelarse contra el gobierno. Una vez derrocado Carranza, Villa se uniría al nuevo gobierno y entre todos procederían a combatir a los estadunidenses.

A mediados de enero de 1916 Villa mandó asaltar un tren que pasaba por Santa Isabel, Chihuahua, capturó a 16 estadunidenses que iban entre el pasaje y sin más trámite los hizo fusilar. En Estados Unidos surgió un clamor para que se mandara al ejército a vengar los asesinatos.

Washington se cuidó de caer en la provocación. Tal vez por eso, a las cuatro de la mañana del 9 de marzo 5 000 jinetes atacaron la población de Columbus, Nuevo México, vitoreando a Pancho Villa, saqueando las tiendas y asesinando a los vecinos que se asomaban a curiosear. Repelió el ataque un regimiento de caballería destacado en las inmediaciones de Columbus y se libró un combate de seis horas en el que ambos bandos sufrieron fuertes bajas.

A la semana de registrado el combate entró a territorio mexicano una expedición punitiva de 4 800 hombres, que después fueron aumentados a 10 000. La comandaba el general John J. Pershing. Tal y como lo esperaba Villa, el Primer Jefe no hizo nada por impedir la invasión. Ni siquiera pudo presentar una protesta sincera, ya que en ese caso los norteamericanos le señalarían que ellos también le habían permitido el paso de sus soldados a través de Texas para auxiliar a Calles.

Carranza se libró del aprieto difundiendo la versión de

que los soldados de Pershing habían entrado a México con base en un tratado del siglo XIX que autorizaba a los soldados de ambos países a cruzar la frontera en persecución de bandoleros e indios bárbaros. Pero ese tratado llevaba casi 10 años de haber quedado sin efecto; secretamente, lo que el jefe constitucionalista deseaba era que Pershing lo librase de sus rivales.

La popularidad de Villa creció en esos días. El sentimiento antiyanqui se encendió por todo Chihuahua. En Parral estalló un motín popular en el que perecieron tres norteamericanos. Para disfrazar su inactividad, Carranza declaró que los invasores sólo podrían desplazarse a lo largo del camino y sin rebasar los límites del estado de Chihuahua. El 21 de junio de 1916 una pequeña fuerza estadunidense intentó avanzar al sur del pueblecito de El Carrizal, a lo que se opuso el comandante de la guarnición carrancista. Como resultado se libró un combate en el que los mexicanos se adjudicaron el triunfo a pesar de haber sufrido 24 muertos y 42 heridos contra 12 muertos y 42 heridos de los invasores.

En cualquier momento podía encenderse la chispa que hiciera estallar una guerra en toda forma. Los estadunidenses —Pershing ni siquiera había logrado establecer contacto con Villa— calcularon que necesitarían medio millón de hombres para ocupar todo México, y antes de que la situación se complicara, optaron por retirar sus tropas.

Por su parte, los alemanes siguieron tratando de aprovechar la situación mexicana. El 17 de enero de 1917 el gobierno del káiser envió un telegrama a su embajador en la ciudad de México ordenándole ofrecer a Carranza ayuda para que México recuperara los territorios de California, Texas, Nuevo México y Arizona a cambio de declarar la guerra a Estados Unidos.

La Secretaría de Relaciones Exteriores siempre ha negado la existencia de este documento, del cual existe copia en los archivos alemanes, ingleses y norteamericanos. Parece ser que Carranza se dejaba ver en compañía de los alemanes para contrarrestar un tanto el disgusto que causaba en el país la protección encubierta que recibía de Washington, pero no era tan incauto como para trabar la alianza propuesta por el káiser. Sea lo que haya sido, los ingleses interceptaron el telegrama alemán, lo transmitieron a Washington y como resultado Estados Unidos declaró la guerra a Alemania.

XXVIII. EL ORDEN CONSTITUCIONAL

Desde agosto de 1915 los constitucionalistas tuvieron ininterrumpidamente en su poder la ciudad de México y en octubre Washington los reconoció como gobierno de facto. De acuerdo con la primera versión del Plan de Guadalupe, desde agosto Carranza debió haber asumido la Presidencia provisional para convocar a elecciones y devolver la normalidad constitucional al país. Lejos de hacer esto, prolongó su estancia 11 meses en Veracruz y luego anduvo otros seis recorriendo la República y recibiendo homenajes en los que se le llamaba "árbitro del destino nacional", "espíritu de la Revolución" y hasta "soplo divino de la Patria".

Visitó Tampico, Torreón, Saltillo, Monclova, Cuatro Ciénegas, Querétaro, Guanajuato y Guadalajara, pasando de un banquete a un baile en su honor, y asistiendo a veladas literario-musicales. A todas partes lo seguía una comitiva integrada por 1 500 personas: asistentes, secretarios, gobernadores, banda militar y escolta. Ya parecía una caricatura de Porfirio Díaz.

Ningún periódico lo criticaba: Carranza confiscó los principales diarios del país y los regaló a sus incondicionales. Recrudeció además los sistemas de control periodístico ideados por el dictador derrocado. El embute, eliminado por Madero y usado con discreción por Huerta —quien prefería tratar a culatazos con los periodistas rebeldes—, alcanzó en la época carrancista niveles nunca vistos y, por si fuera poco, se alentó el surgimiento de una nueva industria que consistía en escribir aduladoras "biografías" del Primer Jefe, por las que los secretarios de prensa pagaban 25 000 pesos. A los periódicos débilmente oposicionistas que subsistían a pesar del asedio, Carranza les aplicaba un impuesto en especie de 30% sobre el papel que importaban; los rollos así obtenidos se regalaban a los órganos oficialistas.

No fue sino hasta mediados de abril de 1916 cuando Carranza se instaló en la ciudad de México. Llegó sin previo aviso y sin el aparato acostumbrado, con el evidente propósito de evitar toparse con impertinentes que le recordaran su obligación de volver al orden constitucional. El puesto de Primer Jefe, que le permitía gobernar dictatorialmente con base en "las facultades extraordinarias de que me hallo investido", ofrecía mucho más comodidad que el de presidente de la República.

La inflación seguía haciendo estragos. El desempleo aumentaba por la quiebra y el cierre de incontables fuentes de trabajo, y el poder adquisitivo del salario obrero era mucho menor de lo que fue en los peores años del siglo XIX. La Casa del Obrero Mundial, que ya había establecido sus oficinas en la Casa de los Azulejos (la bella mansión que en el siglo XVIII fue residencia de los condes del Valle de Orizaba, que luego ocupó el Jockey Club porfiriano y actualmente alberga una tienda Sanborns), creyó ver llegado el momento de iniciar la revolución planetaria y desató una ola de huelgas que por varios días paralizaron la ciudad de México. Entonces Pablo

González expulsó de su lujosa residencia a los líderes y declaró:

—Hemos estado combatiendo la tiranía de los capitalistas y no permitiremos ahora que se establezca la tiranía de los obreros.

Por añadidura, Carranza mandó aprehender a los líderes y aplicarles la pena de muerte, para lo cual había revalidado la ley juarista del 25 de enero de 1862, que fijaba esa sanción para quienes colaboraran con el imperio de Maximiliano. A última hora, por gestión de sus consejeros, suspendió las ejecuciones, pero los ferrocarrileros que hacían huelgas fueron militarizados con la advertencia de que interrumpir su trabajo o destruir los bienes de la empresa los equipararía con los soldados desertores, a quienes se castigaba con el fusilamiento.

El implacable Francisco Bulnes ya había pronosticado que, siguiendo las viejas tradiciones nacionales, Álvaro Obregón no tardaría en dar un golpe de Estado para remplazar a Carranza. Éste dedicaba sus mejores esfuerzos a provocar maquiavélicas divisiones entre Obregón —a quien nombró ministro de Guerra— y Pablo González, el jefe del mayor ejército. Los dos personajes tenían gran número de partidarios que los incitaban a apoderarse de la Presidencia, pero mientras la relación entre ambos siguiera siendo fría, era muy difícil que se unieran para proclamar revueltas.

El momento parecía propicio para ajustar cuentas a los zapatistas, quienes en los días en que Obregón y Villa anduvieron disputándose el mando del país gozaron de completa libertad para establecer en Morelos el régimen que añoraban. Los pueblos de la entidad recuperaron sus tierras comunales, y aunque prácticamente se dejó de sembrar caña de azúcar, abundaban el maíz, el frijol y el chile. Cualquier individuo que no vistiera calzón y camisa de manta —o cuando mucho traje de charro— era agredido por los lugareños, empeñados en acabar con todo lo que pareciera extraño a la primitiva sociedad a la que pretendían retornar.

Una quinta parte de la población de Morelos —la "gente decente"— abandonó sus casas y sus edificios, que de inmediato ocupaban los rebeldes para hacer leña con los muebles finos, prender en las salas sus fogatas para calentar tortillas y desahogar sus necesidades fisiológicas en el primer rincón que veían. Una dama inglesa, residente en Cuernavaca desde 1910, tenía una pesadilla recurrente: los zapatistas destruían el acogedor hotel de su propiedad y con las piedras de la demolición empezaban a erigir pirámides y más pirámides.

Los morelenses volvieron al sistema de trueque por carecer de dinero para las transacciones comerciales. Esto no les importaba en absoluto a ellos, pero Zapata, necesitado de fondos para comprar armas y municiones, sufría angustias. Infructuosamente imploraba a sus correligionarios que volviesen a sembrar caña de azúcar y expedía llamamientos a los "comerciantes progresistas y dinámicos de todo el país" para que regresaran al terruño, donde encontrarían protección armada. El caudillo también ofrecía devolver los ingenios azucareros para que los industriales los pusieran a funcionar otra vez y le pagaran impuestos, pero nada logró. A veces todavía vociferaba contra los "nefastos hacendados latifundistas", aunque el famoso Ignacio de la Torre y Mier regresó a Morelos y Zapata, lejos de hostilizarlo, lo tomó bajo su protección, aunque ya no podía seguir ostentándose como general.

Carranza envió a Morelos un gran ejército bajo el mando de Pablo González. Tras una operación relámpago, los zapatistas fueron expulsados de ciudades y pueblos y obligados a ocultarse en los cerros. De paso, González y sus hombres acabaron con todo lo que quedaba de valor en la entidad: inclusive se llevaron la maquinaria de los ingenios para venderla como fierro viejo en la capital de la República. Maltrataron y asesinaron a tanta gente que, según los lugareños viejos, "empezamos a suspirar ya no por los tiempos de don Porfirio, sino por los de Huerta".

La situación sanitaria de Morelos era atroz, por lo que hubo epidemias de paludismo y enfermedades gastrointestinales que causaron la muerte de la cuarta parte del ejército invasor. Pablo González se vio en la necesidad de evacuar la entidad, y no sólo por las plagas, sino también porque, según afirmaría más tarde, el ministro de Guerra Obregón le negaba pertrechos y medicinas, mientras que secretamente proporcionaba armas y municiones a los zapatistas, una labor en la que ayudaba el Dr. Atl.

En septiembre de 1916 Carranza expidió otro decreto de modificaciones al Plan de Guadalupe. Bajo el nuevo ordenamiento se convocó a elegir todo un Congreso Constituyente, que reformaría la constitución por la que se había luchado, para incorporarle las inquietudes surgidas en el curso de la lucha armada. Sólo después de que ese congreso terminara sus labores habría elecciones para llenar la Presidencia.

Los villistas, los zapatistas y, en general, todos los enemigos de Carranza, quedaron inhabilitados para participar como candidatos a una diputación. Así resultó que 85% de los elegidos proviniera de la clase media; que sólo 12% perteneciera a la clase baja urbana o rural, y según un estudioso, que el 3% fueran ricos. Del total del los diputados constituyentes, más de la mitad eran abogados, maestros de escuela o periodistas. Por lo tanto, bajo ningún punto de vista eran individuos representativos del México rústico de 1916.

El Congreso Constituyente se reunió en Querétaro e inició sus sesiones el 1º de diciembre de 1916. Carranza quiso participar en la sesión inaugural y viajó desde México a caballo. El traslado demoró seis días, y los aduladores se aseguraron de que en cada pueblo del trayecto los espectadores arrojaran flores y confeti. En Querétaro, el Primer Jefe fue recibido "con demostraciones de entusiasmo indescriptible", según el servil Félix F. Palavicini, quien, por supuesto, no aclaró que se había fijado una multa de 50 pesos para los queretanos que no adornaran su casa.

El proyecto constitucional presentado por Carranza a los diputados legitimaba de hecho el Porfiriato, reduciendo las facultades de los poderes legislativo y judicial y aumentando las del ejecutivo. Con el poder así obtenido, el presidente podría imponer gobernadores a su antojo, igual que Porfirio Díaz. (De los 20 gobernadores electos durante el régimen de Carranza, por lo menos 17 fueron impuestos autoritariamente.) Los legisladores aprobaron el proyecto carrancista, aunque añadiéndole otros artículos de su cosecha, en los que incorporaron los planteamientos de la Casa del Obrero Mundial, de los zapatistas y de los floresmagonistas, todo ello como producto de las alianzas secretas que Obregón había trabado con los líderes.

Los legisladores obregonistas también dedicaron gran parte de sus peroratas a lanzar virulentos ataques anticlericales. O pensaban que la Iglesia católica aún era el organismo todopoderoso que fue antes de la guerra de Reforma, o fingían creerlo para ganar prestigio de valentones atacando a una corporación impotente para defenderse. Como quiera que haya sido, lograron que se aprobara el artículo 3º que decreta la educación laica y otorga al gobierno la facultad de fijar planes de estudio a las escuelas particulares; y el 130, que establece una serie de restricciones a los sacerdotes, desde la de limitar su número hasta la prohibición de vestir sotana en la calle.

El artículo 27 —otra idea de los agitadores obregonistas— declara, como en las leyes coloniales, que la propiedad de las tierras y aguas comprendidas dentro del territorio nacional "corresponde originariamente a la nación" (al rey, en las leyes coloniales), y otorga a la burocracia administrativa la facultad de hacer expropiaciones por causa de utilidad pública "y mediante indemnización" (que podía ser en títulos gubernamentales de crédito, de poco o ningún valor, mientras que en las leyes anteriores se hablaba de "previa indemnización" en efectivo).

Tal artículo, entre otras cosas, capacitó al ejecutivo para expropiar los latifundios, fraccionarlos y repartir las tierras entre los campesinos. En justicia los primeros terrenos que debieron ser expropiados eran los de centenares de haciendas que los generales revolucionarios adquirieron mediante el robo, aunque esto resultaba poco menos que imposible. El mismo artículo permitía nulificar los títulos de propiedad obtenidos en tiempo de Porfirio Díaz por las empresas extranjeras que explotaban el petróleo, cuando se aprobó que el dueño de un terreno también lo fuera de los mantos petrolíferos del subsuelo, pero no se tomaron medidas para crear el ejército más poderoso del mundo, el cual sería necesario para imponer la ley mexicana a las naciones cuyos ciudadanos fuesen afectados por la aplicación de tales disposiciones.

Indudablemente los diputados obregonistas no podían ignorar que el artículo 27 iba a ser inaplicable —como en efecto lo fue— a los generales revolucionarios y más aún a las empresas extranjeras. Tal vez se conformaban pensando que al menos se podría enderezar contra los ciudadanos mexicanos sin influencias, los que pagarían magníficos sobornos a los burócratas expropiadores y darían empleo a los leguleyos para librarse de la ley o para que les consiguieran alguna concesión acorde con las nuevas disposiciones.

El artículo 123 otorgó a los trabajadores el derecho de huelga, fijó en ocho horas la jornada de trabajo (en Estados Unidos y en Europa era de 10 a 12), estableció salarios mínimos, indemnización por despido y la participación de los trabajadores en las utilidades de las empresas. Para redactarlo, los diputados recopilaron los beneficios que otorgaban a los obreros las leyes laborales más avanzadas del mundo, y les añadieron el detalle relativo a la participación de utilidades, una modalidad 100% mexicana.

Con esto la Revolución mexicana, que comenzó siendo democrática bajo Madero y que pasó a interburocrática bajo

Carranza y Huerta, acabó convirtiéndose en la primera revolución social del siglo xx, y la constitución de 1917 obtuvo reconocimiento como la más avanzada de las existentes: en efecto, condensaba los ideales de los más ambiciosos revolucionarios sociales del mundo, pero al mismo tiempo era reaccionaria, pues hacía retroceder al país al tiempo de la Colonia, con la petrificación de la propiedad comunal de las tierras y los ordenamientos que hacían del rey (el gobierno, en 1917) dueño de todo lo existente en el país.

De igual manera los diputados constituyentes pudieron haber decretado un aumento de salarios al doble y una reducción a la mitad de la jornada de trabajo, además de que todos los mexicanos fueran hermosos, hercúleos e inteligentes. Por supuesto, el artículo 123 resultó inaplicable en la época carrancista, cuando no había suficientes empresas en operación para declararles huelgas y exigirles el pago de vacaciones y participación en las utilidades. Peor aún, no había capitalistas dispuestos a invertir en empresas nuevas, y en cambio existía un desempleo pavoroso. (Los beneficios del artículo 123 empezarían a recibirse en México mucho después de que se hicieran efectivos en países que no sufrieron revoluciones, como Chile, Uruguay y Argentina.) Obviamente, al aprobar el artículo 123, los diputados sólo pretendían incursionar en el negocio de socorrer a los pobres.

Significativamente, los diputados constituyentes sólo se abstuvieron de presentar y discutir el punto del programa floresmagonista: el relativo a la confiscación de las fortunas de los funcionarios públicos deshonestos. Horrorosa suerte de un país que, después de haber padecido la violencia y las arbitrariedades de la revolución, caía en poder de las pandillas de empleomaniacos.

La nueva constitución fue promulgada el 5 de febrero de 1917, exactamente 60 años después de que se proclamara la de 1857, que en su tiempo fue presentada como una panacea para todos los males de México y que tampoco funcionó.

Irritado por las adiciones hechas a su proyecto constitucional, Carranza recibió a Obregón de mal talante cuando éste se presentó en Querétaro para presenciar la aprobación de los artículos 3º, 27, 123 y 130. Luego, ambos personajes se enfrascaron en discusiones de las que no ha quedado prueba documental. Parece que Obregón sólo prometió que no lanzaría su candidatura en las elecciones presidenciales previstas para el siguiente 11 de marzo, y presentó su renuncia al Ministerio de Guerra que, bajo los términos de la flamante constitución, había pasado a llamarse secretaría.

Carranza se abstuvo de nombrar nuevo secretario de Guerra y conservó el mando directo de las fuerzas armadas, con lo que obviamente pretendía evitar el surgimiento de otro caudillo militar. Obregón, parodiando a Cincinato, pasó a cultivar sus tierras de Sonora.

La nueva constitución también estableció el sufragio universal directo, pero en las elecciones presidenciales sólo votaron 213 000 ciudadanos y Carranza obtuvo apenas 197 383 votos, emitidos en su mayor parte por soldados y burócratas obligados a sufragar por el candidato oficial.

Ya instalado en la Presidencia, Carranza aprovechó los poderes constitucionales para reafirmar su autoridad y se desentendió prácticamente de los ordenamientos populistas. No sólo no aplicó el artículo 123, sino que mantuvo en prisión a varios líderes rebeldes y en 1918 auspició la creación de la Confederación Regional Obrera Mexicana (CROM), antecedente directo del "sindicalismo charro" —una derivación o apéndice de la empleomanía— que a cambio de acatar las órdenes del gobierno recibía una especie de concesión para extorsionar a los patrones y esquilmar a los trabajadores. Al frente de la confederación fue puesto un ex pupilo de la Casa del Obrero Mundial llamado Luis N. Morones.

El artículo 27 se aplicó en proporción mínima. Las amplias facultades que otorgaba para expropiar latifundios y entregar parcelas a los campesinos sin tierra sólo se tradujeron en la repartición de 200 000 hectáreas. Se habló de obligar a las empresas petroleras a cambiar los títulos de propiedad de sus terrenos por concesiones de explotación fácilmente revocables, pero los extranjeros, confiados en la protección de sus gobiernos, apenas se inquietaron por la posibilidad de que los afectaran.

De hecho, Carranza aplicaba las nuevas leyes bajo la fórmula colonial del "se acata pero no se cumple", razonando, como Juárez, que las leyes mexicanas no son para ser aplicadas inmediatamente, sino que constituyen un programa de acción para un futuro impreciso, cuando las circunstancias permitan hacerlas efectivas. (Lo mismo decían los gobernantes de la URSS.)

Varios caudillos habían establecido cacicazgos regionales donde la única ley que imperaba era la suya. En la Huasteca, un general llamado Manuel Peláez recibía 15 000 dólares mensuales por cuidar los campos de las empresas petroleras y acabó convirtiéndose en cacique de toda la región, en la que nombraba autoridades a su antojo. (Paradójicamente, Peláez gozaba de amplia popularidad en la zona petrolera, ya que la gente prefería su cacicazgo al carrancista.)

En Oaxaca el gobernador Guillermo Meixueiro separó a su estado de la federación hasta que no se restableciera la carta constitucional de 1857. Félix Díaz desembarcó en Veracruz para capitalizar la revuelta oaxaqueña y se alió con el ex ministro de Guerra huertista, general Aureliano Blanquet. Este último murió en abril de 1919 durante un encuentro con fuerzas carrancistas, aunque el aliado continuó luchando.

En el norte, Pancho Villa asaltaba con frecuencia pueblos y ciudades. Ya sólo conservaba 500 hombres bajo su mando, pero siempre escapaba a los ejércitos enviados en su persecución. Felipe Ángeles regresó de Estados Unidos para reunirse con él, y entre ambos se apoderaron de Ciudad Juárez. Creían haber establecido por fin una base para propagar su lucha, pero fueron obligados a desalojar la plaza por tropas estadunidenses que cruzaron la frontera sin que Carranza protestara por semejante violación a la soberanía nacional. Ángeles, presa de arranques místicos y angustiado por la impotencia a que se hallaba reducido, se dejó capturar por los carrancistas y fue fusilado. Villa prosiguió sus correrías.

XXIX. MUEREN ZAPATA Y CARRANZA

En 1919 Carranza envió a Pablo González hacia Morelos, con nuevas órdenes de restablecer su autoridad. El general encontró la tierra completamente devastada, sin escuelas, sin vida urbana digna de tal nombre y con los campos invadidos por la maleza. No llegaban abastecimientos del exterior, por lo que la gente andaba en harapos y muchos niños jamás se habían bañado ni conocían el jabón. Para González, Morelos había vuelto "a la edad de las cavernas".

Zapata alcanzó por entonces el nadir en su carrera revolucionaria: se volvió un amargado que maltrataba a sus hombres con cualquier pretexto, violaba mujeres, bebía prodigiosas cantidades de alcohol, y hasta acabó por descartar el Plan de Ayala. Más aún, estableció una relación con Félix Díaz tan estrecha que, en diversas ocasiones, las fuerzas zapatistas y felicistas realizaron ataques combinados contra las carrancistas. Sólo obedecía al siniestro ex reyista-maderista Francisco Vázquez Gómez, quien obtenía dinero de las empresas petroleras estadunidenses para organizar maniobras encaminadas a desalentar los intentos gubernamentales de aplicar el artículo 27 constitucional.

González urdió una artimaña para liquidar al caudillo. Su principal auxiliar fue el coronel Jesús María Guajardo, un norteño blanco y racista que sentía un odio demencial por "la indiada" y literalmente ansiaba exterminarla. Cierta vez Guajardo, borracho o fingiendo estarlo, habló pestes contra González y Carranza, acusándolos de ingratitud. Mañosamente, procuró dejarse escuchar por un prisionero zapatista a quien dio ocasión de huir; el fugitivo, como era de esperarse, pronto llegó hasta Zapata para contarle lo que sabía.

El caudillo se ilusionó pensando que el indiscreto podría ser uno de los nuevos aliados que tanta falta le hacían, y lo invitó a unírsele. Luego de prolongadas negociaciones en las que Guajardo, para demostrar la firmeza de sus intenciones, mandó asesinar a varios ex zapatistas que se habían pasado al bando carrancista, Zapata fue invitado a sellar la nueva alianza en un banquete que tendría lugar el 10 de abril de 1919 en la hacienda de Chinameca. No dejaba de temer una traición y tomó precauciones, pero su nuevo aliado "le madrugó": cuando cruzaba el portón de la hacienda para entrar al patio, un clarín tocó el saludo de ritual y los 10 soldados de la guardia de honor, simulando que presentaban armas, le dispararon simultáneamente. El caudillo cayó muerto al suelo, sin haber tenido tiempo de desenfundar la pistola.

Guajardo fue ascendido a general y recibió de Carranza 50 000 pesos como premio. Pero lo que más le satisfizo fue ganarse la gratitud de Pablo González, el hombre a quien consideraba destinado a ocupar el siguiente turno en la Presidencia.

Por sistema y superando los niveles a los que llegó Porfirio Díaz, Carranza ofrecía a sus generales abundantes facilidades para enriquecerse, en la creencia de que le permanecerían fieles con tal de no poner en peligro sus fortunas mal habidas. Muchos de ellos poseían cantinas, prostíbulos y casas de juego, o por lo menos obtenían elevadas sumas gestionando por encargo de un tercero las licencias de funcionamiento para esos negocios. También gestionaban a cambio de comisiones la devolución de propiedades incautadas, u obtenían concesiones mineras o de tala de bosques para luego venderlas a particulares que las ponían en explotación. Otro filón era el cobro de cuotas especiales por permitir a los hacendados y los comerciantes el alquiler de furgones ferroviarios.

Pablo González se enriqueció presionando a los cultivadores de algodón de la comarca lagunera a efecto de que le vendieran su producto por bilimbiques carrancistas, para luego revenderlo en dólares a Estados Unidos. Obregón robó a los yaquis un latifundio de 3 500 hectáreas de las mejores tierras sonorenses, en el que empleaba 1 500 peones; monopolizó las exportaciones de garbanzo de toda la costa del Pacífico, adquirió minas y puso en marcha un negocio de exportación de cueros, pero ni él ni González perdieron la ilusión de que Carranza los escogiera para sucederlo en la Presidencia. (La reelección estaba prohibida en el nuevo orden constitucional.)

A mediados de junio de 1919 Obregón se convenció de que Carranza jamás lo apoyaría y lanzó "por la libre" su candidatura a la Presidencia en un manifiesto repleto de críticas veladas al régimen. Anduvo recorriendo el país en una vigorosa campaña electoral en la que gradualmente acentuó las críticas; a él se le dejaba en libertad, pero sus partidarios eran acosados, se les encarcelaba, se les maltrataba y se les negaban espacios para celebrar sus mítines, o sea que el repertorio porfirista recuperó plena vigencia.

En noviembre, el hosco Plutarco Elías Calles, en un intento de Carranza por distanciarlo del chocarrero Obregón, fue trasladado a la capital de la Rrepública con el cargo de secretario de Comercio, Industria y Trabajo. El agraciado aprovechó el nombramiento para reforzar sus ligas con el líder máximo de la CROM, Luis N. Morones, quien había concertado un pacto secreto con Obregón, mediante el cual se comprometía a promover la candidatura de éste a cambio de que, una vez llegado a la Presidencia, diera un trato preferente a los líderes obreros, comenzando con el propio Morones. A principios de febrero de 1920, la intriga quedó al descubierto y Calles se vio obligado a renunciar, para trasladarse a Sonora, donde Adolfo de la Huerta ocupaba la gubernatura y el obregonismo era irreprimible.

Carranza lanzó como su candidato al ingeniero Ignacio Bonillas, un anodino sonorense que había sido embajador en Washington y era casi desconocido en México. En su campaña se gastaron dos millones de pesos extraídos de la tesorería de la federación. Nadie dudó de que el presidente trataba de hacer con el candidato lo que hizo Porfirio Díaz con Manuel González, o sea instalarlo en la Presidencia para que pagara el favor gestionando la derogación del precepto antirreeleccionista.

Para el Primer Jefe, todo seguía indicando que el futuro le era propicio. Había adquirido una magnífica casona en la entonces lujosa colonia Cuauhtémoc de la capital, y encomendó al arquitecto italiano Manuel Stampa la tarea de restaurarla y redecorarla con costosos muebles europeos, mármoles de Carrara y pisos franceses de parquet. Por las mismas fechas quedó viudo y los chismosos contaban que iba a instalar en la residencia a otra mujer con la que ya tenía dos hijos.

El infeliz Bonillas fue repudiado por México entero. Se pensó que Carranza acabaría por deshacerse de él y sustituirlo por el dócil general Pablo González, pero al comenzar 1920 hasta González se desengañó y dejó que sus partidarios promovieran su candidatura.

Tanto Obregón como González eran vigilados de día y de noche por los esbirros carrancistas. El sonorense viajó a la capital para responder a una falsa acusación de que facilitaba la adquisición de armas a unos conspiradores, y aprovechando un descuido de los espías, el 13 de abril de 1920 huyó al estado de Guerrero, donde el comandante militar le ofreció su apoyo para iniciar una rebelión en toda forma. Mientras tanto, en Sonora, el gobernador De la Huerta y su aliado Plutarco Elías Calles proclamaban el Plan de Agua Prieta, en el que se desconocía la autoridad de Carranza. Presionado por los generales más poderosos del país, Pablo González se declaró por cuenta propia en rebelión.

El 5 de mayo de 1920, después de participar en las celebraciones de la tradicional fiesta patria, Carranza recibió noticias de que ya se combatía a 50 kilómetros de la capital. Se resignó a abandonar la casona de la colonia Cuauhtémoc, que apenas en noviembre anterior había ocupado, y ordenó llevar a cabo el éxodo burocrático más espectacular de la historia del país.

Benjamín Hill avanzaba sobre la ciudad de México al frente de las tropas zapatistas que se sumaron al cuartelazo, y tras él venía Obregón, con los soldados que se le unieron en Guerrero. Pablo González se había apoderado de Puebla y se aprestaba a marchar sobre la capital de la República. Grupos rebeldes atacaban a los carrancistas que guarnecían el pueblo de Otumba, en las goteras de la capital. El general Francisco Murguía, jefe de las tropas leales, reconoció que la ciudad de México era indefendible.

Carranza decidió trasladar su gobierno a Veracruz, donde esperaba contar con la ayuda de su yerno, el general Cándido Aguilar, recientemente instalado en Jalapa como gobernador de la entidad. El general Guadalupe Sánchez, quien daba al fugitivo el tratamiento de "presidente y padre", jefaturaba las tropas leales del puerto. Con ayuda de estos dos hombres y de Murguía, desde el puerto podría recuperar la iniciativa y someter a obregonistas y pablistas.

La burocracia civil capitalina, temerosa de perder sus empleos, se incorporó en masa al éxodo. En total sumaban 10 000 individuos, entre burócratas y sus familiares, los que se presentaron en la estación de Buena Vista para mudarse a Veracruz. El palacio nacional quedó vacío, pues los muebles, máquinas, cajas fuertes, etc., fueron empacados para llevárselos; por supuesto, de la tesorería se retiraron cuanta moneda, billete y barra de oro o plata fue posible encontrar. Se extrajeron también la maquinaria y las matrices para fabricar billetes y monedas, así como las máquinas para producir cartuchos. Inclusive fueron empacados y subidos a los trenes varios aviones completos.

En los andenes ferroviarios se formaron pilas con el moblaje del gobierno y los enseres de los burócratas. Reinaba en el sitio una confusión infernal, pues nadie sabía en qué tren debía subirse. El éxodo se llevaría a cabo en más de 70 convoyes. Entre las tripulaciones normales abundaban los obregonistas, los cuales a última hora no se presentaron a su trabajo, por lo que fue necesario remplazar a los maquinistas con fogoneros y a los conductores con revisores de boletos. Carranza, elegantemente vestido, se paseaba entre la muchedumbre sin denotar intranquilidad o emoción alguna, "con su pachorra de siempre", como dirían los detractores.

A final de cuentas sólo fue posible poner en marcha 23 trenes que marcharían a razón de uno por kilómetro, formando una fila de 22 kilómetros de largo. Entre todos iba el tren dorado que Carranza había hecho amueblar y decorar lujosamente para su uso personal. En vagones especiales viajarían varios miles de soldados —no hubo tiempo de contarlos— y los cadetes del Colegio Militar. El convoy iría escoltado por dos aviones.

La desorganización motivó que se ocuparan dos días en las maniobras para ponerse en marcha. El día 7 salió por fin el primer tren con un regimiento de infantería. Los ferrocarrileros obregonistas habían tomado la estación de la Villa de Guadalupe y lanzaron contra éste una "máquina loca" cargada con dinamita, produciéndose un choque donde murieron más de 200 reclutas. Los supervivientes fueron atacados por un cuerpo de caballería al mando de Jesús

María Guajardo, el que mató a Zapata. Los que no murieron en el combate se pasaron al bando enemigo.

No fue sino hasta el día siguiente cuando el convoy llegó a Apizaco. Se hizo un inventario de recursos y se constató que sólo quedaban en la columna 3 000 soldados de infantería, 1 100 de caballería y dos piezas de artillería con el personal necesario para manejarlas, además de los cadetes del Colegio Militar, los burócratas y sus familias. Los dos aviones de la escolta no alcanzaron a llegar por haberse estrellado en el camino.

Al siguiente día se reanudó la marcha. En las afueras de Apizaco el convoy fue atacado otra vez, y si pudo seguir adelante fue por la valentía de los cadetes que contribuyeron de manera decisiva a repeler el ataque. Para el día 11 el convoy apenas había avanzado unos kilómetros hasta la estación de Rinconada. Por la mañana y por la tarde hubo nuevos encuentros. Carranza, montado a caballo, se mezclaba entre los combatientes; le mataron el animal, pero él siguió sin inmutarse, sin dar la menor señal de miedo y creyendo en el triunfo con la misma firmeza con que algunos jugadores creen en ganarse la lotería. En medio de la refriega, muchos carrancistas se pasaban al bando enemigo.

Pablo González fue el primero en entrar a la ciudad de México. Por un momento existió el peligro de que ambos candidatos se disputaran a balazos la plaza clave del poder. No ocurrió tal cosa porque el sonorense, con zalamerías y falsedades, convenció a González de que dejara en manos del congreso —en el que había mayoría de obregonistas— la tarea de elegir presidente interino de la República. Así pudo entrar Obregón a la capital sin combatir. Significativamente, a su lado iba el general Peláez, el protector de las empresas petroleras, cuya presencia serviría para mostrar a los diplomáticos norteamericanos la buena voluntad con que los tratarían los nuevos amos del país.

El día 12 se observó que muchos trenes carecían de agua, de combustible o de ambas cosas a la vez. La mitad fueron abandonados, y la vía daba la impresión de ser un cementerio de ferrocarriles.

Penosamente los fugitivos llegaron el día 13 a la desértica estación de Aljibes, donde fueron atacados ese día y el siguiente. Ya no podían proseguir el viaje: hacia adelante toda la vía estaba levantada y, como se enteraron con angustia los fugitivos, el general Lupe Sánchez ya se había pasado a los obregonistas y aguardaba con 10 000 hombres el momento de capturar a su "presidente y padre".

Miles habían desertado. Carranza temió que, entre los que aún permanecían a su lado, algunos concibieran la idea de aprehenderlo y entregarlo al enemigo para cobrar una recompensa. Obregón le había ofrecido salvoconducto hasta Veracruz, con la condición de que luego se trasladara al exilio, pero la oferta fue rechazada.

Era indispensable abandonar el convoy y marchar a caballo a través de la sierra de Puebla. Carranza pensó que de algún modo podría continuar hasta el estado de Hidalgo, luego a Querétaro y finalmente a San Luis Potosí, donde creía tener partidarios para reiniciar la lucha.

Sigilosamente, cuidando no ser vistos por los militares

y civiles que habrían de quedarse en los trenes, Carranza y un centenar de civiles, así como un puñado de soldados y los cadetes del Colegio Militar, montaron en sus caballos y se dirigieron hacia la sierra. Antes de partir quemaron los archivos, y con la prisa dejaron en un tren 3 733 704 pesos en oro y 58 000 pesos en plata, que no tardaría en recuperar el entonces oscuro mayor Adolfo Ruiz Cortines.

Tras la semana de marcha en ferrocarril se iniciaron seis días de pesadas cabalgatas, de ascenso a la sierra por veredas tan estrechas y resbalosas que varios caballos cayeron al abismo con todo y jinete; a través de bosques gélidos y frecuentemente azotados por lluvias heladas; por pueblos cuyo nombre ni siquiera aparece en la mayoría de los mapas: Santa Lugarda, Temextla, San Francisco Ixcamaxtitlán, Zitlacuautla, Tetela de Ocampo, Cuautempan, Tenango, Amixtlán, Tlapacoyan, Tlaltepango, La Unión (distrito de Huauchinango, Puebla) y al final Tlaxcalantongo.

En el camino encontraron indígenas que no hablaban español ni sabían quién era Venustiano Carranza, y que sólo a regañadientes accedían a venderles comida. Al pasar por Cuautempan el presidente comprendió que de nada le serviría seguir sacrificando a los cadetes y les ordenó regresar a la ciudad de México. Ya sólo le quedaba un centenar de hombres cuando llegó a La Unión, donde le dio la bienvenida el general Rodolfo Herrero.

En un tiempo Herrero había formado parte de las gavillas que mandaba el general Peláez por encargo de las empresas petroleras. Apenas en marzo anterior se había unido al carrancismo con la condición de que le respetaran su grado de general. Se cuenta que, poco antes de toparse con Carranza, Obregón le envió un telegrama que decía: "Ataque a Carranza y rinda parte de que murió en el combate". (Algunos historiadores niegan la autenticidad de este documento.)

Herrero sugirió a los fugitivos que se trasladaran a Tlaxcalantongo, un caserío situado a orillas de una profunda barranca y flanqueado en el lado opuesto por una alta montaña. Según él, allí estarían seguros y podrían descansar mientras llegaba el momento de reanudar la marcha.

Los pobladores del caserío habían huido cuando llegaron los fugitivos. Herrero señaló a Carranza una choza grande que, según dijo, por esa noche serviría de palacio nacional. Luego se retiró, explicando que debía trasladarse a un lugar donde se encontraba un hermano suyo muy enfermo.

Después de medio cenar, los rendidos fugitivos se durmieron en distintas chozas. Llovía incesantemente. Poco después de la medianoche un indígena anduvo espiando dónde se encontraba Carranza, y lo vio acostado sobre una cobija tendida en el suelo de la choza grande, y usando de almohada una silla de montar. Alrededor de las cuatro de la mañana se oyeron gritos de "¡Viva Obregón! ¡Muera Carranza!" y un grupo de individuos protegidos por las sombras dispararon sus pistolas. Carranza recibió tres balazos en el pecho, uno en la mano izquierda y otro en la pierna del mismo lado. (Algunos historiadores creen que los tres balazos se los dio él mismo para suicidarse.) Sus partidarios huyeron y fueron aprehendidos por los hombres de Herrero.

Sólo sus familiares y un puñado de colaboradores, demasiado comprometidos con él para abandonarlo, lamentaron la muerte de Venustiano Carranza, cuyo cadáver fue velado en la flamante casa de la colonia Cuauhtémoc, aunque sus familiares tuvieron que solicitar crédito para pagar los gastos de inhumación, pues el hombre cuyo apellido se convirtió en sinónimo de robar carecía de dinero. Herrero fue detenido y conducido a la ciudad de México por un obregonista en ascenso, el general Lázaro Cárdenas. Tras ser sometido a un juicio y encarcelado durante una semana en la prisión de Santiago Tlatelolco, el magnicida fue reincorporado al ejército con su grado de general.

Quinta Parte
OBREGÓN

XXX. LOS TRIUNFADORES DEL MOMENTO

El 24 de mayo de 1920, el congreso atiborrado de legisladores obregonistas designó presidente interino de la República a Adolfo de la Huerta, otorgándole 224 votos contra 29 emitidos a favor del ingenuo general Pablo González.

De la Huerta tenía 39 años de edad al asumir el cargo. Era nativo de Guaymas e hijo de un conocido comerciante local y de madre yaqui. De joven fue muy popular, pues tenía una magnífica voz operística que lucía en las veladas musicales organizadas por las damas de la sociedad porteña. Antes de que se iniciara la agitación maderista fue administrador de una tenería y de una importante hacienda. Entusiasmado por las prédicas de Madero, llegó a ser secretario del Club Antirreeleccionista presidido por José María Maytorena. Contó entre los primeros que se pronunciaron por la lucha armada contra Huerta y desempeñó un papel importante al gestionar que los sonorenses se adhirieran al Plan de Guadalupe. Carranza lo recompensó haciéndolo gobernador de Sonora.

En 1919, desde la gubernatura, había expedido un decreto que reflejaba la fobia antichina reinante en el Noreste, ya que prohibió bajo severas penas el matrimonio entre mexicanas y chinos. Fuera de eso, sobresalió por su decencia entre los participantes del cuartelazo de Agua Prieta. Huyó de la ampulosidad carrancista, vestía trajes baratos, vivía modestamente y recibía a todo el mundo sin protocolos.

Aunque su mandato duraría sólo seis meses y tuvo por principal objetivo organizar las elecciones presidenciales, lo aprovechó para definirse como pacificador. Decretó una generosa amnistía y se abstuvo de perseguir a los centenares de desterrados que se acogieron a ella. Félix Díaz, quien después de la muerte de Carranza se rindió con todo y sus fuerzas, tuvo libertad para exiliarse.

Contra las opiniones de Obregón y Calles, negoció la rendición de Pancho Villa, el cual aún comandaba 700 forajidos y, pocos días antes de que De la Huerta asumiera la Presidencia, había tomado a sangre y fuego el pueblo coahuilense de Sabinas. Villa conservaba afecto por su amigo "Fito" porque financió su regreso a México después del asesinato de Abraham González. El caudillo aceptó desbandar sus fuerzas a cambio de que le regalaran la hacienda de Canutillo, Durango —de 10 000 hectáreas de extensión, adquirida por el gobierno en 600 000 pesos—, y le permitieran conservar una guardia de 50 hombres pagada por la Secretaría de Guerra. (A los villistas restantes se les dio la opción de recibir un año de sueldo o incorporarse al ejército regular.)

De la Huerta puso en libertad a los generales carrancistas Francisco Murguía, Francisco de P. Mariel y Juan Barragán. El "cerebro de la Revolución" Luis Cabrera pudo publicar sin problemas un periódico en el que sistemática y duramente atacaba al gobierno. Pablo González, quien se vio inmiscuido en un intento de cuartelazo, obtuvo permiso para trasladarse a Texas después de haber sido juzgado y sentenciado a muerte. Calles, partidario de fusilar a González, cumplió a regañadientes la orden de liberarlo, aunque no sin pronunciar una frase despótica: "Dejen que se vaya, al fin que ya no representa ningún peligro para la estabilidad del gobierno". (En cambio Jesús M. Guajardo, el que mató a Zapata, fue fusilado por órdenes del gobierno neoleonés.)

El presidente Obregón

Las elecciones presidenciales se llevaron a cabo sin contratiempos y sin dejar dudas de quién fue el triunfador, ya que éste sólo tuvo por rivales al deslucido carrancista Alfredo Robles Domínguez y al chiflado Nicolás Zúñiga y Miranda. Obregón asumió la Presidencia el 1º de diciembre de 1920, en tanto que De la Huerta pasaba a hacerse cargo de la Secretaría de Hacienda.

Nacido en 1880 en la hacienda de Siquisiva, perteneciente al municipio de Navojoa, Obregón era hijo de una familia de clase media acomodada venida a menos, y desde pequeño dio muestras de ser "muy luchón", como se decía en su tierra. A los 11 años inició su vida de trabajo como aprendiz de mecánico en un ingenio, y a los 20 ya era gerente de un molino de trigo. Ahorró para comprar 180 hectáreas de terreno que cultivaba con provecho e inventó una notable máquina sembradora de garbanzo, la cual patentó y comenzaba a producir en serie al estallar la Revolución. Se le reconocía como un dinámico empresario encaminado al éxito.

Entre los amigos era muy comentada la memoria fotográfica de Obregón, que le permitía recordar el orden en que se desplegaba una baraja entera o repetir palabra por palabra los versos que acababa de leer, y sus bromas hicieron época: a la casita que construyó en su terreno de cultivo le puso por nombre "La Quinta Chilla"; entre las muchas frases famosas que pronunció destacaba: "No hay general que resista un cañonazo de 50 000 pesos", y contaba que una vez le preguntaron cómo había sido posible que identificaran su brazo entre los montones de miembros amputados que se formaron en la batalla de Celaya, y que él respondió: "Muy fácil: lanzaron al aire como en un volado una onza de oro y mi brazo saltó como pajarito para atraparla". Cínicamente reconocía sus inclinaciones al robo, pero añadía: "Mis compañeros roban a dos manos y yo nomás puedo robar con una". Aseguraba tener muy buena vista: "Es tan buena que desde Sonora alcancé a ver la Presidencia de la República".

Poco antes de renunciar al Ministerio de Guerra, en 1917, Obregón había contraído segundas nupcias con una guapa sonorense, María Tapia. (Desde 1907 era viudo; sus dos hijos quedaron al cuidado de una hermana cuando él se incorporó a la revolución en 1911.) Se retiró a Sonora con su nueva esposa, y por un tiempo se le veía feliz, pero cuando pasaba el tiempo y aumentaban los indicios de que Carranza no iba a cederle la Presidencia, el carácter se le ensombreció, como lo reflejan otras dos de sus frases célebres: "En México, si Caín no hubiera matado a Abel, Abel habría matado a Caín", y sobre todo: "En política, el que mata más es el que gana".

Durante los años de espera, Obregón realizó un largo

viaje de placer por Estados Unidos, Canadá y Cuba, pero la obsesión de llegar a la Presidencia no le permitió disfrutarlo. De vuelta en Sonora formó un latifundio de 3 500 hectáreas en las que empleaba millar y medio de peones y se convirtió en monopolista y principal exportador de garbanzo en la costa del Pacífico. Adquirió unas minas y puso en marcha un negocio de exportación de cueros, mas no por eso lograba tranquilizarse.

En la guerra contra Huerta, sus rivales habían dicho que Obregón, por ser el consentido de Carranza, recibió el encargo de avanzar por el frente noroccidental, el menos peligroso. El valor suicida y las notables dotes de guerrero que exhibió al combatir contra Villa tuvieron por objeto acallar a los críticos, según parece, por lo que para nadie fue una sorpresa que volviera a jugarse la vida lanzándose como candidato independiente a la Presidencia. Sólo escribió a su esposa una carta con la recomendación de que, si lo capturaban, por ningún motivo pidiera clemencia a sus enemigos, ya que sólo se reirían de ella.

Cuando fue a la ciudad de México para comparecer ante un juez realizó otra hazaña. Su automóvil era seguido por pistoleros carrancistas que viajaban en otros vehículos. El 13 de abril de 1920, a la una de la mañana, salió en un automóvil de la casa donde estuvo alojado. Llevaba puesto un sombrero de Panamá y viajaba en el asiento trasero acompañado de un amigo. Cinco motociclistas lo seguían a corta distancia y, cuando su auto dio vuelta en una esquina, saltó para ocultarse tras unos arbustos. Previamente había dado su sombrero al acompañante; la prenda confundió a los perseguidores, quienes pensando que su presa seguía a bordo, continuaron tras el vehículo mientras Obregón escapaba hasta Iguala disfrazado de ferrocarrilero, para proclamar el inicio de la revuelta contra Carranza.

Por fortuna de Obregón, a su llegada a la Presidencia se materializó el primer gran auge petrolero mexicano, que con una producción de 191 millones de barriles en 1921 hizo del país el segundo productor mundial. En 1916 y 1917 Carranza había decretado algunos impuestos a la producción petrolera, bajos pero no tanto como para que el gobierno no recibiera fuertes sumas por ese concepto: 58 millones de pesos sólo en 1922. La posguerra había provocado asimismo un auge minero, y a consecuencia de todo esto la tesorería obregonista llegó a recaudar 291 millones de pesos en 1924, más del doble de lo que obtuvo en 1910 Porfirio Díaz.

Poco antes de asumir la Presidencia, Obregón dirigió a un periódico de Chicago un telegrama que decía: "México ha cerrado ya su periodo de luchas intestinas, porque ha realizado sus conquistas fundamentales y abre un periodo de franca reconstrucción. Este país intenta acoger, con franca hospitalidad, a todos los hombres que quieran venir a él en busca de una justa retribución a su esfuerzo y a su capital".

Muy probablemente, Obregón ambicionaba en realidad hacer un gobierno de dinámico empresario norteño y estimular el desarrollo de la agricultura y la industria para crear fuentes de trabajo, y en este empeño el concurso de los inversionistas extranjeros le hubiera venido de perlas. Pero los ecos de la revolución soviética estremecían al mundo y los desplantes populistas que tuvo Obregón al discutirse los nuevos ordenamientos constitucionales en 1917 no habían sido olvidados por los periodistas de escándalo ni por los agitadores callejeros, y estos elementos dieron pie para que el presidente mexicano fuese visto con recelo en los medios financieros del mundo.

Los agitadores proclamaban el odio eterno al empresario codicioso, al comerciante voraz y al casero inhumano, explotadores todos ellos del obrero diligente, el burócrata patriótico y el inquilino angelical. Prometían a los pobres tierras gratis, casas gratis, servicio médico y muchos otros beneficios más, todo gratis: en resumen, derechos a granel y cero obligaciones. Sólo omitían aclarar de dónde podría salir el dinero para financiar todo aquello en un país donde no sólo se desalentaba la creación de nuevas fuentes de trabajo y producción, sino que se dificultaba conservar las existentes.

En Yucatán, Felipe Carrillo Puerto —un ex conductor de tren que había sido discípulo de Salvador Alvarado y hablaba maya, por lo que tenía gran influencia popular— implantó la celebración oficial del natalicio de Marx y organizó a los campesinos en Ligas de Resistencia que invadieron varias haciendas. En el Distrito Federal, los diputados gritaban vivas a Marx en la cámara mientras el líder obrero Luis N. Morones azuzaba a una multitud para que colocara en lo alto de la catedral una bandera rojinegra y ovacionara a los bolcheviques.

Los zapatistas, adheridos al Plan de Agua Prieta, comenzaron a exigir que se fijara un límite de 50 hectáreas a la propiedad agrícola, y que los sobrantes fuesen confiscados y distribuidos entre los campesinos. Obregón permitió que se repartieran la mayor parte de los terrenos agrícolas de Morelos y dejó que se instaurara en la nación el culto a Zapata, aunque a esas alturas el caudillo morelense ya casi había sido olvidado.

Los mayas de Yucatán, agrupados en las poderosas Ligas de Resistencia, recibieron 148 000 hectáreas sólo en 1921. En total Obregón expropió y repartió durante su cuatrienio 1 200 000 hectáreas. Los expropiados no fueron, desde luego, los generales robahaciendas; ni siquiera los latifundistas poderosos, sino tan sólo propietarios modestos e indefensos. Generalmente los beneficiados con el reparto no recibieron la tierra en propiedad, sino en dotaciones provisionales en ejidos donde el derecho al usufructo de una parcela se podía perder con diversos pretextos, de manera que la inseguridad en la tenencia proporcionaba al gobierno un magnífico instrumento de manipulación.

Algunos yaquis, a quienes Obregón había inducido a tomar las armas en su ejército con la promesa de devolverles las tierras usurpadas por los porfiristas, se enfurecieron al ver que el presidente les quitaba otras más para crear su propio latifundio y empezaron a formar bandas rebeldes. Para controlarlos se les refundió en tres batallones que fueron enviados a Xochimilco y San Ángel, Distrito Federal, a 2 000 kilómetros de Sonora.

Obregón no hallaba la forma de deshacerse de los yaquis hasta que, a principios de 1922, el embajador de España le solicitó reclutas para la Legión Extranjera, la cual estaba en dificultades por la sublevación del legendario Abd El-Krim en Marruecos. Los yaquis fueron enrolados en la legión y participaron en batallas tan famosas como la de Melilla. Los sobrevivientes jamás fueron devueltos a México; aparentemente se quedaron a vivir entre los árabes y terminaron asimilándose a la población nativa.

Desde los primeros días del cuatrienio el gabinete fue un hervidero de intrigas futuristas en las que se enfrentaban los partidarios del secretario de Guerra, Benjamín Hill, con los del secretario de Gobernación, Plutarco Elías Calles. El presidente y el secretario de Hacienda De la Huerta organizaron un banquete de reconciliación. Hill y Calles posaron ante los fotógrafos deshaciéndose en demostraciones de mutuo afecto. Pero en cuanto terminó la fiesta, Hill empezó a sentirse enfermo. Poco después falleció y hasta la fecha muchos creen que fue envenenado.

El rebelde Lucio Blanco conspiraba desde Texas; su cadáver apareció flotando un día de junio de 1922 en el río Bravo. La advertencia sirvió para que el también exiliado Pablo González dejara de promover sublevaciones. En cambio el general Francisco Murguía penetró a México por Brownsville y anduvo formando grupos armados en Coahuila y Durango hasta que lo capturaron y fue fusilado. En Nayarit corrió la misma suerte Juan Carrasco, otro general revoltoso.

En 1923 Pancho Villa cometió la imprudencia de declarar que su amigo "Fito" de la Huerta era su candidato para suceder a Obregón. Villa residía en el feudo de Canutillo; el 20 de julio lo asesinaron a traición unos pistoleros mandados por el presidente o por Calles. En total se atribuía al primero la muerte de casi un centenar de generales rebeldes, lo cual, lejos de desprestigiarlo, le ganaba simpatías entre la gente que consideraba justificable aplicarles una célebre fórmula obregonista: "Hay que liberar al país de sus libertadores".

El ejército de 60 000 hombres que se necesitaba para combatir a los díscolos consumía por sí solo tanto como gastó Porfirio Díaz en todas las ramas del gobierno en 1909.

La empleomanía estuvo en auge. En 1910 la burocracia civil constaba de 22 145 individuos; para 1921 ya sumaba 63 074 y en 1930 llegó a 147 301, con el agravante de que los empleos que tenían asignado un sueldo de 100 pesos mensuales en tiempos de Porfirio Díaz subieron a 300 o 400 durante el régimen de Obregón.

De 20 millones de pesos al año que costaba la operación del sistema ferroviario en 1910, se pasó a 75 millones en 1923, corriendo el déficit a cuenta del fisco. Los ferrocarrileros, empeñados en lograr que la revolución les hiciera justicia, impusieron aumentos de sueldo junto con la creación de miles de empleos superfluos, y además consiguieron que se les tolerasen diversas prácticas viciosas: los jefes de estación y los despachadores recibían sobornos por otorgar furgones en alquiler, y muchos empleados abrieron pequeños expendios donde vendían pasajes a precio reducido, aprovechando la circunstancia de que los pases se distribuían en cantidades enormes y sin ningún control.

En el aspecto positivo, Obregón creó la Secretaría de Educación (Carranza había suprimido el Ministerio de Instrucción Pública porfirista y endilgado sus tareas a los municipios, con el resultado de que aumentó el índice de analfabetismo) y puso al frente de ella al intelectual maderista José Vasconcelos. Para que pudiese trabajar con holgura, la nueva secretaría recibió un presupuesto de 52 millones de pesos, sólo superados por los 113 millones de la Secretaría de Guerra.

Vasconcelos dio realce al gobierno de Obregón, y no sólo en México sino en buena parte de América Latina: concedió atractivas becas a intelectuales latinoamericanos como la chilena Gabriela Mistral y al peruano Raúl Haya de la Torre, y éstos retribuyeron el favor escribiendo encendidos elogios para la obra del régimen.

El secretario de Educación hizo construir un estadio para 30 000 almas en el que se presentaban grandes espectáculos literario-musicales y se escenificaban números bailables con la participación hasta de 12 000 niños; además mandó editar y distribuir gratuitamente dos millones de libros de autores clásicos, y creó unas "misiones culturales" que, en emulación de las religiosas del año 1530, viajaban a sitios remotos en un heroico e ineficaz esfuerzo por reducir el analfabetismo en el país, que siguió en los niveles anteriores. Sobre todo, Vasconcelos contribuyó a dar solidez al movimiento pictórico mexicano reclutando a personajes como Diego Rivera, José Clemente Orozco y David Alfaro Siqueiros para que pintaran sus notables murales en diversos edificios públicos.

Vasconcelos no acompañó a Obregón en todo el cuatrienio. Su personalidad de intelectual arrogante resultaba insufrible para el rudo secretario de Gobernación Plutarco Elías Calles, y las pugnas entre ambos personajes pronto resonaron en el gabinete. Un día de 1923 el ex huertista Vicente Lombardo Toledano, director de la Escuela Nacional Preparatoria y secuaz del zar sindicalista Luis N. Morones (secuaz a su vez de Calles), empezó a provocar huelgas que desprestigiaban a Vasconcelos y éste, al no encontrar apoyo en Obregón, presentó su renuncia.

Los Tratados de Bucareli

Tanto o más que todo lo anterior, a Obregón le preocupaba obtener para su gobierno el reconocimiento diplomático "de jure" de Estados Unidos (a Carranza sólo se le reconoció "de facto") ya que sólo con éste podría contratar empréstitos y tendría la seguridad de que Washington no promoviera revueltas entre la infinidad de revolucionarios mexicanos que andaban ofreciéndose para establecer en México un régimen todavía más manejable.

Los norteamericanos condicionaron el reconocimiento a que el gobierno mexicano legitimara la deuda exterior, indemnizara a los extranjeros por daños sufridos durante la revolución, y garantizara por escrito que las medidas revolucionarias que se estaban tomando no afectarían a los inversionistas del país del norte. De no aceptar, Obregón tendría que atenerse a las consecuencias.

Por lo que a él respectaba, Obregón habría concedido todo lo que le exigían. Pero los agitadores habían creado un ambiente explosivamente opuesto a sus inclinaciones personales. Incapaces de comprender la debilidad a que había descendido

México, les indignaba que Estados Unidos pretendiera dar a Obregón un trato de cabecilla apache.

Los agitadores proclamaban su derecho de imponer al mundo "el humanitario concepto mexicano de la propiedad social". Al respecto se les respondía que si un militar revolucionario asesinaba a un inmigrante extranjero o lo extorsionaba con "préstamos" forzosos, como ocurrió con frecuencia, y si en México no había tribunales dónde demandar al militar arbitrario y conseguir la reparación del daño, no era sensato escandalizarse porque el afectado o sus deudos reclamaran justicia por conducto de su propio gobierno. Los agitadores rechazaban tal razonamiento: para ellos, si un jefe revolucionario mandaba degollar a un centenar de individuos, mitad mexicanos y mitad extranjeros, los últimos no tenían derecho a invocar la protección externa, ya que tal recurso los colocaría en situación superior a los mexicanos, quienes por no tener más gobierno que el propio no podían beneficiarse con la ayuda exterior.

Los norteamericanos también estaban inquietos por los párrafos del artículo 27 constitucional que otorgan al gobierno mexicano la facultad de expropiar "mediante indemnización" casi cualquier propiedad. Cuando se aplicaba a terratenientes mexicanos sin influencias, el término "mediante indemnización" solía traducirse en la entrega de bonos gubernamentales carentes de valor real. Washington exigió que las expropiaciones a sus ciudadanos se hiciesen mediante previo pago en efectivo.

El artículo 27 otorga a la nación —en realidad, a los burócratas que aprueban concesiones— la propiedad de los yacimientos de petróleo, mientras que bajo la ley porfiriana el dueño de un terreno petrolero era también el propietario del subsuelo. El texto constitucional no especifica si la disposición tiene o no efectos retroactivos, aunque entre los revolucionarios era unánime la interpretación afirmativa. Carranza había evitado aclarar el punto, pero se hablaba mucho de proceder a la reglamentación de la ley en el sentido que pretendían los revolucionarios. Washington exigió que cualquier nueva definición se aplicara exclusivamente a las propiedades de sus ciudadanos adquiridas con posterioridad a la promulgación de la ley.

Al asumir Obregón la Presidencia, los estadunidenses pidieron que sus exigencias quedaran claramente consignadas en un Tratado de Amistad y Comercio. En vano señaló el flamante secretario de Relaciones Exteriores, Alberto J. Pani, que un documento de tal naturaleza implicaría dar a los norteamericanos un privilegio que después exigirían otras naciones con base en la cláusula de la nación más favorecida. Los estadunidenses se mostraron inflexibles: se aceptaban sus condiciones o no habría reconocimiento.

Para cubrir las apariencias, Obregón fingió hacer por voluntad propia todo lo que se le exigía. Gestionó que la Suprema Corte declarara la no retroactividad del artículo 27, invitó a varios gobiernos a establecer comisiones mixtas de reclamaciones y mandó al secretario de Hacienda De la Huerta a Nueva York para que arreglara el asunto de la deuda.

Tras un mes de negociaciones, De la Huerta firmó con el representante de los acreedores, el banquero Thomas W. Lamont, un convenio en que el gobierno de México reconoció deudas por valor de 1 000 millones de pesos, más 500 millones de la deuda ferroviaria, más 400 millones por concepto de réditos atrasados. Como mínimo se pagarían 30 millones en 1923; cada año la cifra sería aumentada en cinco millones, hasta 1927. En garantía de cumplimiento, México aceptaba entregar a los banqueros la totalidad de las recaudaciones de impuestos a la exportación de petróleo, más cualquier utilidad que obtuvieran los ferrocarriles, los cuales, para mayor seguridad, serían administrados por una empresa privada.

Al difundirse los términos del convenio, Pani hizo ver que implicaba la aceptación a su valor nominal de algunos bonos completamente devaluados con los cuales andaban traficando los agiotistas; que el gobierno mexicano adquiría la obligación de pagar deudas de los ferrocarriles en una proporción mucho mayor de la correspondiente al monto de las acciones que estaban en poder de los extranjeros, y peor aún, que México carecía de capacidad para cubrir los pagos al ritmo fijado en el convenio.

Otros señalaron que el país estaba comprometiéndose a devolver el material rodante de los ferrocarriles en el estado que guardaban en el momento de su adquisición, lo que costaría ocho millones de pesos como mínimo, y que además no era el ejecutivo, sino el congreso, el autorizado para entregar las líneas a una empresa privada. La posibilidad de que ocurriera esto bastó para desatar varias huelgas de ferrocarrileros.

De la Huerta recibió orden precisa de condicionar el arreglo al otorgamiento de un empréstito destinado a construir obras de riego y crear un banco único de emisión de billetes, pero los banqueros se ofendieron cuando el mexicano les presentó para la firma un documento que los comprometía a cumplir con tales exigencias, e ingenuamente De la Huerta se conformó con aceptar la palabra de honor de los banqueros.

Sin embargo, Obregón aprobó el convenio sobre la base de que mejorarían las relaciones con Estados Unidos y el crédito del gobierno. Se publicó en el *Diario Oficial* del 29 de septiembre de 1922, y ni aun así otorgó Washington el reconocimiento diplomático, pues el Departamento de Estado arguyó que continuaban haciéndose expropiaciones sin la debida compensación y que, para evitar malentendidos, antes de que se reanudaran las relaciones debía ser firmado un Tratado de Amistad y Comercio.

El 14 de mayo de 1923 se iniciaron, en el edificio ubicado en Bucareli 23, las conferencias de las que surgió el célebre tratado que lleva el nombre de la bulliciosa calle capitalina. La firma tuvo lugar el 15 de agosto y las relaciones diplomáticas se reanudaron una quincena después. Obregón cedió a todas las exigencias; para atenuar su derrota sólo obtuvo que el reconocimiento fuera otorgado previamente a la aprobación del tratado por parte del congreso mexicano. Aparentemente nadie imaginó que allí surgirían las peores dificultades.

Salvo unos cuantos individuos más o menos recomendables, los legisladores del tiempo de Obregón eran oportunistas descarados y hasta hampones que sacaban la pistola para impedir el desarrollo de cualquier deliberación inconveniente para sus intereses. Se agrupaban en camarillas denominadas partidos y vivían en perpetua lucha por el botín político.

Obregón los atemorizaba por su influencia en el ejército, pero no todos se doblegaban.

El Partido Liberal Constitucionalista (PLC), fundado en 1916 por Benjamín Hill, había aparecido como la camarilla más poderosa tras las elecciones de 1920: recibió cerca de 60% de los diputados y los senadores, así como dos secretarías de Estado, el gobierno del Distrito Federal y varias gubernaturas estatales. A la muerte de Hill, los "pelecistas" quisieron imponérsele a Obregón y al efecto hicieron aprobar una enmienda que confería al legislativo la facultad de controlar los presupuestos de cada dependencia del gobierno. Luego promovieron un proyecto de ley para establecer una especie de régimen parlamentario, en el cual los legisladores nombrarían a los miembros del gabinete sacándolos de ternas propuestas por el ejecutivo.

Al celebrarse las elecciones legislativas de 1922 Obregón retiró su apoyo a los candidatos del PLC para darlo a otros partidos que prometían mayor sumisión. En especial se benefició el Partido Cooperatista Nacional (PCN) jefaturado por el entonces famoso Jorge Prieto Laurens. El PLC desapareció cuando sus miembros desertaron en masa para adherirse a los otros seudopartidos: desde luego al PCN, nuevo favorito de Obregón, y también al Partido Nacional Agrarista (PNA), que jefaturaba el zapatista Antonio Díaz Soto y Gama, y al Partido Laborista Nacional (PLN) del líder obrero Luis N. Morones.

A medida que se acercaba 1924, año de elecciones generales, brotaron movimientos "futuristas" en favor de los presidenciables más destacados: Calles y De la Huerta. Los comicios para gobernador de San Luis Potosí, celebrados por esas fechas, complicaron el panorama: en ellos habían participado como candidatos el cooperatista Prieto Laurens y el zapatista Aurelio Manrique; ambos afirmaron haber ganado, los dos establecieron su gobierno propio, y ante el dilema Obregón emitió el salomónico fallo de hacer declarar la desaparición de poderes en San Luis Potosí, lo que nulificaba a ambos contendientes.

Manrique aceptó el veredicto, mientras que Prieto Laurens asumía el papel de indignada víctima. La discusión del Tratado de Bucareli en las cámaras le dio ocasión de vengarse: sabía que Obregón necesitaba cumplir a los estadunidenses la promesa de hacer ratificar el documento, y con esto en mente trató de sabotear las deliberaciones.

Luis Cabrera denunció en un artículo que, además del tratado que se envió al congreso para su ratificación, existían minutas secretas que obligaban a México a pagar en efectivo a los estadunidenses la indemnización por los terrenos que les expropiaran, mientras que los mexicanos seguirían recibiendo bonos. (Datos que salieron a la luz años más tarde indican que, en efecto, se pactó el pago en efectivo a los estadunidenses por las tierras que excedían las 1 750 hectáreas.) De la Huerta, enemistado con el secretario de Relaciones Exteriores Pani por haber dicho que el convenio con Lamont era ruinoso para México, intervino en la polémica al confirmar la existencia de las minutas secretas.

Las discusiones trascendieron a la gente común, que no entendía el fondo ni los detalles del conflicto, y pronto se propagaron rumores extravagantes, según los cuales Washington había impuesto a México —un país carente de técnica hasta para producir buenas camisas— la prohibición de fabricar motores, aviones, automóviles, tanques de guerra, acorazados, cañones y otra infinidad de absurdos. Para colmo, el cuatrienio se acercaba a su término.

La revuelta delahuertista

Obregón ya había discutido con De la Huerta y Calles el problema de la sucesión presidencial. Según se cuenta, Obregón dijo:

—Fito, pronto tendré que dejar esta ingrata Presidencia. Por mí no me preocupo; sé cultivar la tierra y puedo volver a mis garbanzales de Sonora. Tú también sabes cantar y podrías mantenerte dando clases de canto. En cambio el turco éste —y señaló a Calles— no tiene oficio ni beneficio y necesita vivir de la política. ¿Qué te parecería si le dejáramos la chamba a él?

De los dos presidenciables, Calles era el que mayor apoyo político había logrado reunir. Quizá porque Obregón lo ayudaba secretamente, al despuntar 1923 lo apoyaban Prieto Laurens y su PCN, Morones y el PLN, Soto y Gama y el PNA, Carrillo Puerto y su Partido Socialista del Sureste (PSS), así como muchos caciques provincianos y casi todos los miembros del gabinete. La mayoría de los votantes tal vez habrían preferido al honesto y cordial De la Huerta frente al hosco y déspota Calles, pero los argumentos de ese género carecían de peso en la realidad mexicana, y ante lo irremediable

—según se cuenta— De la Huerta aceptó marginarse de la lucha.

Sólo que, después de perder la gubernatura de San Luis Potosí, Prieto Laurens se le acercó para insinuarle que participara como candidato independiente en la contienda presidencial, y aunque el hombre no mostraba ningún interés, el cooperatista comenzó a organizar grupos delahuertistas y convenció al federalista De la Huerta de que protestara por las violaciones a la soberanía potosina cometidas al nulificar la elección de gobernador. Como Obregón se mantuvo firme en su postura, el secretario de Hacienda presentó su renuncia. A instancias del presidente la retiró, pero el segundo de Prieto Laurens en el PCN, el escritor Martín Luis Guzmán, publicó una escandalosa reseña del incidente en su periódico *El Mundo*, y luego reprodujo el texto íntegro de la dimisión.

Obregón interpretó el hecho como una declaración de guerra. Puso a Pani al frente de la Secretaría de Hacienda y éste informó a la prensa que la situación fiscal era crítica porque la Secretaría estaba llena de empleados inútiles y porque De la Huerta había expedido cheques sin respaldo. En seguida despidió a 3 000 burócratas delahuertistas y redujo en 10% el sueldo de los restantes.

De la Huerta contratacó señalando que mientras él negociaba con Lamont y estaba a punto de llegar a un acuerdo muy favorable, Pani había telegrafiado a los banqueros neoyorkinos para aconsejarles que rechazaran los términos que se les proponían, ya que más tarde iban a ofrecérseles condiciones más ventajosas. Prieto Laurens organizó una manifestación para pedir a De la Huerta que aceptara su postulación como candidato presidencial del PCN, y el hombre cayó en la trampa.

Los agraristas y los laboristas lanzaron la candidatura de Calles. Gran parte de los militares mostraban mayor simpatía por el civil que por el impopular divisionario. De la Huerta fue asediado con insinuaciones para que encabezara un cuartelazo, pero invariablemente las rechazó.

El 4 de diciembre de 1923, después que Prieto Laurens le presentó pruebas de que Obregón pretendía asesinarlo, De la Huerta aceptó trasladarse a Veracruz, donde podría acogerse a la protección del general Guadalupe Sánchez, quien estaba resentido porque no lo habían llevado al gabinete después del valioso servicio que prestó al traicionar a su "presidente y padre" Carranza.

Sólo tras un par de días de discusiones De la Huerta aceptó firmar el plan en que se convocaba a derrocar al gobierno. El hecho tomó por sorpresa a Obregón, quien desde luego comenzó a trasladar de un lado a otro del país a los generales sospechosos y a doblegar a los oportunistas con sus "cañonazos" de 50 000 pesos.

Tampoco podían faltar las "muertes accidentales" o las maniobras represoras. Un caso notable fue el del general Francisco J. Múgica, un ex seminarista que había destacado como caudillo populista en el Congreso Constituyente de Querétaro. Múgica estaba resentido con Obregón porque no le había ayudado a obtener la gubernatura de Michoacán; se le sospechaban inclinaciones delahuertistas y por lo tanto recibió órdenes de reconcentrarse en la ciudad de México. En el viaje por ferrocarril llevaba como guardián al coronel

Miguel Flores Villar, el cual recibió, al pasar por Acámbaro, un telegrama que decía textualmente: "Suyo hoy. Enterado que general Francisco J. Múgica fue muerto cuando sus partidarios trataron liberarlo. Lamento lo ocurrido. Preséntese ésta a rendir parte circunstanciado. Álvaro Obregón [firma]". Para fortuna de Múgica, el coronel Flores Villar se negó a acatar la siniestra insinuación y permitió a su prisionero huir y ocultarse mientras pasaba el peligro.

Más o menos la mitad de los generales se declararon a favor de De la Huerta. Los rebeldes dominaban casi todo el estado de Veracruz y desde allí avanzaron hasta tomar la estratégica plaza de Puebla. Controlaron también Campeche, Yucatán, Tabasco y Chiapas, así como Jalisco y gran parte de Michoacán.

"Lupe" Sánchez fue derrotado en la batalla de Esperanza, Puebla, que se libró el 28 de enero de 1924. Obregón se encargó de dirigir las operaciones contra los sublevados de Jalisco, los cuales, después de obtener algunos triunfos, sufrieron una derrota aplastante el 10 de febrero en Ocotlán. Entre ellos se encontraba el sonorense Salvador Alvarado, quien huyó a Canadá y cuando más tarde regresó a Tabasco fue fusilado.

En Yucatán, el callista Felipe Carrillo Puerto fracasó en sus esfuerzos por someter a los sublevados y tuvo que huir cuando el cuerpo policiaco que lo protegía se insubordinó por no recibir el salario puntualmente. Ya carecía de popularidad. Había adquirido los ferrocarriles del estado, duplicó el número de empleados y, cuando la empresa llegaba al borde de la quiebra, se vio en la necesidad de decretar ceses masivos, por lo que los trabajadores lo tildaron de explotador. Había aumentado a 2 000 el número de estibadores y alijadores de Progreso, donde bastaba y sobraba con 500, y al derrumbarse el precio del henequén quiso hacer reajustes y los afectados lo llamaron reaccionario. Capturado el 21 de diciembre, se le sometió a un consejo de guerra. El 3 de enero de 1924 lo fusilaron.

Mientras tanto los senadores discutían los términos de una Convención General de Reclamaciones ligada a los tratados de Bucareli. Un cooperatista prominente, el senador campechano Francisco Field Jurado, saboteaba las deliberaciones maniobrando para que nunca hubiera quórum, y el callista Morones lo amenazó con vengar en él la muerte de Carrillo Puerto. El 23 de enero Field Jurado murió de ocho balazos que le dispararon unos pistoleros al servicio del líder obrero. Con esto el quórum no tardó en reunirse y la convención fue aprobada con celeridad.

Estados Unidos recompensó ampliamente a Obregón. Para aislar a los delahuertistas, Washington suspendió la comunicación telegráfica con Veracruz, y la Ward Line dejó de enviar sus barcos a la península yucateca, a fin de que los rebeldes no pudieran exportar el henequén. La Huasteca Petroleum Co. prestó al gobierno mexicano 10 millones de dólares. Obregón obtuvo por compra todas las armas y municiones que solicitaba, e inclusive 10 aviones que fueron de utilidad fundamental en la lucha y que, según los delahuertistas, estuvieron tripulados por estadunidenses.

Después de la derrota del general Sánchez en Esperanza, Veracruz dejó de ser terreno seguro para los rebeldes. De la

Huerta se trasladó a Tabasco, donde los combatientes lo considerarían sólo un estorbo; en marzo optó por marchar al exilio, primero a La Habana y después a Estados Unidos, donde vivió en la pobreza y el olvido trabajando como maestro de canto. Murió en 1954.

Con la partida del jefe, la rebelión delahuertista perdió casi toda su fuerza, al grado de que Calles pudo reanudar tranquilamente su campaña electoral. Las elecciones se celebraron el primer domingo de julio. En agosto, sin esperar a que el Congreso lo declarara presidente electo, Calles partió en un viaje turístico a Estados Unidos y Europa. En diciembre tomó posesión de la Presidencia.

Como se verá adelante, Obregón maniobró para reelegirse y lo mataron en 1928, con lo cual nacería el partido que con el tiempo adoptó las siglas PRI.

Sexta Parte

FORJA Y DESPLOME DEL PRI: LOS MILITARES (1929-1946)

El partido gobernante de México por más de 70 años se formó como efecto de las presiones sociales y políticas que experimentaba el país. Fue un organismo autocrático, y cada uno de los hombres que ocuparon la Presidencia de la República le imprimió modificaciones que acabaron dándole una estructura peculiar.

Entre 1929 y 1940 el partido llevó sólo militares a la Presidencia; entre 1940 y 1982 abogados (excepto Adolfo Ruiz Cortines), y entre 1982 y 2000 economistas que recibieron el mote de tecnócratas. Esta circunstancia también contribuyó a moldear el organismo.

XXXI. ANDANZAS DEL FUNDADOR

El creador del partido oficial mexicano, Plutarco Elías Calles, era un hombrón de carácter hosco y mirada gélida que hacía temblar a sus subordinados. Nacido en 1877 en el puerto de Guaymas, Sonora, fue hijo de Plutarco Elías Lucero —un borrachín desobligado cuyo bisabuelo español inmigró a México en el siglo XVIII y amasó una gran fortuna que se redujo, pero no se esfumó del todo, en los disturbios y las guerras del siglo XIX— y de María de Jesús Campuzano, guaymense seducida y abandonada, de condición modesta, que murió cuando el hijo estaba por cumplir el primer año de edad.

El huérfano fue encomendado a una tía cuyo marido, el tabernero Juan B. Calles, lo adoptó y le dio el nombre de Plutarco Calles. Pero los hermanos del borrachín, todos acomodados, recibieron al chico como miembro regular de la familia, y gestionaron que acabara llamándose Plutarco Elías, aunque él, por agradecimiento al padre adoptivo, se puso como segundo apellido el de Calles y descartó el Campuzano materno.

De niño, después de sus horas de escuela, Plutarco tuvo que trabajar en la taberna. Aprendió a leer y escribir correctamente, merced a lo cual, ante la escasez de gente preparada, a los 17 años consiguió empleo de maestro en una escuelita guaymense; poco más tarde empezó a escandalizar a los vecinos con sus borracheras, por lo que fue despedido. Luego fracasó en su intento de explotar una pequeña propiedad agrícola y acabó aceptando una plaza de empleado; varias veces cambió de trabajo, y así acabó adquiriendo fama de perdulario.

En 1899, al contraer matrimonio con Natalia Chacón, hija de un aduanero, pareció por un momento que iba a rehabilitarse. Consiguió trabajo de oficinista en la tesorería municipal de Guaymas, aunque pronto lo despidieron por habérsele descubierto un desfalco que distintas versiones que circularon en la localidad cuantificaban entre 125 y 6 000 pesos. Un medio hermano lo rescató de la desgracia poniéndolo al frente de un hotel-cantina, pero como el negocio fue devorado por un incendio, Calles debió mudarse a las cercanías de Cananea en calidad de administrador de una hacienda propiedad de algún tío paterno. También regenteó un molino de trigo, hasta que en 1909 los Elías lo llamaron otra vez a Guaymas.

Un amigo le facilitó recursos para establecer en el puerto una tienda de semillas, pasturas y abarrotes en general. Al brotar la agitación maderista, Calles solía permitir a sus conocidos que usaran la trastienda para beber bacanora mientras discutían las teorías sociales que llegaban a Guaymas, a la vez que echaban pestes contra el gobierno. Con base en tan discutibles méritos, al triunfar el maderismo trató en vano de que lo eligieran diputado; finalmente se le confirió el grado de capitán de las milicias sonorenses y fungió como comisario policiaco en el pueblo fronterizo de

Agua Prieta. Poco después, cuando se rebelaron contra Madero unas bandas ex revolucionarias de Chihuahua, empezó a demostrar su valía al impedirles establecer bases en Sonora, lo cual le redituó el grado de teniente coronel, con el que se iniciaría su ascenso a la cumbre.

En 1913 se consumó la usurpación de Victoriano Huerta. Calles descolló entre los sonorenses que exigían y lograron declarar la guerra al traidor. En esta coyuntura le encomendaron cordinar la labor de los brokers o traficantes encargados de vender en Arizona reses, joyas, obras de arte, muebles y otros objetos que confiscaba el gobierno sonorense a los enemigos de la causa; el producto de estas operaciones se convertía en dinero, armas y municiones para la guerra. Por su eficiencia en tal cargo se le premió ascendiéndolo al grado de coronel.

En 1915 Pancho Villa se rebeló contra Venustiano Carranza, y tras ser derrotado en el Bajío por Álvaro Obregón, quiso recuperarse invadiendo el territorio sonorense, para lo cual empezó por sitiar Agua Prieta con 6 000 desarrapados —o 10 000, según los cronistas del callismo—. El carrancista Calles, al frente de una fuerza menor, resistió los ataques durante 107 días, aunque no sólo por sus dotes militares, sino porque Estados Unidos ya para entonces había decidido deshacerse de Villa, al grado de permitir el paso por Texas y Arizona a 6500 soldados carrancistas enviados como refuerzos rumbo a Agua Prieta. Villa sufrió otra derrota fulminante.

El 4 de agosto de 1915, el ya general de brigada Calles fue nombrado comandante militar y gobernador interino del estado de Sonora, donde después se convirtió en gobernador electo. En tan vertiginoso ascenso, el antiguo perdulario de Guaymas conoció el placer de mandar y ser obedecido: no sólo se había reivindicado, sino que quiso además convertirse en redentor aplicando la fantástica colección de recetas jacobinas o socialistoides que circulaban en calidad de fórmulas milagrosas para sacar al pueblo mexicano de la ignorancia, la mugre y la desnutrición. Así, mandó abrir varias escuelas y decretó la prohibición de importar, fabricar o vender bebidas alcohólicas (para demostrar que hablaba en serio, ordenó fusilar a un borrachín pillado en Cananea cuando bebía de una botella). Además, retiró la ciudadanía mexicana a los indios yaquis y mayos mientras no se deshicieran de las autoridades electas por ellos mismos y se sometieran a las "revolucionarias" que Calles pretendía imponerles. Confiscó bienes de huertistas y zapatistas en Sonora; promulgó leyes agrarias y laborales; anunció que aumentaría el presupuesto dedicado a la educación y por último ordenó expulsar del estado a los sacerdotes católicos causantes, según él, de todos los males del país.

El nuevo cuartelazo

El Primer Jefe introdujo a Calles en la gran política nombrándolo general de división del ejército federal y secretario de Industria y Comercio. Carranza debía entregar el poder al triunfador en las elecciones de 1920, y por un tiempo la "cargada" se debatió en la incertidumbre de ofrecer su apoyo al general Álvaro Obregón —quien se había retirado del ejército para radicar en Sonora— o jurar lealtad al general Pablo González, quien por haber tomado militarmente toda la ruta de Nuevo Laredo en las inmediaciones de la ciudad de México (incluido Monterrey y la costa del golfo con sus vitales yacimientos petroleros) era el militar más poderoso del país.

Sólo que Carranza quiso adelantarse a los dos generales y lanzó la candidatura presidencial del ingeniero Ignacio Bonillas, hombre sin tacha pero sin influencia alguna, que se prestaba de maravilla para servir de marioneta a su protector. Obregón, al verse descartado, emprendió una ruidosa campaña electoral por cuenta propia y viajó por media República arengando al público con mordaces discursos que convirtieron en un guiñapo a Bonillas.

Calles ya había renunciado al puesto de secretario para irse a Sonora a participar, junto con el gobernador Adolfo de la Huerta, en la campaña obregonista. Carranza reaccionó hostilizando a Obregón con arbitrarios requerimientos judiciales y haciéndole vigilar día y noche por pistoleros con placa de policías, no obstante lo cual el candidato rebelde escapó de la ciudad de México disfrazado de ferrocarrilero, y al llegar a tierras guerrerenses lanzó un manifiesto en el que proclamaba la rebelión. Simultáneamente, De la Huerta y Calles expidieron el Plan de Agua Prieta, en el que desconocían la autoridad de Carranza.

Tras el sonorense se sublevó el general Pablo González, también desilusionado por la ingratitud del Primer Jefe. Carranza huyó de la capital hacia Veracruz, donde pensaba encontrar partidarios leales, pero a medio camino lo interceptaron y lo asesinaron (obregonistas y gonzalistas se culparían uno y otro del magnicidio, si bien surgieron con el tiempo datos reveladores de que fue Obregón quien ordenó el asesinato). En seguida éste timó a González comprometiéndolo a dejar que el Congreso de la Unión resolviera la sucesión presidencial.

Los legisladores, doblegados con dinero y promesas obregonistas, designaron presidente interino a De la Huerta, con el mandato de convocar a elecciones de presidente constitucional para el cuatrienio 1920-1924. El tiempo apenas le alcanzó para organizar los comicios, en los que, por supuesto, Obregón fue el ganador, y Calles aseguró el puesto de secretario de Gobernación.

Liberándose de los libertadores

El presidente era un hombre simpático, bromista, valeroso, audaz, cínico y de fuerte carisma. El hosco secretario de Gobernación era su antítesis; Obregón se burlaba de él llamándolo "el general menos general entre todos los generales" y le apodaba "El Turco", pues al padre de Calles se le consideraba sefardita, y los judíos eran equiparados con otros semitas, como los sirios, a quienes se conocía como "turcos" por provenir de países sometidos al imperio otomano. Pero Calles era un "dominador de fieras y pisoteador de sapos", como lo describió Francisco Bulnes, y Obregón parece haber pensado que necesitaba un personaje de tales características para hacer los trabajos desagradables y recibir como pararrayos las maldiciones que se lanzaran contra el gobierno.

Al iniciarse el cuatrienio, otro poderoso sonorense, el secretario de Guerra y Marina, Benjamín Hill, dio por proclamar en todas partes que él iba a ser el próximo ocupante de la silla presidencial, por lo cual entró en conflicto con Calles. Obregón y De la Huerta organizaron a ambos generales un banquete de reconciliación y al terminar el convivio Hill empezó a sentirse muy enfermo; falleció poco después —por envenenamiento, según se diría—.

Durante el tiempo que había ocupado la Presidencia (1920-1924) Obregón mandó matar a un centenar de generales indisciplinados —entre ellos Pancho Villa—, pues "necesitamos liberar al país de sus libertadores", según decía. Aun así brotaron camarillas de ambiciosos que buscaban algún presidenciable para encumbrarlo y encumbrarse con él. Al acercarse las elecciones, declararon candidato al secretario de Hacienda Adolfo De la Huerta y lo convencieron de que su jefe intentaba asesinarlo para imponer a Calles; luego lo indujeron a huir hacia Veracruz, con lo cual prendió una revuelta en la que gran número de generales delahuertistas logró adueñarse de casi todo el sureste y de estados como Jalisco y parte de Michoacán; pero después de otro baño de sangre, la rebelión fue aplastada y con ello se esforzó el cacicazgo obregonista: en primer lugar, la mitad de los generales-caciques quedó eliminado por la derrota, y la otra comprendió lo peligroso que era enfrentarse al personaje. De la Huerta emigró a Estados Unidos y Calles quedó con el camino libre.

Para dar algo de sabor al proceso electoral, se fabricó un "patiño" (el oscuro general Ángel Flores), al que se le adjudicó algo más de 10% de los votos, mientras Calles se llevaba el 84.14%. Una vez declarado presidente electo, mientras llegaba el momento de tomar posesión de la silla presidencial, el hombre partió de vacaciones al extranjero. Era la primera vez que un jefe de Estado mexicano realizaba un viaje de ese tipo, y los gobiernos de Alemania, Francia y Estados Unidos le dieron una recepción tan efusiva que el otrora perdulario de Guaymas vio llegar el momento de mostrar a fondo sus cualidades.

XXXII. EL PRESIDENTE SUBALTERNO

Plutarco Elías Calles tenía 47 años cuando, el primer día de diciembre de 1924, tomó posesión de la Presidencia. Ardía en deseos de hacer un buen gobierno, y sus mayores éxitos provinieron, paradójicamente, de medidas financieras concebidas (aunque no aplicadas) en los últimos años del régimen porfirista.

En 1906 se había planeado reformar la legislación que regía el sistema financiero del país y facilitaba a los bancos la tarea de hacer infinidad de maniobras encaminadas a maquillar prácticas deshonestas. Entre los personajes designados por Calles para realizar las reformas destacaban los antiguos "científicos" Miguel S. Macedo, autor de la nueva Ley General de Instituciones de Crédito y Establecimientos Bancarios, y Enrique C. Creel, quien redactó el proyecto para la instauración del fideicomiso. Coronó la obra financiera callista la creación del Banco de México, que sería en lo sucesivo el único autorizado para emitir billetes y poco a poco haría olvidar la gigantesca estafa de los bilimbiques. En esta tarea lo auxilió fundamentalmente Manuel Gómez Morin, un genial joven que acabó desilusionándose de los revolucionarios y fundó el Partido de Acción Nacional.

También aprovechó Calles las ideas del ministro de Fomento porfirista, Olegario Molina, relacionadas con la construcción de ambiciosas obras de riego. En lo esencial, el esfuerzo resultaría harto provechoso, aunque algunas nuevas presas fueron mal planeadas —como la de Don Martín, en Nuevo León— o sólo beneficiaron a contratistas favoritos del régimen, no a los campesinos. Por iniciativa propia puso en marcha el plan nacional para construir las primeras carreteras pavimentadas del país: la México-Pachuca, que años después llegaría hasta Nuevo Laredo; la México-Puebla, destinada a prolongarse hasta Veracruz, y algunos sectores de la México-Acapulco. Se concluyeron los tramos faltantes del ferrocarril Nogales-Guadalajara, lo cual facilitó el transporte a los mercados del centro de las cosechas que los revolucionarios sonorenses obtenían en sus recién adquiridas haciendas.

Aunque Calles solía hacer pronunciamientos en favor del proletariado, los gremios independientes que le tomaban la palabra y declaraban huelgas eran invariablemente aplastados. En cambio la CROM, central obrera ligada al gobierno, podía hacer lo que le venía en gana, y el temido sindicato de ferrocarrileros —independiente— impuso la creación masiva de nuevas plazas, hasta que la nómina de trabajadores llegó a 100 000 (en 1910 bastaba y sobraba con 20 000) con aumentos de sueldo que en el mismo periodo promediaban 225%. El gobierno absorbió con subsidios el creciente déficit de las empresas ferroviarias, pero como la recaudación de impuestos a los productos petroleros bajó de 39 millones de pesos en 1924 a sólo 13 millones en 1928, Calles tuvo que decretar el cese de 25 000 rieleros amén de ordenar que no se sustituyera a quienes fallecían o renunciaban.

Calles distribuyó entre los campesinos 3.5 millones de

hectáreas contra 1.3 millones de Obregón y 250 000 de Carranza. Los afectados por las expropiaciones fueron invariablemente propietarios sin influencias, mientras que nadie molestaba a los generales y políticos revolucionarios convertidos en hacendados. El proceso provocó una baja de 40 y 30% en las cosechas de maíz y frijol, respectivamente. Además, México perdió su calidad de exportador ganadero para convertirse en importador de productos animales. La gente pobre sufrió privaciones mucho más agudas que las registradas en los peores años del porfirismo.

El amigo Morones

Obregón impuso a Calles en la Presidencia bajo el entendimiento de que se la devolvería al terminar el cuatrienio, en 1928. El trato parece haber sido similar al que celebraron Porfirio Díaz y su compadre Manuel González; y al igual que éste, quien dejó que sus partidarios intrigaran para desplazar a Díaz, Calles realizó maniobras tendientes a librarse de su amigo y protector. Tan pronto como tuvo en sus manos las riendas del gobierno insinuó que no refrendaría las promesas hechas a los estadunidenses en los discutidos Tratados de Bucareli, lo que lo convertía en paladín de la honra patria y dejaba a Obregón en calidad de entreguista por haberlos firmado.

El émulo de Maquiavelo que probablemente urdió la maniobra fue Luis N. Morones. De 35 años de edad en 1924, surgido de la famosa Casa del Obrero Mundial, este hombre había sido líder electricista. Calles, durante su breve actuación como secretario de Industria y Comercio, advirtió el poderío que eran capaces de generar los líderes sindicales y se esforzó por atraérselos.

Morones decía respetar la propiedad privada, pero no le disgustaba la idea de entregar a los proletarios las empresas que hacía quebrar. Controlaba a los trabajadores de la industria textil, la única de relativa importancia en México. Con apoyo oficial despachó emisarios a toda la República para formar sindicatos de panaderos, albañiles o de lo que fuera, que con cualquier pretexto declaraban huelgas; ganaban y podían embolsarse las cuotas sindicales sin rendir cuentas a nadie. Morones y los líderes más habilidosos, integrantes de un llamado Grupo Acción, acabaron fundando la Confederación Regional Obrera Mexicana (CROM), por muchos años la principal del país.

El líder mantenía un harem, poseía una flotilla de automóviles lujosos, usaba grotescos anillos de brillantes y organizaba escandalosas orgías en su ostentosa residencia de Tlalpan. Cuando por primera vez lanzó Obregón su candidatura presidencial le prestó valiosos servicios, pero convencido de que no se le había recompensado adecuadamente, se acercó a Calles, y cuando éste consiguió el puesto máximo, Morones pasó a formar un partido propio, el Partido Laborista; obtuvo para sí mismo la Secretaría de Industria, Comercio y Trabajo, y para sus secuaces 11 de las 48 curules del Senado, 40 de los 272 escaños de diputados federales, la jefatura del gobierno del Distrito Federal y dos gubernaturas estatales. Como era inevitable, creyó que en el cuatrienio siguiente le correspondería la Presidencia.

En 1923 Obregón había querido desembarazarse del líder, pero éste reaccionó acusando al presidente de haber maquinado el asesinato de un senador rival, Francisco Field Jurado, y aunque el acusado trató de que los legisladores entablaran juicio político para desaforar a Morones, éstos rehuyeron la encomienda. En revancha, apenas llegado Calles a la Presidencia, el líder hizo enviar al congreso varios proyectos de ley que violaban la promesa obregonista de respetar a petroleros y latifundistas estadunidenses los derechos de propiedad adquiridos antes de 1917.

La medida causó en Estados Unidos el disgusto que era de esperarse. Calles arguyó que los proyectos de ley no eran obra suya, sino de los legisladores. En respuesta el secretario de Estado, Frank B. Kellog, le envió una nota recordándole el apoyo prestado por Estados Unidos para sofocar la rebelión delahuertista y señalando que en el futuro la ayuda de Washington estaría condicionada a la observancia que México prestara a sus compromisos.

Contra la Iglesia

Al margen de la CROM funcionaban varios sindicatos católicos y, en venganza por la competencia clerical, Morones creó, con la anuencia de Calles, una Iglesia católica apostólica mexicana, a cuyo frente fue puesto un sacerdote renegado, José Joaquín Pérez, quien adoptó el título de patriarca y en el templo de Corpus Christi de la ciudad de México —que le regaló el gobierno— oficiaba misas y pronunciaba sermones contra el celibato sacerdotal y contra la autoridad del Vaticano. Más aún, el líder quiso sustituir el matrimonio religioso por un "matrimonio socialista" que debía celebrarse en los sindicatos, con los líderes como oficiantes.

Por incitación del líder, Calles festinó proyectos de ley para obligar a los clérigos a registrarse en una oficina gubernamental para someterlos a una serie de disposiciones ridículas, como la de prohibir que curas y monjas salieran a la calle con sotana o hábitos. Se facultó a caciques estatales para fijar el número de sacerdotes que podían ejercer su ministerio en cada entidad, así como para imponerles restricciones especiales. En Tabasco se decretó que los curas que desearan oficiar en el estado deberían ser casados; en Yucatán se redujo a 16 el número de los que podían ejercer en la entidad, en Durango a 25, en Tamaulipas a 12, etcétera.

Un arzobispo hizo declaraciones contra las nuevas leyes y un obispo decretó la excomunión para todo miembro del gobierno que se solidarizara con la medida oficial. En respuesta fueron expulsados del país el nuncio apostólico y 200 sacerdotes extranjeros. Por su parte, el Vaticano estableció dos nuevas diócesis, una en Papantla, Veracruz, y otra en Huejutla, Hidalgo, pueblos sin otra importancia que la de estar situados en la esfera de influencia de las empresas petroleras de la Huasteca.

El episcopado prohibió a los sacerdotes que cumplieran la orden de registrarse, y el gobierno amenazó con cárcel a los que se abstuvieran de hacerlo. Simultáneamente varias organizaciones católicas formaron la Liga Nacional de Defensa de la Libertad Religiosa (LNDLR) que emprendió un boicot para crear una depresión económica: los católicos debían reducir sus consumos y abstenerse de asistir a fiestas, teatros o bailes, así como de adquirir periódicos anticlericales. El boicot debía iniciarse el 31 de julio de 1926 y sólo cesaría cuando Calles derogara las disposiciones conflictivas.

También a partir del 31 de julio, si el gobierno no daba marcha atrás, por orden del episcopado debía iniciarse una "huelga de misas" —como se le llamó— que consistía en la suspensión de cultos. En medio de gran tensión llegó el día límite. Sólo dos o tres sacerdotes se registraron y medio centenar fueron encarcelados por negarse a hacerlo.

El cierre de templos se produjo. Brotaron disturbios antigubernamentales —a los que Morones respondió organizando una gran manifestación de acarreados que vitoreaban a Calles e insultaban a los sacerdotes— y a fines del mismo año de 1926 empezaron a operar las primeras guerrillas cristeras.

La reelección

Desde la polvorienta estación Cajeme —que bajo su influjo se convertiría en la pujante Ciudad Obregón— el caudillo supremo observó indignado las maniobras de "El Turco" y su secuaz sindical. Revivir la pugna Estado-Iglesia parecía un disparate, y lo más probable era que el par de intrigantes lo hubiera hecho sólo para dificultar la vuelta de Obregón a la Presidencia. Durante 16 largos meses el gran caudillo se aisló en Cajeme sin hablar y manteniéndose alejado de la ciudad de México y sus intrigas, en espera de que surgiera la oportunidad de restablecer su imperio.

En ese interludio dejó de hacer guasas y comenzaron a manifestársele trastornos sicológicos que algunos observadores identificarían como paranoia. Perdió la juvenil apostura que lo había caracterizado para encanecer y convertirse en un gordo que representaba 10 o 15 años más de los que tenía. No se calmaba ni con los favores que le hacía Calles para que se olvidara de la política. Por ejemplo, la compra de la compañía Richardson, propietaria de terrenos inmensos y de partes esenciales del aparato de producción agrícola en Sonora, cuyo control fue puesto en manos de Obregón... La imposición de aranceles elevadísimos a la exportación de garbanzo, a fin de que los productores no pudiesen venderlo al extranjero y el caudillo comprara la cosecha a precio reducido, sabedor de que los impuestos bajarían en el momento adecuado para que él pudiera exportar el producto con altas utilidades...

En el congreso circuló desde principios de 1925 un proyecto de ley que permitiría la reelección de presidentes de la República, con tal de que no fuera en periodos sucesivos. Calles no se opuso públicamente al proyecto ni lo apoyó, y con esto algunos diputados empezaron a promover la candidatura de Morones.

Tal vez por eso a fines de 1925 circuló el rumor —proveniente de los círculos obregonistas— de que Morones intentaba formar milicias obreras para remplazar al ejército, o por lo menos para hacerle contrapeso. Ante ese peligro, la mayoría de los generales importantes declaró su voluntad de reformar el texto constitucional y reelegir a Obregón, quien para comenzar era el ídolo de los militares. Calles no se opuso a las reformas, pero tampoco mostró entusiasmo en apoyarlas.

En consecuencia Obregón abandonó Cajeme y abruptamente se presentó en la ciudad de México. Por puro miedo, Calles tuvo que ir a la estación ferroviaria a darle la bienvenida y presentarle sus respetos, lo cual, en el lenguaje simbólico de aquel tiempo, significaba jurar obediencia. El incómodo personaje hizo otros viajes similares, y en varias ocasiones se instaló en la alcoba presidencial de Chapultepec, mientras Calles dormía en las habitaciones del intendente. Obregón giraba órdenes a los funcionarios del gobierno y daba instrucciones a los legisladores como si el presidente fuera él. Aun así, en el Congreso hubo fuerte oposición cuando se discutieron las enmiendas reeleccionistas. Fue necesario desaforar a 23 diputados para que los cambios se aprobaran. (De ribete, el periodo presidencial se alargó de cuatro a seis años.)

La candidatura de Obregón fue anunciada el 27 de junio de 1927, casi un año antes de las elecciones. Para entonces ya habían surgido dos candidatos independientes, los generales Arnulfo R. Gómez y Francisco R. Serrano, revolucionarios que se habían destacado en el sometimiento de la rebelión delahuertista y enarbolaban la bandera del antirreeleccionismo.

Ninguno de los dos se quiso retirar para dejar el camino libre al otro y ambos trataron de organizar revueltas propias. Calles y Obregón, que conocían hasta el último detalle los disparatados planes de sus ex amigos, decidieron forzar el estallido de las revueltas para sofocarlas. Serrano y 13 de sus partidarios fueron asesinados en el pueblo de Huitzilac, cerca de la ciudad de México. Gómez huyó a la sierra veracruzana; denunciado por uno de sus partidarios, lo fusilaron el 5 de diciembre en Coatepec. Obregón quedó sin rival al frente, pues Morones no se atrevió a lanzar su candidatura.

El señor embajador

Ni Serrano ni Gómez recibieron ayuda alguna del gobierno estadunidense ni de las empresas petroleras. El hecho es especialmente significativo si se toma en cuenta que en meses anteriores las relaciones con Estados Unidos habían llegado a un punto crítico. Al aumentar las presiones de Washington, Calles amenazó con propagar la revolución en los países centroamericanos, y para tal efecto envió al nicaragüense César Augusto Sandino varias barcazas, 500 hombres y armas para que siguiera luchando contra los *marines* que hollaban el suelo de su patria. En represalia, los estadunidenses afinaron sus planes de invasión a México y mandaron su ejército a efectuar amenazantes maniobras militares en las cercanías del río Bravo.

Pero después de sus fanfarronadas antiyanquis, Calles hizo una jugada diplomática equivalente a pedir perdón: a fines de marzo de 1927 envió al presidente Calvin Coolidge una nota en que atribuía los choques entre ambos países a la mala disposición del embajador en México, James R. Sheffield, y solicitaba el envío de un representante personal del presidente para poner las cosas en claro. Coolidge tendió el proverbial puente de plata ante el enemigo que huía; a fines de abril pronunció un discurso conciliatorio hacia México y poco después anunció el remplazo del diplomático.

El nuevo embajador, Dwight W. Morrow, llegó a México a fines de octubre. Era un hombre bajito de estatura, amante de leer a los clásicos, simpático y muy cortés. Hacía fuerte contraste con su antecesor, un instrumento de los petroleros más voraces, y un partidario de tratar al mexicano a puntapiés. Morrow no perdía oportunidad de declarar su admiración por el paisaje mexicano y por las bellas tradiciones del país al que para su dicha le había tocado venir. Pronto hizo a Calles una visita de cortesía y colmó de elogios al estadista mexicano.

Morrow era socio menor y abogado de los banqueros Morgan. Su principal preocupación consistía en hacer que México pagara las deudas a los estadunidenses. Apoyaría firmemente a Calles porque, según expresó a un allegado, "mientras México siga teniendo un gobierno débil e insolvente jamás pagará, aunque así lo resuelvan las comisiones mixtas de reclamaciones". Un interlocutor que pretendió atizar los escrúpulos puritanos de Morrow señalándole que en esa forma colaboraría a fortalecer a un gobierno corrupto y sanguinario recibió la siguiente respuesta filosófica: "No sería éste el primer caso de la historia en que una banda de forajidos bien armados se impone por toda una generación o por varias a una nación inerme".

En unas cuantas semanas Morrow logró la devolución de 200 000 hectáreas expropiadas a latifundistas estadunidenses, y consiguió además que la Suprema Corte declarara inequívoca y definitivamente la no retroactividad de las reformas que se había pretendido imponer a los petroleros. Esto les pareció poco a los beneficiarios, pero el embajador precisó que él estaba para servir los intereses de su gobierno y no los particulares de nadie.

En su afán por dar estabilidad al régimen callista, Morrow llegó a afectar marginalmente los intereses de sus propios asociados. Un día el secretario de Hacienda Luis Montes de Oca le mostró los sacrificios que implicaría satisfacer las exigencias de la banca neoyorkina relacionadas con el pago de intereses de ciertos bonos: para reunir el dinero sería necesario dejar cesantes a varios miles de burócratas. El embajador aconsejó no pagar:

—México es como cualquier otro negocio que apenas empieza. Si al conseguir una pequeña utilidad la emplea en repartir dividendos, en vez de reinvertirla en el negocio, nunca llegará a ninguna parte… El *quid* está en desarrollar y poner al país sobre sus propios pies.

Semejante actitud le ganó el agradecimiento eterno de la burocracia callista. En retribución era muy frecuente que, los fines de semana, Montes de Oca se trasladara a la residencia del embajador en Cuernavaca, para consultarle hasta los detalles más delicados de la política financiera del país.

Los cristeros

No estaba mal para unos cuantos meses de labor diplomática. Sin embargo, Morrow no se sentía completamente satisfecho: la guerra cristera seguía causando estragos y el gobierno gastaba más de la mitad de su presupuesto en pagar un ejército elevado a 75 000 hombres para hacer frente a la insurgencia. Mientras no se solucionara este problema México seguiría sin recursos para liquidar sus pagarés de la deuda exterior.

A mediados de 1928 las bandas cristeras agrupaban cerca de 20 000 hombres que controlaban buena parte de las tierras incomunicadas del centro de la República. No ponían en peligro la existencia del gobierno, pero sí ocasionaban transtornos, agitación y fuertes gastos. Además, los militares callistas no se mostraban inclinados a liquidarlos. La guerra cristera estaba resultando muy productiva para ellos: les permitía ganar ascensos, traficaban con los forrajes, el alimento de la tropa y el salario de soldados desertores o que sólo existían en las nóminas, y por si fuera poco habían descubierto el negocio de vender armas y municiones al enemigo. Además, saqueaban pueblos y sembradíos aprovechando el método adoptado para sofocar la revuelta: el de la "reconcentración" ideado por los españoles en la guerra de Independencia cubana y empleado en México por Huerta y Carranza contra los zapatistas. El método consiste en ordenar a los habitantes de un sector amplio que se reconcentren en corralones establecidos en las afueras de alguna ciudad segura, y declarar enemigo y fusilar a todo individuo que permanezca en el sector vedado. Los "reconcentrados" se veían en la necesidad de abandonar sus sembradíos, sus animales y algunas pertenencias, y los militares se quedaban con todo.

Al decidirse a mediar en el conflicto, Morrow observó

que podía poner en juego diversos factores: el clero estadunidense ejercía una influencia rayana en la dominación sobre el mexicano, y consiguió que designara mediador en el conflicto a un astuto jesuita, el padre John J. Burke.

El magnicidio

En enero de 1928 Burke, Morrow y varios altos prelados mexicanos viajaron a La Habana, donde tuvieron una serie de juntas misteriosas. El 15 de abril Calles en persona se trasladó a Veracruz en secreto para conferenciar con el jesuita. Aparentemente se sentaron entonces las bases de un arreglo, pero al poco tiempo la situación volvió al punto de partida porque los periódicos publicaron la noticia de las pláticas y el presidente se vio obligado a dejar el arreglo en suspenso para no confirmar que estaba negociando en condiciones poco dignas. No es difícil que la noticia haya sido filtrada a la prensa por Morones y sus secuaces, pues el líder no había perdido la ilusión de asumir la Presidencia, y varios obregonistas creen que planeaba mandar matar al rival para conseguirlo. Inclusive piensan que Calles y Morones provocaron el enfrentamiento con el clero para perjudicar de alguna forma a Obregón, quien en su carrera revolucionaria había ganado fama de comecuras.

Sea lo que haya sido, Obregón ya reconocía que el anticlericalismo a ultranza era la política más estúpida y dañina que se podía seguir, y mandó comunicar a Burke su propósito de llegar a una reconciliación en cuanto reasumiera la

Presidencia. A unos campesinos que se le acercaron con la solicitud de que obligara al gobierno a restablecer la paz, les dijo:

—No coman ansias: esperen a que se largue "El Turco" y yo los dejaré repicar las campanas de sus iglesias hasta que se queden sordos.

Para desgracia de Obregón, eran pocos los católicos enterados de su interés por suavizar el problema religioso, y en cambio abundaban los que veían en él a un nuevo Anticristo. Entre estos últimos se contaban tres individuos que el domingo 13 de noviembre de 1927 viajaban en un auto Essex y se acercaron a un Cadillac ocupado por Obregón —quien paseaba por el bosque de Chapultepec antes de trasladarse a la plaza de toros a presenciar una corrida— y le arrojaron tres bombas.

Obregón resultó ileso y hasta se trasladó a la plaza de toros después del atentado "para que no crean que me intimidaron". Los ocupantes del Essex fueron ejecutados o capturados inmediatamente. El vehículo pertenecía al jesuita Miguel Pro, de quien se sabía que celebraba misas a escondidas. Lo aprehendieron y lo fusilaron sin siquiera someterlo a juicio. Tal arbitrariedad alentó otros actos terroristas por parte de los católicos. El 23 de mayo de 1928 hicieron estallar varias bombas en la Cámara de Diputados y la tensión aumentó.

Entre los más indignados se encontraba el joven dibujante José de León Toral, católico fanático que, inspirándose en la historia de Judit, se prometió liquidar al Holofernes Obregón aunque en la tarea perdiera la vida. Consiguió una pistola y durante varios días anduvo siguiendo al caudillo en busca de una ocasión propicia para matarlo.

Por fin la encontró el 17 de julio, día en que los diputados de Guanajuato ofrecieron al caudillo una comida para celebrar su triunfo en las elecciones del reciente día primero. El acto se celebró en el restaurante La Bombilla de San Ángel, Distrito Federal, y Obregón asistió con la condición de que le permitieran irse a hora temprana, ya que tenía un compromiso importante; en efecto, a las cinco de la tarde estaba citado con Morrow para discutir los últimos detalles del acuerdo que liquidaría el conflicto religioso.

Toral, aprovechando la deficiente vigilancia, logró pasar al interior del restaurante y en su calidad de caricaturista anduvo de mesa en mesa, haciendo retratos de los comensales. En un momento, mientras la orquesta tocaba la pieza predilecta del ya presidente electo, *El limoncito,* Toral se acercó al personaje por la espalda y le mostró con la mano izquierda una caricatura. Mientras Obregón contemplaba el dibujo, Toral sacó con la derecha la pistola que llevaba escondida en el saco, y antes de que alguien pudiera intervenir hizo tres o cuatro disparos, uno de los cuales tocó el corazón del caudillo, ocasionándole muerte instantánea.

XXXIII. NACE EL PNR

Nadie quería creer que Toral hubiera obrado por iniciativa propia; todo mundo lo consideraba un instrumento de Calles, de Morones, o de ambos, para librarse del rival y quedarse con el poder. Las especulaciones cobraban fuerza al recordar que el Partido Laborista negó su apoyo a la candidatura de Obregón, y que apenas el 30 de abril último el líder había tildado de enemigo de los trabajadores al caudillo manco; cuando el atacado exigió al presidente desautorizar las declaraciones de su incondicional, éste rehusó hacerlo, argumentando que de esa manera parecería confirmar los rumores de que él era un pelele.

Varios obregonistas acusaron abiertamente a Calles de haber sido el autor intelectual del asesinato. Formaban la inmensa mayoría de los generales, así como de los zapatistas y de los políticos influyentes. Todos ya habían hecho cuentas alegres acerca de lo que se iban a embolsar en los cargos que les prometía Obregón cuando asumiera la Presidencia. De ninguna manera podían permitir que les escamotearan el botín. Para comenzar obligaron al presidente a sacar del gabinete a Morones, y a sustituir al general callista Roberto Cruz por un ultraobregonista, Antonio Ríos Zertuche, en la jefatura de Policía del Distrito Federal, con lo que pudieron realizar a su antojo la investigación del asesinato.

Sometieron a Toral a torturas diabólicas sin lograr que modificara su declaración original de que había actuado teniendo por única guía su conciencia. Le inventaron una cómplice, la monja Concepción Acevedo y de la Llata, y el panorama no varió. Exasperados, se desquitaron haciendo condenar al cautivo a la pena de muerte, y a la "Madre Conchita" a 20 años de cárcel, bajo el antijurídico argumento de que la mujer dominaba al magnicida por sugestión hipnótica.

"Todavía una semana después del crimen, la casa presidencial de Anzures era un verdadero desierto, material y moral. Ministros, generales, políticos, parecían no desear que se les viera ni muy cerca de Calles, ni muy frecuentemente", escribió el secretario de Educación, José Manuel Puig Casauranc, uno de los callistas que observaron más de cerca los acontecimientos.

Sólo a medida que avanzaba el mes de agosto, unos cuantos políticos y luego una multitud volvieron a acercarse al caudillo. Ya para entonces le sugerían aprovechar la acefalia de la Presidencia para conservar el poder siquiera un par de años más; otros le hacían ver que la época estaba produciendo dictadores en gran número: Mussolini, Primo de Rivera, Kemal Ataturk, etc., y que de plano se eternizara en el puesto cumbre. Pero Calles sabía muy bien que cualquiera de estas argucias lo enfrentaría con los obregonistas recalcitrantes. A quienes lo asediaban les decía que esperasen hasta el 1º de septiembre para recibir orientaciones en su informe anual ante el congreso.

El histórico discurso

Calles se encerraba con Puig Casauranc a cavilar sobre los asuntos que abordaría el informe y pasar revista a la situación del país. Según él, la revolución había tenido éxito en el terreno económico. (Seguramente pensaba en su caso, que de haber sido un pobre diablo en Guaymas había llegado a ser socio en varios Country Clubs donde jugaba golf, y propietario de haciendas en Sinaloa, Tamaulipas y el Estado de México; y acaso en otros generales que también eran ya hacendados y se hacían construir ostentosas residencias urbanas o casas de campo.) Pero todavía en 1928 la mitad de la población andaba descalza por falta de dinero incluso para comprar unos huaraches.

En cambio, en el aspecto político la revolución arrojaba un saldo deficitario: el poder dictatorial de Porfirio Díaz se había repartido entre miles de caciques nacionales, estatales, regionales, municipales y hasta de rancherías —que casi sin excepción eran zafios, asesinos, ignorantes y corruptos— y entre cientos de generales convencidos de que su grado militar les otorgaba el derecho de ascender a la Presidencia o por lo menos conseguir una gubernatura. Había que controlarlos para evitar que el país estallara en pedazos; esta idea flotaba en el ambiente desde hacía muchos años, pero sólo Calles encontró la forma de enfrentarla.

En su informe de 1928 al poder legislativo Calles dejó estupefacta a la nación al anunciar que por ningún concepto, motivo o circunstancia permanecería en el poder ni un solo día después del 1º de diciembre, el fijado como término de su cuatrienio. Tras lamentar la muerte de Obregón, dijo que entregaría el poder al presidente designado por el congreso de acuerdo con la constitución.

Calles parecía refrendar así el principio de la no reelección; en seguida, se declaró partidario de fortalecer el sufragio efectivo asegurando la celebración de campañas electorales y elecciones democráticas, o sea que revivió el proyecto democrático de Madero.

> La libertad efectiva de sufragio que traiga a la representación nacional a grupos representativos de la reacción, hasta de la reacción clerical […] no puede ni debe alarmar a los revolucionarios de verdad, ya que […] las ideas nuevas han conmovido a la casi totalidad de las conciencias de los mexicanos y […] son ya mayores que los que pudiera representar una reacción victoriosa […] Se necesitaba asentar al país sobre las dos piedras angulares forzosas en las etapas normales de la civilización y del progreso, piedras angulares constituidas por el espíritu revolucionario y por la tendencia moderadora que representa la reacción.

Cinco días después de rendir su informe, Calles celebró una junta con los principales generales de división y de brigada, a quienes hizo ver la necesidad imperiosa de que se mantuvieran al margen de la política, pues bastaría con que uno de ellos se lanzara como candidato presidencial para que las disidencias surgieran y a corto plazo se produjera el choque armado. Para evitar envidias entre militares, los convenció de llevar a la Presidencia a un civil, y a continuación los comprometió a permanecer en sus puestos por lo menos hasta el próximo 21 de noviembre, lo cual los inhabilitaría para participar en las elecciones presidenciales que debían celebrarse el 20 de noviembre de 1929. (La ley establece incapacidad absoluta para actuar como candidatos a los jefes con mando de fuerzas, a los secretarios de Estado y a los gobernadores estatales que no renuncien a sus puestos por lo menos un año antes de presentar su candidatura.) El presidente se comprometió a obtener la misma promesa de los civiles comprendidos en la incapacidad constitucional. Todos los generales manifestaron su aprobación.

Para presidente provisional se escogió de común acuerdo al secretario de Gobernación, el abogado tamaulipeco Emilio Portes Gil, a quien no se identificaba como miembro de la facción callista ni de la obregonista, si bien esta última fue la que empezó a promover su candidatura. A través de su Partido Socialista Fronterizo, el hombre había estado armando un cacicazgo en Tamaulipas y tenía como principales aliados a los caciques estatales Saturnino Cedillo, de San Luis Potosí; a Lázaro Cárdenas, de Michoacán; al habilidoso potosino Gonzalo N. Santos, y a otros.

El 1º de diciembre, tras entregar la Presidencia a Portes Gil, Calles tomó las riendas de un comité organizador de lo que acabaría llamándose Partido Nacional Revolucionario y estaría encargado de designar, en una convención nacional, al candidato que relevaría al ejecutivo provisional. La burocracia fue convertida en miembro forzoso del organismo y obligada a contribuir a su financiamiento con una cuota anual equivalente a siete días de sueldo. Los inconformes serían cesados. Hubo al mismo tiempo negociaciones secretas para encorralar en el PNR a los militares y a los civiles de los 8 000 seudopartidos y grupúsculos que se ostentaban como revolucionarios. Los "amarres" consistieron seguramente en arreglos mafiosos: entrega de puestos públicos, respeto de territorios, corruptelas e intereses creados de los caciques, más amplia impunidad para los amigos; y para los disidentes el ostracismo, la aplicación estricta de la ley y hasta la vida. La mayoría de los partidos políticos se forma para ganar el poder, pero el PNR fue fundado por los gobernantes para conservarlo.

Pronto se observó que el único gran personaje capacitado para lanzar su candidatura a la Presidencia constitucional era el general y licenciado Aarón Sáenz, quien por haber obtenido desde mucho tiempo atrás la licencia para separarse de la gubernatura neoleonesa (a fin de dirigir la campaña electoral de Obregón), no estaba comprendido en la incapacidad constitucional que afectaba a los demás caudillos. Más aún, Sáenz había dividido al obregonismo por seguir la línea callista. Corrió la voz de que se intentaba imponer la candidatura del general y licenciado, y el disgusto fue tan grande que Calles se vio en la necesidad de renunciar a la presidencia del comité organizador, aunque dejó el cargo a un incondicional, el general Manuel Pérez Treviño. Luego emitió la siguiente declaración: "Debo retirarme absoluta y definitivamente de la vida política y volver, como vuelvo desde hoy, a la condición del más oscuro ciudadano que ya no intenta ser, ni lo será nunca, factor político en México".

El primer "tapado"

La gran convención del PNR se reunió en Querétaro el 1º de marzo de 1929, y acudieron a ella 950 delegados de toda la República. Todavía el día 2, la inmensa mayoría estaba dispuesta a obedecer la consigna de votar por Sáenz, pero al día siguiente se les dijo que había habido un cambio y debía emitir su voto a favor del general e ingeniero Pascual Ortiz Rubio. Con el tiempo se apreciaría el motivo del cambio: el obregonismo estaba dividido; ya se había debilitado considerablemente y Calles vio la oportunidad de encumbrar a uno de los suyos y excluir a los partidarios del caudillo muerto.

Algunos delegados ni siquiera sabían quién era el nuevo candidato: al cabo averiguaron que fue maderista, que había ocupado la gubernatura de Michoacán y contó entre los primeros adherentes al Plan de Agua Prieta; que al triunfo de la revuelta se le asignaron diversos cargos diplomáticos y era embajador en Brasil; como la obligación constitucional de renunciar un año antes de lanzar una candidatura presidencial no comprende a los diplomáticos, él estaba legalmente capacitado para contender bajo las siglas del PNR. Ortiz Rubio ganó por unanimidad de votos.

Muchos militares obregonistas se rebelaron el 3 de marzo… contra la imposición de Sáenz, pues no estaban enterados del cambio de candidato. El jefe de la rebelión, designado como presidente provisional, era el comandante de operaciones de Coahuila, general José Gonzalo Escobar; entre sus principales lugartenientes contaban los generales Jesús M.

Aguirre, jefe militar de Veracruz; Francisco R. Manzo, de Sonora; Roberto Cruz, de Sinaloa; Francisco Urbalejo, de Durango; Marcelo Caraveo, de Chihuahua, y el gobernador de Sonora, Ricardo Topete.

En su indispensable manifiesto, los sublevados prometieron reimplantar la no reelección y derogar las disposiciones anticlericales dictadas por Calles. Muchos cristeros, que seguían activos en Jalisco, Guanajuato, Michoacán, Colima, Zacatecas, Aguascalientes y Durango, encontraron atractiva la oferta y por corto tiempo participaron en operaciones conjuntas al lado de los nuevos rebeldes. En su mejor momento los escobaristas controlaron la ciudad de Monterrey y los estados de Sonora, Sinaloa, Durango, Coahuila, Nayarit, Zacatecas, Jalisco, Veracruz y Chihuahua.

Para jefaturar las fuerzas del gobierno era indispensable un divisionario de alto prestigio, y como el secretario de Guerra y Marina, el general Joaquín Amaro, estaba incapacitado para ir al frente de batalla, pues había perdido un ojo por haber recibido un pelotazo en un juego de polo, Portes Gil tuvo que sustituirlo por Calles, el cual encontró así el pretexto ideal para renegar de su promesa de no volver a ser factor político.

Calles estableció su cuartel general en Aguascalientes, y tuvo como principales auxiliares a los generales Lázaro Cárdenas y Juan Andrew Almazán, quienes en los primeros combates recuperaron la plaza de Veracruz e hicieron fusilar al general Aguirre. Los sublevados perdieron una acción tras otra, pues Estados Unidos les impedía pertrecharse al norte del Bravo, en tanto que proporcionaba armas, parque y hasta aviones en abundancia a las fuerzas del gobierno; inclusive, Washington dejó que un regimiento callista que estaba sitiado en Ciudad Juárez cruzara la frontera para escapar hasta Piedras Negras.

A fines de abril los sublevados emprendieron la huida general. Según cálculos oficiales, el 30% del ejército siguió a Escobar, hubo 2 000 muertos y el gobierno gastó 14 millones de pesos en restablecer la paz. El resultado más importante de la revuelta fue la eliminación de los obregonistas, pues en el ejército sólo quedaron los callistas de buen grado o por fuerza. Todavía entonces Calles reiteró el anuncio de que se retiraba de la política.

Mientras tanto, Ortiz Rubio realizaba su campaña electoral y recibía las aclamaciones de los primeros "acarreados" del PNR. Su principal rival era el filósofo José Vasconcelos, quien lanzó su candidatura para ver si de veras habría sufragio efectivo y logró soliviantar a la clase media intelectual. Las elecciones tuvieron lugar en noviembre 1929. El gobierno auspició fraudes, acosó a los vasconcelistas, amenazó con el cese a los burócratas que no votaran por el candidato oficial, monopolizó los elementos de coacción que permiten manipular a los marginados y el día 28 se informó que Ortiz Rubio había recibido 1 948 848 votos contra 110 979 de Vasconcelos.

Desde Estados Unidos, a donde había huido, Vasconcelos expidió un "Plan de Guaymas" en el que declaraba fraudulentas y nulas las elecciones y ofrecía ponerse al frente de cualquier movimiento armado antigubernamental que surgiese en el país. No hubo ningún movimiento y el vasconcelismo se esfumó.

Portes Gil

Al asumir la Presidencia provisional, el 1º de diciembre de 1928, Emilio Portes Gil contaba con 38 años de edad. Había sido diputado en tres ocasiones y gobernador de Tamaulipas, su estado natal, hasta que Calles le encomendó la Secretaría de Gobernación y con esto lo colocó en un magnífico sitio para llenar el primer tramo de la acefalia creada por la muerte de Obregón. Por ser hijo de padre extranjero (dominicano), constitucionalmente estaba incapacitado para desempeñar la primera magistratura, pero la cuestión fue pasada por alto.

Lejos de haber sido un pelele, a los pocos días de quedar al frente del gobierno echó abajo unos negocios turbios que pretendían hacer un pariente de Calles, Arturo Elías, y un amigote sonorense, Santiago Smathers. Antes de cumplir el primer mes en la Presidencia, en el Teatro Lírico de la capital se escenificaba una obra de burlesque intitulada *El desmoronamiento de Morones* y el poderoso líder exigió al gobierno que mandara suprimir las representaciones. Lejos de doblegarse, Portes Gil anunció el propósito de hacer respetar la libertad de expresión. Calles se marchó a Europa en unas vacaciones que durarían cinco meses.

Otra huella que dejó el tamaulipeco durante el año tres meses que ocupó la Presidencia fue la de concluir los arreglos con el clero, que habían quedado en suspenso por la muerte de Obregón. Los templos reabrieron sus puertas el 30 de junio de 1929.

El 5 de febrero de 1931 Portes Gil entregó la Presidencia

a Ortiz Rubio. Después de realizar importantes trabajos políticos volvió a su bufete de abogado. Murió en 1977, triste por la evolución del partido que él había ayudado a formar: "No hemos hecho más que producir comaladas sexenales de millonarios", reconoció en una ocasión.

XXXIV. EL JEFE MÁXIMO

Ortiz Rubio había nacido en Morelia en 1877, en el seno de una familia clasemediera. En 1902 recibió el título de ingeniero topógrafo. Incorporado al maderismo, obtuvo en 1911 una diputación federal. Luchó contra Victoriano Huerta y fue gobernador de Michoacán entre 1918 y 1920, cuando se adhirió al Plan de Agua Prieta. Reconocía que su único merecimiento para ocupar la silla presidencial era el apoyo de Calles y sus asociados.

Paradójicamente, la ausencia del caudillo magnificó su poderío. Los políticos, por más que reiteraran su entusiasmo para la transición a un gobierno institucional, seguían añorando un dictador que repartiera el botín y disciplinara a los rivales díscolos. En el ejército casi todos los generales se declaraban callistas y de pronto, sin que él hiciera gran cosa por promoverse, Calles empezó a ser llamado "Jefe Máximo de la Revolución". Ortiz Rubio viajó a Nueva York para asistir a una cita con él, quien pasaría por esa ciudad a su regreso de las prolongadas vacaciones en Europa. En un cuarto del hotel Pennsylvania, el ya presidente electo recibió una lista con los nombres de quienes debía incorporar a su gabinete. Hasta el secretario privado era un espía callista.

El 18 de diciembre de 1929, Calles regresó a México. El tiempo se le fue en recibir los homenajes que le ofrecían: un jaripeo en el rancho del Charro, el saludo que fueron a rendirle hasta su hacienda de Santa Bárbara (ubicada a orillas de la carretera México-Puebla) las masas de "acarreados", un festival atlético en el parque de Balbuena, la sesión-homenaje organizada por el Congreso de la Unión y, sobre todo, el gran banquete ofrecido por el ejército, al que asistieron los jefes de operaciones del país entero, los cuales llevaron desde sus estados grupos de danzantes y músicos encargados de amenizar el acto.

El 5 de febrero de 1930, día de la toma de posesión, Ortiz Rubio abordó con su esposa y una sobrina el automóvil que debía transportarlo del palacio nacional a su domicilio. Cuando llegaba al patio principal surgió un individuo que disparó su pistola hacia el interior del vehículo. La esposa recibió un tiro arriba de la oreja izquierda; el proyectil rebotó para luego pegarle al presidente en la mandíbula derecha, y la sobrina sufrió heridas causadas por los trozos del vidrio hecho añicos.

Daniel Flores, de 23 años de edad, era el frustrado magnicida. Jamás se aclararon sus móviles. Lo sentenciaron a 19 años, 9 meses y 18 días de prisión; un día apareció muerto en su celda.

Después del atentado, Ortiz Rubio pasó tres semanas oculto en su alcoba del castillo de Chapultepec. Se restableció sin grandes complicaciones, pero al igual que sus familiares, jamás logró liberarse de una especie de delirio de persecución. Calles, desde su residencia particular en la cercana colonia Anzures, resolvía hasta los asuntos más insignificantes del gobierno. No tardó en aparecer en los muros de Chapultepec un letrero que decía: "Aquí vive el presidente, y el que manda vive enfrente". Circuló además el chiste de que a Ortiz Rubio lo apodaban "El Nopalito", por baboso.

Sin embargo, en torno a Ortiz Rubio también se formó una camarilla que deseaba afianzar en el mando a su jefe para encumbrarse a sí misma. Logró instalar en la presidencia del PNR a un dinámico correligionario llamado Basilio Vadillo, y éste se echó a cuestas la tarea de crear apoyos propios al presidente aprovechando una coyuntura favorable que ofrecían las elecciones de diputados en puerta.

Vadillo llenó los puestos claves del PNR con hombres de su confianza, y con vista a ganar refuerzos trató de conseguir el apoyo de los laboristas de Morones, que por resentimiento seguían apartados del partido oficial. Portes Gil, quien por gestiones de Calles volvió a ser secretario de Gobernación, se inquietó al advertir la maniobra y auspició una campaña publicitaria contra Vadillo. Cinco semanas de ataques virulentos bastaron para hacer que el atrevido abandonara su cargo.

En seguida, Portes Gil se concentró en efectuar una purga de elementos ortizrrubistas. Asumió la presidencia del PNR, desde la cual pudo lograr que, tanto en la capital como en los estados, los disidentes fueran sustituidos por individuos adictos a Calles o a él. Aun así el problema no desapareció. Los ortizrrubistas —a quienes se llamaba "blancos"— controlaban la comisión permanente del congreso, y no fue sino hasta el 2 de mayo cuando Portes Gil sacó del juego al "blanco" que presidía la comisión y la transfirió a un "rojo", color con que se designaba a los callistas.

Las elecciones no pusieron término a la lucha, ya que los "blancos" seguían controlando la comisión instaladora de la Cámara de Diputados. Portes Gil formó tres comisiones instaladoras "rojas", y en el congreso se creó un ambiente bélico, con los diputados blandiendo la pistola por cualquier insignificancia. Cada comisión descalificaba a los contrincantes y así llegó a haber tres supuestos ganadores para una sola curul.

Portes Gil pensaba que las maniobras robustecerían su poderío, pero Calles, adoptando el papel de apaciguador, condenó a quienes "minaban la estabilidad del gobierno", y el tamaulipeco no tuvo más remedio que renunciar a la jefatura del PNR "por motivos de salud".

Lázaro Cárdenas, quien por instrucciones de Calles había sido uno de los principales promotores de la candidatura de Ortiz Rubio, sustituyó a Portes Gil al frente del PNR. La pugna entre blancos y rojos no había terminado, y para no "quemarse" Cárdenas también renunció al poco tiempo de asumir el puesto. Lo remplazó el archicallista Pérez Treviño, lo que daría todo el poder al Jefe Máximo.

Pascual Ortiz Rubio

Ortiz Rubio llegó a la Presidencia en plena depresión mundial y los ingresos del gobierno se desplomaron. Otra vez fue necesario reducir —de 45 000 a 35 000— el número de ferrocarrileros y rebajar los sueldos de la burocracia. Además, Estados Unidos devolvió a México cientos de miles de braceros sin empleo. El país sorteó la crisis gracias a que su economía, predominantemente campesina, apenas reflejaba los altibajos internacionales, pero el presidente fue obligado a poner en el mando del Banco de México al Jefe Máximo y puso en marcha un "Plan Calles", que sólo sirvió para recalcar la dependencia del pelele.

Calles devaluó el peso sin avisar a Ortiz Rubio. ("Me hubieran dicho, para cambiar unos pesos que tenía yo guardados", se contaba que dijo el presidente.) Los secretarios de Estado recibían órdenes directamente del Jefe Máximo, realizando para el caso viajes a Cuernavaca, donde éste mantenía una residencia en un fraccionamiento conocido como de "Alí Babá y los 40 Ladrones". Los militares movilizaban tropas de un lugar a otro sin consultar a nadie. El acto de mayor importancia que se le permitió presidir a Ortiz Rubio fue la inauguración de un minúsculo pasaje subterráneo destinado a facilitar el cruce de una calle céntrica de la capital.

Las crisis de gabinete se producían una tras otra. Calles mismo advirtió que se había excedido al seleccionar a Ortiz Rubio. Necesitaba sustituirlo por alguien que, sin dejar de serle sumiso, ofreciera un espectáculo menos censurable. En 1932, la facultad de elegir presidente provisional de nuevo recaía en el congreso sujeto al Jefe Máximo. Ortiz Rubio presentaba el único problema, porque a pesar de los desaires de que era objeto no firmaba su renuncia. Calles ordenó a sus partidarios que se abstuvieran de colaborar con él; éste se quedó solo y el 1º de enero de 1932 no le quedó más remedio que dimitir.

Quienes trataron de cerca a Ortiz Rubio aseguran que era bastante simpático y nada tonto, por lo que la fama de haber sido "El Nopalito" lo atormentó durante el resto de sus días. Murió en 1962, olvidado por todos.

Abelardo L. Rodríguez

Para completar el sexenio, el congreso nombró presidente interino al general Abelardo L. Rodríguez, sonorense cuyos principales méritos políticos y militares consistían en haberse adherido al Plan de Agua Prieta y haber ocupado sin violencia la despoblada Baja California, en la que sustituyó a un coronel carrancista. En premio se le nombró gobernador y comandante militar del territorio bajacaliforniano; en Tijuana y Mexicali empezó a formar una fortuna como zar del juego, el tráfico de alcohol y la prostitución. Al estallar las revueltas delahuertista y escobarista permaneció escrupulosamente leal a Obregón y Calles.

Rodríguez había nacido en 1889 en Guaymas. Era un hombre alto y fortachón que se deleitaba golpeando a chinos enclenques, de los que había grandes cantidades en el noroeste. Hijo de un comerciante en pequeño, en 1906 emigró a Estados Unidos y se convirtió en gran admirador del *American way of life,* por lo que se le tachaba de "pocho". En 1913 regresó a México para incorporarse a las filas carrancistas. Al lado de Obregón combatió en Celaya contra Pancho Villa y ascendió a teniente coronel. El generalato lo obtuvo después de adherirse al Plan de Agua Prieta, en 1920. Entre 1923 y 1929 fue gobernador del territorio de Baja California Norte y luego pasó a ser subsecretario de Guerra y secretario de

Industria, Comercio y Trabajo, de donde ascendió a la Presidencia.

Él mismo decía que no era político ni le interesaba la política, lo cual parece haber determinado su nombramiento presidencial, pues Calles había dado por considerar a México como una hacienda suya y al presidente como el administrador, cosa que Rodríguez era, en grado de excelencia: en su breve actuación como jefe del ejecutivo realizó importantes obras urbanísticas en el Distrito Federal y auspició la apertura de lujosos casinos en la capital y en Cuernavaca.

Para afianzar su autoridad como administrador, con el apoyo del Jefe Máximo expidió un oficio en el que prohibió a sus secretarios que consultaran a Calles asuntos de gobierno; les dijo que si deseaban conocer la opinión del personaje sobre alguna cuestión, él —Rodríguez— se las diría, pero el contacto directo con el Jefe Máximo estaba reservado exclusivamente para el presidente. Los secretarios que no estuvieran de acuerdo debían renunciar. Nadie lo hizo.

Mientras tanto, Calles se ocupaba de trazar las políticas que debía seguir el sustituto de Rodríguez. El PNR elaboró un "plan sexenal" que debía comprometerse a observar el candidato a ocupar el codiciado puesto; si trataba de independizarse, los callistas podrían acusarlo de violaciones al plan y presionarlo para que renunciara. Ya se había restablecido la no reelección, aunque se conservó el periodo presidencial de seis años.

Rodríguez entregó la Presidencia el 1º de diciembre de 1934 y sin pérdida de tiempo volvió a su añorada Baja California, donde siguió enriqueciéndose como empresario e impulsor de grandes fraccionamientos y enlatadoras de pescado. Entre 1943 y 1947 accedió a hacerse cargo de la gubernatura de Sonora, donde se le recuerda como el mejor ejecutivo que ha tenido la entidad. Murió en 1967 en su residencia de La Jolla, California.

XXXV. LA GALLINA DE ABAJO

La muerte de doña Natalia, su primera cónyuge, en 1927, había sumido a Calles en una depresión de varios meses. Nunca le faltaron lambiscones que le ofrecieran a sus esposas o a sus hijas para ayudarle a mitigar la soledad, y de Agua Prieta le mandaban garrafones de bacanora que consumía hasta la última gota, pero sólo se repuso anímicamente el día que se enamoró de una bella veinteañera yucateca, soprano de la Compañía Nacional de Ópera, que se llamaba Leonor Llorente.

Primero Calles se la llevó a Europa y luego contrajo matrimonio con ella. Fue inmensamente feliz al lado de la joven, pero ésta falleció el 22 de noviembre de 1932, al dar a luz a su segundo hijo. El día del sepelio se suspendieron las labores del gobierno y se decretó un mes de duelo nacional. El viudo se mostró inconsolable y otra vez, ante la multitud de influyentes que asistieron al panteón, derramó un torrente de lágrimas.

Sólo el poder mitigaba su tristeza. Por breve tiempo fue secretario de Guerra y de Hacienda en el gobierno de Ortiz Rubio y luego secretario de Hacienda bajo Abelardo Rodríguez, pero al cabo se desinteresó por desempeñar cargos públicos y decidió concretarse a ser el alma de la política mexicana. En sus vacaciones había visto que, mientras el hambre cundía en Estados Unidos, Francia, Alemania e Inglaterra, por la depresión iniciada en 1929, Benito Mussolini y su partido fascista habían restablecido la paz social en Italia, la economía de la península florecía y, por primera vez en la historia, los trenes italianos circulaban con estricto apego al horario. Acabó pensando que lo conveniente para México era olvidarse de la Revolución mexicana y emular el ejemplo de Mussolini. Indicio de lo anterior fueron las declaraciones que hizo el 15 de junio de 1930, a su paso por San Luis Potosí:

—Si queremos ser sinceros con nosotros mismos, tenemos que confesar los hijos de la revolución que el agrarismo, como lo hemos practicado, es un fracaso. La felicidad de los hombres del campo no consiste en entregarles un pedazo de tierra si les falta la preparación y los elementos indispensables para cultivarla. Antes bien, por ese camino los llevamos al desastre, porque les creamos pretensiones y fomentamos la holgazanería... Hasta ahora hemos venido dando tierras a diestra y siniestra, sin que éstas produzcan nada, sino crear a la nación un compromiso pavoroso, porque los bonos de la deuda agraria, en su totalidad, están en manos de los banqueros norteamericanos...

Los murmullos

El ambiente político hervía en conjeturas acerca de quién iba a ser el hombre designado para suceder a Rodríguez en el sexenio 1934-1940. Se pidió al Jefe Máximo su opinión al respecto, y sin rodeos éste repuso que su favorito era el general Manuel Pérez Treviño.

Este hombre había ocupado la presidencia del PNR en tres ocasiones de las siete en que, durante sus primeros tres años de vida y como resultado de pugnas bizantinas, el partido cambió de dirigente. Todo el mundo lo consideraba un incondicional de Calles, y cuando corrió la voz de que podía llegar a la Presidencia de la República, en la "cargada" surgió el temor de que repartiera el botín del poder entre los favoritos del Jefe Máximo y excluyera a las demás facciones. Muchos políticos andaban faltos de sueño, temerosos de quedarse sin empleo y de perder sus corruptelas.

Emilio Portes Gil descolló entre los descontentos. Aliado con el cacique de San Luis Potosí, Saturnino Cedillo, un cavernario que disponía de un ejército propio compuesto por 15 000 colonos agraristas, y que tenía la ayuda de activísimos políticos como Gonzalo N. Santos, decidieron promover la candidatura de otro cacique estatal, Lázaro Cárdenas, de Michoacán. Hasta un hijo de Calles, Rodolfo, contó entre los primeros en declararse cardenista. El Jefe Máximo aparentó ceder: después de todo, el sustituto que le ofrecían también estaba considerado como incondicional suyo.

La relación entre ambos personajes se había iniciado en 1915, cuando Cárdenas, entonces de 20 años y con el grado de mayor, encabezaba un regimiento provillista que marchó hacia Agua Prieta con instrucciones de colaborar con las fuerzas que tenían sitiado a Calles en ese lugar, pero en vez de cumplir las órdenes se pasó con todos sus hombres al bando de los sitiados y les ayudó a repeler el ataque. Luego se quedó en Sonora y participó en acciones militares como la de combatir a los yaquis rebeldes. En retribución lo ascendieron primero a teniente coronel y luego a coronel.

Con este grado y como jefe de la guarnición de la Huasteca, en 1920, al proclamarse el Plan de Agua Prieta, Cárdenas fue de los primeros en adherirse al movimiento y tuvo la suerte de acoger en su campamento a Rodolfo Herrero, el cabecilla de los asesinos de Carranza, por lo que recayó sobre él la tarea de conducir a su prisionero a México, pero poco a poco, para dar tiempo a que "se olvidara el muertito" y el matón pudiese ser sometido a una farsa de juicio tras la cual se le dejaría en libertad. Como premio Cárdenas fue ascendido a general brigadier; luego, tras combatir contra los delahuertistas, los cristeros y los escobaristas, ascendió a general de brigada y finalmente a general de división. En el interludio y con el apoyo de Calles fue gobernador de Michoacán, presidente del PNR dos veces, secretario de Gobernación en 1931 y secretario de Guerra en 1933.

Sin embargo, el favorito fue sometido a diversas pruebas de lealtad. En primer término se comprometió a respetar el plan sexenal de gobierno elaborado por el PNR, que reflejaba las ideas del Jefe Máximo. Todavía entonces se inquietó Calles al ver que el candidato, en el desarrollo de su campaña electoral, viajaba hasta los villorrios más apartados para quedar bien con los pobladores, como si los votos tuvieran importancia y lo único que contaba no fuera la voluntad del poderoso sonorense.

Para ver cómo reaccionaba cuando se le mostrase quién seguía siendo el amo, Calles se hizo presente en Tabasco cuando Cárdenas visitó la entidad. Los tabasqueños estaban gobernados por un tiranejo llamado Tomás Garrido Canabal, un adherente del Plan de Agua Prieta que se había propuesto implantar en su tierra una filosofía fascistoide revuelta con los peores excesos de la Revolución francesa.

Garrido Canabal mandó cerrar los templos de su entidad y quemar las imágenes religiosas; impidió el trabajo de los sacerdotes que no abjuraran de la autoridad del Vaticano y hasta prohibió que los tabasqueños dieran a sus hijos nombres cristianos. Combatió el alcoholismo mediante el sencillo recurso de decretar el cierre de tabernas, pero Tabasco siguió siendo uno de los estados con menor índice de alfabetización. Para imponer su autoridad formó una milicia de pelafustanes llamados "camisas rojas", burda imitación de los "camisas negras" mussolinianos.

En cambio, prohibió las huelgas e interpretó la reforma agraria como una licencia para que él y sus principales corifeos formaran haciendas de su propiedad. Inclusive actuó como fiel capataz de la United Fruit, la cual no tenía que preocuparse por enfrentar conflictos laborales en sus enormes plantaciones de la entidad. Calles dio a Tabasco el título de "Laboratorio de la Revolución", y esto hizo saber al candidato que su tarea como presidente consistiría en tabasquizar a México entero.

Inclusive, siendo ya presidente electo, Cárdenas viajó hasta la hacienda sinaloense de El Tambor, propiedad de Calles, para "presentar sus respetos al Jefe Máximo", y al llegar se le dijo que aguardara en un salón mientras el señor general terminaba de jugar un partido de baraja con amigos. El 20 de julio de 1934, de paso por Guadalajara, Calles expidió nuevas instrucciones:

> La Revolución no ha terminado [...] Es necesario que entremos en un nuevo periodo revolucionario, que yo llamaría periodo de la Revolución psicológica. Ahora debemos de apoderarnos de las conciencias; de la conciencia de la niñez; de la conciencia de la juventud porque la juventud y la niñez pertenecen a la Revolución [...] Excito a [...] todas las autoridades del país [...] para que demos esa batalla definitiva [...] porque la juventud debe pertenecer a la Revolución.

El planteamiento era idéntico al que hacían los totalitarios de la Unión Soviética, Alemania e Italia. El *lavado de cerebros* —como se le llamaría ahora— debía llevarse a cabo siguiendo los preceptos de un desquiciante programa de educación socialista que pretendía "crear en la juventud un concepto racional y exacto del universo y de la vida social". Nada menos que esa insensatez.

El deslinde

Cárdenas asumió la Presidencia el 1º de diciembre de 1934. Justo en esos días Calles enfermó de la vesícula y recibió de sus médicos la recomendación de trasladarse a Los Ángeles para ser operado. Al partir, el día 11, tal vez le confortaba recordar que había impuesto en el flamante gobierno a tres secretarios —el de Guerra, el de Comunicaciones y el de Agricultura— y que además había dejado organizadas camarillas para que dos de sus hijos, Plutarco y Alfredo, aunque sonorenses, fueran convertidos en gobernadores de Nuevo León y

Tamaulipas, respectivamente, así como que su yerno favorito, Fernando Torreblanca, quedara en Relaciones Exteriores como subsecretario. Pero quizá no tomó en cuenta que el subsecretario de Guerra nombrado por Cárdenas era el general Manuel Ávila Camacho, íntimo del presidente y encargado de vigilar al secretario callista, el general Pablo Quiroga.

Menos pudo saber que, por instrucciones de Cárdenas, el embajador en Washington, Francisco Castillo Nájera, había gestionado y obtenido del gobierno norteamericano la promesa de que no se venderían armas ni se permitiría la organización de grupos rebeldes en territorio de Estados Unidos. Además, los jefes militares callistas del interior del país fueron remplazados por cardenistas y las camarillas encargadas de convertir en gobernadores a Plutarco Jr. y Alfredito empezaron a toparse con obstáculos insuperables para cumplir con su cometido.

Después de ser operado y pasar la convalecencia en Los Ángeles, Calles volvió a su hacienda de El Tambor y hasta allá empezaron a llegarle informes inquietantes: Cárdenas protegía al líder marxista Vicente Lombardo Toledano para que obtuviera triunfos en la ola de huelgas que estaba desatando, mientras que los sindicatos de Luis N. Morones invariablemente obtenían resultados negativos en las juntas de conciliación. Peor aún, el congreso se había dividido en un ala callista que, si bien seguía siendo la más fuerte, estaba resintiendo el acoso del ala cardenista.

A fines de mayo, Calles viajó a la ciudad de México, en cuya estación ferroviaria fue recibido por el presidente y toda una corte de callistas. En seguida tuvo una larga junta privada con Cárdenas, pero la situación política no se modificó. En junio, el Jefe Máximo hizo declaraciones para exigir que se pusiera término a la ola de huelgas y a la división del congreso, en alas, ya que en estos casos interviene "por último el ejército. Como consecuencia, el choque armado y el desastre de la nación".

En resumen, Calles exigía devolver su influencia política a Morones y amenazaba a Cárdenas, en caso de no suprimir las divisiones en el congreso, con sacarlo del poder, como hizo con Ortiz Rubio. En respuesta, el presidente obtuvo la renuncia del secretario de Guerra Quiroga, del secretario de Comunicaciones Rodolfo Elías Calles —hijo del Jefe Máximo y ex gobernador de Sonora— así como del secretario de Agricultura Tomás Garrido Canabal. Luego vino una purga de gobernadores y legisladores callistas, además del traslado a ciudades apartadas o el "paso a disponibilidad" de los militares que persistían en su callismo.

Calles respondió emitiendo su enésimo anuncio de que se retiraba definitivamente de la política y se fue a Hawai.

Los periódicos aparecieron repletos de cuchufletas para ridiculizar al Jefe Máximo y a sus principales partidarios. A fines de 1935, el gran personaje regresó a la ciudad de México "para defender al callismo de los ataques que está sufriendo", y los mismos periódicos que antes lo habían adulado hasta la abyección se negaron a publicar sus declaraciones. Entonces financió la publicación de un periódico propio, *El Instante*, cuya imprenta fue destruida por las turbas sindicales de Lombardo Toledano, y ya nadie lo quiso imprimir. Alojado en su hacienda de Santa Bárbara, la noche del 8 de abril de 1936 fue sorprendido por un general que, por instrucciones de Cárdenas, le ordenaba prepararse para salir del país. En ese momento leía *Mi lucha*, el libro de Hitler. A la mañana siguiente lo llevaron al aeródromo de Balbuena, donde en compañía de Morones y de otros activos callistas, Luis L. León y Melchor Ortega, fue obligado a subirse a un aeroplano que lo llevaría al exilio en Estados Unidos.

Acabó instalándose en San Diego, California, a un paso del entonces villorrio de Tijuana. Privado del poder, volvió a ser gallina de abajo, resignado a recibir la lluvia excremental de los animales superiores que poco antes le rendían culto. En el congreso, dominado por cardenistas, se le atacaba a diario. A mediados de 1938 un diputado, Joaquín Muñoz, calificó de "nefasta" la labor del PNR y pidió suprimirlo. Cárdenas comentó que por el momento no debía desaparecer sino ser reformado, y en efecto, ese mismo año la gran creación política de Calles dejó de existir para ser sustituida por el PRM, Partido de la Revolución Mexicana (PRM).

En 1942, tras el estallido de la segunda Guerra Mundial, el presidente Manuel Ávila Camacho invitó a Calles a regresar al país para hacer una demostración de unidad revolucionaria, y el exiliado apareció en el balcón de honor del palacio nacional en compañía de Cárdenas y los demás ex presidentes vivos: De la Huerta, Portes Gil, Ortiz Rubio y Rodríguez. Obtuvo permiso para radicar permanentemente en México, y después de pasar unos días en su hacienda neoleonesa de Soledad de la Mota se instaló en el caserón de Anzures.

Entonces el antiguo jacobino se transformó en fanático del espiritismo y jamás faltaba a las sesiones en que toda clase de seres de ultratumba le detallaban las delicias de un mundo en el que no existía la traición, ni la ingratitud, ni las presiones sociales que impulsan a los hombres a adquirir el vicio del poder, más embriagante que el del bacanora, y más torturante cuando se le suspende de un tirón. Murió el 9 de octubre de 1945, de complicaciones sufridas al ser operado nuevamente de la vesícula.

XXXVI. CÁRDENAS Y EL PRM

Lázaro Cárdenas se complacía en ser tomado por indio tarasco, pero en realidad nació en el seno de una familia criolla con mezcla de mulato y muy poco de indígena (Jiquilpan, Michoacán 21 de mayo de 1895). Su infancia fue exactamente igual a la de millones de muchachos de la clase media: estudió hasta el sexto año de primaria e inició su vida de trabajo como mozo en la oficina recaudadora de impuestos de su pueblo. Con o sin razón un día lo acusaron de haber robado dinero y tuvo que dejar el empleo.

Fue después aprendiz en un pequeño taller de imprenta, y era tan avispado que en poco tiempo —cuando el "maistro" se quedó manco por haberse prensado una mano— formó una cooperativa con sus compañeros y quedó al frente del negocio. Mientras trabajaba en la imprenta, Porfirio Díaz fue derrocado y Madero llegó al poder. El hecho apenas repercutió en el alejado Jiquilpan; sin embargo, en la anotación correspondiente al 16 de junio de 1912 el joven escribió en su diario: "Creo que para algo nací. Para algo y algo he de ser. Vivo siempre fijo en la idea de que he de conquistar fama. ¿De qué modo? No lo sé".

Ni siquiera el cuartelazo de Victoriano Huerta alteró la vida de Jiquilpan. Pero en junio de 1913 un rebelde llamado Pedro Lemus tomó el pueblo y mandó imprimir 5 000 hojas de un manifiesto. Días más tarde los huertistas recuperaron

Jiquilpan y el impostor Cárdenas, por haber aceptado el encargo, pasó a ser visto como revolucionario. El 18 del mismo junio se giraron órdenes de aprehensión en su contra, y para librarse de la cárcel huyó al todavía más aislado pueblo de Apatzingán, donde comprendió que lo más conveniente era incorporarse a la "bola" y se dio de alta en la banda revolucionaria del general Guillermo García Aragón, un ex zapatista que se había pasado al carrancismo.

Como tenía "muy buena letra" le dieron el grado de capitán segundo y el cargo de secretario del general. Contaba entonces con 18 años de edad.

En septiembre García Aragón fue derrotado por un regimiento huertista y su grupo se dispersó. Cárdenas, abandonado en el monte, procedió a buscar otra banda revolucionaria y acabó incorporándose a la de un general llamado Martín Castrejón. Le tocó participar en un combate en que murieron un capitán y ocho soldados revolucionarios; después pasó un tiempo en Jiquilpan, y cuando el huertismo daba señales de estarse desmoronando, reapareció en escena incorporado a las fuerzas de Eugenio Zúñiga, otro oscuro caudillo que lo ascendió a capitán primero.

Tras la caída de Huerta, los revolucionarios michoacanos se trasladaron a la capital para reclamar su parte del botín destinado a los triunfadores. Cárdenas llegó a la ciudad de México el 15 de julio de 1914 y consiguió ser ascendido a mayor. Primero anduvo en Morelos combatiendo contra los zapatistas. Luego, con el grado de teniente coronel, fue enviado a Sonora, donde se libraban los encuentros preliminares de la guerra entre carrancistas y villistas.

De acuerdo con un pacto celebrado en esos días entre el carrancismo y Villa, las fuerzas de las que formaba parte Cárdenas debían ponerse a las órdenes del general neutralista Juan G. Cabral, a quien se iba a encomendar la misión de restablecer el orden alterado por la pugna entre el gobernador villista José María Maytorena y el coronel carrancista Plutarco Elías Calles.

Maytorena dominaba la mayor parte de Sonora y tenía sitiado a Calles en Agua Prieta. Cárdenas, con 400 hombres, recibió órdenes de atacar al sitiado, pero en lugar de hacerlo se pasó al carrancismo. Si cambió de bando por haber recibido algún cañonazo de a 50 pesos —los de 50 000 eran para los generales— o solamente porque intuía que en el carrancismo iba a encontrar las mejores oportunidades de "conquistar fama", como había escrito en su diario, es algo que hasta la fecha no se ha aclarado.

Por lo pronto, este episodio le ganó la buena voluntad de Calles, quien gestionó su ascenso a coronel. En seguida lo pusieron al frente de un regimiento enviado a Chihuahua en persecución de Villa, y tras breve tiempo volvió a Sonora para tomar parte en la sangrienta guerra contra los yaquis rebeldes. Tan eficazmente cumplió las órdenes recibidas que el gobernador Calles empezó a verlo como su favorito. En 1918 lo enviaron a Michoacán a liquidar los últimos focos anticarrancistas, y al año siguiente pasó con el mismo objeto a la Huasteca veracruzana.

En mayo de 1920, el coronel Cárdenas fue de los primeros en adherirse al Plan de Agua Prieta. El 23, encontrándose en las inmediaciones de Papantla, llegó de improviso a su campamento el general Rodolfo Herrero, quien dos días antes había supervisado el asesinato de Carranza y había huido a la Huasteca buscando la protección que esperaba recibir en territorio obregonista.

El problema planteado por la aparición del magnicida era demasiado importante para que Cárdenas se atreviese a resolverlo por cuenta propia. Se trasladó con él a Papantla para conferenciar telefónicamente con Calles, y recibió órdenes de conducirlo a la ciudad de México, pero sin precipitaciones y lo más lentamente posible. Mientras llegaba el momento de dar a Herrero un merecido premio, como al fin se hizo, convenía dejar que pasara un tiempo largo y armar la farsa de un juicio para que el escándalo se enfriara.

Primero, Cárdenas se lo llevó de Papantla a Tuxpan, donde ambos tomaron un barquichuelo que los depositó en Tampico. Tras descansar en el puerto un par de días prosiguieron a Monterrey, y al cabo de otro descanso continuaron a la ciudad de México por el lento ferrocarril. La explicación cardenista de este recorrido es que se necesitaba evitar el paso por territorio enemigo. Ya en la capital, Herrero fue entregado en la oficina de Calles. Obregón ascendió a Cárdenas a general de brigada —tenía apenas 25 años— y lo nombró comandante militar y gobernador provisional de Michoacán.

En 1923 pasó a Jalisco para participar en el aplastamiento de la rebelión delahuertista; lo hirieron, fue capturado y tuvo la suerte de que le perdonaran la vida. En 1928, ya como divisionario, fue electo gobernador constitucional de su estado y apoyó la reelección de Obregón. Cuando fue sofocada la revuelta escobarista (1929), se convirtió en uno de los hombres más destacados del país por haber sido lugarteniente de Calles y porque el triunfo hizo de éste el amo de la política nacional. A los observadores les pareció muy significativo que en noviembre de 1930 Cárdenas asumiera la presidencia del PNR, previa solicitud de licencia para abandonar el cargo de gobernador, y que entre septiembre y octubre de 1931 fuera secretario de Gobernación bajo Ortiz Rubio y al año siguiente secretario de Guerra bajo Rodríguez; a esas alturas se le llamaba ya "el ahijado predilecto de don Plutarco".

Apenas terminado su mandato como gobernador constitucional de Michoacán, Cárdenas aprovechó un corto descanso para contraer matrimonio con la que sería su esposa de toda la vida: Amalia Solórzano, una agraciada muchacha de Tacámbaro, Michoacán, cuya tradicionalista familia se oponía a aceptar como yerno a un militar jacobino que no quiso casarse por la iglesia, de modo que ni el suegro ni la suegra estuvieron presentes en la ceremonia de enlace civil, celebrada el 25 de septiembre de 1932.

La gran faena

Nadie parece haber dudado de que Calles tenía en el michoacano a otro pelele. El 6 de diciembre de 1933, cuando éste fue designado candidato presidencial del PNR, un periódico publicó una caricatura que sintetizaba la opinión general: en ella aparecía una sirvienta (Calles) que salía del mercado cargando una canasta rebosante de pencas de nopal —entre las cuales una estaba recortada para figurar el perfil de Cárdenas— y un ama de casa (la nación) que le decía:

—Pero Plutarca, ya le dije a usted que no me traiga nopales, porque hacen mucho daño.

Cárdenas no hizo nada por desengañar a los murmuradores. Todo lo contrario: desde sus primeros discursos como candidato tuvo el cuidado de incluir algunas palabras elogiosas para el Jefe Máximo. Aun así, Calles quiso asegurarse de que el ahijado no le hiciera una mala jugada, y en prevención lo sometió a una racha de humillaciones que mostrarían a la "cargada" quién seguía siendo el amo.

En Tabasco, durante la gira electoral, tuvo lugar una de las escenas más bochornosas. Calles había hecho elogios del cacique Tomás Garrido Canabal, hasta declararlo como el hombre que marcaba los rumbos de la Revolución mexicana, y Cárdenas tuvo que deshacerse en elogios para el cacique. Entre los periodistas que cubrían la gira se desataban discusiones acerca de quién era el segundo hombre del país: Garrido Canabal o el candidato. Lo que nadie ponía en duda era que Calles fuese el número uno.

En la gira también estaba el futuro secretario de Gobernación y de Educación Pública, Ignacio García Téllez. Al segundo día de estancia en Tabasco, mientras Cárdenas y Calles comían en casa de Garrido Canabal, un garridista se metió al alojamiento del secretario en ciernes para invitarlo a participar en un acto público que consistía en la destrucción, con marro y martillo, de una gran pila de imágenes religiosas. El civilizado García Téllez se negó a tomar parte en la acción y como resultado los "camisas rojas" lo insultaron y le dieron violentos empellones.

La noticia no tardó en llegar al comedor donde se encontraban el candidato, el cacique estatal y el Jefe Máximo. En el cartabón sicológico de los revolucionarios, Cárdenas debía considerar como propia la humillación infligida a su colaborador y, si tenía agallas de hombre cabal, reaccionar airada y violentamente contra Garrido. Para agravar la ofensa, el propio cacique tachó de poco hombre a García Téllez y Calles lo secundó. Cárdenas refrendó su sometimiento ordenando al colaborador que regresara a la ciudad de México. Más aún, al proseguir su gira Cárdenas declaró que Tabasco era "el Laboratorio de la Revolución" y el primer domingo de julio de 1934, cuando se celebraron las elecciones, volvió a someterse simbólicamente a Calles emitiendo su voto a favor de Garrido.

El benefactor

Del candidato presidencial sólo desconcertaba el hecho de que estuviese surcando la república entera para escuchar las quejas de la gente; recorrió 27 000 kilómetros en autobús, ferrocarril, avión y barco, a pie y a caballo, para visitar hasta remotas rancherías, como si en verdad importaran los votos y lo esencial no fuera la voluntad del Jefe Máximo. Cárdenas dijo haber visto "regiones enteras en las que sus habitantes vivían ajenos a toda civilización material y espiritual, hundidos en la ignorancia y la pobreza más absoluta, sometidos a una alimentación, a una indumentaria y a un alojamiento inferiores e impropios de un país que tiene los recursos materiales suficientes para asegurar una civilización justa".

Luego, para esa gente la Revolución no había pasado de ser una farsa monstruosa. Participaban en la gira muchos creyentes en las fórmulas revolucionarias mágicas, entre ellos un buen número de comunistas, y parece ser que en plática con ellos tomó Cárdenas la decisión de hacer un gobierno socialistoide que —pensaba— liquidaría en un sexenio la miseria en el país. Esto parece ajustarse a los anhelos que escribió en su diario.

En las elecciones le adjudicaron 98.19% de los votos emitidos y el restante 1.8% a tres candidatos independientes. Cuando estaba por llegar el 1º de diciembre de 1934, día en que iba a recibir la banda presidencial, Cárdenas ordenó que los asistentes a la ceremonia vistieran traje de calle y no frac, como se acostumbraba en la época, y añadió que no iba a vivir en el castillo de Chapultepec, sino en un rústico caserón ubicado a orillas del bosque, que había formado parte de un rancho propiedad del gobierno. El lugar era llamado La Hormiga, y por orden presidencial cambió de nombre para ser conocido como Los Pinos.

Casi nadie sabía que Los Pinos se llamaba también una quinta ubicada en las goteras de Tacámbaro, en la cual, durante una fiesta ofrecida en su honor, el gobernador Cárdenas había pedido a la joven Amalia que se casara con él.

XXXVII. LLEGADA A LA PRESIDENCIA

A LA DISTANCIA no cabe duda de que Cárdenas soportó las humillaciones recibidas como candidato sólo para conseguir el poder presidencial y finalmente emplearlo para desembarazarse del padrino y gobernar sin interferencias. No se sabe cuántos desvelos padeció para armar su plan, y aunque leyó en su vida pocos libros, entre los que no se encontraba *El príncipe*, acabó revelándose como un aprovechado discípulo de Maquiavelo.

Según parece, Calles sólo empezó a preocuparse cuando vio que Cárdenas trasladaba del norte al sur y del este al oeste, y viceversa, a prácticamente todos los jefes de zonas militares, y los sustituía por carrancistas que habían estado exiliados en el extranjero, los cuales recibieron permiso para volver al país, fueron reincorporados al servicio activo y veían al Jefe Máximo como su enemigo mortal. Por otra parte, Calles había impuesto en el gabinete cardenista, además de al general Pablo Quiroga como secretario de Guerra, a su hijo Rodolfo Elías Calles, como secretario de Comunicaciones; a Tomás Garrido Canabal, en Agricultura, y al marxista Narciso Bassols nada menos que en Hacienda.

Todavía el día de las elecciones, Cárdenas se declaró dispuesto a solicitar "los consejos de los prohombres revolucionarios", o sea de Calles. Garrido Canabal, en cuanto llegó al

Distrito Federal, solicitó y obtuvo que se le cediera el palacio de Bellas Artes para celebrar "sábados rojos" y "jueves ganaderos" en los que el oficial mayor de la secretaría retaba a Dios a demostrar su existencia haciéndolo fulminar con un rayo, y todavía al terminar el acto organizaba frente al edificio de Correos una especie de autos de fe en los que se quemaban imágenes religiosas.

Garrido Canabal también llevó hasta México a sus "camisas rojas". Cada mañana el cacique saludaba a los empleados de la secretaría con un estentóreo:

—¿Existe Dios?

A lo cual los empleados respondían:

—¡Nunca ha existido!

Al décimo día de que Cárdenas estuvo en la Presidencia, una gavilla formada por 70 "camisas rojas" se apostó en las afueras de una iglesia de Coyoacán para balacear a la gente que salía de misa; mataron a cinco e hirieron a varios. Una enardecida multitud se lanzó contra los agresores, quienes corrieron a refugiarse en el palacio municipal, acogidos a la protección del jefecillo de gobierno, otro garridista que mandó a sus policías a dispersar a los católicos, ocultó las armas de los tabasqueños y pretendió convertir a los agresores en agredidos.

Al cabo, los "camisas rojas" fueron dejados en libertad. Calles aplaudió el ardor jacobino de los tabasqueños y Cárdenas, sintiéndose todavía demasiado débil para hacer otra cosa, se limitó a prohibir toda manifestación que no fuera organizada por el PNR. Garrido Canabal permaneció en su puesto.

El hilo se iba a reventar en el tramo sindical. Desde que empezó a presagiarse el desmoronamiento de Morones, cinco líderes —los "lobitos", encabezados por el joven Fidel Velázquez— que controlaban cientos de pequeños sindicatos, abandonaron la CROM para actuar independientemente. Al mismo tiempo el subcaudillo cromista, Vicente Lombardo Toledano, se separó de la central llevándose consigo a un buen número de sindicatos. Morones estaba aún lejos de quedar fuera de combate; controlaba el poderoso sindicato de obreros textiles de Orizaba, los del puerto de Veracruz y las federaciones de varios estados, y tanto éstos como los "lobitos" y Lombardo Toledano se lanzaron a hacer demostraciones de fuerza declarando cientos de "huelgas locas". Fidel y Lombardo, sumados al cardenismo, conseguían fallos favorables en sus huelgas, mientras que los movimientos emprendidos por los moronistas eran calificados de inexistentes. En el fragor de la lucha sindical menudeaban los ataques virulentos contra Calles y Morones.

Refugiado en su hacienda sinaloense de El Tambor, el Jefe Máximo recibía la visita de legiones de sus partidarios que le pedían meter en cintura al ahijado, pues nulificar el poderío de Morones debilitaba a la Jefatura Máxima. En junio de 1935, Calles tomó un avión para presentarse abruptamente en la ciudad de México. Todavía entonces en el aeropuerto lo recibieron prácticamente todos los principales políticos, incluido Cárdenas. Los dos personajes mayores se encerraron poco después a conferenciar. Según parece, el presidente trató de convencer al ex padrino de que lo dejara gobernar en paz y que así ya nadie lo molestaría; lejos de acceder, Calles exigió a Cárdenas que se deshiciera de Lombardo Toledano y de los demás líderes antimoronistas. En respuesta, Lombardo y los cinco "lobitos" multiplicaron sus huelgas, de las que sólo en 1935 hicieron estallar 650, y 659 en 1936, contra sólo 13 que se registraron en 1932.

Inicialmente la "cargada" se volcó a favor de Calles. Legiones de políticos acudieron a la residencia del caudillo en Cuernavaca para manifestarle su apoyo, y en el congreso una encuesta reveló que 99 diputados y 45 senadores se proclamaban callistas, en tanto que los cardenistas sólo sumaban 44 y nueve, respectivamente.

Entonces Cárdenas convocó a una reunión de gabinete y obtuvo la renuncia del general Quiroga, Rodolfo Elías Calles cedió Comunicaciones al cardenista general Francisco J. Múgica, y el marxista Bassols fue sustituido en Hacienda por el competente Eduardo Suárez. Los cardenistas de la primera época —Emilio Portes Gil y Saturnino Cedillo— recibieron tratamiento especial: Portes Gil pasó a ser presidente del PNR y Cedillo sustituyó a Garrido Canabal en Agricultura. (El tabasqueño volvió a su tierra llevándose consigo a los "camisas rojas". Hizo que el pelele que había dejado como gobernador lo nombrara secretario de Educación estatal, y desde ese puesto buscó la revancha, pero Cárdenas le mandó decir que le probara su amistad aceptando irse a Costa Rica para hacer quién sabe qué estudios agrícolas, o se definiera como enemigo quedándose en Tabasco. Garrido Canabal se marchó al día siguiente y no volvió a causar problemas.)

Una nueva encuesta periodística puso en claro que sólo 17 diputados y cinco senadores seguían proclamándose callistas, en tanto que todos los demás juraban haber sido siempre cardenistas de alma y corazón. Los opositores contumaces fueron desaforados. Como remate se decretó la desaparición de poderes en ocho estados que tenían gobernador callista.

En seguida, una legión de politicastros que se habían distinguido por su servilismo hacia el Jefe Máximo tacharon a Calles de traidor, desleal, conspirador, impostor, encubridor y bandido. El PNR expulsó de sus filas a su fundador "por cobarde y traidor a la Revolución". Los periódicos exigieron que se investigara la fortuna de Calles y sus familiares, a quienes acusaron de haber cobrado "jugosas comisiones en los contratos o negocios que se celebraron durante el fatídico régimen callista", y de paso denunciaron al atacado como autor intelectual de centenares de crímenes políticos.

Calles convocó a los corresponsales extranjeros a una conferencia de prensa y, en un patético esfuerzo por conseguir el apoyo de Estados Unidos, les dijo que México estaba siendo arrastrado al comunismo. Nada obtuvo, y en cambio una turba se presentó en las afueras de su hacienda de Santa Bárbara a reclamar la repartición de las tierras.

El 10 de abril de 1936 Calles y los últimos incondicionales que le quedaban —el líder Morones, el ex gobernador de Guanajuato, Melchor Ortega y el ex presidente del PNR, Luis L. León— fueron obligados a abordar un aeroplano que los llevó a Brownsville, Texas, mientras el país entero aplaudía la deportación.

En resumen, Cárdenas dio un auténtico golpe de Estado que se distinguió de otros anteriores en que tenía base legal y el ganador no mandó matar a sus adversarios, contentándose con enviarlos al destierro o al ostracismo. El precedente influyó para que el asesinato político empezara a ser descartado como práctica habitual en México.

Tata Lázaro

Siete semanas después de haber librado al país del cacicazgo callista, Lázaro Cárdenas cumplió 41 años. Era hombre adusto, de estatura mediana y abultado abdomen, pelo negro brillante de vaselina y tez curtida por el sol. Se levantaba al amanecer, iniciaba la jornada nadando en agua helada, desayunaba frugalmente y como a las ocho de la mañana se vestía para ir a la oficina, a menudo con trajes de color desagradable. Trabajaba 10, 12 o más horas cada día. Rara vez tomaba licores y era enemigo del tabaco.

En diversas ocasiones afirmó que sus actos estaban orientados a crear una "democracia de los trabajadores", pero hasta su rompimiento con Calles sólo retocó el sistema basado en la existencia de una infinidad de caciques pequeños, medianos y grandes que se van a la "cargada" obedeciendo las indicaciones del gran cacique presidencial. Para proporcionar a su régimen un apoyo más amplio, logró que Lombardo Toledano y los cinco "lobitos" asestaran la puntilla a la moribunda CROM y fundaran la CTM, que en lo sucesivo sería un apéndice sindical del gobierno.

Portes Gil y Cedillo recomendaron unificar a los campesinos en otra central oficialista. El tamaulipeco controlaba las Ligas Agrarias de su entidad y mantenía relaciones estrechas con los caudillos de muchas otras ligas estatales, que vivían en pleito continuo unas con otras; Cedillo, campeón de la pequeña propiedad, era visto en San Luis Potosí como un patriarca por los 15 000 hombres que formaban su ejército particular. Estos dos personajes, haciendo cuentas alegres, hablaban de armar a 400 000 campesinos para hacer contrapeso a los jefes del ejército regular.

Entre los agraristas había desde zapatistas anhelantes de revivir la propiedad comunal hasta otros que pretendían formar sindicatos de peones y obtener buenos salarios, mientras otros más, manipulados por los comunistas, buscaban copiar el modelo del *koljoz* soviético; los idealistas influidos por la Revolución francesa pretendían fraccionar los latifundios para formar ranchos y granjas en los que una dichosa sociedad sin analfabetos, egoístas ni holgazanes produciría montañas de alimentos para su propio sustento y para saciar al resto de la población; Cárdenas quería convertir al campo mexicano en un gran ejido que funcionara paralelamente a la pequeña propiedad. Se hablaba de emprender una gran reforma agraria, pero no se precisó en qué consistiría ésta, por lo que hubo que adaptarla a las circunstancias.

En 1921 Obregón había expropiado las haciendas de Morelos y repartido las tierras entre los zapatistas que le ayudaron a derrocar a Carranza; éstos creyeron que ya se habían hecho ricos, y como los ricos no trabajan, apenas produjeron lo que consumían ellos y sus familias, con lo que se presentó en el estado una hambruna pavorosa y las tres cuartas partes de la población morelense emigraron al Distrito Federal o a otras entidades cercanas para sobrevivir en la mendicidad. Hasta 1934, los repartos agrarios se llevaron a cabo con timidez, pues sólo se dotó de 7.6 millones de hectáreas a 260 000 campesinos de los 11 millones que vivían en el país.

Más aún, los generales victoriosos se habían convertido en los principales latifundistas. Calles mismo se apropió de tres haciendas por lo menos, y Cárdenas fue dueño de California, una hermosa hacienda con 2 000 hectáreas de rica tierra michoacana, así como de un extenso rancho ubicado en Tampatla, San Luis Potosí, y de 500 hectáreas de terreno urbanizable en San Cristóbal Ecatepec, Estado de México. La ineptitud de los generales como agricultores provocó una baja en la producción, de modo que la cosecha de maíz y frijol se redujo cerca de 30% entre 1910 y 1930, con el resultado que es fácil adivinar en un país semimonófago.

Cárdenas respetó el millón de hectáreas que poseía en Chihuahua el magnate periodístico norteamericano William Randolph Hearst, pero en cambio restó 114 884 hectáreas a las 320 000 que formaban el feudo coahuilense del general Manuel Pérez Treviño. En total, Cárdenas expropió 19 millones de hectáreas para repartirlas entre un millón de campesinos, sin que enfrentara resistencia apreciable por parte de los latifundistas de viejo cuño, descendientes de la castrada plutocracia porfirista, quienes sufrían cualquier atropello con tal de que se les permitiera seguir existiendo; los generales latifundistas, sabedores de lo que era capaz el señor presidente, se sometieron sin chistar.

Los norteamericanos fueron indemnizados con dinero contante y sonante, en tanto que los mexicanos sólo recibieron bonos del gobierno, prácticamente sin valor. Las tierras se dieron a los campesinos en usufructo, no en propiedad, bajo el sistema impropiamente llamado "ejidal" (durante la Colonia, los municipios poseían tierras situadas en las afueras de los pueblos, que eran llamadas ejidos y podían ser explotadas por todos los habitantes del poblado), ya que el gobierno quedó como dueño de los ejidos —el colmo del latifundismo— y los campesinos como meros usufructuarios.

De todos modos, los ejidatarios se convirtieron en cardenistas a ultranza. Para ganárselos todavía más, se fundó un banco ejidal que les proporcionaba aperos de labranza, semillas, fertilizantes y préstamos en dinero de difícil cobro; aparentemente Cárdenas creyó que tales gastos serían compensados con el aumento de la producción que vendría como consecuencia de la virtual liquidación de los latifundios, pero en realidad el ejido cosechó menos.

Desde 1935, Cárdenas autorizó a Portes Gil para que emprendiera los trabajos conducentes a crear una Confederación Nacional Campesina (CNC). El tamaulipeco no concluyó su labor, porque a fines de ese mismo año falleció el secretario de Guerra y el presidente se negó a sustituirlo por el secretario de Agricultura Saturnino Cedillo, y comprendiendo que tampoco se haría de él una especie de primer ministro encargado de dirigir a los campesinos, Portes Gil renunció a la presidencia del PNR y se retiró de la política.

A falta de campesinos dotados del temple y los conocimientos necesarios para actuar en la política nacional, Cárdenas habilitó como dirigentes de la CNC a una legión de agrónomos, topógrafos y burócratas que administraran la central. Para controlarlos y que manipularan a la "borregada", se permitió que los líderes se adueñaran de buenas tierras, encontraran facilidades para traficar con los préstamos de la banca oficial y obtuvieran patentes de impunidad.

XXXVIII. EL PETRÓLEO

Cárdenas tuvo la buena fortuna de llegar a la Presidencia cuando ya habían disminuido los estragos de la gran depresión de 1929. En 1934 la situación tendía a mejorar, aunque el mundo experimentaba los transtornos que presagiaban el estallido de la segunda Guerra Mundial.

En Europa, los dictadores Benito Mussolini, de Italia; Adolfo Hitler, de Alemania, y José Stalin, de la URSS clamaban que el régimen totalitario era más fuerte y duradero que el democrático liberal y comenzaban a incomodar a las debilitadas Inglaterra y Francia. Los tres totalitarios diseminaron por el mundo legiones de agitadores que trataban de ganarles buenas voluntades. En México, los nazis gozaban de amplia popularidad entre la clase media sólo por ser enemigos de Estados Unidos, a pesar de que Hitler había clasificado a la población del país como subhumanos. Por otra parte, el Partido Comunista Mexicano había logrado introducir a sus agitadores al gobierno mismo, algunos en puestos de primera línea; además, se ha calculado que 25% de los maestros de escuela y un porcentaje similar de los líderes obreros, así como un abrumador número de los intelectuales mexicanos eran comunistas o por lo menos marxistoides.

La Guerra Civil española iniciada en el segundo semestre de 1936 tuvo gran impacto en México. Cárdenas proporcionó una modesta ayuda en armas, municiones y alimentos al asediado gobierno republicano, y al cabo rechazó establecer relaciones diplomáticas con el triunfador Francisco Franco; finalmente dio asilo en México a 40 000 republicanos que, tras la derrota, habían huido a Francia y estaban recluidos en campos de concentración donde se les daba pésimo trato. Como la URSS apoyaba al régimen republicano, en tanto que Alemania e Italia proporcionaron cuantiosa ayuda militar a Franco, Cárdenas fue tachado de pelele comunista, un cargo que se desvaneció sólo en enero de 1937 cuando otorgó asilo diplomático a León Trotsky, el enemigo más odiado de Stalin. Y el 3 de septiembre de 1939, al iniciarse la segunda Guerra Mundial, Cárdenas se mostró desde un principio favorable a los aliados, con quienes acabó aliándose la URSS.

Durante el sexenio cardenista, Estados Unidos estuvo gobernado por el presidente Franklin D. Roosevelt que, enfrentado al poderoso bando conservador de su país, no vaciló en incurrir en fuertes déficits presupuestales para crear empleos y suavizar los estragos que seguía causando la depresión. Los déficits se financiaban emitiendo dinero inflacionario, de acuerdo con la receta ofrecida por el inglés J. M. Keynes.

El embajador norteamericano, Josephus Daniels, ardiente rooseveltiano, no exigía, a diferencia de sus antecesores, equilibrar el presupuesto, reducir los gastos gubernamentales y saldar la deuda pública, sino que hablaba de invertir en obras y servicios, dar tierras a los campesinos y subir los salarios a fin de acrecentar la capacidad de consumo y hacer que los trabajadores conservaran la fe en el sistema capitalista y no se dejaran seducir por el comunismo, que aprovechaba la crisis para ganar adeptos.

El mayor conflicto internacional del régimen cardenista fue el del petróleo. La época en que México había sido el segundo productor mundial con 191 millones de barriles (1921) estaba muy lejana pero se había superado ya la crisis de 1932, cuando sólo se extrajeron 32 millones. La producción de 1937 ascendía a 47 millones de barriles y se esperaba otro aumento.

Las empresas extranjeras continuaban inquietas por los giros populistas del gobierno mexicano. Consecuentemente observaron la política de no emprender exploraciones para localizar nuevos yacimientos y limitarse a sobreexplotar los ya localizados, a efecto de dejar solamente agujeros secos en caso de que tuviesen que abandonar el país. El interés de las empresas se había desplazado a Venezuela, donde una complaciente dictadura les daba extraordinarias facilidades para desarrollarse.

En 1936, en plena agitación anticallista, el sindicato de trabajadores petroleros emplazó a una huelga en demanda de incrementos salariales. Era la época en que las juntas de conciliación y arbitraje fallaban automáticamente a favor del sindicato en todos los conflictos; esta vez se integró una comisión especial que, apoyada por Cárdenas, dictaminó en favor de las empresas y obligó a los trabajadores a permanecer en sus puestos.

Conocedor del poderío que detentaban las empresas, el presidente se desvivió por evitar un enfrentamiento. En 1937 estalló otra huelga de petroleros; las empresas provocaron una escasez artificial de sus productos y, ante los perjuicios que resentía el país, el gobierno obligó nuevamente a los huelguistas a regresar a sus labores bajo la amenaza de declararlos "traidores a la causa obrera en general" si desobedecían.

A fines de aquel año, el secretario de Hacienda, Eduardo Suárez, había presentado al presidente los resultados de una investigación reveladora de que las empresas cometían decenas de irregularidades y evasiones fiscales. Se quejaban de que su situación financiera era ruinosa, pero la investigación reveló que, por el contrario, obtenían utilidades escandalosamente elevadas. Cárdenas leyó el documento de principio a fin.

—Son unos sinvergüenzas —comentó.

Sinvergüenzas, sí, pero poderosos. Calles también había sido un sinvergüenza poderoso, y por eso fue necesario aguardar el momento apropiado para enfrentarlo.

Después de obligar a los huelguistas de 1937 a volver al trabajo, Cárdenas todavía recomendó a los jueces que fallaran en favor de la compañía inglesa El Águila un confuso litigio por cuestión de tierras. En seguida confió al secretario Suárez la misión de negociar un acuerdo que pusiera fin a la constante pugna.

Suárez fue tratado con frialdad por los magnates petroleros. Aun así Cárdenas guardó compostura. Resentía una seria escasez de fondos, y a fines del mismo 1937 solicitó a las empresas que le adelantaran algo a cuenta de los impuestos que debían pagar en 1938. Los petroleros rechazaron desdeñosamente la petición.

Sólo entonces Cárdenas parece haber decidido actuar de

manera distinta. En 1938 los petroleros iniciaron otro conflicto sindical. Esta vez la junta de conciliación y arbitraje les dio parcialmente la razón, calificando de justas las demandas, pero reduciendo el monto a la mitad.

Los empresarios rechazaron el fallo y apelaron a la Suprema Corte de Justicia. En el laberíntico proceso que siguió se pondría en claro que las empresas mentían en lo relacionado con sus utilidades reales, puesto que entregaban el petróleo mexicano a sus casas matrices en el extranjero a precio inferior al vigente —con lo cual reducían mañosamente la ganancia— y, en cambio, vendían en México sus productos con un recargo hasta de 300% sobre los precios vigentes en el mercado internacional.

El 1º de marzo la Suprema Corte falló en contra de las compañías y les ordenó conceder los modestos aumentos salariales sugeridos por la junta de conciliación y arbitraje. Los empresarios se negaron rotundamente a obedecer; si el caudillo de Michoacán ya había tolerado otras humillaciones —pensaron en el paroxismo de su soberbia—, con seguridad no hallaría inconveniente en tolerar una más.

En las dos semanas siguientes Cárdenas sorteó una tormenta emocional. Los empresarios habían desafiado al máximo tribunal del país. Dejarlos que se salieran con la suya sería tanto como aceptar para México la condición de colonia. De manera gradual el presidente concibió la idea de la expropiación. Las empresas podían ser tan poderosas como se quisiera, pero en la vida llegan momentos en que los individuos y las naciones deben mostrarse dispuestos a librar batallas inevitables, por más desiguales que sean. Además,

Cárdenas se daba cuenta de que se le había presentado una oportunidad tal vez única para desbaratar el mal negocio que había hecho México al suscribir concesiones leoninas para los magnates del petróleo.

Mientras tanto las empresas contratacaban reduciendo los suministros de combustible, lo que amenazó con paralizar el país. Cárdenas, por su parte, meditaba fríamente cómo dar el golpe. Para hablar del conflicto acostumbraba irse con sus secretarios a dar un largo paseo en automóvil, de manera que los funcionarios menores no pudieran escuchar la conversación. Suárez le informó que el gobierno de Washington deploraba la intransigencia de las empresas petroleras y reconocía el derecho de México a tomar una medida severa para disciplinarlas, pero al parecer no creyeron que se llegaría a la expropiación. Pensaban que cuando mucho se decretaría una intervención temporal.

Washington tenía buenas razones para asumir una actitud comprensiva: el grueso de la inversión petrolera en México (60%) era inglesa, no estadunidense; la segunda Guerra Mundial parecía inevitable, y los estadunidenses todavía no decidían de qué lado alinearse, si bien ya se preparaban para actuar como proveedores de democracias y de totalitarios por igual. México carecía de recursos técnicos y financieros para manejar su industria petrolera; resultaba muy probable que en caso de necesidad solicitara ayuda al vecino del norte, y ¿por qué no iba a ser posible, en un futuro próximo, vender a los ingleses el petróleo que sus compañías radicadas al sur del Bravo iban a perder por necedad y soberbia? Y mejor aún: que México vendiera el combustible a su cliente natural, o sea Estados Unidos, al precio que se fijara en Wall Street.

Por fin, el 17 de marzo, Cárdenas convocó a sus principales secretarios a una junta en la que reveló su propósito de llevar a cabo la expropiación. Casi todos se estremecieron al conocer la noticia y, uno a uno, señalaron los peligros que acecharían a México en caso de tomar una medida tan drástica. Se cuenta que sólo el secretario de Comunicaciones, Francisco J. Múgica, habló en apoyo del presidente. Éste, con base en sus atribuciones, dijo que la expropiación se llevaría a cabo y pidió a sus colaboradores que perdiesen el miedo y lo auxiliaran para lograr el buen éxito de la medida.

Los representantes de las empresas tenían espías —no se sabe quiénes— en el seno del gabinete, y oportunamente fueron alertados. Al día siguiente, antes de la hora señalada para transmitir el discurso radiofónico con el que se anunciaría la expropiación, los petroleros se agolparon a las puertas del despacho presidencial para comunicar su decisión de someterse a la autoridad de la Suprema Corte. Cárdenas les dijo que ya era demasiado tarde y procedió a leer su mensaje.

La noticia acaparó los titulares más escandalosos de la prensa mundial: un país insignificante, México, había osado desafiar al sector más agresivo y poderoso del capitalismo mundial. En Londres y Wall Street, los editorialistas recomendaron hacer un escarmiento espectacular para que no cundiera el mal ejemplo y los inversionistas extranjeros no fuesen despojados de sus propiedades en toda América Latina y el Cercano Oriente. México fue presentado como un país de bandidos.

En realidad, el presidente se había apoyado en razonamientos jurídicos impecables, al grado de que el proceso sigue estudiándose en muchas facultades de derecho de las principales universidades del mundo como un modelo de expropiación justificada. Universalmente se reconoce que el presidente actuó como estadista y no —como lo han hecho aparecer algunos patrioteros mexicanos mal informados— obedeciendo a un impulso visceral de cacique antiyanqui tercermundista. Hasta el embajador Daniels brindó con Cárdenas, en un concurrido acto público, por el éxito de la expropiación.

Inglaterra reaccionó insolentemente, pero se abstuvo de cumplir veladas amenazas de que enviaría su flota a imponer su voluntad en México. (Poco tiempo después, sobre Londres caían bombas alemanas, pero ni aun así aceptaron los ingleses los términos de la expropiación. Sólo los estadunidenses se mostraron dispuestos a recibir la indemnización de ley, aunque continuaron exigiendo a su gobierno que ejerciera presión diplomática y económica contra México.)

El país presentó un espectáculo único en su historia: todo el pueblo unido en torno a su gobierno. Niños de escuela y ancianos donaban los centavos que habían ahorrado; muchas esposas contribuían con sus anillos de boda, y hubo jovencitas que entregaron ingenuamente sus aretes para que el gobierno los usara como parte del dinero que costaría indemnizar a los expropiados. Inclusive la alta jerarquía católica olvidó sus diferencias con los políticos y sacó a remate obras de arte y tesoros de los templos para contribuir a la colecta. (Cárdenas había liquidado el conflicto religioso revalidando el trato de caballeros vigente en el Porfiriato: observaría la esencia de las Leyes de Reforma pero se desentendería de las disposiciones jacobinas.)

Por supuesto, también surgieron temibles dificultades. Los petroleros habían evitado capacitar a los técnicos mexicanos para que mantuviesen en funcionamiento a la industria. "Tuvimos que ascender a los soldados rasos a generales de división. A un repartidor de gasolina llamado Federico Almar se le nombró superintendente de la refinería de Azcapotzalco. Y dio la talla", relataría el primer gerente de Pemex, Jesús Silva Herzog.

El monto de la producción y la calidad de la gasolina bajaron. En el extranjero se organizó un boicot a fin de que no se vendieran a México refacciones para la maquinaria ni el tetraetilo de plomo que se usaba para graduar el octanaje. Las compañías navieras internacionales negaban barcos para transportar el combustible a los mercados del mundo. El boicot fue roto gracias a la ayuda de un aventurero estadunidense llamado W. R. Davies, quien previo cobro de una comisión obtuvo los barcos y vendió el producto a las necesitadas Alemania e Italia, así como a ciertos ingleses que desafiaron la prohibición de comerciar con México.

El patriarca potosino

En lo interno, la dificultad principal fue la creada por el cacique Saturnino Cedillo, quien hizo declaraciones en contra de la expropiación. Desde agosto de 1937, al tiempo que

Portes Gil renunciaba a la presidencia del PNR, Cedillo había renunciado a la Secretaría de Agricultura tras convencerse de que no le sería entregada la Secretaría de Guerra y mucho menos la Presidencia de la República que creía merecer. De inmediato se refugió en su feudo potosino de Las Palomas para poner a punto su ejército particular.

Mientras negociaba el apoyo de las empresas petroleras —que le fue concedido, aunque en montos insignificantes— Cedillo envió emisarios hacia los cuatro puntos cardinales en busca de aliados. Cárdenas le ordenó trasladarse a Michoacán como comandante de la zona militar, y en respuesta el cacique solicitó permiso para separarse del ejército, aduciendo que padecía una enfermedad. La licencia le fue concedida, pero no por ello interrumpió el hombre las actividades subversivas.

En un intento por hacer recapacitar a su antiguo amigo, Cárdenas viajó hasta la ciudad de San Luis Potosí, sin conseguir que Cedillo accediera a celebrar una entrevista. Entonces, desde la plaza principal de la ciudad, pronunció un discurso en el que dijo resultarle penoso que, mientras en todo el país se aplaudía la expropiación petrolera, en la entidad potosina se hablara de sublevaciones. Advirtió al rebelde que la licencia de que disfrutaba era exclusivamente para trabajar sus tierras y que debía abstenerse de seguir formando grupos armados; por el contrario, debería entregar al jefe de la zona militar las armas y municiones que tuviera en su poder.

No hubo respuesta, por lo que Cárdenas envió a San Luis Potosí tres regimientos y 10 aviones en persecución del cacique. Durante un mes las fuerzas del gobierno anduvieron tiroteándose con las gavillas cedillistas, las cuales se rindieron poco a poco hasta desaparecer. Cedillo rechazó la amnistía que le era ofrecida y se remontó a tierras tamaulipecas, donde creía tener abundancia de partidarios, pero el 11 de enero de 1939 el comandante militar de San Luis Potosí, general Miguel Henríquez Guzmán, rindió parte de que Cedillo, a quien ya sólo seguían docena y media de infelices, había muerto en un combate con fuerzas del gobierno. El cadáver fue llevado a Las Palomas para su inhumación, y el incidente cayó en el olvido.

XXXIX. LA SUCESIÓN

El año de 1938 fue importante en la vida de Cárdenas no sólo por la expropiación petrolera: igual o mayor peso tuvieron una serie de rectificaciones políticas que se vio obligado a hacer, de manera que el presidente de la segunda mitad del sexenio 1934-1940 dio la impresión de ser un hombre distinto al de la primera mitad.

Las huelgas locas de los albores del sexenio habían provocado bajas en la producción y las inversiones, junto con fugas de capital extranjero, todo lo cual hizo necesario devaluar el peso de 3.60 a 4.80 por dólar, y como consecuencia hubo fuertes alzas de precios. Por tales motivos, Cárdenas ordenó a los líderes reducir la frecuencia de los conflictos obreropatronales, y así, de 145 000 trabajadores que participaron en las huelgas de 1935, en 1938 el número se redujo a 15 000.

También, por la ejidalización, la cosecha de cereales bajó 7%. En consecuencia el reparto agrario se redujo de 5.3 millones de hectáreas en 1937 a 1.8 millones en 1940. Hubo que aumentar las importaciones, y esto, más la inflación desatada por los elevados gastos del gobierno, causó estragos entre la clase media, cuyos salarios no aumentaban en la proporción adecuada para compensar las alzas de precios.

Así, la clase media no burocrática, más una infinidad de

pequeños propietarios agrícolas que sentían peligrar su patrimonio por las invasiones de tierras realizadas por los ejidatarios sin que los frenara el gobierno, acabaron adhiriéndose en gran número a la naciente Unión Nacional Sinarquista, una organización inspirada en el fascismo italiano y la Falange española, que llegó a sumar 500 000 miembros, muchos de ellos armados y deseosos de combatir contra el régimen. Excepto los ejidatarios y los sindicalistas, más los particulares que aplaudieron la expropiación petrolera, Cárdenas se estaba quedando sin partidarios.

Al cabo se reconoció que la subsistencia misma del gobierno dependía del dinero que pagaban en impuestos los productores. Aunque siguiera haciendo desplantes izquierdistas, Cárdenas mismo, tragándose su amor propio, a principios de 1939 viajó hasta Saltillo —ciudad muy cercana a Monterrey— con el objeto de pronunciar un discurso recargado de elogios para la iniciativa privada, en el que invitó "cordialmente" a los empresarios "a cooperar en la obra de construcción nacional", o sea a seguir creando fuentes de trabajo generadoras de impuestos. En 1936, en cambio, había tenido un arranque marxistoide cuando desde Monterrey amenazó en otro discurso a los empresarios regiomontanos —únicos con agallas de plutócratas que había en el país— con sustituirlos por los trabajadores, a quienes serían entregadas las empresas, en caso de que los capitalistas siguieran oponiéndose a la multiplicación de las huelgas.

El PRM

Desde que Calles fue exiliado, el PNR se convirtió en blanco de ataques lanzados por los políticos oficialistas, que le achacaban todos los males del país. Inclusive empezó a formarse una facción que exigía la desaparición del partido. Cárdenas repuso que no desaparecería, pero sí sería reformado.

Realmente, el PNR había sido utilísimo, ya que después del cuartelazo escobarista sirvió para enfrentar a caciques empistolados y militares ambiciosos unos contra otros, obligándolos a negociar sus proyectos en el seno del partido y sin recurrir a la violencia. De todos modos, el gobierno seguía dependiendo del apoyo de caciques y militares, y Cárdenas decidió crearles contrapesos obligándolos a competir por los puestos públicos con los líderes obreros y los campesinos, que serían incorporados, respectivamente, en un "sector obrero" y en un "sector campesino" dentro del gran organismo reformado, que se llamaría Partido de la Revolución Mexicana (PRM).

En el PRM, los hombres de armas fueron englobados en un "sector militar", no tanto para preservarles su derecho de participar en la política como para que se sintieran acotados por las demás fuerzas. A fin de que los generales no dominaran el sector, se estableció que los candidatos a delegados ante la asamblea constitutiva del PRM no tuvieran mando de tropa, lo que excluyó a los jefes de zona. Además, los militares ingresarían al partido con carácter de ciudadanos y sólo se les convocaría para ser enterados sobre proyectos de reformas a la constitución y a los estatutos del partido. En otras palabras, según dijo uno de los primeros delegados militares, "se nos incorporó al PRM para escuchar y apoyar, no para divergir".

La CTM se convirtió en la principal pieza del sector obrero y la CNC (cuya organización formal no concluiría sino un mes después del nacimiento del partido), la del sector campesino. Para el futuro se dejó la creación de un "sector popular" que agruparía a empleados del gobierno, profesionistas, locatarios de mercados, concesionarios de líneas de autobuses y servicios de taxi, artesanos independientes y una infinidad de individuos y organizaciones que no cupieran en los demás sectores.

A los empleados del gobierno se les eximió de contribuir al financiamiento del partido con la cuota anual equivalente a siete días de sueldo que les habían venido descontando. En adelante, el organismo viviría de los subsidios gubernamentales, o sea de los impuestos que paga la población en general.

El PRM nació el 30 de marzo de 1938. Aunque no se les pidió el consentimiento, los obreros sindicalizados, campesinos y burócratas fueron incorporados globalmente al partido, de manera que tuviese desde el inicio miembros suficientes para imponer en la Presidencia a cualquier candidato, y como el presidente sería el amo del organismo, al cabo cuajó un régimen tan presidencialista como el de Porfirio Díaz, excepto en que prevaleció la no reelección y —según especulaciones— se establecieron turnos para que la Presidencia fuera pasando a las diferentes facciones de modo que éstas encontraran más productivo aguardar la llegada de su tanda en vez de provocar cambios violentos.

Por su estructura corporativa, muchos creyeron que el PRM se parecía al partido fascista de Mussolini, pero como en el primer programa de acción del organismo mexicano se dice que el PRM "reconoce la existencia de la lucha de clases [y] considera como uno de sus objetivos fundamentales la preparación del pueblo para la implantación de una democracia de trabajadores y para llegar al régimen socialista", otros lo consideraron una parodia del Partido Comunista soviético.

De esto surgiría la sospecha de que Cárdenas era un instrumento de los comunistas; hechos posteriores parecen indicar que, por haber sido la extrema izquierda tan poderosa en 1938, el presidente se sintió obligado a concederle algunos triunfos de papel, y aunque en diversos aspectos simpatizaba con los sovietizantes, al cabo los usó como simples "compañeros de ruta" o "idiotas útiles". En el mismo 1938 emitió Cárdenas diversas declaraciones favorables para las democracias asediadas por el nazismo.

Otra concesión izquierdizante fue la de haber mantenido en vigor la "educación socialista" que se impartía en las escuelas primarias. Durante el sexenio cardenista los niños mexicanos fueron obligados a leer unos libros pésimamente impresos en papel corriente, en los que la bandera tricolor fue remplazada por la rojinegra y las lecciones empezaban diciendo, por ejemplo: "Ya despunta el alba roja en el horizonte de mi patria", además de que, en vez de loar a los héroes de la Independencia o de la Reforma, presentaban elegías de

Lenin, Stalin y otros santones marxistas. Los norteamericanos no parecen haber protestado por tales agresiones al capitalismo, pues seguramente conocían el fondo del asunto y vieron que los repelentes librejos sólo estaban creando innumerables mexicanitos alérgicos al comunismo.

Futurismo

En un discurso pronunciado el 9 de diciembre de 1938, Cárdenas ofreció dar plenas garantías a los contendientes de la campaña electoral en puerta; también prometió respetar el voto y aseguró que el partido y no él designaría al candidato a sucederlo.

Cinco generales de división renunciaron a sus cargos para lanzarse como pretendientes a la candidatura del PRM: Rafael Sánchez Tapia, Joaquín Amaro, Juan Andrew Almazán, Francisco J. Múgica y Manuel Ávila Camacho. Sánchez Tapia y Amaro se eclipsaron muy pronto, el primero por haberse ligado a un partidito sin importancia y el segundo porque su fama de déspota lo hacía impopular.

Por un tiempo, el favorito de Cárdenas pareció ser Múgica, el secretario de Comunicaciones y Obras Públicas, michoacano y ex seminarista convertido al jacobinismo, que destacó entre quienes más duro atacaban a la Iglesia Católica. Había comprado el apoyo de los comunistas dándoles empleos a granel en la SCOP, y éstos correspondieron el favor escribiendo incontables artículos periodísticos y folletos en los que inventaron al personaje un heroico historial como defensor de los pobres y haciendo correr la versión de que él era el continuador lógico de la obra cardenista.

Almazán había sido maderista y antimaderista, zapatista y antizapatista, huertista y antihuertista, callista y finalmente cardenista. Era uno de los hombres más ricos del país, pues poseía un par de empresas constructoras a las que se asignaban los contratos más jugosos del gobierno. Desempeñaba la jefatura de la zona militar de Monterrey y desde este puesto se ganó la simpatía de los acaudalados empresarios regiomontanos, así como de los católicos militantes, los pequeños propietarios enemigos de los ejidatarios, la mayor parte de la clase media no burocrática y hasta de los callistas en desgracia y de los cardenistas resentidos. Por añadidura, la Unión Nacional Sinarquista acabó proclamándolo su candidato, lo cual aceptó Almazán tras convencerse de que el PRM no lo apoyaría.

Almazán capturó prácticamente la totalidad de la poderosa corriente anticardenista. Enfrentarla con las fuerzas que candidateaban a Múgica hubiera equivalido a polarizar el panorama político con riesgo de provocar graves enfrentamientos armados. El mismo Múgica parece haber entendido lo que ocurría y hasta hizo declaraciones en las que trató de agradar al clero y a la iniciativa privada, pero la frialdad de Cárdenas hacia él se acentuó con el paso de los días, por lo que pidió reingresar al servicio de las armas y fue enviado a Michoacán como jefe de la zona militar.

Así, la lucha se redujo a dos contendientes: Almazán y Ávila Camacho.

Un candidato de unidad

Algunos creen que Ávila Camacho era desde el principio el "tapado" del presidente, pues ambos fueron compañeros de armas y en el trato diario Cárdenas pudo justipreciar el tacto conciliador de aquel hombre bondadoso, amable con todo el mundo y abiertamente católico.

Ávila Camacho ingresó a los altos círculos de la política como oficial mayor de Guerra y Marina, una posición ideal para vigilar al callista secretario Pablo Quiroga; el 18 de junio de 1935, cuando éste fue sustituido por el carrancista Andrés Figueroa, Ávila Camacho ascendió a subsecretario; todavía al fallecer Figueroa, el 17 de octubre del mismo año, permaneció en la subsecretaría con el carácter de "encargado del despacho" y como simple general de brigada; pero cuando ascendió a general de división y secretario —el primero de diciembre de 1937— la "cargada" reconoció sus posibilidades y desde luego recibió el apoyo de una veintena de gobernadores capitaneados por el veracruzano Miguel Alemán, así como de la totalidad del Senado y de buena parte de los diputados. El encargado de "destaparlo" fue Vicente Lombardo Toledano, un hombre incapaz de hacer tamaña cosa sin averiguar previamente hacia dónde apuntaba el "dedazo" presidencial. En seguida, la "cargada" en masa se unificó en torno al flamante candidato.

A la distancia de los años se aprecia claramente por qué Cárdenas decidió imponer al bonachón general. Si el PRM hubiera enfrentado al derechista Almazán un candidato enérgico y de tendencia izquierdista como Múgica, las pasiones se habrían polarizado, la campaña habría sido muy ruda y surgiría el peligro de guerra civil. En cambio Ávila Camacho absorbía como un colchón los golpes de izquierda y derecha por igual y presentaba una imagen difusa sobre la que todo mundo podía proyectar sus propias esperanzas.

Almazán se separó del PRM y a través del Partido Revolucionario de Unificación Nacional (PRUN) emprendió una campaña electoral tan exitosa que sorprendió a sus propios partidarios. A favor de él se declararon los sinarquistas, los ultracallistas jefaturados por los generales Manuel Pérez Treviño y Pablo Quiroga, el resentido Joaquín Amaro, gran parte del clero y los jerarcas de la iniciativa privada, así como la clase media no burocrática, entre la que abundaban los individuos que consiguieron armas y estaban dispuestos a lanzarse a la lucha en cuanto su candidato se los ordenara. Por momentos pareció inevitable un estallido.

Las elecciones presidenciales de 1940 fueron las más sucias de la historia de México. Durante la campaña no se escatimó el empleo de recursos militares o policiacos para reprimir a la oposición. El propio Cárdenas se quedó sin votar porque la casilla donde le correspondía hacerlo fue asaltada por agentes policiacos. Más de 150 opositores murieron el día de los comicios, baleceados por pistoleros del gobierno.

Pero los almazanistas se quedaron esperando órdenes para iniciar la lucha armada, pues su candidato, tras hacer las típicas declaraciones de fraude, les ordenó esperar mientras él se iba primero a Estados Unidos y luego a Cuba para establecer contactos muy importantes. En La Habana, donde se celebraba una conferencia panamericana de cancilleres, hizo todo lo posible por hablar con el secretario de Estado, Cordell Hull, para agitar la bandera anticomunista y pedirle que su gobierno no prestara auxilios al gobierno mexicano ni impidiera que los almazanistas recibieran pertrechos militares. El secretario, tras negarse a recibirlo, le mandó decir que sus únicos interlocutores seguían siendo Cárdenas y Ávila Camacho.

En México, el presidente se abstuvo de blandir el arma más poderosa con que contaba el gobierno para disciplinar a sus rebeldes: confiscarles la fortuna amasada en el curso de sus actividades públicas. Almazán regresó a México seguro de que seguiría respetándosele la impunidad que confiere la "familia revolucionaria" a sus miembros buenos y malos por igual, y sus caudales no sufrieron merma. Sus partidarios abandonados cayeron en una desilusión tan grande que por muchos años nadie tuvo ánimos para participar en movimientos oposicionistas.

El 1º de diciembre de 1940, cuando apenas contaba con 45 años de edad, Cárdenas entregó la Presidencia a su sucesor.

Recapitulación

Los cardenistas se han esforzado por presentar a su ídolo como un hombre sin tacha. Los tarascos de Michoacán canonizaron localmente al "Tata Lázaro" y tienen en sus casas fotos de él junto a veladoras encendidas, seguros de que aun desde el más allá continuará protegiéndolos. En cambio, todavía en los años cuarenta mucha gente profesaba a Cárdenas un odio mortal; ahora ya casi no existen estos individuos, pues con el paso del tiempo se impuso la creencia de que sus aciertos superaron sus errores.

Quiso favorecer a los campesinos dándoles tierra ejidal, pero los dejó en la miseria en que todavía siguen, pues no les enseñó a trabajar sus campos al estilo moderno y ahora ocupan más de la mitad de los terrenos del país sin cultivarlos o cultivándolos mal, de modo que "ni comen ni dejan comer", como dicen los críticos, y pasan la vida esperando que el gobierno les proporcione más servicios gratuitos o préstamos que nunca pagan. Un lastre con el que cargarían las futuras generaciones. Por otra parte, al adjudicar al gobierno la propiedad ejidal lo convirtió en latifundista de proporciones gigantescas.

La forma en que Cárdenas usó la ley para expropiar los bienes de las empresas petroleras internacionales fue admirable, pero el hecho de que heredara a otros gobiernos el problema de pagar a los expropiados y pusiera la riqueza del subsuelo a cargo de administradores corruptos, de coyotes y de voraces líderes sindicales rebaja sus merecimientos.

En su tiempo, Cárdenas fue muy criticado por los xenófobos que le reprochaban el haber proporcionado asilo a los republicanos españoles, pero el tiempo lo ha reivindicado: en la época que esto ocurrió, la mayor parte de la gente bien preparada que produjo el Porfiriato había sido barrida por la Revolución, y si no hubiera sido por los miles de magníficos profesores que llegaron como refugiados, el país habría tardado muchos años más en adquirir el ligero barniz cultural que ahora tiene.

Cuando Cárdenas asumió la Presidencia, México tenía poco más de 18 millones de habitantes, de los cuales cerca de 60% eran analfabetos, la tercera parte andaba descalza por carecer hasta de huaraches y vivía en poblados de menos de 2 500 habitantes, incomunicada y desprovista de escuelas y atención médica adecuada. Salvo el hecho de que la población aumentó a 20 millones, Cárdenas entregó a su sucesor un país tan menesteroso como el que recibió.

Durante todo el sexenio avilacamachista Cárdenas se abstuvo de intervenir en política electorera, consagrándose a la tarea de fortificar su cacicazgo de Michoacán, donde serían gobernadores un hermano, un hijo y un nieto suyos. En los sexenios posteriores, según se verá, sólo tuvo actuaciones deplorables. Murió de cáncer el 19 de octubre de 1970 en la ciudad de México.

Curiosamente, los admiradores del personaje han encontrado mayor inspiración en sus errores que en sus aciertos. Alaban sus desplantes demagógicos de cuando se metía en alguna choza para comer con los campesinos, y se estremecen de emoción al evocar la forma en que atizaba huelgas y repartía tierras. En cambio es raro que se ofrezca como materia de emulación la fortaleza de carácter que demostró al suprimir lacras como el Maximato y al dominar a las empresas petroleras, y sobre todo que no mandara matar a sus adversarios, contentándose con enviarlos al destierro o al ostracismo. Al incorporar estas actitudes a sus propios gobiernos, los sucesores de Cárdenas en la Presidencia encontraron un ambiente propicio para mejorar el legado del partido oficial mexicano.

XL. EL SOLDADO DESCONOCIDO

Al atardecer del domingo 7 de julio de 1940, día en que se celebraron las elecciones presidenciales, el general Manuel Ávila Camacho recibió como regalo del cacique potosino Gonzalo N. Santos un puñado de distintivos almazanistas arrebatados por el propio cacique a los ciudadanos que vigilaban la casilla en la que había votado el candidato del PRM. Desde muy temprano por la mañana, según su propia confesión, Santos había andado aterrorizando a los votantes capitalinos, como jefe de una gavilla de 300 matones armados con pistolas y ametralladoras Thompson, que balacearon a los partidarios del candidato oposicionista, general Juan Andrew Almazán, que robaban las ánforas, destruían las mesas y las papeletas, golpeaban a la gente y cometían desmanes en un esfuerzo por evitar que siguieran votando en contra del PRM.

Según Santos, Ávila Camacho pidió al autor del regalo que lo acompañara a su casa, y en el camino le preguntó:

"Dígame usted con toda franqueza y lealtad la impresión que tiene de estas elecciones, pero sin ninguna reserva". Yo le contesté: "Las elecciones en la capital las hemos perdido, aunque en rigor, conforme a la ley, deberán declararse nulas por la cantidad de violaciones y violencias que se cometieron, provocadas por nosotros, que viendo que estaban perdidas se las hicimos tablas".

Me dijo don Manuel: "Pues yo tengo la impresión de que nos han ganado y en estas condiciones, por vergüenza y por decoro, no voy a aceptar que gané".

A don Manuel se le derramó el llanto. Yo le dije: "No, señor, no tenga usted esa impresión. La capital de la República siempre ha sido reaccionaria [...] El jueves vienen las juntas computadoras y entonces sabremos lo que pasó con la votación en el resto del país".

El verdadero resultado de las elecciones de 1940 nunca se sabrá (se asignó un desvergonzado 93.9% de los votos al candidato del PRM y sólo el 5.7% a Almazán). La gente de las ciudades y los pueblos votó contra Ávila Camacho —quien era casi un desconocido— y sobre todo contra Lázaro Cárdenas, quien a causa del desequilibrio infligido al país por sus actos izquierdistas era universalmente odiado por la clase media. Pero en los pueblos y en las ciudades sólo vivía 30% de la población, y el 70% restante se encontraba en el campo, pastoreada por líderes que consiguieron la casi totalidad del mayoritario voto campesino para el candidato del PRM.

El general bueno

Ávila Camacho tenía un historial intachable. Nacido en 1897 en el seno de una familia clasemediera radicada en Teziutlán, Puebla, en 1914 —tenía 17 años de edad— se incorporó a la "bola" siguiendo el ejemplo de su hermano mayor, Maximino, quien desde 1912 había conseguido ingresar a la Escuela de Aspirantes al Colegio Militar, gracias a una solicitud de ayuda que dirigió al presidente Madero. (Los "aspirantes", desmintiendo la vieja conseja acerca de la pureza y el desinterés de la juventud, a cambio de promesas de ascenso se adhirieron al cuartelazo que acabaría llevando al poder a Victoriano Huerta, pero Maximino siempre juró que él había desertado antes de la Decena Trágica y sin duda estuvo entre los primeros que se unieron al carrancismo.)

A don Manuel le apodaban "El Soldado Desconocido" y "El General de la Espada Virgen". Cuando se incorporó a una brigada carrancista que pasó por su pueblo le asignaron el grado de subteniente, pero no por su habilidad con las armas, sino porque sabía leer y escribir y era muy útil para los jefes cuando se necesitaba redactar partes de guerra. En 1915, por formar parte de los grupos que siguieron a Obregón en la lucha contra Villa, lo ascendieron a teniente. Después, como pagador, ascendió a capitán, mayor y teniente coronel. Con este grado pasó a la brigada Sonora, que estaba destacada en Papantla, Veracruz, y jefaturaba Lázaro Cárdenas. Su pronta adhesión al cuartelazo de Agua Prieta le ganó el coronelato.

De Papantla, Ávila Camacho fue enviado a una campaña de "pacificación" de los yaquis de Sonora y luego fue jefe de operaciones en el istmo de Tehuantepec. En seguida pasó a Morelia para participar en la defensa de la ciudad contra los delahuertistas; cayó prisionero y se negó a firmar una carta-promesa de no volver a tomar las armas en contra de los rivales, a cambio de lo cual se le respetaría la vida. Su valeroso rasgo impresionó al general delahuertista, quien en vez de mandarlo fusilar lo puso en libertad. Al restablecerse la paz (corría el año de 1924) lo ascendieron a general brigadier.

Con el nuevo grado pasó a Sayula, Jalisco, como jefe del sector, y en ese cargo le tocó combatir a los cristeros en Jalisco, Colima y el Bajío. El historiador Jean Meyer, quien entrevistó a centenares de cristeros, escribió que entre todos sus informantes no hubo ni uno solo que hablara mal de don Manuel, en tanto que muchos recordaban que, lejos de fusilar a los prisioneros, como hacían otros generales, él los dejaba en libertad después de darles un regaño.

En 1929, bajo las órdenes de su ya íntimo amigo Cárdenas, Ávila Camacho combatió a los escobaristas en Sonora y Sinaloa, por lo que ascendió a general de brigada. Cuando Cárdenas llegó a la Presidencia, fue nombrado oficial mayor de la Secretaría de Guerra y subsecretario en 1935. En 1937, ya general de división, ascendió a secretario y dirigió la campaña contra Saturnino Cedillo. De paso consiguió que su secretaría dejara de llamarse "de Guerra" —un nombre que a él le chocaba— y se convirtiese en "de la Defensa Nacional".

Por supuesto, muchos políticos vieron con malos ojos la candidatura presidencial de don Manuel, por considerarlo un blandengue; pero ninguno lo hizo con mayor vigor que su hermano Maximino, quien solía decir: "Yo soy general de verdad, no de juguete como Manuelito". Don Maximino —uno de los hombres más arbitrarios y temidos de México— era amo y señor de Puebla ("los Ávila Camacho no sólo son de Puebla: Puebla es de los Ávila Camacho", se decía).

El general Maximino tuvo que tragarse el ascenso de Manuelito, pero empezó a actuar como si fuera él quien mandara en el país. Don Manuel había nombrado secretario de Comunicaciones y Obras Públicas a un olvidado ingeniero de nombre Jesús B. de la Garza, y Maximino dijo que ese puesto le gustaba y sería suyo en cuanto terminase su gestión como gobernador de Puebla. En efecto, el 28 de septiembre de 1941 tomó posesión de la SCOP y para mostrar que el puesto le correspondía por derecho propio y no por un favor fraternal, se adueñó de su oficina sin observar la tradición de pasar primero a la Presidencia para recibir el nombramiento del primer magistrado en persona. Siempre manejó la SCOP a su capricho, prohibió a los inspectores de Hacienda que revisaran sus cuentas e hizo correr la voz de que el próximo presidente sería él, con o sin consentimiento del hermano.

Don Manuel daba la impresión de ser incapaz de actuar con independencia. Tal impresión empezó a borrarse en cuanto asumió el poder y declaró al periodista José Pagés Llergo: "Soy creyente". En otras palabras, había decidido poner fin a la guerrilla de jacobinos contra "mochos". En seguida, gestionó modificar el artículo 3° constitucional para eliminar el párrafo en que se ordenaba implantar la educación socialista.

Aunque no estaba muy convencido de las bondades del ejido, anunció que llevaría adelante la política campesinista de su antecesor, y durante el sexenio expropió y repartió seis millones de hectáreas de terrenos. Con los sindicalistas mantuvo la excelente relación del anterior sexenio, lo cual se facilitó por el hecho de que el líder Vicente Lombardo Toledano también era nativo de Teziutlán y coincidió en la escuela local con los hermanos Ávila Camacho.

El mayor peligro que experimentó el presidente durante su sexenio tuvo lugar la mañana del 10 de abril de 1942 cuando, al llegar a sus oficinas, fue interceptado por un teniente llamado Antonio de la Lama Rojas, quien aparentemente padecía un transtorno mental e intentó acribillar a su víctima vaciándole el cargador de su pistola. Con veloz movimiento Ávila Camacho desarmó al agresor, lo sujetó hasta entregárselo a los guardias y se limitó a decirle:

—¡Es usted un malvado!

Ordenó que encarcelaran a De la Lama y lo juzgaran de acuerdo con la ley, sin exagerar la nota, pero no faltó un acomedido que matara al prisionero arguyendo que había tratado de fugarse. Don Manuel nada comentó al respecto.

Otro rasgo idealista suyo fue el haber puesto en marcha una campaña basada en la creencia de que cada mexicano letrado se desviviría por enseñar a leer a un analfabeto, con lo cual toda la población iba a ser alfabetizada en un corto tiempo. La campaña terminó en 1946. Se dijo que habían aprendido las primeras letras un millón de los 9.4 millones de analfabetos que vivían en el país, pero esto no parece haber sido cierto ni era para entusiasmar a nadie.

XLI. LA GUERRA

Ávila Camacho asumió la Presidencia el 1º de diciembre de 1940. La segunda Guerra Mundial había estallado en los últimos meses del sexenio cardenista, cuando Inglaterra y Francia, en respuesta a la invasión de Polonia por los alemanes, iniciaron las hostilidades contra las potencias del Eje Roma-Berlín. Estados Unidos se mantuvo neutral hasta el 7 de diciembre de 1941, cuando Japón, aliado del Eje, atacó por sorpresa la base naval estadunidense de Pearl Harbor, Hawai. Ávila Camacho simpatizaba sinceramente con los aliados democráticos y sabía que la vecindad con Estados Unidos lo obligaría tarde o temprano a tomar partido en las hostilidades; pero como en México la mayor parte de la clase media era antiyanqui y pronazifascista, lo más que pudo hacer fue proclamar la ambigua postura de "no beligerante".

Cerca de las 12 de la noche del 13 de mayo de 1942, el barco-tanque mexicano *Potrero del Llano*, de 4000 toneladas de desplazamiento y cargado con 40000 barriles de combustible diesel destinados a Nueva York, navegaba cerca de la costa de Florida con todas las luces encendidas y exhibiendo a babor y a estribor dos enormes banderas mexicanas iluminadas por reflectores, lo mismo que otra tricolor que ondeaba a popa. Las luces se usaban como medida de protección, pues en abril anterior había sido hundido otro barco de

Pemex, el *Tamaulipas*, y la cancillería alemana alegó que el submarino autor del hundimiento no había tenido manera de establecer la nacionalidad de la nave, que no llevaba señales visibles para identificarla como mexicana.

A final de cuentas, las precauciones sirvieron para facilitar el atentado. Sola e indefensa en medio del océano, ostentosamente iluminada, la nave ofrecía un blanco perfecto, y un torpedo pegó exactamente en el sector central. Un guardacostas norteamericano recogió a los pocos supervivientes.

Horas más tarde, el secretario de Relaciones Exteriores, Ezequiel Padilla, tuvo una agitada reunión con Ávila Camacho y anunció que se había resuelto enviar una nota a los gobiernos de Alemania, Italia y Japón, exigiéndoles satisfacciones por el hundimiento. Si para el jueves 21 no se recibía una respuesta satisfactoria, el gobierno mexicano adoptaría las medidas que considerara adecuadas.

La respuesta llegó el día 22, cuando fue hundido otro barco de Pemex, el *Faja de Oro*, mientras navegaba de Nueva York a Tampico. Paradójicamente, en el país cundió la convicción de que los hundimientos habían sido obra de Estados Unidos, que así trataba de forzar a México a mandar su ejército a Europa y Asia para servir como carne de cañón.

En todo caso, se comentaba, habría que aceptar la validez del dicho: "Lo que es del agua, al agua", pues los barcos hundidos había sido propiedad italiana; el 7 de abril de 1941, México se había incautado esos y otros ocho navíos italianos, más dos alemanes, cuando se encontraban en Tampico y Veracruz; la incautación se fundamentó en un recurso legal llamado "derecho de angaria", que otorga a los "no beligerantes" el derecho a requisar las naves de las naciones en guerra que perjudiquen su comercio, todo ello bajo condición de indemnizar a los afectados pagándoles el costo de las embarcaciones, y México no había pagado ni un centavo. (Los otros ocho barcos también fueron hundidos en los meses siguientes, aunque la censura impidió publicar las noticias del caso.)

Finalmente, el 28 de mayo Ávila Camacho anunció que México se encontraba "en estado de guerra contra el Eje", lo cual no quería decir que declarase la guerra, sino que el país se veía obligado a convertirse en beligerante por las agresiones sufridas. La población entera de un pueblecillo mexicano escuchó el mensaje presidencial transmitido por radio, y como la recepción era mala, por la estática, la gente escuchó que el país estaba en guerra, pero no escuchó contra quién, por lo que de la multitud surgió un ronco grito: "¡Bravo! ¡Mueran los gringos!"

La coyuntura aprovechada

A la postre no sólo no hubo levas de mexicanos carne de cañón, sino que al ser enviado a Filipinas el famoso Escuadrón 201 —contribución simbólica de México al esfuerzo bélico— se presentaron miles de voluntarios para cubrir las 500 plazas de las que constaba el agrupamiento. (El escuadrón hizo un papel muy decoroso y sólo sufrió siete bajas.) Más importante fue un permiso aprobado por el congreso mediante el cual los voluntarios mexicanos pudieran alistarse en ejércitos aliados sin perder su nacionalidad; 14 000 hombres se incorporaron a las fuerzas armadas de Estados Unidos, de los cuales murieron 270, hubo 70 desaparecidos y 73 fueron condecorados. Se destacó el oaxaqueño José Mendoza López, por haber establecido una especie de récord macabro: estaba en una trinchera de Bélgica cuando comenzó un avance alemán; los compañeros de trinchera fueron muertos o emprendieron la retirada, mientras que el oaxaqueño agotó el parque de su ametralladora, tomó otras, y él solo contuvo el avance, matando a 125 alemanes. Este acto le valió la Medalla del Congreso, la máxima condecoración en Estados Unidos.

Lo que más temían los norteamericanos era que Japón estableciera bases secretas en la entonces deshabitada Baja California para desde allí realizar ataques contra puntos como San Diego, Los Ángeles y San Francisco. Mucho presionaron para que se les permitiera establecer bases propias en la península; pero al cabo se conformaron con instalar media docena de estaciones de radar operadas por militares mexicanos asesorados por sólo cinco técnicos yanquis en cada puesto.

Entre el 11 de septiembre de 1942 y el 27 de agosto de 1945, Ávila Camacho tuvo como comandante de la región militar del Pacífico, y luego como secretario de la Defensa, a Lázaro Cárdenas. El michoacano contribuyó en grado importante a evitar la cesión de bases en Baja California, de donde sus admiradores le atribuyen todo el mérito, pero en realidad no hizo más que cumplir órdenes.

Los norteamericanos entregaron a México gran cantidad

de moderno equipo bélico, que los avejentados militares revolucionarios ya no estaban en condiciones de aprender a usar debidamente. Tal hecho permitió a Ávila Camacho realizar el acto cumbre de su vida: sacar a los militares de la política.

Redención

Don Manuel nunca pudo convencerse de la legitimidad de su elección como presidente, y sin duda quiso redimir su pecado de origen haciendo a las calladas un incalculable bien al país: en una discreta ceremonia que los periódicos relegaron a páginas interiores ordenó el paso a retiro de 598 generales y 464 coroneles, entre los cuales abundaban los revoltosos, a los que remplazó por oficiales jóvenes y mucho mejor preparados, que rápidamente aprendieron a usar el nuevo armamento y con el paso de los años convertirían al ejército mexicano en un organismo profesional y apartado de la política electorera. La casta militar turbulenta y corrupta formada al calor de la revolución sencillamente desapareció.

Para Ávila Camacho, el mejor momento se produjo el 15 de septiembre de 1942, cuando en el balcón central del palacio nacional apareció rodeado por Cárdenas, Calles, De la Huerta, Portes Gil, Ortiz Rubio y Rodríguez, o sea todos los ex presidentes vivos, quienes manifestaron con su presencia en aquel sitio el compromiso de olvidar sus rencillas y no alterar la paz tan necesaria para atender las necesidades planteadas por la guerra.

Estaba en marcha la "política de unidad nacional" creada por Ávila Camacho con el fin de subordinar todas las ambiciones a la buena marcha del esfuerzo bélico. Fruto de tal política fue la firma de un pacto celebrado por todas las centrales y los sindicatos independientes, en el cual éstos se comprometieron a no recurrir a la huelga ni a plantear exigencias imposibles de cumplir mientras durara el conflicto, lo que equivalía a un control de salarios que resultó moderadamente lesivo para los trabajadores, porque el control de precios decretado al mismo tiempo fue tan ineficaz como era de esperarse, pero estimuló el desarrollo del país.

La concertación del pacto se facilitó por el paisanaje de Vicente Lombardo Toledano con don Manuel. Los líderes comunistas —y había cientos, a cual más peligroso— también se sometieron por haber recibido desde Moscú la consigna de agruparse en un "frente popular" con los demás sindicalistas, y como resultado se les contagió la corrupción de sus colegas cetemistas, pues salvo algunas excepciones —como la del legendario Valentín Campa— dejaron de ser santones incorruptibles para entregarse al disfrute de las riquezas que se dejaron a su alcance. También, como beneficio especial para las masas sindicalizadas, Ávila Camacho creó el seguro social.

Los campesinos, además de ser dirigidos por líderes a sueldo del gobierno, se mantuvieron tranquilos gracias a que se les facilitó cultivar productos de alto rendimiento económico —como el algodón y el azúcar— que absorbían ávidamente los mercados mundiales. Sobre todo se alegraron por la aprobación de un tratado para enviar 350 000 braceros mexicanos a Estados Unidos, mediante el cual éstos recibían unas tarjetas que autorizaban el cruce de la frontera para emplearse en los campos norteamericanos y enviar a sus familias jugosos cheques en dólares.

El "sector popular" —artesanos, pequeños comerciantes, profesionistas, empleados del gobierno, etc.— no obtuvo ventajas especiales, pero con base en ingenio y habilidad sus miembros salieron adelante. Cárdenas lo había mantenido en estado difuso, a través de organizaciones sueltas; Ávila Camacho advirtió que podía servirle como contrapeso de la CTM y la CNC, por lo que mandó crear la Confederación Nacional de Organizaciones Populares (CNOP), y para estimular su crecimiento se le encuadró en el PRM, con líderes que pronto empezaron a recibir cada vez mayor número de puestos públicos.

En cambio, en materia de economía Ávila Camacho careció de consejeros que aprovecharan las oportunidades ofrecidas por la guerra para vender a los beligerantes al precio más alto posible las mercancías mexicanas. Los habilidosos vecinos del norte negociaron un tratado comercial según el cual México se comprometió a venderles todos los minerales y productos agrícolas que se obtuvieran en el país a un precio fijo, 25% arriba de las cotizaciones de principios de la guerra, pero muy inferior a los precios que alcanzarían los artículos que se importaban de Estados Unidos, los cuales no fueron objeto de negociaciones y subieron en 80% o más.

Peor aún, por estar destinada toda su producción al esfuerzo bélico, los norteamericanos no tenían mayor cosa que vender, de modo que no había en qué gastar las divisas que ingresaban a México como producto de las ventas. En 1945 las reservas del país alcanzaron la cifra sin precedente de 364 millones de dólares, pero en la posguerra volvieron al mercado automóviles, refrigeradores, fonógrafos y demás artículos que por mucho tiempo la gente había ansiado adquirir, y en un santiamén la reserva se redujo a 95 millones de dólares. Según el economista Ramón Beteta,

> ocurrió un hecho insólito: México había hecho un préstamo a su rico vecino, vendiéndole a crédito sin pretenderlo, puesto que había recibido en pago de sus mercancías una moneda que no pudo utilizar durante mucho tiempo. Y el crédito no sólo se concedió sin interés, sino que se pagó con descuento, porque cuando los dólares pudieron ser utilizados habían perdido parte de su poder adquisitivo por la inflación.

Los mexicanos que vivieron durante la guerra la recordarían como una época en que había frecuentes apagones por lo destartalado de los generadores eléctricos y se formaban colas para comprar casi cualquier cosa: un litro de leche aguada, un kilo de azúcar negruzca, medias que las mujeres no encontraban, por lo que tuvieron que usar tobilleras. Se llegó a publicar una caricatura en la que aparecía una agencia de automóviles coronada por el letrero: "Compre las llantas y le regalamos el coche".

En cambio, se hablaba de casos como el del chofer de un gobernador que conseguía prioridades para comprar llantas o víveres, los vendía en el mercado negro y acabó mandándose construir una residencia en las Lomas de Chapultepec; o bien, se recuerda al inversionista que compró a 50 centavos el metro de terreno que luego valdría 500 pesos; o al comerciante que amasó millones comprando a 10 lo que vendía a 100.

Tal vez el saldo más positivo de la guerra fue una especie de recogimiento patriótico que envolvió a la población y liquidó el furibundo antigobiernismo de los últimos años de Cárdenas. Los sinarquistas perdieron fuerza hasta casi desaparecer. El Partido Acción Nacional, fundado en 1939 por iniciativa de Manuel Gómez Morin, sólo registró avances modestos.

XLII. SURGE EL PRI

La guerra en Europa terminó el 8 de mayo de 1945 con la derrota de Alemania. En Asia llegó a su fin el 14 de agosto siguiente, cuando Japón se rindió abatido por los primeros bombardeos atómicos de la historia. Mientras tanto, los políticos mexicanos tuvieron como tema de preocupación principal las elecciones presidenciales que deberían celebrarse el primer domingo de julio de 1946.

A mediados del sexenio surgieron los personajes con mayores probabilidades de ganar la candidatura oficial: el secretario de Gobernación, Miguel Alemán; el secretario de Relaciones Exteriores, Ezequiel Padilla; el regente de la ciudad de México y cacique del estado de Hidalgo, Javier Rojo Gómez, y el general de división Miguel Henríquez Guzmán.

Por haber encabezado las operaciones que condujeron a la muerte del rebelde Cedillo, Henríquez Guzmán consideraba ser primero en derecho para la Presidencia. Lo apoyaba tal vez la mayoría de los viejos generales, quienes se indignaron al escuchar el rumor de que el nuevo jefe del ejecutivo podría ser un civil. Henríquez, contratista tan poderoso como lo había sido Almazán, contaba con numerosos partidarios. Ávila Camacho hubo de solicitar la colaboración de Cárdenas para convencer a Henríquez de que esperase turno otro sexenio. El hombre aceptó cuando, como aliciente, se le concedió el contrato para tender un oleoducto de Poza Rica, Veracruz, a Salamanca, Guanajuato, con una inversión de 100 millones de pesos, mientras que otros empresarios ofrecían realizar la misma obra por la mitad.

Rojo Gómez presentó otro problema, no tanto por el apoyo político derivado del cacicazgo hidalguense y de su acercamiento a los líderes campesinos, cuanto por su cercanía al secretario de Comunicaciones y Obras Públicas, Maximino Ávila Camacho.

Por un tiempo, don Maximino se empeñó en saltar él mismo de la SCOP a la Presidencia, y muchos militares y políticos apoyaban sus pretensiones, pero de algún modo alguien le hizo entender lo mal visto que sería permitir que el primer puesto del país pasara de un hermano a otro, por lo cual pospuso sus aspiraciones para 1952. Mientras tanto, decidió apoyar con todos sus recursos a Rojo Gómez y concentrar sus actividades en frenar al secretario de Gobernación, su enemigo más aborrecido desde los tiempos en que él y Alemán gobernaban los estados vecinos de Puebla y Veracruz, cuando tuvieron constantes fricciones por la tendencia que tenía el poblano de entrometerse en los asuntos de otros estados.

Tal vez —se pensó en las alturas— Maximino se apaciguaría si le prometían algo muy importante, y se designó al cacique potosino Gonzalo N. Santos para entrevistar al hermano presidencial y deslizarle la sugerencia de que apoyara públicamente la candidatura de Alemán. Santos dejó constancia escrita de lo que respondió el entrevistado:

Tu firmeza me hace pensar que esto de Alemán es un cochupo hecho, pero vas a decirle a mi hermano Manuel, y sábelo tú también, que Miguel Alemán no llegará a la Presidencia de la República, porque yo le juro a Manuel por la leche que mamamos de doña Eufrosina [la madre de ambos] que tan luego lancen la candidatura oficial del forajido Miguel Alemán, yo, personalmente yo, lo voy a dejar muerto a los pies de Manuel y voy a dar un sainetón mundial, pero Miguel Alemán, repito, lo juro por la leche que mamé de mi madre, no llegará a presidente de la República porque lo voy a matar.

Días después Santos hizo otro esfuerzo infructuoso por apaciguar a Maximino. El conflicto sólo terminó cuando, al decir de Santos, "se celebró [en Atlixco] un banquete de más de 5 000 cubiertos en honor de Maximino, donde hubo brindis políticos afirmativos y negativos y calurosas protestas de adhesión incondicional a Maximino 'para lo que él mandara'. De allí del banquete se llevaron a Maximino moribundo a su casa, en donde luego falleció".

Los partes médicos indican que la muerte del personaje fue por causas naturales, pero pocos lo creyeron entonces, y aún ahora abundan los convencidos de que se trató de un envenenamiento. Rojo Gómez se retiró de la carrera presidencial.

Así, en la contienda quedaron sólo Padilla y Alemán. El primero tenía en contra a los católicos, quienes no lo dejaban olvidar su pasado de jacobino callista ni su desempeño como fiscal en el sucio juicio que condujo a la condena de la Madre Conchita; lo apoyaban los antialemanistas, los escombros del callismo y, sobre todo, el embajador norteamericano George Messersmith quien, además de aplaudir la política proyanqui desarrollada por Padilla durante la guerra, desconfiaba de Alemán debido a que Lombardo Toledano brindó a éste el apoyo de los líderes sindicales y en una arenga llegó a titularlo "el cachorro de la Revolución".

Por su parte, Alemán atrajo a su bando a la mayoría de gobernadores, senadores y diputados. Ávila Camacho se abstuvo de señalar cuál de los dos pretendientes era su favorito y dejó a ambos en libertad de sumar partidarios y hacerlos valer ante el partido oficial. Pero desde septiembre de 1945 Padilla se convenció de que carecía de apoyo revolucionario y lanzó su candidatura independiente a través de un nuevo Partido Democrático Mexicano.

La candidatura de Alemán no fue lanzada sino hasta el 19 de enero de 1946, y el anuncio no fue hecho por el PRM, que había dejado de existir, sino por su descendiente, el Partido Revolucionario Institucional (PRI), que nació en ese preciso día.

Muchos afirmaron que el cambio de siglas carecía de importancia y que el partido oficial seguiría siendo el mismo de siempre. La observación es errónea: el PNR había sido un contubernio de caciques militares y civiles empeñados en repartirse pacíficamente el botín del poder. El PRM fue una agrupación socialistoide de masas. En el PRI no se habló de lucha de clases, sino de justicia social. El PRI perseguiría un tipo de democracia definida por don Manuel en los siguientes términos: "El encauzamiento de la lucha de clases en el seno de las libertades y las leyes", lo que desembocaría en "la colaboración indispensable para alcanzar el progreso y la grandeza económica del país".

Tres parecen haber sido los principales motivos que tuvo Ávila Camacho para reformar el partido oficial: *1)* limpiarlo del odio anticardenista que envolvía al PRM; *2)* evitar hasta la sospecha de que México fuera a optar por el sistema soviético cuando ya se presagiaba el estallido de la guerra fría, y *3)* reafirmar la decisión de separar a los militares de la política: el PRI conservó los sectores obrero, campesino y popular, pero suprimió el sector militar sin abundar en explicaciones.

El partido oficial mexicano había obtenido logros importantes. Bajo las siglas del PNR se redujeron las pugnas violentas entre facciones; bajo el PRM se evitó que la paz pública siguiera dependiendo de lo que hicieran los militares politizados, a quienes se sometió al contrapeso de los sectores obrero y campesino; el PRI permitiría la renovación sexenal del gobierno sin los usuales sobresaltos de casi todos los demás países latinoamericanos. El PRI heredó muchos vicios de sus antecesores y con el tiempo adquirió otros nuevos, pero eso es cuestión aparte.

La campaña electoral de Padilla y Alemán se desarrolló sin escándalos o zafarranchos. Padilla carecía por completo de carisma, en tanto que Alemán adoptó los alegres aires de *La bamba* como himno de campaña y en algunos pueblos hasta mostraba sus dotes de bailarín cuando sacaba a bailar a las muchachas más bonitas. Al final se asignó 77.9% de los votos a Alemán, 19.3% a Padilla y el resto a otros candidatos sin relevancia, lo que tal vez reflejó la realidad. Don Manuel pudo presidir unas elecciones como él las quería: con voto libre y sin que los observadores independientes objetaran el triunfo de su candidato.

Después de entregar el poder se retiró a su rancho de La Herradura, ubicado en los límites del Distrito Federal con el Estado de México, donde pasó sus últimos años (falleció en 1955) al lado de doña Soledad Orozco, su esposa de toda la vida, de la que sólo se recuerda el pésimo gusto en elegir sombreros y la decisiva intervención que tuvo para que se pusieran calzones a la estatua desnuda de la Diana Cazadora que adorna la famosa fuente en la ciudad de México. La pareja no tuvo hijos.

Discretamente don Manuel empleó su influencia sobre los militares para asegurarse de que el paso al gobierno civil se realizara sin problemas. Al llegar a la Presidencia había hecho pública su declaración patrimonial, en la que reconoció ser propietario de La Herradura y de otros dos ranchos ubicados en Tacuba, Distrito Federal, y en Atzingo, Morelos; una casa con huerta en Teziutlán y dos residencias en las Lomas de Chapultepec, todo ello con un sospechoso valor total de 100 000 pesos aproximadamente. Añadió que no tenía depositada ninguna suma en instituciones de crédito.

Después de su muerte, el rancho de La Herradura se convirtió en un lujoso fraccionamiento que produjo a doña Soledad una enorme fortuna.

Ávila Camacho también sirvió de albacea en la repartición de los bienes legados por Maximino, a los que el agregado político de la embajada de Estados Unidos calculó un valor de 24 millones de pesos. Todos los deudos se declararon satisfechos del reparto. Los aduladores pusieron a don Manuel el cursi —aunque no por ello menos apropiado— mote de "El Presidente Caballero".

Séptima Parte

FORJA Y DESPLOME DEL PRI: LOS ABOGADOS (1946-1982)

XLIII. ALEMÁN, EL TRIUNFADOR

Miguel Alemán nació en 1903 en Sayula, poblado veracruzano que se encuentra en el istmo de Tehuantepec, cerca de la línea divisoria con Oaxaca; caluroso, insalubre e infestado de mosquitos, lo constituía un caserío habitado por media docena de "familias de razón" —entre ellas la del futuro presidente—, además de varios centenares de indígenas popolocas hacinados en jacales. Carecía el lugar de alumbrado público, no tenía fábricas ni talleres donde trabajar, y sólo poseía dos "changarros" o pequeños comercios, uno de los cuales era propiedad de Miguel Alemán González, padre del personaje.

En Sayula permaneció el niño Miguel hasta la edad de 10 años aprendiendo las primeras letras en el silabario que utilizaban como texto único las maestras del pueblo, un par de hermanas solteronas; pasó luego a la destartalada escuela primaria local. A media calle jugaba con la chiquillería, entre la que abundaban los niños popolocas, quienes se expresaban en una lengua endiabladamente complicada, de la cual el niño sólo aprendió algunas palabras. Su vida fue tranquila hasta los ocho años de edad (1911), cuando el padre, ardoroso floresmagonista, se unió a la revolución de Madero.

Doña Tomasa, la madre, tomó a su cargo la manutención de la familia —tres hermanitos—, hasta que en 1913 le fue imposible salir adelante y emigró con los chiquillos al cercano pueblo de Acayucan, para refugiarse en una casita cercana a la de los abuelos paternos. Como en Acayucan eran mal vistos los parientes de revolucionarios, hubo que mudarse a Oluta, otro pueblo popoloca todavía más pequeño que Sayula, donde vivían los padres de doña Tomasa. También allí eran mal recibidos los "rebeldes", por lo que debieron trasladarse a la mucho más importante población de Coatzacoalcos a fin de reunirse con el padre, quien había ascendido a coronel, era jefe de armas local y disponía ya de recursos para mantener a su progenie.

Al cabo el padre fue transferido a Apizaco y el resto de la familia se mudó a Orizaba, donde los niños Alemán podrían recibir mejor educación. En efecto, en Orizaba había buena primaria y secundaria. Para que Miguel pudiera estudiar la preparatoria, en 1920 se impuso una mudanza más, a la ciudad de México.

A los 17 años de edad, Miguel Alemán ingresó al grupo H de la Escuela Nacional Preparatoria, formado para recibir a los muchachos provincianos que habían cursado sus estudios de manera irregular. Como tantos otros, éstos emprendieron la aventura de publicar un periodiquito, intitulado *Eureka*, cuyo consejo de redacción estuvo integrado por Miguel Alemán, gerente; jefe de redacción, Manuel R. Palacios (futuro gerente de los Ferrocarriles Nacionales); secretario de redacción, Óscar Soto Máynez (futuro gobernador de Chihuahua); administrador, Gabriel Ramos Millán (uno de los empresarios más audaces con que contaría el país), y el destacado economista Adolfo Zamora como director artístico.

El colaborador más entusiasta era el a la postre genio financiero Antonio Ortiz Mena.

Dos años más tarde se agotó el dinero y la familia sayulense —otra vez encabezada por la madre, ya que al padre lo absorbían los altibajos de la revolución— tuvo que volver a Coatzacoalcos, donde sobrevivió gracias a que doña Tomasa abrió una tiendecita de abarrotes y el joven Miguel consiguió empleo en la petrolera El Águila, primero como escribiente y luego como ayudante de geólogo. Hacia 1926, el ya general Alemán se adhirió al grupo del general Arnulfo R. Gómez, quien se oponía a la reelección de Álvaro Obregón. Todos los miembros del grupo acabaron siendo capturados y fusilados.

Mientras el padre aún andaba fugitivo, una tía informó al joven Miguel que la policía lo buscaba para obligarlo a delatar el paradero del progenitor. Huyó hacia Tampico en un barco petrolero y allí se presentó ante las autoridades militares para declarar que nada sabía. Logró que lo dejaran en libertad y consiguió un empleíto que no le satisfizo, por lo que regresó a la ciudad de México a terminar la preparatoria.

Ya con 22 años de edad en 1925, finalmente pudo inscribirse en la Escuela Nacional de Jurisprudencia, donde por su rostro afilado y su carácter juguetón le apodaban "El Pajarito". Trabajó como pasante para ganar algún dinero y en tres años consiguió terminar la carrera. En Jurisprudencia volvió a encontrarse con varios condiscípulos del grupo H preparatoriano, quienes se daban cuenta de que ya formaban un esbozo de élite destinado a destacar en su país semidestruido, y en 1927 firmaron un pacto de ayuda mutua.

El hombre sonriente

No fue sino hasta 1928 cuando Miguel Alemán obtuvo su título profesional, pero a partir de entonces la vida comenzó a sonreírle. Asociado con sus ex condiscípulos Gabriel Ramos Millán, Fernando Casas Alemán y Raúl López Sánchez, abrió un pequeño bufete en la calle de Humboldt, y como sólo conseguían clientes de poca importancia, Ramos Millán los convenció de que "no le tuvieran miedo a los seis ceros" e incursionaran en el mundo de los negocios.

Ramos Millán compró, a crédito y a dos pesos el metro cuadrado, los terrenos del rancho Polanco, que fraccionó con utilidades astronómicas para formar las colonias capitalinas de Polanco y Rincón del Bosque. A cambio de que realizara trabajos de litigante, entregaba a Alemán un porcentaje de las acciones. Así, en pocos años el abogado pudo comprar un costoso automóvil Paige, contraer matrimonio con la hija de una familia acomodada de Celaya, Guanajuato —Beatriz Velasco—, e irse de luna de miel a San Antonio, Texas, lo que entonces era un lujo. Además, adquirió por una bicoca los terrenos del rancho Los Pirules, que años después albergarían a Ciudad Satélite y a otras colonias anexas.

Alemán ya se ataviaba elegantemente y jugaba golf. Pero su principal interés estaba en la política, y con el patrocinio de unos líderes sindicales a quienes había representado ante la junta de conciliación y arbitraje lanzó su candidatura a diputado suplente por el distrito de Coatzacoalcos. Aunque en esa ocasión fue derrotado, en 1935 consiguió el apoyo del cacique regional Cándido Aguilar y resultó electo senador por Veracruz en las mismas elecciones en que participaba como candidato a gobernador el experimentado político Manlio Fabio Altamirano.

Una noche, mientras Altamirano cenaba en el café de Tacuba de la ciudad de México, en compañía de su esposa y una pareja de amigos, irrumpió en el lugar un individuo que sorpresivamente vació su pistola sobre el cuerpo del gobernador electo. El asesino nunca fue capturado, ni siquiera identificado. Hubo que celebrar elecciones extraordinarias de las que Alemán emergió como nuevo gobernador, un puesto en el que ganó popularidad por su carácter afable y sus iniciativas progresistas, como la de haber lanzado la entonces novedosa idea de que se debía impulsar el turismo: por gestiones suyas, el empresario Manuel Suárez construyó en Veracruz el Mocambo, el primer gran hotel turístico que hubo en México. En el terreno político consiguió movilizar a todos los gobernadores de la República para expresar un apoyo rotundo a Lázaro Cárdenas por la expropiación petrolera. Con este antecedente, no tuvo que batallar mucho para que los mismos mandatarios apoyaran la candidatura presidencial de Ávila Camacho.

En contraste con el gesto adusto que acostumbraban adoptar los políticos de la época, Alemán usualmente aparecía sonriendo en las fotos periodísticas. Ávila Camacho lo sacó de la gubernatura para hacerlo coordinador de su campaña política. En el nuevo sexenio lo nombró secretario de Gobernación —su mayor problema fue enfrentar la enemistad de Maximino Ávila Camacho, por cuya causa renunció al cargo un par de veces, lo que no aceptó don Manuel— y de allí saltó a la Presidencia.

El México que empezó a gobernar Miguel Alemán el 1º de diciembre de 1946 tenía 23 millones de habitantes, de los cuales más de la mitad seguía siendo analfabeta. Después de haber permanecido estacionada en 15 millones de habitantes entre 1910 y 1920, la población empezaba a aumentar, gracias al restablecimiento de la paz y a las campañas contra enfermedades como la viruela y el paludismo; pero el país seguía siendo insalubre, en lo fundamental por un deficiente suministro de agua potable que propiciaba el desarrollo de enfermedades de origen gastrointestinal.

La ciudad de México tenía entonces poco menos de dos millones de habitantes; sus barrios de lujo, como Lomas de Chapultepec, Polanco y otros en que se mandaban construir residencias políticos y comerciantes enriquecidos durante la guerra, no bastaban para quitarle el calificativo de "rascuache", que se ganó por lo cochambroso de las barriadas populares y por lo deteriorado de la mayor parte de sus calles. En el centro pululaban legiones de individuos descalzos que vestían andrajos, y durante las noches se veían por todas partes racimos de niños harapientos, piojosos y tapizados de costras de mugre, que se acostaban a dormir en plena calle por falta de hogar. Ciudades y pueblos de la provincia seguían sumidos en la modorra y la miseria.

Y sin embargo, Alemán alentaba el propósito de pasar a la historia como el modernizador del país. De sobra sabía que la "redistribución de la riqueza" impulsada por Cárdenas no había pasado de ser una repartición de mendrugos. Para repartir riqueza primero se necesitaba crearla, y se propuso poner la agricultura y la ganadería a la altura de los tiempos, industrializar el país y realizar obras espectaculares para que la gente "le perdiera el miedo a los seis ceros".

Aunque Ávila Camacho les había repartido seis millones de hectáreas, los ejidatarios querían más y mejores tierras, así como mayores entregas de aperos y fertilizantes, además de nuevos préstamos que por lo general quedaban sin pagar. Alemán no se desentendió de los pedigüeños —repartió las dádivas usuales, y cinco millones de hectáreas en su sexenio—, pero comprendió que el alza de la producción que tan urgentemente necesitaba el país sólo se materializaría recurriendo a los dinámicos agricultores privados.

Éstos vivían bajo el permanente temor de que viniera una nueva ola de expropiaciones; y como se les había privado de recurrir al amparo para proteger sus terrenos, Alemán envió al congreso un proyecto de reformas al artículo 27 constitucional, mediante el cual fue restablecido el amparo agrario y se fijaron límites a la propiedad inafectable: 100 hectáreas de riego o humedad, 150 para los predios dedicados al cultivo del algodón y hasta 300 para platanales, cafetales, cocotales, cañaverales, etc. Así volvió la paz al campo.

Simultáneamente se construyeron miles de pequeñas obras de riego, decenas de presas y muchos kilómetros de canales, con lo cual se abrieron al cultivo millón y medio de hectáreas que pronto se verían cubiertas de algodón, trigo, sorgo y otros productos antes desconocidos en el país. Media docena de organismos fueron dedicados a tecnificar la agricultura, entre ellos la Comisión Nacional del Maíz, que produjo semillas híbridas, y la del trigo, que obtuvo nuevas variedades, gracias a lo cual la producción agrícola aumentó un espectacular 75% durante el sexenio.

Mano de hierro

Como doctrina oficial de su gobierno, Alemán adoptó la "colaboración de clases", descrita de la siguiente manera: "Los empresarios deben acatar estrictamente las leyes laborales y los trabajadores deben abstenerse de plantear exigencias desproporcionadas".

Para la industrialización, el principal obstáculo eran los líderes sindicales. Los primeros en alborotarse fueron los petroleros: antes de que Alemán cumpliera su primer mes en la Presidencia iniciaron una serie de paros locos encaminados a nulificar el contrato colectivo que ellos mismos habían firmado poco tiempo antes; exigían aumentos de sueldo, reclasificaciones de categoría y prestaciones cuya aprobación hubiera llevado a Pemex a la quiebra instantánea.

En respuesta, el flamante director del organismo, el empresario chihuahuense Antonio J. Bermúdez, rescindió el contrato de trabajo de los líderes que convocaron al paro, e inició ante las autoridades laborales un "conflicto de orden económico" que, de ser fallado en favor de la empresa, la facultaría para disminuir los salarios y las prestaciones de todos los trabajadores.

En el país se decía que la famosa frase cardenista: "El petróleo es nuestro" había sido interpretada por los petroleros como que era propiedad de ellos y no de la nación, por lo que el planteamiento oficial fue recibido con abundantes aplausos. Además, Alemán encomendó al ejército la misión de custodiar las instalaciones de la empresa y distribuir el combustible, lo que logró sin dificultad alguna. El conflicto se solucionó el 12 de enero siguiente (1947) con la renuncia de los líderes paristas y la elección de un nuevo comité ejecutivo del sindicato. No hubo reducción de salarios y sólo 300 trabajadores fueron dados de baja, pero gracias al restablecimiento de la paz sindical y a la reorganización impulsada por Bermúdez la producción subió, con lo cual hizo falta contratar más personal, de suerte que en 1951 ya había 36 553 trabajadores contra 29 188 de 1947.

El gobierno también consideraba imprescindible rehabilitar las líneas férreas como requisito fundamental para la buena marcha del plan desarrollista. La mejora no se conseguiría nunca sin disciplinar a los trabajadores, por lo que el gobierno planteó un conflicto de orden económico mostrando que 84% de los ingresos de la empresa se gastaba en pagar sueldos y prestaciones; con base en este dato se pidió el reajuste de 12 000 empleados, además de la implantación de diversas medidas disciplinarias.

A cambio de que no hubiera despidos de personal ni reducción de sueldos, el sindicato aceptó la imposición de un sistema de trabajo más eficaz. Se incrementaron las tarifas ferroviarias, y desde el primer año se obtuvo un ingreso adicional de 85 millones de pesos, que permitió adquirir equipo nuevo, rehacer las vías y rehabilitar las instalaciones en general.

Hubo también que enfrentar el problema de la CTM. Poco después de que ascendiera a la Presidencia, Alemán recibió en Los Pinos la visita de Vicente Lombardo Toledano, quien seguía manipulando tras bambalinas los hilos de la central, aunque la secretaría general del organismo había quedado en poder de los famosos cinco "lobitos". Ingenuamente reveló al primer mandatario sus aspiraciones para el futuro: separarse del PRI y fundar el Partido Popular (PP), una especie de partido laborista-marxista a la mexicana, para lo cual le sería necesario llevarse la CTM al PP, lo que, según él, carecía de importancia, ya que el PP sólo haría el papel de conciencia izquierdista de la revolución mexicana y sería tan amigo del gobierno como el propio PRI.

Alemán dijo que la idea le parecía brillante, y como un novato, Lombardo inició los trabajos para la fundación del PP. De pronto, en la CTM comenzó a ser atacado por corrupto, traidor a la clase trabajadora y desleal al movimiento obrero mexicano. En 1947 él y sus principales colaboradores fueron expulsados de la confederación y la CTM permaneció aferrada al PRI.

Fidel Velázquez

El principal beneficiario de la maniobra fue Fidel Velázquez. Al ocurrir los hechos ya había elegido entre las realidades de la política mexicana y los devaneos ideológicos de Lombardo. Su única ideología, dijo a partir de entonces, era la de la Revolución mexicana, o sea presidencialismo a ultranza y con estrecha asociación del movimiento obrero con el PRI. En 1950 recuperó la secretaría general de la CTM.

Fidel Velázquez nació en 1900 y decía ser "hijo de un

campesino avecindado en Villa Nicolás Romero, Estado de México", pero en realidad su padre había sido administrador de la hacienda de La Encarnación; en 1914 se declaró huertista y fue asesinado por una turba de zapatistas que lo acusaban de soberbio y cruel con los peones. También afirmaba Fidel haber sido lechero de oficio, y si bien trabajó por un corto tiempo en el establo de la hacienda de El Rosario, cercana a la ciudad de México, su principal ocupación era la de "coyote" en las juntas de conciliación, trabajando bajo la tutela de Lombardo Toledano.

El rudo trato infligido a Lombardo hizo ver a la mayoría de los líderes sindicales que su poder era simple reflejo del gubernamental; que su fuerza política dejaba de existir en cuanto perdían el apoyo del Estado, de suerte que optaron por someterse. En los desfiles del Día del Trabajo la CTM siempre desplegaba grandes mantas con leyendas como: "Gracias, señor presidente" escritas en letras enormes. En una de tales ocasiones Alemán fue declarado "el obrero número uno de la patria".

La doma de los políticos se inició con un apretón a los gobernadores, de los cuales 10 fueron "licenciados" (se les obligó a pedir licencia para dejar el cargo) o fueron destituidos por los congresos locales.

Avances y devaluación

La reorganización de Pemex y la rehabilitación de los ferrocarriles crearon oportunidades para que muchas empresas pequeñas y medianas fabricaran y surtieran diversas piezas mecánicas y prestaran ciertos servicios técnicos. De la construcción de carreteras y obras de riego surgió el embrión de lo que llegarían a ser gigantescas constructoras, como la ICA. El buen ambiente propició el establecimiento de la primera gran tienda de departamentos al estilo norteamericano que hubo en el país, la de Sears Roebuck, que como requería de artículos para la venta, financió la creación de talleres y pequeñas fábricas que la surtían de ropa, muebles, aparatos domésticos y otros objetos de consumo. Con capital mexicano se creó el primer supermercado, el cual alentó el establecimiento o ampliación de enlatadoras, empacadoras, comercializadoras de frutas y legumbres, etcétera.

Para crear una gran industria de bienes de consumo, el primer obstáculo con que topó Alemán fue que en el país casi no había empresarios, dado que los supervivientes del Porfiriato habían sido orillados a la quiebra por la agitación social y la estrechez del mercado; o bien, la industria textil, que durante la guerra realizó importantes exportaciones de tela corriente a algunos países latinoamericanos y hasta asiáticos, se quedó sin clientela al terminar las hostilidades y recuperarse las fábricas del primer mundo, que desplazaron a los artículos producidos en México, excesivamente caros y de pésima calidad. Sólo los regiomontanos, que ya tenían sus altos hornos, sus fábricas de cerveza, vidrio, cartón, etc., y hasta el esbozo de lo que llegaría a ser una de las cementeras más poderosas del mundo, aprovecharon la calma alemanista para robustecer sus negocios.

Varios inmigrantes europeos y libaneses que llegaron a

México huyendo de la guerra también instalaron fábricas de radios, estufas, refrigeradores, planchas eléctricas y hasta de las primeras camisas bien cortadas que se hicieron en el país. Por supuesto, sus productos eran defectuosos y caros, pero Alemán los protegió estableciendo barreras aduanales, de modo que la población tuvo que pagar más por artículos de calidad inferior, aunque a la sazón la medida se justificó argumentando que era indispensable para ir creando empresarios, y que una vez logrado el objetivo se retirarían las barreras aduanales.

La obra de construcción alemanista fue gigantesca: 11 178 kilómetros de carreteras, de los que se pavimentaron 8 042, entre ellos la primera autopista de peaje que hubo en el país, la de México a Cuernavaca. Se terminó de construir o se construyeron decenas de grandes presas con las que se abrieron al cultivo 625 000 hectáreas, lo que permitió aumentar la producción agrícola para abastecer necesidades de la población —que creció de 23.3 millones de habitantes en 1946 a 27 millones en 1952— y alcanzó para exportar en cantidades importantes.

Además, Alemán hizo construir más de 5 000 escuelas y gran número de viviendas de interés social, como los multifamiliares Presidente Juárez y Presidente Alemán, en el Distrito Federal. Una intensa campaña de vacunación permitió erradicar la viruela, y la mejoría en las condiciones de vida redujo a un porcentaje pequeño el número de individuos sin zapatos. Sobre todo, se construyó la Ciudad Universitaria del Distrito Federal, en cuya realización laboraron día y noche durante tres años 15 000 peones y cientos de ingenieros y arquitectos. Los principales periódicos y revistas del mundo publicaron incontables reportajes elogiosos sobre esta obra tan llamativa. También cosechó aplausos el nuevo aeropuerto de la ciudad de México, que en el momento de su inauguración fue considerado el más funcional del planeta. La metrópoli se llenó de modernos edificios que parecían haber surgido de la nada y que albergaban joyerías, hoteles, tiendas de alta costura, peleterías, etc. Surgió una bulliciosa vida nocturna en la que imperaban el mambo y la bailarina Tongolele.

Realizar todo esto requirió gastar mucho en importaciones, y para financiar el gasto se hicieron emisiones de dinero sin respaldo. Consecuentemente, en 1948 fue necesario devaluar el peso de 4.82 por dólar a 8.50, lo que cubrió a Alemán de ignominiosa impopularidad, pues se comentaba que entre los "sacadólares" más codiciosos habían estado los grandes amigotes del presidente: Jorge Pasquel, Enrique Parra Hernández y el coronel Carlos I. Serrano.

De pronto se impuso en el país la creencia de que la ejecución de tantas obras no había tenido más propósito que el de dar ocasión para que el presidente y sus amigos se robaran la mayor parte de lo que se invertía. No se tomaba en cuenta que, aun habiendo sido él y sus colaboradores una banda de ladrones, habría que reconocerles su eficiencia como gobernantes, pues en el sexenio el presupuesto de la federación apenas sobrepasaba los 1 000 millones de pesos, o sea 6% del producto interno bruto del país, ya que los impuestos eran bajos y rara vez se pagaban completos.

Además de emitir dinero inflacionario para financiar el déficit presupuestal, Alemán recurrió a los empréstitos extranjeros, pero al final dejó una deuda exterior que apenas rebasaba los 50 millones de dólares, o sea lo que en 2000 se empleaba cada tercer día para pagar los intereses de los compromisos contraídos por los gobiernos siguientes. La explicación de tal eficiencia parece encontrarse en el hecho de que Alemán supo controlar la empleomanía, pues hasta 1952 el número de empleados federales rondaba los 150 000, contra más de cuatro millones en el 2000.

El señor presidente

En el gabinete de Alemán hubo solamente dos militares, el secretario de la Defensa y el de Marina; los demás fueron nueve abogados, dos economistas, un ingeniero, un médico, un dentista, un escritor y cuatro a quienes se podría llamar empresarios. Trabajaban intensamente 10 o más horas al día, y pasaban al menos seis divirtiéndose. A menudo los fotógrafos de sociales los captaban coctel en mano en alguna fiesta, y en los chismorreos se hablaba de los estupendos regalos que hacían a sus amantes, de las lujosas residencias que se mandaban construir, y de sus francachelas. De pronto aparecieron en México cientos de Cadillacs, Lincolns y Packards en los que se paseaban los nuevos magnates, entre ellos los altos funcionarios del régimen.

Tales excesos se publicaban rara vez porque Alemán colmó de "embutes" a los reporteros y de canonjías y concesiones a los empresarios periodísticos, quienes correspondieron el favor en un reñido maratón de servilismo. Los lectores llegaron a sentir asco de una prensa tan zalamera y atiborrada de elogios para "el señor presidente" (tal título no se había usado antes en el país; empezó a circular sólo en tiempos de Alemán). La excepción fue un periódico llamado *Presente*, que dirigía el columnista Jorge Piñó Sandoval, donde aparecían a granel reportajes y artículos en los que se detallaban los excesos cometidos por los alemanistas, en especial por el regente de la ciudad de México, Fernando Casas Alemán. Piñó tuvo que exiliarse en Argentina.

El colmo ocurrió el 1º de septiembre de 1952, cuando Alemán leyó su sexto informe de gobierno. Para rendirle pleitesía, los gobernadores de todos los estados mandaron erigir arcos triunfales a lo largo de Paseo de la Reforma, la avenida Juárez y el tramo hacia Donceles, donde sesionaba el congreso. En respuesta, como por obra de magia, aparecieron grupos de jóvenes que prendían fuego a cada uno de los arcos, en lo que a menudo utilizaban páginas del periódico *Esto*, que ganó el campeonato de lambisconería al publicar en primera plana, en vez de noticias deportivas, la leyenda: "¡Seis años! ¡Tantos, y tan pocos!" Como corolario, en la Ciudad Universitaria fue dinamitada una gigantesca estatua de Alemán que dominaba todo el conjunto.

Las elecciones

La impopularidad empezó a brotar en 1949, cuando Rogerio de la Selva, secretario particular del presidente, puso en marcha una estruendosa campaña encaminada a lograr que se aprobara la reelección de Alemán "para darle tiempo de concluir su obra". La maniobra desató violenta oposición, tanto abierta como soterrada, por lo que se cambió el argumento diciendo que no era la reelección lo que se perseguía, sino tan sólo una prórroga de dos o tres años en el mandato de un ejecutivo excepcional. La campaña sólo cesó cuando Cárdenas y Ávila Camacho se pronunciaron en contra de cualquier intento de modificar el precepto antirreeleccionista.

El secretario de Gobernación, Adolfo Ruiz Cortines, resultó ser el nuevo candidato presidencial. En la gran convención del PRI en la que fue lanzada la candidatura, un reportero que asistió al acto calculó que 80% de los aplausos habían sido para Cárdenas, casi todo el resto para Ruiz Cortines y muy pocos para Alemán.

Un grupo de altos militares y políticos resentidos abandonó el partido oficial para promover la candidatura independiente del general Miguel Henríquez Guzmán, quien seguía empeñado en devolver el codiciado puesto presidencial a los hombres de armas. En círculos bien informados se dijo que Cárdenas apoyaba a Henríquez, y aunque éste aguardó largo tiempo antes de desmentir la versión, su esposa y su hijo Cuauhtémoc fueron vistos en relación muy estrecha con el general insumiso. Los henriquistas realizaron un derroche propagandístico tan estrepitoso como el del PRI, pero la gente ya no quería más generales contratistas al frente del país, y con total indiferencia dejaron pasar el único incidente ruidoso de la contienda: un choque entre medio millar de henriquistas y un centenar de policías montados que se escenificó en la ciudad de México. Ruiz Cortines obtuvo lo que pareció ser un triunfo bastante limpio. Alemán pudo ufanarse de haber encabezado el primer gobierno enteramente civil del siglo xx en México y de haber entregado pacíficamente el mando a otro civil.

Al dejar la Presidencia, Alemán contaba con 49 vigorosos años de edad. En el sexenio siguiente fue "dejado en la banca", pero en los posteriores se le asignó la presidencia del Consejo Nacional de Turismo, que desempeñaría hasta el año de su muerte, en 1983. Nunca dejó de hacer grandes negocios y llegó a convertirse en uno de los hombres más ricos que ha habido en el país.

XLIV. RUIZ CORTINES, EL JUGADOR DE DOMINÓ

Alemán dejó la "cargada" firmemente sujeta a los sectores obrero, campesino y popular del pri; ya resultaba impensable que las facciones se confabularan para presionar al ejecutivo, de suerte que Adolfo Ruiz Cortines no hubo de preocuparse en extremo por asegurar su imperio, si bien necesitó enfrentarse a tres problemas de capital importancia: primero, la impopularidad rayana en el repudio público que afectaba al antecesor, y que contagiaba al nuevo gobierno; segundo, desactivar a los henriquistas, que si bien habían sido vapuleados en las elecciones (se les reconocieron 579 745 votos contra 2 713 419 para el candidato priista y 285 555 para el del pan), contaban entre sus huestes a varios generales y políticos peligrosos; y tercero, la inflación que se desató al iniciarse el nuevo sexenio.

En el discurso pronunciado luego de recibir la banda presidencial, Ruiz Cortines empezó a ocuparse del primer problema. Agitando vigorosamente el índice de la mano derecha, disparó las siguientes frases:

—Obraremos con máxima energía contra los servidores públicos venales o prevaricadores… Seré inflexible con los que se aparten de la honradez y la decencia.

Tales palabras, dichas en un ambiente saturado de críticas a la corrupción alemanista, deslindaron a Ruiz Cortines de su antecesor y protector. Para reforzarlas, anunció el envío al congreso de un proyecto de Ley de Responsabilidades de los Funcionarios Públicos, en el cual se declaraba obligatorio para éstos la presentación de una lista de las propiedades que tuvieran al ocupar su cargo, misma que serviría para procesarlos legalmente en caso de que se les detectaran con el tiempo desviaciones importantes.

Por añadidura, Ruiz Cortines procuró hacer exhibiciones de austeridad; para ir de su casa al palacio nacional acostumbraba tomar la ruta de Paseo de la Reforma, hacer alto ante la luz roja de los semáforos y viajar en un automóvil negro sin más compañía que el jefe de su estado mayor y el chofer; no llevaba nubes de pistoleros, por lo que muchos automovilistas anónimos se emparejaban al vehículo presidencial a fin de saludar al pasajero, quien respondía levantando ceremoniosamente la mano derecha.

No tardó en surgir el rumor de que existía un rompimiento entre la administración anterior y la nueva, pero el mismo Alemán salió al paso de las hablillas declarando que no tenía discrepancias con Ruiz Cortines y que, para no ser un obstáculo, saldría a Europa en un viaje de varios meses. En verdad parece haber aceptado que le tocara servir de chivo expiatorio, pues nunca dejó de mostrar amistad hacia el hombre que él había llevado a la Presidencia.

La cuestión henriquista perdió su explosividad en cuanto los generales más importantes, como Marcelino García Barragán y Antonio Ríos Zertuche, recibieron buenos cargos en el gobierno, y los de menor calibre obtuvieron algún beneficio que los apaciguó. Aún así sobrevivieron algunos grupúsculos inclinados a la violencia, como el jefaturado por el general henriquista Celestino Gasca, superviviente de la Casa del Obrero Mundial que estuvo acopiando armas para una revuelta, pero no encontró seguidores.

La agitación provocada por el alza en el costo de la vida fue lidiada con base en ruidosas campañas contra "los voraces comerciantes" y "los hambreadores" —de los que miles fueron multados o encarcelados dizque para imponer un "control de precios"—, más la venta a través de la CEIMSA (antecesora de Conasupo) de productos a precio inferior al de costo, una operación que arrojaba fuertes déficits y financiaba el gobierno emitiendo dinero inflacionario que a la vez provocaba nuevas alzas. El viernes santo de 1954 el peso fue devaluado de 8.65 a 12.50 por dólar y se produjo otra escalada de precios. El problema fue controlado gracias a la comprensiva actuación de la CTM después de que se decretaron aumentos de sueldo muy moderados, y a que mucha gente siguió culpando a Alemán por la penuria.

Además, Ruiz Cortines aprobó el aguinaldo para los burócratas, que forzosamente se extendió a las empresas privadas donde aún no lo pagaban. Mejoró y amplió los servicios del seguro social e hizo aprobar la ley que confirió el derecho de voto a la mujer.

Jarocho pero solemne

Adolfo Ruiz Cortines contaba con 63 años de vida —y con su rostro arrugado y pálido representaba 10 más— cuando asumió la Presidencia de la República, el 1º de diciembre de 1952. Como tal edad parecía excesiva en un país acostumbrado a tener gobernantes jóvenes, los bromistas se dieron vuelo haciendo chistes acerca de la baja de vigor sexual entre de los sexagenarios. Otros encontraban a Ruiz Cortines cierto parecido con el actor Boris Karloff, por lo que lo llamaban "Frankenstein". Circuló el chiste de que Alemán lo había escogido por creer que iba a morirse muy pronto, con lo que surgiría la necesidad de nombrar un presidente provisional que bien podría ser un alemanista.

Los chistes no pudieron haberse enfocado hacia un hombre menos afecto a las guasas. Vestido siempre de traje oscuro y corbata de moño, usaba sombrero no para cubrirse la cabeza sino para recargárselo contra el pecho y así evitar que le dieran abrazos. Una vez mandó retirar de su presencia a un conocido de la niñez que se dirigió a él llamándole "Fito", y cuando era un escribiente del montón le presentó la renuncia a un jefe porque lo llamó "Cortinitos". Ruiz Cortines fue burócrata de baja categoría entre 1913 y 1935, y siempre estuvo muy consciente de la "investidura" propia de los cargos públicos, a la que asignaba tanta importancia como los curas dedican a los símbolos religiosos.

Su máxima distracción consistía en jugar dominó y beber taza tras taza de café de greca. Su tacañería era legendaria: se cuenta que cuando fue secretario de Gobernación mandaba un ayudante a comprarle un elote en los puestos que abundaban en la calle de Bucareli y se indignó una vez que le subieron el precio cinco centavos. Aplicaba la misma tacañería al lidiar con las nubes de politiquillos y periodistas que gozaron de "embutes" o empleos de "aviador" en el sexenio alemanista, y que al perder tales ingresos se vengaron lanzando torrentes de majaderías contra el "viejo miserable". Ruiz Cortines ni siquiera condescendía a mostrarles desprecio.

En 1935, cuando había cumplido 14 años de trabajar como empleadillo en el Departamento de Estadística, la fortuna le cambió, pues no sólo fue nombrado oficial mayor del Departamento Central, sino que conoció a su paisano Miguel Alemán —13 años menor que él—, quien iba a protegerlo a lo largo de toda su carrera. En 1937, con el apoyo de éste, entonces flamante gobernador, Ruiz Cortines obtuvo la diputación federal por Tuxpan, y más tarde fue secretario general del gobierno veracruzano, tesorero de la campaña avilacamachista, oficial mayor de Gobernación, gobernador de Veracruz a partir de 1944, y desde 1948 secretario de Gobernación, promovido todo el tiempo por el sonriente paisano.

Los discursos de Ruiz Cortines superaban en lo soporífero a los usuales entre políticos mexicanos. Invariablemente incluían llamamientos a practicar la virtud pública, por lo que hacían pensar en las disertaciones de los filósofos moralistas del siglo XIX, que él no había leído, pues sus lecturas se limitaban a textos sobre la Revolución mexicana. A menudo exhortaba a los mexicanos "al trabajo fecundo y creador".

El tesoro carrancista

Había nacido en 1890 en el puerto de Veracruz, hijo del empleado aduanal Adolfo Ruiz Tejeda y de la virtuosa María

Cortines Cotera. El padre falleció tres meses antes de que naciera el niño Adolfo, dejando en la miseria a doña María, por lo cual ésta tuvo que refugiarse con su hijo recién nacido y la hermanita de éste, un año mayor, en casa de unos tíos llamados Gabriel y Octaviana Cotera, que disponían de modestos recursos.

Adolfo estudió la primaria con los jesuitas de la iglesia de La Pastora y se inscribió en la secundaria, pero tuvo que abandonar los estudios en 1905 para ayudar a su madre trabajando como aprendiz de tenedor de libros en la tienda de un español. El caudillo maderista Alfredo Robles Domínguez lo llevó a trabajar a la ciudad de México como su contador particular.

En 1915 contrajo matrimonio con la chihuahuense Lucía Carrillo Gutiérrez, cuñada del influyente general Jacinto B. Treviño, y con ayuda de éste pudo ingresar al ejército como capitán asimilado y ascender a mayor, encargado de la pagaduría. En estas funciones, en 1920 tuvo un rasgo que dejó pasmados a sus colegas: le ordenaron hacer el inventario de los bienes abandonados por Venustiano Carranza en su fuga a la sierra de Puebla, y entregó al presidente provisional Adolfo de la Huerta hasta el último centavo de los 3 733 704 pesos oro y 58 000 pesos plata que constituían el tesoro del fugitivo.

Después de tener tres hijos con doña Lucía se produjo el divorcio. Ruiz Cortines vivió completamente solo hasta 1942, año en que casó con María E. Izaguirre, hija de un almirante y divorciada del noruego Olaf Locken. Doña María había tenido dos hijos, Olaf y Erlin, quienes por conveniencia política pasaron a llamarse Mauricio y Rafael. El segundo murió en 1968 y Mauricio en 1988, después de una vida de frecuentes francachelas y de haber intentado destacar —cada uno por su lado— como rejoneadores. Ambos se suicidaron.

Ruiz Cortines supo mantener en buen orden la organización recibida de Alemán, y gracias a ello incrementó durante su sexenio la red caminera de 23 000 a 43 500 kilómetros pavimentados; construyó presas (entre ellas la gigantesca de Falcón) que permitieron incorporar a la superficie de riego más de un millón de hectáreas e hicieron posible aumentar la producción agrícola a un ritmo de 6% anual como promedio; con ayuda del dinámico Antonio J. Bermúdez terminó de convertir a Pemex en una empresa seria que frecuentemente localizaba nuevos yacimientos, y con las escuelas que puso en servicio se pudo reducir a 40% el índice de analfabetismo.

En el Distrito Federal tuvo el acierto de nombrar regente al legendario Ernesto P. Uruchurtu, quien cosechó aplausos sin cuento al mejorar el drenaje y resolver el problema de las inundaciones; también aseguró el abastecimiento de agua potable, embelleció con jardines las calles de la capital; sustituyó con higiénicas instalaciones nuevas los pestilentes mercados de antaño, mandó construir el anillo periférico, y reorganizó la policía de tránsito con tal éxito que los capitalinos aplaudieron colmando de regalos navideños —desde botellas de sidra hasta flamantes refrigeradores— a los antes despreciados "mordelones". Por otra parte, Uruchurtu desplegó un desagradable carácter puritano y dictatorial, que acabó con la antes vigorosa vida nocturna de la capital.

Además, Ruiz Cortines puso en marcha la Constructora Nacional de Carros de Ferrocarril, que bajo la dirección del entusiasta Víctor Manuel Villaseñor logró satisfacer las necesidades nacionales y tuvo excedentes que fueron vendidos a precio competitivo en Estados Unidos y hasta en países como Indonesia. Tales realizaciones enorgullecían a los habitantes del país (26 millones en 1958).

Invariablemente los salarios reales aumentaban cada dos años por encima de la inflación, de manera que hubo un visible mejoramiento en el nivel de vida y se redujo el número de los individuos andrajosos y sin zapatos. La producción industrial aumentó en promedio 8% anual. Todo se hizo sin subir los impuestos, que siguieron absorbiendo apenas 6% del producto interno bruto. Las obras se realizaron en gran parte gracias a la contratación de empréstitos en el extranjero, por lo cual la deuda externa ascendió a 602 millones de dólares al terminar el sexenio.

Las relaciones internacionales fueron excelentes, a pesar de que Ruiz Cortines no se dejó arrastrar por la paranoia anticomunista dominante en Estados Unidos.

Los líderes obreros le hicieron 62 191 emplazamientos de huelga —la mayoría después de la devaluación— pero casi todos fueron resueltos sin escándalo, excepto los encabezados por los comunistas Demetrio Vallejo, ferrocarrilero, y Othón Salazar, de los maestros, quienes al acercarse el fin del sexenio hicieron estallar sonados movimientos huelguísticos y sólo fueron apaciguados concediéndoles lo que exigían.

El ex concuño, el general Treviño, asediaba constantemente a Ruiz Cortines para señalarle que el gobierno tenía en el olvido a los viejos revolucionarios, entre quienes se contaban varios generales decepcionados porque los hombres de armas cada vez veían más difícil participar en la política. El presidente proporcionó a Treviño una corta ayuda para formar un partido consagrado a defender los intereses de los revolucionarios ameritados, y el problema terminó con la creación del inofensivo Partido Auténtico de la Revolución Mexicana (PARM).

El destape

A Ruiz Cortines le apodaron "Volpone" cuando se acercaba el momento del "destape" y se descubrió que había prometido a diversos secretarios legarles la herencia presidencial, advirtiéndoles que, para merecerla, sólo tenían que abstenerse de hacer futurismo. Así contuvo la agitación típica del proceso. Sólo necesitó hacerles faena especial a dos precandidatos fuertes: el secretario de Gobernación, Ángel Carvajal, y el secretario de Agricultura, Gilberto Flores Muñoz.

Cierto día, Carvajal mostró al presidente un altero de telegramas enviados desde todo el país por políticos que le ofrecían apoyo para su candidatura presidencial. Ruiz Cortines se mostró impresionado y dijo:

—Guarde muy bien estos telegramas para cuando haya que mostrarlos, don Ángel. No se le vayan a perder.

Carvajal, cuyas oficinas hervían de políticos que le solicitaban audiencia, cumplió escrupulosamente con la orden. Pero un minuto después de que se anunció el "destape", las mismas oficinas se vaciaron hasta no quedar más presencia que la de un ujier con cara de asistente a un velorio.

Al secretario de Agricultura, Ruiz Cortines lo orilló a

creerse el seguro sucesor, y el engaño alcanzó tales proporciones que Flores Muñoz empezó a ser llamado "señor presidente" por sus subalternos. Cuando se acercaba el "destape", el secretario abordó a Ruiz Cortines para preguntarle qué debía hacer:

—Lo único que le recomiendo, Pollo [así le llamaba], es que tenga sus papeles y su oficina en perfecto orden, para cuando llegue el momento.

Al enterarse de que el "tapado" era el secretario del Trabajo, Adolfo López Mateos, Flores Muñoz pidió audiencia para aclarar la situación. Con cara compungida, Ruiz Cortines sólo le dijo:

—Perdimos, Pollo. ¡Qué le vamos a hacer!

Destape y despedida

Cuando Ruiz Cortines dio "el dedazo" para "destapar" a López Mateos, muchos vieron el proceso como un triunfo de la democracia. Abel Quezada, el popular caricaturista de *Excélsior*, había dado por incluir en sus dibujos la figura de un "tapado" con capucha al que le ocurrían mil y una peripecias, y hasta realizó una campaña publicitaria en torno a la frase: "El tapado fuma Elegantes"; como no lo metieron en la cárcel y además gozaba de grandes simpatías en el medio político, la gente dio por creer que en México empezaba a abrirse paso la libertad.

Los resortes del PRI estaban aún mejor aceitados que en el sexenio alemanista, de modo que el secretario del Trabajo no encontraría problemas con el partido. En cambio, heredó todo un arsenal de bombas de tiempo sindicales, pues los ferrocarrileros habían vuelto a agitarse y Othón Salazar mostraba tal peligrosidad que fue encarcelado.

Al entregar la Presidencia, Ruiz Cortines mostraba mejor aspecto que en los días en que la recibió, como si hubiera rejuvenecido. De inmediato se recluyó en la casa que poseía en la modesta colonia capitalina de San José Insurgentes, que sólo constaba de dos recámaras con dos baños, un espacio para salita, cocina y comedor, y un jardín minúsculo. Para sus traslados de un lugar a otro, el ex presidente siguió usando el Ford 1953 que le serviría hasta quedar inutilizado por lo viejo.

Una de las pocas ocasiones en que el hombre volvió a dar de qué hablar fue en 1969, cuando Gustavo Díaz Ordaz, emulando a Manuel Ávila Camacho, invitó a todos los ex presidentes vivos —Cárdenas, Ávila Camacho, Alemán, López Mateos y Ruiz Cortines— a reunirse con él en su casa para dar una demostración de unidad nacional, necesarísima después de la crisis provocada por la matanza de Tlatelolco en 1968. Todos acudieron al llamado, menos el último. Oficialmente se dijo que la ausencia fue debida a que no se hizo a don Adolfo la invitación con el protocolo acostumbrado, pero él sabía muy bien que su abstención iba a ser interpretada como una censura contra Díaz Ordaz.

Ruiz Cortines dictó su testamento al notario público Heberto A. Román, en el que figuraron como albaceas su hija Lucía, el veterano político Fernando Román Lugo y el abogado Manuel Cordera Pastor. Una nieta, Lolita, casada hoy día con el belga Patrick Diamant y madre de dos hijos, cuando le preguntan qué les dejó el abuelo, responde:

—Puros camotes.

Con esto se refiere al hecho de que, en sus viajes a Veracruz, don Adolfo siempre compraba unas cajas de camotes de las que venden en la carretera de Puebla, y se las regalaba a la nieta. Tantas fueron que las refundían en una bodega, donde se endurecieron. Divertida, Lolita narra que el abuelo le daba 20 centavos de regalo a la semana, y que una vez que le pidió un piano, Ruiz Cortines ordenó a su ayudante, el a la postre general Max Notholt, que fuera a comprarle un pianito de juguete.

Don Adolfo dejó su casa de Veracruz y 300 000 pesos a la Fundación Cotera-Ruiz Cortines, así llamada en honor de los tíos que lo protegieron durante la niñez; la fundación debería usar los fondos para becar a estudiantes pobres o huérfanos. En su caja de seguridad también atesoraba varios montoncitos de monedas mexicanas de oro envueltas en papel periódico, valores de Nacional Financiera y las escrituras de algunas propiedades pequeñas, todo lo cual representaba una cifra que Ruiz Cortines bien pudo haber reunido con base en ahorros personales, máxime que después de entregar el mando siguió recibiendo su sueldo íntegro de presidente, como señala la ley. Ordenó que estos fondos fueran entregados en partes iguales a sus ocho nietos conforme fueran cumpliendo 25 años de edad.

A doña María Izaguirre no le dejó nada, ya que, según dice el testamento, ella era propietaria de bienes que "forman un patrimonio suficiente y amplio para su sostenimiento económico, de manera que pueda llevar una vida holgada y decorosa". Siempre se había dicho que la señora aprovechaba la influencia del marido para hacer "negocitos".

Hasta fines de los años sesenta, don Adolfo vivió con doña María en la casa de San José Insurgentes. Luego, un día se marchó a una casita que adquirió en Veracruz y se encuentra en el fraccionamiento Madero, cerca de la Cruz Roja. A menudo iba a la plaza y se instalaba en una banca pública a leer *El Dictamen*, su periódico favorito de siempre, o a que le lustraran los zapatos. También jugaba dominó en el café de La Parroquia. Los vecinos lo veían de vez en cuando arreglando su pequeño jardín, pero en sus últimos años se aisló por completo y prohibió que lo visitara la familia, pues se sentía mal y no quiso que le tuvieran lástima.

Su amigo más cercano parece haber sido el doctor Mauro Loyo, un prócer jarocho; pero ya para morir, con el único que hablaba era con el político local Manuel Caldelas, una combinación de ayudante y compañero que le hacía la cama y medio limpiaba la casa. El 13 de diciembre de 1973 ambos estaban en la sala platicando cuando don Adolfo dijo que iba a recostarse porque se sentía cansado. Subió las escaleras y Caldelas se quedó en la sala para cerciorarse de que todo anduviera bien. A los 10 minutos escuchó un grito desgarrador, subió corriendo hasta la alcoba y encontró al ex presidente atravesado sobre la cama, con medio cuerpo fuera, ya muerto. Contaba entonces con cerca de 84 años de edad. Fue sepultado en el panteón capitalino de Dolores, junto a su madre, su hermana y dos hijos finados.

XLV. LÓPEZ MATEOS, EL APLAUDIDO

La aceptación unánime con que fue recibido el "destape" de Adolfo López Mateos y la abrumadora votación favorable que obtuvo en las elecciones —su único contrincante fue el panista Luis H. Álvarez, quien efectivamente parece haber recibido sólo 13% de los votos— encubría serios problemas, entre los que destacaba la agitación provocada por los comunistas.

Paradójicamente, entre las razones por las que Ruiz Cortines escogió al sucesor tal vez contó la de que cultivaba amistad con múltiples izquierdistas y parecía que esto iba a facilitarle enfrentar el conflicto planteado por maestros y ferrocarrileros. O, lo más probable, que el astuto jarocho obró basándose en el proverbio: "Para que la cuña apriete debe ser del mismo palo". De todas suertes, López Mateos asumió la Presidencia el 1º de diciembre de 1958, y en seguida ordenó la liberación de Othón Salazar, a quien el propio sindicato de maestros había destituido tras convencerse de que conducía al gremio a una catástrofe.

Apenas un mes después, Fidel Castro entró a La Habana encabezando a sus guerrilleros victoriosos y acto seguido surgieron en toda América Latina legiones de izquierdistas anhelantes de imitar ese ejemplo. La Revolución mexicana, que había tenido partidarios en las naciones del sur, perdió de pronto su atractivo y fue considerada como una vil argucia de politicastros para engañar a las masas. Muchos agitadores pretendían inclusive que López Mateos se aliara abiertamente con el castrismo y hasta que aceptara el liderazgo continental de Cuba.

El ferrocarrilero Vallejo se había reincorporado a la empresa y al sindicato —a pesar de que años antes cobró su indemnización por despido— y trabajó en unión del insosegable Valentín Campa, otro camarada comunista, para desatar una huelga general cuyo inicio hicieron coincidir con la semana santa de 1959. Miles de vacacionistas, varados en el lugar donde se encontraban por falta de transporte, e incapacitados para volver al trabajo, reaccionaron lanzando un torrente de improperios contra los huelguistas. El desplante sindical irritó a casi todo el país, de modo que López Mateos cosechó aplausos cuando puso fin a la huelga ordenando encarcelar a Vallejo y a Campa.

En Morelos surgió un agrarista llamado Rubén Jaramillo, a quien la izquierda presentaba como una segunda edición de Emiliano Zapata. Andaba organizando una rebelión armada en su comarca y, perseguido por una patrulla militar, murió acribillado en su casa junto con sus familiares. La izquierda responsabilizó a López Mateos por el asesinato, pero ni el presidente ni el PRI sufrieron la menor mella en popularidad.

David Alfaro Siqueiros, el famoso pintor, recorrió América del Sur ofreciendo conferencias de prensa en las que presentaba al presidente mexicano como un fascista y un esbirro de los yanquis. Cuando regresó a México, el gobierno, tras acusarlo de estar haciendo acopio de armas para emprender un movimiento guerrillero, lo mantuvo en la cárcel durante cuatro años. Al recobrar la libertad, el pintor dio gracias públicas a López Mateos.

Simultáneamente, grupos entrenados o apoyados por Cuba causaban incontables problemas en Centro y Sudamérica. Sólo en México los guerrilleros lucieron por su ausencia. No se dispone de documentación para demostrar a qué se debió tal distinción; la conjetura más verosímil es que López Mateos, desafiando la paranoia anticomunista yanqui, siguió teniendo relaciones diplomáticas con Cuba a cambio de que Castro se abstuviera de intervenir en los asuntos mexicanos.

López Mateos declaraba ser "de extrema izquierda, dentro de la Constitución", lo que le ocasionó dificultades con diversos magnates que, transtornados por la propaganda del norte, propugnaban un mayor acercamiento al gobierno de Washington y un combate abierto al castrismo. Al verse desairados redujeron las inversiones. El presidente reaccionó incrementando el gasto público y presionando a los extranjeros —los opositores más tenaces— para que "mexicanizaran" sus empresas, o sea que vendieran el control a mexicanos. De esta suerte, la mayor parte de las compañías mineras pasaron a ser propiedad de nacionales. Los dueños de la industria eléctrica vieron la oportunidad de hacer un buen negocio entregando sus fierros viejos y vendieron sus acciones al gobierno, lo cual fue aprovechado por el presidente para hacer demagogia presentando la "nacionalización de la industria eléctrica" como un gran triunfo para el país.

Para financiar sus gastos, López Mateos creó impuestos

como el de la tenencia de automóviles y uno especial para la educación, además de tomar medidas más eficaces para dificultar la evasión fiscal. Para atraerse a los asalariados, impuso a las empresas la obligación de hacer efectiva la añeja disposición constitucional que ordena ceder una parte de las utilidades a los trabajadores. No faltó quien dijera que la política lopezmateísta estaba inspirada por los comunistas, pero en realidad tuvo la aprobación del presidente John F. Kennedy: a pesar de su populismo, el PRI llegó a ser presentado por Estados Unidos como un modelo a seguir en la lucha del mundo subdesarrollado contra el comunismo ateo.

Hacia la cumbre

Adolfo López Mateos nació en Atizapán de Zaragoza, Estado de México, el 26 de mayo de 1910. Su padre, el dentista Mariano Gerardo López, falleció cuando él contaba apenas con cinco años de edad, y su madre, Elena Mateos —descendiente de una conocida familia de liberales del siglo XIX—, cargó con la responsabilidad de mantener a los hijos, que, además de Adolfo, eran un varoncito y dos niñas.

La viuda consiguió becas para que Adolfo estudiara la primaria en el Colegio Francés y para la secundaria lo inscribió en un plantel del gobierno. El joven trabajaba cuatro horas diarias como ayudante de bibliotecario; ya en la preparatoria logró emplearse como secretario del gobernador del Estado de México y luego como ayudante del influyente político Carlos Riva Palacio, presidente del PNR.

Decidido a estudiar en la Facultad de Jurisprudencia de la UNAM se trasladó al Distrito Federal, donde, atraído por el vasconcelismo, renunció al PNR. Tras el fracaso de Vasconcelos se exilió en Guatemala y después de unos meses regresó a la UNAM para recibir el título de abogado. (En la preparatoria había conocido a la normalista Eva Sámano Bishop, con la cual se casó.) Fue perdonado por el PNR, obtuvo algunos empleos modestos hasta llegar a director del Instituto Científico y Literario de Toluca (la futura universidad), y en 1946, con la protección de Isidro Fabela, patriarca del famoso Grupo Atlacomulco, llegó a senador. Después de encabezar la campaña electoral de Adolfo Ruiz Cortines, en 1952 se convirtió en secretario del Trabajo.

En este puesto López Mateos se hizo famoso por su habilidad para evitar el estallido de huelgas. (Se cuenta que se encerraba con los representantes obreros y patronales y les decía que nadie volvería a su casa hasta que todos se pusieran de acuerdo; en la madrugada, con el pretexto de que iba a llamar por teléfono, él pasaba a un cuarto donde tenía una cama y dormía algunas horas, para después volver a reunirse con los rijosos; exhaustos, todos acababan por firmar el documento que conjuraba la huelga.)

El nuevo presidente siguió viviendo en una casona de su propiedad ubicada en el sur de la capital; rehusó mudarse a Los Pinos porque durante el invierno de 1957 se congelaron las tuberías de agua y reventaron; Ruiz Cortines sólo había hecho arreglar la parte ocupada por él y su esposa, y López Mateos no quiso hacerse cargo de la reconstrucción general pues, como él decía, "al terminar el sexenio me van a correr de aquí".

El gabinete

El gran acierto de López Mateos fue haber nombrado secretario de Hacienda al abogado chihuahuense Antonio Ortiz Mena, quien había sido director del Seguro Social y ciñó su actuación a la de un buen jefe de familia: nunca gastar lo que no se tiene, ahorrar todo lo posible y poner el dinero obtenido a crédito sólo en inversiones productivas autofinanciables. Su política fue bautizada con el nombre de "desarrollo estabilizador".

Cuando López Mateos llegó al poder, en el ambiente pesaba mucho el vaticinio de que la inflación dejada por Ruiz Cortines hacía casi inevitable una devaluación. El presidente y su secretario de Hacienda se propusieron desmentirlo: hablaron muy largamente con los grandes empresarios y los principales líderes obreros hasta convencerlos de que el peso se mantendría firme si evitaban caer presas de la histeria y procuraban restablecer la confianza. Tan exitosa resultó esta medida que la paridad de 12.50 por dólar dejada por Ruiz Cortines se mantuvo inalterada por espacio de 22 años; en 1965 el peso mexicano fue reconocido como moneda fuerte y, junto con el dólar y el franco suizo, lo usó el Fondo Monetario Internacional para apoyar a la libra esterlina y para rescatar a Gran Bretaña de una crisis financiera.

La estabilidad cambiaria se logró sin aumentar la carga impositiva, que seguía siendo de alrededor de 6% del PIB, gracias a la contratación de deuda externa, la cual pasó de 602 millones de dólares en 1958 a 1 723 millones en 1964; pero como era autofinanciable, no preocupaba gran cosa.

Los precios aumentaron sólo 14% en el sexenio lopezmateísta, y los salarios, un espectacular 97%, además de que se concedió a los trabajadores la participación en las utilidades de sus empresas. La producción agrícola creció 6% como promedio anual, y la industrial, 7%. Se construyeron 20 137 kilómetros de nuevas carreteras y 38 presas de almacenamiento, además de 30 200 aulas, con lo que comenzó a desaparecer la falta de cupo en las escuelas. Por añadidura se imprimieron por primera vez millones de libros de texto que fueron entregados sin costo para los escolares. Los ingresos de la nación todavía alcanzaron para que López Mateos se diera el gusto de mandar construir varios museos excelentes, entre los que sobresalió el de Antropología.

La ciudad de México, gobernada por el "regente de hierro" Ernesto P. Uruchurtu, adquirió visos de gran urbe, bien pavimentada, con magnífica iluminación y dotada de mercados limpios y jardines cubiertos de flores. La seguridad pública alcanzó un nivel envidiable. En el extranjero se hablaba del "milagro mexicano", y muchos pensaron que el país estaba a punto de incorporarse al primer mundo.

Sin dificultad, López Mateos consiguió la sede de los juegos olímpicos de 1968 y la del campeonato mundial futbolístico de 1970. Veintiséis jefes de Estado viajaron a México para felicitarlo por sus logros (entre ellos Dwight D. Eisenhower, John F. Kennedy, Charles de Gaulle, Jawaharlal Nehru, el mariscal Tito, la reina Juliana de los Países Bajos, el príncipe Akihito de Japón y el caudillo indonesio Sukarno). Con esto llegó al cenit el prestigio internacional del PRI.

En México mismo, hasta algunos intelectuales izquierdistas empezaron a decir que el régimen seguía siendo autoritario, pero ya no era tiránico, y que por lo tanto se podía vivir en el país con dignidad. La ley electoral fue reformada para permitir la elección de "diputados de partido", lo cual dio mayor presencia a la oposición en el congreso. Se alcanzó entonces lo que años más tarde Mario Vargas Llosa llamaría "la dictadura perfecta".

Pero la gran obra de López Mateos se estropeó al llegar el momento del "destape", cuando otorgó el "dedazo" al secretario de Gobernación, Gustavo Díaz Ordaz. Tal vez había perdido ya la facultad de pensar acertadamente. Desde su llegada a la Presidencia comenzó a sufrir fuertes dolores de cabeza, al grado de que uno de sus ayudantes recibió el encargo de llevar siempre consigo un puñado de aspirinas para dárselas al presidente cuando las solicitara. Al finalizar el sexenio se le agudizó el padecimiento y los neurólogos Gregorio González Mariscal y Bertrán Goñi diagnosticaron aneurisma cerebral.

El doctor William Poppen, eminencia en la materia, quien en aquella época ejercía en Boston, fue llamado a México para operar al enfermo, y le encontró no uno, sino siete aneurismas. Primero se le cayó a López Mateos el párpado izquierdo, se le inmovilizaron la pierna y el brazo izquierdos y luego se le entorpecieron los movimientos del pie y la mano derecha. Para caminar tenía que usar aparatos ortopédicos.

Aún así conservaba la pasión por el deporte. Un día fue al estadio Azteca a presenciar un partido de futbol, acompañado por su ex secretario particular, Humberto Romero, y por su amigo el doctor Aurelio Pérez Teuffer. Al ser descubierto entre el público, la gente le tributó una gran ovación. El homenajeado quiso levantarse para agradecer los aplausos, pero no pudo hacerlo sino hasta que el doctor Pérez Teuffer lo tomó del cinturón para ayudarle a ponerse de pie.

López Mateos murió el 29 de septiembre de 1969. Su matrimonio con doña Eva había naufragado. Desde mediados de su sexenio vivió con Angelina Gutiérrez Sadurni, una guapa educadora que le dio dos hijos, Adolfo y Elena. "Avecita", la única hija que tuvo de su primera cónyuge, ha dirigido una escuela de la ciudad de México y vive modestamente en su casa al lado de su esposo, el pastelero italiano Carlo Zolla. (Doña Eva falleció en 1985.)

Humberto Romero, quien observó a López Mateos tal vez mejor que nadie, afirma que el presidente ni siquiera tenía cuenta bancaria y que los únicos valores que le conoció fueron un bono del Ahorro Nacional por 120 000 pesos, más dinero en efectivo que guardaba en un buró de la recámara de su casa particular. También poseía una casa en Ixtapan de la Sal, otra en Valle de Bravo y una más en Cozumel, todas las cuales le fueron regaladas por gobernadores y empresarios agradecidos.

XLVI. DÍAZ ORDAZ,
EL CACIQUE DE CHALCHICOMULA

Fue sin lugar a duda uno de los hombres más feos de la República; por ello, en cuanto se produjo la noticia de su "destape", Gustavo Díaz Ordaz fue tema de incontables chistes crueles. Pero al iniciarse la campaña electoral, una periodista le preguntó si lo sabía y él repuso ágilmente:

—Claro que sí. Yo mismo me hago chistes. Por ejemplo, el de que no es posible que sea poblano, porque los poblanos son gente de dos caras y si yo lo fuera me pondría la otra.

La respuesta fue acogida con una carcajada general, y tuvo por efecto que los chascarrillos fueran remplazados por la conseja de que Díaz Ordaz "hacía chistes sobre sí mismo". Pocos descubrieron que la pregunta de la reportera fue "plantada" por el asesor periodístico del candidato, y el hecho de que el personaje saliera al paso de las hablillas bastó, como bien lo sabe cualquier sicólogo aficionado, para dejar sin asidero a los bromistas. Ganó las elecciones con 88.8% de los votos. Su único contrincante en la justa fue el olvidado panista José González Torres, a quien se adjudicó 1.9% de la votación.

También se afirma que Díaz Ordaz era un déspota y esto sí pudieron corroborarlo sus secretarios, quienes temblaban y hasta desarrollaban enfermedades nerviosas en los días anteriores a los fijados para tener "acuerdo" con el presidente. Por añadidura, contrastando con la sencillez de Ruiz Cortines y López Mateos, el poblano se hizo odioso por su inclinación a rodearse de guardaespaldas.

En una ocasión, los "guaruras" bloquearon una carretera para abrir paso al vehículo presidencial. Los automovilistas afectados respondieron lanzando un concierto de claxonazos y chiflidos insultantes mientras veían pasar al presidente. Lejos de modificar su comportamiento, el día en que tuvo lugar el matrimonio de un hijo suyo Díaz Ordaz ordenó desviar el tráfico en un amplio sector de la ciudad de México, a fin de que pudieran circular sin estorbo los invitados a la boda.

Se le acusó también de haber atropellado la ley para que su yerno, Salim Nasta, se apoderara de los yacimientos azufreros del país en un momento en que el producto alcanzaba los más elevados precios de la historia. Se dijo asimismo que entregó a un pariente la gerencia de una empresa en la que por ley tenían que contratar sus seguros todas las dependencias del gobierno, lo cual le reportaba utilidades astronómicas por concepto de comisiones generadas por la inmensa clientela cautiva. Díaz Ordaz llegó a ser dueño de una casa en el Distrito Federal y de otras en Acapulco, Chapala, Cuernavaca y Ajijic, así como de un rancho en Texcoco. Sin duda aprovechó la Presidencia para enriquecerse, aunque en comparación con algunos de sus sucesores podría considerársele como un modelo de moderación.

En todo caso, recibió al país en las mejores condiciones de su historia y lo dejó iracundo, dividido, humillado, sin brújula y cubierto de oprobio por la paciencia con que la nación toleraba gobernantes atrabiliarios.

La venganza del resentido

Gustavo Díaz Ordaz nació en 1911 en San Andrés Chalchicomula (hoy Ciudad Serdán), Puebla, en el seno de una familia que formaban el administrador de la hacienda de El Salado, Ramón Díaz Ordaz, y su esposa Sabina Bolaños Cacho, ambos de origen oaxaqueño. Dos años después del nacimiento del chico la familia emigró a Jalisco, cuando el padre obtuvo un nuevo empleo, para luego volver a Oaxaca y pasar finalmente a Puebla, donde el futuro presidente obtuvo en 1937 el título de abogado y se casó con Guadalupe Borja Soriano, entonces una guapa muchacha que sería su esposa de toda la vida y de la que nadie se explicaba cómo había podido conquistarla un novio tan poco atractivo.

Desde joven Díaz Ordaz ingresó al ejército burocrático del gobernador Maximino Ávila Camacho, como presidente de la junta de conciliación y arbitraje del estado, y ascendió a secretario de Gobierno de Gonzalo Bautista, el pelele a quien el gran cacique dejó la gubernatura cuando él pasó a la ciudad de México para encabezar la Secretaría de Comunicaciones y Obras Públicas. La principal característica que don Maximino buscaba en sus subordinados era el sometimiento total, sin reservas morales o de simple dignidad personal, y el joven abogado satisfizo ampliamente tales requisitos. Más tarde pretendería cobrarse en toda la nación las humillaciones padecidas en su época de burócrata poblano.

No soportaba que ningún subordinado le restara lucimiento. Ratificó a Ernesto P. Uruchurtu en la jefatura del Departamento del Distrito Federal, pero al advertir que la popularidad de éste seguía siendo enorme, a mediados de septiembre de 1966 le mandó armar un burdo conflicto enviándole a unos invasores de tierras a los que la policía descalabró; Uruchurtu fue acusado de insensibilidad social y se le obligó a renunciar. También al prestigiado rector de la UNAM, el doctor Ignacio Chávez, se le organizó en 1966 una hamponesca huelga estudiantil, durante la cual el médico tuvo que presentar su renuncia.

Los izquierdistas, a quienes López Mateos había dejado harto maltrechos, quisieron "probar" la firmeza del nuevo presidente y en 1965 organizaron una huelga de médicos del Seguro Social, que fue suprimida con base en despidos y malos tratos. Los partidarios de Fidel Castro optaron por guardar máxima compostura, pues Díaz Ordaz los amenazó con tomar represalias contra ellos y su dirigente. El poblano jamás ocultó el odio infernal que sentía por los comunistas y no perdió ocasión para humillarlos.

Sin embargo, en su obra de gobierno también hubo aciertos. No se obstruyó el desarrollo de la iniciativa privada, que entonces comenzó a adquirir dimensiones importantes; con los 14 200 kilómetros de carreteras que mandó hacer, la red nacional llegó a los 70 244 kilómetros; y todavía se echó a cuestas la tarea de iniciar la construcción del metro del Distrito Federal, además de realizar los trabajos necesarios para que los juegos olímpicos de 1968 tuvieran un magnífico escenario: todo ello, sin elevar impuestos y dejando la deuda externa aún en la manejable suma de 4 200 millones de dólares. Durante su sexenio la economía creció a una tasa de 7% anual, sin que la inflación rebasara 2% por año, en promedio.

La nómina burocrática aumentó de 260 000 empleados de base a 430 000, lo que todavía resultaba razonable en vista de la explosión demográfica que empezaba a experimentarse. (La población creció de 39 millones a 48 millones de habitantes entre 1964 y 1970.)

Díaz Ordaz también se empeñó en mostrarse generoso al modificar la Ley Federal del Trabajo para mejorar la situación jurídica de los asalariados y declaró haber entregado a los ejidatarios 25 millones de hectáreas, o sea seis millones más que Cárdenas —al menos en el registro estadístico oficial, ya que a simple vista no se descubre de dónde pudieron haber salido tantas tierras—.

El buen desempeño económico fue obra de Antonio Ortiz Mena, quien continuaba al frente de la Secretaría de Hacienda. Por supuesto, a mediados del sexenio abundaban ya los políticos que vieron en don Antonio al "tapado" en turno, pero éste no les dio ni la menor oportunidad de promover su candidatura. No sólo por temor a los celos del jefe, sino también porque —según revelaría años más tarde— se daba cuenta de que el "desarrollo estabilizador", como él llamaba a su programa económico, requería ya importantes ajustes que implicarían moderar la informalidad con que se venía aplicando; y tarea de tal magnitud no correspondía a un financiero como él, sino a un político capaz de montarse sobre los vicios del pasado y encauzar el país hacia la democracia.

Los buenos deseos

Candidato aún, a Díaz Ordaz le tocó inaugurar en noviembre de 1963 el espacioso y moderno edificio mandado construir por López Mateos para sede del PRI en remplazo de los cavernosos y malolientes caserones en que hasta entonces se había alojado el partido. Tan halagüeña parecía la situación del país que hasta abundaban los priistas partidarios de suprimir las principales lacras del sistema. Dentro del mismo gobierno funcionaban varios grupos de trabajo encargados de buscar formas de actuar en ese sentido sin afectar la estabilidad política.

El mismo Díaz Ordaz parece haberse entusiasmado con tales ideas, o por lo menos eso sugiere el hecho de que entregara la presidencia del PRI a Carlos Madrazo.

Poco tiempo antes, Madrazo había terminado su gestión como gobernador de Tabasco y ganado prestigio por haber embellecido y hecho prosperar a su entidad, hasta entonces una de las más atrasadas de la República. Quiso culminar su carrera adecentando el sistema político mexicano en tal forma que el PRI dejara de ser "una agencia de colocaciones", el corral de la "cargada" y el manipulador de "acarreados" para manifestaciones. El PRI debería convertirse en un auténtico partido al que se adhirieran grandes masas de ciudadanos por considerarlo el mejor y que no solamente lo toleraran por ser el menos malo. (El PAN repelía por parecer excesivamente tímido, y los otros partidos de oposición, el PPS y el PARM, por ser "paleros" del gobierno.)

Quiso iniciar la transformación haciendo que los candidatos a presidentes municipales fueran escogidos por medio de plebiscitos. Los gobernadores se alarmaron: de imponerse ese sistema, ellos ya no podrían asegurar a sus seguidores un puesto en el que se prestarían para encubrir los latrocinios de su protector; también los demás caciques necesitaban disponer de puestos públicos para premiar a sus huestes, o nadie los seguiría. Entre los que se opusieron más abiertamente destacó el sinaloense Leopoldo Sánchez Celis, quien deseaba imponer a dos compadres en las presidencias municipales de Culiacán y Rosario. Como Madrazo negara a éstos el apoyo priista, el gobernador creó un nuevo "partido independiente" que lanzó la candidatura de sus favoritos, realizó elecciones fraudulentas y al final logró sus objetivos. Si otros mandatarios estatales seguían su ejemplo, el PRI se disolvería.

La mayor parte de los dirigentes priistas se solidarizaron con Sánchez Celis, a quien consideraban el mejor defensor de sus privilegios, a pesar de que empezaban a descubrírsele ligas con el narcotráfico, o quizá por eso.

Díaz Ordaz decidió poner punto final al experimento. De pronto, la burocracia del PRI dejó de obedecer las órdenes de Madrazo y en los periódicos aparecieron manifiestos redactados y pagados por oficinas del gobierno en los que se acusaba de saboteador de la revolución al atrevido tabasqueño, quien se sintió obligado a renunciar, cuando faltaban dos semanas para cumplir el primer año en el puesto. Después pretendió organizar un partido reformista y en esas gestiones volaba a Monterrey (1969) cuando la aeronave en que hizo el viaje estalló poco antes de llegar a su destino.

Madrazo murió en el accidente y fue sustituido por un veterinario que, lejos de agitar las aguas, ocupaba la mayor parte de su tiempo en atender una industria avícola de su propiedad. En sus primeras declaraciones como jefe del partido dijo: "El PRI no ha cambiado, ni puede cambiar, ni cambiará su línea revolucionaria [...] Seguirá buscando siempre la solución de los problemas de las gentes más necesitadas [...] Quienes piensen otra cosa es sólo por dolo y además tratan de sembrar confusión sobre algo en lo que nadie cree".

Díaz Ordaz se había doblegado ante el empuje de los caciques del PRI, quienes de labios afuera eran partidarios de la evolución política, pero a condición de que los avances se realizaran a costillas de otros y de que a ellos se les respetaran completas todas sus corruptelas.

La esperanza de que México pudiera ser democratizado "desde arriba", a la que estuvo aferrada mucha gente en el sexenio de López Mateos, se desvaneció gradualmente.

Se ignora si Díaz Ordaz se decepcionó o se alegró al palpar el fracaso del intento democratizador. Lo indudable es que se fue al extremo opuesto.

En 1968, en París y otras ciudades europeas habían brotado motines estudiantiles que resquebrajaron el orden político y social, y el presidente mexicano pensó que, por afán de imitación, los estudiantes nacionales también iban a alborotarse. La circunstancia de que en octubre iba a celebrarse en México la decimonovena Olimpiada les ofrecería una coyuntura en extremo favorable y, como medida de precaución, Díaz Ordaz ordenó sofocar desde sus inicios cualquier disturbio.

El 23 de julio dos pandillas seudoestudiantiles atacaron la vocacional 2 y una preparatoria particular del Distrito Federal. Se trataba de un simple choque de pandilleros y vagos, pero el jefe del Departamento del Distrito Federal, el presidenciable Alfonso Corona del Rosal —afanoso de mostrar lealtad al presidente— mandó aplastar a los rijosos. La policía, por un error digno de retrasados mentales, cayó sobre la vocacional 5, que se hallaba en completa calma, y los agentes se dieron gusto golpeando a maestros y alumnos, hasta entonces totalmente ajenos al conflicto.

La barbarie policiaca indignó a otros grupos y los choques se multiplicaron. Pronto la policía resultó incapaz de sofocar los disturbios y se llamó al ejército, que una noche destrozó con un tiro de bazuka el portón de la venerable preparatoria de San Ildefonso, para penetrar en el edificio donde se habían refugiado algunos alborotadores. Innumerables personas (que al principio habían reaccionado en contra de los desórdenes estudiantiles) quedaron horrorizadas y empezaron a incorporarse a las manifestaciones.

A fines de agosto, 200 000 ciudadanos de condición muy variada se unieron a los estudiantes para realizar una marcha que, desafiando a las fuerzas del gobierno, llegó hasta el zócalo para demostrar que no estaban dispuestos a seguir tolerando dictadorzuelos. Una vez logrado este objetivo, la mayoría se apartó de los disturbios, pero un gran número de jóvenes estableció un campamento en la Ciudad Universitaria, que les sirvió de refugio. En septiembre el ejército los obligó a desalojar el sitio y ocupó las instalaciones. Díaz Ordaz atribuyó los hechos a los comunistas, aunque en verdad éstos tuvieron muy poco que ver.

El movimiento cayó en manos de un reducido grupo de logreros. Tanto la Secretaría de Gobernación como los principales servicios de inteligencia del mundo habían infiltrado espías y agentes provocadores y, según parece, alguno de ellos consiguió que fuera aprobada la moción de realizar un último despliegue de fuerzas en la plaza de las Tres Culturas, de Tlatelolco.

El 2 de octubre, 3 000 individuos llegaron a la plaza para participar en un mitin que, o fue una provocación o estuvo promovido por gente empeñada en "reventar el movimiento". Lo único que puede asegurarse es que en Tlatelolco se congregaron los líderes estudiantiles más importantes y que se envió contra ellos a un millar de soldados. Parece que éstos tenían instrucciones de capturar a los dirigentes y llevarlos a la cárcel, aunque tratando de evitar derramamientos de sangre. Pero alguien que se encontraba en lo alto de un edificio —se ignora quién fue o a qué impulso obedecía— disparó contra los militares y de inmediato puso fuera de combate al general en jefe de la columna, José Hernández Toledo, que cayó herido al suelo. Sintiéndose agredidos, los soldados empezaron a disparar contra todo lo que se movía y llevaron a cabo una matanza en la que perdieron la vida de 50 a 500 personas, según las distintas versiones que circulan al respecto.

La Olimpiada se realizó en las fechas previstas, pero Díaz Ordaz, por miedo a las rechiflas, se cuidó de hacerse presente en los grandes eventos, al tiempo que seguía conduciéndose como el mismo hombre autoritario de siempre, "el cacique de Chalchicomula", como le llamaban.

Poco después Díaz Ordaz sufrió un desprendimiento de la retina del ojo izquierdo y durante días enteros permaneció recluido en el hospital militar, donde evitaron que se quedara ciego. Las principales tareas del gobierno quedaron a cargo del secretario de Gobernación, Luis Echeverría, y del secretario de la Defensa, general Marcelino García Barragán, quienes estaban frontalmente enemistados por las posiciones que cada uno de ellos había adoptado cuando se discutían las medidas para controlar los disturbios: Echeverría deseaba utilizar grupos paramilitares de golpeadores a los que se trataría de hacer aparecer como estudiantes, y García Barragán aconsejaba desplegar grandes masas de soldados para que, por su gran número, desalentaran a los rijosos.

El favorecido

Enfermo y harto ya de los sinsabores del poder, Díaz Ordaz tomó la peor decisión de su sexenio: favorecer con el "dedazo" la candidatura presidencial del secretario de Gobernación, un acto del que pronto se iba a arrepentir, pues al iniciar su gira electoral, Echeverría fue asediado en Morelia por un gran número de estudiantes que exigían explicaciones por la matanza de Tlatelolco. Para apaciguarlos les pidió guardar un minuto de silencio en memoria de los muertos. Los militares encabezados por García Barragán sintieron que se pretendía convertirlos en culpables únicos del derramamiento de sangre, siendo que Echeverría también propuso la represión violenta, y protestaron furiosos ante Díaz Ordaz. Por breve tiempo éste pensó seriamente en "desdestapar" al candidato y nombrarle sustituto, según reveló más tarde el presidente del PRI, Alfonso Martínez Domínguez. Pero los tiempos ya no se prestaban para maniobras de ese tipo y la campaña siguió adelante sin cambios.

La tensión nerviosa provocaba gastritis e insomnio crónico al presidente. Cualquier movimiento brusco podía causarle el desprendimiento de la retina enferma y tuvo que tomar precauciones tan incómodas como la de que los aviones en que viajaba volaran en zig zag para evitar cualquier turbulencia. También doña Guadalupe —aparte de sus padres, la única persona en quien Díaz Ordaz pudo confiar ciegamente desde que se dedicó a la política— empezó a sufrir agudas crisis nerviosas.

Antes de terminar su mandato, Díaz Ordaz obtuvo la renuncia de sus secretarios de Hacienda y Agricultura para dejar a Echeverría en libertad de instalar a sus propios elementos y de este modo evitar los tropiezos habituales en un cambio de gobierno. Ni siquiera quiso designar a los gobernadores de Chiapas, Tlaxcala y Jalisco, como habían hecho los anteriores presidentes en el último año de su sexenio. Le presentaron la lista de candidatos a senadores y diputados para las próximas elecciones y tampoco quiso revisarlas. En todos los casos las designaciones corrieron a cargo del sucesor.

Poco después de haber entregado la Presidencia, Díaz Ordaz hizo un viaje a Europa en compañía de su esposa, quien, a causa de los acontecimientos de 1968, había empezado a padecer delirio de persecución. Se pensó que mejoraría con el viaje, pero cuando visitaban la catedral de Chartres empezó a sufrir alucinaciones y los esposos tuvieron que regresar a México, donde la señora falleció al siguiente año.

Fiel priista, Díaz Ordaz se abstuvo de emitir críticas durante el sexenio de Echeverría y sólo el 1º de diciembre de 1976, cuando José López Portillo se hizo cargo de la Presidencia, responsabilizó a su otrora secretario de Gobernación de la crisis política, financiera y social que sacudía a México.

Para separar a los ex presidentes, López Portillo forzó a Díaz Ordaz a aceptar el cargo de embajador en España. A los pocos meses el hombre renunció y de vuelta en México permaneció aislado. Murió el 16 de julio de 1979, de cáncer estomacal.

XLVII. ECHEVERRÍA, EL INSTITUCIONAL

Las elecciones de 1970 mostraron un hecho desconcertante: la extraordinaria fortaleza del PRI. A pesar del repudio nacional que envolvió a Díaz Ordaz, el partido había conseguido 84% de los votos para Luis Echeverría contra 13.4% que obtuvo su único contrincante, Efraín González Morfín, el mejor hombre que le pudo oponer el PAN. Sin duda los "alquimistas" oficiales eran muy hábiles para maquillar las votaciones, pero el triunfo de Echeverría fue aceptado sin discusión. Como máquina para conservar el poder, el PRI seguía siendo insuperable.

Claro, el Luis Echeverría de 1970 no era el mismo que convulsionó al país en 1976. En 1970 se le veía como un hombre joven —48 años—, vigoroso, dinámico y alejado de los vicios políticos tradicionales. A pesar del desengaño provocado por Díaz Ordaz, mucha gente tuvo la esperanza de que el sucesor, rectificando errores e introduciendo aciertos propios, reencauzara al país por el buen camino. Para comenzar, el hombre trabajaba todos los días de ocho de la mañana a 12 de la noche y declaró que no admitiría holgazanes en su gobierno.

También los integrantes del nuevo gabinete y sus principales colaboradores por lo general eran jóvenes dinámicos e incansables. Solían ataviarse con ropa hecha por buenos sastres y lucirse en los restaurantes de moda, por lo que los periodistas les dieron el nombre de "los efebos". Parecían descendientes de los alemanistas, pero en realidad eran un nuevo producto humano forjado dentro del PRI. Se autoclasificaban como "institucionales": reclutados generalmente entre los alumnos más despiertos de la UNAM, habían aprendido el oficio político como ayudantes de viejos jerarcas que no toleraban réplicas y que exigían sometimiento total ante cualquier consigna, por inmunda que pareciese. A cambio se les ofrecía la posibilidad de encumbrarse en la burocracia y disfrutar de impunidad cuando se les descubrieran corruptelas. La frase más socorrida de la época fue: "El billete grande está en el gobierno".

Los echeverristas, como señores feudales indignados ante el progreso de la burguesía, estaban horrorizados por la rapidez con que se había ido fortaleciendo la iniciativa privada a partir del sexenio alemanista y temían que cualquier día los empresarios intentaran desafiar y fijar límites a la burocracia gubernamental. Entonces resolvieron descartar la política del "desarrollo estabilizador" ideada por Ortiz Mena y sustituirla por otra que intentaría volver al populismo cardenista, a la que se llamó "desarrollo compartido".

La nueva política se basaba en la convicción de que los decretos gubernamentales tienen la virtud mágica de modificar la realidad. Como México seguía exportando braceros y materias primas, en tanto que las nuevas empresas se limitaban a abastecer el mercado interno, a los siete días de haber tomado posesión de la Presidencia Echeverría envió a las cámaras legislativas un proyecto de ley que crearía el Instituto Mexicano de Comercio Exterior (IMCE), organismo encargado de promover en todo el mundo la venta de productos mexicanos. Desde luego se le construyó un espléndido edificio de 12 pisos para que su burocracia pudiera laborar con comodidad.

México producía escasos artículos de calidad y precio atractivos para el mercado mundial, además de que casi todos se fabricaban con base en patentes extranjeras. Por lo tanto, un día después de haber fundado el IMCE, Echeverría puso en marcha el Consejo Nacional de Ciencia y Tecnología (Conacyt), cuya misión consistía en crear en el plazo más corto una tecnología propia que permitiese elaborar mercaderías atractivas y de bajo precio para exportarlas a todos los continentes; en esta tarea los empresarios deberían moderar su afán de lucro y repartir generosamente entre la sociedad y los trabajadores los beneficios del nuevo sistema, ya que así se suavizaría la injusta distribución de la riqueza que ha flagelado al país en el curso de toda la historia.

El Conacyt otorgó 10 000 becas (o 5 000, según otro informe oficial menos entusiasta), pero la mayoría benefició sólo a "los cuates" que eran enviados a hacer turismo en el extranjero; o bien abundaron los becarios que no aprendían gran cosa o los pocos que aprovecharon la oportunidad que se les brindó a menudo conseguían empleo en el país de sus estudios y se quedaban allá.

(Por los días en que Echeverría lanzaba el "desarrollo compartido", Corea del Sur, Taiwan, Singapur y Hong Kong pusieron en marcha unas políticas de apoyo irrestricto a la iniciativa privada y apertura total a la inversión extranjera, gracias a lo cual esos países disfrutan hoy de ingresos per cápita cinco veces mayores que el mexicano, siendo que en 1970 apenas llegaban a la tercera parte.)

El 1º de mayo siguiente Echeverría lanzó otra de sus iniciativas. Mientras presenciaba desde el palacio nacional el desfile del Día del Trabajo, un líder le preguntó si no habría llegado ya el momento de aplicar el artículo 123 de la constitución de 1917, que fijaba a los empresarios la obligación de construir viviendas "cómodas e higiénicas" para todos sus trabajadores. Un industrial a quien se pidió su opinión al respecto señaló que la ley era tan imposible de cumplir como si ordenara convertir en guapos e inteligentes a todo el personal de una empresa, pues para crear una fábrica con 1 000 empleos, por ejemplo, el dueño tendría que construir primero 1 000 casas cómodas e higiénicas, y con seguridad preferiría hacer sus inversiones en otro país que no tuviera tarados mentales por legisladores.

Lejos de desanimarse, el presidente tuvo una idea: suprimiría la obligación constitucional de construir las casas, pero a cambio obligaría a los empresarios a entregar al gobierno 5% de lo que pagaran en nómina; gracias a ese dinero y a la creación del Instituto Nacional de Fomento a la Vivienda de los Trabajadores (Infonavit), el déficit habitacional desaparecería en un plazo de 10 años o menos, según calcularon los asesores gubernamentales. Al cabo sólo se construyó un gigantesco y suntuoso edificio para albergar a los burócratas del Infonavit; varios "coyotes" se enriquecieron gestionando contratos para la construcción, se hicieron unas cuantas viviendas endebles y el problema siguió igual o peor. Echeverría decretó que en un plazo de 10 años las aportaciones de las empresas deberían entregarse en efectivo a los trabajadores que no hubieran recibido casa, pero los gobiernos posteriores se limitaron a robarse el dinero.

La carrera

Quienes frecuentaban a Luis Echeverría durante la adolescencia —nació en 1922 en el Distrito Federal, hijo de un empleado de la Secretaría de Hacienda—, aseguran que desde niño se propuso llegar a presidente y que siendo muy joven adoptó la voz pausada, los ademanes reposados y la seriedad atribuidas a los estadistas. Hasta los 40 años de edad solía asistir a fiestas y tomar sus copas, pero un día que se sobrepasó y se vio envuelto en un escandalete, tajantemente se hizo abstemio por considerar que la bebida y las obligaciones presidenciales que esperaba asumir algún día no deben mezclarse.

A los 22 años de edad, mientras terminaba la tesis para recibirse de abogado en la Escuela de Jurisprudencia de la UNAM, Echeverría inició su carrera política como secretario del general Rodolfo Sánchez Taboada, quien llegó a presidir el PRI y apadrinó al joven secretario hasta hacerlo oficial mayor del partido, luego director de administración de la Secretaría de Marina (con Sánchez Taboada como secretario) y oficial mayor de Educación. Echeverría se había casado con María Esther Zuno, hija del cacique jalisciense José Guadalupe Zuno, y el apoyo del suegro le sirvió para colocarse como subsecretario de Gobernación, bajo el mando de Díaz Ordaz y, luego, cuando éste llegó a presidente, ascender a secretario.

En los 12 años que pasó en Gobernación, Echeverría adquirió fama de ser el subordinado perfecto: siempre llegaba a la oficina media hora antes que el jefe, y nunca se retiraba al hogar sin obtener permiso para hacerlo; estoicamente soportó los estallidos tiránicos y los caprichos de la superioridad, y parece que esa mansedumbre contribuyó en mucho para ganarle la Presidencia, aunque otros afirman que su "destape" se debió a que Díaz Ordaz sabía que iba a resultar un pésimo presidente y lo favoreció con el "dedazo" para vengarse del país.

Los Halcones

El 1º de diciembre de 1970 —a grandes zancadas, con sonrisa de triunfador y agilidad de atleta— Luis Echeverría recorrió el pasillo del auditorio de la ciudad de México que conducía al estrado donde Gustavo Díaz Ordaz iba a entregarle la banda presidencial. Pronunció el tradicional discurso con reconocimientos al esfuerzo patriótico de su antecesor, y acto seguido se dispuso a desactivar la bomba de tiempo que acababan de entregarle: el país. La indignación causada por la matanza de Tlatelolco había contagiado a sectores cada vez más amplios de la clase media, en los cuales se decía repetidamente que el régimen priista había llegado al fin de su vida útil.

La oportunidad de deslindarse de su antecesor se le presentó a Echeverría —o eso creyó él— un semestre después de haber asumido la Presidencia, el 10 de junio de 1971, un jueves de Corpus, cuando salió del Instituto Politécnico Nacional una manifestación de estudiantes que se dirigía al zócalo para expresar apoyo a unos huelguistas de la Universidad de Nuevo León. Desde temprana hora, técnicos del Cuerpo de Transmisiones del ejército instalaron altoparlantes en sitios apropiados del palacio nacional, a fin de que el presidente pudiese aparecer en el balcón central y dialogara con los manifestantes, de suerte que, al retirarse éstos a sus escuelas, el país comprobara la enorme diferencia entre el accesible Echeverría y el dictatorial Díaz Ordaz.

Echeverría aguardó la llegada de los estudiantes en el comedor del palacio nacional, donde almorzaba con el jefe del Departamento del Distrito Federal, Alfonso Martínez Domínguez; el gobernador del Estado de México, Carlos Hank González, y el secretario de Recursos Hidráulicos, Leandro Rovirosa Wade. De pronto, por teléfono le informaron que la manifestación estudiantil había sido reprimida por una jauría de rufianes armados con garrotes y varejones *chang;* a los agresores se les conocía como "Halcones" y en la refriega murieron quizá 20 manifestantes.

A decir del ex secretario de la Defensa, general Marcelino García Barragán, los Halcones eran "porros, gorilas, guardaespaldas, gatilleros de oficio y toda clase de delincuentes organizados por [el general] Oropeza, subjefe del estado mayor de Díaz Ordaz, y por Luis Echeverría como secretario de Gobernación, todo a espaldas del presidente y de la Secretaría de la Defensa Nacional". Habían sido creados para reprimir disturbios en 1968 y después, por inercia burocrática, se les conservó como vigilantes secretos del metro; hasta la fecha no se ha precisado quién cometió el error de ordenarles iniciar el ataque.

Según Martínez Domínguez, Echeverría lloró al conocer la noticia sobre la agresión: tras ésta todo el mundo diría que el nuevo presidente era tan sanguinario o más que su antecesor. Pero de pronto el cerebro presidencial se iluminó con la idea de convertir el desastre en triunfo: presionó al jefe del Departamento del Distrito Federal para que presentara su renuncia, aduciendo que no deseaba entorpecer las investigaciones del caso; a cambio de aceptar el papel de chivo expiatorio, en un plazo breve, cuando se olvidara el incidente, se le reinstalaría con todos los honores en un elevado puesto. Inclusive, el presidente telefoneó a la esposa del "renunciado" para pedirle que apoyara a su marido en el difícil trance que iba a vivir por estar prestando a la nación un servicio de extraordinaria importancia.

Por la noche Echeverría anunció el inicio de las indagaciones conducentes a localizar a los culpables de la matanza y castigarlos conforme a la ley. Anticipó que los agresores eran "emisarios del pasado", o sea diazordacistas (como el propio Martínez Domínguez), y ofreció hacer del conocimiento público el resultado de las investigaciones. Jamás se informó al respecto ni hubo quién reclamara. El chivo expiatorio se quedó sin el empleo prometido, pero se abstuvo de hacer aclaraciones hasta que un sexenio más tarde premiaron su sacrificio haciéndolo gobernador de Nuevo León.

Díaz Ordaz constituía sólo parte del problema. Otro factor de gran peso era Fidel Castro, quien aparecía pujante en Cuba mientras en Chile ascendía al poder el socialista Salvador Allende; el mundo entero parecía inclinarse hacia la izquierda, y en México ya se había desgastado la ideología revolucionaria nacional. Consecuentemente, Echeverría reconoció el agotamiento de la fórmula ortizmenista que sólo había beneficiado a los "riquillos" y puso en marcha la nueva política de "desarrollo compartido", que buscaría favorecer a los sectores más necesitados de la población.

El principal teórico del cambio parece haber sido el secretario de Patrimonio Nacional, Horacio Flores de la Peña, uno de tantos economistas marxistoides egresados de la UNAM. Según él, era necesario que el gobierno adquiriese el mayor número de empresas, ya que las utilidades que éstas produjeran, a la sazón dilapidadas por los "riquillos", podrían emplearse en realizar obras de beneficio social.

Pronto salieron de Teléfonos de México los inversionistas privados y se entregó a la burocracia oficial el control de la compañía. A continuación el gobierno se convirtió en propietario total o parcial de un millar de empresas —desde las productoras de acero hasta centros nocturnos y una fábrica de bicicletas— sin que se registrara oposición por parte de los dueños, cuyas propiedades estaban a menudo en quiebra y eran vendidas a precio elevado.

Miles de burócratas encontraron empleo como gerentes o funcionarios importantes en las empresas estatizadas, que muy pronto se vieron carcomidas por la corrupción y empezaron a registrar déficits, los cuales cubría el gobierno con el dinero de los contribuyentes. Pemex, en el sexenio de Echeverría, fue la única empresa petrolera del mundo que operaba con pérdidas.

Flores de la Peña también era partidario de incrementar las nóminas, ya que, según hizo ver a Echeverría, el hecho de que se pagaran en México salarios tan bajos se debía a que los empresarios disponían de un enorme "ejército de reserva" de desempleados, y reduciéndolo por medio del empleo burocrático masivo, los "riquillos" tendrían que pagar más para poder conseguir quién les trabajara. En este afán los días laborables de la burocracia se redujeron de seis a cinco por semana y las empresas privadas tuvieron que seguir el ejemplo.

Durante el sexenio echeverrista, el número de burócratas "de base" pasó de 468 710 a 1 086 872, además de los eventuales, los militares y los policías que, como efecto de los disturbios de 1968, tuvieron que ser empleados para mantener la paz pública. Simultáneamente brotó un sinnúmero de fideicomisos a los que fue preciso dotar de una enorme, ineficaz y costosa burocracia propia.

A nadie se le escapaba el hecho de que la mayoría de los agitadores de 1968, igual que sus tatarabuelos yorkinos del siglo XIX, decían luchar por la libertad pero lo que buscaban eran "chambas" y canonjías. Los nuevos empleos sirvieron para cooptar a casi la totalidad de los líderes de los disturbios de 1968, en tanto que a los estudiantes se les apaciguó proporcionándoles servicios que no les correspondían, como el de incorporarlos al Seguro Social, o dándoles becas al por mayor. El presupuesto de las universidades se multiplicó por seis, con lo cual se calmaron los maestros, ya que aumentaron los sueldos y sobró dinero para pagar frecuentes "viajes de estudio" a París, a Londres y a otras bellas ciudades.

Por otra parte, Echeverría puso término a la cerrazón informativa diazordacista y hasta estimuló la crítica que, leve y nunca a fondo, de todos modos estableció un agradable contraste con el sexenio anterior. Al mismo tiempo los "embutes" abiertos o disfrazados crecieron en grado nunca visto y así casi todos los escritores y los periodistas más influyentes fueron incorporados a la "cargada". Ninguno de estos individuos protestó contra la matanza realizada por los Halcones.

Pesadilla ferroviaria

El mejor ejemplo de empresa paraestatal exitosa había sido el complejo industrial de Ciudad Sahagún, en el que se fabricaban sobre todo carros de ferrocarril y camiones. Fundado en el sexenio de Ruiz Cortines, había tenido como gerente a Víctor Manuel Villaseñor, un ex comunista honesto y laborioso que en 1970 reportó una utilidad de 150 millones de pesos.

Echeverría convenció a Villaseñor de que renunciara al empleo de Sahagún y asumiera la gerencia de los Ferrocarriles Nacionales de México, donde se necesitaba urgentemente un hombre como él. Para desgracia suya, Villaseñor aceptó, y en el momento de instalarse en el nuevo cargo empezó a palpar que sus problemas iban a ser más graves de lo que él mismo había imaginado: la compra de locomotoras, refacciones y durmientes se realizaba sin licitaciones y a través de "coyotes" coludidos con los funcionarios que autorizaban la operación; los obreros ladrones trababan contubernios con la policía ferrocarrilera para robar y no ser aprehendidos; un terreno propiedad de la empresa, que valía por lo menos cinco millones de pesos, había sido vendido a un "coyote" en 80 000, sólo para que se lo tomara poco después en alquiler pagando una renta anual equivalente a varias veces el precio de venta; los maquinistas se presentaban a trabajar en estado de ebriedad y no había manera de disciplinarlos porque los protegía el sindicato, etcétera.

Atrás de las corruptelas estaban el capo sindical Luis Gómez Z. y una mafia de líderes llamada "Héroe de Nacozari". El ingenuo gerente reiteró su propósito de combatir la corrupción, por lo que a los pocos días se produjo un choque de trenes en Estación Villaseñor, Guanajuato. El aludido no quiso recibir el aviso, y más tarde descarriló cerca de Saltillo un tren cargado con más de 1 000 peregrinos, de los que murieron cerca de 400. Los tripulantes habían estado bebiendo aguardiente y llevaban consigo varias prostitutas. Villaseñor denunció los hechos a la Procuraduría General de la República, pero el asunto jamás se investigó.

A continuación empezaron a registrarse pavorosos embotellamientos de trenes provocados por los mismos empleados que debían agilizar el tráfico; el país estaba en peligro de quedarse sin subsistencias y varios periodistas beneficiados con embutes responsabilizaron a Villaseñor del desastre, acusándolo de ineptitud. Derrotado, el hombre presentó su renuncia para consagrar todo su tiempo a escribir unas escalofriantes *Memorias de un hombre de izquierda*; Gómez Z.

fue nombrado nuevo gerente de la empresa y las cosas volvieron a su estado anterior.

Mientras tanto, en Ciudad Sahagún la producción de las fábricas había venido descendiendo bajo las administraciones echeverristas. Las empresas arrojaban pérdidas año con año, lo que resultaba explicable tomando en cuenta, por ejemplo, que llegaron a pagarse 500 000 pesos de la época por el diseño de una letra S que se empleó como logotipo del complejo industrial. "Ni habiéndome propuesto hacerlo habría yo sido capaz de introducir tanto desorden, tanto despilfarro y tanta corrupción", dijo Villaseñor.

Campesinos y guerrilleros

Echeverría quiso convertirse también en una especie de santo patrono de los campesinos y tuvo la desgracia de caer en manos del jefe del Departamento Agrario, Augusto Gómez Villanueva. Todos los sexenios se anunciaba el reparto de millones y millones de hectáreas, y aunque la suma de las sucesivas dotaciones reportadas superaba la superficie aprovechable del país, el presidente fue convencido de que aún existían incontables latifundios disfrazados, y que reduciendo a 20 hectáreas la superficie inafectable de la pequeña propiedad aparecerían millones de hectáreas que darían al sexenio el campeonato de los repartidores de tierras. En premio por tanta brillantez, el Departamento Agrario fue convertido en Secretaría de la Reforma Agraria (SRA) y el habilidoso consejero fue ascendido a secretario.

Jamás se localizó un solo latifundio disfrazado y cuando se trató de disminuir la pequeña propiedad en Sinaloa, miles de agricultores armados con rifles y usando tractores como tanques impidieron actuar a los testaferros de la SRA, quienes tuvieron que retirarse; pero el último día de su sexenio, cuando ya no correría peligro, Echeverría repartió casi a escondidas 100 000 hectáreas de tierra sonorense que habían estado en poder de medianos propietarios muy productivos; las tierras fueron entregadas a una infinidad de "campesinos" entre los que se destacaban diversos peluqueros, cantineros y malvivientes fieles al secretario de la Reforma Agraria.

Inclusive se pretendió imponer el ejido colectivo, una parodia del ruinoso *koljoz* soviético. Las frecuentes invasiones de propiedades privadas desalentaron a los productores, y como resultado México dejó de ser exportador de alimentos para convertirse en importador. Se gastaron sumas astronómicas en disparatados proyectos de apoyo a los ejidatarios, y la mayor parte del dinero cayó en los bolsillos de burócratas y liderzuelos encargados de aplicar tales programas; los campesinos sólo recibieron migajas pero adquirieron la noción de que el gobierno estaba obligado a mantenerlos, por lo que dejaron de trabajar sus parcelas y se convirtieron en parásitos.

Gómez Villanueva puso también en práctica novedosos métodos de corrupción, como el usado por su ex subsecretario y después secretario de la Reforma Agraria, Félix Barra García, quien creó una banda de burócratas especializada en extorsionar a los propietarios de tierras con la amenaza de quitarles sus terrenos y hacerles ver que la expropiación podría ser buen negocio para todos: se gestionaría una generosa indemnización a cambio de que el propietario entregara un porcentaje de lo que le pagaran.

En manos de la banda agrarista también cayeron muchos predios ejidales ubicados en zonas con potencial turístico, que supuestamente serían convertidos en grandes fraccionamientos y hoteles; para realizar el cambio se formaría un fideicomiso en el que el gobierno aportaría el terreno y los accionistas privados se harían cargo de construir los edificios, así como de la promoción y la administración. El caso más notable fue el del fraccionamiento turístico Nuevo Vallarta, al que se le entregaron terrenos valuados en 62 millones de pesos a cambio de 51% de las acciones, que conservaría el gobierno; el 49% restante fue cedido a un grupo de sinvergüenzas jefaturados por Abelardo Rodríguez Sullivan, nieto del ex presidente Abelardo L. Rodríguez (1932-1934). Como los dizque inversionistas debían aportar 64 millones y carecían de fondos, obtuvieron en un banco de Chicago un préstamo por 7.5 millones de dólares, equivalentes a 94 millones de pesos; de esta suma pagaron los 64 millones correspondientes a su aportación y se embolsaron el resto. Se construyó un pésimo hotel que cerró por falta de clientes y, como el gobierno había avalado el préstamo ante los bancos, la liquidación del capital, más los intereses, corrió a cargo de los pagaimpuestos mexicanos. Rodríguez Sullivan y sus cómplices quedaron impunes.

Los coreanos

Por ignoradas razones, el megalomaniaco dictador de Corea del Norte, Kim Il Sung, adiestró en su territorio a por lo menos 18 guerrilleros mexicanos que regresaron al país capacitados para asaltar bancos, secuestrar personas y manejar armas y explosivos modernos, todo ello con el fin de obtener recursos que se emplearían en remplazar al PRI por un régimen de tipo norcoreano.

Por lo que se sabe, Kim Il Sung ni siquiera tenía una idea clara de la ubicación de México en el planeta; tal vez obró a solicitud de la URSS, la cual permitió el tránsito de los 18 guerrilleros mexicanos a través de todo su inmenso territorio en una época en que nadie podía desplazarse sin ser interceptado por la policía. No es exagerado especular que Echeverría mismo, movido por el afán de imitar a Fidel Castro y con propósitos que sólo se le podían ocurrir a alguien como él, haya negociado con la URSS el libre tránsito de los aprendices de guerrilleros y su entrenamiento en la lejana Corea nórdica. En todo caso, Echeverría ordenó a los periódicos mexicanos que no levantaran escándalo y hasta ocultaran la intromisión norcoreana.

Así, el secuestro con fines políticos se puso de moda. La primera víctima fue el secretario de Turismo, Julio Hirschfeld Almada, cuya liberación fue pagada por el gobierno; después vino la del suegro presidencial, el ex cacique José Guadalupe Zuno, quien igualmente recuperó la libertad después de que se hicieron misteriosas negociaciones. Otra fechoría de los guerrilleros fue el asesinato del patriarca de los empresarios regiomontanos, Eugenio Garza Sada, muerto a balazos el 17 de septiembre de 1973 en un intento por secuestrarlo.

Todavía a fines del sexenio echeverrista, una hermana del candidato José López Portillo sobrevivió milagrosamente a un intento de secuestro realizado por "los coreanos", como se les llamaba.

Echeverría nunca desistió de su empeño por movilizar a los agitadores sociales. Despachó hacia Monterrey, Durango, Chihuahua y Chiapas docenas de individuos encargados de formar comités de defensa popular (CDP) —imitación de los comités de defensa de la revolución cubanos—, a fin de que, con el disimulado apoyo de las autoridades locales, promovieran invasiones de terrenos urbanos, consiguieran derogaciones de multas para los comerciantes callejeros que les sirvieran de "borregada" y actuaran como una suerte de gestores ante el municipio, todo para ganar influencias y popularidad para los liderzuelos y su promotor. Los CDP crearon unas "colonias proletarias" en Monterrey e invadieron tierras en La Laguna. Sus líderes, con dinero del gobierno, también fundaron el Partido del Trabajo (PT), pero al perder apoyo en los sexenios siguientes quedaron en situación marginal.

Echeverría prodigó elogios a Fidel Castro. Pretendía con esto lanzar veladas amenazas de pasarse al bando soviético —como en años anteriores habían hecho la India, Yugoslavia y Egipto— a fin de que Estados Unidos comprara su neutralidad proporcionándole ayuda económica. Sólo que Henry Kissinger ya había decidido negociar exclusivamente con Moscú las desviaciones políticas de los países tercermundistas, de la misma forma en que los patrones sólo tratan entre sí los problemas relacionados con la servidumbre y el presidente mexicano fue visto como un fanfarrón deleznable.

A Echeverría se le metió en la cabeza la idea de convertirse en caudillo máximo del Tercer Mundo y para tal efecto realizó frecuentes giras a los países subdesarrollados, llevándose consigo, como invitados de los contribuyentes mexicanos, a un sinnúmero de "gorrones" oficiales y privados que correspondían el favor haciendo encendidas alabanzas de la labor presidencial.

Al viajar a El Cairo se creyó capaz de resolver las disputas entre árabes y judíos, por lo que apoyó un voto de censura contra Israel en las Naciones Unidas y otorgó reconocimiento diplomático al gobierno insurgente de Palestina. Como resultado, los judíos que controlan muchísimas agencias de viajes en Estados Unidos declararon un boicot contra México y el flujo turístico al país se redujo a la mínima expresión. Para conjurar la crisis, el secretario de Relaciones Exteriores, Emilio Rabasa, tuvo que viajar a Tel Aviv y pedir perdón —literalmente— a los israelíes.

En seguida Echeverría quiso ganar el Premio Nobel de la Paz y dotó a sus embajadores en Europa de enormes sumas destinadas a comprarle apoyos. Como los noruegos se rieron de las pretensiones del presidente mexicano, a continuación se trató de convertirlo en secretario general de la ONU y se hicieron fuertes gastos en comprar el voto de países pequeños que comprometieron su estéril respaldo para la designación.

Los militantes priistas mostraban disgusto porque no se les tomaba en cuenta para nada; queriendo calmarlos, Echeverría nombró jefe del partido a Jesús Reyes Heroles, un respetado intelectual que arrancó al presidente la promesa de tratar con mayor decoro a sus correligionarios y, para comenzar, que el "destape" de 1975 se sujetara a la fórmula: "Primero el programa y después el candidato".

Se trataba de volver a los "planes sexenales" de los años treinta, que se elaboraban como una guía para el candidato, y que si bien nunca se tornaron en realidades, al menos hacían pensar que el partido era el que trazaba el rumbo del gobierno. Reyes Heroles pasó meses encerrado con sus colaboradores hasta que terminó de armar un "Programa de los Cien Puntos", y el 25 de septiembre de 1975, cuando iba a informar a Echeverría que el documento estaba listo, el presidente se le anticipó para decirle por teléfono —Reyes Heroles nunca olvidaría la ofensa— que no se preocupara por nimiedades y viera dónde archivaba el programa, pues el "tapado" era el secretario de Hacienda, José López Portillo.

La inmensa mayoría de los priistas estaban casi seguros de que el candidato iba a ser el secretario de Gobernación, Mario Moya Palencia, por lo que quedaron estupefactos al conocer la realidad. Pronto corrió el rumor de que el precipitado "dedazo" constituía un pago por servicios como la fabricación caprichosa de centenarios, de los cuales mandó acuñar López Portillo cerca de cuatro millones de piezas sólo entre 1974 y 1975, mientras que en toda la historia anterior se habían fabricado apenas 17 millones. ¿Por qué ese afán de usar el oro de la reserva, que todo el mundo sabía que iba al alza, para producir monedas que no tardarían en caer en manos de los especuladores? Sólo las agencias noticiosas informaron que estaban llegando a Suiza aviones de Aeroméxico cargados hasta el tope de centenarios y se rumoreó que el secretario de Hacienda había mandado acuñarlos para facilitar a Echeverría y a sus allegados la tarea de sacar parte de sus fortunas al extranjero.

Narcotráfico

El supuesto servicio no parecía alcanzar la magnitud necesaria para merecer una recompensa del tamaño de la Presidencia. Por eso se consideró más razonable especular que Echeverría designó como sucesor a su entrañable amigo porque pensó que le sería fácil manipularlo. Tampoco esto parecía ser todo.

Moya Palencia fue en efecto el favorito de Echeverría durante un buen tiempo, y la explicación más creíble de su descarte la proporcionó el periodista norteamericano James Mills en su libro *The Underground Empire*. Según éste, el asunto comenzó a fines de 1970, justo cuando Echeverría iniciaba su estancia en Los Pinos y llegó a Tijuana un cubano asilado en Miami llamado Alberto Sicilia Falcón, quien se desplazaba a bordo de un *Rolls Royce* y compró una gigantesca residencia ubicada en una loma desde la que se podía admirar un bello campo de golf.

Sicilia Falcón controlaba el tráfico de marihuana entre México y Estados Unidos. Tenía influencias tan poderosas que parecía ser el amo de Baja California. De él se supo que en un tiempo fue informante de la CIA y que al menos en un par de ocasiones habló por teléfono con el gran capo de la mafia estadunidense, Sam Giancana, quien a la sazón vivía escondido en Cuernavaca. En 1973, por denuncias de la DEA, la policía mexicana cayó sobre la mansión tijuanense, pero Sicilia Falcón se escabulló hasta ser localizado meses después en el Pedregal de San Ángel, como dueño de otra residencia desde la cual dirigía el tráfico de cocaína. Entre lo que dijo al ser capturado, lo más interesante fue que era novio de la actriz Irma Serrano, "La Tigresa". Interrogada por los periodistas, la Serrano respondió que no hablaría a menos de recibir instrucciones directas del presidente, pues si contaba todo "reventaría México entero".

Sicilia Falcón portaba una credencial que lo acreditaba como alto funcionario de la Dirección Federal de Seguridad, firmada por Moya Palencia; la DEA puso al tanto del asunto al presidente mexicano y por eso, según Mills, el secretario de Gobernación fue descartado como candidato presidencial.

Infierno de rumores

Hugo Margáin, un hombre juicioso y bien capacitado, fue el primer secretario de Hacienda de Echeverría. Sólo dos años y medio permaneció en el cargo, pues quiso moderar los despilfarros del jefe y fue cesado. A continuación vino un célebre pronunciamiento presidencial:

—La economía se maneja desde Los Pinos.

Como sucesor de Margáin entró José López Portillo, quien sabía muy poco de finanzas, pero desde la adolescencia había sido amigote de Echeverría y jamás se negó a autorizar las erogaciones disparatadas que se le ordenaba hacer.

De este modo se dilapidó el patrimonio legado al país por los gobiernos de 1946 a 1970. Paralelamente se aceleró la emisión de billetes e instrumentos de crédito inflacionarios, pretextando que se necesitaba dinero para socorrer a los pobres; y cuando este recurso resultó insuficiente se recurrió a la contratación de empréstitos foráneos, hasta quintuplicar el monto de la deuda externa mexicana, que pasó de 4 200 millones de dólares en 1970 a 22 000 millones en 1976. Los altos burócratas y los "coyotes" bien relacionados, sabedores del peligro que corría el peso, en un semestre compraron divisas por valor de 4 000 millones de dólares y los depositaron en el extranjero. La inflación se desató y el peso, que durante 22 años se había cotizado a 12.50 por dólar, se desplomó en agosto de 1976 a 22.50 por uno.

Echeverría achacó la crisis a maniobras de los especuladores extranjeros y los empresarios mexicanos antipatriotas. Por supuesto, nadie le creyó, y así cundieron rumores, a cual más alarmantes, como el de que los militares estaban organizando un golpe de Estado.

Al dejar la Presidencia Echeverría fue enviado a París en calidad de representante ante la UNESCO y como seguía causando problemas, se le nombró embajador en Australia. Refunfuñó, por lo que fue trasladado a la embajada de Nueva Zelanda y las islas Fidji. Al regresar a México quiso dirigir el Centro de Estudios Económicos y Sociales del Tercer Mundo (CEESTEM) institución creada por él mismo y financiada por el gobierno, pero López Portillo suspendió los subsidios y del centro no quedó más que un vago recuerdo. Años después Rubén Zuno Arce, hermano de doña Esther, fue encarcelado en Estados Unidos tras declarársele culpable de estar asociado con los narcotraficantes jaliscienses que asesinaron a un agente de la DEA; Echeverría fracasó en sus gestiones para lograr que el gobierno mexicano interviniera en favor del cuñado.

Al ex presidente se le atribuyen extensas propiedades territoriales ubicadas en Cuernavaca, Ixtapa-Zihuatanejo y Cancún, además de que se le considera el verdadero dueño de la cadena de periódicos que administra Mario Vázquez Raña. Quienes lo han tratado personalmente después de que cumplió 80 años lo describen como un hombre simpático; aseguran que se ha vuelto bastante reposado y tiene frecuentes destellos de sabiduría. Sin duda quiso pasar a la historia como un gran estadista, pero fracasó transtornado por el poder absoluto que se confería a los presidentes surgidos del PRI.

XLVIII. LÓPEZ PORTILLO, EL AMIGOTE FRÍVOLO

En el Primer Mundo, a cualquier gobernante que cometiera una fracción de los desaciertos atribuidos a Luis Echeverría se le habría cesado irremediablemente, si no es que puesto tras las rejas, y el partido que lo apoyó habría quedado a merced de sus contrincantes en las elecciones siguientes. En México el PRI y su "tapado" José López Portillo ganaron las elecciones de 1976 por unanimidad de votos, pues el PAN parecía tener miedo de triunfar: desaprovechó la oportunidad de encabezar el descontento, se abstuvo de designar candidato propio y dejó sin contrincante al PRI.

Así, mientras el sistema "revolucionario" se desplomaba, el PRI alcanzó el máximo poderío. No por vigor propio, sino por falta de rivales políticos capaces de oponérsele.

Estrambóticamente, la nación pareció exhalar un suspiro de alivio el 1º de diciembre de 1976, cuando López Portillo se convirtió en el sexagesimonoveno presidente de México y, con un emotivo discurso de toma de posesión transmutó la desazón en entusiasmo. Lo aplaudieron hasta cuando anunció, como si fuera la más inspirada creación de un colosal estadista, que entre sus proyectos estaba el de reiniciar "la acuñación de las tradicionales monedas de plata mexicanas, nuestros pesos fuertes". (Por supuesto, ni siquiera este propósito fue realizado.)

Y la apoteosis se produjo cuando, con los ojos arrasados de lágrimas, musitó:

—A los desposeídos y marginados, si algo pudiera pedirles, sería perdón por no haber acertado todavía a sacarlos de su postración: pero les expreso que todo el país tiene conciencia y vergüenza del rezago.

Entre el público que presenciaba la ceremonia estuvo Gustavo Díaz Ordaz. Hasta el último momento había observado la regla priista no escrita de guardar silencio en torno a los actos del presidente en funciones, pero en cuanto Echeverría hizo entrega del mando Díaz Ordaz rugió:

—La situación del país es sumamente grave en lo económico, en lo político, en lo social, en lo jurídico, en lo administrativo y en todos los órdenes. Pero creo que el presidente López Portillo nos sacará del agujero.

En esa coyuntura, López Portillo encarnaba a la virgen de Guadalupe que venía a salvar a sus compatriotas. Los mexicanos tenían presidente, el sistema priista resurgiría de sus escombros y así la nación no correría ya peligro de quedar como perro sin amo. Por los mismos días se anunció la compra de dos gigantescos jets bautizados como *Quetzalcóatl I* y *Quetzalcóatl II,* destinados al uso exclusivo del presidente, y ni siquiera por eso se sospechó que el país estaba por vivir una pesadilla.

De abogado a burócrata

José López Portillo nació el 6 de junio de 1920 en una cómoda casa ubicada en la calle de Bruselas de la colonia Juárez, en el Distrito Federal. Sus padres fueron José López Portillo y Weber y doña María del Refugio Pacheco. Aunque empobrecida, la familia tenía pujos aristocratizantes, pues provenía de unos encomenderos llegados a la Nueva España en el siglo XVI, que tuvieron entre su descendencia a funcionarios reales y obispos. Ya en el siglo XIX produjo personajes como Jesús López Portillo (1818-1901), gobernador de Jalisco y prefecto político de Maximiliano; José López Portillo y Rojas (1850-1923), también gobernador de Jalisco y secretario de Relaciones Exteriores de Victoriano Huerta; del hijo de éste, José López Portillo y Weber se decía que acompañó como cadete a Francisco I. Madero, pero se ocultaba el hecho de que después lo identificaron con los huertistas y los cristeros. Desde 1974 el vástago usó corbata negra, en señal de luto por la muerte de su padre.

El futuro presidente cursó la primaria en la escuela oficial "Benito Juárez", de la colonia Roma, donde tuvo como condiscípulo a Luis Echeverría. Ambos fueron amigos íntimos y recorrieron a pie la ruta de Hernán Cortés desde Veracruz a la ciudad de México; también juntos, gracias a una beca que les otorgó la UNAM, viajaron por mar a Chile, "para estrechar los lazos de amistad con los estudiantes sudamericanos", y por su cuenta prosiguieron el viaje hasta Argentina y Uruguay. López Portillo obtuvo el título de abogado en 1946, en la Facultad de Derecho de la UNAM.

Trabajó en bufetes particulares hasta 1950, cuando advirtió el error de vivir fuera del presupuesto. Consiguió empleos de tercer y segundo nivel en el gobierno, hasta que en mayo de 1973 su amigo Echeverría lo ascendió por considerar que podía ser el secretario de Hacienda dócil que necesitaba para remplazar al problemático Margáin, que no le había permitido manejar la economía desde Los Pinos.

En 1951 López Portillo se casó con la volcánica Carmen Romano Nolk y en las fotos que se publicaron el día del "destape" la pareja apareció tomada de la mano a pesar de que vivía en una especie de "matrimonio abierto", según se comentaba en los corrillos políticos. La pareja tuvo tres hijos.

López Portillo era un diestro dibujante, en especial de temas equinos, y fue autor de varios ensayos literarios y de dos novelas "ninguneadas" por la crítica. Practicaba natación, tenis, arquería, equitación, karate y boxeo. Estrechó 100 000 manos en el curso de su campaña electoral, durante la que se hizo retratar montando burros, caballos y hasta un elefante, siempre ataviado con sombreros que iban desde el norteño hasta el huichol, el de tzotzil y el penacho de kikapú, además de la cachucha de ferrocarrilero.

Se tenían noticias de que López Portillo compartía la tesis de los economistas de la UNAM acerca de que el nivel de los impuestos mexicanos era muy bajo y debía subir hasta equipararse con el sueco, aunque a cambio se proporcionaran servicios públicos como los de Uganda, pero como de ese hombre se esperaba la salvación, a él le fue entregado el país para que lo gobernara como le viniese en gana.

Los nostálgicos

En cuanto tuvo en su poder la banda presidencial, López Portillo empezó a recibir informes de que su antecesor llamaba por teléfono a los funcionarios para darles órdenes o hacerles recomendaciones como si él siguiera al frente en el país. Además, había incrustado en el gobierno a tres de sus elementos más aguerridos. Augusto Gómez Villanueva, *capo* de los líderes agraristas, quedó como jefe de la diputación priista; Carlos Sansores Pérez, un intrigante de primera línea, fue puesto al frente del PRI, y Porfirio Muñoz Ledo, eminencia gris del bastión echeverrista que constituían los sindicatos universitarios, obtuvo el puesto de secretario de Educación. En resumen, se dijo, había quedado montado un nuevo "Maximato".

López Portillo dijo que aquello no pasaba de ser un "Minimato", y para desmontarlo nombró secretario de Gobernación a Jesús Reyes Heroles, quien jamás había perdonado a Echeverría la jugarreta que le hizo al ponerlo a elaborar el programa del nuevo gobierno sólo para arrojarlo a la basura.

Gómez Villanueva fue acusado de sacar del país 500 millones de pesos antes de la devaluación de 1976, y en seguida cayeron en la cárcel, bajo acusaciones de corrupción, dos de sus altos auxiliares. El *capo* agrarista pidió permiso para separarse de la Cámara de Diputados y partió a Roma como embajador. Muñoz Ledo fue obligado a renunciar a la Secretaría de Educación y aceptar el puesto de representante de México ante la ONU; Sansores perdió la presidencia del PRI para pasar a la inofensiva dirección general del ISSSTE.

Parecía que López Portillo estaba cobrando venganza por ignoradas humillaciones que le infligiera en alguna época su amigo de la infancia. Como para rematar esta conjetura, inició una pública relación amorosa con la nuera favorita de su antecesor, Rosa Luz Alegría, quien acabó divorciándose del hijo del ex presidente.

Reyes Heroles también fue autor de lo que exageradamente se llamó la "reforma política" de 1977. Para dar mayor lucimiento al candidato triunfador, siempre se ha necesitado de comparsas, que en el caso mexicano habían sido los partidos de oposición, y el hecho de que López Portillo no hubiera tenido contrincante se veía mal. El secretario de Gobernación hizo triunfar su tesis: "Lo que se opone, detiene"; con base en ella se elevó a 300 el número de distritos que elegirían un diputado, y a éstos se les añadieron otros 100 que serían electos bajo el sistema de representación proporcional, y que beneficiarían sobre todo a los oposicionistas, para que volvieran a encontrar atractiva la participación en las elecciones.

Algo se animó el ambiente político. Una vez logrado esto, López Portillo encontró conveniente deshacerse del irascible Reyes Heroles y lo sustituyó por el dócil Enrique Olivares Santana.

El jefe de la policía capitalina, Arturo Durazo, "El Negro", había sido un condiscípulo muy querido del presidente en la escuela primaria. La DEA proporcionó a López Portillo amplios informes acerca de la participación de Durazo en el narcotráfico; y en México se decía que el jefe policiaco había dado por rechazar las "mordidas" en pesos y exigía dólares o monedas de oro. Pero "El Negro" también había celebrado un pacto con las bandas de delincuentes capitalinas, mediante el cual éstas se comprometieron a reducir sus actividades a cambio de que se les concediera impunidad para los actos delictuosos que cometieran dentro de un mínimo tolerable. (La excepción fueron los asaltos a bancos, que llegaron a ser cosa de todos los días.) Hasta entonces no se había manifestado la ola delincuencial que más tarde horrorizó al país y al mundo, y López Portillo veía en el pacto una gran realización de su amigote. Por otra parte, los secuestros políticos que tuvieron su auge en el sexenio de Echeverría casi desaparecieron cuando López Portillo ordenó a la Dirección Federal de Seguridad que, conjuntamente con elementos del ejército, formara una implacable "brigada blanca" encargada de perseguir a los guerrilleros, los cuales fueron borrados del mapa en un plazo brevísimo.

Espejismos

Todavía cuando rindió su primer informe de gobierno, al iniciarse septiembre de 1977, López Portillo parecía justificar las esperanzas depositadas en él. Se pronosticaba una tasa de desarrollo de 3%. La confianza renacía; ya no circulaban rumores catastrofistas y había cesado la fuga masiva de divisas.

Las noticias publicadas entonces acerca de que México poseía enormes yacimientos de petróleo contribuyeron al entusiasmo. Los precios del combustible subían continuamente —habían pasado de dos a 15 dólares por barril— y las grandes potencias se esmeraban por mejorar sus relaciones con los productores.

Había que preparar al país para permitirle desempeñar el destacado papel que le esperaba en el escenario mundial. Con tal propósito en mente el PRI abrió una lujosa oficina inmediata a la avenida Campos Elíseos, en París, desde la cual se podría mantener estrecho contacto con los grandes partidos europeos, o al menos serviría para dar "chambas" de lujo a más priistas leales.

Sólo preocupaban las noticias de que México estaba contratando más empréstitos en el exterior e importando cada vez más alimentos del extranjero. López Portillo enfrentó las hablillas asegurando que las divisas de los préstamos serían invertidas juiciosamente y que no descansaría hasta volver a hacer de México un país no sólo autosuficiente en alimentos sino también exportador de los excedentes que pronto se empezarían a obtener.

En septiembre de 1978, al pronunciar su segundo informe ante el congreso, López Portillo anunció que se preveía para ese año un crecimiento económico de 5%, superior, por primera vez en el último trienio, al crecimiento de la población.

—Ya pasó lo peor —aseguró.

La explicación del optimismo se halla en una frase del mismo informe:

—La producción diaria de petróleo crudo y derivados es actualmente de un millón 400 000 barriles. Por primera vez en nuestra historia tendremos la oportunidad de disfrutar de autodeterminación financiera.

Cierto, la deuda externa había subido 5 000 millones de

dólares con respecto a la dejada por Echeverría, para sobrepasar los 25 000 millones. Pero esas eran minucias. Y para no descuidar el equilibrio fiscal, se inauguró el cobro del IVA.

LAS CUENTAS ALEGRES

Tras el triunfalismo lopezportillista estaba el director general de Pemex, Jorge Díaz Serrano, un exitoso "coyote" que había obtenido contratos para construir grandes obras petroleras y que, careciendo de elementos para realizarlas por cuenta propia, mediante una comisión traspasaba los convenios a las entidades extranjeras que efectivamente construían. Entre los participantes en estos negocios destacaba el petrolero y diputado por Texas, George H. W. Bush, quien en el momento en que Díaz Serrano asumió la jefatura de Pemex ya ocupaba el puesto de director de la CIA.

En 1976, Estados Unidos cayó en una recesión por las elevadas cifras que gastaba en adquirir petróleo. Estaba urgido de hacer que se elevara la oferta para que los precios bajaran. En 1974 Pemex había tenido que comprar crudo y gasolina en el extranjero, por lo que México estuvo al borde de convertirse en importador neto de productos petroleros. En eso la CIA hizo estudios con satélites sobre las reservas de México y encontró que eran enormes. Bush proporcionó a Díaz Serrano los datos y éste los hizo llegar a López Portillo, quien de inmediato creyó haberse sacado la lotería.

Sin reparar en costos, contratando 10 equipos de perforación donde las empresas extranjeras usaban sólo uno, y entregando al sindicato petrolero 50% de los contratos de Pemex para su venta a quienes efectivamente realizaban los trabajos, Díaz Serrano logró incrementar la producción y fijó las reservas en 1 000 millones de barriles en 1982, contra 293 millones de 1976.

Para producir todavía más, el gas que brotaba asociado al aceite era quemado en monstruosos "mecheros". Seis empresas texanas se comprometieron a comprar 2 000 millones de pies cúbicos de este gas pagando 2.60 dólares por unidad, contra 2.16 dólares que costaba en Estados Unidos el producto canadiense. Así ingresarían a México 5 000 millones de dólares como pago por algo que se estaba quemando; y para surtir el pedido se mandó construir un gasoducto de Cactus, Chiapas, a Reynosa, Tamaulipas, lo que requeriría hacer una inversión de 1 000 millones de dólares, según se dijo al principio, para después elevar la cifra a 1 500 millones y finalmente a 3 000 millones de dólares.

Los trabajos se llevaron adelante sin solicitar la indispensable autorización del gobierno de Estados Unidos. Irritado por la confiancita, el presidente Jimmy Carter negó el permiso de entrada al gas mexicano y el trato se vino abajo, mientras Díaz Serrano explicaba que, después de todo, el gas podría utilizarse para surtir a los usuarios del norte de México. Las empresas texanas que habían aceptado el precio de Pemex no sufrieron daños; ninguna necesidad tenían de importar el producto del sur y sólo querían utilizar la alta cotización como pretexto para subir los precios en Estados Unidos.

El 2 de junio de 1979 se incendió el pozo Ixtoc I, que se perforaba desde una plataforma marina frente a la costa de

Campeche. En el percance se consumió gas y petróleo por un valor calculado en 3 000 millones de pesos. La empresa mexicana Permargo tenía el contrato de perforación, pero lo había traspasado a una compañía texana propiedad del ex gobernador de Texas, William Clements, un socio de Bush. Pemex eximió de toda responsabilidad a Permargo mediante una serie de burdas maniobras legaloides.

El político izquierdista Heberto Castillo, quien denunció el sucio trato, encontró además que Díaz Serrano poseía 25% de las acciones de Permargo y un tal Fernando Cabrera Acevedo, prestanombre de Bush, el 50%. Bush sólo figuraba como miembro del consejo de administración, no como accionista, y en un momento el propio López Portillo había actuado como apoderado de Permargo. Díaz Serrano declaró, sin demostrarlo, que había vendido las acciones de la empresa antes de asumir la dirección de Pemex.

Los columnistas "embuteros" presentaron a Heberto Castillo como un irresponsable que ensuciaba el buen nombre del país. Lejos de retractarse, el aludido aseguró tener conocimiento de que estaban llegando a Rotterdam enormes barcos cargados de petróleo mexicano que se vendía con fuerte sobreprecio en el mercado libre. Presentando documentación de Pemex, añadió que faltaban 400 millones de barriles entre lo que la empresa producía y lo que reportaba vender; en dinero, ese petróleo representaba un valor de 15 000 millones de dólares.

Tan grave era la denuncia que los legisladores se vieron obligados a escenificar una investigación en la que Díaz Serrano, sin rubores, dijo que el faltante reflejaba las cantidades usadas para llenar los oleoductos, las que se evaporaban y las que se chorreaban. Un diputado comunista reiteró las acusaciones de Castillo y el acusado repuso que las cifras habían sido mal calculadas; el asunto era demasiado largo y tedioso para detallarlo por televisión —como se estaba transmitiendo el acto— pero los diputados podían pasar a la dirección de Pemex, donde se les darían las explicaciones del caso. Los comunistas jamás volvieron a hablar del asunto y de esta manera convalidaron la versión oficial.

En la misma sesión, un diputado panista solicitó contratar los servicios de una empresa independiente de contadores para que realizara una auditoría completa de Pemex. Díaz Serrano aceptó, pero en privado se desdijo alegando razones de orden legal. Los panistas se tragaron la explicación y de esta manera también contribuyeron a evitar que se ahondara en el asunto.

Por esos días, el sha de Irán fue derrocado, la producción petrolera iraní cayó por los suelos y la escasez resultante hizo subir el precio del crudo mexicano de mejor calidad a 36 dólares por barril, mientras en el mercado libre superaba los 40. Y si a 13 o 14 dólares, como había estado antes, parecía que el petróleo iba a enriquecer a los mexicanos en un grado fabuloso, ¿qué no sería con las nuevas cotizaciones?

Heberto Castillo y el economista independiente Luis Pazos mostraron entonces que, cuanto más producía, más perdía Pemex, por lo que al paso que iban las cosas las utilidades jamás se materializarían. Pero la opinión pública tomó las denuncias como gemidos de gentecilla empeñada en estropear la sensación de riqueza que experimentaban los mexicanos.

López Portillo enfrentó a los críticos en su informe de 1979 al congreso clamando:

—Desde el fondo de ese pozo incendiado, los mexicanos nos hemos visto en el espejo negro de Tezcatlipoca. Todo nuestro fatalismo desgarrante emergió suspicaz y autodestructivo; nuestra incapacidad de sentirnos prósperos, nuestra falta de solidaridad frente a las derrotas... La Malinche salió a aullar, pidiendo sacrificios humanos, para apaciguar al dios del Fuego.

En mayo anterior, después de conceder a varios periodistas norteamericanos unas entrevistas en las que habló despectivamente sobre Jimmy Carter y su política, López Portillo había ofrecido en Cancún una recepción apoteósica a Fidel Castro, como a propósito para contrastar con el frío trato que estaba dando a Carter. En su discurso dijo el presidente mexicano:

—Mucho, prodigiosamente, ha logrado usted, comandante. Poco, muy poco, he logrado yo. Pero sí puedo decirle, frente a su sinceridad, que mi capacidad de servicio y de entrega a la causa de mi país la quiero comparar con la suya propia. Y que si, por alguna conjunción de circunstancias, no pudiera yo entregar buenas cuentas, no será por falta de voluntad sino, tal vez, por falta de oportunidad y de seguridad en un mundo que nos condiciona, que nos limita y del que no podemos escapar.

Traducción: López Portillo reafirmaba sus convicciones de izquierdista estilo mexicano y lamentaba que los yanquis le impidieran hacer lo mismo que Castro había hecho en Cuba: hacer de su país un satélite de la URSS, convertir a sus soldados en *gurkas* comunistas que guerreaban en Angola y Etiopía, y tener a los cubanos en la calidad de reses sin libertad para escapar del corral isleño. Y ese hombre había ganado la Presidencia con el voto unánime de los mexicanos.

Los excedentes fantasmas

Los intrigantes de todas las cortes manejan desde tiempo inmemorial una fórmula que dice: "A los vanidosos y a los tontos se les domina por la adulación". Los políticos que rodeaban a López Portillo en Los Pinos lo hicieron creerse un prodigio de inteligencia y simpatía. Además de ellos, el hombre vivía rodeado de mujeres que lo mimaban a cada paso: la madre, doña Cuquita; las hermanas Margarita, Alicia y Refugio; las hijas Carmen y Paulina, la esposa oficial, doña Carmen, quien a pesar de que tenía como pretendiente de planta al ilusionista Uri Geller seguía influyendo en el marido; y sobre todo Rosa Luz Alegría, la amante, a quien hizo primero subsecretaria de Evaluación y luego secretaria de Turismo. Con esto acabó adquiriendo fama de "mandilón".

Pero López Portillo poseía inteligencia suficiente para no dejarse dominar con facilidad. Quizá lo que le transtornó la cabeza fue el sistema priista, que lo había facultado para hacer con el país lo que le viniera en gana.

En 1980 tampoco se materializaron los "excedentes del petróleo" sobre los cuales hablaba a menudo López Portillo.

Pero atraídos por el dineral que debía producir el auge, 80 bancos extranjeros establecieron oficinas propias en México y todos se desvivían por conceder empréstitos. "Somos el país de moda", se vanaglorió el presidente.

Si en 1977 rindió buenas cuentas había sido porque obtuvo un empréstito de emergencia para que el aparato gubernamental pudiera seguir funcionando, y el Fondo Monetario Internacional (FMI) le facilitó el dinero con la condición de que sus auditores aprobaran o rechazaran los gastos principales. Pero en 1978 se confirmó la importancia de los yacimientos petroleros mexicanos y a partir de entonces López Portillo pudo conseguir fondos directamente de bancos extranjeros, con los cuales liquidó su adeudo con el FMI y se libró de su tutela.

Ya sin el FMI, el número de empleados de planta del gobierno aumentó hasta superar el millón y medio, o sea 50% más que la abultada cifra de un millón dejada por Echeverría. El millar de empresas paraestatales comenzaron a arrojar fuertes déficits que se cubrían con dinero de los contribuyentes. En 1978, por primera vez en la historia, el presupuesto de egresos de la federación superó el billón de pesos, y siguió creciendo hasta llegar a cinco y medio billones en 1982. Inevitablemente, la tasa de inflación fue de 20.7% en 1977, de 16.2% en 1978, de 20% en 1979, y de 29.8% en 1980. Pero todavía en 1981 López Portillo aseguró que estaban a punto de recibirse las utilidades del petróleo y que a partir de entonces ya no habría más problema que el de "administrar la abundancia".

En 1981, la exportación de petróleo produjo 14 573 millones de dólares, o sea 4 100 millones más que en 1980 y 10 000 millones más que en 1979, y la producción seguía creciendo frenéticamente, hasta superar los dos millones 700 000 barriles diarios fijados como cuota máxima. Para lograrlo, sólo en 1981 el gobierno contrajo préstamos en el exterior por 19 100 millones de dólares, o sea casi tanto como el endeudamiento heredado por Echeverría en 1976.

En 1977, expertos independientes calcularon que el desarrollo del petróleo mexicano iba a insumir 15 000 millones de dólares como máximo, de manera que la diferencia con los 27 000 gastados parece reflejar el costo de la ineficiencia y la corrupción. En Europa se comentaba que en Nigeria los burócratas se quedaban con 15% del importe de los contratos petroleros, pero que los mexicanos eran más bandidos aún, ya que cobraban hasta 30 por ciento.

Al parejo que la de Pemex, la producción mundial de petróleo había estado subiendo y para mediados de 1981 se registraron incrementos que, según los analistas, obligarían a los productores a rebajar de uno a dos dólares por barril. Entonces Díaz Serrano causó estupefacción mundial anunciando que bajaría cuatro dólares; con esto aumentó la presión a la baja, de modo que México acabaría desempeñando el papel de esquirol de la OPEP —el cártel mundial al que el país había rechazado adherirse—, todo ello para enorme satisfacción de Reagan y del alquilanombres de Díaz Serrano, el vicepresidente George H. W. Bush. Díaz Serrano fue enviado a la URSS como embajador, pero esto no evitó que los precios siguieran a la baja.

Además, la producción agrícola estaba por los suelos y

hubo que importar alimentos por valor de 1 000 millones más de lo obtenido en las exportaciones del mismo género. La inflación hacía que resultara más barato viajar a Miami que a Acapulco o a Guadalajara, y el turismo se desplomó. Temerosa de una devaluación, la gente empezó a convertir sus pesos en dólares.

Cuando un periodista lo interrogó al respecto, López Portillo dijo:

—Lucharé como un perro por mantener un peso estable… Ya está bien de que los países débiles, como el nuestro, sean víctimas de los manejos exteriores.

La economía ficción

Como recurso mágico para conjurar la crisis, el gobierno importó de Inglaterra a un economista pakistano llamado Ajit Singh, quien por su larga barba y el turbante que usaba recibió el apodo de "Gunga Din" o "El Guru". El personaje aseguraba que el gasto público, lejos de causar inflación, podía convertirse en el más eficaz motor del desarrollo, con tal de establecer un férreo control de cambios, precios, salarios, importaciones y utilidades. Una vez satisfechos estos requisitos —algo casi tan difícil como hacer que el sol altere su curso—, el gobierno podría emitir bilimbiques sin límite. En Inglaterra Singh era visto como un desquiciado o un loco manso, pero López Portillo se apresuró a poner en práctica sus teorías.

El 17 de febrero de 1982 el peso se devaluó de 27 a 38 por dólar y al cabo de un par de semanas a 48. Convencido de que la devaluación podía producir una insurrección popular, López Portillo ordenó aumentar los salarios a razón de 30% para los bajos, 20% para los medios y 10% para los altos. Los aumentos apaciguaron los ánimos en el corto plazo pero en seguida se tradujeron en un índice inflacionario de 60 por ciento.

Una vez concluidas las elecciones presidenciales de julio de 1982, en las que el candidato priista obtuvo otra vez el triunfo por falta de contrincantes serios, López Portillo anunció la compra, por parte del gobierno, de Mexicana de Aviación, la cual, fusionada con la paraestatal Aeroméxico, dio a la burocracia el monopolio del transporte aéreo. En agradecimiento, el principal accionista de Mexicana, Crescencio Ballesteros, regaló a López Portillo un rancho de 60 paradisiacas hectáreas ubicado en Tepoxtepec, Estado de México, que incluía bosques, coto de caza, caballerizas, helipuerto, canchas de tenis y de golf, gimnasio, más una ostentosa casa principal con varios *bungalows* y un gran estudio erigido en lo alto de un cerro.

El 5 de agosto, siguiendo las inspiraciones de Singh, el gobierno estableció un control de cambios dual, o sea con un tipo de cambio controlado, a 50 pesos por dólar, y otro libre. Al cabo de una semana el dólar libre ya estaba a 70 por uno. Los bancos tenían depósitos en "mexdólares" que habían sido hechos en pesos bajo la promesa de que se les pagarían en moneda norteamericana o su equivalente el día que fueran retirados. Estos depósitos representaban un valor de 13 000 millones de dólares; no había divisas para el pago y López Portillo ordenó redimirlos forzosamente a razón de

69.50 por dólar, mientras que en el mercado libre la cotización ya oscilaba entre 108 y 112 por uno. Otro robo descarado del gobierno fue negarse a devolver los depósitos hechos en el Infonavit a favor de los trabajadores.

Mientras tanto se vencían los empréstitos extranjeros y había que pagar intereses sobre los que permanecían vigentes. Sólo un banco suizo aceptó prestar 1 850 millones de dólares, pero con la condición de que le fueran devueltos como liquidación de intereses vencidos. Las reservas agropecuarias estaban por agotarse y existía el peligro de provocar una crisis de hambre; el secretario de Hacienda tuvo que ir a Washington a mendigar un adelanto de 1 000 millones de dólares en productos alimenticios, que se pagarían con petróleo a precio reducido.

Un día López Portillo achacaba la crisis a los medios informativos y otro a los banqueros. El 1º de septiembre de 1982 anunció ante el congreso la estatización de la banca —a la que llamó "nacionalización", como si hubiera sido de propiedad extranjera— y los izquierdistas estallaron en demostraciones de júbilo, creyendo que el dinero "nacionalizado" serviría para financiar sus corruptelas. Los diputados panistas permanecieron mansamente sentados en sus curules, lo que ratificaría su condición de paleros pasivos.

Los financistas eran propietarios o principales accionistas de cientos de las empresas más fuertes del país, que también fueron "nacionalizadas". De un golpe, 70% de la propiedad pasó a manos del gobierno, lo que permitía definir al país como encaminado a la cubanización. Un buen número de empresarios pequeños y medianos protestaron ruidosamente y hasta se temió un estallido de violencia, pero los grandes magnates, muchos de los cuales habían hecho su fortuna en colusión con la burocracia priista, permanecieron inactivos.

Los bancos privados habían venido adquiriendo préstamos en dólares a menos de 10% anual y los convertían en moneda mexicana para represtarlos a 40%, lo que a corto plazo les produjo ganancias astronómicas, pero cuando se devaluó el peso ya no les alcanzó para pagar el préstamo original, y algunos cayeron en la quiebra. La expropiación los salvó.

El célebre Grupo Alfa de Monterrey había dado por comprar cuanta empresa le ofrecían en venta y financiar la operación con préstamos en dólares. En 1981 se vio imposibilitado para pagar sus deudas, que ascendían a 2 300 millones de dólares, pero todavía entonces un banco oficial, el Banobras, le prestó 12 500 millones de pesos a un interés de regalo. Después de recibirlo, el principal accionista de Alfa, Bernardo Garza Sada, declaró:

—Con otro presidente como López Portillo, ya la hicimos.

La orgía futurista

El país enloquecido tuvo que seguir confiando en la protección divina y esperar el nuevo cambio de gobierno.

Para reafirmar su derecho a ser él quien diera "el dedazo" que señalaba "al tapado", López Portillo declaró ser "el fiel de la balanza" del PRI y todavía en 1981 dejó entrever que su favorito era Díaz Serrano. Por entonces actuaban en el partido tres camarillas empeñadas en imponer sus propios candidatos. La primera de ellas tuvo por mascarón de proa al ex presidente Luis Echeverría y su favorito era el secretario del Trabajo, Pedro Ojeda Paullada. Los promotores más conspicuos fueron el embajador en Italia, Augusto Gómez Villanueva, quien hizo una demostración de fuerza ordenando a 34 diputados que votaran en contra de una iniciativa de ley enviada al congreso por López Portillo, aunque después volvieran al carril. Igualmente empeñoso se mostró desde la sede de la ONU Porfirio Muñoz Ledo, quien manipulaba a los sindicatos universitarios, a grupos de maestros disidentes y a diversas agrupaciones marxistoides, como el Sindicato Único de Trabajadores de la Industria Nuclear y el Partido Socialista de los Trabajadores. En México permanecía Carlos Sansores Pérez como director del ISSSTE y desde el primer momento fue cesado. Igual suerte corrió el echeverrista Hugo Cervantes del Río, quien había venido dirigiendo la Comisión Federal de Electricidad.

De regreso en México, Gómez Villanueva promovió su candidatura a gobernador de Aguascalientes, pero rápidamente fue descartado y fue sustituido por un lopezportillista, Rodolfo Landeros. El candidato Pedro Ojeda Paullada fue eliminado con una declaración de la Procuraduría General de la República en que amenazaba con divulgar los secretos de la matanza de 1971 por los Halcones, ya que el personaje había sido puesto al frente de la procuraduría para "echarle tierra" al conflicto.

Una segunda facción futurista promovió la candidatura del regente del Distrito Federal, Carlos Hank González, y como primer paso trató de hacer que se derogara la prohibición de que llegaran a la Presidencia de la República los hijos de extranjeros como Hank, cuyo padre fue alemán; pero al toparse con la negativa oficial empezaron a promover a otros candidatos de su agrado, como al secretario de Comercio, Jorge de la Vega Domínguez y al de Gobernación, Enrique Olivares Santana. López Portillo los neutralizó poniendo al frente del PRI a Javier García Paniagua, quien en su discurso de toma de posesión tronó contra "los nostálgicos del poder" (los echeverristas) y "los políticos que disputan negocios a la iniciativa privada" (Hank). El flamante jefe priista había encabezado la Dirección Federal de Seguridad y por lo tanto conocía los secretos de todos los políticos, de manera que el edificio del PRI se convirtió de pronto en un cementerio de rostros tristes y resignados a esperar el "dedazo".

Entonces López Portillo topó con un nuevo obstáculo: García Paniagua era el candidato de poderosas camarillas provincianas. En su anterior actuación como secretario de la Reforma Agraria había acabado con los líderes fieles a Gómez Villanueva, quienes fueron sustituidos por partidarios suyos, de manera que la CNC quedó bajo su control. Pero el 24 de septiembre por la tarde fue citado en la oficina presidencial de Los Pinos y ahí el fiel de la balanza le dijo que el "tapado" era el secretario de Programación y Presupuesto, Miguel de la Madrid. Instantáneamente García Paniagua se quedó sin partidarios hasta en la CNC.

¿Por qué dio López Portillo una batalla tan denodada sin más fin que dejar la Presidencia a De la Madrid? La conjetura más aterradora fue elaborada por Heberto Castillo.

Durante todo el año de 1980, según Castillo, el boletín estadístico mensual de la Secretaría de Programación y Presupuesto —al frente de la cual estaba De la Madrid— reportó que en 1979 Pemex había tenido ingresos por 818 000 millones de pesos, mientras que la empresa reportaba sólo 686 000 millones, o sea 132 000 millones menos. Los millones faltantes, señaló Castillo, podrían representar el valor del petróleo que se exportaba clandestinamente al mercado libre de Rotterdam y que, según las apariencias, se embolsaban López Portillo y sus familiares, pues al parecer Díaz Serrano nunca pasó de "tapadera". Para "echarle tierra al asunto" nadie mejor que el hombre que lo sabía todo; de este modo el grisáceo De la Madrid obtuvo la candidatura.

Hasta 1982, con todo y sus vicios, el PRI había dado al país una estabilidad política que permitió llevar a cabo los cambios de gobierno sin los convulsionantes transtornos habituales en las nuevas naciones africanas y las situadas al sur del Suchiate. Este factor permitió sobrevivir a las catástrofes desatadas por Gustavo Díaz Ordaz y Luis Echeverría, pero en 1982 cundió la opinión de que el sistema ya no daba más de sí: parecía un cántaro roto en mil añicos que, aun cuando se pudieran pegar, ya nunca volvería a ser lo mismo.

Años después, López Portillo diría:

—Yo fui el último presidente de la Revolución —y lo dijo sin entender que, en efecto, un jefe del ejecutivo como él era todo lo que se necesitaba para desprestigiar y liquidar cualquier forma de gobierno.

Cinismo invencible

Antes de entregar la residencia de Los Pinos, López Portillo mandó saquearla para llevarse en varios camiones todos los muebles, los cuadros, los candiles y hasta las alfombras. Sin duda estaba seguro de que la vida seguiría sonriéndole y que el país acabaría por agradecerle sus servicios.

Inmediatamente después, los miembros del club deportivo al que acudía para hacer ejercicio presentaron a la dirección del establecimiento una carta firmada por casi todos en petición de que el ex presidente fuera expulsado. Todavía entonces quiso éste llevar vida de ciudadano normal asistiendo a teatros y restaurantes, pero pronto tuvo que abstenerse de hacerlo porque nunca faltaba en la concurrencia quien imitara ladridos para recordar la frase relacionada con la defensa del peso.

Con insensibilidad pasmosa, López Portillo se había apoderado de una colina con un terreno de 122 881 metros cuadrados que fue propiedad del Departamento del Distrito Federal y tiene espléndida vista a la transitada carretera de Toluca, por lo que los miles de automovilistas podían observar la actividad que allí se desarrollaba. Meses antes de dejar la Presidencia mandó erigir allí un caserón de 6 249 metros cuadrados dividido en dos para que allí vivieran él y doña Carmen; otra casa de 4 474 metros cuadrados de construcción destinada al hijo, José Ramón; una tercera de 2 600 metros cuadrados para Carmen, la hija mayor, y una cuarta de 2 250 metros para Paulina, la menor. El conjunto poseía además varias canchas deportivas y edificios destinados a la servidumbre, los guardaespaldas y los choferes. Originalmente el terreno estuvo aislado y sin servicios públicos, pero el gobierno del Distrito Federal subsanó la deficiencia conectándolo con una ampliación del Paseo de la Reforma que se construyó ex profeso: también se levantó una costosa subestación eléctrica y los terrenos accidentados que conducían a la colina fueron rellenados por cuenta del gobierno.

Además, López Portillo poseía el rancho de Tepoxtepec, una inmensa residencia de playa en Acapulco y otras más. No contento con eso, había invadido un terreno de más de 10 000 metros cuadrados que pertenecían al bosque de Chapultepec para construir tres mansiones destinadas a la madre, doña Cuquita, y a las hermanas Margarita y Alicia. La tercera hermana, doña Refugio de Martínez Vara, permaneció en su casona de Coyoacán, donde se encontraba muy a gusto, pero el generoso hermano le regaló un hermoso terreno ubicado a orillas de la carretera vieja a Cuernavaca, para el cual abrió el gobierno costosos caminos de acceso y proporcionó un par de furgones tanque que servían de cisterna.

Enterado de que la "colina del Perro" —como fue llamada— y demás excesos estaban provocando una tormenta de indignación, López Portillo comenzó por decir que los mexicanos eran unos malagradecidos. Al cabo no pudo resistir las críticas y se marchó a Europa. Primero se estableció en Roma, junto a José Ramón, a quien había dado un puesto en la FAO, pero las relaciones entre padre e hijo se agriaron muy pronto. Además, en Italia nadie lo conocía; era un cero a la izquierda excepto cuando algún vivales lo mimaba para esquilmarlo mientras seguían viéndolo con íntimo desprecio, como suelen hacer los europeos con los tiranuelos africanos y latinoamericanos que se refugian en sus países.

Creyó que en España recibiría mejor trato y alquiló la suite más costosa del hotel Ritz de Madrid. Allí le fue peor, pues hasta los taxistas sabían quién era él y contaban horrores sobre sus latrocinios. Una noche López Portillo acudió al remozado Teatro de la Zarzuela para presenciar una función; el lugar estaba atestado de mexicanos que empezaron a imitar ladridos y no le quedó más remedio que escabullirse.

Parecía que aquel hombre iba a ser otro Judío Errante, destinado a pasar la vida huyendo de humillación en humillación, de angustia en angustia, de caos en caos. Para colmo, un día se enteró de que un sobrino suyo, hijo de su hermana Refugio, había tenido que esconderse para escapar de una orden de aprehensión girada en contra suya para que respondiera por una serie de robos burocráticos. López Portillo regresó a México de improviso y amenazó con armar un escándalo revelando los tratos que había tenido con De la Madrid, por lo cual se le autorizó el retorno definitivo.

López Portillo vivió en Valle de Bravo, en la "colina del Perro" y otros sitios donde su presencia no fuera muy visible para la gente común. Terminó su relación con Rosa Luz Alegría, se divorció de doña Carmen —quien parece haber recibido una inmensa fortuna por acceder a la separación legal— y luego se ligó con varias otras mujeres hasta casarse con la actriz Sasha Montenegro, de la cual tuvo un par de hijos.

La primera familia jamás aprobó la nueva unión, sobre todo porque los pequeños de doña Sasha y ella misma parecían abocados a recibir la herencia del ex presidente. Paulina, la hija, publicó un libro plagado de maliciosas alusiones a "La Cosa", como llama a la señora Montenegro. Y José Ramón mandó albañiles para que erigieran una barda alta que bloquea el paso de su casa en la "colina del Perro" a la paterna.

En 1991 el ex presidente sufrió un infarto cerebral cuya secuela fue la parálisis de los miembros del lado izquierdo. En mayo de 2001 el mal se recrudeció y el enfermo debió trasladarse a Houston para que le hicieran una delicada operación, de la que salió en silla de ruedas pero sonriente y abrazando un osito de peluche. Días después se supo que Sasha lo había abandonado, que la casa de la "colina del Perro" y la de Valle de Bravo habían pasado a ser propiedad de ella, y que López Portillo se había refugiado en el hogar de su hermana Margarita.

Octava Parte

FORJA Y DESPLOME DEL PRI: LOS TECNÓCRATAS (1982-2000)

XLIX. DE LA MADRID,
EL RENOVADOR MORAL

Durante los días en que Miguel de la Madrid realizaba su campaña electoral, en las columnas periodísticas se repetía hasta el cansancio el estribillo de que bajo la superficie del país parecían escucharse ruidos extraños, como los que suelen presagiar el estallido de las grandes crisis históricas, cuando los problemas sociales alcanzan niveles tan altos que por fuerza deben evolucionar en el sentido de mejorar o morir.

Lo más indignante era que López Portillo hubiera cargado al país con la obligación de pagar los 82 000 millones de dólares de la deuda externa. De súbito brotó la idea de expropiar las fortunas de los priistas enriquecidos para entregarlas como pago a los acreedores, pero el entusiasmo se enfrió al observarse que todos esos fondos reunidos quizá no alcanzarían para pagar ni la mitad del adeudo —y era verdad, ya que los corruptos, como las cucarachas, suelen estropear mucho más de lo que devoran—

En su gira electoral por la República, De la Madrid era acosado por individuos que le exigían erradicar la corrupción y para apaciguarlos prometió poner en marcha un programa de "renovación moral".

El ideólogo de este programa fue el asesor presidencial

Samuel del Villar, abogado harvardiano que gozaba de fama como analista político y económico (aunque en 2000, en su puesto de procurador general de Justicia del Distrito Federal, se reveló como encarcelador de inocentes y encubridor de narcotraficantes, secuestradores y extorsionadores). Del Villar formó un comité integrado por funcionarios públicos escogidos entre los más prestigiados, y por politólogos, intelectuales y periodistas, que debían aportar ideas y arbitrios para lograr que la corrupción dejase de ser "un problema medular para México".

El 1º de diciembre de 1982 De la Madrid recibió la banda presidencial. (En las elecciones se le había adjudicado 74.4% de los votos contra 16.4% del panista Pablo Emilio Madero y 3.6% del comunista Arnoldo Martínez Verdugo.) Nada describía mejor su estado de ánimo que la frase inicial de su discurso:

—Vivimos una situación de emergencia. No es tiempo de titubeos ni de querellas; es hora de definiciones y responsabilidades. No nos abandonaremos a la inercia… No permitiré que la patria se nos deshaga entre las manos.

En conversaciones privadas, Del Villar aseguraba que De la Madrid tenía a su alcance la oportunidad de convertirse en el máximo héroe de México. Para esto bastaría con que mandara encarcelar y privara de sus fortunas a unas cuantas docenas de funcionarios y coyotes de los más corruptos. Cierto, tal medida provocaría la reacción de los caciques priistas más poderosos, quienes sin duda acumularían todas sus fuerzas para lanzarlas contra el moralizador, pero el pueblo de México sabría indudablemente lo que pasaba y, formando masas inmensas, procedería a defender a su presidente, envolviendo a los corruptos o linchándolos, y entonces llegaría el momento de proclamar desde el zócalo metropolitano la llegada de la era en que, por fin, se harían realidad los ideales de la Revolución mexicana. (Del Villar creía en la Revolución.)

Hombre diestro para sobrevivir a las intrigas burocráticas pero completamente desprovisto del arrojo innovador que demandaba la situación, De la Madrid parecía el menos apropiado para enfrentar la crisis, y parece que sólo dejaba desatinar a su asesor para observar los extremos a los que podían llegar las cosas mientras localizaba una salida que él llamaría "institucional". En todo caso, tras Del Villar llegaban otros consejeros que lo instaban a conducirse "con prudencia y sobriedad", aduciendo que el país no necesitaba de mesías ni de santones, sino de dirigentes capaces de absorber los embates de la historia y asegurar la supervivencia del sistema priista. Por varios meses De la Madrid titubeó ante las dos opciones.

Historia personal

El personaje contaba con 48 años de edad al asumir la Presidencia. Había nacido en 1934 en la ciudad de Colima, hijo de un abogado que murió a manos de un maleante a quien había vencido en un pleito judicial. Por entonces Miguel tenía apenas dos años de edad. Para librarlo del mal recuerdo, la madre se lo llevó a la ciudad de México; la viudez la había privado de recursos económicos, por lo que abrió una casa de huéspedes y, con mil sacrificios, costeó la educación del hijo hasta que en 1957 obtuvo en la UNAM el título de abogado.

Ernesto Fernández Hurtado, un tío que desempeñaba altos cargos en el Banco de México, le consiguió un empleo modesto en la institución. Así, desde el principio, De la Madrid ingresó a la aristocracia burocrática mexicana, pues los empleados del banco obtienen los sueldos más elevados de la nómina gubernamental, se les asignan oficinas suntuosas en cuanto empiezan a destacar y a edad temprana pueden solicitar jubilaciones para vivir como millonarios el resto de sus vidas. Se les conocía por el apodo de "tecnócratas".

También con ayuda del tío consiguió una beca para ir a Harvard y obtener (1965) la maestría en administración pública. De vuelta en México trabajó por breve tiempo en Pemex y luego pasó a la Secretaría de Hacienda —otro enclave de la tecnocracia— donde ascendió hasta que en 1979 López Portillo lo nombró secretario de Programación y Presupuesto.

De la Madrid estaba casado con la discreta Paloma Cordero. Recordando las críticas que cosechó López Portillo por su nepotismo, se negó a conceder empleos a su parentela. Pulcro por naturaleza, experimentaba visible desagrado por tener que codearse con las chusmas priistas, y mientras andaba en campaña solía bañarse y cambiar de ropa dos o tres veces diarias.

Rebelión de los corruptos

Aparentemente, De la Madrid había decidido seguir en parte los consejos de Del Villar, y en parte los que le daban sus colaboradores "institucionales". Una vez instalado en la Presidencia creó el organismo que debía extirpar las prácticas corruptas: la Contraloría General de la Federación (CGF) que pronto fue convertida en secretaría y para montar sus oficinas alquiló todo un lujoso edificio en la avenida Insurgentes.

En el inicio de sus labores, la CGF solicitó la aprehensión de varios burócratas de poca monta sospechosos de corrupción, que trabajaban en el Nacional Monte de Piedad y en la Comisión Nacional de la Industria Azucarera (CNIA). Entre los últimos apareció el director de administración de la CNIA, Roberto Martínez Vara López Portillo, hijo de una hermana del ex presidente, quien gracias a un oportuno aviso logró escapar a los agentes de la Procuraduría General de la República.

El hecho de que se procediera contra un sobrino presidencial hizo pensar que la renovación moral iba en serio, pues violaba la ley no escrita de conferir impunidad a la familia de los ex presidentes; pero la impresión se disipó semanas más tarde, cuando López Portillo viajó intempestivamente de París a México para entrevistarse en secreto con De la Madrid. No se sabe qué se dijeron los dos personajes ni qué advertencias blandió el recién llegado para doblegar a su sucesor, y sin embargo pudo verse con claridad que la orden de aprehensión contra el joven sobrino se archivaba y que el PRI iba a seguir siendo la monstruosa fábrica de impunidades de siempre.

En cambio fue aprehendido el ex director general de Pemex, Jorge Díaz Serrano, a pesar de que era senador, y el Senado tuvo que consentir que se violara el fuero del reo, pero en poco tiempo éste pudo recobrar la libertad.

Generalmente, el encarcelamiento de Díaz Serrano fue visto como un acto de venganza contra un ex competidor por la silla presidencial. Sólo en el sindicato petrolero causó pánico: el "líder moral" de la agrupación, Joaquín Hernández Galicia "La Quina" y el secretario general, Salvador Barragán Camacho "El Burro" temieron que el siguiente golpe se lanzara contra ellos, y como medida preventiva quisieron posar de moralizadores, para lo cual trataron de convencer a un líder menor, el ex mecánico Héctor García Hernández "El Trampas", para que les sirviera de chivo expiatorio.

"El Trampas" debía a "La Quina" innumerables favores, como el de haberlo hecho gestor de importantes contratistas a quienes "ayudaba" para que Pemex no les retrasara los pagos, lo que, según él mismo, le produjo en breve tiempo tres millones de dólares. Luego recibió el encargo de cobrar las sumas para obras sociales que entregaba Pemex al sindicato, las cuales ascendían a incontables millones que el cobrador depositaba en una cuenta bancaria personal para después entregarlo en efectivo, sin comprobantes, al "líder moral" y a Barragán Camacho.

Se pretendía responsabilizar a "El Trampas" de la desaparición de 1 000 millones de pesos provenientes del fondo de ayuda para obras sociales; "El Trampas" huiría a Estados Unidos antes de que se girara la orden de aprehensión en su contra, y al cabo de un tiempo, cuando se "enfriara" el asunto, regresaría para ser rehabilitado. Pero temiendo que lo asesinaran en algún momento de la huida, como aseguraba que había ocurrido en otros casos similares, prefirió delatar la maniobra en una carta dirigida a De la Madrid, gracias a lo cual cayó en la cárcel pero conservó la vida.

En seguida llegó el turno de Arturo Durazo, "El Negro", a quien se procesó por cuestiones tan ridículas como el acopio ilegal de armas, sin que ni por asomo se le acusara por delitos relacionados con la ostentosa corrupción que practicó.

Durazo pasó tras las rejas el resto del sexenio, lo cual hizo montar en cólera a sus compinches. Un comandante policiaco advirtió públicamente que la aprehensión de "El Negro" representaba una ruptura del pacto con el hampa, y que en represalia se recrudecerían las actividades delictivas hasta sumir al país en la situación más angustiosa de su historia. En efecto, cientos de agentes dados de baja por corruptos pasaron a convertirse en delincuentes de tiempo completo, y con la complicidad de sus antiguos compañeros que seguían usando uniforme y portando placa recrudecieron los robos, los asaltos a mano armada y los secuestros hasta alcanzar niveles de escándalo. El ejemplo del Distrito Federal no tardó en contagiar a la mayor parte del país.

La Nomenklatura

Al tomar De la Madrid posesión de la Presidencia, la reserva de divisas estaba prácticamente exhausta, la inflación bordeaba el 100%, el Producto Interno Bruto (PIB) había caído 6% y la deuda externa e interna representaba un aplastante 52% del PIB. Se imponía la necesidad de "apretarse el cinturón", pero como la reducción de gastos afectaría los intereses de una infinidad de caciques, altos burócratas, contratistas amigos y favoritos, se topó con una resistencia feroz.

De esta manera llegaba a su punto crítico un fenómeno cuyas raíces se hunden en el remoto 1821, cuando México se convirtió en país independiente con una clase media impreparada para realizar trabajos productivos y que por lo tanto se propuso vivir del gobierno desempeñando empleos burocráticos. Este flagelo fue llamado "empleomanía" por el gran pensador José María Luis Mora.

En el sexenio de López Mateos el número de empleados federales de planta se acercaba a los 300 000 y en el de Díaz Ordaz creció a 430 482; con Echeverría llegó a 1 086 872 y a 1 492 114 con López Portillo. De la Madrid resintió fuertes presiones para incrementar la masa burocrática, y aunque él hubiera preferido recortarla un poco, al final de cuentas tuvo que añadir cerca de 200 000 nuevas plazas.

Las empresas paraestatales que se fueron comprando o creando a partir del sexenio de Echeverría llegaron a sumar 1 500, cada una con sus propios gerentes, administradores, técnicos y oficinistas que además de "chambas" conseguían oportunidades de hacer negocios corruptos asignando contratos, concesiones y asesorías a quienes supieran corresponder con regalos a su protector. Esto propició la formación de un siniestro poder oculto al que Carlos Salinas de Gortari dio el mote de "Nomenklatura", en alusión a la mafia de altos burócratas y jefes del Partido Comunista que destruyó a la URSS.

A diferencia de la soviética, la Nomenklatura mexicana no sólo estaba integrada por los altos burócratas y jefes del partido del gobierno, sino también por los influyentes, los caciques y los caciquillos de la "cargada", hombres que idearon triquiñuelas infinitas para mantener a los ciudadanos sujetos de buen o mal grado al régimen, y que a cambio de este servicio obtenían contratos de abastecimiento o realización de obras, curules de diputados y senadores, puestos públicos elevados y cuotas de empleos menores para repartirlos entre su grey; facilidades para participar en el reparto de sobornos; patentes de impunidad, y otras corruptelas que de hecho convirtieron a la Nomenklatura en un Estado dentro de otro.

Por regla general, los distintos nomenklaturistas se han odiado entre sí, pero al ver que De la Madrid se declaraba incapacitado para sostener las corruptelas en los niveles echeverrista-lopezportillista, empezaron a formar un frente común para defenderse, y más aún cuando vieron que se pretendía acotarles no solamente sus intereses económicos, sino también los políticos, pues para reducir la indignación popular se necesitaba suavizar las prácticas electorales más sucias y descartar a los candidatos de peor fama para sustituirlos por elementos que poco a poco irían mejorando la imagen del PRI.

Surge el neopanismo

En los inicios de 1983 se celebraron las primeras elecciones limpias, con el resultado de que un legendario oposicionista potosino, Salvador Nava, arrasó para ganar la presidencia municipal de la capital de su estado, mientras que en la ciudad de Guanajuato triunfó una coalición encabezada por el

PAN. En seguida, las alcaldías de las capitales de Durango y Chihuahua cayeron en poder de candidatos panistas. En el último estado, el PAN triunfó también en Ciudad Juárez y en otros cinco importantes municipios que englobaban 75% de la población de la entidad.

Cada presidencia municipal que caía en manos de la oposición era una satrapía menos que controlaba la Nomenklatura, y si se empezaba "a soltar algo hoy, mañana querrán más y finalmente la reacción acabará apoderándose de todo". Los "nomenklaturistas" creían que México les debía la paz social de los últimos decenios, y por lo tanto el régimen priista debería seguir vigente por los siglos de los siglos. El líder Fidel Velázquez rugió: "Nosotros ganamos el gobierno a balazos y sólo a balazos lo soltaremos".

En septiembre del mismo 1983 hubo elecciones municipales en Baja California y Sinaloa. Los "alquimistas" revivieron el estilo antiguo, y gracias a ellos el PRI fue declarado triunfador en toda la línea. Pero el fraude tuvo reacciones inesperadas en Mexicali, Mazatlán y Culiacán, donde los candidatos panistas supuestamente derrotados establecieron "cabildos paralelos" que funcionaban al mismo tiempo que el ayuntamiento declarado electo y no dejaron ni un minuto de tranquilidad a los munícipes priistas.

Se había impuesto la tesis de volver a la época del "fraude patriótico", cuando el partido oficial ganaba "de todas, todas" y el apoyo del PRI garantizaba el triunfo de cualquier candidato. En los últimos días de 1984 estas ideas tuvieron su primera prueba de fuego al celebrarse elecciones municipales en el estado de Coahuila.

De todas todas

El gobernador José de las Fuentes Rodríguez, alias "El Diablo", recibió la consigna de asegurar el triunfo total del PRI sin reparar en las consecuencias. Tan al pie de la letra quiso cumplir con las órdenes que en Escobedo —un pueblecillo ubicado 40 kilómetros al norte de Monclova, donde el partido oficial ni siquiera había nombrado un candidato para las elecciones— a último momento se trató de imponer como munícipe a un individuo apodado "La Perenga" (que en la localidad significa "el bueno-para-nada"). En Monclova y Piedras Negras la votación favoreció ampliamente a los candidatos del PAN, pero De las Fuentes decidió impedirles tomar posesión de sus cargos y para ello envió desde Saltillo un gran número de policías antimotines y pistoleros vestidos de civil.

De las Fuentes se hizo presente en Piedras Negras para atestiguar la imposición de su candidato. Los oposicionistas consiguieron varillas, garrotes y piedras y se lanzaron sobre el edificio donde ya se encontraba el mandatario, volcaron su vehículo y "El Pobre Diablo", como ya se le llamaba, con trabajos pudo salir huyendo para evitar que lo lincharan. La policía contratacó con gases y macanazos; hubo medio centenar de heridos e intoxicados y por lo menos un muerto. El quiosco del jardín municipal fue incendiado.

En Escobedo, los panistas enardecidos entraron en tumulto a la presidencia municipal, donde "La Perenga" ya había tomado posesión de su cargo y, aterrorizado, sacó una pistola con el propósito de abrirse paso hasta su camioneta y huir, pero la gente lo desarmó para después desnudarlo, raparlo y amarrarlo de pies y manos al tronco de un árbol que había en una zahúrda. La misma suerte corrieron el representante del gobernador y un "alquimista". Cientos de judiciales foráneos restablecieron el orden; para entonces los cautivos desnudos ya habían sido llevados hasta unos huizachales situados a varios kilómetros del pueblo, donde los tiraron como si fueran basura.

El presidente nacional del PAN, Pablo Emilio Madero, viajó a Coahuila para hacer su tradicional labor de apagafuegos. Pero los panistas de Coahuila ya no eran los mansurrones de antes; eran hombres y mujeres que sólo querían quitar de en medio al PRI y aprovecharon la existencia del PAN para canalizar a través de ese partido sus inquietudes.

En Sonora, el repentino surgimiento de lo que sería llamado el "neopanismo" se hizo presente en julio de 1985, al celebrarse las elecciones para gobernador. El candidato panista, el empresario Adalberto Rosas, había logrado forjarse una popularidad arrolladora, pues en las encuestas de opinión le adjudicaban hasta 70% de los votos. Los priistas enfrentaron el desafío invirtiendo sumas astronómicas en propaganda y compra de votos para su candidato. Hicieron circular rumores de que el triunfo de Rosas conduciría inevitablemente a un gran estallido de violencia, lo que intimidó a muchos votantes, y así, doblegado por las malas o por las buenas, el día de la elección Rosas apareció en público desanimado y ni siquiera organizó las grandes manifestaciones de protesta que había prometido encabezar.

En 1986, la Nomenklatura quiso aplicar en Chihuahua la

misma fórmula. Allí, el candidato panista a gobernador era otro empresario, Francisco Barrio, un gigantón de 1.90 de estatura y 36 años de edad, que se había convertido en héroe popular por haber arrebatado al PRI la presidencia municipal de Ciudad Juárez. Desde la alcaldía incrementó su popularidad, pues erradicó la "mordida" en las oficinas sujetas a su autoridad y puso fuera de combate a las gavillas de maleantes manipuladas por el Comité de Defensa Popular (CDP), el organismo paraestatal formado por liderzuelos desperdigados en medio país durante el sexenio de Echeverría, que armaba constantes motines en contubernio con los líderes de la CTM local.

El contrataque

En su campaña para gobernador, Barrio atrajo multitudes entre las que destacaban muchachas jóvenes y guapas que señalaron el inicio de la participación en gran escala de la mujer en las actividades políticas de México. El "fraude patriótico" permitió imponer en la gubernatura al candidato priista, aunque la victoria fue pírrica porque el derrotado encabezó durante un par de meses gigantescas manifestaciones de protesta y toma de los puentes fronterizos, los cuales fueron tema de primera plana en la prensa mundial, y en todo el orbe exhibieron al PRI como la más siniestra maquinaria política del Tercer Mundo.

Todavía a comienzos de 1984, De la Madrid había expedido un decreto que puso fin a la monstruosa corruptela establecida por López Portillo al conceder al sindicato petrolero

50% de todos los contratos de obras otorgados por Pemex que el líder Joaquín Hernández Galicia "La Quina" asignaba a "coyotes" amigos, quienes a su vez los cedían a los particulares que efectivamente realizaban las obras pagando al sindicato una comisión de 35%. El negocio produjo a Hernández Galicia miles de millones de dólares.

El contrataque de la Nomenklatura empezó el 1º de mayo de 1984, cuando De la Madrid presenciaba desde el balcón central del palacio nacional el desfile del Día del Trabajo y alguien —un individuo a quien el gobierno se abstuvo de identificar— arrojó desde la masa de los que desfilaban una bomba Molotov que estuvo a punto de causar muertes y provocó serias quemaduras a varios personajes que se encontraban en los balcones del edificio.

Luego, a mediados del mismo mes, De la Madrid viajó a Estados Unidos en visita oficial, y a su llegada leyó en el *Washington Post* la columna del periodista Jack Anderson, que señalaba al presidente mexicano como beneficiario de una transferencia por 162 millones de dólares depositados en un banco suizo. La acusación jamás fue desmentida formalmente; Anderson, según parece, obtuvo el informe de alguien conectado con la Nomenklatura.

El 30 del mismo mayo fue asesinado en la ciudad de México el periodista Manuel Buendía, quien aparentemente guardaba en sus archivos información muy dañina para muchos "nomenklaturistas", relacionada con el narcotráfico y la corrupción. El caso jamás fue investigado a fondo, lo que convirtió a De la Madrid en encubridor del crimen.

Finalmente, el 4 de julio De la Madrid se trasladó a Ciudad Madero, Tamaulipas, feudo de "La Quina", para dar al líder un abrazo que simbolizaba la rendición presidencial. El hecho fue observado por un gran público de petroleros y registrado por una batería de fotógrafos de prensa, para que todos supieran quién mandaba en México.

Como corolario, el congreso derogó el delito de "enriquecimiento inexplicable", una figura de ilicitud introducida tal vez por descuido en el sexenio lopezportillista, que ofrecía la posibilidad de confiscar la porción "inexplicable" de la fortuna de los funcionarios corruptos, y la sustituyó por la del "enriquecimiento ilícito", que fija a las autoridades la obligación de presentar pruebas irrefutables de la comisión de hechos delictivos, requisito imposible de cumplir porque los funcionarios no suelen extender recibos por los sobornos que recaudan, ni ejecutan sus extorsiones en presencia de notarios públicos, aunque sí disponen de múltiples triquiñuelas para encubrir sus malos manejos bajo la apariencia de legalidad. Luego, hasta se dejó de mencionar la renovación moral.

La economía

Para no recortar los gastos despidiendo a los cientos de miles de burócratas superfluos dejados por López Portillo o confiscando las fortunas mal habidas de los políticos y sus compinches, como exigían los votantes, De la Madrid decretó crueles aumentos de impuestos, como el de elevar el IVA de 10% a 15%, con el agravante de ordenar que el impuesto ya no se desglosara en las facturas y notas de remisión, para disfrazar la voracidad gubernamental. Además aprovechó la estatización bancaria haciendo que los banqueros invirtieran la casi totalidad de sus fondos en comprar Cetes que el gobierno emitía para enfrentar el déficit presupuestal y que llegaron a pagar intereses de 150% anual. (Esto rendía espléndidas utilidades a los financieros sin que tuvieran que preocuparse por invertir dinero en préstamos a la clientela privada.)

Hacia 1985 había comenzado a equilibrarse la situación financiera, pero después de los gastos hechos en las campañas electorales de Sonora y Chihuahua vinieron otras catástrofes.

El mercado petrolero se desplomó y el precio del barril bajó de 29 dólares en 1982 a 12 dólares en 1986, causando al gobierno pérdidas astronómicas. En 1985 se registró un terremoto de intensidad inusitada que devastó la ciudad de México y causó miles de muertos. Las autoridades, con su ineficiencia habitual, permanecieron inactivas, por lo que los ciudadanos tuvieron que hacerse cargo de la tarea de rescatar cadáveres, repartir alimentos y ropa entre los damnificados, combatir incendios, dirigir el tránsito, etc., con lo que la sociedad civil empezó a cobrar conciencia de su potencialidad y se dijo que para lo único que sirve el gobierno es para exprimir a los ciudadanos.

Pocas cosas hay más descorazonantes que pasar revista al desastre financiero provocado por De la Madrid. Baste decir que en el sexenio se registró una inflación de 4 771% contra 360% atribuible a López Portillo y 104% a Echeverría. La deuda externa subió a 100 000 millones de dólares, y de la interna casi se perdió la cuenta al llegar a los trillones de pesos, ya que incesantemente se imprimían Cetes para pagar no el capital, sino los simples réditos.

En muchos casos las empresas tenían que destinar hasta 80% de las utilidades brutas para cumplir sus obligaciones fiscales y las de sus accionistas. Por supuesto, crear nuevas fuentes de trabajo pasó a ser una labor quijotesca que muy pocos se resignaban a emprender, y el desempleo se agudizó. Estos horrores permitieron a De la Madrid cumplir con su misión de servir de tapadera a López Portillo y a sus antecesores.

Mientras tanto, los "nomenklaturistas" exigían que las corruptelas se mantuvieran en su nivel tradicional, y para satisfacerlos De la Madrid recurrió a las innovaciones. En primer lugar, como crecía el desempleo y le convenía disfrazarse de populista, permitió que gran parte de las plazas y calles muy transitadas fueran invadidas por mercachifles ambulantes que entregaban a los burócratas suculentas "mordidas" por conseguirles permisos extraoficiales para instalar sus pestilentes puestos en la vía pública. Pero eso fue una bicoca en comparación con las utilidades que producía el narcotráfico, el cual se incrementó de manera pasmosa durante el sexenio delamadridista al materializarse una total imbricación de la delincuencia con las autoridades encargadas de combatirla. Entre los acusados de practicar el narcotráfico se contó un primo hermano del presidente, quien por supuesto fue cobijado con la impunidad.

Lo peor empezó a divulgarse en febrero de 1985, cuando fue asesinado cerca de Guadalajara el agente de la DEA Enrique Camarena. Las autoridades mexicanas realizaron la captura y consignación de una veintena de hampones a quienes señalaron como autores intelectuales y materiales del crimen y con esto declararon cerrado el caso, pero la DEA no se conformó con tales resultados, y en las investigaciones que llevó a cabo por cuenta propia aparecieron implicados el secretario de Gobernación, Manuel Bartlett, y el secretario de la Defensa Nacional, general Juan Arévalo Gardoqui. Estas revelaciones fueron difundidas a través de un escandaloso programa de televisión que fue visto en todo Estados Unidos y la mitad del resto del mundo, aunque en México "se le echó tierra".

El madruguete

De la Madrid vivió en la angustia al acercarse la fecha en que tendría lugar la sucesión presidencial de 1988. Circulaba la versión de que el "tapado" saldría de un grupo de "priistas distinguidos" que al acercarse el mes de octubre de 1987 se había reducido a tres: Alfredo del Mazo, secretario de Energía, Minas e Industria Paraestatal; el secretario de Gobernación, Manuel Bartlett, y el secretario de Programación y Presupuesto, Carlos Salinas de Gortari.

La asamblea priista en la que se llevaría a cabo el "destape" estaba citada para el domingo 4 de octubre, y el jueves 1º De la Madrid recibió en Los Pinos, en audiencias aparte, a Del Mazo y a Bartlett. Los periodistas vieron al primero salir de la junta con rostro desencajado, mientras que el segundo emergió con una sonrisa demasiado forzada para ser creíble. Al siguiente día, viernes, Salinas concurrió a una cita similar y al reaparecer en la antesala se le vio feliz, por lo cual se concluyó que él era el agraciado. En efecto, De la Madrid había resuelto vengarse de la Nomenklatura descartando a su candidato favorito —Del Mazo— y cediendo la Presidencia al hombre más odiado por la siniestra organización.

La noticia enfureció sobre todo a Hernández Galicia, quien achacaba a Salinas la autoría del decreto que le arrebató el privilegio de asignar el 50% de los contratos de Pemex y para "quemarlo" auspició la publicación de un sucio librejo en el que se capitalizaba un hecho real —una tragedia ocurrida en el hogar de Salinas cuando él era niño— para sacar retorcidas conclusiones sobre la estabilidad sicológica del personaje.

Al parecer, "La Quina" logró que su facción "nomenklaturista" adoptara la idea de terminar con la tradición de que fuese el presidente quien diera "el dedazo" y jugarse el todo por el todo dando un "madruguete" para imponer como candidato a otro "priista distinguido", que resultó ser el procurador General de la República, Sergio García Ramírez.

Hacia las tres de la mañana del domingo 4 —la asamblea del "destape" estaba convocada para las 10 horas— centenares de petroleros se posesionaron de la plazoleta Benito Juárez, ubicada frente al edificio donde iba a efectuarse la reunión. Sin duda tenían instrucciones de vitorear a García Ramírez cuando se acercara el momento en que se revelaría el nombre del "tapado". Pero evidentemente De la Madrid tuvo noticia de lo que ocurría, pues un millar de fornidos golpeadores obligaron a los petroleros a desalojar la plazoleta y a perderse en la oscuridad de la noche.

Poco antes de las nueve de la mañana, mientras comenzaba a abarrotarse el auditorio donde se escenificaría el "destape", Del Mazo emergió de su residencia para abordar un Grand Marquis blanco y dirigirse al acto partidista. La calle hervía de periodistas y el secretario emitió una declaración que al instante se difundiría por radio:

—Estoy altamente satisfecho por la decisión que tomó nuestro partido en favor del doctor Sergio García Ramírez como su candidato a la Presidencia de la República.

A esa misma hora De la Madrid recibía en Los Pinos al presidente del PRI, Jorge de la Vega Domínguez, y a los dirigentes de los sectores obrero, campesino y popular, para ordenarles que se trasladaran a la asamblea del partido y proclamaran la candidatura de Salinas. El representante obrero, Fidel Velázquez, trató de objetar la decisión, pero al reiterar De la Madrid sus órdenes no se atrevió a desobedecerlas.

Despertar cívico

A las 10, De la Vega Domínguez llegó a la asamblea para ocupar su puesto en la mesa directiva y, después de leer página tras página de frases trilladas, informó que el hombre a quien había favorecido la auscultación de los tres sectores del PRI era ¡Carlos Salinas de Gortari!

"La Quina", quien sin tener derecho a hacerlo, por no desempeñar ningún cargo en el partido, ocupaba un asiento en la mesa directiva, se concretó a lanzar miradas flamígeras mientras sonaban las ovaciones dedicadas al futuro señor presidente. Cuando terminó la ceremonia y un reportero le acercó la grabadora para pedirle una declaración, estalló:

—¡Quíteme esa porquería, que no voy a decir nada!

Otra facción de la Nomenklatura, encabezada por el ex gobernador de Michoacán, Cuauhtémoc Cárdenas, y por el echeverrista Porfirio Muñoz Ledo, ex presidente del PRI, había luchado por lograr que la candidatura fuera otorgada a Cárdenas, y al verse frustrado optó por tomar un camino independiente, con lo que inició el máximo cisma sufrido por el partido oficial.

Gran parte de los priistas "de izquierda" (echeverristas) así como "La Quina", siguieron a Cárdenas en su cruzada contra los "tecnócratas" que se habían adueñado del partido de la Revolución. Hernández Galicia llegó al extremo de abstenerse de mandar sus contingentes a la campaña electoral de Salinas y en cambio enviárselos a Cárdenas; además, aunque no existen pruebas documentales al respecto, seguramente financió gran parte de la campaña cardenista.

Por añadidura, el candidato presidencial del PAN resultó ser el carismático sinaloense Manuel J. Clouthier, quien reafirmó el despertar cívico surgido en Chihuahua en 1985 y recorrió el país reuniendo manifestaciones multitudinarias, entre las cuales destacó la del zócalo metropolitano, que tuvo una asistencia superior a las 100 000 almas desafiantemente orgullosas de ser ciudadanos libres y no "acarreados". En sus fogosos discursos, Clouthier lanzaba agudas pullas contra De la Madrid y Salinas, que desacralizaron la institución presidencial e hicieron que se le perdiera el miedo al gobierno.

Desde 1986, al celebrarse en México el campeonato mundial de futbol, el público había empezado a mostrar desprecio hacia De la Madrid, impidiéndole mostrar la cara en el estadio Azteca cuando se celebraban los principales partidos o colmándolo de rechiflas e insultos cuando se dejaba ver. Posteriormente casi se volvió un deporte lanzar gritos contra él, tildándolo de "culero", aunque después cesaron las críticas. Salinas le dio el cargo de director general del Fondo de Cultura Económica, una editorial que tuvo gran prestigio en los años sesenta y que Díaz Ordaz convirtió en refugio de burócratas, un barril sin fondo que ha sobrevivido no por publicar libros sino por los subsidios del gobierno. Zedillo lo ratificó en el cargo, al cual renunció en el año 2000 por el triunfo de Fox.

L. SALINAS *VS.* LA NOMENKLATURA

A pesar de los esfuerzos realizados por los "alquimistas" del PRI para engordarle la votación en las elecciones presidenciales más sucias que había presenciado el país desde 1940, en 1988 Carlos Salinas de Gortari fue declarado triunfador con un raquítico 50.7% de los votos. Unos meses antes de que dejara el poder, los sondeos de opinión mostraban que 75% de los mexicanos aplaudían su desempeño en el cargo, pero en el primer semestre de 1995 se convirtió de pronto en el hombre más odiado de la historia nacional.

Al analizar las críticas debe tomarse en cuenta que en México, de acuerdo con la constitución vigente, y sobre todo según leyes no escritas —los usos y costumbres— que rigen a la sociedad mexicana, se consideraba al presidente surgido del PRI como una especie de dueño del país, autorizado para cobrar impuestos a la medida de su voracidad y para endeudar a la nación y derrochar a su antojo los ingresos fiscales. Con sólo alegar motivos de utilidad pública que ningún juez se atrevía a discutir, los jefes del ejecutivo pudieron privar de sus propiedades a muchos ciudadanos comunes y corrientes. Para colmo, incontables políticos y cortesanos ponían a disposición del presidente en turno a sus esposas, hermanas e hijas.

La constitución otorga al congreso la facultad de revisar

las cuentas presidenciales, pero en la práctica esto nunca se hizo, pues los poderes legislativo y judicial fueron simples vasallos del ejecutivo.

Los zares de Rusia amasaron fortunas inmensas con los negocios públicos, pero ni siquiera los bolcheviques los han acusado de ladrones, pues los zares, como los jefes de Estado mexicanos, eran los dueños de su país y podían apropiarse legalmente de los fondos públicos.

Al ataque

Cuando iniciaba sus estudios en la Facultad de Economía de la UNAM, Carlos Salinas de Gortari clavó sobre la cabecera de su cama el famoso poema *If*, de Rudyard Kipling, que en traducción libre dice:

> Si puedes conservar fría la cabeza
> cuando a tu alrededor todos la pierden
> y te cubren de reproches...
> Tuya será la tierra y sus codiciados frutos...

Es muy probable que Salinas haya tenido muy presente este poema el 1º de diciembre de 1988, cuando recibió de Miguel de la Madrid la banda presidencial y un gran sector de la opinión pública no reconocía su triunfo en las elecciones, por lo que necesitaba legitimarse demostrando gran capacidad para desempeñar el cargo; esto lo conseguiría sólo si lograba reducir la galopante inflación, que en 1987 había sido de 160% y en 1988 todavía fue de 99%; si libraba el obstáculo de la deuda externa, que ascendía a 100 000 millones de dólares (y la interna, que se cuantificaba en trillones de pesos), a pesar de que 44.4% de la recaudación fiscal estaba comprometida para el pago de deudas, y el déficit del sector público alcanzaba 17% del PIB; si inyectaba nueva vida a la economía y, sobre todo, si lograba disciplinar a los priistas que le reclamaban, completa y hasta copeteada, su cuota tradicional de corruptelas.

En su discurso inaugural, Salinas reconoció:

—Termina la época del partido prácticamente único y entramos ahora en una nueva etapa política... con partido mayoritario y muy intensa competencia de la oposición.

Lo de "partido mayoritario" no se sostendría con un PRI tan indisciplinado como el de 1988, por lo cual Salinas decidió iniciar su labor embistiendo contra las fuerzas ocultas que se le oponían —a las cuales él mismo dio el nombre de la Nomenklatura— y dentro de éstas a su principal exponente, el "líder moral" de los petroleros, Joaquín Hernández Galicia "La Quina".

El 10 de enero de 1989, cuando llevaba 40 días en la Presidencia, Salinas envió un fuerte contingente del ejército y docenas de elementos de la Procuraduría General de la República a tomar por asalto los edificios de Ciudad Madero, Tamaulipas, donde se había pertrechado "La Quina", los que consideraba inexpugnables fortalezas. La operación se llevó a cabo con total eficacia; en ella sólo murió un agente del Ministerio Público enviado a tomar nota de la aprehensión, y su muerte fue atribuida a los pistoleros sindicales. Una operación similar concluyó con el arresto del líder oficial de los petroleros, Salvador Barragán Camacho; del "empresario" que les servía de prestanombres y experto financiero, Sergio Bolaños, y de una veintena de líderes potencialmente peligrosos.

Sólo Cuauhtémoc Cárdenas emitió declaraciones para protestar por la falta de apego a los procedimientos legales con que se llevó a cabo la captura de los presos. Los petroleros no movieron ni un dedo en apoyo de su "líder moral" y el resto del país aplaudió la medida, interpretándola como clara demostración de que Salinas era hombre de agallas y quizá las emplearía para emprender una limpieza general.

Otros sectores recibieron el mensaje de que ya no eran intocables, pero se apaciguaron al ver que Salinas sólo enderezaba cargos menores a "La Quina" —como el de acopio ilegal de armas— pero no se refirió al delito capital del que podía acusársele: su enriquecimiento con base en dinero público (lo cual, de haberlo querido, hubieran podido probar los inspectores de la Secretaría de Hacienda) más la omisión de pago de impuestos en que tradicionalmente incurría la mayoría de los políticos influyentes. Ergo, Salinas seguía respetando la norma vigente desde los orígenes bandolerescos del partido oficial: "Lo caído, caído". El premio de consolación fue aceptado por la mayor parte de la Nomenklatura y Salinas pensó que el camino estaba despejado para seguir adelante.

Así le llegó su turno a Carlos Jonguitud Barrios, el "asesor permanente" del Sindicato Nacional de Trabajadores de la Educación y principal caudillo de Vanguardia Revolucionaria, un grupo interno que designaba y mangoneaba a los líderes oficiales del sindicato. Había desatado una ola de huelgas en las escuelas de medio país, en reclamo de aumentos de sueldo que, de concederse, habrían hecho trizas la economía nacional. Al cabo, un grupo disidente encabezado por la maestra Elba Esther Gordillo celebró elecciones en las que fueron desplazados los secuaces del "asesor permanente" y éste acudió al despacho presidencial para entregar a Salinas su renuncia tanto a Vanguardia Revolucionaria como a la asesoría.

Otros castigos

En seguida Salinas decidió someter al sector de la Nomenklatura que se autotitulaba "las ruedas del partido" porque, a cambio de proporcionar al PRI autobuses y camiones para que desplazara sus huestes a los incesantes actos electorales, había obtenido la concesión de operar el transporte público a través de todas las carreteras del país y, de hecho, había formado un oligopolio integrado por 15 "familias" que obtenían utilidades extraordinarias por 30 millones de dólares anuales cada una, según cálculo del propio presidente.

Entre otras medidas, el oligopolio había impuesto la prohibición de llevar "carga de regreso"; o sea que si un camión iba de un extremo a otro del país, tenía que volver "de vacío" aunque hubiera carga destinada al punto opuesto, pues de este modo se tenía que fletar otro camión y hacer así cobro doble. En julio se decretó la libertad de tránsito por todas las carreteras federales, gracias a lo cual 50 000 camioneros que habían estado operando con amparos o en calidad de "piratas" que pagaban "mordida" a la policía de caminos pudieron incorporarse al servicio regular; la nueva competencia determinó una baja de precios en extremo favorable para la agónica economía y no estalló la huelga de transportistas con que había amenazado el oligopolio.

Una sola empresa monopolizaba los autobuses turísticos, mientras que la facultad de transportar contenedores a los barcos que los llevaban al extranjero había sido asignada sólo a dos concesionarios. También esto terminó con la libertad de tránsito, y así llegó el momento de ocuparse de otros problemas.

Veracruz, con su justificada fama de ser el puerto más plagado de ladrones en todo el mundo, constituía un caso monstruoso. La concesión para cargar y descargar navíos pertenecía a cuatro sindicatos que cobraban elevadas cuotas por mover un bulto de un sitio a otro, donde lo recibía un segundo, tercero o cuarto sindicato que volvía a cobrar. Los cargadores sindicalizados se pasaban el día en los cafés de los portales, adonde les llevaban el dinero que les correspondía como participación en el negocio, mientras el trabajo real de carga y descarga lo realizaban los "cuijes" —peones de los sindicalizados—, quienes sólo percibían salarios mínimos pero tenían manos libres para robar la mercancía que llegaba en los barcos. Como resultado, la mayoría de las empresas estaba optando por despachar la carga a Houston y de allí mandarla por tierra a su destino final en México, pues esto les resultaba más rápido y económico que someterse a la extorsión sindical y al robo de los "cuijes".

Un día, de repente, Salinas declaró que el gobierno haría uso de sus facultades para asumir el control de los puertos y garantizar su operación. Creó una empresa encargada de realizar las labores portuarias, a la cual ingresaron como empleados los "cuijes" y muchos trabajadores libres, mientras los parásitos sindicalistas se quedaban rumiando su desventura en los portales y ninguno se sublevó, pese a que se había dicho que los sindicatos del puerto jarocho eran los más temibles y que incendiarían al país si se atentaba contra sus "conquistas".

Docenas de medidas como las anteriores dejaron trinando a quienes medraban con las concesiones así como a los burócratas que perdían sus facultades discrecionales para otorgar corruptelas a cambio de "mordidas". Con la desregulación fue posible hasta suprimir algunos puestos burocráticos. Lo más notable en este sentido se hizo a las calladas, tanto que apenas trascendió al público: en Pemex fueron reajustados 100 000 trabajadores superfluos —resultantes de la venta de plazas que realizaban los líderes—, y si bien la medida requirió gastar el equivalente de 1 000 millones de dólares para el pago de las indemnizaciones de ley, la empresa ganó mucho más porque una reorganización permitió hacer ahorros e incrementar la eficiencia.

Estas medidas fueron aplaudidas por la parte sana de la población, la cual hubiera querido que se continuara la limpieza, pero Salinas declaró que no daría "golpes de timón" que pusiesen en peligro la unidad del PRI; en otras palabras, sólo había querido repartir algunos coscorrones para meter en cintura a los más díscolos, pero quienes siguieran aceptando la condición de cortesanos y agradecieran con sonrisa hipócrita las mercedes que quisiera seguir haciéndoles o respetándoles el señor presidente, no tendrían nada qué temer.

—No debilitaremos las alianzas [los "amarres"] que nos unen —declaró Salinas.

Tanta facilidad para restablecer la paz en el partido hizo creer a Salinas que ya no necesitaba ocuparse de la Nomenklatura. Con el tiempo lamentaría este gravísimo error.

Cobrar para pagar

Otras tareas de capital importancia pasaron a absorber la atención presidencial. Durante todo el sexenio delamadridista el país había estado en el estancamiento, sin registrar ni el más mínimo desarrollo. Para poner en movimiento la economía se necesitaba, en primer término, proceder al pago de las deudas externa e interna.

Los acreedores extranjeros eran medio millar de bancos incorporados a un poderoso comité que negociaba en bloque, aunque los gobiernos de los países acreedores reconocían que los banqueros tenían la obligación de investigar la solvencia de las entidades a las que hacían préstamos, y si no hicieron esto con Echeverría y López Portillo, gran parte de la culpa era de los bancos y debían renegociar. México solicitaba "quitas" del dinero recibido en préstamo y rebajas en las tasas de rédito concertadas, además de plazos cómodos para amortizar la deuda; los banqueros exigían capitalizar los intereses y seguir ahondando así el abismo en que había caído el país, o bien reclamaban que se les pagara entregándoles propiedades fáciles de revender, como por ejemplo Pemex.

En julio de 1989, el secretario de Hacienda, Pedro Aspe, ordenó al equipo de negociadores que tenía en Nueva York presentar tres opciones entre las cuales los banqueros podrían escoger de acuerdo con sus intereses particulares: reducir la deuda 35%, bajar las tasas de interés hasta dejarlas en 6.25% anual, o aportar préstamos frescos a lo largo de los cuatro años siguientes. Se había demostrado que no existía otra manera de que México pudiera enfrentarse a sus compromisos, o sea que, sin necesidad de especificarlo, se amenazaba con la suspensión de pagos.

Mientras tanto, Cuauhtémoc Cárdenas y los agitadores del PRD exigían que se declarase la moratoria, a pesar de que conocían los catastróficos resultados que esta medida estaba ocasionando al gobierno peruano. Los negociadores mexicanos aprovecharon las prédicas perredistas como "petate del muerto" para reforzar sus argumentos: no amenazando con la moratoria, lo que sería tomado como un *bluff*, pero sí insinuando que la falta absoluta de recursos que sufría México podía obligar a la adopción de medidas defensivas.

Ante la negativa de los acreedores, Salinas decidió jugarse el todo por el todo y ordenó a Aspe retirarse de la mesa de negociaciones. El gobierno norteamericano consideró necesario evitar problemas mayores y presionó a los banqueros para que actuaran con mayor comprensión. Finalmente, la mitad de los acreedores redujeron el principal en 35% y el resto optaron por la baja de tasas de interés, gracias a lo cual México quedó en condiciones de cumplir sus compromisos y conservó su calidad de sujeto de crédito internacional.

La deuda se redujo en 20 000 millones de dólares, la confianza empezó a restablecerse y como consecuencia fueron repatriados 3 000 millones de dólares que habían huido, además de que ingresaron otros 2 000 millones de dólares por concepto de inversiones nuevas. Tales hechos permitieron bajar las tasas de interés nacionales, lo que se tradujo en un ahorro en el servicio de la deuda interna equivalente a 5% del producto nacional bruto (PNB). Aún así había que seguir bajando esa deuda y Salinas decidió hacerlo vendiendo las empresas paraestatales que, por principio de cuentas, habían tenido mucho que ver con el endeudamiento, tanto por lo que se gastó en comprarlas o crearlas como por los enormes déficits con que operaban. El dinero que se obtuviera se aplicaría al pago de la deuda.

En fin, se clausuraron las paraestatales sin posibilidades de sobrevivir con recursos propios y se vendieron 261, lo que produjo el equivalente de 23 000 millones de dólares (el 57% por los bancos y el 25% por Teléfonos de México). Este dinero sirvió para amortizar la deuda interna, y como el gobierno se libró de financiar los déficits de muchas empresas, el porcentaje de la recaudación fiscal que se destinaba al servicio de la deuda pública bajó de 44.4% en 1988 a 10.6% en 1994.

El terrorismo fiscal

Para incrementar sus ingresos propios, el gobierno decidió combatir la generalizada evasión en el pago de impuestos, y mediante una campaña que fue calificada de "terrorismo fiscal" el número de contribuyentes creció de 1.7 millones en 1988 a 5.5 millones en 1994. (En el proceso fueron encarcelados varios evasores de la iniciativa privada, en tanto que para los funcionarios y los "coyotes" enriquecidos a través de la corrupción se mantuvo la tradicional impunidad.) En compensación, la tasa máxima del impuesto sobre la renta aplicable a las empresas y a los particulares bajó del desalentador 50% que había alcanzado en 1988 al más cómodo 35%, mientras que el IVA se redujo de 15% a 10%. Y, como sostienen los partidarios de la teoría de que "a menores impuestos menor evasión y más recaudación", los ingresos fiscales aumentaron de 4.9% del PIB en 1988 a 5.8% en 1994.

Otros números: durante el sexenio las tasas anuales de desarrollo variaron entre 2.8 y 3.5%. La inflación se redujo año tras año hasta llegar a 7% en 1994. La población aumentó de 80.2 millones en 1988 a 90 millones en 1994, y el ingreso per cápita pasó de 2 142 dólares a 5 913 durante el sexenio.

México se mantenía aferrado a la política de "sustitución de importaciones", que si bien permitió tender los cimientos del desarrollo del país, había desembocado en la modorra provocada por la falta de competencia —en cuanto un industrial radicado en México producía un artículo determinado, la frontera se cerraba (previa entrega de "mordidas" a los funcionarios autorizados para dictaminar sobre el asunto) a los productos similares o iguales— y, con un mercado cautivo a su disposición, los fabricantes encontraron muy cómodo vender a los mexicanos artículos defectuosos y de elevado precio, sin preocuparse por la competencia. De hecho se había trabado un contubernio entre los empresarios ineficientes y los burócratas ávidos de "mordidas" —el arreglo típico del mercantilismo colonial— para explotar a los consumidores mexicanos.

Esos arreglos ya no funcionaban en el Primer Mundo; si de veras se pretendía hacer avanzar al país, era preciso liquidarlos. Por supuesto, la apertura de la frontera a las importaciones —que comenzó a aplicarse tímidamente en el sexenio de De la Madrid— implicaría la quiebra de incontables empresas mexicanas ineficientes, pero sus dueños debían aprender a competir o hacerse a un lado para que los empresarios más capaces los remplazaran.

El TLC

Como buen priista, Salinas había sido fiel creyente en la bondad de la "sustitución de importaciones" y a principios de su sexenio, cuando el presidente George Bush le sugirió que establecieran una zona de libre comercio entre los países de ambos, rechazó asustado el proyecto. Aún creía en la validez del gemebundo dicharajo: "Pobre México: tan lejos de Dios y tan cerca de Estados Unidos", pero después un político israelí le contó que en su tierra se decía : "Pobre Israel, tan cerca de Dios y tan lejos de Estados Unidos", y de pronto comprendió que la mayor parte de los países se considerarían dichosos de que el más rico importador mundial dejara entrar sus productos sin someterlos al control aduanero, aunque a su vez ellos tuvieran que permitir la libre entrada de los norteamericanos. Salinas se resignó a tragarse sus ideas y en febrero de 1989 ordenó poner en marcha las negociaciones que desembocarían en la creación del Tratado de Libre Comercio de América del Norte, en el que se incluyó a Canadá.

Hubo que vencer una feroz oposición, tanto en México como en Estados Unidos —Cuauhtémoc Cárdenas y el PRD, aliados con los intereses norteamericanos más retardatarios, como el sindicato de trabajadores de la industria automovilística y el magnate texano Ross Perot, se opusieron al tratado—, pero finalmente el TLC obtuvo la aprobación definitiva, aunque esto ocurrió en noviembre de 1993, cuando faltaba sólo un año para que terminase el sexenio salinista. Se consiguió entonces que 7 300 productos mexicanos entraran a Estados Unidos y Canadá sin pagar impuestos y que 5 900 productos norteamericanos y canadienses entraran a México en las mismas condiciones. El tratado produjo enormes beneficios.

El grupo "nostro"

Los triunfos de Salinas eran producto de la dirección que él ejercía sobre un grupo de colaboradores en extremo eficientes, los cuales se encargaban de afinar los proyectos, ponerlos en marcha y vigilar la ejecución. Este grupo empezó a formarse en 1966, cuando coincidieron en la Universidad Nacional Autónoma de México los estudiantes Raúl y Carlos Salinas de Gortari, Manuel Camacho Solís, Francisco Ruiz Massieu, Emilio Lozoya Thalmann, Hugo Andrés Araujo y Alberto Anaya, quienes formaron una palomilla conocida como "Los Toficos", en alusión a unos chiclosos muy populares en la época.

Provenían de familias de condición desahogada. Los más encumbrados eran los hermanos Salinas, cuyo padre había sido secretario de Comercio en el sexenio lopezmateísta, pero que al surgir "Los Toficos" vivía las angustias propias de los políticos dejados fuera del presupuesto, por haberse equivocado de candidato nada menos que contra Díaz Ordaz.

"Los Toficos" formaron una especie de grupo de estudios dividido en dos partes que supuestamente les facilitarían ahondar en el conocimiento de los problemas nacionales; una parte, a la que se podría llamar "institucional", estuvo integrada por Camacho, Ruiz Massieu y Lozoya; la segunda era la izquierdista, en la cual quedaron Raúl, Araujo y Anaya, ávidos lectores de Marx y admiradores de Mao Zedong. Carlos se movía entre los dos grupos.

Al registrarse en 1968 los disturbios que culminaron con la matanza de Tlatelolco, los izquierdistas anduvieron distribuyendo propaganda, enfrentándose a los granaderos y planeando acciones guerrilleras, mientras que los "institucionales" tuvieron la sangre fría de proclamar abiertamente su adhesión al PRI, sin importarles que esto les valiera el repudio de la mayoría estudiantil. Pero "Los Toficos" permanecieron unidos. Habían adoptado una fórmula de amplio uso en los países burocratizados: acopiar cartas de todos los palos para que, cuando las circunstancias favorecieran a una de las partes, ésta pudiera ayudar a la otra para que todos encontrarán más fácil escalar las pirámides del poder.

Desde que era pasante, Carlos Salinas inició su noviciado priista como secretario milusos de un diputado. En 1971 presentó su tesis, titulada *Agricultura, industrialización y empleo*, en la que adoptó con entusiasmo las ideas populistas de Luis Echeverría, el presidente en funciones. Dedicó el documento a su familia, a Manuel Camacho, a Emilio Lozoya y a varios de sus maestros; para entonces Camacho ya se había revelado como el principal ideólogo de "Los Toficos" y Salinas coronó su tesis citando textualmente una frase del amigo: "Casi toda la sangre derramada [durante la Revolución] fue del campesino; casi todo el beneficio sería para la futura gran burguesía". Como remate, Salinas añadió unas palabras de su propia cosecha: "Escribimos el nombre de Lázaro Cárdenas con emoción".

Camacho había ingresado al prestigioso Colegio de México y elaboraba una teoría que mereció el honor de ser publicada en la revista *Foro Internacional*. Según Camacho, la crisis de 1968 dejó margen para la supervivencia de los grupos gobernantes, pero había desembocado en la creación de "feudos" (financieros, industriales, comerciales, extranjeros, de los medios de difusión, regionales y locales) que reducían el poder del Estado y le impedían realizar "un proyecto social […] cuyo fin último es dirigir conscientemente el desarrollo de la sociedad en el sentido más amplio". Para realizar este proyecto —"sentido más amplio" quería decir una dictadura burocrática coloreada por la Revolución mexicana— era preciso formar un grupo compacto que ocupara los centros neurálgicos del poder económico y político del Estado y proporcionara la cohesión necesaria para encauzar las acciones del grupo.

Por entonces, aprovechando las maniobras echeverristas tendientes a cooptar a los jóvenes descontentos del 68, Raúl Salinas había conseguido una beca para estudiar dos años en París. A su regreso le dieron empleo en el organismo que construía caminos rurales con base en mano de obra. Hugo Andrés Araujo y Alberto Anaya habían sido enviados a Torreón con el encargo de formar unos comités de defensa popular subordinados al gobierno, que explotarían las tensiones sociales y ganarían adeptos al echeverrismo encabezando invasiones de tierras agrícolas o propias para establecer colonias populares. Por su parte, Camacho registró en el PRI un organismo llamado "Política y Profesión Revolucionaria, A. C.", al que se adhirieron todos "Los Toficos".

En 1973, Echeverría becó a Carlos Salinas para cursar en Harvard la maestría en Economía, Política y Gobierno; López Portillo revalidó la beca por dos años en 1976. En 1978, ya doctorado, el becario fue nombrado director general de Planeación Hacendaria. La vida en Boston había modificado sus ideas y su tesis doctoral era diametralmente opuesta a la de 1973. Dice: "La pobreza extrema se combate con la generación permanente de empleos bien remunerados, con una profunda reforma educativa y con un aliento decidido a la participación social".

Estas ideas concordaban con las de otro ex becario de

Harvard, Miguel de la Madrid, quien ocupaba el puesto de subsecretario de Hacienda. Entre ambos personajes se estableció una estrecha relación de trabajo, sin que Salinas pretendiera asumir otro papel que el de subordinado: él era, en el círculo íntimo de colaboradores de De la Madrid, el único que no lo tuteaba.

Hacia la cúspide

En 1979, De la Madrid ascendió a secretario de Programación y Presupuesto y se llevó consigo a Salinas en calidad de director general de Política Económica y Social. López Portillo había ordenado a De la Madrid elaborar a la mayor brevedad un plan de desarrollo nacional que abarcara la segunda parte del sexenio, y la tarea recayó en el respetuoso subordinado. Había que manejar montañas de datos y ordenarlos para darles coherencia; para realizar la tarea, Salinas nombró a Camacho su asesor personal y éste, que ya había ganado prestigio como politólogo y profesor de El Colegio de México, a su vez presentó a su jefe y amigo a otro auxiliar con fama de trabajador: José María Córdoba Montoya, quien también estaba en El Colegio de México en calidad de profesor visitante.

Nacido en Francia, hijo de un abogado y un ama de casa españoles, ambos exiliados, Córdoba había realizado brillantes estudios en la Escuela Politécnica de París y en la Sorbona, para después pasar a la Universidad de Stanford, en San Francisco, California, a cursar el doctorado en economía. Allí se relacionó con sus condiscípulos mexicanos; uno de ellos, el futuro secretario de Hacienda, Guillermo Ortiz, consiguió que El Colegio de México lo tomara como profesor invitado. El tema de su tesis doctoral *(Precios y cantidades en los procesos de planeación)* embonaba de maravilla con los requerimientos del plan lopezportillista, por lo que inmediatamente se le contrató y se le encargó elaborar la parte económica del documento.

López Portillo quedó encantado con el plan y los bonos de De la Madrid subieron. A la sazón, su principal adversario en la campaña futurista era el director de Pemex, Jorge Díaz Serrano. Para "quemar" a éste, Salinas desenterró las coruptelas de la paraestatal y las filtró a la prensa, gracias a lo cual su jefe recibiría "el dedazo". Como premio, Salinas obtuvo la dirección general del entonces influyente Instituto de Estudios Políticos, Económicos y Sociales (IEPES) del PRI. Inmediatamente incorporó a Camacho como subdirector del organismo y a Córdoba como asesor principal, mientras otro "Tofico", Hugo Andrés Araujo, era destinado a la coordinación de organizaciones campesinas. Después de las elecciones, De la Madrid nombró al director del IEPES secretario de Programación y Presupuesto, lo que lo convertiría en el miembro más influyente del grupo compacto.

Salinas contaba con 34 años de edad al asumir el importante puesto y desde el primer momento procuró conseguir buena colocación a sus camaradas. Nombró a Camacho subsecretario de Desarrollo Regional y a Córdoba jefe de asesores y director general de Política Económica y Social. Raúl Salinas abandonó la construcción de caminos de mano de obra para ocupar un empleo de asesor; además se le consiguió el nombramiento de director general de la Distribuidora e Impulsora Comercial Conasupo. Ruiz Massieu destacaba ya en el ambiente académico y recibió un empujón para convertirse en gobernador de Guerrero, su estado natal. Lozoya Thalmann pasó a ser subsecretario de Trabajo y Hugo Andrés Araujo recibió ayuda para obtener la secretaría general de la CNC. Sólo Anaya permaneció fiel a su carrera independiente de agitador. (Al cabo fundó el Partido del Trabajo.)

Por las mismas fechas el grupo compacto se enriqueció con la incorporación de un afable sonorense nacido en 1950, Luis Donaldo Colosio, quien había estudiado en el Tecnológico de Monterrey y en la Universidad de Pennsylvania y trabado amistad con Salinas al realizar diversos trabajos para el IEPES. Mostraba inclinación por actuar en la política práctica, por lo cual, después de trabajar breve tiempo bajo las órdenes directas de Camacho, se le ayudó para que en 1985 se convirtiera en diputado y representara en las cámaras los intereses del grupo.

Como es tradición, Salinas también tuvo que aceptar en su secretaría a elementos nombrados por el presidente. Destacó entre éstos el economista Pedro Aspe Armella, quien había trabajado directamente con De la Madrid en Hacienda y fue nombrado subsecretario de Planeación y Control Presupuestal. Aspe jamás se ligó por entero al grupo compacto, pero se ganó el respeto de los agrupados con base en desempeñar con gran eficacia los trabajos que le encomendaban.

Más tarde llegó Ernesto Zedillo, nacido en 1951, economista titulado en el Instituto Politécnico Nacional y doctorado en Yale, quien había trabajado en el Banco de México como cabeza de un fideicomiso encargado de ayudar a las empresas privadas a financiar el pago de las deudas en dólares que habían contraído con bancos extranjeros, y que por lo brutal de las devaluaciones no podían pagar de momento. En 1987, cuando Salinas se convirtió en candidato presidencial y Aspe lo sustituyó al frente de la secretaría, Zedillo remplazó a Aspe en la subsecretaría de Planeación y Control Presupuestal.

Según Salinas, Aspe fue quien le recomendó a Zedillo para incorporarlo a su círculo íntimo de colaboradores. Otros afirman que la gestión partió de Córdoba, el amigo más cercano de Zedillo por la coincidencia en las opiniones que sostenían ambos: los dos se mofaban de la "arqueología económica" promovida por Camacho y eran partidarios de la modernización estilo Singapur y ambos influyeron para que Salinas se apartara más y más del "nacionalismo revolucionario" que modeló la primera etapa de su vida.

Salinas ya había conseguido para su padre, don Raúl, una curul de senador. En 1985 el grupo compacto contó con un segundo secretario de Estado, cuando Camacho fue puesto al frente de la Secretaría de Desarrollo Urbano y Ecología, encargada de enfrentar la emergencia causada por el terremoto de 1985.

Sin escatimar esfuerzos y olvidándose hasta de la vida privada, el grupo compacto se consagró a la tarea de servir a De la Madrid, y cuando llegó el momento de que hubiera nuevo presidente, a lograr que Carlos Salinas obtuviera la candidatura del PRI para luego ayudarle a que saliera vivo y triunfador en las turbulentas elecciones.

La poda

La oposición se negó a aceptar que Salinas hubiera ganado las elecciones. Cuauhtémoc Cárdenas se adjudicaba el triunfo con 38.8% de los sufragios contra sólo 32.7% que asignó a Salinas y 25.2% a Clouthier. Por otra parte, el candidato panista aseguró tener cifras distintas de las publicadas por sus dos rivales, pero no las hizo públicas: sólo calificó los comicios de fraudulentos y demandó la realización de nuevas elecciones.

Durante casi todo 1989, Cárdenas organizó disturbios en contra de "Salinas el usurpador". En los últimos días de 1989 se celebraron elecciones para renovar autoridades en 113 ciudades y pueblos de Michoacán, el estado más fuerte del cardenismo. Los cardenistas tomaron por asalto las presidencias de 33 municipios en los que el PRI se proclamaba triunfador y montaron escenas reminiscentes de la revolución de 1910, con balaceras, riñas y amplia participación de campesinos armados con carabinas y escopetas. Colosio negoció cada uno de los casos en disputa y la agitación se evaporó al cabo de pocas semanas. Casi simultáneamente hubo elecciones municipales en varios pueblos de Guerrero, otro enclave cardenista donde también abundaron los disturbios, aunque ahí el gobernador, el "Tofico" José Francisco Ruiz Massieu, restableció sin tardanza el orden con base en habilidad y mano dura. En los años siguientes el PRD persistió en su política de confrontación sistemática, pero fue controlado cada vez con mayor facilidad.

Clouthier, si bien resignado a dejar a Salinas en la Presidencia, se propuso usar su fuerza política para imponer al PRI un nuevo código electoral que impediría al gobierno seguir actuando como juez y parte en los comicios. Pero el 1º de octubre de 1989 falleció en un sospechoso accidente automovilístico registrado en la carretera de Culiacán a Mazatlán; tras esto, los nuevos dirigentes del PAN aceptaron sólo cambios parciales al código electoral.

Salinas carecía en el congreso de la cantidad de votos necesaria para aprobar modificaciones constitucionales, pero con los sufragios de los legisladores del PAN se completaba la mayoría absoluta y los panistas se dejaron ilusionar con la posibilidad de cogobernar el país. Hábilmente, Salinas se apoderó de viejas banderas panistas, como la reprivatización de la banca, el reconocimiento legal de la Iglesia católica, lo que implicaría suprimir diversas restricciones jacobinas al culto, la entrega en propiedad de las tierras que usufructuaban los ejidatarios, y los votos del PAN permitieron a Salinas sacar adelante sus proyectos.

Más difícil le resultó disciplinar a los priistas, entre quienes abundaban los que habían tenido como favorito *in pectore* a Cárdenas. Para controlarlos puso en la presidencia del PRI a Luis Donaldo Colosio, un hombre convencido de que el monopolio político era ya insostenible y que inició su labor adoptando una medida calificada de sacrilegio por la mayoría de sus correligionarios: ceder, por primera vez en la historia, un gobierno estatal reconociendo la victoria del panista Ernesto Ruffo en las elecciones para gobernador de Baja California.

A continuación encaró la irritación popular registrada

en San Luis Potosí y Guanajuato, donde el PRI, al estilo antiguo, proclamó triunfadores a sus candidatos, que según la voz pública habían perdido. De acuerdo con Salinas, Colosio presionó a los candidatos priistas para que renunciaran y se instalase en la gubernatura potosina a un hombre aceptable tanto para el PRI como para la oposición, mientras que en Guanajuato fue designado gobernador provisional un destacado miembro del PAN. En 1992 el panista Francisco Barrio obtuvo la gubernatura de Chihuahua sin que otra vez se intentara escamotearle el triunfo. Tal actitud fue bien recibida por la opinión pública, como parece indicarlo el hecho de que en las elecciones legislativas de 1991 el PRI recuperara la mayoría calificada en el congreso.

Salinas y Colosio reconocían la necesidad de mantener buenas relaciones con la sociedad civil, cuyas exigencias de cambio se hacían cada vez más estridentes. Para esto había que reformar a fondo el partido. No se trataba de liquidarlo, por supuesto, sino de adaptarlo a los nuevos tiempos y asegurar así su supervivencia. Se buscaba dar un paso similar al de la época en que el PNR se transformó en PRM y éste en el PRI. Parte esencial del nuevo cambio era fomentar la afiliación individual y libre al partido, para ir suprimiendo la práctica tradicional de que los líderes de los sectores obrero, campesino y popular afiliaran en bloque a los miembros de los sindicatos y agrupaciones, generalmente sin el consentimiento o hasta sin el conocimiento de los afiliados.

Contra los caciques

Como era de esperarse, los líderes de los sectores se oponían a un cambio que los debilitaba políticamente. Hubo pues que lidiar con cada sector, empezando con el obrero, que durante la campaña electoral redujo su envío de "acarreados" a los mítines en un intento por presionar a Salinas. Fidel Velázquez fue llamado a Los Pinos, donde el presidente le anunció que los sindicatos habían estado demasiado tiempo tutelados por el gobierno y había llegado el momento de declararlos en mayoría de edad, por lo cual los líderes obreros debían dejar de atenerse a la protección oficial y hacerse valer por méritos propios, siempre conforme a la ley. Para calar a Salinas la CTM emprendió media docena de huelgas ilegales y, ante la estupefacción de los líderes, la Secretaría del Trabajo declaró inexistentes los movimientos. Luego, tras el desplome de "La Quina" y de Jonguitud, Velázquez se convirtió en una especie de perrillo faldero de Salinas y aceptó la afiliación individual en los sectores, aunque consiguió que la medida se aplazara por tiempo indefinido en el obrero.

Para lidiar con el sector campesino, Colosio tuvo como invaluable auxiliar al "Tofico" Hugo Andrés Araujo, nombrado por Salinas secretario de Organización y luego principal directivo de la CNC. Aunque todos los jefes y caciquillos de la CNC recibían del gobierno su nombramiento, en conjunto formaban una poderosísima camarilla dispuesta a defender la infinidad de corruptelas que habían "amarrado" en el transcurso de los años.

Primero, Salinas y Colosio procedieron a ganarse el apoyo

directo de los campesinos, lo cual se logró modificando el artículo 27 constitucional de manera que los ejidatarios pudiesen convertirse en dueños y no sólo usufructuarios de sus predios. Antes de ser enviado al congreso, el proyecto respectivo fue sometido a la aprobación de la masa ejidataria, y para que ésta pudiera expresar su voluntad sin temor a represalias se determinó que la asamblea constituida por la totalidad de los miembros del ejido votara a favor o en contra, haciendo caso omiso del comisario ejidal que antes decidía por todos. También se facultó a la asamblea para disponer el destino que se daría a los fondos, los préstamos y otras ayudas que proporcionara el gobierno a los ejidos. Una vez marginados los comisarios ejidales y los líderes, las modificaciones al artículo 27 se aprobaron por unanimidad.

Incontables vivales perdieron de un tirón los "negocios" que habían venido practicando. Entre éstos destacaban los manipuladores de la Aseguradora Nacional Agrícola y Ganadera (ANAGSA), una paraestatal que se había convertido en virtual fábrica de siniestros: los líderes y sus compinches fingían pérdidas de cosechas por sequías, inundaciones, heladas o cualquier otro contratiempo y el gobierno gastaba el equivalente a 1 200 millones de dólares anuales para indemnizar a los supuestos afectados. La ANAGSA fue liquidada y se le remplazó por otro sistema que sólo costaba 200 millones de dólares anuales.

El sector popular parecía ser la clave para la transformación total del PRI. La CNOP desapareció y fue sustituida por una organización llamada UNE, al frente de la cual quedó Silvia Hernández, partidaria de promover la afiliación individual para ir descartando poco a poco la afiliación en masa y hacer del PRI un partido de ciudadanos y no de caciques y caciquillos.

Colosio sometió estas reformas a la aprobación de la asamblea general del PRI celebrada en septiembre de 1990. Con angustia acabó viendo que, si bien la concurrencia se deshizo en alabanzas al señor presidente Salinas, al final los caciques se las arreglaron para escamotear, debilitar o nulificar la mayor parte de las propuestas. Silvia Hernández fue descartada (como premio de consolación la hicieron secretaria de Turismo) y la UNE desapareció, para revivir como CNOP en el sexenio siguiente. De hecho, Colosio había recibido un voto de no confianza, por lo cual Salinas decidió sacarlo del PRI y ponerlo al frente de la nueva Secretaría de Desarrollo Social (Sedesol), en la que pensaba encontrar su justificación histórica definitiva.

Nueva ideología

"No hay viento favorable para un barco sin rumbo", se había dicho el presidente al elaborar una especie de nueva ideología que, ante el desgaste y quiebra de las promesas derivadas de la Revolución mexicana —prueba de esto era que Cuauhtémoc Cárdenas seguía pronunciando discursos reminiscentes del PRM y sólo cosechaba bostezos entre su auditorio— buscaría conservar el compromiso histórico de socorrer a los pobres al tiempo que se impulsaban las medidas modernizadoras.

El resultado fue el "liberalismo social" que, según Salinas, descartaba el desprestigiado populismo sin caer por ello en los excesos procapitalistas del neoliberalismo aplicado por los "tigres" asiáticos. La Sedesol proporcionaría a los pobres ayuda en dinero y materiales de construcción, aunque sin presentarla como una dádiva del gobierno o de los líderes regionales y locales, según se había acostumbrado, sino a cambio del compromiso de aportar el trabajo manual para construir pequeñas obras públicas cuya realización sería decidida por los pobladores de las comunidades y no les serían impuestas por los caciques.

Al terminar el sexenio, la Sedesol se atribuyó la terminación de 523 000 "obras y acciones de carácter social", tales como aulas, banquetas, puentes, el remozamiento de placitas pueblerinas, el empedrado o la pavimentación de algunas calles, la construcción de sistemas de drenaje y agua potable, más el otorgamiento de becas que consistían en una pequeña despensa y 100 pesos mensuales para alumnos de primaria muy pobres. En esto se gastaron 52 000 millones de pesos obtenidos de la venta de paraestatales. La miseria que exhibían los pueblos mexicanos apenas se retocó, pero tomando en cuenta que antes habían estado peor, varios organismos internacionales aplaudieron el programa.

La venganza de la Nomenklatura

Desde el comienzo del nuevo sexenio corrió la voz de que Salinas había convocado a su familia entera —sus padres don Raúl y doña Margarita; y sus hermanos Raúl, Adriana, Enrique y Sergio— para prevenirlos de que iban a ser asediados por amigos, parientes y conocidos que les pedirían favores y les propondrían "negocios". Cuando así ocurriera, debían informar a Raúl, quien sería el único autorizado para retransmitir las peticiones al presidente, después de analizarlas; a los demás les estaría prohibido plantear el tema directamente.

La pareja del tesonero neoleonés y la descendiente de vascos se propuso crear una familia de triunfadores y sometieron a sus hijos a un régimen de estudio intenso, mucho deporte, toda la diversión posible en los ratos libres y cero ociosidad. El esmirriado Carlos, recibió clases de natación, boxeo y primeros auxilios en las brigadas juveniles de la Cruz Roja. Aprendió a tocar el piano y hasta dio conciertos en los que fueron aplaudidas sus interpretaciones de Mozart, Beethoven y Bach. Pasaba las vacaciones en Agualeguas aprendiendo a montar caballos briosos; luego, en la Asociación de Charros capitalina, se capacitó para hacer el paso de la muerte y bailar jarabe tapatío. Su habilidad como jinete le valió ser reclutado para formar parte de los equipos mexicanos que participaban en concursos hípicos celebrados en varias ciudades de Europa; en los Juegos Panamericanos de 1971 ganó medalla de plata.

Carlos y Raúl eran inseparables. A fines de 1964, cuando Raúl terminó la preparatoria y Carlos la secundaria, ambos fueron enviados a conocer Europa y la recorrieron desde la URSS, por el este, hasta España, por el oeste. Al regreso ya habían decidido qué hacer con sus vidas: Raúl optó por estudiar ingeniería y Carlos, economía. (Enrique y Sergio quedaron marginados por no destacar en ninguna actividad; Adriana Margarita, en cambio, mostró gran dinamismo pero sólo se le asignaron lo que en la época se llamaba "labores propias de su sexo".)

Recuento

La versión de que Raúl había sido designado promotor de los negocios de su hermano provocó irritación entre la Nomenklatura, que no se resignaba a permitir que Carlos Salinas la perjudicara en tanto que dejaba manos libres al hermano. Y Raúl tenía un largo historial como participante en los negocios políticos. Desde 1974, año en que el gobierno echeverrista compró el maoísmo de Raúl con un empleo en la Dirección de Caminos de Mano de Obra, de él se dijo que cobraba 5% de comisión por asignar contratos a las empresas constructoras que debía supervisar.

En 1982, cuando Carlos ascendió a secretario de Programación y Presupuesto, Raúl consiguió la dirección general de Caminos Rurales de la SAHOP. Entonces se le acusó de haber fundado una empresa fantasma, llamada Constructora Orión, que fue regenteada por prestanombres. Uno de ellos, llamado Andrés Herrera Garza, quien se decía defraudado, denunció que Orión obtenía adelantos por realizar obras nunca terminadas y que recibía de Bancrecer, entonces paraestatal, préstamos sin garantía que iban a dar a la cartera vencida por no ser liquidados. La constructora también obtenía dólares al tipo de cambio preferencial, dizque para pagar adeudos contraídos en moneda extranjera y en realidad para venderlos en el mercado libre con elevada utilidad.

Para 1987, Raúl ya se encontraba en situación tan boyante que compró la ex hacienda de Las Mendocinas, Puebla, con magnífica vista al Popocatépetl y al Ixtaccíhuatl, 176 hectáreas de terreno, casco del siglo XVIII, casa principal y casa de hacienda, caballerizas, campos de práctica de equitación, dos estanques como pequeños lagos, helipuerto, canchas de tenis, un lienzo charro techado y dos chalets destinados a las visitas. Al ser comprada, la hacienda estaba en ruinas, pero Raúl consiguió gratuitamente maquinaria, materiales y trabajadores del gobierno que en un santiamén la restauraron, ampliaron y mejoraron.

Con el ascenso de Carlos a la Presidencia, Raúl tuvo una especie de patente para monopolizar la explotación burocrática del campo mexicano, aunque su nombre aparecía en las nóminas sólo como titular de cargos modestos: director general de Liconsa, de Planeación y Finanzas de la Conasupo o director de Planeación y Coordinación de Sistemas de Evaluación de Pronasol.

Los directivos de Conasupo, Banrural y hasta de Pronasol, actuaban como tapaderas de Raúl, quien a trasmano manejaba a su antojo las dependencias. Al respecto puede añadirse que, mientras se recortaban los subsidios en casi todo el gobierno, la pestilente Conasupo jamás fue afectada por tales medidas.

Raúl adquiría residencias más y más lujosas: primero una casona en el Pedregal de San Ángel, que acabaría cediendo a su segunda esposa Gladys Corte; otra en Bosques de las

Lomas, que puso a nombre de sus hijos Mariana y Juan; otra más en el corazón de Coyoacán y todavía otra en el sector más codiciado de Paseo de la Reforma, donde vivía con su tercera esposa, Paulina Castañón.

En Morelos, a nombre propio, de sus hermanos, de un cuñado de Carlos o de prestanombres diversos, adquirió no se sabe cuántos lotes residenciales. En Tamaulipas se le acusó de extorsionar a terratenientes para obligarlos a venderle miles de hectáreas. Aparentemente también quiso adueñarse de una isla del golfo de California.

La periodista Manú Dornbierer informó que Raúl y su hermano Enrique iban a obtener 50% de la concesión del Hipódromo de Las Américas en la ciudad de México. Los indiciados jamás desmintieron la noticia, aunque sí lo hicieron el procurador general de la República y el gerente del hipódromo. Dornbierer, temerosa por su integridad física, prefirió apartarse del periodismo.

Kaveh Moussavi, un comisionista de la IBM, denunció que unos extorsionadores enviados por la Secretaría de Comunicaciones y Transportes le exigían un millón de dólares por asignarle un contrato para la compra de instrumentos de navegación aérea, afirmando que el dinero sería para Pronasol, lo cual hizo suponer que se trataba de Raúl. Siempre se dijo, y muchas veces se publicó, que el hermano presidencial recibía comisiones por gestionar contratos o concesiones del gobierno. También se le señaló como socio de Juan N. Guerra, el "padrino" de los narcotraficantes tamaulipecos.

Raúl había colocado a su ex cuñado, Manuel Pasalagua Brance, como director general de Control y Evaluación de la

Contraloría General de la Federación, y a su paniaguado Salvador Giordano Gómez, como subsecretario, por lo cual la titular de la dependencia, María Elena Vázquez Nava, no se atrevía a auditar el expediente del hermano presidencial.

Raúl compró en Monterrey una céntrica casona donde instaló unas oficinas y adquirió una lujosa residencia en el exclusivo fraccionamiento del Obispado. Los regiomontanos se dieron cuenta de que pretendía establecer residencia legal en Nuevo León porque esto lo facultaría para convertirse en senador o gobernador de la entidad, y protestaron ante el presidente. Raúl se vio obligado a trasladarse por breve tiempo a La Jolla, California, donde se le consiguió un puesto de investigador en el Centro de Estudios México-Norteamericanos.

Trepidaciones

Los "nomenklaturistas" no perdían ocasión de tronar contra los manejos de Raúl. Les hacían coro Cuauhtémoc Cárdenas y algunos dirigentes del PRD, quienes, prisioneros de las teorías económico-sociales vigentes en tiempos del PRM, creían que los espectaculares avances de Salinas eran una pompa de jabón que reventaría en cualquier momento y sumiría al país en un caos que derribaría al gobierno y, si empleaban los mejores recursos de la guerra social, permitiría al PRD la toma del poder.

Desde el asesinato del cardenal Juan Jesús Posadas Ocampo, ocurrido en el aeropuerto de Guadalajara el 24 de mayo de 1993, la opinión pública empezó a inquietarse. El resultado de las investigaciones oficiales: que el prelado falleció en el fuego cruzado que se dispararon dos bandas de narcotraficantes, fue tomado por mucha gente como indicio de que los enemigos de Salinas agazapados dentro del PRI habían dado muerte a Posadas para mostrar al mundo que su rival era incapaz hasta de garantizar la seguridad de sus ciudadanos más prominentes.

El malestar se acentuó el 28 de noviembre al ser "destapado" Colosio como candidato presidencial del PRI para las elecciones de agosto siguiente. Colosio resultaba antipático para el priismo tradicional, que lo consideraba un mandadero de Salinas, y que de ribete nombró como jefe de su campaña electoral a Ernesto Zedillo, un tecnócrata que no ocultaba el desprecio que le inspiraban los políticos. El favorito de los tradicionalistas era el jefe del Departamento del Distrito Federal, Manuel Camacho Solís, quien hasta el último momento creyó que el "tapado" iba a ser él, y al verse desplazado tuvo un pasional arranque de despecho y desafiando los usos y costumbres del PRI se negó a felicitar a su rival y a ofrecerle su apoyo, aunque Salinas le rogó y ordenó repetidamente hacerlo. Por breves días se contempló la posibilidad de que Camacho lanzara su candidatura independiente, pero el hombre prefirió quedarse al lado de Salinas como secretario de Relaciones Exteriores.

El 1º de enero de 1994 irrumpió en Chiapas el EZLN con el subcomandante Marcos al frente. En su primera proclama se mostró indistinguible de los grupos guerrilleros que habían emergido en América Latina durante los últimos decenios; anunció su propósito de deponer al gobierno y formar uno nuevo, así como "avanzar hacia la capital del país, venciendo al ejército federal mexicano […] nuestro enemigo de clase".

Salinas se quedó ante la disyuntiva de mandar aniquilar a los guerrilleros o negociar la paz. También pudo haber mandado investigar quién financió el levantamiento de Marcos y seguía proporcionándole fondos para pagar, alimentar y armar a los miles de indígenas que lo seguían: entre los financistas pudieron haber estado algunos miembros del PRI. Resolvió que el ejército se desprestigiaría si le ordenaba emprender una represión violenta, optó por negociar y para el efecto escogió nada menos que a Manuel Camacho Solís.

Durante la mayor parte de su permanencia al frente del Departamento del Distrito Federal, Camacho veía el zócalo tomado por incontables manifestaciones de descontentos que se instalaban allí para hacer las reclamaciones más variadas. Una y otra vez, después de concederles lo que pedían, los quejosos levantaron pacíficamente sus campamentos. (Se decía que muchos eran azuzados por auxiliares del propio Camacho Solís para hacer que éste se luciera resolviendo el problema.) En todo caso, Camacho ganó fama de buen negociador y aceptó resolver la cuestión de Chiapas. Desde el territorio chiapaneco se dedicó sobre todo a emitir comunicados en los que daba por inminente el restablecimiento de la paz; consigo tenía un magnífico equipo propagandístico y la abundante distribución de "embutes" determinó que los periodistas lo presentaran como un titán de la diplomacia.

Aunque en el terreno militar el EZLN seguía siendo insignificante, en el de la propaganda hizo progresos espectaculares.

Todavía el 2 de enero, el periódico que acabaría convirtiéndose en vocero oficioso del EZLN, *La Jornada*, censuró en su editorial a "los alzados" porque "enarbolan un lenguaje no sólo condenable por encarar sin matices la violencia, sino porque sus propósitos son irracionales". Pero en los días siguientes Marcos emitió otra proclama que tendría un éxito inusitado: olvidando sus amenazas de derrocar al gobierno y vencer al ejército, anunció que su verdadero propósito consistía en apoyar las seculares reivindicaciones de los indígenas.

Entonces surgieron por todo México cientos de miles o millones de admiradores del guerrillero. En Europa, donde los apabullados izquierdistas no se atreven a proclamar su simpatía hacia la ETA o el IRA, cuyas reivindicaciones son tan atendibles como las de los indígenas chiapanecos, encontraron en Marcos y el EZLN el recurso ideal para mitigar sus remordimientos revolucionarios y de sopetón convirtieron a Marcos en un ídolo equiparable al Che Guevara.

¿Complot?

Mientras tanto, Colosio permanecía recluido en una especie de limbo. El mes transcurrido entre su "destape" y la irrupción del EZLN había sido de fiestas y no tuvo ocasión de iniciar en forma su campaña. Luego, entre enero y la tercera semana de marzo, la atención del país estuvo enfocada en las negociaciones de Chiapas y nadie parecía tomar en cuenta al candidato priista. Colosio solicitó varias veces a Salinas que le quitara de encima la interferencia del negociador; sólo el

22 de marzo Camacho emitió una declaración en la que dijo que no aspiraba a ninguna candidatura y que concentraría sus esfuerzos en el proceso de paz. Al día siguiente, en Tijuana, Colosio fue asesinado.

La opinión general se volcó en la versión de que existía un complot dirigido por los antisalinistas agazapados en el PRI. La explicación oficial acerca de que el crimen fue planeado y ejecutado por un asesino solitario, Mario Aburto Martínez, fue acogida con incredulidad, aunque la convalidaron dos fiscales especiales. Desde luego, Aburto era un individuo fuera de serie: soportó torturas inenarrables sin apartarse de su declaración original en la que dijo haber planeado y ejecutado el crimen por cuenta propia. Es una especie de fakir que posee la extraordinaria capacidad de entrar a voluntad en estado catatónico para no sentir las torturas que se le infligían.

Según Salinas, la noche misma del asesinato recibió la visita sorpresiva del ex presidente Luis Echeverría, quien le solicitó designar como nuevo candidato al "nomenklaturista" Emilio Gamboa Patrón (Echeverría ha desmentido este dicho, por lo que cada quien puede creer la versión que más le plazca). Al día siguiente, desde la propia sede del PRI, alguien transmitió faxes a toda la República recomendando el envío de mensajes de apoyo para la candidatura presidencial del jefe del partido, Fernando Ortiz Arana, mientras el ultra-echeverrista Augusto Gómez Villanueva se desgañitaba solicitando adhesiones para el mismo personaje. Presionado por Salinas, Ortiz Arana rechazó aspirar a la candidatura, y sólo entonces se procedió al "destape" de Ernesto Zedillo.

Sin duda la Nomenklatura había tratado de resolver la sucesión a favor de sus intereses. Para resarcirla del fracaso, Salinas aceptó como nuevo presidente del PRI al "nomenklaturista" Ignacio Pichardo Pagaza, aunque a cambio nombró secretario general del partido al "Tofico" Francisco Ruiz Massieu.

Zedillo resultó ser un candidato sin el menor carisma, pero la simpatía que conservaba Salinas y el apoyo del partido le permitieron conseguir bastantes votos.

No podría decirse que con esto volviera la tranquilidad al país, pero sí imperó la sensación de que por lo menos se habían superado ya los mayores obstáculos. En medio de este ambiente, en septiembre fue asesinado Francisco Ruiz Massieu, y un hermano de éste, Mario, fue nombrado fiscal especial encargado de realizar las investigaciones. En cuestión de horas se capturó no sólo al ejecutor material del asesinato, Daniel Aguilar Treviño, sino a quien lo contrató para perpetrar el crimen: Fernando Rodríguez González, un ayudante del diputado Manuel Muñoz Rocha, quien dijo haber actuado por instrucciones de su jefe. Se pretendió aprehender a Muñoz Rocha aunque lo amparara el fuero legislativo, pero el hombre recibió aviso de que lo buscaban y escapó. Según Mario Ruiz Massieu, Pichardo Pagaza y la diputada María de los Ángeles Moreno maniobraron tortuosamente para poner al diputado fuera del alcance de la justicia.

A principios del año, la reserva de divisas había estado en situación boyante, alcanzando la cifra de 24 538 millones de dólares. Luego, el asesinato de Colosio provocó la salida de 8 000 millones (la irrupción de Marcos en Chiapas no afectó la reserva) y los sucesos posteriores determinaron nuevas fugas —5 000 millones por la repercusión del asesinato de Francisco Ruiz Massieu—, pero gracias a oportunas maniobras financieras Salinas pudo entregar la Presidencia en condiciones relativamente buenas el 1º de diciembre de 1994.

La elección de Zedillo fue aceptada como legítima por el país entero, ya que los oposicionistas habían logrado arrancar concesiones como la creación del Instituto Federal Electoral (IFE), dirigido por ciudadanos independientes, y la aceptación de un ejército de observadores, entre los cuales hubo un millar de extranjeros interesados en vigilar el proceso mexicano.

Satanizado

Una vez fuera de Los Pinos, Salinas pasó un par de meses promoviendo su candidatura a la presidencia de la Organización Mundial de Comercio, para lo cual contaba con el apoyo de todos los gobiernos del continente. Pero después del desplome sufrido por la economía mexicana en diciembre de 1994 empezó a perder amigos y a ser señalado como responsable de la catástrofe.

Salinas volvió a México para exigir a Zedillo que reconociera la verdadera causa del transtorno financiero, pero no lo consiguió. Simultáneamente tuvo que soportar que Raúl, su hermano, fuera recluido en la cárcel de máxima seguridad de Almoloya de Juárez, Estado de México, como presunto responsable del asesinato de Francisco Ruiz Massieu.

Pronto se olvidó la eficacia de Salinas en el desempeño

de la Presidencia y la sustituyó la convicción popular de que había engañado al país. Al cabo salieron a la venta unas caretas que figuraban a Salinas en caricatura y se vendieron por cientos de miles. Nadie se compadeció de él, pues se decía que estaba recibiendo "una sopa de su propio chocolate", o bien, que estaba sufriendo la arbitrariedad que el PRI había infligido a los mexicanos indefensos a lo largo de los años. La Nomenklatura se sintió vengada.

Primero, Salinas se marchó a Canadá, luego a Estados Unidos y Cuba, para recalar finalmente en Irlanda. Pensó que en ese aislado y bello país encontraría la calma, pero hasta allá se le persiguió: en Dublín aparecieron unos carteles con su foto colocada bajo un grueso letrero que decía *Wanted*, "Se busca", y al pie una larga lista de delitos y crímenes que se le han atribuido. En la portada del suplemento a colores del principal periódico de Dublín se publicó su foto acompañado de su nueva esposa, Ana Paula Gerard —se había vuelto a casar tras divorciarse de doña Cecilia Occelli—, y en el interior un reportaje en el cual el personaje fue presentado como un mafioso indeseable. Después de eso, el refugio de Irlanda perdió sus atractivos y Salinas tuvo que vivir semioculto en varias ciudades del extranjero. Tras el desplome del PRI pudo instalarse de nuevo en México.

LI. ZEDILLO, EL DEMOCRATIZADOR

Se ha dicho que Ernesto Zedillo Ponce de León nunca quiso llegar a la Presidencia y que si al fin la ocupó fue porque las circunstancias lo obligaron. Carlos Salinas no lo cree así. Al respecto escribió:

> El lunes 28 de marzo [de 1994 —Colosio había muerto el 23—] invité a Zedillo a conversar a solas. Entonces le hice saber que al día siguiente el PRI lo postularía como su candidato […] Su reacción, al principio, me pareció de sorpresa. De inmediato se recuperó. Me dijo que estaba dispuesto, que tenía el ánimo y que mantendría las banderas de Colosio. Su entusiasmo aumentaba conforme hacía esos comentarios. Me pareció que en esa emoción que se exaltaba a cada paso había una mezcla de sorpresa y de aspiración finalmente consumada. Su actitud me confirmó que él sí se había asumido como uno de los precandidatos que el PRI consideró durante 1993.

Añadió Salinas que sólo el tiempo le hizo ver que Zedillo era un resentido como Tiberio, el césar romano que, al verse dueño del poder, descargó la frustración que le produjeron sus penosos orígenes cometiendo una serie de venganzas y aplastando a los hombres que más le ayudaron a encumbrarse y mantenerse en el primer plano. Según esto, Zedillo (quien nació el 27 de diciembre de 1951 en la ciudad de México y fue llevado a Mexicali, donde hasta los 15 años vivió en una barriada miserable) sufrió un doloroso desengaño al no haber logrado inscribirse en la relativamente prestigiada UNAM, por lo que debió cursar sus estudios en el menospreciado Instituto Politécnico Nacional. Esto lo hacía sentirse inferior a sus compañeros de gabinete, quienes provenían de hogares acomodados y habían hecho brillantes carreras profesionales. Zedillo se había impuesto a sus desventuras esforzándose por obtener calificaciones con promedio de 10 y luego consiguiendo que se le becara para doctorarse en Yale, pero aun así jamás logró conducirse con aplomo y durante su campaña como candidato cometió una serie de errores que demostraban su desconocimiento de todas las disciplinas que no tuvieran que ver con la economía, además de que le restaba simpatías su costumbre de contar chistes sandios.

La campaña electoral de Zedillo se inició en un tono soporífero. La personalidad del candidato sencillamente no entusiasmaba al público, máxime cuando Manuel Camacho aún seguía ostentándose como el paladín de la paz en Chiapas, el único estadista capaz de obligar al subcomandante Marcos y a su poderoso EZLN a negociar y abstenerse de hacer uso de las armas. Corrió el dinero de los "embutes" y los periodistas se deshacían por enaltecer a Camacho, al tiempo que desairaban todo lo relacionado con la campaña presidencial. Para inyectarle interés, Zedillo invitó a sus principales adversarios, el perredista Cuauhtémoc Cárdenas y el panista Diego Fernández de Cevallos, al primer debate televisivo entre presidenciables que se escenificó en el país.

Con su vehemencia de experto polemista, Fernández de Cevallos puso prácticamente fuera de combate a Cárdenas, y a Zedillo lo dejó muy maltrecho en el debate, según opinión de la mayoría de los observadores. El enfrentamiento tuvo lugar el 12 de mayo, y hubo quien asignara al panista las máximas probabilidades de ganar la Presidencia. Pero en lugar de aprovechar la oportunidad para asestar el nocaut, el panista dejó pasar un par de meses en una pasividad que pareció y sigue pareciendo sospechosa, con lo cual el priista volvió a avanzar en las encuestas.

Semanas más tarde, Zedillo se irritó al leer en los periódicos que Camacho seguía anunciando el próximo fin de la guerra en Chiapas. En cuanto un periodista le pidió su opinión acerca de lo dicho por el comisionado de la paz, el candidato respondió:

—Estamos viviendo una gran desilusión. Estábamos seguros de que las negociaciones habían sido un éxito y ahora... sentimos que fueron un fracaso. [Por eso] los mexicanos le decimos al gobierno de la República y al EZLN: no nos conformamos con la tregua unilateral: ésa la tenemos desde el 13 de enero. Queremos la paz total, la paz consolidada, la paz permanente.

Corrió la voz de que Salinas se había disgustado con Zedillo por el ataque contra su amigote de los años estudiantiles, y esto hizo pensar que, tal vez, Zedillo tenía más agallas de lo que parecía. Probablemente esto influyó para que en las elecciones que se efectuaron en agosto obtuviera 50.2% de los votos, contra 26.7% de Fernández de Cevallos y 17.1% de Cárdenas. Sin embargo, muchos atribuyeron el triunfo al prestigio que conservaba Salinas. La mayoría de los votantes y un millar de observadores extranjeros aceptaron como limpias las elecciones y el 1º de diciembre de 1994 Zedillo recibió la banda presidencial.

El error de diciembre

Celosamente se cuidó el hombre de informar sobre las reuniones secretas que había tenido el 20 de noviembre con Salinas, el entonces secretario de Hacienda Pedro Aspe y otros miembros del gabinete. El año 1994 había sido desastroso para la economía debido a la irrupción del EZLN, el asesinato de Colosio y el de Francisco Ruiz Massieu, así como otros escándalos. Con grandes trabajos, el tipo de cambio se había sostenido en cerca de 3.50 pesos por dólar y corría el rumor de que se avecinaba una devaluación. Zedillo mismo lo creía así y ese mismo 20 de noviembre pidió a Salinas que devaluara antes de entregar el mando, pero Aspe opinó que resultaría terriblemente perjudicial devaluar a sólo 10 días de que terminara el sexenio, sin tiempo para realizar una serie de gestiones ante los inversionistas y tomar diversas medidas que debían instrumentarse antes de modificar el tipo de cambio. Por el momento el ya presidente electo se mostró conforme.

Zedillo recibió una economía "pegada con alfileres", según se diría más tarde. Pero en aquel momento parece haber pensado que lograría mantener los alfileres en su sitio y normalizar la situación. Después de todo, las cuentas que le entregaba Salinas eran infinitamente más halagüeñas que las rendidas por De la Madrid en 1988, cuando la inflación —dominada al cerrar 1994— alcanzaba el 90% anual, el déficit fiscal equivalía a 12.5% del PIB (con Salinas el déficit era sólo de 1%) y cuando el pago de las deudas externa e interna consumían 50% del presupuesto federal.

Pero el gabinete nombrado por Zedillo no entusiasmó a los inversionistas, quienes desconfiaban especialmente del nuevo secretario de Hacienda, Jaime Serra Puche, un hombre carente de las relaciones personales que Aspe había cultivado en los altos círculos financieros de Nueva York y que, para colmo, se negaba a contestar el teléfono a los administradores de fondos de inversión, quienes confiados en la accesibilidad de que disfrutaron en el sexenio de Salinas, y tentados por la posibilidad de seguir obteniendo cuantiosas ganancias, todavía estaban arriesgando su prestigio al mantener en México inversiones por miles de millones de dólares.

El sistema en vigor para sostener el tipo de cambio era la "flotación controlada", que consiste en dejar el peso a merced de la oferta y la demanda, aunque los movimientos peligrosos se neutralizaban empleando divisas de la reserva para comprar moneda mexicana. El proceso se mantenía dentro de una "banda de flotación" que se negociaba con los líderes empresariales, sindicales y agrarios, y se hacía del conocimiento de los más importantes inversionistas extranjeros. Serra Puche, otro convencido de que se necesitaba decretar una devaluación razonable, no supo ocultar sus temores, pues antes de cumplir un mes en su cargo convocó a una reunión de emergencia en la que dejó traslucir sus pensamientos, de modo que los representantes de los banqueros, industriales y comerciantes mexicanos salieron con la impresión de que la devaluación estaba próxima. Al día siguiente sacaron del país 5 500 millones de dólares y las reservas se redujeron a 6 000 millones. El tipo de cambio quedó en cinco por uno; de inmediato siguieron otras fugas y la reserva se redujo a la tercera parte de los 14 000 millones de dólares dejados por Salinas.

Los financieros neoyorkinos no tuvieron tiempo de sacar sus capitales y se deshicieron en maldiciones para los "mexicanos tramposos" que parecían haberlos estafado. Las fugas de capital continuaron, el tipo de cambio rebasó los siete pesos por dólar y fue necesario mendigar apoyo al gobierno norteamericano, el cual concedió un total de 50 000 millones de dólares con intereses elevadísimos; la devaluación, que pudo haber sido pequeña, llegó a 120 por ciento.

El chivo expiatorio

Serra fue cesado y lo sustituyó Guillermo Ortiz. Pronto circularon rumores que tendían a culpar a Salinas de la catástrofe, señalando que había ocultado la existencia de tesobonos por valor de 16 109 millones de dólares, los cuales debía redimir el gobierno a corto plazo. Eran éstos unos instrumentos de crédito denominados en pesos, que ganaban un interés inferior al devengado por los Cetes pero debían ser pagados en dólares al momento de su vencimiento. Constituían un truco contable para disminuir el monto de la deuda externa; más de la mitad vencían entre enero y marzo de 1995 y pudieron ser redimidos con las reservas y un "blindaje" por 6 000 millones de dólares dejado por Salinas. Todavía en diciembre de 1994 el mismo Zedillo emitió tesobonos por valor equivalente a 1 670 millones de dólares.

Lo realmente catastrófico fue que, por la devaluación, las tasas de interés subieron de 15% en diciembre de 1994 a 110% en marzo de 1995. Para cientos de miles de deudores fue imposible liquidar sus préstamos y por tal motivo quebraron muchos miles de empresas, además de que una infinidad de personas que tenían automóviles y casas hipotecadas perdieron los bienes que habían dado como garantía. Muchos tenedores de tarjetas de crédito cayeron en la insolvencia. Los ingresos fiscales se desplomaron y lo único que se le ocurrió al gobierno fue aumentar el IVA de 10 a 15%, a fin de obtener el dinero que se necesitaba para atender los compromisos más urgentes.

Quienes la pasaron peor fueron los banqueros. Encandilados por el optimismo salinista, habían comprado los bancos a precios excesivamente altos y aceptando cargar con una cartera vencida que a fines de noviembre de 1994 ascendía a 50 000 millones de pesos y estaba formada en buena parte por "préstamos amistosos" que los banqueros estatales habían concedido a los favoritos del gobierno, a sus familiares o a ellos mismos.

Durante todo el tiempo que la banca estuvo estatizada, el gobierno absorbió la mayor parte de los depósitos bancarios para financiar el déficit presupuestal y pagaba buenos intereses sin que los empresarios tuvieran que molestarse por conseguir clientes. Pero cuando Salinas redujo la deuda externa, el déficit presupuestal bajó y ya no fue necesario contraer nuevos préstamos; los nuevos banqueros se vieron de pronto con sus cajas atiborradas de dinero que no sabían prestar, y entonces se les ocurrió emitir indiscriminadamente tarjetas de crédito, la mayoría a personas de muy escasos recursos, que tras la devaluación encontraron imposible ponerse al día en el pago de adeudos.

Surgieron entonces agrupaciones de deudores, entre las que destacó "El Barzón", cuyos dirigentes cobraban una cuota por defender a los deudores morosos; organizaban motines cuando un banco pretendía tomar posesión de los bienes que se habían dado en garantía, y reuniendo pequeños ejércitos de golpeadores lograban amedrentar y hacer huir a los policías y agentes del Ministerio Público encargados de llevar a cabo las cobranzas. La ley otorgaba a Zedillo facultades para encarcelar a los "barzonistas", pero jamás se atrevió a aplicarla y de pronto el país quedó con un sistema bancario que no cobraba adeudos ni conseguía nuevos deudores dispuestos a pagar intereses superiores al 100 por ciento.

Abundaron entonces los comentaristas políticos que exigían dejar quebrar a la banca, sin tomar en cuenta lo que ocurriría cuando los depositantes acudieran a las ventanillas a sacar sus depósitos y se les dijera que no había dinero para pagar cheques, o cuando los representantes de las empresas supieran que no recibirían los fondos depositados para cumplir compromisos con sus acreedores o para pagar la nómina de empleados, además de que México se convertiría en un país privado de crédito, equiparable a un paria internacional. Zedillo decidió entonces rescatar la banca a cualquier costo, empleando para ello el Fondo Bancario para la Protección del Ahorro (Fobaproa). Muchos deudores acaudalados y muchos banqueros aprovecharon la ocasión para incluir préstamos y operaciones fraudulentas en la lista de pérdidas, lo que al cabo obligaría a los pagaimpuestos mexicanos a asumir el costo del rescate, que ascendió al equivalente de 90 000 millones de dólares, más los intereses que se fueran acumulando.

Por el "error de diciembre", como le llamó Salinas, en 1995 perdieron su empleo cerca de un millón de trabajadores y el PIB cayó 6% en lugar de crecer al esperado 4 o 5%. Pero la suerte no abandonaba al presidente mexicano. El Tratado de Libre Comercio con Estados Unidos y Canadá produjo mejores resultados de lo que se esperaba; en 1995 empezaron a crecer las exportaciones mexicanas y para 1999 esta actividad había permitido la creación de un millón de nuevos empleos y aportaba considerables ingresos a la reserva de divisas, que a fines del sexenio rebasó los 30 000 millones de dólares. La irritación del público se suavizó.

La clave del éxito fue haber satanizado a Salinas para convertirlo en chivo expiatorio de la crisis. Según todos los indicios, para esto Zedillo aprovechó las habilidades de la Nomenklatura, que se prestó gustosa para urdir una siniestra campaña de desprestigio contra su rival más odiado. Por lo que ha dicho Salinas, entre los principales miembros de la Nomenklatura destacaba el ex presidente del PRI, Ignacio Pichardo Pagaza, ligado a Carlos Hank González.

Pichardo Pagaza estaba acusado de auspiciar la fuga del diputado Manuel Muñoz Rocha, jefe de los asesinos materiales de Francisco Ruiz Massieu, y del PRI empezaron a surgir rumores en el sentido de que el autor intelectual de este asesinato y del de Colosio era Carlos Salinas. Para investigar el asunto Zedillo nombró un nuevo subprocurador encargado de poner en claro ambos casos, y éste resultó ser un personaje surgido de las más inmundas cloacas del sistema policiaco-judicial mexicano: Pablo Chapa Bezanilla, quien tuvo como jefe inmediato al procurador Antonio Lozano Gracia, un panista protegido por Diego Fernández de Cevallos, que supuestamente iba a moralizar la PGR.

Salinas se encontraba en Estados Unidos el 25 de febrero de 1995 cuando leyó en el *New York Times* una nota que decía: "El gobierno anterior encubrió la investigación de la muerte de Colosio, de acuerdo con lo dicho por un funcionario del gobierno que exigió mantenerse en el anonimato. Además de obstruir, afirmó, se escondieron evidencias". Salinas supuso que la filtración obedecía órdenes giradas por Zedillo y amenazó con regresar a México para hacer declaraciones reveladoras de la verdad. Al mismo tiempo, el ex presidente Luis Echeverría exigió la presencia de Salinas en el país "para aclarar lo relacionado con la crisis económica y el asesinato de Colosio".

Salinas fue invitado a volver a México para conversar con el entonces secretario de Gobernación, Esteban Moctezuma. Regresó la noche del lunes 27. También su hermano Raúl, quien precavidamente se había ausentado, se hallaba de nuevo en el país, pues Chapa Bezanilla le mandó decir que su presencia era necesaria a fin de ratificar la declaración ministerial que había rendido meses atrás sobre el asesinato de Francisco Ruiz Massieu.

Raúl fue capturado sorpresivamente y confinado en la prisión de alta seguridad de Almoloya de Juárez, Estado de México. Aturdido, el ex presidente llamó a las estaciones de radio y televisión para exigir a Zedillo que aclarara lo relacionado con el "error de diciembre". Como les ocurrió a tantas otras víctimas del sistema priista, sus reclamos fueron dejados sin respuesta, inclusive cuando, para reforzarlos, se declaró en huelga de hambre y se refugió en una casita de una colonia proletaria de Monterrey, que él había ayudado a remozar a través de la Sedesol. Lo que decía en su defensa se trastocaba en nuevos cargos, así que tuvo que irse al exilio, a rumiar la indignación que le causaba enterarse de que su rostro era utilizado para fabricar unas máscaras que se vendieron en el país por cientos de miles.

Premios y castigos

El dúo Chapa Bezanilla-Lozano Gracia acaparó por larga temporada las primeras planas y los tiempos más importantes de los noticiarios electrónicos propalando filtraciones calumniosas que les ganaban aplausos y dieron pie para que algunos periodistas dijeran que en México se estaba viviendo un drama shakespeariano, pues se tragaron la patraña de que el anterior fiscal, Mario Ruiz Massieu, había sido escogido para realizar la investigación y "echarle tierra al asunto" por ser hermano de la víctima, a quien supuestamente odiaba, sin reparar en el hecho de que, si la acusación fuera acertada, lo que habría hecho Mario Ruiz Massieu era aguardar a que terminase el sexenio para recibir su premio.

(Mario Ruiz Massieu renunció a la fiscalía un par de semanas antes de que se llevara a cabo el relevo presidencial. Ya había puesto en prisión a Daniel Aguilar Treviño, el asesino material de su hermano, junto con el hombre que lo contrató, Fernando Rodríguez, quien inmediatamente señaló a su jefe, el diputado Manuel Muñoz Rocha, como la persona que le dio dinero para pagar al sicario ejecutor del crimen. Mario Ruiz Massieu informó que Muñoz Rocha era instrumento de varios caciques priistas empeñados en eliminar a José Francisco por su salinismo tan definido, y denunció a Pichardo Pagaza y a la entonces jefa de la fracción priista de la Cámara de Diputados, María de los Ángeles Moreno, como protectores del diputado fugitivo. Tras responsabilizar al partido, Mario huyó del país, y se le encontraron sospechosos nueve millones de dólares en varias cuentas bancarias que mantenía en Texas, lo cual impidió que su nombre quedara limpio. Luego de resistir una feroz persecución judicial lanzada desde México, acabó suicidándose en 1999.)

Chapa Bezanilla y Lozano Gracia sólo arrestaron a un individuo llamado Othón Cortés, y aunque lo sometieron a torturas espantosas, no lograron hacer que se declarara cómplice de Mario Aburto en el asesinato de Colosio, ni encontraron ninguna prueba en contra del infeliz, por lo cual éste fue puesto en libertad sin recibir ni siquiera el tradicional: "Usted perdone".

Para que declarara en contra de Raúl Salinas pagaron medio millón de dólares y cambiaron a una cárcel más cómoda que la de Almoloya a Fernando Rodríguez, además de haber entregado otra fuerte suma a una vidente conocida como "La Paca", a cambio de que "sembrara" un esqueleto en terrenos de una casa propiedad de Raúl. Los restos fueron presentados como de Muñoz Rocha, pero la prueba del ADN solicitada por los defensores del acusado demostró la falsedad del cargo; así, Lozano Gracia y Chapa Bezanilla perdieron su utilidad como inquisidores y calladamente fueron dados de baja, sin que se les procesara por los delitos que habían cometido. Del diputado Muñoz Rocha, el hombre que tenía o tuvo todos los hilos de la trama, nadie se volvió a acordar, según convenía a los intereses de la Nomenklatura.

Nota importante: a Raúl Salinas se le procesó como protector de Muñoz Rocha y autor intelectual del asesinato de Ruiz Massieu además de otros delitos menores, pero no le mandaron a los auditores de la Secretaría de Hacienda para que averiguaran cómo había reunido su inmensa fortuna, de la cual sólo en Suiza se le encontraron 130 millones de dólares. Evidentemente Zedillo trató de tranquilizar a sus correligionarios dándoles a entender que seguía respetando la vieja ley priista no escrita de "Lo caido, caido".

El presidente jamás demostró habilidad para idear intrigas demoniacas del tipo que le permitieron librarse de Salinas; a la fecha sigue sin averiguarse qué miembro de la Nomenklatura lo aconsejó, o si la maniobra fue ideada —según afirman algunos nomenklaturistas— por José María Córdoba Montoya, el ex asesor defenestrado de Salinas, quien siguió siendo amigo de Zedillo y tal vez su consejero oculto.

La Nomenklatura había logrado vengarse, pero no tomó en cuenta que la población mexicana se había hartado ya de los pésimos olores que despedía la política nacional, y para protegerse adoptaría a Vicente Fox como caudillo para sacarlos de Los Pinos.

Los perros de Pavlov

Durante su primer año de gobierno, Ernesto Zedillo recibió la aprobación de apenas 30% de los encuestados por los medios electrónicos e impresos. Tan baja era la cifra, que repetidamente se discutió la posibilidad de que el hombre se convenciera de su incapacidad para gobernar y presentara su dimisión. Pero al terminar el sexenio las encuestas le asignaban un índice aprobatorio de 70% o más.

Además de la satanización de Salinas, el cambio fue producto de los balances contables relativamente buenos que rindió Zedillo al abandonar Los Pinos. La reserva de divisas rebasaba los 30 000 millones de dólares. En 1995 el PIB había caído un catastrófico 6%, pero en los años siguientes se recuperó poco a poco y para el 2000 el ingreso per cápita ya alcanzaba los 5 693 dólares, inferior todavía a los 5 913 dejados por Salinas, aunque tolerable dentro de las circunstancias vigentes.

En amplia medida la recuperación fue producto de los buenos resultados que arrojaba el TLC, pues los 30 000 millones de dólares que exportaba México antes de que se firmara el tratado pasaron a cerca de 140 000 millones al terminar el sexenio, y la firmeza del peso parecía inconmovible. La diferencia entre los ingresos y los egresos fiscales arrojaba un déficit de sólo 1%, perfectamente manejable.

Cuando se revisaron a fondo las cuentas, sin embargo, resultó que el déficit no era de 1%, sino superior a 3%. Así como Salinas maquilló su contabilidad, Zedillo recurrió a diversas triquiñuelas para ocultar los "pasivos no contabilizados", como se les llama, y presentar sus cuentas bajo una luz favorable. Reconoció una deuda pública total (interna y externa) equivalente a 125 000 millones de dólares, cuyo servicio —intereses más amortización de capital— consumirían 18% del presupuesto de ingresos, pero al cabo se vería que se abstuvo de consignar otras deudas por valor equivalente a 105 000 millones de dólares, lo que obligaría al nuevo gobierno a emplear 40% de la recaudación fiscal sólo para pagar intereses y amortizaciones.

La suma adicional engloba lo que se tiene que gastar para llevar a cabo el rescate bancario y de apoyo a los deudores (78 000 millones de dólares), el rescate carretero y otros fondos y fideicomisos (15 433 millones de dólares), más los Proyectos de Impacto Diferido en el Gasto, o Pidiregas en la jerga económica, por 6 570 millones de dólares, que constituían el valor de varias obras gigantescas para diversas empresas estatales en las que no se permite la inversión privada, como Pemex y las eléctricas. Debido a eso, el gobierno contrataba consorcios, a menudo extranjeros, que realizaban la obra por cuenta propia bajo el entendimiento de que recuperarían su inversión más intereses y utilidades cuando el proyecto quedara terminado; entonces se les compraría a precio remunerativo o se les tomaría en arrendamiento para irles pagando con lo que produjera la obra una vez que entrase en operación. En todos los casos, la propiedad pasaría a manos del Estado.

Por razones no reveladas, Vicente Fox aceptó servir de tapadera y hacerse cargo de pagar las deudas ocultas, a pesar de que en marzo de 2000, mientras recorría la zona de Poza Rica en el desarrollo de su campaña electoral, rugió:

—A mucha gente le ha dado por endiosar a quienes destruyen y luego reconstruyen. Pero no: Zedillo es el culpable directo del error de diciembre de 1994. Falló y fue incapaz: que no venga con falsedades ni diga que reconstruyó el país.

Astucia oculta

Al celebrarse las elecciones presidenciales de 2000, casi nadie recordaba ya la torpeza de Zedillo como candidato que ahuyentaba a los políticos profesionales del PRI; que en uno de tantos discursos desafortunados dijo que quería ser "el presidente de los pobres mexicanos" (en vez de "los mexicanos pobres"), y que realizó una campaña electoral basada en un rosario de mítines desangelados y manifestaciones gélidas, con acarreo masivo y un derroche desenfrenado en gastos de propaganda.

Otro indicio de lo que realmente era Zedillo se tuvo el 9 de febrero de 1995, cuando el "error de diciembre" estaba provocando los desastres más espectaculares y el jefe del Estado apareció inesperadamente en la televisión para informar que había ordenado al ejército y a la Procuraduría General de la República proceder a la aprehensión de Rafael Sebastián Guillén Vicente (nombre con el cual identificó por primera vez al subcomandante Marcos) y sus compinches, quienes en días anteriores habían querido aprovechar la agitación reinante para apoderarse de varias comunidades chiapanecas.

La intervención presidencial fue vista como un esfuerzo por demostrar que Zedillo "tenía agallas". Pero cuatro días después fueron puestas en libertad varias docenas de neozapatistas que habían sido aprehendidos, se suspendió la persecución y se retornó a la mesa de negociaciones. Entonces Zedillo fue tachado de indeciso, sin tomar en cuenta que le convenía conservar a Marcos como "petate del muerto", útil para asustar a los paranoicos, y que si hubiera logrado la captura del hombre, los globalifóbicos amigos de la guerrilla fría chiapaneca habrían organizado un escandalazo de alcance mundial. Una vez exhibida la vulnerabilidad de Marcos el guerrillero, lo más cómodo para el gobierno fue dejarlo tranquilo y "negociando" desde la selva chiapaneca.

De carácter similar fue la huelga iniciada el 20 de abril de 1999 por unos centenares de polpotianos que paralizaron la UNAM y durante más de 10 meses impidieron a 250 000 estudiantes y maestros realizar sus labores con normalidad. Para casos como éste la ley ordena al presidente enviar fuerzas a restablecer el orden, pero como en la "Máxima Casa de Estudios" no se enseña el respeto a la ley, y en cambio impera el dogma de que se debe aplaudir a cualquier mequetrefe que se proclama defensor de las causas populares, Zedillo comprendió que si cumplía con sus obligaciones constitucionales le caerían encima toda "la intelectualidad" mexicana y las gavillas a quienes el PRI creó y financió para que formaran organismos como el Frente Popular Francisco Villa, el Movimiento Proletario Independiente y otros. Por lo tanto dejó que el conflicto siguiera su curso hasta podrirse sin reparar en los miles de millones de pesos que costaba la llamada huelga estudiantil.

Desde que dejó de ser funcionario de altos vuelos para convertirse en político, Zedillo desconcertó a quienes lo rodeaban. Su campaña electoral fue trazada y dirigida por puros tecnócratas que ocupaban un ultramoderno "edificio inteligente" ubicado en el ex pueblo de Cuicuilco, a 20 kilómetros del conjunto arquitectónico donde tiene su sede el PRI, y los políticos tradicionales que trabajaban en la sede tenían prohibido presentarse en Cuicuilco.

Las elecciones tuvieron lugar el 21 de agosto. A medida que las encuestas de salida indicaban el triunfo de Zedillo, el entonces presidente del PRI, Ignacio Pichardo Pagaza, se dispuso a girar instrucciones en el sentido de que a partir de las nueve de la noche se reunieran en la explanada de la sede priista por lo menos 10 000 individuos con matracas, bandas de música, banderines y mantas que proclamaran la victoria, y que de acuerdo con la tradición permanecieran en el sitio vitoreando al partido en espera de que se anunciase oficialmente el triunfo del candidato, lo cual ocurriría entre la una y las tres de la mañana. Debían prepararse además algunas salas para que los dirigentes deseosos de felicitar al candidato pudieran congregarse. Sólo que Zedillo prohibió realizar el acto y por primera vez en la historia del PRI no hubo celebración de la victoria. El 28 hizo públicos el IFE los resultados oficiales de la elección.

Para la generalidad de los analistas, el triunfo de Zedillo se debió al enorme prestigio que conservaba Salinas, así como a la virtual retirada de la campaña que efectuó Fernández de Cevallos. Por su parte, según reconoció ante un periodista inglés, Zedillo sabía que las elecciones habían sido "ciertamente legales pero no equitativas", pues el secretario de Gobernación ejercía la jefatura del IFE; las estaciones de radio y televisión, por miedo a que les cancelaran la licencia, habían dado máxima cobertura a las actividades del candidato del PRI mientras desdeñaban a sus rivales, y lo mismo hicieron los medios impresos sujetos a la mordaza del "embute". Además de que ni Fernández de Cevallos ni Cárdenas atrajeron visiblemente la simpatía del público, el apoyo irrestricto del dinero y las influencias del gobierno sin duda indujeron a los votantes a continuar obedeciendo la conseja del "más vale malo por conocido que bueno por conocer".

Zedillo sabía que, por su inexperiencia política, muchos observadores lo tomaban por una segunda edición de Pascual Ortiz Rubio, otro "Nopalito" que sólo con el apoyo de Salinas podría gobernar. El 29 de agosto de 1994, cuando finalmente accedió a reunirse con la dirigencia del PRI, dejó estupefactos a sus correligionarios, según escribió Pichardo Pagaza:

Nos concentramos en el recinto Plutarco Elías Calles integrantes del Consejo Ejecutivo Nacional, líderes de los sectores, gobernadores priistas, diputados y senadores electos, coordinadores y delegados, comités directivos estatales y dirigentes de las organizaciones y movimientos territoriales […] Ignoraba yo la materia que el candidato abordaría, pero siendo la primera intervención después de la elección […] esperaba la gran ovación de la victoria; la arenga de salutación para el ejército victorioso, fatigado y cubierto de laureles, en labios del jefe triunfador orgulloso de sus huestes.

Lejos de eso, continuó Pichardo Pagaza,

su conferencia, que no discurso, incluyó dos propuestas. La primera se refería a la necesidad de crear "una nueva cultura democrática" para México […] "La nueva cultura democrática exige una competencia electoral justa, equilibrada y clara", dijo. La segunda proposición se tradujo en una crítica sutil a la elección que recién terminaba […] Dio la razón a las oposiciones que abiertamente se quejaban de falta de condiciones electorales adecuadas en el proceso y de insuficiente equidad en el desarrollo de los comicios.

—Les quise decir que el "dedazo" había muerto —aclaró Zedillo cuando ya había terminado su gestión presidencial.
Los oyentes quedaron pasmados. Supusieron que se trataba de la vieja triquiñuela de los políticos que encubren sus fines auténticos revistiéndolos de pronunciamientos morali-

zadores. Pero 15 días después, el 10 de septiembre, Zedillo volvió a la carga.

—Quiero un Estado que no se apropie del partido y un partido que no se apropie del Estado… Creo firmemente en que la democracia exige una sana distancia entre el partido y el gobierno. Mi compromiso será mantener diáfana esa distancia.

Además, el PRI debería reformarse de manera que la designación de candidatos surgiera de la decisión unánime de los militantes y no de la imposición de los caciques, empezando con el presidencial.

Pichardo Pagaza, miembro destacado del famoso Grupo Atlacomulco, se reconoció incapaz de llevar a cabo semejante tarea, y presentó su renuncia. Zedillo nombró sucesivamente a siete presidentes del PRI: María de los Ángeles Moreno, Santiago Oñate, Humberto Roque Villanueva, Mariano Palacios Alcocer, José Antonio González Fernández y Dulce María Sauri. Y como además hubo en el sexenio cuatro cambios de secretario de Gobernación —Esteban Moctezuma, Emilio Chuayffet, Francisco Labastida y Diódoro Carrasco— en múltiples ocasiones se produjeron enredos políticos.

Acerca de la inexperiencia política de Zedillo se dejó de hablar al verse que se desembarazaba de Salinas en menos tiempo del empleado por Lázaro Cárdenas para mandar a Plutarco Elías Calles al exilio. Se pensó entonces que el presidente disponía de hábiles consejeros; desde luego, la Nomenklatura colaboró entusiastamente en la tarea de aplastar a Salinas, pero Zedillo se desligó de ella en cuanto dejó de necesitarla y como premio por sus servicios sólo parece haberle dado la suspensión de los proyectos para privatizar la industria petroquímica y la eléctrica, que siempre han sido minas de oro para los "nomenklaturistas".

Con el paso de los años el PRI se había adecentado bastante, pero de allí a convertirlo en un partido democrático, que no dependiera del dinero y el poderío gubernamental para mantenerse en el poder, mediaba una distancia que parecía imposible de salvar. Cuando se acercaba el fin del sexenio, incontables personajes pidieron a Zedillo que se dejara de niñerías y diese "línea" a la "cargada", punto, y como los perros de Pavlov, que después de acostumbrarse a esperar alimento cuando escuchaban un toque de campana, enloquecían cuando se dejaba de dárseles el toque, los priistas se transtornaron al no recibir la señal que les anticipaba la conservación de sus prebendas y corruptelas.

El golpe decisivo

Desde 1995 Zedillo firmó el decreto que ordenaba la "ciudadanización" del IFE, lo que privó al secretario de Gobernación del puesto de presidente del instituto: en el futuro, el cargo sería asignado a quien eligieran los "consejeros ciudadanos" y no el gobierno. Ese mismo año y el siguiente el PAN revalidó su triunfo en las elecciones para gobernador de Baja California y ganó las de Guanajuato y Jalisco, además de un gran número de presidencias municipales importantes de todo el país.

No tardaron en escucharse las voces airadas de los "dinosaurios" y "nomenklaturistas" que exigían volver a las viejas prácticas para asegurar la permanencia en el poder del "partido de la Revolución". Pero en 1997 el PRI perdió la jefatura de gobierno del Distrito Federal, las gubernaturas de Nuevo León, Querétaro y Aguascalientes, además de la mayoría en la Cámara de Diputados, sin que Zedillo aceptara revivir el "fraude patriótico".

En 1998 tuvo lugar en Chihuahua, donde gobernaba el PAN, un significativo experimento. Acatando las instrucciones de Zedillo, el PRI celebró elecciones internas abiertas para designar al candidato a gobernador. Contendieron un viejo priista llamado Artemio Iglesias, el favorito de los "dinosaurios", y Patricio Martínez, un ex comerciante que había realizado una excelente labor como presidente municipal de la ciudad capital, a quien apoyaban los independientes. Martínez ganó la candidatura, derrotó a su rival y por primera vez el PRI arrebató al PAN un gobierno estatal.

Llegó así noviembre de 1999, cuando había que elegir candidato presidencial para las elecciones de 2000. Fiel a su propósito, Zedillo se negó a dar el "dedazo"; Francisco Labastida Ochoa, Roberto Madrazo Pintado, Manuel Bartlett y Humberto Roque Villanueva —apodados "Los Cuatro Fantásticos"— tuvieron que disputarse la candidatura en unas elecciones internas semejantes a las primarias de Estados Unidos. Labastida ganó.

Los partidarios de los derrotados, especialmente los de Bartlett, se dieron vuelo afirmando que Zedillo había manipulado la elección para favorecer a Labastida, por lo cual abundaron los pronunciamientos a favor de que el presidente fuera expulsado del PRI. Siguió a continuación la campaña electoral, y ante el asombro de los "dinosaurios", el candidato priista no tuvo a su disposición los recursos económicos y materiales del gobierno, ni los medios de comunicación lo arroparon con exclusión de sus rivales, ni hubo en las casillas "alquimistas" que retocaran el conteo de votos a favor del PRI.

Los recalcitrantes tacharon a Zedillo de traidor y patéticamente fracasaron en el intento de "reventar" el proceso haciendo que el perredista Cuauhtémoc Cárdenas y el priista Labastida declararan conjuntamente que las elecciones habían sido fraudulentas, aunque el IFE y los observadores nacionales e internacionales las conceptuaron como las más limpias y equitativas que había tenido el país.

La noche del 2 de julio de 2000, dos minutos después de que el presidente del IFE, José Woldenberg, anunciara el triunfo del panista Vicente Fox, la voz de Zedillo, transmitida en cadena nacional, felicitó al ganador por su victoria. Con esto perdería todo su valor cualquier pronunciamiento cardenista-labastidista, en caso de que efectivamente llegara a emitirse. Así, después de haber ejercido el poder durante 71 años, el PRI pasó a la oposición.

EPÍLOGO: ¿REVIVIRÁ EL PRI?

En Francia, el absolutismo entró en agonía en 1793, cuando Luis XVI fue decapitado. La forma mexicana de absolutismo quedó descabezada en diciembre de 2000, cuando el sistema priista perdió la Presidencia de la República.

Muchos nobles y eclesiásticos franceses renunciaron formalmente a sus privilegios y aceptaron convertirse en simples ciudadanos. Pero a la mayoría se le hizo difícil renunciar a ventajas que habían disfrutado a lo largo de 1 000 años, y muy pronto se armó una reacción que reinstauró el absolutismo entre 1804 y 1814 con Napoleón Bonaparte; entre 1814 y 1824 con Luis XVIII; entre 1824 y 1830 con Carlos X; entre 1830 y 1848 con el reino de Luis Felipe, y todavía entre 1852 y 1870 con Napoleón III.

El Partido Revolucionario Institucional murió en 2000 al perder la Presidencia de la República que se había convertido en su primer motor. En su lugar quedó otra institución que puede seguir usando las siglas PRI, que ahora significarían Partido Reaccionario Institucional.

Como los reaccionarios franceses, los impulsores del moderno PRI pretenden restaurar sus vetustos privilegios: que el director general de Pemex pueda firmar legalmente cheques por 1 000 millones de pesos para entregárselos al sindicato de la empresa de manera que éste les pase una buena parte para gastarla en las campañas políticas, sin importarles que la gasolina mexicana siga vendiéndose a uno de los precios más elevados del mundo; que las empresas eléctricas también eleven sus precios y efectuando frecuentes "cortes" con tal de que puedan seguir financiando los privilegios del sindicato y encargando la realización de nuevas obras a "coyotes" que ganan fortunas por revenderlos; que el Banco de México emita dinero sin reparar en la inflación, con tal de que les avise a tiempo para convertir sus ahorros en dólares cuando vengan devaluaciones; que la Secretaría de Hacienda permita que sus favoritos —altos funcionarios del gobierno, empresarios que gozan de excensiones escandalosas así como los magnates del comercio informal y sus protectores, los burócratas que pastorean la "borregada" para engrosar las manifestaciones políticas— en tanto que se persigue con saña equiparable a la que desplegaban los eunucos del imperio romano a los empresarios y a los empleados y profesionistas que no tienen forma de ocultar sus ingresos; y, sobre todo, que las nóminas del gobierno sigan arropando a cuatro millones de burócratas, la mayoría prescindibles o estorbosos.

Insospechadamente, los neorreaccionarios han encontrado aliados en las filas del PAN o en los sectores independientes, quienes están permitiendo que se olviden las promesas de Vicente Fox cuando era candidato y prometió combatir la empleomanía (en lugar de hacerlo, ha engrosado las nóminas del gobierno con decenas de miles de burócratas) y sobre todo financiar el crecimiento económico del país con los ahorros que se obtuvieran mediante el combate a la corrupción (ésta sigue igual o peor a la dejada por el antiguo régimen). Entre estos individuos están los que dicen que el sistema presidencial fue un brillante producto del ingenio mexicano, pues fue un derivado del *tlatoani* azteca, que ni los antropólogos saben cómo sería, o hasta que fue una "presidencia imperial", que nadie sabe definir. Estos individuos critican airadamente a Vicente Fox porque calza botas y no sabe quién fue el literato Jorge Luis Borges, pero nada le dicen por no haber suprimido la corrupción, que según él mismo devora 15% del PIB, y en lugar de suprimirla aumentó los impuestos para poder seguir financiando la empleomanía, absorber los gastos del Fobaproa y otras inmundicias.

Entre los periodistas forman mayoría los que presionan para que vuelva el "embute", pues les resultaba más fácil practicar la lambisconería y la alcahuetería que acostumbraban bajo el antiguo régimen, mientras que ahora deben fatigar el cerebro para vaticinar el fin del mundo porque el índice de desempleo creció unas décimas de porcentuales, porque sube o porque baja la cotización del dólar o porque no se devalúa más para que los exportadores regiomontanos se beneficien con una reducción en dólares de los salarios que pagan a sus trabajadores y así puedan equiparar sus costos laborales a los que tienen los chinos.

Para responder a la interrogante: ¿Revivirá el PRI? se puede señalar que en la URSS los viejos comunistas son ahora neorreaccionarios y aunque todavía no se espera que tengan éxito en sus trabajos para conseguir la restauración del viejo sistema, sí están causando serios problemas y obstaculizando la reorganización de sus países. Hasta en la envidiada

España, todavía seis años después de la muerte de Francisco Franco, 50% de la población sigue añorando la vuelta de la dictadura, según lo reveló una encuesta de opinión. Pero como esta obra es de historia y no de futurología, aquí se le pone punto final.

ARMANDO AYALA ANGUIANO
30 de agosto de 2003

RECONOCIMIENTOS

La Reforma: de Juárez a Díaz

Para documentar la primera y la segunda partes se consultaron textos de los especialistas que se citan a continuación, por orden alfabético: Frank Averill Knapp, Jean Bazant, Carleton Beals, A. Belenski, Francisco Bulnes, Ivie E. Cadenhead, Daniel Cosío Villegas, James D. Cockroft, Vicente Fuentes Díaz, José Fuentes Mares, Ricardo García Granados, Nemesio García Naranjo, Luis González y González, Moisés González Navarro, Manuel González Ramírez, Rosaura Hernández Rodríguez, Fernando Iglesias Calderón, John Kenneth Turner, Enrique Krauze, José Ives Limantour, Concha Lombardo de Miramón, José López Portillo y Rojas, Francisco I. Madero, Andrés Molina Enríquez, E. V. Niemeyer Jr., Donathon C. Ollif, Manuel Payno, Carlos Pereira, Guillermo Prieto, Bernardo Reyes, Rodolfo Reyes, Ralph Roeder, Walter V. Scholes, Justo Sierra, Jesús Silva Herzog, Ernesto de la Torre Villar, Ronnie C. Tyler, José C. Valadés, Jorge Vera Estañol y Francisco Zarco.

La Revolución

Para documentar la tercera, cuarta y quinta partes se consultaron textos de los especialistas que se citan a continuación, por orden alfabético: Héctor Aguilar Camín, William H. Beezley, Roberto Blanco Moheno, Manuel Bonilla Jr., Francisco Bulnes, Luis Cabrera, Federico Cervantes M., James D. Cockroft, Charles C. Cumberland, John W. F. Dulles, Enrique Florescano, general Pablo Gómez, ingeniero Pablo González, Manuel González Ramírez, Martín Luis Guzmán, Linda B. Hall, Alfonso Junco, Enrique Krauze, Luis Liceaga, José Yves Limantour, Bernardino Mena Brito, Jean Meyer, Michael C. Meyer, E. V. Niemeyer, Álvaro Obregón, Bernardo Reyes, J. Natividad Rosales, Stanley R. Ross, Jesús Silva Herzog, Peter H. Smith, Alfonso Taracena, José Vasconcelos, Jorge Vera Estañol y John Womack Jr.

Forja y desplome del PRI

Para documentar la sexta, séptima y octava partes se consultaron textos de los especialistas que se citan a continuación, por orden alfabético: *Los militares:* Fernando Benítez, Francisco Bulnes, Josephus Daniels, John W. F. Dulles, Vicente Fuentes Díaz, Miguel González Compeán, Luis González y González, Ernest Gruening, Alicia Hernández Chávez, Enrique Krauze, Victoria Lerner, Luis Medina, Jean Meyer, Lorenzo Meyer, Luis Pazos, Olga Pellicer de Brody, Emilio Portes Gil, J. Richard Powell, J. M. Puig Casauranc, Abelardo

Rodríguez, Beatriz Rojas, A. Romandía Ferreira, Eduardo Suárez, Blanca Torres, William C. Townsend, José Vasconcelos y James J. Wilkie. *Los abogados:* Miguel Alemán Valdés, Vicente Fuentes Díaz, Luis González y González, Alicia Hernández Chávez, Enrique Krauze, Alejandra Lajous, Victoria Lerner, Esteban L. Mancilla, Enrique Márquez Jaramillo, Jean Meyer, Lorenzo Meyer, Olga Pellicer de Brody, J. Richard Powell, Cayetano Reyes, José Luis Reyna, Beatriz Rojas, Blanca Torres y James J. Wilkie; Elsa R. de Estrada contribuyó a documentar los capítulos sobre Ruiz Cortines, López Mateos y Díaz Ordaz. *Los tecnócratas:* Adolfo Aguilar Zinzer, Tomás Borge, Vicente Fuentes Díaz, Miguel González Compeán, Enrique Krauze, Joaquín López Dóriga, Rafael Loret de Mola, Lorenzo Meyer, Luis Pazos, Ignacio Pichardo Pagaza, Mario Ruiz Massieu, Carlos Salinas de Gortari, Fidel Samaniego y Carlos Tello Díaz; Pedro Baca contribuyó a documentar el capítulo sobre Zedillo.

ÍNDICE ONOMÁSTICO

Aburto Martínez, Mario: 772, 787
Acevedo y de la Llata, Concepción: 516
Agüeros, Victoriano: 277
Águila, Emilia: 369-370
Aguilar Treviño, Daniel: 773, 787
Aguilar y Marocho, Ignacio: 140
Aguilar, Cándido: 455, 612
Aguirre, Jesús M.: 521-522
Aguirre, José María: 84
Ajuria, Gregorio de: 14
Akihito, príncipe: 646
Alamán, Lucas: 12, 16, 96
Alegría, Rosa Luz: 690, 698, 710
Alemán González, Miguel: 609, 611
Alemán, Miguel: 203, 580, 600-602, 604, 607, 609-611, 614-617, 621, 623-631, 633, 637
Alfaro Siqueiros, David: 475, 641
Allen, Lucretia "Lulla": 122
Allen, William H.: 122
Allende, Salvador: 670
Almar, Federico: 570
Almazán, Juan Andrew: 306-307, 316, 320, 522, 578-582, 585-586, 600
Almonte, Juan Nepomuceno: 57, 67, 71, 93, 96, 130
Altamirano, Manlio Fabio: 613
Alvarado, Salvador: 392-394, 471, 486
Álvarez, Juan: 11, 13, 18-22, 48-49, 183, 189
Álvarez, Luis H.: 640
Amaro, Joaquín: 522, 578, 581
Anaya, Andrés: 750, 752, 755
Anderson, Jack: 728
Ángeles, Felipe: 333, 346-348, 353, 399, 401, 413-414, 425, 430-432, 449
Aramberri, José Silvestre: 70
Arango, Doroteo: 289; *véase también* Villa, Pancho
Araujo, Hugo Andrés: 750, 752, 754-755, 760
Arévalo Gardoqui, Juan: 732
Arriaga, Ponciano: 47

Arrieta, Domingo: 390, 404-405
Arrieta, Mariano: 390, 404-405
Arteaga, José María: 115
Aspe, Pedro: 745, 755-756, 779-780
Ataturk, Kemal: 516
Auza, Miguel: 154
Ávila Camacho, Manuel: 203, 540, 542, 578-582, 585-588, 590-597, 600, 602, 604-606, 613, 615, 625, 637
Ávila Camacho, Maximino: 587-589, 601-602, 605, 613, 651
Azueta, Manuel: 339

Baca, Guillermo: 287
Bakunin, Mijaíl: 428
Ballesteros, Crescencio: 702
Baranda, Joaquín: 234
Barra García, Félix: 675
Barra, Francisco León de la: 298-301, 304, 307, 310, 313, 317-318, 320-322, 331, 334, 359
Barragán Camacho, Salvador: 720, 740
Barragán, Juan: 466
Barrio, Francisco: 727, 759
Bartlett, Manuel: 732, 798
Bassols, Narciso: 552, 555
Bautista, Gonzalo: 651
Baz, Gustavo: 429
Baz, Juan José: 33

Bazaine, Aquiles: 98, 118, 124-125, 132, 134-135, 139, 142, 145, 191
Benítez, Justo: 187, 195, 202, 204, 206, 222
Benjamin, Judah P.: 65
Bermúdez, Antonio J.: 616-617, 633
Beteta, Ramón: 898
Bismarck, Otto von: 136
Blanco, Lucio: 403, 473
Blanquet, Aureliano: 356, 364, 449
Bolaños Cacho, Sabina: 651
Bolaños, Sergio: 740
Bonaparte, Napoleón: 129, 800
Bonillas, Ignacio: 453-454, 495
Borges, Jorge Luis: 802
Borja Soriano, Guadalupe: 651, 660
Bravo, Nicolás: 11
Broz, Josip: *véase* Tito
Buchanan, James C.: 52-55, 59, 65, 73
Buendía, Manuel: 728
Bulnes, Francisco: 196, 216, 222, 228-229, 237, 242, 440, 496
Burke, John J.: 512
Bush, George H. W.: 693, 695, 700, 748
Cabral, Juan G.: 392-394, 411-412, 546

Cabrera Acevedo, Fernando: 695
Cabrera, Luis: 398, 414, 466, 482
Cachón Amarillas, Natalia: 534
Caldelas, Manuel: 639
Calles, Juan B.: 491
Calles, Plutarco Elías: *véase* Elías Calles, Plutarco
Camacho Solís, Manuel: 750-754, 756, 769-770, 772, 777-778
Camacho, Eufrosina: 602
Camarena, Enrique: 731
Campa, Emilio P.: 335
Campa, Valentín: 596, 641
Campos, Clara: 85
Campuzano, María de Jesús: 491
Canales, Servando: 153
Canto, Benigno: 165
Caraveo, Marcelo: 522
Carbajal, José María de Jesús: 116
Cárdenas, Cuauhtémoc: 625, 735, 740, 745, 749, 757-758, 762, 768, 777-779, 794, 799
Cárdenas, Lázaro: 461, 519, 522, 529, 536-542, 544-560, 562-569, 571-575, 577-578, 580-584, 586-588, 594-595, 597, 599-600, 613-614, 625, 637, 751, 796
Carlos X: 800
Carlota: 90, 95-96, 98, 100, 103, 127, 132-134, 138-139

Carranza, Jesús: 373, 381, 383, 403
Carranza, Venustiano: 285, 297, 299-301, 329, 363, 365, 370, 373-388, 390-391, 396-404, 406-408, 410-420, 423-426, 432-440, 442-443, 446-457, 459-461, 465-466, 468-470, 474, 476, 478, 485, 493, 495, 511, 537, 547, 558, 632
Carrasco, Diódoro: 796
Carrasco, Juan: 473
Carreón, Juan C.: 313
Carrera, Martín: 17-19, 49
Carrillo Gutiérrez, Lucía: 632
Carrillo Puerto, Felipe: 471, 483, 486-487
Carter, Jimmy: 694, 697
Carvajal, Ángel: 635
Carvajal, Francisco: 369, 406
Casas Alemán, Fernando: 612, 624
Casasús, Joaquín D.: 228
Castillo Nájera, Francisco: 540
Castillo, Heberto: 695-696, 706-707
Castrejón, Martín: 545
Castro, Fidel: 640, 642, 652, 670, 677-678, 697-698
Castro, Miguel: 164
Castañón, Paulina: 767
Cedillo, Saturnino: 519, 536, 555,

557-558, 560, 570-572, 588, 600
Cervantes del Río, Hugo: 705
Chacón, Natalia: 492
Chao, Tomás: 388-389, 391
Chapa Bezanilla, Pablo: 785-788
Chávez, Ignacio: 652
Chávez, Joaquín: 288-289
Chombe (caudillo): 171
Chuayffet, Emilio: 796
Churchwell, William H.: 55-56, 58
Clements, William: 695
Clouthier, Manuel J.: 735, 757
Colosio, Luis Donaldo: 755, 757-760, 762, 769, 771-773, 779, 785, 787
Comonfort, Ignacio: 12-20, 23-29, 32-36, 38-39, 43, 48-50, 70-71, 87, 89, 162, 208, 234
Contreras Elizalde, Pedro: 167
Contreras, Calixto: 390
Coolidge, Calvin: 508
Cordera Pastor, Manuel: 637
Cordero, Paloma: 718
Córdoba Montoya, José María: 753-754, 756, 788
Corona del Rosal, Alfonso: 657
Corona, Ramón: 145-146, 154-155, 191, 193, 232
Corral, Ramón: 228, 239-241, 252, 267, 271-272, 278-281, 294

Corte, Gladys: 766
Cortés, Hernán: 687
Cortés, Othón: 787
Cortines Cotera, María: 631-632
Cotera, Gabriel: 632
Cotera, Octaviana: 632
Creel, Enrique C.: 228, 279, 335, 369, 499
Creel, Reuben: 113
Creelman, James: 250, 266
Cruz, Chito: 395
Cruz, Roberto: 515-522
Cuevas, Luis G.: 53

Daniels, Josephus: 563, 569
Davies, W. R.: 570
Degollado, Santos: 50, 57, 60-62, 64, 69-72, 74-77, 85, 185
Dehesa, Teodoro A.: 251, 278, 280, 282
Diamant, Patrick: 638
Díaz de la Vega, Rómulo: 18
Díaz Ordaz, Gustavo: 637, 647, 649, 651-662, 667-668, 670, 686, 707, 722, 736, 750
Díaz Ordaz, Ramón: 651
Díaz Serrano, Jorge: 693-696, 700, 704, 719-720, 754
Díaz Soto y Gama, Antonio: 363, 418, 428, 481, 483
Díaz, Aurora Victoria Luz: 198

Díaz, Bernardo: 237
Díaz, Camilo: 194
Díaz, Félix: 164, 181-182, 185, 189-190, 195, 198
Díaz, Félix (hijo): 338-340, 342-348, 350-351, 354, 356, 359, 362-363, 381, 434, 449-450, 466
Díaz, José de la Cruz: 181
Díaz, Luz: 194
Díaz, Porfirio: 86-89, 107, 125, 134, 147-148, 154-156, 158, 164, 170, 174, 176-177, 181-188, 190-193, 195-207, 209-224, 227, 229, 231-233, 236-243, 245-246, 249-257, 262, 264, 266-267, 269, 271-272, 274, 277, 279, 281-282, 285, 290-291, 294-295, 299, 301, 305, 307-309, 312, 315-316, 326-328, 332, 341-342, 345, 358-359, 373-376, 394, 398, 409, 417, 424, 438, 442-443, 445, 451, 453, 470, 474, 478, 501, 517, 544, 576
Díaz, Porfirio Germán: 194
Díaz, Porfirio (hijo): 198, 231
Díez de Bonilla, Manuel: 140
Doblado, Manuel: 16, 22, 26, 34-35, 39, 64, 74, 89, 107-108, 110-112, 124, 126
Doctor Atl: 417-418, 424, 442

Domínguez, Belisario: 364
Dornbierer, Manú: 767
Dublán, Eduardo: 167
Dublán, Manuel: 220, 223-224
Dumas, Alejandro: 236
Dupin, Aquiles: 125
Durazo, Arturo: 690, 721

Echeverría, Luis: 659-661, 663-669, 671-672, 674-675, 677-689, 691, 693, 699-700, 705, 707, 722, 727, 730, 744, 751-752, 772, 785
Eisenhower, Dwight D.: 646
Elías Calles, Alfredo: 539, 540
Elías Calles, Plutarco: 410, 411-412, 432-433, 435, 453-454, 466, 473, 475, 481, 483, 485, 488, 491, 493-500, 502-509, 512, 515-518, 520-524, 526-532, 536-542, 546-550, 552-557, 559, 565, 575, 595, 767, 795-796
Elías Calles, Plutarco (hijo): 539
Elías Calles, Rodolfo: 536, 540-541, 552, 555
Elías Lucero, Plutarco: 491
Elías, Arturo: 524
El-Krim, Abd: 472
Enrique II: 222
Escobar, Ana María: 47-48, 62, 85
Escobar, José Gonzalo: 521, 523

Escobedo, Mariano: 42, 70, 84, 115-116, 145-146, 148-151, 153-155, 157, 191-192, 205
Escudero, Francisco: 352

Fabela, Isidro: 644
Fernández de Cevallos, Diego: 778-779, 785, 794
Fernández Hurtado, Ernesto: 718
Field Jurado, Francisco: 487, 503
Fierro, Rodolfo: 432
Figueroa, Ambrosio: 318, 298, 316, 320
Figueroa, Andrés: 298, 316, 580
Flores de la Peña, Horacio: 670-671
Flores Magón, Enrique: 274
Flores Magón, Ricardo: 272-275, 288, 293, 303, 403
Flores Muñoz, Gilberto: 635-636
Flores Villar, Manuel: 486
Flores, Daniel: 527
Forey, Elías Federico: 97-99, 126, 128
Forsyth, John: 53-55, 58
Fox Quesada, Vicente: 789, 791, 799, 801-802
Franco, Francisco: 563
Fuente, Juan Antonio de la: 63-64
Fuentes Rodríguez, José de las: 725

Gadsen, James: 14, 20, 27-28
Gamboa Patrón, Emilio: 772
Gamboa, Federico: 355
García Aragón, Guillermo: 421, 545
García Barragán, Marcelino: 628, 659, 668
García de la Cadena, Trinidad: 195, 198, 219, 223
García Granados, Alberto: 360
García Hernández, Héctor: 720
García Naranjo, Nemesio: 362
García Paniagua, Javier: 706
García Peña, Ángel: 337
García Pueblita, Manuel: 115
García Ramírez, Sergio: 733-734
García Téllez, Ignacio: 549-550
Garibaldi, Giuseppe: 156
Garibaldi, Giuseppe (nieto): 292
Garrido Canabal, Tomás: 538, 541, 549-550, 552-553, 555
Garza Galán, José María: 374
Garza Sada, Bernardo: 704
Garza Sada, Eugenio: 678
Garza, Jesús B. de la: 589
Garza, María de Jesús: 373
Gasca, Celestino: 629
Gaulle, Charles de: 646
Geller, Uri: 698
Gerard, Ana Paula: 775
Ghandi, Mahatma: 323
Giancana, Sam: 682

Gillow, Eulogio: 215
Giordano Gómez, Salvador: 768
Goicuría, Domingo de: 51, 71-72
Gómez Farías, Benito: 76
Gómez Farías, Valentín: 18-19, 23, 44, 46, 76
Gómez Morin, Manuel: 499, 599
Gómez Villanueva, Augusto: 674-675, 689, 705-706, 772
Gómez Z., Luis: 673-674
Gómez, Arnulfo R.: 507-508, 611
Goñi, Bertrán: 647
González Fernández, José Antonio: 796
González Garza, Federico: 398
González Garza, Roque: 429
González Mariscal, Gregorio: 647
González Morfín, Efraín: 662
González Ortega, Jesús: 70, 75-78, 84, 86, 89, 97, 106, 109, 112-114, 120-123, 152-153, 164-165, 171, 186
González Salas, José: 336-337
González Torres, José: 649
González, Abraham: 286-289, 306, 317, 334, 337, 382, 388-390, 466
González, Manuel: 189-190, 200, 204, 207-212, 214-215, 218, 220, 234, 262, 453, 501

González, Pablo: 381, 402-406, 408, 414, 419, 430, 432, 439-440, 442, 450-452, 454-455, 457, 465-466, 473, 495-496, 767
Gordillo, Elba Esther: 741
Gortari, Margarita de: 764
Guajardo, Jesús María: 450-451, 456-457
Guerra, Donato: 195, 198, 200, 356
Guerra, Juan N.: 767
Guerrero, Vicente: 12, 19
Guevara, Ernesto: 771
Guggenheim (plutócratas): 327
Gutiérrez de Estrada, José María: 93-95, 100, 130
Gutiérrez Sadurni, Angelina: 648
Gutiérrez Zamora, Manuel: 51
Gutiérrez, Eulalio: 421-424, 428
Guzmán, León: 155
Guzmán, Martín Luis: 397-398, 484

Habsburgo, Francisco José de: 95-96, 99-100, 131, 138
Habsburgo, Maximiliano de: 90-91, 94-105, 117, 120, 124, 127-133, 135-146, 148-151, 153-154, 156, 168, 172, 186, 188, 191, 193, 215, 220-221, 385, 440, 687

Hank González, Carlos: 668, 705-706, 784
Haro y Tamariz, Antonio de: 16-17, 19, 25
Hay, Eduardo: 318
Haya de la Torre, Raúl: 475
Hearst, William Randolph: 559
Henríquez Guzmán, Miguel: 572, 600, 625
Hernández Galicia, Joaquín: 720, 728-729, 733-735, 739-740, 760
Hernández Toledo, José: 658
Hernández, Rafael: 308
Hernández, Silvia: 761-762
Herrera Garza, Andrés: 765
Herrera, Cástulo: 288-290
Herrera, Francisco: 184
Herrera, Maclovio: 388-389, 391
Herrero, Rodolfo: 459-461, 537, 547
Hidalgo y Esnaurrizar, José Manuel: 91-92, 94, 130
Hill, Benjamín: 392-395, 431, 455, 473, 481, 497
Hirschfeld Almada, Julio: 677
Hitler, Adolfo: 562
Hoz, Santiago de la: 314
Huerta, Adolfo de la: 390, 453-454, 465-466, 473, 478-488, 495-497, 542, 595, 632, 767
Huerta, Epitacio: 53, 69

Huerta, Victoriano: 318-319, 337, 342, 346-364, 366-370, 378-384, 386, 389, 392, 394-395, 399, 401-402, 404, 406-407, 409, 417-418, 434, 438, 442, 446, 465, 469, 493, 511, 526, 544-545, 587, 687
Hull, Cordell: 582
Humboldt, Alexander von: 95

Iglesias, Artemio: 798
Iglesias, José María: 107-108, 113, 169, 176, 200
Il Sung, Kim: 677
Izábal, Rafael: 239
Izaguirre, María E.: 632, 638-639

Jablonski, oficial: 149
Jaramillo, Rubén: 641
Jecker, Jean Baptiste: 69, 94, 98, 131
Johnson, Andrew: 118, 121, 152
Jonguitud Barrios, Carlos: 740, 760
Jordan, Edward H.: 42
Juárez Maza, Benito: 167, 338
Juárez Maza, Felícitas: 166
Juárez Maza, Josefa: 167
Juárez Maza, María de Jesús: 167
Juárez Maza, Soledad: 167
Juárez, Benito: 18, 34-36, 43,

46-49, 51, 55-56, 58-59, 64, 66, 68-69, 71-72, 74, 77-78, 80-89, 91, 94, 97, 104-114, 116-117, 120-123, 125, 128-129, 135, 141, 143, 149, 151-157, 159, 162-163, 166, 168-171, 173-175, 177, 184, 187, 190-198, 203, 213, 217, 226, 244, 246-247, 252, 268, 345, 378, 385, 423, 448
Juárez, María Josefa: 44-45
Juárez, Nela: 109, 158
Juárez, Pepe: 158
Juárez, Toño: 158
Juliana, reina: 646

Kardec, Allan: 261
Karloff, Boris: 630
Kellog, Frank B.: 503
Kennedy, John F.: 643-646
Keynes, John Maynard: 563
Kipling, Rudyard: 738
Kissinger, Henry: 678
Klerian, María: 167
Kropotkin, Piotr Alexéievich: 428

La Sere, Emile: 46, 65
Labastida y Dávalos, Pelagio Antonio de: 27, 103, 128, 142
Labastida, Francisco: 796, 798-799
Lagos Cházaro, Francisco: 429-430
Lama Rojas, Antonio de la: 590
Lamont, Thomas W.: 478, 482, 484
Landa y Escandón, Guillermo de: 228
Landeros, Rodolfo: 705
Lares, Teodosio: 140, 144
Lascuráin, Pedro: 353
Lemus, Pedro: 544
Lenin, Vladimir Ilich Ulianov: 578
León Toral, José de: 513-516
León, Antonio de: 45
León, Luis L.: 542, 556
Leopoldo de Bélgica: 95-96, 131
Lerdo de Tejada, Antonio: 173
Lerdo de Tejada, Miguel: 28-29, 46, 53-55, 59-64, 75-77, 81-82, 86
Lerdo de Tejada, Sebastián: 107-108, 113-114, 122, 164-165, 169-170, 173-177, 194, 197-200, 202, 208, 214, 217, 234, 243-244, 252
Licea, José: 150-151
Limantour, José Yves: 225-226, 228-232, 234-237, 239, 252, 255, 281, 284, 294, 399
Lincoln, Abraham: 73, 118
Llorente, Leonor: 534

Locken, Erlin: 632
Locken, Mauricio: 632-633
Locken, Olaf: 632
Locken, Olaf (hijo): 632
Locken, Rafael: 632
Lombardo Toledano, Vicente: 203, 476, 541, 554-555, 557, 580, 589, 596, 618-619
Lombardo, Concepción: 40
López Gutiérrez, Adolfo: 648
López Gutiérrez, Elena: 648
López Mateos, Adolfo: 636-637, 640-648, 650, 652, 654, 656, 686, 705, 718, 722
López Portillo y Rojas, José: 687
López Portillo y Weber, José: 687
López Portillo, Alicia: 698, 709
López Portillo, Carmen: 698, 708, 710
López Portillo, Carmen (hija): 698, 708
López Portillo, Jesús: 105, 687
López Portillo, José: 661, 678, 680, 682-683, 685, 687-692, 695, 697-699, 701-703, 706-710, 715, 719, 722, 727, 729-731, 744, 752-754
López Portillo, José Ramón: 708-709, 711
López Portillo, Margarita: 698-709, 711

López Portillo, Paulina: 698, 708, 710
López Portillo, Refugio: 698
López Sánchez, Raúl: 612
López Uraga, José: 107-108, 127
López, Mariano Gerardo: 643
López, Miguel: 148-149, 151
López, Narciso: 61-62
Loyo, Mauro: 639
Loyola, Ignacio de: 261
Lozada, Manuel: 40, 83, 105, 198
Lozano Gracia, Antonio: 785-788
Lozano, José María: 362
Lozoya Thalmann, Emilio: 750-751, 755
Luchichi, Ignacio: 167
Luis Felipe: 800
Luis Napoleón: 151
Luis XVIII: 800
Luis XVI: 800
Lumumba (caudillo): 171
Luz Blanco, José de la: 287-288

Macedo, Miguel: 228, 499
Macedo, Pablo: 228
Madero, Ángela: 278
Madero, Ernesto: 308
Madero, Evaristo: 262, 269, 278
Madero, Francisco (padre): 262
Madero, Francisco I.: 251-254, 261-270, 272, 276-286, 291-

302, 304-305, 307-314, 316-329, 331-332, 334, 336-341, 343-354, 359, 361-363, 365, 375-380, 382, 388-389, 394, 398-399, 403, 418, 438, 445, 465, 493, 518, 544, 587, 609, 687
Madero, Gustavo: 278, 285, 307, 326, 349, 350
Madero, Manuel: 263
Madero, Mercedes: 278
Madero, Pablo Emilio: 716, 726
Madero, Raúl: 264-265, 278, 318, 337, 399, 413
Madrazo Pintado, Roberto: 798
Madrazo, Carlos: 654-655
Madre Conchita: 203
Madrid, Miguel de la: 706-707, 710, 715-719, 721-723, 727-736, 738, 748, 753-756, 780
Magaña, Gildardo: 303, 314
Magaña, Rodolfo: 314
Magruder, general: 117-118
Maldonado, Flavio: 318
Manrique, Aurelio: 482
Manzo, Francisco R.: 522
Maquiavelo, Nicolás: 236, 501
Marcos: 769-771, 773, 777, 791-792
Margáin, Hugo: 682, 688
Mariel, Francisco de P.: 466
Marquet, Adela: 225-226
Márquez Sterling, Manuel: 353-354
Márquez, Leonardo: 57, 60, 67-68, 76, 83-84, 86, 88, 106, 125, 127, 140-141, 144-148, 154, 156
Martí, José: 374
Martínez Domínguez, Alfonso: 660, 668-669
Martínez Vara López Portillo, Roberto: 719
Martínez Vara, Refugio de: 709-710
Martínez Verdugo, Arnoldo: 716
Martínez, Abraham: 317
Martínez, Patricio: 798
Martínez, Paulino: 421
Marx, Carlos: 428, 471, 750
Mata, Filomeno: 174, 277
Mata, José María: 47, 50-51, 58-59
Mateos, Elena: 643
Maytorena, José María: 390, 392-394, 396, 410-411, 413, 465, 546
Maza, Margarita: 45, 109, 152, 158, 169-170
Maza, Antonio: 44
Mazarino, Julio: 236
Mazo, Alfredo del: 732-734
McLane, Robert M.: 57-59, 63-66, 69, 71-73, 75, 81, 84, 92

Meglia, Pedro Francisco: 128-130
Meixueiro, Guillermo: 449
Mejía, Ignacio: 115, 165, 169
Mejía, Tomás: 40, 83, 105, 109, 116, 143-145, 150, 152, 154
Mendoza López, José: 594
Meyer, Juan: 588
Mier y Terán, Luis: 214
Mills, James: 681-682
Miramón, Miguel: 38-40, 42-43, 52, 54, 56, 58, 61, 64-65, 67-70, 72,-76, 80, 83, 94, 125-126, 141, 143-148, 154, 208
Mistral, Gabriela: 475
Moctezuma, Esteban: 785, 796
Moheno, Querido: 351-352, 362
Molina Enríquez, Andrés: 308, 310, 325
Molina, Olegario: 228, 499
Mon, Alejandro: 57, 67, 71
Mondragón, Manuel: 341-344, 350, 356, 360-361
Montenegro, Sasha: 710-711
Montes de Oca, Ignacio: 284
Montes de Oca, Luis: 510
Montijo, condesa viuda de: 91
Mora, José María Luis: 722
Morales, Jesús: 317
Morelos y Pavón, José María: 91, 93, 268
Moreno, Tomás: 11, 13

Moreno, María de los Ángeles: 773, 787, 796
Mori, Petrona: 181-182
Morny, duque de: 94
Morones, Luis N.: 448, 453, 471, 476, 481, 487, 501-503, 505-506, 508, 512, 515, 524, 528, 540,-542, 554, 556
Morrow, Dwight D.: 509-512, 514
Moussavi, Kaveh: 766
Moya Palencia, Mario: 680-682
Mújica, Francisco J.: 485-486, 555, 568, 578-580
Muñoz Ledo, Porfirio: 689, 705, 735
Muñoz Rocha, Manuel: 773, 785, 787-788
Muñoz, Joaquín: 542
Murguía, Francisco: 455, 466, 473
Murillo, Gerardo: *véase* Doctor Atl
Mussolini, Benito: 516, 535, 562, 577

Napoleón III: 91-94, 96-100, 119, 128, 130, 136-138, 140, 156, 158, 162, 191, 800
Napoleón, Luis: 151
Naranjo, Francisco: 195, 198-199, 219, 232

Nasta, Salim: 650
Natera, Pánfilo: 390, 404-405
Nava, Salvador: 723
Navarro, Juan: 296
Negrete, Miguel: 115
Nehru, Jawaharlal: 646
Neri, Canuto: 357
Notholt, Max: 638

O, Genovevo de la: 316
Obregón, Álvaro: 388, 392, 394-396, 399, 405-406, 408-414, 416, 418, 425-428, 430-431, 440, 442, 444, 447, 452-455, 458, 460, 466, 468-472, 474-478, 480-488, 493-497, 501-503, 505-508, 512-515, 518, 520, 524, 531, 547, 558, 587, 611, 767
Ocampo, Melchor: 18, 47-51, 55-56, 58-59, 62-66, 69, 71-75, 78, 80-81, 84, 92
Occelli, Cecilia: 775
Ojeda Paullada, Pedro: 705
Olaguíbel, Francisco M.: 362
Olivares Santana, Enrique: 690, 706
Oñate, Santiago: 796
Oropeza, general: 668
Orozco, José Clemente: 475
Orozco, Pascual: 287-293, 296-297, 300, 306, 310, 332, 334-337, 342, 356, 361-362, 370, 381, 389, 395, 415, 434
Orozco, Soledad: 605
Ortega, Delfina: 192
Ortega, Melchor: 542, 556
Ortega, Toribio: 287
Ortiz Arana, Fernando: 772
Ortiz Mena, Antonio: 611, 645, 653, 663
Ortiz Rubio, Pascual: 521, 523, 525-530, 534, 541-542, 548, 794
Ortiz, Guillermo: 754, 781
Osollo, Luis G.: 38-40
Osón, Cecilio: 355

Pacheco, Carlos: 209
Pacheco, María del Refugio: 687, 698, 709
Padilla, Ezequiel: 203, 592, 600, 602, 604
Pagés Llergo, José: 589
Palacios Alcocer, Mariano: 796
Palacios, Manuel R.: 610
Palavicini, Félix F.: 443
Pani, Alberto J.: 478-479, 482, 484
Parra Hernández, Enrique: 622
Parrodi, Atanasio: 39, 49
Pasalagua Brance, Manuel: 766
Pasquel, Jorge: 622
Patoni, José María: 106, 111-112, 153-154, 165

Paulson, John: 153
Pavlov, Iván: 789, 797
Pavón, Ignacio: 17
Payno, Manuel: 33
Paz, Irineo: 195
Pazos, Luis: 696
Peláez, Manuel: 449, 458-459
Pelagio de Labastida y Dávalos, Antonio: 215
Peña, Pepita: 134
Pereyra, Orestes: 390
Pérez Teuffer, Aurelio: 648
Pérez Treviño, Manuel: 520, 529, 535, 559, 581
Pérez, José Joaquín: 503
Pérez, Marcos: 182
Pérez, Sarita: 265-266, 278, 283, 329
Perot, Ross: 749
Pershing, John P.: 435-436
Pesqueira, Ignacio L.: 396
Pichardo Pagaza, Ignacio: 773, 784, 787, 793-796
Pimentel y Fagoaga, Fernando: 228
Pimentel, Emilio: 228
Pineda, Rosendo: 228-229
Piñó Sandoval, Jorge: 624
Pino Suárez, José María: 321-322, 351, 353-354, 379-380, 382, 398-399
Pío IX: 27, 129

Ponce, Lino: 335
Poppen, William: 647
Porraz, *monsieur*: 173
Portes Gil, Emilio: 519, 522, 524, 528-529, 536, 542, 555, 557, 560, 571, 595
Posadas Ocampo, Juan Jesús: 768-769
Prieto Laurens, Jorge: 481-485
Prieto, Guillermo: 18, 49-50, 78, 82-83, 113-114, 121-123, 165
Primo de Rivera, Miguel: 516
Pro, Miguel Agustín: 513
Puig Casauranc, José Manuel: 516-517

Quezada, Abel: 636
Quiroga, Pablo: 540-541, 552, 555, 580-581

Rabasa, Emilio: 679
Ramírez, Ignacio: 30, 195
Ramírez, José Fernando: 105
Ramos Millán, Gabriel: 610, 612
Reagan, Ronald: 700
Régules, Nicolás: 115
Rendón, Serapio: 364
Reyes Heroles, Jesús: 680, 689-690
Reyes Spíndola, Rafael: 228
Reyes, Bernardo: 219, 232-236, 251-252, 255, 271, 280-282,

299-300, 310-311, 318-319, 321-322, 330, 342-345, 356-358, 374, 376
Reyes, Bernardo (hijo): 235
Reyes, Rodolfo: 341, 343-344, 361, 381-382
Rintelen, Franz von: 369
Ríos Zertuche, Antonio: 515, 628
Riva Palacio, Carlos: 643
Riva Palacio, Vicente: 174
Rivera, Diego: 475
Robespierre, Maximilien de: 428
Robles Domínguez, Alfredo: 632, 767
Robles Pezuela, Manuel: 43, 55
Robles, Juvencio: 332-333
Rocha, Sóstenes: 198, 343
Rodríguez González, Fernando: 773, 787-788
Rodríguez Sullivan, Abelardo: 676
Rodríguez, Abelardo L.: 531-532, 534-535, 542, 548, 595, 676
Roe, F. A.: 159
Rojo Gómez, Javier: 600-601
Román Lugo, Fernando: 637
Román, Heberto A.: 637
Romano Nolk, Carmen: 688, 698, 708, 710
Romero Rubio, Manuel: 214-217, 222-223, 226-228, 233, 374

Romero, Carmelita: 214-215, 221, 226
Romero, Humberto: 648
Romero, Juana Catalina: 192
Romero, Matías: 50, 116-119, 121-122, 152
Roosevelt, Franklin D.: 563
Roque Villanueva, Humberto: 796, 798
Rosas, Adalberto: 726
Rovirosa Wade, Carlos: 668
Ruffo, Ernesto: 758
Ruiz Cortines, Adolfo: 459, 490, 625, 627-640, 644-645, 650, 672
Ruiz Massieu, Francisco: 750, 755, 757, 773-774, 779, 785-786, 788
Ruiz Massieu, Mario: 773, 786-787
Ruiz Tejada, Adolfo: 631
Ruiz, Gregorio: 344, 356
Ruiz, Lucía (hija de Adolfo Ruiz Cortines): 637
Ruiz, Manuel: 50, 59, 108, 113-114, 121, 123

Sáenz, Aarón: 520-521
Salanueva, Antonio de: 44
Salas, José Mariano: 17
Salazar, José Inés: 335
Salazar, Othón: 634, 637, 640

Saligny, Dubois de: 94
Salinas de Gortari, Adriana: 764-765
Salinas de Gortari, Carlos: 722, 732, 734-739, 741, 743-745, 748-749, 751-752, 754-766, 768-770, 772-776, 778-785, 788-790, 794, 796
Salinas de Gortari, Enrique: 764, 766
Salinas de Gortari, Margarita: 764-765
Salinas de Gortari, Raúl: 750, 752, 754, 756, 764, 766, 774, 786, 788
Salinas de Gortari, Sergio: 764
Salinas, Virginia: 374
Sámano Bishop, Eva: 644, 648
Sánchez Ochoa, Gaspar: 116
Sánchez Ramos, Delfín: 166, 209
Sánchez Ramos, José: 166
Sánchez Selis, Leopoldo: 655
Sánchez Taboada, Rodolfo: 666
Sánchez Tapia, Rafael: 578
Sánchez, Guadalupe: 455, 458, 485-486
Sandino, Augusto César: 508
Sansores Pérez, Carlos: 689, 705
Santa Anna, Antonio López de: 11-13, 15-18, 20, 28, 45-46, 48, 120, 133, 135, 158-160, 170-171, 182-184, 197, 213, 300

Santacilia, Pedro: 51, 109, 112, 158, 166
Santos, Gonzalo N.: 519, 536, 585, 601-602
Sarabia, Juan: 414-415
Sauri, Dulce María: 796
Schofield, J. M.: 118-119
Scott, Hugh L.: 423
Sedwick, Thomas D.: 153
Selva, Rogerio de la: 624
Serdán, Aquiles: 285
Serra Puche, Jaime: 780-781
Serrano, Carlos I.: 622
Serrano, Francisco R.: 507-508
Serrano, Irma: 682
Seward, William H.: 119-120, 136, 152, 156, 158-159, 169
Sheffield, James R.: 508
Sheridan, P. H.: 153
Sicilia Falcón, Alberto: 681-682
Sierra, Justo: 228-229
Silva Herzog, Jesús: 570
Singh, Ajit: 701-702
Slidell, John: 46
Smathers, Santiago: 524
Smith, general: 117-118
Solórzano, Amalia: 548, 551
Soto Maynez, Óscar: 610
Stalin, José: 562-563, 578
Stampa, Manuel: 454
Suárez, Eduardo: 555, 565, 567
Suárez, Manuel: 613

Subcomandante Marcos: *véase* Marcos
Sukarno (caudillo): 646

Taft, William H.: 367
Tagle, Protasio: 195
Tánori, Refugio: 135
Tapia, María: 468
Tavera, Ramón: 156
Tepepa, Gabriel: 316
Terrazas, Luis: 162, 279, 287-288, 306, 335
Tiberio: 776
Tito: 646
Topete, Ricardo: 522
Torre y Mier, Ignacio de la: 316, 331, 342, 355, 362, 429, 441
Torreblanca, Fernando: 540
Torres, Luis: 239
Treviño, Jacinto B.: 632-635
Treviño, Jerónimo: 195, 198-199, 219, 232, 251, 381
Trotsky, León: 563

Urbalejo, Francisco: 411, 522
Urbina, Tomás: 388, 432
Urrutia, Aureliano: 360
Uruchurtu, Ernesto P.: 633, 646, 652

Vadillo, Basilio: 528
Valdés, Tomasa: 609-611

Vallarta, Ignacio Luis: 203
Valle, Leandro: 85
Vallejo, Demetrio: 634, 641
Vargas Llosa, Mario: 647
Vasconcelos, José: 475, 523, 644
Vázquez Gómez, Emilio: 278, 280-282, 285, 295, 301, 307-308, 310, 314, 317, 320-322, 330-331, 335
Vázquez Gómez, Francisco: 280-282, 285, 295, 300-301, 303, 308, 320, 322, 450
Vázquez Nava, María Elena: 768
Vázquez Raña, Mario: 684
Vega Domínguez, Jorge de la: 706, 734
Vega, De la (general): 358
Vega, Plácido: 116
Velasco, Beatriz: 612
Velázquez de León, Joaquín: 140
Velázquez, Fidel: 554, 618-619, 724, 734, 760
Vicente Ferrer, san: 189
Victor Hugo: 156
Vidaurri, Santiago: 20-21, 34, 39, 41-42, 48, 55, 69-70, 87, 109-111, 116, 145, 147, 156, 378
Villa, Pancho: 288-290, 292, 296-297, 300, 306, 337, 387-390, 399-402, 404-405, 407-416,

419-425, 427-428, 430-436, 440, 449, 469, 473, 493, 497, 531, 546, 587
Villar, Lauro: 344-346
Villar, Samuel del: 716-718
Villarreal, Antonio I.: 414
Villarreal, Florencio: 11, 13
Villaseñor, Víctor Manuel: 634, 672-674

Wilson, Henry Lane: 322, 327, 342, 346, 349, 351, 367
Wilson, Woodrow: 367-368, 382
Woldenberg, José: 799

Zamacona, Manuel María de: 107, 112, 123, 165, 195, 204
Zamora, Adolfo: 610
Zapata, Emiliano: 298, 303, 310, 312-317, 319-320, 330, 332-335, 342, 361-362, 366, 407, 414-415, 419-423, 425, 428-429, 434, 441-442, 450, 455, 457, 471-472, 641, 767
Zapata, Eufemio: 420
Zaragoza, Ignacio: 42, 70, 88, 186, 190
Zarco, Francisco: 107, 112, 123, 165
Zavala, Lorenzo de: 56
Zedillo, Ernesto: 736, 755-756, 769, 772-774, 776-780, 782-799
Zedong, Mao: 750
Zolla, Carlo: 648
Zuazua, Juan: 39, 41-42, 69-70
Zuloaga, Félix: 14, 26, 33, 35-41, 43, 49, 53-54, 58, 66, 73, 83, 86
Zúñiga y Miranda, Nicolás: 282, 767
Zúñiga, Eugenio: 545
Zuno Arce, Rubén: 684
Zuno, José Guadalupe: 666, 677
Zuno, María Esther: 666

ÍNDICE GENERAL

Primera Parte
Juárez

I.	El Plan de Ayutla	11
II.	La Guerra de Tres Años	38
III.	La cruda de los bienes confiscados	78
IV.	El nuevo Quetzalcóatl	90
V.	Fugitivos en el norte	104
VI.	El "empeorador"	124
VII.	La rebatiña política	152
VIII.	El señor presidente	161
IX.	Lerdo, un puente entre dos oaxaqueños	173

Segunda Parte
Porfirio Díaz

X.	Con y contra Juárez	181
XI.	La primera Presidencia	202
XII.	Interludio gonzalista	208
XIII.	Ave, césar	213
XIV.	La apoteosis	225
XV.	El ocaso	242

Tercera Parte
ELEVACIÓN Y CAÍDA DE MADERO

XVI.	Madero y los espíritus	261
XVII.	Los polvorines sociales	270
XVIII.	Revolución y sobresaltos	277
XIX.	La rebatiña burocrática	304
XX.	Empiezan las rebeliones	323
XXI.	La traición	341
XXII.	Crimen y castigo de Huerta	355

Cuarta Parte
CARRANZA

XXIII.	El émulo de don Porfirio	373
XXIV.	Surgen Pancho Villa y Obregón	388
XXV.	La rebatiña de las facciones	410
XXVI.	Todos contra todos	419
XXVII.	Las amenazas villista y zapatista	428
XXVIII.	El orden constitucional	438
XXIX.	Mueren Zapata y Carranza	450

Quinta Parte
OBREGÓN

XXX.	Los triunfadores del momento	465

Sexta Parte
Forja y desplome del PRI:
los militares (1929-1946)

XXXI.	Andanzas del fundador	491
XXXII.	El presidente subalterno	499
XXXIII.	Nace el PNR	515
XXXIV.	El Jefe Máximo	526
XXXV.	La gallina de abajo	534
XXXVI.	Cárdenas y el PRM	544
XXXVII.	Llegada a la Presidencia	552
XXXVIII.	El petróleo	562
XXXIX.	La sucesión	573
XL.	El soldado desconocido	585
XLI.	La guerra	591
XLII.	Surge el PRI	600

Séptima Parte
Forja y desplome del PRI:
los abogados (1946-1982)

XLIII.	Alemán, el triunfador	609
XLIV.	Ruiz Cortines, el jugador de dominó	627
XLV.	López Mateos, el aplaudido	640
XLVI.	Díaz Ordaz, el cacique de Chalchicomula	649
XLVII.	Echeverría, el institucional	662
XLVIII.	López Portillo, el amigote frívolo	685

Octava Parte
FORJA Y DESPLOME DEL PRI:
LOS TECNÓCRATAS (1982-2000)

XLIX. De la Madrid, el renovador moral 715
L. Salinas *vs.* la Nomenklatura 737
LI. Zedillo, el democratizador 776

Epílogo: ¿revivirá el PRI? 800

Reconocimientos 805

Índice onomástico 809

La epopeya de México II se terminó de imprimir en julio de 2005 en Impresora y Encuadernadora Progreso, S. A. de C. V. (IEPSA), Calz. San Lorenzo, 244; 09830 México, D. F. En su composición, parada en el Departamento de Integración Digital del FCE, se utilizaron tipos Minion de 10:13 y 9.5:13 puntos.
La edición consta de 3 000 ejemplares.

Tipografía:
Lorenzo Javier Ávila

Cuidado de la edición:
Julio Gallardo Sánchez